W0206661

BASTEI
LÜBBE

Bella Stumbo

Trennung ist der Liebe Tod

Ins Deutsche übertragen
von Anneli von Könemann

TRUE CRIME
Der wahre Kriminalfall

BASTEI
LÜBBE

BASTEI-LÜBBE-TASCHENBUCH
Band 13 620

Erste Auflage:
April 1995

© Copyright 1993
by Bella Stumbo
All rights reserved
Deutsche Lizenzausgabe 1995
Bastei-Verlag Gustav H. Lübbe
GmbH & Co., Bergisch Gladbach
Originaltitel: Until The
Twelfth Of Never
Lektorat: Martina Sahler/
Dr. Edgar Bracht
Titelbild: San Diego Union-Tribune
Unser Titelbild zeigt
Betty Broderick
Umschlaggestaltung:
Quadro Grafik, Bensberg
Satz: KCS GmbH,
Buchholz/Hamburg
Druck und Verarbeitung:
Brodard & Taupin, La Flèche,
Frankreich
Printed in France

ISBN 3-404-13620-9

Der Preis dieses Bandes
versteht sich einschließlich der
gesetzlichen Mehrwertsteuer.

Für meine Schwester Linda Goudge
und ihre geduldige Familie

Dank

Heute verstehe ich, warum so viele Autoren die ersten Seiten ihrer Bücher auf diese langen Namenslisten verwenden, die niemand liest außer den dort genannten Personen selbst. Das Verlangen ist überwältigend, all denen zu danken, die mir geholfen haben, dieses Buch zu verwirklichen. Wie könnte ich zum Beispiel nicht der Gerichtsdienerin Rita Long danken, die mir während zweier Prozesse immer einen Sitzplatz freigehalten hat, auch an jenen Tagen, an denen ich zu spät kam? Oder meinem Freund, dem Autor Paul Ciotti aus Los Angeles, der während der Zeit, in der ich alles niederschrieb, manchmal täglich Hausbesuche bei mir machte und mich in die neuesten Geheimnisse meines Computers einweihte, ohne mich auch nur einmal als technologische Niete zu betiteln?

Und es gab noch so viele, viele mehr in San Diego und im ganzen Land, die mir bei den Recherchen und beim Schreiben dieser Geschichte geholfen haben. Ihr wißt, wen ich meine, und ich stehe bei euch allen in tiefer Schuld.

Einige Personen jedoch muß ich erwähnen, denn ohne sie wäre dieses Buch gar nicht erst geschrieben worden – oder es wäre ein vollkommen anderes geworden:

* Marion Pasas und Dian Black, die mir beide bei so vielen Dingen geholfen haben, von der Recherche bis zur Organisation. Beide haben mich außerdem die ganze Zeit bis heute liebevoll moralisch unterstützt. Vielen Dank, Ladies.
* Jack Earley, Verteidiger, der mir soviel Einblick in das Denken eines Verteidigers gewährt hat, wie es die Diskretion zuließ. Genauso danke ich der Assistentin der Verteidigung, Lisa Bowman.
* Dem Ermittler der Staatsanwaltschaft, William Green, der zwar während der Prozesse nur begrenzt in den Medien auf-

tauchen durfte, später jedoch sein Bestes tat, damit ich meine Informationen genauestens überprüfen konnte. Er war unentbehrlich für meine Schlußfolgerungen und Theorien und bewahrte mich vor unabsichtlichen Vorurteilen oder ganz einfach dummen Fehlern bei den Fakten.

* Viele Frauen aus der La-Jolla-Familie, frühere und heutige Freundinnen von Betty, die mir stundenlang geholfen haben, ein Bild von ihr zu zeichnen, so wie sie einmal war. Unter ihnen: Helen Pickard, Ann Dick, Melanie Cohrs, Candy Westbrook, Wilma Engel, Vicki Currie und Judy Courtemanche. Und nicht zuletzt meinen Dank an Maria Montez.
* Freunden von Dan und Linda, die bereit waren, ihr anfängliches Mißtrauen gegenüber jemandem, der täglich mit der Mörderin in Kontakt stand, zu überwinden, und mir halfen, zwei Menschen zu verstehen, die nicht mehr für sich selbst sprechen konnten. Besonders dankbar bin ich Sharon Blanchet, Ann Marie (Stormy) Wetther, Brian Monaghan, Mike Reidy und Steve Kelley für ihren Großmut, fünf Menschen, die immer versucht haben, fair zu bleiben, trotz ihrer Gefühle gegenüber Betty. Weiterhin schulde ich Laurel Summers, Kathleen Cuffaro, Mike Neil, Sylvia Cavins und Linda David Dank für die Zeit, die sie mit mir verbracht haben.

Nicht zuletzt gilt meine Dankbarkeit und mein Respekt Linda Kolkenas Schwester, Maggie Seats, die Stunden mit uns in Trauer und Schmerz verbracht hat, die jeder, der schon einmal eine Schwester oder einen Bruder verloren hat, nachempfinden kann.

Ich bin auch dreien von Dans Schwestern dankbar – Kathleen McCormack, Pattie Cappelli und Christy Emmanuel –, die einer Fremden ihre persönlichsten Gedanken über ihren ältesten Bruder anvertraut haben.

Meinen Dank sage ich außerdem Bettys Eltern Marita und Frank Bisceglia, die schließlich doch ihren eigenen Schmerz und ihre Scham überwanden und im zweiten Prozeß über ihre Tochter sprechen konnten. Ebenso stehe ich in der Schuld von Bettys jüngerem Bruder Mike und ihrer Cousine Connie Lawler.

* Danke auch den Journalisten aus San Diego, die der ganzen Sache buchstäblich ein anderes Gesicht gaben. Kein Reporter kann es hoch genug bewerten, wenn Kollegen zur Hilfe bereit sind. Unglücklicherweise sind Journalisten oft wie Hunde, die ihre Knochen vergraben: ein selbstsüchtiges Pack, wenn es darum geht, Informationen zu liefern. Eine Reporterin aus San Diego verlangte von mir sogar eine Beratungsgebühr von 10 000 Dollar für eine Liste von Telefonnummern, die in jedem Telefonbuch stehen.

Doch die meisten Journalisten in San Diego waren überaus hilfreich. Der erste, den ich anrief, war Paul Krueger vom *San Diego Reader,* der vor den Morden zusammen mit seiner Kollegin Jeanette DeWyze die einzige Story über die Broderick-Scheidung geschrieben hatte. Ich werde nie seine spontane Reaktion vergessen: »Hier sind all meine Kontakte mit den dazugehörigen Telefonnummern. Hier ist meine Meinung dazu... Wie kann ich Ihnen sonst noch helfen?« Als nächstes lernte ich John Gaines, Reporter bei der *San Diego Union,* kennen, der heute als Kolumnist arbeitet, und er reagierte ganz genauso.

Später traf ich auf ebenso großzügige Reporter: Mike Granberry von der *Los Angeles Times:* Jeffrey Rose von der *Union;* Jeanette de Wyze vom *San Diego Reader;* Laurie Mosier, damals bei United Press International; Cynthia Queen vom *La Jolla Light* und Claude Wolbert von der *San Diego Tribune.* Und nicht zuletzt verbrachten Dave Nelson, damals Gesellschaftsautor der *Los Angeles Times,* und seine Freundin Melanie Cohrs (die zufällig auch mit Betty befreundet war) viele Nächte damit, mir La Jolla zu zeigen und die dortige Hackordnung zu erklären. Des weiteren möchte ich Karl und Barbara Zobell, Jeannie Lawrence, Henry Hester und Phyllis Pfeiffer dafür danken, daß sie meine Kenntnisse über La Jolla noch erweitert haben.

Die Phase des Niederschreibens verläuft natürlich ganz anders als die Recherche. Recherche macht Spaß, Schreiben ist, zumindest in meinen Augen, eine Art Hölle auf Erden. Als ich braungebrannt und optimistisch nach Los Angeles zurückkehrte, verfügte ich über reichlich Fakten. In Wahrheit hatte ich zuviel davon. Meine Notizbücher waren angefüllt mit allen möglichen Informationen, von den Zustellbezirken in La Jolla bis zu den Como-Yei-Indianern, die vor einigen tausend Jahren die Ureinwohner von La Jolla gewesen sein sollen. Ich kannte Einzelheiten über Bettys Gebiß, wußte, wo Dan seine Haare schneiden ließ und wie viele Luftballons Linda bei einer Geburtstagsparty für eine Freundin aufblies. Ich hatte zuviel recherchiert; ich hatte keine Ahnung, was ich mit all den Informationen anfangen sollte. Zwei Menschen halfen mir.

Zuallererst war das Noel Greenwood, damals verantwortlicher Chefredakteur der *Los Angeles Times* und mein früherer Chef. Ich kann ihm nicht genug danken, daß er sich die Zeit genommen hat, diese Story mit mir zu diskutieren, mir beim Aufbau zu helfen und dann, Zeile für Zeile, mindestens drei Entwürfe von Anfang bis Ende durchzugehen. Die Tatsache, daß dieses Buch zwar umfangreich, aber keineswegs eine Enzyklopädie über die Zerstörung einer Familie geworden ist, liegt ganz allein an seiner Gabe, einen Text zu redigieren – ganz zu schweigen von seinem Talent, überflüssige Prosa zu erkennen und zu streichen.

Zum zweiten, jedoch nicht weniger wichtig, danke ich für die Arbeit, die meine Schwester Linda Goudge in Denver geleistet hat. Sie ist eine Könnerin am Computer und verbrachte Stunden damit, Wiederholungen in meinem Originalmanuskript aufzuspüren, half mir, Zitate wiederzufinden, die mir abhanden gekommen waren, beriet mich beim Inhalt und – nicht zu vergessen – stritt sich mit Noel über Absätze, die er herausstreichen, sie aber retten wollte. Manchmal waren sie beinahe ein Team für eine Comedy – da stand einer der besten Redakteure, die die *Los Angeles Times* jemals haben wird, und griff aus dem Hinterhalt meine Schwester an, die zwar keine ausgebildete Journalistin, aber eine sehr belesene Ehefrau, Mutter und Wissenschaftlerin ist, die wiederum ihn anfuhr: »Er streicht die falschen Stellen!« Dann knurrte Noel: »Sie ist den überflüssigen Worten verfallen, genau wie du.«

Nachdem Linda und Noel ihre Arbeit an den ersten Entwürfen beendet hatten, war immer noch ein dickes Manuskript übrig. Die Redakteurin Judith Regan war gnadenlos.« Zusammenstreichen – *vie!«* befahl sie. Noel bemühte sich, nicht schadenfroh zu grinsen, als er glücklich all die Abschnitte herausnahm, die er schon ursprünglich hatte streichen wollen. Meine Schwester bot hartnäckig ihre eigenen, alternativen Streichungen an. Der Handel würde vielleicht immer noch andauern, wenn nicht zwei weitere Freunde sich plötzlich als Schiedsleute in die Angelegenheit hineingezogen gesehen hätten: Kathy Hendrix, frühere Autorin für die *Los Angeles Times,* und Bret Israel, Redakteur des *Times Sunday Magazine.* Beide beschäftigten sich intensiv mit dem Manuskript und brachten dabei ihre eigenen, unschätzbaren Anregungen ein.

Außerdem möchte ich John Caldwell, Eric Furan und Pat Olson für ihre Unterstützung danken sowie Garry Abrahams, früherer Autor bei der *Times,* für seine täglichen Portionen schwarzen Humors jener Art, die nur ein Buchautor schätzen kann, der jeden Tag allein zu Hause sitzt und Woche für Woche über dasselbe Thema schreibt.

Ich höre auf, bevor diese Danksagungen ermüdend werden. (Aber falls Sie jemals jemanden brauchen, der Ihnen die schnellste und beste Transkription weit und breit liefert, dann rufen Sie Paula Burns in Dallas an.)

Vorwort

Dieses Buch ist das unmittelbare Ergebnis der Neugier einer Frau auf eine andere. Ich hatte nie zuvor von Betty Broderick gehört, als Judith Regan, heute Vizepräsidentin und Chefredakteurin bei Simon & Schuster, mich Anfang 1990 anrief und fragte, ob ich Interesse hätte nachzuprüfen, ob man aus den Broderick-Morden, die zwei Monate zuvor in San Diego für großes Aufsehen gesorgt hatten, ein Buch machen könnte. Die Details, die ich von ihr erhielt, waren nur vage; sie wußte nicht, ob es sich nur um eine gewöhnliche Geschichte über eine verschmähte Frau handelte oder nicht. Wie auch immer, sie wollte es herausfinden.

Wie viele Zeitungsjournalisten hatte ich schon lange mit dem Gedanken gespielt, ein Buch zu schreiben, hatte mich jedoch nie aufgerafft, ein gutes Projekt zu suchen, ein Exposé zu schreiben und mich dann dem Spießrutenlaufen zu unterziehen, das das Anbieten bei Verlagsbossen in Manhattan bedeutet hätte. Jetzt wurde mir aus heiterem Himmel ein Angebot auf dem Silbertablett serviert. Ich willigte ein, einige Wochen lang erste Recherchen zu dieser Geschichte durchzuführen. Aber ehrlich gesagt, ich erwartete nie, daß irgend etwas dabei herauskommen würde. Die Geschichte klang mir zu sehr wie tausend andere von eifersüchtigen Eheleuten, die schließlich ausrasten und morden. In dieser Hinsicht gibt es nichts Neues unter der Sonne. Die meisten von ihnen behaupten, im Affekt gehandelt zu haben, bitten um Vergebung, gehen für einige Jahre wegen Todschlags hinter Gitter, und das war's. Ich schätzte, daß es bei Betty Broderick nicht anders war.

Dann lernte ich Betty kennen. Das erste Mal sprach ich mit ihr am Telefon. Wie viele Journalisten, die in den folgenden Monaten und Jahren mit ihr in Berührung kamen, war ich sofort von ihrer offensichtlichen Intelligenz, ihrem schnellen

Verstand – und ganz besonders von ihrer völligen Unbarmherzigkeit beeindruckt. Sie hätte soeben auch zwei Vergewaltiger getötet haben können, die in ihr Schlafzimmer eingebrochen waren, so selbstgerecht gab sie sich. Sie war außerdem völlig außer Kontrolle. Zischend und sprühend wie ein Schnellkochtopf, der vor meinen Augen explodiert. Es war absolut nicht möglich, sie auf herkömmliche Weise zu interviewen. Sie konnte meine Fragen hören und sogar zu einer Antwort ansetzen – doch dann driftete sie in eigene Sphären ab. Sie versuchte, ihre ganze Lebensgeschichte in ein einziges Telefongespräch zu packen, in dem verzweifelten Bemühen, es auf die Reihe zu bringen, aber absolut unfähig, die Ereignisse zu sortieren oder zusammenhängend darzustellen. Es war schwindelerregend. Von einem Thema schoß sie plötzlich fünf Jahre weiter vor oder fünfzehn Jahre zurück in die Vergangenheit, um dann frustriert aufzukreischen, wenn der Zuhörer nicht mehr folgen konnte. Sie sprach zusammenhanglos über Geldstrafen, Inhaftierungen, juristische Verschwörungen und abgeriegelte Gerichtssäle – und für all das sei Dan verantwortlich, ihr Ex-Mann; dann sprach sie über ihren Hochzeitsdank, über Tupperware; dann wieder über Dans Lügen über seine Affäre mit seiner hübschen, jungen Büroassistentin Linda; dann über die Scheidung, wie er sie bei der Vereinbarung betrog, ihre Kinder quälte – sie entdeckte Läuse auf ihren Köpfen, nachdem sie bei ihm gewesen waren; Linda schickte ihr grausame Werbeanzeigen über Fett und Falten; die Richter ließen sie von ihm vor Gericht juristisch vergewaltigen, er verklagte sie auf Geldstrafe, nur weil sie die Hunde der Jungen bei ihm gelassen hatte; ihr wurde Besuch verweigert; er verkaufte das Haus hinter ihrem Rücken etc., etc., etc.

Das Gespräch dauerte fünf Stunden, und ich hängte mit Kopfschmerzen ein. Aber ich war auch neugierig geworden. Betty Broderick war keine Mörderin, wie ich sie mir vorgestellt hatte. Keine Frau – besonders keine, die mit zwei Verurteilungen wegen Mordes zu rechnen hatte – blieb so wütend, so gewalttätig, so reuelos, es sei denn, sie ist verrückt – was bei Betty Broderick ziemlich sicher nicht der Fall war – oder an ihrer Geschichte ist etwas dran. Aber was? Was versuchte sie mit ihrem rasenden Gestammel zu sagen?

Ich begann, mit Freunden von Dan und Linda zu sprechen. Mit nur wenigen Ausnahmen erinnerten sich alle an zwei äußerst untadelige, beispielhafte Menschen, die alles getan hatten, was sie konnten, um den Streit mit einer selbstsüchtigen, bösen Frau beizulegen, die sie fünf Jahre lang verfolgt hatte – eine Frau, die Dan Broderick das Leben zur Hölle gemacht hatte, schon bevor er sie verließ. Einer von Dans Freunden, ein Rechtsanwalt, legte sogar einfach auf, als ich erwähnte, was die meisten von Dans und Lindas Freunden bereits mehr oder weniger deutlich ausgesprochen hatten: daß das tote Paar bereits eine Affäre gehabt hatte, bevor Dan seine Frau verließ. Ganz allgemein zeichnete sich ein solch einseitiges Bild, daß jeder Unbeteiligte sich nur fragen konnte, was solch einen netten Mann wie Dan Broderick dazu hatte verleiten können, sechzehn Jahre mit solch einer alten Vettel verheiratet zu bleiben.

Als nächstes tat ich das, was jeder Reporter tun würde: ich versuchte, die lange Scheidung der Brodericks in den Gerichtsakten selbst zu recherchieren. Ich entdeckte genau das, was Betty gesagt hatte, nämlich, daß fast alle Akten unter Verschluß standen. Fünf Jahre Verhandlung waren der Öffentlichkeit nicht zugänglich. Mißachtungen von Gerichtsbefehlen, Gefängnisstrafen, Geldstrafen, Befragungen in Haft, die Scheidungsverhandlung selbst – alles lief unter dem Schutz nichtöffentlicher Anhörung. Rechtsanwälte konnten oder wollten nicht reden, auch nicht inoffiziell. Zwei Lokalreporter erzählten mir, daß Dan ihnen ein Verfahren angedroht hatte für den Fall, daß sie eine Story über die Broderick-Scheidung schrieben, die sie ein Jahr vor den Morden sorgfältig recherchiert hatten.

Dennoch waren hier und da Bruchstücke an die Öffentlichkeit gedrungen, sei es durch undichte Stellen oder durch zeitweilige Berufungsentscheidungen. Zum Beispiel, ja, Dan verklagte Betty *tatsächlich* wegen Mißachtung, weil sie die zwei Hunde seiner Söhne in seinem Haus ließ. Und, ja, obwohl er damals Multimillionär war, versuchte er einmal eine einmalige, nur drei Jahre währende Unterstützung von ungefähr 228 000 Dollar zu erwirken.

Doch nur Bettys persönliche Akten – ungezählte Kartons von Gerichtsdokumenten – waren den Reportern frei zugänglich, die bereit waren, sich durch sie hindurchzuwühlen und die Geschichte zusammenzusetzen.

Einen Zeitungsreporter spornt vermutlich nichts mehr an als Dinge, die unter Geheimhaltung stattfinden – und für mich persönlich ist nichts so unwiderstehlich wie etwas, das ungerecht erscheint. Innerhalb weniger Wochen verstärkte sich mein Verdacht, daß irgend etwas schieflief: Auf der einen Seite die überführte Mörderin, inhaftiert und fast hysterisch, die ihre undokumentierte bizarre Geschichte erzählte, auf der anderen Seite Dan und seine Freunde – zumeist prominente Rechtsanwälte –, die sie einfach als eine böse, selbstsüchtige Lügnerin darstellten.

Und so verwandelte sich der Fall Broderick für mich ganz allmählich in ein geheimnisvolles Puzzle: Was passierte *wirklich* in diesen Jahren zwischen dem Zeitpunkt, als Dan Betty verließ, und dem Tag fast fünf Jahre später, als sie ihn und Linda erschoß? Es war mir eigentlich egal, ob sie log oder die Wahrheit sagte. Ich wollte einfach herausfinden, was sie dazu getrieben hatte, so viele Jahre nach Beendigung ihrer Ehe zu töten.

Also willigte ich ein, das Buch zu schreiben. Inzwischen gefiel mir der Gedanke, daß es ziemlich schnell gehen würde. Ich würde ein Jahr auf Kosten des Verlegers recherchieren und schreiben und dabei in La Jolla leben, was nicht unbedingt eine harte Pflicht ist. Ich würde Hunderte von Leuten interviewen, Freunde von allen Beteiligten; ich würde die Scheidungsakten selbst rekonstruieren; ich würde die Wahrheit herausfinden, noch bevor der Prozeß begann. Und der Prozeß, davon ging ich aus, würde prompt über die Bühne gehen – ein Urteil würde gesprochen, eine Lösung gefunden. Ich hätte es in einem Jahr hinter mir.

Außerdem erwartete ich, das Feld für mich allein zu haben. Außerhalb von San Diego interessierte sich niemand für den Fall. Ich würde zwar nicht ›das Buch meiner Karriere‹ schreiben, aber ›ein Buch‹. Ein anständiges, glaubwürdiges Buch, das hoffentlich all jenen Menschen nützen würde, die irgendwo geheime Affären haben, eine schlechte Ehe führen, eine schmutzige Scheidung durchmachen und den allgemeinen Drang verspüren, sich gegenseitig schlecht zu behandeln.

Nicht zuletzt hatte ich auch vollen Zugang zu Betty. Das war tatsächlich der leichteste Teil. Damals hungerte sie so sehr nach einer aufmerksamen Zuhörerin, nach jemandem, der bereit war, sich in das Chaos ihrer Gedanken hineinzuknien, daß sie mich bald jeden Tag vom Gefängnis aus anrief (das tut sie heute noch). Monatelang verbrachte ich Hunderte von Stunden im Gespräch mit ihr, zumeist per Telefon, aber auch im Gefängnis und per Post, und bald fühlte ich mich, als lebte ich in ihrem Kopf. Nach den ersten Wochen beruhigte sie sich schließlich genug, so daß ich hier und da meine Fragen einstreuen konnte. Was nicht bedeutet, daß sie sie auch immer beantwortete. Bis heute ist Betty eine Frau mit vielen Gesichtern geblieben. Sie kann charmant sein, berechnend, herzerweichend und manchmal ekelhaft – besonders, wenn sie es ablehnt zuzugeben, wie sie es heute noch tut, daß sie ihren Kindern schlimmen Schmerz zugefügt hat, oder wenn sie jede Schuld an dieser Tragödie zurückweist. Aber eines ist Betty Broderick niemals: langweilig. Selbst heute, nachdem ihr Verstand die schrecklichsten Wege eingeschlagen hat und sich immer mehr auf ihr eigenes Inneres richtet, ist sie immer noch die intelligenteste Frau, die ich je kennengelernt habe. Und doch hat sie Leben zerstört und wurde von falschen Werten geleitet. Daran werde ich noch denken, wenn die Seiten dieses Buches lange vergilbt sind.

Natürlich ist nichts jemals so leicht, wie es scheint. Bei ihrem ersten Prozeß konnte sich die Jury nicht einigen – so daß ich ein weiteres Jahr investieren mußte, bevor ich zu einem Schluß kommen konnte. Dann stellte sich heraus, daß Judith Regans früher Instinkt noch bei fünfzig Nachzüglern des Pressewesens im ganzen Land vorhanden war. Noch bevor die beiden Broderick-Prozesse vorbei waren, fand ich mich umringt von Autoren nationaler Magazine, von weiteren Buchautoren. Zwei Fernsehfilme wurden gedreht, es gab ein Barbara-Walter-Special und drei Stunden in der *Oprah Winfrey Show.*

Regan tröstet mich mit der Tatsache, daß Betty Brodericks Geschichte zwar in Bruchstücken schon sehr oft erzählt wurde, aber keine andere Journalistin so viel Zeit darauf verwandt hat, sie *richtig* darzustellen. Und damit hat sie recht. Der Fall Broderick war für die Reporter immer wie tückischer Treibsand, denn er umfaßte so viele Einzelheiten des täglichen Lebens, die alle zu den eskalierenden Handlungen der Hauptbeteiligten führten. Rückblickend muß ich sagen, daß ich die Geschichte niemals in den wenigen Monaten, die ich mir anfangs gegeben habe, zu meiner Zufriedenheit hätte recherchieren können. Der Fall Broderick paßte nicht in den schnellen Schlagzeilenjournalismus. Die meisten Journalisten taten ihr Bestes ohne die Muße und die Quellen, die mir zugänglich waren: Sie begannen mit einer Meinung und versuchten sie mit einigen Tagen Recherche zu untermauern. Einige vergötterten Betty, andere schlugen sie ans Kreuz. Eine Zeitschrift, über die Lindas und Dans Familie und Freunde verständlicherweise in Wut gerieten, ging so weit, in ihrer Schlagzeile zu fragen: »Warum hat Betty Broderick so lange gebraucht, um ihren Ehemann umzubringen?« Im Gegensatz dazu waren die beiden Fernsehberichte kaum mehr als unkritische Parteinahme für Dan und Linda und eine schamlose Anklage Bettys, die, so wurden die Zuschauer glauben gemacht, einfach von Geburt an böse war. Auch in ihren beiden Prozessen wurde nicht die volle Wahrheit aufgedeckt, und zwar wegen nicht vorgelegter Beweise und wegen der Rechtsanwälte, die mit den Tatsachen spielten. Ich hoffe, daß jeder, der dieses Buch liest, es zumindest fair finden wird, egal, ob es Anklang findet oder nicht.

TEIL EINS

Betty

Betty

Sie war zu abstoßend und pathetisch geworden, aber sie selbst sah das nicht. Sie wurde von Tag zu Tag fetter, schlampiger und häßlicher, bis sie schließlich nur noch Jogginganzüge trug. Ihr Haar war strohgelb, mit einem Gummiband zusammengehalten, und ihr zotteliger Pony betonte ihr teigiges Gesicht. Sie sah aus wie eine Schlampe von einem billigen Wohnwagenplatz; und ihre alten Freunde, die sich daran erinnerten, wie hübsch, wie gertenschlank, wie elegant sie einmal gewesen war, schreckten vor ihr zurück und wandten ihre eigenen hübschen, glatten Gesichter von ihr ab. Wie konnte sie sich nur so gehenlassen, flüsterten sie hinter ihrem Rücken und nahmen sich vor, die Zeit im Fitneß-Studio nächste Woche zu verdoppeln.

Und ihr zuzuhören war auch eine Strafe. So laut, so unflätig. Sie war nicht mehr die geistreiche, ausgeglichene, anständige Frau, die sie jahrelang gewesen war, und alles nur, weil ihr Ehemann sie wegen einer anderen verlassen hatte. Sie sprach von ihm nicht mehr als von ihrem früheren Ehemann. Jetzt war er der ›Mösenlutscher‹, die neue Frau in seinem Leben war ›die Fotze‹, und zusammen hatten sie ›mich verarscht‹. Sie tobte, sie rief ständig alte Freunde an, sie schleppte sich wie ein schreckliches wildes Tier in die ruhigsten und schicksten Restaurants von La Jolla, wo sie ihren schweren Körper ungeladen in höflicher Gesellschaft niederließ. Sie verdarb einem jeden Lunch mit ihrem bösen Mundwerk, ihrem Geifern. Sie durchstreifte die eleganten Straßen von La Jolla, vorbei an den perfekten Boutiquen mit ihren Dreihundert-Dollar-Baumwollblusen und Zehntausend-Dollar-Kleidern, und durchbrach die würdevolle Ruhe des La-Valencia-Cafés und die Privatsphäre des La Jolla Beach and Tennis Club. Sie war überall auf der Suche nach den Frauen, die sie einmal mit ihrer Intelligenz und ihrem Charme bezaubert hatte.

Doch jetzt war sie eine verrückte Frau. Immer wieder erzählte sie ihnen dieselbe Geschichte von der Frau, die betrogen und hintergangen wurde. Immer wieder erzählte und zeigte sie ihnen, wie es war, eine Geschiedene in La Jolla zu sein.

Und sie weinte ständig. Bei Fußballspielen der Schule, wenn alle anderen die Sonne genossen, saß sie auf der Tribüne und weinte. »Mein Sohn«, sagte sie dann mit rot verweinten Augen, »kann nicht Fußball spielen, weil sein Vater ihn nicht zum Training gehen läßt. Er ist das Gespött der Klasse.« Sie weinte bei der Vorführung von Anne-Klein-Bademoden im Kaufhaus Saks und verschwand noch während der Vorführung, denn »ich kann meine hübschen Kleider gar nicht mehr tragen. Ich bin so fett, ich weiß gar nicht, warum ich überhaupt hergekommen bin!«

Noch schlimmer war, daß sie Mitgefühl erwartete. War ihr Ex nicht ein Witz, fragte sie laut und schrill. War er nicht Zielscheibe des Spotts in La Jolla? Lachten sie nicht alle darüber, daß er die Vierzig überschritten und seine Familie für das Büroflittchen verlassen hatte? War es nicht grotesk, daß er eine rote Corvette gekauft und sich mit einer Frau davongemacht hatte, die jung genug war, seine Tochter zu sein? Wie er sie um eine faire Scheidungsregelung betrogen hatte, dieser großartige, ehrgeizige, millionenschwere Rechtsanwalt, den alle so bewunderten? War es nicht zum Brüllen, wie scheinheilig er war? Vier Jahre lang hatte er Zeit geschunden, bevor sie überhaupt eine angemessene Vereinbarung erhielt – und dann hatte er sie über den Tisch gezogen. Sehen Sie nur ihren monatlichen Scheck – nur 16 000 Dollar. Ein kümmerlicher Happen seines tatsächlichen Einkommens, und kaum genug, so beschwerte sie sich, um ihr herrliches Heim in den Hügeln von La Jolla hoch über dem Meer zu unterhalten. Nicht genug, um bei Capriccio einzukaufen, nach Europa zu reisen, nicht genug, um einmal im Monat ihre Lieblingspralinen von Neiman-Marcus zu kaufen. Der Bastard hatte es sogar abgelehnt, die Beiträge für den Country Club zu bezahlen. Schlimmer noch, ein Richter hatte ihr sogar befohlen, sie solle sich um einen Job kümmern. Der Hundesohn wollte sie zu einer Angestellten machen!

Jetzt, so erzählte sie allen, war sie nach sechzehn Jahren Ehe praktisch pleite, zum Sparen gezwungen und kam doch nicht über die Runden. Sie mußte ihr wunderschönes Haus am Meer verkaufen und in ein ungepflegtes Wohnhaus gegenüber von einem Einkaufszentrum am Stadtrand ziehen. Pizza-Buden, Kinos und schäbige Drugstores würde sie von ihrer neuen Wohnung aus sehen. Gerade neulich war ihr eine Gasflamme ins Gesicht geschlagen. Seht nur, sagte sie und kam mit schlaffem Gesicht näher, ich habe keine Wimpern und Augenbrauen mehr.

Das Schlimmste aber war, daß er ihr die vier Kinder weggenommen hatte, er und seine juristischen Kumpels der Anwaltsinnung von San Diego. Sie hatten ihm das alleinige Sorgerecht zugesprochen und verweigerten ihr für fast drei Jahre sogar das Besuchsrecht – und alles hinter verschlossenen Türen unter Ausschluß der Öffentlichkeit. Sogar jetzt bekam sie die Kinder nur an zwei Wochenenden pro Monat.

War das nicht furchtbar? War das nicht zum Kotzen? Konnte sich überhaupt jemand vorstellen, daß eine perfekte Mutter wie sie so behandelt wurde? Und jetzt, so erzählte sie, quälte das Arschloch die Kinder noch. Während er mit seiner albernen Hure in Griechenland Urlaub machte, mußte ihre älteste Tochter am College förmlich hungern, weil er ihre Bezüge so stark gekürzt hatte. Er hatte ihre andere Tochter enterbt, weil sie ›ihm nicht in den Arsch kriechen wollte‹. Und ihre beiden kleinen Söhne waren selbstmordgefährdet, weil sie ihre Mutter so vermißten.

War das nicht eine himmelschreiende Grausamkeit? War das nicht schockierend? War das nicht zum Ausflippen?

Die Leute betrachteten verlegen ihre tadellosen Fingernägel und fanden Entschuldigungen, warum sie gehen mußten: Der Gärtner wartete auf seinen Scheck. Der Innenausstatter wollte kommen. Sie mußten zum Treffen des Komitees für den Juwelenball. Tschüß, Darling, es war wundervoll, dich zu sehen. Küßchen, Küßchen. Und dann saß sie allein da oder suchte fieberhaft in ihrem alten Adreßbuch nach Telefonnummern anderer alter Freundinnen, die sie anrufen könnte, um ihnen immer wieder diese Geschichte zu erzählen. Um Sympathie zu finden, wo es keine mehr gab. Alle sahen das, nur sie selbst nicht.

Was sie sahen, war eine Frau, die alles falsch gemacht hatte, eine Frau, die ihren Mann verloren hatte, eine Frau, die jetzt allein war und so wütend, daß es nicht zum Aushalten war. Verrückte Betty nannten sie sie hinter ihrem Rücken. Sie glaubten ihr die verrückten Geschichten über Rechtsmißbrauch hinter verschlossenen Türen nicht. Das war zuviel. Sie wußten nur, daß diese hysterische Frau zweimal wegen ihres vulgären Mundwerks in Haft gewesen war. Ihr Ex-Mann hatte sie für drei Tage in eine Heilanstalt einweisen lassen, nachdem sie mit dem Auto in seine Haustür gefahren war. Es gingen sogar Gerüchte um, sie sei eine Kinderschänderin – und das ergab auch einen Sinn. Wie sonst sollte man sich in diesem Jahrhundert erklären, daß einer Mutter sogar das Besuchsrecht verweigert wurde? Wie sonst sollte man sich die Verhandlungen erklären, die all die Jahre unter Ausschluß der Öffentlichkeit abgehalten worden waren, wenn nicht etwas wirklich Furchtbares zu verbergen wäre?

Sie schauderten und wandten sich ab. Verrückte Betty. Sie war ein Alptraum in ihrer Mitte geworden, eine zerstörte Frau.

Und schließlich sah sie selbst es auch.

Sie erwachte ungefähr um vier Uhr morgens und starrte in die Dunkelheit, während sie auf den sanften Atem ihres zehnjährigen Sohnes lauschte, der neben ihr lag. Der kleine Rhett. Im Haus trug er ihre Kleider, und er bestand darauf, bei ihr zu schlafen. Danny, dreizehn, schlief am Ende des Flures. Es war ihr Wochenende mit den Kindern, und sie hatte versprochen, nach Tijuana zu fahren. Sie haßte Tijuana. So schmutzig und laut ... Warum konnte sie nicht schlafen?

Sie zog sich von dem Jungen zurück. Sie war wieder in ihren Kleidern eingeschlafen. Heute abend ein Hosenanzug aus Leinen. Schon wieder zu eng. Sie stand schwerfällig auf. Sie könnte schon die nächste Größe vertragen. Sehr bald schon. Was wäre das jetzt? Größe 46? 48? Am liebsten hätte sie aufgeschrien. Warum zur Hölle konnte Gott sie nicht einmal eine Nacht durchschlafen lassen wie alle anderen auch? Überall um sie herum in den Hügeln von La Jolla erwachten die Leute um acht oder neun, lasen die Zeitung, aßen ein Croissant mit Butter und planten ihren Tag.

Aber sie lag im Dunkeln wach.

Sie stand auf und wanderte in die Küche. Wenn sie vielleicht etwas aß ...

Aber sie konnte nichts essen. Sie war es leid zu essen. Sie ging nach draußen, um die Zeitung zu holen. Es war Sonntag morgen, der 5. November 1989. Sie bewegte sich leise und vorsichtig, um die Schlafenden nicht aufzuwecken. Ihr Kiefer schmerzte. Der Zahnarzt sagte, sie knirsche mit den Zähnen. Sie blätterte die Zeitungen durch und verstand nichts. In ihrem Kopf wirbelten die Gedanken durcheinander. Sie griff nach den letzten beiden Briefen von Dans Anwältin an ihren Anwalt. Noch mehr Drohungen. Noch mehr Unverschämtheiten.

In einem Brief wurde der letzte Vorschlag ihres Rechtsanwalts bezüglich des Sorgerechts abgelehnt und darauf hingewiesen, wie ›pathologisch besessen‹ sie von Dan und seiner neuen Frau sei. Sie könne ›wesentlich‹ mehr Zeit mit ihren Kinder verbringen – aber nur ›versuchsweise‹ und nur, wenn sie sich anders benehmen würde. Wenn sie sich Dans Regeln beugen würde. Wenn sie ihm gestattete, Richter und Geschworener zu sein, Schiedsrichter über ihr Verhalten. Wenn sie zustimmte, daß er das neue Arrangement ohne Gericht automatisch beenden konnte, wenn er es für angemessen hielt. Wenn, wenn, *wenn*.

Sie legte den Brief zur Seite und nahm den nächsten zur Hand.

»Meiner Ansicht nach ist eine Besserung der emotionalen Störung Ihrer Klientin – im Gegensatz zu den Behauptungen ihrer Psychotherapeuten – nicht zu erkennen. Das Gegenteil scheint der Fall zu sein«, schrieb Dans Anwältin Kathleen Cuffaro. In diesem Brief wurde außerdem angedroht, ihre ausgesetzte Gefängnisstrafe von neunzehn Tagen wieder in Kraft zu setzen, wenn sie nicht aufhörte, vulgäres Zeug auf Dans Anrufbeantworter zu sprechen, wenn sie nicht mit ihrem ›abscheulichen Verhalten‹ aufhörte.

Beigefügt waren die Transkripte von drei Nachrichten, die sie kürzlich auf seinen Anrufbeantworter hinterlassen hatte. Sie überflog sie:

»... Rhetty-pooh ... wo bist du? Wenn diese Fotze nicht wieder mit dem Beantworter herumspielt. Wir sind ja alle so aufgeregt, weil der kleine Scheißkerl wieder in der Stadt ist. Hörst du mich nicht, Liebling?«

»Hey Rhett ... Warum kannst du das nicht hören? Spielt die Fotze wieder mit dem Telefon? Das finde ich wirklich großartig, daß sie nach all dieser Zeit nichts anderes zu tun hat, als mit diesem dummen Telefon zu spielen. Die Ehe muß toll sein. Ha ...«

Sie hörte auf zu lesen. Ihre Sprache war seit Jahren dieselbe. Sie versuchte, sich zu konzentrieren. Gefängnis. Das wollte er doch. Er wollte sie wieder für ihre Ausdrucksweise bestrafen. Es würde niemals aufhören, nicht, solange sie noch die Möglichkeit hatte, sich mit Worten Luft zu machen. Das war das einzige, was ihr zur Verteidigung geblieben war ...

Sie nahm einen Bleistift und schrieb unter den Brief von Cuffaro: »Ich halte das nicht mehr aus ... die Fotze, die sich in die Beziehung zu meinen Kindern einmischt ... ständige Androhung von Gefängnis, Strafgeldern etc. ... diese ständigen Anspielungen, ich sei verrückt.«

Dann begann sie, einen Brief an Cuffaro zu schreiben.

»Sehr geehrte Mrs. Cuffaro. Die Transkripte von Gesprächen mit meinen Söhnen beweisen gar nichts, nur die endlosen Mißhandlungen durch den geistig gestörten Mr. Broderick ... [Zwei Richter] haben meinem Ex-Mann befohlen, seine Bürofotze vom Telefon der Kinder fernzuhalten ... Ich bin es wirklich leid, sein Opfer zu sein ...« Sie hielt inne und schob die Papiere zur Seite. Sieben Jahre ihres Lebens auf diese Art verbracht. Verschwendet. In zwei Tagen würde sie zweiundvierzig Jahre alt. Alt. Alt und schwach. Alt und abstoßend. Und allein. Sie würde niemals wie Rose Kennedy sein. Niemals die behütete, aristokratische katholische Patriarchin, die über Generationen von Kindern präsidierte. Keine Rolle, keine Zukunft. Allein.

Und warum? Warum? Was hatte sie getan, daß sie diese Scham, diesen Schmerz, diese unerträgliche Angst ertragen mußte?

Nichts. Absolut nichts.

Sie ging zu ihrem Wagen und fuhr los.

Es war kurz vor Sonnenaufgang. Das Meer schimmerte in der Ferne, die Luft war schwer und kühl, Tau tropfte von dem dicken Hibiskus und der Bougainvillea draußen auf der Straße. Einige mexikanische Hausmädchen waren auf dem Weg zu ihren anspruchsvollen Herrschaften, die früh aufstanden. Ein einsamer Jogger mittleren Alters sprintete vorbei und lief auf das Meer zu. Ihre Handtasche lag auf dem Vordersitz. Darin lag ihre kleine Waffe. Die Waffe, die sie letztes Frühjahr gekauft hatte. Eine 38er Smith & Wesson. Sie liebte diese Waffe. »Meine klitzekleine Damenwaffe« nannte sie sie oft. Wenn sie das kalte Metall berührte, beruhigte sie sich. Sie paßte so wunderbar in ihre Hand. Sie hatte noch nie mit ihr geschossen. Aber sie wußte, wie das ging. Sie kannte Waffen. In der Schule war sie Sportschützin gewesen. Vor so vielen Jahren ... bevor sie alles aufgegeben hatte. Für ihn. Für den Fotzenlecker ...

Sie ließ die Hügel von La Jolla hinter sich und donnerte auf die Schnellstraße Richtung Süden, in Richtung San Diego, fünfzehn Minuten entfernt. Sie fuhr am Price Club vorbei, an Sea World, am Flughafen, immer tiefer in die Stadt hinein. In Dans neue Wohngegend. Hin zu dem, was sie immer sein ›Haus in den Slums‹ nannte.

Sie parkte genau davor. Es war ein bedrohliches, zweigeschossiges Gebäude in einer Sackgasse nördlich von Balboa Park, mit einer roten Klinkerfassade und weißen Säulen zu beiden Seiten der Vordertür. Wie eine Südstaatenplantage. Wie das Haus seines Vaters in Pittsburgh, zurückgesetzt von der Straße und mit großem, gepflegtem Rasen.

Hohe Eukalyptusbäume rauschten über ihr, als sie mit der Waffe in der Hand über das Gras schlich. Kein Verkehr, keine Hunde. Dan haßte Hunde. Stille. Das Haus war dunkel.

Sie ging um das Haus herum zur Hintertür. Sie benutzte den Schlüssel ihrer Tochter, um aufzuschließen. Es war still, nur sie beide waren jetzt hier.

Sie schlüpfte durch die nüchtern, aber teuer eingerichteten Zimmer, diese fette, ungepflegte, gebrochene Frau, bewegte sich leise die Stufen hinauf und betrat das Schlafzimmer.

Und dort lagen sie. Zwei der hübschesten Menschen der Welt. Ihr ehemaliger Ehemann, der Vater ihrer Kinder. Dan. So gutaussehend. Jetzt, mit 42, sah er sogar noch besser aus als in seiner Jugend. Schlank, dunkelhaarig, mit einem Lächeln, für das man sterben würde. »Der Knaller« hatte sie es damals im College genannt, um das wahnsinnige Gefühl junger Liebe zu beschreiben. ›The Way You Look Tonight‹, der große Hit der Lettermen von 1961, war ›ihr Lied‹ gewesen. Aber jetzt lag er da, in seinen Boxershorts, neben seiner neuen Frau Linda. So jung, erst achtundzwanzig Jahre und auch so schön. Schlank, perfekte Gesichtszüge, ihr langes blondes Haar lag ausgebreitet über dem Kissen. Gebräunte Beine, rote Nägel. Jugend in Höchstform. In einem schwarz-weiß gepunkteten Baby-Doll. Früher die Empfangsdame, heute seine Frau.

Sie waren perfekt, diese beiden als Paar. Sie hatten alles. Er war reich und würde noch reicher werden. Ehemaliger Präsident der Anwaltskammer von San Diego County, von allen respektiert, ein Einkommen von wer-weiß-wieviel – zwei Millionen Dollar, drei Millionen letztes Jahr? Und er gehörte Linda. Sie waren seit sechs Monaten verheiratet. Im Badezimmer hing der Kalender mit dem ›Großen O‹. Ovulationszeiten. Sie wollten eine neue Familie gründen. Er versuchte tüchtig, sie zu schwängern. Sie versuchte noch mehr, damit es passierte.

Peng peng peng peng peng.

Zwei Kugeln trafen Linda, eine in die Brust, die andere in den Hinterkopf, als sie herumfuhr. Eine Kugel traf Dan in den Rücken, als er versuchte, vom Bett herunterzurollen. Eine traf den Nachttisch, die andere die Wand. Er starb nicht sofort, wie seine Frau. Statt dessen lebte er laut Auskunft des Coroners noch zwischen einigen Minuten und einer halben Stunde, bevor er in seinem eigenen Blut erstickte.

Sie ging um das Bett herum, beugte sich über seinen Körper, riß das Telefon aus der Wand und verließ das Haus.

Sie ging zu einer nahegelegenen Telefonzelle, von der aus sie eine alte Freundin aus La Jolla anrief. Laut späterer Zeugenaussage sagte sie: »Ich habe es endlich getan. Ich habe Dan erschossen. Ich konnte ihn in seinem eigenen Blut röcheln hören . . . und, es stimmt, sie scheißen sich in die Hosen.« Die

Freundin legte vor lauter ungläubigem Ekel einfach auf. Verrückte Betty.

Sie rief noch eine weitere, neuere Freundin an, die nicht auflegte, und sagte: »Ich brauche Hilfe.« Dann fuhr sie zur Wohnung ihrer Tochter.

Bei Sonnenuntergang war sie in Haft, sie hatte sich gestellt.

Kein Problem, sagte sie zu der besorgten Gefängniswärterin, die sie in jener Nacht wegen Selbstmordgefahr bewachte. »Die Angelegenheit hat sich erledigt.«

Und in jener Nacht schlief Elisabeth Anne Broderick zum ersten Mal seit Monaten bis zum Morgengrauen.

San Diego ist mit einer Bevölkerung von über einer Million Menschen die sechstgrößte Stadt der USA, doch sie hat sich ein bemerkenswert gesundes Kleinstadtklima erhalten, sauber und hübsch, mit vielen guten Wohngegenden, mit kleinen Parks und glitzernden blauen Wasserläufen, mit Ausblick auf weiße Hügel, Canyons und das Meer. Die Stadtplaner haben offene Flächen nicht wuchernden Einkaufszentren und Wolkenkratzern geopfert. In San Diego werden alte Gebäude nicht automatisch für neue abgerissen, sondern restauriert. In den Hügeln gibt es zahlreiche pastellfarbene viktorianische und spanische Ziegelhäuser und Art-Deco-Monumente aus den Zwanzigern. Die Stadt ist so aufgebaut, daß man in zwanzig Minuten praktisch überallhin gelangen kann. Die Innenstadt ist so kompakt, daß man alles zu Fuß erledigen kann. In der alljährlichen Liste der Städte Amerikas, in denen es sich am besten leben läßt, taucht immer wieder San Diego auf – und La Jolla, die Küstenkolonie der Oberschicht in der nördlichen Ecke der Stadt, gehört zu den besten Adressen in San Diego oder sonstwo auf der Welt.

Die relative Unversehrtheit von San Diegos Natur liegt zum großen Teil an seiner Geographie. Die Stadt liegt als isoliertes städtisches Gebiet an der südlichsten Spitze Kaliforniens und trifft im Süden auf die mexikanische Grenze – Tijuana liegt nur fünfundzwanzig Meilen entfernt –, während sie nach Norden durch eine fündundzwanzig Meilen breite Fläche der Camp

Pendleton Marine Basis vor den Wucherungen des Orange County geschützt wird. Ungefähr dreißig Prozent von San Diego werden von Militäreinrichtungen, zumeist von der Navy, genutzt. Obwohl die Stadt nur zwei Autostunden von Los Angeles entfernt liegt, wird San Diego als konservative Provinz angesehen, als hübscher Ort, wo man leben, sich zurückziehen, eine Familie gründen kann. Trotz seiner Größe hat es keinen einzigen kalifornischen Gouverneur hervorgebracht, bis 1990 der frühere Bürgermeister Pete Wilson, ein Republikaner, gewählt wurde.

Aber innerhalb seiner eigenen Grenzen ist San Diego ein blühender Stadtstaat, ein Ort, an dem man die Reichen und Mächtigen leicht erkennen kann. Hier kennt jeder mit Anspruch auf Einfluß und Reichtum alle anderen mit denselben Ambitionen, zumindest dem Namen nach. Die Namen einiger Persönlichkeiten ragen heraus, und die lokale Presse führt Buch über jede ihrer Bewegungen, nicht nur auf den traditionellen Gesellschaften, sondern auch in kuriosen, außerordentlich beliebten Kolumnen über bekannte Leute.

Der Tod von Daniel T. Broderick und seiner neuen Frau galt als eines der schockierendsten Ereignisse in der Gemeinde seit Jahrzehnten. Über die Jahre hatte San Diego seinen Teil an absonderlichen Verbrechen abbekommen – einschließlich des Massenmörders, der vor einigen Jahren dreiundzwanzig Menschen in einem McDonalds-Restaurant erschoß, und Robert Alton Harris, des ersten verurteilten Mörders innerhalb von fünfundzwanzig Jahren, der in Kalifornien exekutiert wurde (weil er zwei Teenager erschossen und dann ihre Hamburger verzehrt hatte). Doch im allgemeinen passieren Morde nur in den berüchtigten Vierteln einer Stadt. Und selten hat irgendeine Stadt einen ihrer besten und klügsten Männer so brutal durch Waffengewalt sterben sehen.

Dan Broderick war ein außerordentlich erfolgreicher Anwalt gegen medizinische Kunstfehler, der die meisten Leute schon durch seine Referenzen beeindruckte: Er verfügte sowohl über einen Harvardabschluß in Jura als auch über einen Medizinabschluß aus Cornell. 1987 war er Präsident der Anwaltskammer der County. Er war so brillant, schlau, charmant und gutaussehend – von seinem perfekten Haar bis hin zu seinem Markenzeichen, der Rose im Knopfloch –, daß seine Freunde ganz offen voraussagten, er würde es eines Tages bis in den Senat der USA oder sogar bis ins Weiße Haus schaffen. Natürlich hatte auch er Feinde – viele Ärzte und Rechtsanwälte, die gegen ihn gekämpft hatten, haßten ihn und seine Taktik. Aber im allgemeinen wurde Dan Broderick als Musteranwalt betrachtet, ein dynamischer Prozeßführer mit untadeligem Ruf. Die Liste seiner Erfolge war so beeindruckend, daß ein schlichter Anruf aus seinem Büro, so heißt es, normalerweise ausreichte, die Beklagten – und ihre Versicherungsunternehmen – zum Aufgeben zu bewegen. Die Summen, die er erstritt, waren oft astronomisch hoch, denn er war immer öfter in der Lage, sich die Fälle auszusuchen, und akzeptierte nur die dramatischsten, gewinnbaren und lukrativen Fälle, in die große öffentliche oder private Institutionen verwickelt waren. Uninteressante Fälle lehnte er ab.

Linda Kolkena, ehemalige Stewardeß bei Delta Airlines, war von der Empfangsdame in seinem Bürogebäude zu seiner persönlichen Rechtsassistentin aufgestiegen, bevor sie seine zweite Frau wurde.

Als Dan 1988 vor einer Menge begeisterter Anwälte, Sekretärinnen und anderer Leute aus dem Justizwesen in einer schicken Bar in der Innenstadt vor ihr auf die Knie fiel, um auf altmodische Weise um ihre Hand anzuhalten, war er das Thema der Klatschkolumnisten. »Der ernst blickende Bursche, der neulich abends bei Dobson's auf die Knie fiel, war der Anwalt Dan Broderick, der seine Rechtsassistentin Linda Kolkena bat, ihn zu heiraten«, berichtete die *San Diego Union.* »Der Heiratsantrag fand viel zu öffentlich statt, um abgelehnt werden zu können. Sie werden im April heiraten.«

Selbst in einer größeren Stadt, wo Kriminalität an der Tagesordnung ist, hätte der Fall Broderick vermutlich Aufsehen erregt, solch ein abschreckendes Beispiel war es für das Abhandenkommen uramerikanischer Werte. Diese prächtige kleine Geschichte hatte alles. Sie war sexy, sie war durchzogen von

Obszönitäten und Gewalt, sie enthielt jedes Klischee über die Neureichen, die unter der Last ihrer eigenen Korruptheit zusammenbrechen. Es war die Geschichte einer verschmähten Frau, einer Frau, die sich verbissen hatte in den Kampf um ihren Mann, ihr Geld, ihre Kinder und ihre Rechte als langjährige Ehefrau. Es war eine moralische Geschichte von biblischen Ausmaßen, mit Ehebruch und Begierde, alles verpackt in eine große Flagge, geschmückt mit dem Emblem des allmächtigen US-Dollar, und sie mündete in einen auf den ersten Blick äußerst grauenhaften Fall von klarem, vorsätzlichem Mord ersten Grades. Im Schlaf erschossen? Kein Autor einer Seifenoper hätte es sich besser ausdenken können.

Es war auch die zeitlose Geschichte junger Lebemänner und alternder Helden, die abends an den beliebten Wasserlöchern der Stadt auftauchen, ihre College-Kampflieder singen und von Macht und Geld und von ihren neuesten beruflichen Schachzügen reden. Sie waren ›Spieler‹, alle, und junge Damen mischten sich unter sie; ihr Parfüm lag in der Luft wie Köder in haiverseuchtem Wasser, alle auf der Jagd nach einem Ehemann, und es war einfach zu schade, wenn er zufällig schon der Mann einer anderen Frau war. Gefangen in einer Ehe, in der es keine Liebe mehr gibt, so stellten es die Spieler dar. Und die jungen Frauen glaubten ihnen. Wie Linda.

Die Broderick-Morde fesselten die gesamte Bevölkerung. Zeitungsschlagzeilen brüllten es heraus, Fernsehteams tauchten in Scharen auf in dem Versuch, einen Blick auf den Tatort zu erhaschen, auf die Mörderin, die Kinder der Brodericks, sogar auf ihre Hunde. In ganz San Diego wurden zynische Witze darüber gerissen, was der Fall Broderick für untreue Ehemänner bedeute. Zudem war es keine angenehme Zeit, in der höheren Gesellschaft die Geliebte eines verheirateten Mannes zu sein. Innerhalb weniger Wochen tauchten Autoaufkleber auf: ›Wissen Sie, wo Ihre Ex-Frau heute abend ist?‹ witzelte einer. ›Flittchen dieser Welt, vereinigt euch‹ lautete ein anderer. Oder ›Freiheit für Betty Broderick, damit sie noch einen Anwalt umbringen kann‹. Die, die das nicht witzig fanden, meinten: ›Brennen sollst du, Betty, brennen.‹

Das Begräbnis war eine große, herzzerreißende Angelegenheit, an der mindestens tausend Trauernde teilnahmen, unter ihnen viele der prominentesten Anwälte und Richter der Stadt. Die riesige Kirche in der Innenstadt hallte wider von den Schluchzern der Freunde und der Familie, die an den beiden Särgen vorbeidefilierten – sein Sarg war mit Hunderten roter Rosen bedeckt, ihrer mit weißen. Weil Dan ein loyales Mitglied solch irisch-amerikanischer Gesellschaften wie der ›Friendly Sons of St. Patrick‹ gewesen war, stand ein riesiges Kleeblatt aus Blumen an einer Seite, und ein irisch-amerikanisches Trio sang tränenüberströmt ›Danny Boy‹ und andere traurige Balladen.

»Dan Broderick war genau so, wie man sich einen Anwalt wünscht«, sagte William Enright, Richter am Bezirksgericht, der als einer von vielen eine Lobrede auf das Paar hielt. »Ein Mann mit brillantem Verstand, ein großartiger und eloquenter Redner, ein Mann von unbezweifelter Integrität – sein Wort war ihm Verpflichtung, sein Ruf sein höchster Besitz ... Er machte uns alle stolz auf unseren Beruf als Anwalt, er repräsentiert unsere beste Seite und alles, was wir einmal zu sein erhoffen ...«

»Linda bot ihm ein neues Leben, eine zweite Chance«, sagte die Justizangestellte Laurel Summers, eine enge Freundin der beiden. »Sie gab ihm den Optimismus, auf eine zweite Familie zu hoffen. Zusammen waren sie einfach entzückend, mit ihrem breiten Lächeln, zwinkernden Augen, ihrer Ausgelassenheit und den süßen Koseworten ... Ihr Leben unter uns ist zu Ende, aber wir alle hier werden in Zukunft Tage und Nächte gemeinsam singend und trinkend und lachend verbringen. Ohne Dan und Linda wird der Wein nie mehr so gut, die Lieder nie mehr so melodisch und das Lachen nie mehr so fröhlich sein.«

Vince Bartololla, späterer Präsident der Vereinigung der Prozeßanwälte von San Diego, erinnerte sich voller Tränen an die Kosenamen, die das Paar füreinander hatte. Dan nannte Linda ›Meine Kleine‹ und ›Liebchen‹, sie nannte ihn ›der Junge‹.

Mike Reidy, einer von Dans ergebensten Freunden, sang ›Teach Your Children Well‹, als die Trauernden zum Friedhof gingen.

Die vier Kinder der Brodericks boten einen bemitleidenswerten Anblick. Die zwei älteren Töchter weinten hilflos. Dan Brodericks zwei kleine Söhne blickten bestürzt, aschfahle kleine Männer, die noch Jahre brauchen würden, um zu verstehen.

Die Inschrift auf Lindas Grabstein, ausgewählt von ihrer Schwester Maggie, ist eine Zeile des Dichters William Blake:

She who kisses the Joy as it flies
Lives in eternity's sunrise.

Dans Inschrift ist eine Zeile aus dem Lied:

Oh Danny Boy, we love you so.

Betty versuchte nicht, sich zu verstecken oder zu verschwinden. Sie stellte sich im Laufe des Tages in Begleitung eines Anwalts auf der Polizeistation in der Innenstadt. Die Waffe lag immer noch in ihrer Handtasche im Haus ihrer Tochter. Von dort wurde Betty Broderick ins Bezirksgefängnis für Frauen verlegt und des zweifachen Mordes ersten Grades angeklagt.

Das Las-Colinas-Frauengefängnis, ein häßlicher, weitläufiger, einstöckiger Gebäudekomplex, liegt auf einem sieben Morgen großen, unkrautübersäten Grundstück jenseits von Santee, einer schäbigen kleinen Stadt dreißig Meilen östlich von San Diego, am Rande der Wüste. Das Gefängnis beherbergt ungefähr vierhundertfünfzig Insassinnen, zumeist Minderjährige, die eine kurze Strafe für Drogen, tätlichen Angriff, Prostitution und ähnliche minderschwere Delikte absitzen.

Betty hatte dort bereits 1987 einmal sechs Tage wegen Mißachtung des Gerichts durch unflätige Bemerkungen abgesessen. Doch dieses Mal würde Colinas für zwei Jahre ihre Heimat sein, für die Dauer von zwei Mordprozessen, und sie würde eine schlimme Zeit in Schutzeinzelhaft durchleben, weil die anderen Gefangenen sie nicht in Ruhe ließen – die große, böse, lustige, blonde Mutter, die den Mißbrauch treibenden alten Mann und seine Puppe umgelegt hatte. – Sie war ein Eindringling in ihrer Welt, die ›reiche Hure‹ aus La Jolla, die nicht mit 16 000 Dollar pro Monat auskam. Sie schubsten sie herum und ängstigten sie zu Tode. Daher wurde sie nach einigen Tagen aus dem allgemeinen Vollzug, wo die Insassinnen zusammen aßen und wesentlich mehr Bewegungsfreiheit hatten, in einen kleinen Trakt des Gefängnisses verlegt, der für Gefangene vorbehalten war, die als Hochsicherheitsrisiko gelten.

Während der nächsten siebenundzwanzig Monate lebte sie in einer Zweierzelle, acht mal zwölf Fuß groß, mit einer Gemeinschaftstoilette an der hinteren Wand, dreißig Zentimeter vom Etagenbett entfernt. Einmal die Woche wurde ihr saubere Baumwollunterwäsche zugestanden; Mahlzeiten aus der Mikrowelle wurden vor ihrer Tür in Styroporbehältern auf den Boden gestellt. Manchmal, je nachdem, wer gerade ihre Zellengenossin war, warnten Schilder an der Tür das Wachpersonal: »Nicht allein betreten«. Sie wurde bei Sonnenaufgang durch das Brüllen der Wachleute geweckt; durch ein kleines, hermetisch abgeriegeltes Fenster konnte sie den Beton und Stahl anderer Häuser erspähen, und wenn sie ihren Hals verrenkte, erhaschte sie ein kleines Stück des Himmels. Keine Palmen und Bougainvillea und kein Meerblick mehr für die frühere Mrs. Daniel T. Broderick III. Kein ›echter‹, nur noch wäßriger koffeinfreier Kaffee. Doch der Kaffee und das Fehlen von Zahnseide waren das einzige, worüber sie sich in den folgenden zwei Jahren beschwerte. Betty Broderick gewöhnte sich erstaunlich schnell an das Gefängnis. »Ich war *froh*, in jenem kleinen Raum zu leben«, sagte sie später, »weit weg von allem, wo niemand an mich heran konnte. Zum ersten Mal seit Jahren fühlte ich mich sicher.«

Sie verbrachte die erste Nacht in Colinas völlig nackt im sogenannten Gummiraum, einer Gummizelle, unter Beobachtung wegen Selbstmordgefahr. Normalerweise gehen die Gefangenen aus dieser einsamen, erniedrigenden Strafe geläutert hervor: ausgezehrt, beschämt, gefügig und erschrocken über die Tat, die sie begangen haben. Typischerweise verlangen sie nach Beruhigungsmitteln, Priestern oder Anwälten oder nach allen dreien.

Nicht so Betty. Statt dessen sprudelte sie laut späteren Aussagen am nächsten Morgen nur so über, trug ein derart breites

Lächeln und solch unbekümmertes Verhalten zur Schau, daß sowohl die Wärter als auch die Mitgefangenen fasziniert staunten. Sie war nervös, aufgedreht und sprach zu schnell – aber sie sprach. Leichte Konversation. Ohne Punkt und Komma. ›Fröhlich‹, so beschrieb sie später der Gefängnispsychologe vor Gericht. Keine Tränen, kein Zittern. Sie schien hauptsächlich verlegen wegen der Umstände, die man sich ihretwegen machte.

Aber es war ihre unbarmherzige Wut, die jeden in ihrer Umgebung so faszinierte. Falls die Tat ihr leid tat, so erfuhr keiner davon. Falls sie sich auch nur ein wenig unbehaglich fühlte, weil sie gerade zwei Menschen getötet hatte, so ließ sie es sich nicht anmerken.

Statt dessen erzählte sie jedem, der es hören wollte, daß sie ›einen Dienst an der Öffentlichkeit‹ begangen hatte. Der Mord an Dan und Linda Broderick, sagte sie, sei ›der aufrichtigste, ehrlichste Akt der Selbtverteidigung gewesen, den es geben kann. Es war die gerechtfertigte Tat gegen eine Waffe, die man nicht sehen kann – und niemand kann mir erzählen, daß Dan Broderick und seine billige kleine Hure keine Waffe gehabt haben. Seine Waffe war das Rechtssystem. Ich stand ständig unter Beschuß. Zeigen Sie mir einen Soldaten oder einen Polizeibeamten oder sonst jemanden, der sich selbst verteidigt – wird er etwa wegen Mordes zur Verantwortung gezogen? Falsch!‹

Es wurde deutlich, daß sie ungewöhnlich intelligent war. Und ihre Formulierungsfertigkeit hielt Schritt mit ihrem rasenden Verstand. Sie wußte, wie sie sich selbst verteidigen wollte, noch bevor ihr irgendein Anwalt etwas einflüstern konnte: Sie war eine emotional zerstörte Frau und ein Opfer ›gerichtlicher Angriffe‹ durch das weiße männliche Machtsystem. Das hatte sie schon seit Jahren so empfunden. Ihre Geschichte, so erklärte sie, habe nichts mit Eifersucht oder gar Geld zu tun. Ihre Geschichte war die zeitlose Geschichte des Ungleichgewichts zwischen den Geschlechtern, zumindest in traditionellen Ehen. Sie war typisch für Millionen von Ehefrauen, die sich auf den jahrhundertealten Handel – er arbeitet, sie sorgt für den Haushalt – einlassen, nur um in mittleren Jahren, wenn er sie verläßt, festzustellen, daß »die Ehefrau noch nicht einmal über die fundamentalen Rechte eines Geschäftspartners verfügt, den man betrogen hat. Hätte Dan Broderick einen Geschäftspartner derart betrogen, wie er unseren Vertrag gebrochen hat, so säße er heute hinter Gittern, nicht ich.«

Auch hatte sie immer eine Anekdote parat, um für sich Punkte zu sammeln: »Ich wäre besser behandelt worden, wenn ich ein gutes Pferd oder ein Hund wäre, der seinem Herrn zwanzig Jahre lang gut gedient hat. Zumindest erweist man diesem Tier Respekt und Dank ... Ich war all die Jahre ein treuer Hund, und er konnte sich noch nicht einmal dazu herablassen zu sagen ›Okay, sie ist zu alt, und ich will sie loswerden.‹ O nein. Er mußte mich hinauswerfen und sagen: ›Sie war zwanzig Jahre lang ein Stück Scheiße und schon immer ein Problem, und ich konnte es kaum erwarten, sie loszuwerden, und sie verdient nichts.‹ Er war ein eiskaltes, gemeines Arschloch.« In ihrem Ton war niemals der Anklang von Selbstmitleid zu hören – nur brutale, nackte Wut, geboren aus Empörung und Ungläubigkeit.

Ansonsten tat sie so, als sei das Gefängnis nur ein unwesentliches Ärgernis in ihrem täglichen Leben. Als eine ihrer ersten Handlungen ließ sie ihren Anwalt eine richterliche Verfügung besorgen, damit sie sich die Haare färben durfte, und sie schickte an *Time*, *Esquire* und ein halbes Dutzend anderer Zeitschriften ein Formular, das ihre Adreßänderung anzeigte.

Ihrer Tochter Lee schickte sie einige energische Anweisungen: ›Zahle die Strafzettel (Keine weiteren Strafzettel!); hol die Messingkerzenhalter aus dem Haus und bring sie in die Wohnung; triff dich mit dem Innenausstatter, damit er den Eichenboden von der Eingangstür bis in den Schrank oben verlegen kann. Es ist alles bezahlt. 800 Dollar! Der Name dieser Hure ist Carolyn Oliver; laß dir die Garage öffnen; bring das Bügelbrett in die Wohnung; im oberen Schrank der Wohnung findest du hoffentlich eine pinkfarbene Packung Clairess Haarfarbe – 202 Helles Aschblond. Nimm sie und kauf zwei weitere davon in der Drogerie.‹

Wie sie es auch in den kommenden Jahren tun sollte, legte Betty eine Einkaufsliste bei, die alle Kosmetikartikel enthielt, die sie benötigte, alle sorgfältig mit Markennamen aufgeführt, von der Linique-Feuchtigkeitscrème (ohne Öl) bis zum Rouge von Revlon (›Glazed Brownberry‹) und zum Lippenstift von Estée Lauder, Farbton ›Pink Caribe‹.

An Brad Wright, einen sechsunddreißigjährigen Unternehmer für Bauzäune, der nach ihrer Scheidung von Dan ihr Freund geworden war, schrieb sie mädchenhafte Briefe, in denen sie ihn ›Poopsie‹, ›Popeye‹ oder ›Sweetheart‹ nannte und ihm bei einer Gelegenheit gestand, wie sehr sie ihn vermißte, bei der nächsten streng anwies, er solle sofort all ihre Rechnungen bezahlen. San Diegos verrufene Mörderin, angeklagt des zweifachen Mordes ersten Grades, wollte nicht als Schmarotzer betrachtet werden. ›Und achte ganz besonders darauf‹, schrieb sie an Wright, ›daß du Saks bezahlst – die Rechnung ist überfällig.‹ Sie verzierte ihre Briefe an ihn und an Lee mit kleinen, fröhlichen Gesichtern.

In einer anderen Nachricht an Wright schrieb sie am 19. November: ›Poopsie, wenn du jemals das Bedürfnis hast, mit mir zu reden, und ich kann dich nicht anrufen, schreibst du mir dann? Wenn ich einen Brief von dir hätte, dann könnte ich ihn immer wieder lesen, wenn ich dich vermisse und so wie jetzt nicht an ein Telefon komme.‹

Sie hätte Zsa Zsa sein können, die für das Ohrfeigen eines Bullen einsaß. Betty Broderick war von Anfang an eine originelle Gefangene – schon bevor sie entdeckte, daß sie über Nacht auch zu einer Berühmtheit geworden war.

Völlig unbeabsichtigt hatte sie einen allgemeinen Nerv getroffen. Von überall her regnete es Sympathieschreiben unglücklicher Ehefrauen und Geschiedener. Die örtlichen Medien rissen sich um Interviews. Bald entdeckte auch die nationale Presse die Betty-Story. Fernsehreporter, Buchverleger, Drehbuchautoren, Talkmaster, Zeitschriftenredakteure – alle interessierten sich für die verschmähte Frau, für die schmutzigste Scheidung der Welt, für den übel zugerichteten Ehemann und die mißhandelte Ehefrau. Jeder stand auf einem anderen

Standpunkt, aber alle waren von der Mörderin ›aus den oberen Zehntausend‹ fasziniert. Obwohl sie niemals wirklich dazugehört hatte, wurde Betty Broderick von da an von der Presse als ›Mitglied der oberen Zehntausend von La Jolla‹ betitelt.

Ihr erster Verteidiger wurde derart von Post überschwemmt und von den Medien überrannt, daß er innerhalb von zwei Wochen eine Public-Relations-Firma engagierte, die sich damit beschäftigte.

Betty fühlte sich wohler mit ihrem neuen Forum. Bald entdeckte sie das öffentliche Telefon im Hof des Gefängnisses. Sie benutzte es voller Lust und begann, R-Gespräche mit Reportern aus San Diego zu führen, die, wie sie schnell begriff, immer begierig genug waren, jedes ihrer Worte zu drucken. Nicht nur, weil ihr Verbrechen so sensationell gewesen war, sondern auch wegen ihrer starken Persönlichkeit. Sie war nicht nur gescheit, sondern verfügte ebenso über einen lauten schwarzen Humor und lieferte ekelhaft unverfrorene Kommentare. Sie spielte mit der instinktiven Leichtigkeit der geborenen Schauspielerin mit der Presse. Ihre Telefonstimme war stets lebhaft, fröhlich und herausfordernd. Betty war nie langweilig.

»Es macht mich rasend, wenn die Leute sagen, Dan und Linda seien die Opfer«, sagte sie in einem ihrer ersten Interviews gegenüber der *Los Angeles Times,* »weil meine Kinder und ich die Opfer waren. Es gab zwei Tote, aber fünf Opfer ... Meiner Meinung nach haben sie nicht eine Minute gelitten, aber er quälte mich und die Kinder sieben Jahre lang.« Sie sagte auch, daß sie sie ›peng peng ... ohne Zögern‹ erschossen habe.

Jene Geschichte erschien am nächsten Tag unter der Schlagzeile ›Broderick gesteht‹.

»Gesteht?« fragte sie später fasziniert von der Darstellungsweise der Medien. »Was habe ich gestanden? Ich habe nichts gesagt, was ich nicht schon der Polizei erzählt habe, meiner Familie, meinen Freunden und jedem anderen, der mich danach fragt. Wie sonst wäre ich hier drinnen, wenn ich nicht gestanden hätte? Diese Arschlöcher wissen nicht mehr, als ich ihnen erzählt habe. Wenn ich das ganze geplant hätte, dann wäre ich ganz anders vorgegangen. Ich hätte die Waffe irgendwo in einem Mülleimer verschwinden lassen und die Schuld irgendeinem Arzt in die Schublade geschoben – Millionen von denen haßten meinen Mann – und wäre wieder nach Hause in mein Bett gegangen.«

Trotz allem genoß sie das alles. Endlich konnte Betty Broderick über das Publikum herrschen, das ihr so lange vorenthalten worden war. Sehr zum Ärger der Staatsanwaltschaft ließ sie ihren Fall Monate vor dem Prozeß in der Presse verhandeln. Ihr eigenes Verteidigungsteam raufte sich die Haare, weil sie anscheinend nicht in der Lage war, Reue über ihre Tat zu zeigen oder ihr Mundwerk vor Publikum im Zaum zu halten.

Sie war überzeugt, daß ihr Unrecht angetan wurde. »Es war, als stecke man Muhammad Ali mit einer Hausfrau in den Ring«, stellte sie wiederholt fest. Und jetzt verweigerte ihr derselbe Clan der ›alten Jungs‹, der ihr die Kinder weggenommen hatte, weil Dan Broderick es so wollte, die Erlaubnis, daß sie ihren minderjährigen Söhnen aus dem Gefängnis schreiben oder er sie anrufen konnte. »Dan Broderick ist tot, doch er quält mich und die Kinder immer noch«, wütete sie. Und warum wurde ihr die Freilassung auf Kaution verweigert? »Wenn Marlon Brandos Sohn auf Kaution raus darf, warum dann nicht ich?« verlangte sie zu wissen.

Sie wurde täglich provozierender. Ihre Bemerkungen waren mal nur bitter, mal blasphemisch. »Was für ein Schwindel«, keifte sie einmal beim Gedanken an die aufwendige Beerdigungszeremonie für Dan und Linda. »Der Hurensohn hat all die Jahre, die er in San Diego lebt, nicht einen Fuß in die Kirche gesetzt, und die beerdigen ihn, als sei er der Papst. Warum wird er wie ein guter katholischer Vater beerdigt, wo er doch seine Familie verlassen hat? Er hätte wie das Arschloch beerdigt werden sollen, das er ist.« Bis zum heutige Tage spricht sie von Dan Broderick noch oft in der Gegenwart.

Dann wieder war sie einfach unglaublich. »Meine Kinder sind froh, daß ich es getan habe. Sie haßten ihn. Sie sind froh, daß er tot ist«, sagte sie wiederholt.

Sechs Jahre zuvor, als sie von der Affäre ihres Mannes erfuhr, hatte sie nicht nur seine Kleider auf dem Hof verbrannt, sondern noch obendrein Farbe über die glühenden Überreste geschüttet. Jetzt tat sie dasselbe – sie ging noch einen Schritt weiter und streute mit verrückter Schadenfreude Salz in die Wunden.

Was die Morde anbelangt – die sie beharrlich entweder als ›Zwischenfall‹ oder ›Unfall‹ bezeichnete –, so ärgerte sie kaum etwas mehr, als wenn die Medien sie als ›verschmähte Frau‹ darstellten. Wenn ihre Motive Eifersucht und Rache gewesen wären, so sagte sie gegenüber der *Los Angeles Times*, dann »hätte ich sie irgendwo gefangengehalten und sechs Jahre lang jeden einzelnen Tag und jede Nacht gefoltert. Ich hätte sie irgendwo versteckt, wo niemand sie hätte schreien hören, hätte sie mit Zigaretten verbrannt und getreten, wie das Folterknechte tun, weil das, was sie *mir* angetan haben, genauso schlimm war.«

Manchmal schien sie über ihre eigene Wut zynische Belustigung zu empfinden. Besonders Gefängnispsychologen brachten sie zum Lachen. »Alle behaupten immer wieder, daß ich noch wütend bin«, sagte sie sarkastisch. »Als wäre das ein *Fehler!* Darauf könnt ihr *wetten*, Jungs – meine Frustration und mein Zorn sind nicht mehr meßbar! Absolut. Wie oft kann man sich bücken und ficken lassen, ohne durchzudrehen? Wer würde da nicht zornig? Aber Frauen dürfen nicht zornig werden, weil das unweiblich ist, wißt ihr ... Es heißt immer ›o, nun, sie ist natürlich verrückt, sie benutzt Schimpfworte, und sie mißachtet das Gericht, also nehmen wir sie lieber fest.‹ Aber, sehen Sie, das liegt daran, daß die Männer die Regeln machen. Und die Regel lautet, daß du dich selbst verteidigen darfst – *wenn* du ein Mann bist. Du darfst dein Heim und deine Familie und dein Eigentum vor Diebstahl und anderen Leuten schützen – *wenn* du ein Mann bist. Aber wenn du eine Frau bist, dann darfst du dich nur in die Ecke stellen und weinen und fett werden und Tabletten schlucken und *Selbstmord* begehen.«

Die Frau hinter dem Zorn war kaum auffindbar. Sie wich allen Fragen über früher, über bessere Zeiten, aus. Ihre verstümmelten Gefühle hatten sich hinter eine Mauer zurückgezogen, die sich nicht durchbrechen ließ. Trotz ihrer intellektuellen Wendigkeit konnte sie ihre früheren Gefühle nicht mehr nachvollziehen. »Ja, ja natürlich, ich liebte ihn, ich bewunderte ihn«, rief sie ungeduldig, distanziert, und lenkte dann schnell ab. »Aber er hat uns fallenlassen, mich und meine Kinder, er hat unsere Herzen gebrochen . . .«

Sie hielt San Diego im Bann. Während ihres ersten Prozesses unterbrach ein örtlicher Fernsehsender sogar seine Seifenopern, um ihre Zeugenaussage live zu übertragen. In einer außergewöhnlichen Szene kurz nach dem ›Zwischenfall‹ legte sie Lippenstift und Rouge auf und posierte für einen Fotografen des *Los Angeles Times Sunday Magazine.* Dann kamen die nationalen Medien, zuerst das TV-Sensationsmagazin *Hard Copy,* gefolgt vom *Ladies' Home Journal.* Und das war erst der Anfang. Innerhalb der nächsten zwei Jahre wurde sie zu einer der Mörderinnen in San Diegos Geschichte, über die am meisten veröffentlicht wurde. Ihr zweiter Prozeß wurde live vom landesweiten Kanal *Courtroom TV* übertragen; über sie wurde in einer Folge der *Oprah Winfrey Show* berichtet, die nach der Sendung über Oprahs Diätpläne die zweithöchste Einschaltquote erreichte. Ihre Geschichte wurde zu einem zweiteiligen Fernsehfilm mit Meredith Baxter verarbeitet (»Gott sei Dank«, witzelte Betty, »ich hatte befürchtet, daß sie Roseanne Arnold nehmen.«). Sie bekam sogar dreißig Minuten in einer Folge der ABC-Nachrichtensendung *20/20* mit Barbara Walters. Über die Länge der Sendung war sie so sauer, daß sie sich beschwerte und gerade noch witzeln konnte: »Wo ist Mike Wallace? Ich will *sechzig Minuten!*«

Zuerst kamen die Briefe mit Sympathiebekundungen nur aus San Diego und Umgebung, aber als die Presse den Fall auswalzte, auch aus dem Rest der USA und der ganzen Welt. Die meisten Briefe waren von gebildeten Ehefrauen von Männern in gehobenen Bürojobs, Frauen, die auch mit erfolgreichen Selbständigen, speziell mit Anwälten, verheiratet waren. Aber die Geschichte der Betty Broderick überwand alle sozialen und ökonomischen Grenzen der Frauen, die sich angesprochen fühlten. Von der schüchternen, höflichen Bibliothekarin, die mit ordentlicher Handschrift auf rosa Briefpapier schrieb, über die militante Feministin, die auf Firmenpapier tippte, erreichten sie Briefe von Hunderten von Frauen, die ihr die Sympathie, ihr Verständnis und ihre Gebete übermittelten. Sie erzählten ihre eigenen Geschichten als Ehefrauen und Mütter, die im mittleren Alter von ihren Männern wegen jüngerer Frauen verlassen worden waren; sie berichteten von ihren Erfahrungen mit der Ungerechtigkeit in den von Männern dominierten Gerichtssälen; einige bekannten ihren eigenen Drang zu töten; andere hofften, daß ihr Beispiel dazu beitragen werde, daß etwas Positives unternommen würde, daß die Scheidungsgesetze geändert und endlich Gerechtigkeit geschehen würde. Es machte nichts aus, daß die Einzelheiten des Broderick-Falles damals keiner dieser Frauen bekannt waren – sie wußten genug, um zu glauben, daß etwas dran war, wenn eine Frau behauptete, sie sei bei der Scheidung betrogen worden.

›Liebe Mrs. Broderick ... Sie haben mein Verständnis und meine Sympathie ... Ich weiß, was es bedeutet, keine angemessene Unterstützung zu finden, wenn der Ehemann prominent ist‹, lautete es in einem typischen Brief. Die Schreiberin berichtete, ihr reicher früherer Ehemann, ein Arzt, zahle ihr nach zwanzig Jahren Ehe 95 Dollar pro Woche. ›Wäre Ihr Ex-Mann fairer gewesen, wären Sie nicht in dieser Situation.‹

›Ich unterstützte meinen Mann und meine Kinder finanziell, während er mehr als zwölf Jahre auf der Universität verbrachte‹, schrieb eine Geschiedene aus San Francisco, die ihrem Ehemann ihre Ersparnisse gegeben hatte, damit er seine beiden Anwaltskanzleien aufbauen konnte. Aber als er sie dann verließ, ›konnte ich keinen Anwalt finden, der mich vertrat ... [und] ihm war natürlich geraten worden, eine Vereinbarung zu verschieben, weil eine Änderung des Scheidungsrechts bevorstand ... ein niederträchtiger Freibrief für Casanovas ... ich war leichte Beute und wußte es nicht.‹ Sie glaubte, daß der Clan, der ›alten Jungs‹ sie genauso betrogen hatte wie Betty.

›So weit kommt es mit allen von uns, die ihrer Kleider beraubt, vergewaltigt und vom Gerichtssystem ausgeplündert wurden, um unser Leben selbst betrogen nur wegen des Erfolges unserer Ehemänner, zu dem wir beigetragen oder den wir selbst begründet haben ...‹

›Ihr Fall wird die Ungerechtigkeiten und Nachteile unseres Rechtssystems an den Tag bringen, wo es sich um Frauen handelt ... Es gibt viele Menschen, die Sie nicht für verrückt halten und die verstehen, daß man zeitweise aus dem Gleichgewicht geraten kann, wenn die Umstände und das Maß der Angst und der Streß entsprechend groß sind. Haben Sie Vertrauen.‹

Andere Briefe kamen aus dem radikalen Lager:

›Betty – Wir lieben Sie. Wir brauchen Sie. Wir sind mit Ihnen. Wir werden Sie nicht verlassen ... Wir werden es nie zulassen, daß die Sie besiegen‹, lautete einer, der von sechzehn Frauen in Washington, D. C., unterzeichnet war. ›Wir glauben, Sie wurden irgendwie auserwählt, um zu sagen, daß es NICHT IN ORDNUNG ist ... eine Frau zu verletzen, weil sie weint. Es ist nicht in Ordnung, eine Frau zu verletzen, weil sie nicht weint ... Es ist nicht in Ordnung, einer Mutter die Kinder wegzunehmen ... Es ist nicht in Ordnung, die Erde zu berauben und die Göttin, die wie unsere Mutter ist, oder ein Lamm in der Milch der eigenen Mutter zu kochen ... Eine Frau wird NEIN sagen, und alle Mütter werden folgen, NEIN ... Sie sind jetzt EINE FRAU GEGEN DAS PATRIARCHAT. Aber alle Mütter stehen in diesem Augenblick hinter Ihnen.‹

Und dann kam Post von ihren alten Freunden aus La Jolla. Nachdem sie Betty Broderick erst wenige Tage zuvor als Verrückte betrachtet hatten, der man am besten aus dem Weg ging, nahmen sich viele der Damen aus La Jolla jetzt ihr schönstes Briefpapier vor und schrieben Briefe, die mehr als alles andere zeigen, daß sie absolut nicht in der Lage waren, Bettys häßliche Tat als Tatsache anzusehen.

Weniger als zwei Wochen nach den Morden erhielt Betty zum Beispiel eine handgeschriebene Nachricht auf feinem

Briefpapier (mit den glücklichen Gesichtern, die Betty so liebte) von der Präsidentin des Coast Charter Investment Club, einer kleinen Gruppe von Frauen aus La Jolla, die sich amateurhaft mit Wertpapieren beschäftigten. Betty war einmal Präsidentin des Clubs gewesen.

›Liebe Betty, im Namen aller hier im Coast Charter Investment Club möchten wir dir sagen, daß wir dich am Montag bei dem Treffen bei Maureen Brown vermißt haben‹, schrieb die Präsidentin Diane McNary. ›Die Zusammenkunft war interessant. Wir haben den Kauf von Europ-Disney-SCA-Papieren auf dem Auslandsmarkt beschlossen ... Diese Wertpapiere gehören zu der Disney World, die in Frankreich gebaut wird, und sind ungefähr 15 Dollar pro Aktie wert ... Lucy Smith hat deine 30 Dollar am Montag gezahlt und wird das auch im Dezember tun. Das Treffen im Dezember wird traditionell bei Bev Fipp stattfinden. Ich dachte, du würdest gerne über die derzeitigen Aktivitäten unseres Clubs Bescheid wissen. Wir bleiben in Kontakt.‹

Und ihre Friseurin aus dem Salon La Jolla schrieb: ›Liebste Betty, Sie sollen wissen, daß alle hier im Salon an Sie denken und wir Ihnen alles Gute wünschen ... Ich wollte Ihnen anbieten, Ihnen die Haare für die Verhandlung zu machen. Falls Sie es wünschen, würde ich gerne kommen und Ihnen helfen, sich ein wenig besser zu fühlen, mit etwas Farbe und einer Fönfrisur ... Natürlich würde es Sie nichts kosten, es wäre mir ein Vergnügen ... Wir feuern Sie an. Viele Grüße, Danielle.‹

Andere schrieben nur Blabla: ›Liebe Betty ... das Leben muß jetzt fantastisch für dich sein, und ich hoffe, du hast einen guten Anwalt, mit dem du dich gut verstehst. Bei mir ist es wie immer, die Tage angefüllt mit einigen Unterrichtsstunden und ein wenig Arbeit im ›Nutmeg Tree‹ ... Alles Liebe und viel Glück. Judy.‹

Mit dem Anstand der La-Jolla-Matrone, die sie gewesen war, schickte Betty sofort Antwortschreiben los, die sie auf ihren gelben Anwaltsblöcken verfaßte und mit kleinen Bleistiftzeichnungen fröhlicher Gesichter verzierte. Am Anfang entschuldigte sie sich oft für das unelegante Briefpapier.

›Diane, du liebes, süßes Ding!‹ schrieb sie einer Frau. ›Ich wünsche mir auch immer, wir hätten mehr Zeit miteinander verbracht. Niemand dort draußen hat eine Ahnung davon, was ich durchmachen mußte. Es war ein sehr privater Kummer. Ich weiß nicht, ob ich jemals auch nur annähernd wieder die Person sein werde, die ich einmal war! Ich danke dir für deine Freundlichkeit und deine Sorge. Ich weiß es wirklich zu schätzen. Alles Liebe, Betty. P. S. Falls ich mal nicht da bin – dann bin ich sicher bei Harry's zum Tee.‹

Einer anderen schrieb sie: ‹Liebe Vivian, vielen Dank für deine süße, liebevolle Nachricht. Es sieht so aus, als gebe es dort draußen viele leute, die zu mir halten! Diese Geschichte bedeutete mehr als das übliche ›Ehemann-verläßt-Ehefrau-für-Jüngere‹. Dies ist eine Geschichte über legalen Terrorismus und Korruption, über den Gebrauch ›des Systems‹, um zu zerstören, zu mißbrauchen, in Angst zu versetzen und die Ehefrau UND vier unschuldige, hübsche Kinder endlos lange zu foltern. Bitte, melde dich wieder. Schick mir was zu lesen und bete, daß wir das hier überleben. Viele Grüße, Betty Broderick.«

Ihrer Friseurin schrieb sie: ›Liebe Danielle, Danke für Ihr süßes, freundliches und großzügiges Angebot. Es gibt eine gerichtliche Verfügung, nach der ich mein Haar einmal pro Monat von einem Fachmann schneiden und färben lassen darf – was viel öfter ist, als ich es zu Hause je getan habe! [fröhliches Gesicht] Lassen Sie mich wissen, an welchem Wochentag es Ihnen am besten paßt, und sie werden für Ihre Zeit GUT bezahlt werden. Zu schade, daß es so weit kommen mußte. Alles Liebe, Betty.‹

Wie die meisten bekannten Mörderinnen bekam auch sie bald warmherzige Briefe von faszinierten Männern. Die meisten waren voller sexueller Anzüglichkeiten nach dem Motto ›bestraf mich noch einmal‹; aber einige kamen auch von ernsthaften Männern, die von ihrer Geschichte berührt waren und sich für die Grausamkeiten, die den Frauen manchmal vom männlichen Geschlecht angetan wurden, entschuldigten. Aber Betty machte keinen Unterschied. Geschmeichelt wie eine unkritische

Fünfzehnjährige antwortete sie allen. Unter ihren bevorzugten männlichen Briefpartnern war ein prominenter Architekt aus La Jolla, dessen bekannte Frau aus den oberen Zehntausend voller Faszination Betty Broderick verteidigte. Zuerst schickte er ihr Karten, mit denen er ihr Mut machte, dann ging er dazu über, ihr Bilder von seinem Boot zu schicken, und schließlich besuchte er sie sogar im Gefängnis. »Er gab mir durch das Glas einen Kuß«, berichtete Betty errötend.

Also keine verrückte Betty mehr. Nun war sie zumindest in einigen Kreisen eine Heldin. Die Sympathie, die sie sich gewünscht hatte, das Verständnis, das ihr so viele Jahre gefehlt hatte, war ihr nun sicher. Sie blühte auf.

Sie sah sogar besser aus. Sie war immer noch fett, und ein Doppelkinn verunzierte ihre Gesichtszüge, aber sie begann, Gewicht zu verlieren. Ihre blauen Augen verloren den trüben Schleier und begannen, Besucher hinter der Plexiglasscheibe anzufunkeln; ihr Teint schien weniger teigig. Sie begann, ihr Haar zu pflegen und Make-up aufzulegen – marineblaue Wimperntusche, graubraunen Lidschatten und hellrosa Lippenstift. Sie hörte sogar auf, an ihren Fingernägeln zu kauen. Sie lachte heiter und oft. Zum ersten Mal bekam ein Unbeteiligter, der sie erst nach den Morden kennengelernt hatte, eine Ahnung, wie atemberaubend schön Betty Broderick einmal gewesen war.

Aber sie wurde nicht mürbe. Während Wochen und Monate vergingen, die Post waschkörbeweise eintraf und die Scheinwerfer der Medien immer heller leuchteten, wurde sie immer mehr zum Opfer, wurde immer sicherer, daß ihre Handlungsweise gerechtfertigt war. Mit der Zeit erzählte Betty ihre Geschichte mit der tyrannischen Art eines Stars. Sie witzelte, sie wolle, daß Bette Midler ihre Rolle in einem Film über sie übernahm. Nicht, daß sie etwas gegen Meredith Baxter hatte – aber sie konnte nie verstehen, warum die Schauspielerin sie nicht im Gefängnis besucht hatte, bevor sie zwei Filme über sie gedreht hatte.

›Ich wünschte, Sie hätten mich besucht!‹ schrieb sie nach

dem ersten Fernsehfilm, der ohne Mitgefühl für sie gewesen war, heiter an Meredith Baxter. ›Der Film wäre VIEL besser geworden, wenn Sie besser verstanden hätten, womit genau ich nicht fertig geworden bin‹, schrieb sie zum Beispiel. ›Kommen Sie mich besuchen – rufen Sie an oder schreiben Sie mir –, wenn es jetzt auch ein wenig spät ist. Ich BIN interessiert [fröhliches Gesicht].‹

In der Show von *Oprah*, die live über Fernsteuerung in Colinas aufgenommen wurde, stellte sie sich selbst als Symbol ›aller Frauen, die Angst haben müssen ..., die vom System erniedrigt wurden‹ dar.

Aber das meinte sie nicht wirklich. Trotz ihrer öffentlichen Verlautbarungen. Betty sah sich selbst niemals als Symbol der Zwangslage anderer Frauen. »Niemand hat dasselbe durchgemacht wie ich«, sagte sie wiederholt in Colinas. Für sie war ihr Fall immer einzigartig. Mehr Macht hatte sich gegen sie verschworen. Mehr Mißbrauch, als jede durchschnittliche Frau je erleben könnte – weil sonst niemand es mit Dan Broderick zu tun hatte. Niemand sonst sah sich einem so rücksichtslosen, so gefährlichem Feind gegenüber.

»Das gesamte Rechtssystem basiert darauf, daß der siegt, der schneller, früher, besser lügen kann ... es kommt darauf an, wer wen besser betrügt«, bemerkte sie einmal. »Anwälte sind professionelle Kämpfer in der akzeptierten sozialen Arena, und niemand war je besser als Dan Broderick. Er konnte die Geschworenen davon überzeugen, daß schwarz weiß war. Ich hatte es mit einem Meister zu tun, und als er mich verlassen hatte, war ich nur noch ein Fall für ihn, ein weiterer Gegner, den er zerstören wollte.« Im Grunde war er immer da – Betty Brodericks persönlicher Stolz auf das juristische Genie des Mannes, den sie geheiratet und getötet hatte.

Sie war besessen und hatte den Punkt überschritten, an dem sie alles logisch erfassen konnte. Immer weiter drehten sich die Räder, tauchten die Bilder all der Lügen, der Untreue und des Verrats vor ihr auf. Sie konnte ihnen nicht entkommen, nicht mehr. Die volle Wahrheit, wie immer sie auch aussah, war nun in ihrem Kopf eingeschlossen, an diesem stürmischen Ort. Manchmal schien selbst sie das zu wissen, zumindest vom Verstand her. »Wissen Sie, die Betty Broderick, die Sie heute sehen, ist nicht dieselbe, die ich 1983 war, bevor das alles hier anfing«, sagte sie einmal in einem schwachen Moment. »Jene Betty war eine wunderschöne Person. Ich war hübsch, liebevoll, glücklich, ausgeglichen, und ich war lustig. Alle mochten mich. Und ich weiß, daß auch Dan Broderick stolz auf mich war – wenn das verdammte Arschloch es auch bis zu seinem Grab abgestritten hat.«

Natürlich war Betty Broderick nicht immer so. Es war einmal eine Zeit, da war sie irgendein Nachbarmädchen, eine Frau, die so behütet und traditionell lebte, als sei sie in den spießigen Fünfzigern, nicht in den unruhigen Sechzigern aufgewachsen. Sie war Jungfrau, als sie heiratete, und benutzte niemals ein schmutziges Wort, und tatsächlich legte sie ihren Kindern eine Zeitlang eine Strafe von fünfundzwanzig Cent auf, wenn sie nur ›Halt's Maul‹ sagten. Nach konventionellen Normen war sie, genau wie sie selber sagt, ›eine perfekte Mutter, eine perfekte Ehefrau‹, eine hübsche, tatkräftige Hausfrau in La Jolla, die mit ihrem Kleinbus voller Kinder durch die Stadt fuhr und ein KFZ-Schild mit der Aufschrift ›LODEMUP‹ hatte. Betty Broderick, die jetzt so verloren in der Vergangenheit lebte, war einmal das perfekte Beispiel für eine amerikanische Hausfrau und Mutter gewesen, genau wie Dan Broderick ein vorbildlicher Familienvater war. Er war der gutaussehende Bilderbuchmann, der verantwortungsvolle Ernährer der Familie. Zusammen schienen sie ein ideales Paar. Deshalb ist die Zerstörung, die sie angerichtet haben, so schrecklich anzusehen, doch am Ende ist ihre Story eine Geschichte ohne Heilige oder Sünder. Die Brodericks waren zwei schwache Menschen – eine Parabel für uns alle –, die fast alles falsch gemacht und den ältesten, vernünftigsten aller sozialen Grundsätze verletzt haben: Alles nun, was ihr wollt, daß euch die Leute tun sollen, das tut ihnen auch.

TEIL ZWEI

Betty und Dan

La Jolla

An jenem Weihnachten waren die heißen Themen auf den Parties Bettys Rache, verschmähte Ehefrauen, untreue Ehemänner und ihre Puppen. Männer, die bekannt dafür waren, daß sie Affären hatten, hielten vorsichtshalber den Mund; andere gaben ihr Geheimnis preis, indem sie Dan Broderick allzu eilig verteidigten oder, im Gegenteil, zu Betty hielten. Ältere Ehefrauen gaben sich entweder uncharakterisch militant oder bewundernd; zweite Ehefrauen waren peinlich berührt. Einige Wochen lang lag Spannung in der Luft, denn über die Broderick-Affäre zu sprechen bedeutete für alle, in den Spiegel der eigenen Beziehung zu blicken. Kurz, was Betty Broderick getan hatte, störte das Weihnachtsfest aller.

Doch schon bald verschwand das starke Interesse. Im Frühling war das heißeste Thema in La Jolla, einer der reichsten weißen Gemeinden der Welt, nicht mehr Betty Broderick, sondern die Frage, was man gegen den Schandfleck der Stadt in Gestalt des örtlichen McDonalds tun konnte, der irgendwie nicht nur seinen Weg ins Herz von La Jolla gefunden hatte, sondern mitten hinein in die Prospect Street, La Jollas Antwort auf den Rodeo Drive in Beverly Hills. Es war kein echter McDonalds, nur ein McSnack, aber er war unausweichlich dort und verteilte seine Big Macs und Pommes frites mitten zwischen einigen der exklusivsten Geschäfte der Stadt. Wie es der Besitzer überhaupt geschafft hatte, eine Genehmigung zum Betrieb am allerersten Platz zu bekommen, darüber wurde temperamentvoll gemutmaßt. Doch jetzt war der Besitzer einen Schritt zu weit gegangen – er hatte tatsächlich auf dem palmengesäumten Gehweg zur Bequemlichkeit seiner Kunden Bänke aufgestellt.

»Wenn die Bänke voll besetzt sind, bekommen die Leute automatisch den Eindruck, es sei in Ordnung, überall auf der Straße herumzusitzen und Hamburger zu essen«, erklärte der Leiter einer Kunstgalerie wütend gegenüber einem Reporter. »Die Gier der Mächtigen in dieser Stadt hat einen solchen Ort ermöglichst, wo Menschen bewirtet werden, die glauben, sie könnten für 3 Dollar einen Hamburger kaufen und einen Platz mit Aussicht beanspruchen wie jemand, der anständig in einem Restaurant ißt.«

Die Bewohner La Jollas spielten in jenem Sommer auch mit dem Gedanken, Bier an ihren Stränden zu verbieten, um so das Gesindel aus dem Umkreis von San Diego zu vertreiben. Eine weitere Gruppe führte ihre alte Kampagne zur Abspaltung von San Diego weiter, weil La Jolla, der Dukatenesel der Stadt, viel zuviel Steuern zahle, um den Rest der Stadt zu unterstützen. Und eine führende Dame der Gesellschaft führte ihren Feldzug für ›Doggie Diners‹ mit dem Ziel fort, für die amerikanischen Hunde dasselbe Recht wie für die französischen Hunde zu erstreiten, nämlich mit ihren Besitzern im Restaurant sitzen zu dürfen. Sie nahm ihren eigenen Hund Chelsea praktisch überall mit hin – warum also nicht auch in die Restaurants von La Jolla? »Chelsea ist der meistfotografierte Hund der Stadt«, stellte Dave Nelson, Gesellschaftsreporter der *Los Angeles Times*, trocken fest. »Chelsea bewegt sich in den richtigen Kreisen.«

La Jolla, in einer der schönsten Buchten Kaliforniens gelegen, ist die Quintessenz einer südkalifornischen Traumstadt, eine kompakte kleine Kolonie – Einwohner: ungefähr fünfundvierzigtausend – voller pastellfarbener Häuser an den Hügeln bis hinunter ans Meer. Die Preise für Eigentum reichen von teuer bis unverschämt. Hier besuchen die Immobilienmakler ihre Kunden per Limousine, und auf eine Null mehr oder weniger kommt es ihnen in ihren Anzeigen nicht an. Wenn dort zu lesen ist ›3570 Dollar, 70 Dollar Anzahlung‹, und Sie verstehen nicht, was gemeint ist, dann können Sie es sich nicht leisten.

Die wenigen kurzen Geschäftszeilen an der Prospect und Girard Street bieten viele der renommiertesten Designermarken der Welt feil. Kleinere Ausflüge aus der Stadt hinaus nach

Neimann-Marcus, unbequemerweise fünf Meilen entfernt in einem lauten Einkaufszentrum gelegen, sind natürlich gestattet; genauso kaufen alle bei Price Club ein, einem Diskounter in fünf Minuten Entfernung, der vorwiegend Wein, Spirituosen und Käse verkauft. Sonstige Trips in die Innenstadt von San Diego gelten als unmöglich, obwohl die meisten es heimlich tun. Ein Bekleidungsgeschäft im Herzen der Stadt bot einmal Zweihundert-Dollar-T-Shirts mit paillettenbesetzten Motiven von Mickey Mouse, der amerikanischen Flagge und dem Mercedes-Stern an. Im selben Schaufenster war eine schwarze Satintunika ausgestellt mit Messinghengsten als Dollarzeichen. Und das war kein Witz.

In La Jolla gibt es keine Graffitis, keine Obdachlosen und ganz sicher keine Häßlichkeit. Wer hier nicht von Natur aus schön ist, macht das Beste aus dem, was er hat. Überall laufen Jogger herum, Raucher sind praktisch nirgends zu sehen, die Kliniken der Schönheitschirurgen haben Hochkonjunktur. Die Briefkästen in La Jolla werden nicht mit Werbeprospekten von Drogerien und Kaufhäusern verstopft, sondern mit Anzeigen örtlicher Fitneß-Studios, Friseure, Sonnenstudios und Zahnärzte, die den Bewohnern zu einem neuen, noch strahlenderen Lächeln verhelfen wollen.

Jedes zweite Auto ist ein Mercedes-Cabrio, doch auch Jaguar und BMW sind sehr beliebt. Der Parkplatz vor dem Von's-Supermarkt ist für gewöhnlich von Rolls-Royces besetzt. Wenn Sie selbst keinen besitzen, holt Sie eine örtliche Autovermietung zu einem leicht übertriebenen Mietpreis ab und fährt Sie in einem Mercedes durch die Stadt, damit es wenigstens so aussieht, als besäßen auch Sie einen solchen Wagen. Es gibt in La Jolla keine Autowaschanlagen. Statt dessen zahlen die Bewohner achtzig Dollar für Handarbeit, die zumeist, wie es scheint, von illegalen mexikanischen Einwanderern ausgeführt wird.

Um fair zu sein: La Jolla hat auch eine sympathische Seite, mag sie oft auch schwer zu entdecken sein. Die Schönheit der Stadt hat schon immer Schriftsteller, Künstler und Wissenschaftler angezogen, Raymond Chandler schrieb hier seine

Thriller; Dr. Seuss schrieb seine phantastischen Kinderbücher in seinem Haus, das auf die Bucht hinausblickt. Und heute sind dort einige der angesehensten Forschungszentren der Welt ansässig, unter ihnen das Salk Institute, das Scripps Institute für Ozeanographie und das Scripps Medical Research Center. Die University of California von San Diego liegt am anderen Ende der Stadt, ebenso wie das vielbeachtete La Jolla Playhouse.

Doch das war nicht das La Jolla der Betty Broderick. Sie gehörte in das hübsche, ruhige, unkomplizierte La Jolla, wo der Lehrer-Eltern-Ausschuß tagt, die Wohltätigkeitsessen und die Modenschauen stattfinden. Betty hatte immer mehr Interesse daran, den Gesellschaftsreporter der *Times*, Dave Nelson, oder der konkurrierenden *San Diego Union*, Burl Stiff, zu treffen als Jonas Salk. In jenen Kreisen La Jollas, die als die ›Gesellschaft‹ gelten, kommt es darauf an, wessen Name am nächsten Morgen in den Zeitungen steht.

Aber es ist nicht einfach, in die Gesellschaft von La Jolla aufgenommen zu werden. Es geht nicht um altes Geld. Sie brauchen nur Geld zu haben, egal, ob Sie es gestern erst bekommen haben oder vor drei Jahrhunderten – oder zumindest müssen Sie den Anschein erwecken, es zu besitzen. Die Sozialstruktur von La Jolla hängt weniger von Stammbaum und Geschmack als von Persönlichkeit, Geschäftigkeit und Flair ab. Wenn Sie ›Foies gras‹ und ›Au pair‹ richtig aussprechen, alle Marken von Mercedes in alphabetischer und numerischer Reihenfolge aufsagen und einen falschen Vuitton auf zehn Meter Entfernung erkennen können, sind Sie auf dem richtigen Weg.

Dennoch glauben die wichtigen ersten Bürger von La Jolla, ihre kleine Stadt sei durch Betty Broderick dank der geschmacklosen, sensationsgierigen Medien unfair ins Gerede gekommen. Sicher, sie hatte dort gelebt, natürlich bekam sie einen monatlichen Scheck von sechzehntausend Dollar, und ja, sie hatte einige wohltätige Dinge getan und in den richtigen Geschäften eingekauft. Trotzdem war sie keine von ihnen. Nicht wirklich.

»Es schaudert mich jedesmal, wenn sie von der ›Angehörigen

der Schickeria in La Jolla‹ schreiben«, sagte Alyce Quakenbush, Gesellschaftsredakteurin des *La Jolla Light*, »denn sie gehörte nicht zu den oberen Zehntausend... Sie engagierte sich sehr für die Belange der Kinder, aber... Ich hätte sie nicht als Crème de la Crème betrachtet.«

Wer in La Jolla wirklich zur Crème de la Crème gehören will, muß Mitglied in der Elite-Studentenvereinigung der Stadt, Las Patronas, sein. Nur fünfzig Frauen können, und das nur auf Aufforderung, für sieben Jahre Mitglied werden. Die Bedingungen sind nirgendwo aufgeschrieben, aber es ist ganz entschieden von Vorteil, mit einem erfolgreichen Mann verheiratet zu sein. Oder zumindest überhaupt verheiratet zu sein.

Sobald man erst einmal dazugehört, sind die Pflichten einer Patrona klar: in der Zeit von September bis zum folgenden August alles Nötige zu tun, damit das wichtigste gesellschaftliche Ereignis der Saison ein Erfolg wird – der Juwelenball, eine Party am Meer auf den Terrassen des La Jolla Beach and Tennis Club, einer weiteren Elitegruppe mit einer jahrelangen Warteliste, wo die meisten Patronas, natürlich, bereits Mitglied sind. Die Karten für den Juwelenball kosten zwischen 250 und 5000 Dollar pro Tisch, die Erlöse werden für verschiedene wohltätige und künstlerische Zwecke gestiftet.

Der ärgste Konkurrent des Juwelenballs ist der Monte-Carlo-Ball, der eine Woche später stattfindet und auf dem nur für das Museum für zeitgenössische Kunst in San Diego Geld gesammelt wird, das auch in La Jolla ansässig ist. Obwohl einige der Patronas auch beim Monte-Carlo-Ball helfen, ist dies hauptsächlich die Aufgabe derjenigen, die in der zweiten Reihe stehen und es nicht bis zur Patrona gebracht haben. Die benachteiligten Damen des Monte-Carlo-Balls deklarieren ihre Party als weniger formell, dafür aber um so ›lustiger‹. Die meisten Bewohner La Jollas, die ernsthafte soziale Ambitionen hegen, besuchen beide Bälle. Wer nicht das Geld hat, entsprechend aufzutreten, der leiht es sich, um sowohl in einem angemessenen Auto vorfahren als auch in entsprechender Kleidung auftreten zu können; viele tun das. »Es kostet mich ungefähr 5000 Dollar im Jahr, damit ich so aussehe, als gehörte ich dazu«, sagte einer der ortsansässigen Immobilienmakler, »aber es ist jeden Cent wert. Ich schreibe die Kosten einfach als Geschäftsausgabe von der Steuer ab.«

In den alten Zeiten liebte es Betty, mit ihrem gutaussehenden, ehrgeizigen jungen Ehemann zu beiden Bällen zu gehen. Dann legte sie ihre Trainingsanzüge in die Ecke, zog ihre immer kostspieligeren Abendkleider an und »gesellte sich zu den besten unter ihnen, all jenen Frauen, die das ganze Jahr über nichts anderes tun, als sich mit sich selbst zu beschäftigen«, wie sie es später nannte.

»Für Betty waren diese Bälle das A und O«, sagte eine Freundin. »Sie und Dan liebten es beide, an den richtigen Orten *gesehen* zu werden.«

Doch Betty schaffte es nie, bei den Patronas aufgenommen zu werden.

»Ich glaube nicht, daß ihr Name jemals ins Spiel gebracht wurde . . .« sagt Barbara Zobell, eine der Hohepriesterinnen der Gesellschaft von La Jolla und natürlich selbst eine ehemaligen Patrona. Mit Zobell, einem großen, phantastisch aussehenden ehemaligen Model mit einer langen, glatten blonden Ponyfrisur, zeigen sich zumindest die sozialen Aufsteiger gerne in der Öffentlichkeit. Sie war eine der wenigen prominenten Frauen aus La Jolla, die selbstbewußt genug waren, über Betty Broderick in den Monaten nach den Morden öffentlich zu sprechen. Andere versteckten sich und distanzierten sich so weit wie möglich von dem Skandal. (»Ich kann leider nichts sagen, ich bin zu sehr beschäftigt mit den Vorbereitungen für den Ball«, sagte eine der typischen Gesellschaftsexpertinnen, die Betty Broderick einmal genug gemocht hatte, um eine Party zu ihrem vierzigsten Geburtstag zu geben. »Für den *Juwelenball*«, betonte sie, »nicht den Monte-Carlo-Ball.«)

Zobell ist die Frau eines Anwalts, der in derselben großen Rechtsanwaltssozietät in San Diego arbeitete wie Dan. Betty Broderick und sie sind jedoch nie enge Freundinnen geworden. Betty hatte Kinder, Barbara Parties. Aber weil La Jolla so klein ist, »haben wir natürlich alle von der Trennung gehört«, sagte Zobell, selbst über Vierzig, und rümpfte beim Lunch im schicksten Café der Stadt die Nase. »Das ist doch eine alte Geschichte, daß die Männer mit einem Bürohuhn durchbrennen. Ich denke mir manchmal, ›haben diese Jungs denn überhaupt keine Phantasie?‹ Dennoch«, so fügte sie hinzu, »kann ich ihre Reaktion einfach nicht verstehen. Ich meine, sie ist ja nicht die erste, die das Große S durchmacht... und dann 16 000 Dollar, mein Gott!«

Das ›Große S‹ ist in La Jolla ein beliebter Euphemismus für Scheidung. Wenige Worte, außer vielleicht Menopause und Krebs, haben einen schärferen Beigeschmack. La Jolla ist im Grunde immer noch ein altmodischer Ort, wo die traditionellen ehelichen Rollen zumindest oberflächlich beachtet werden. Hier gehen die Männer noch jeden Tag in die Stadt in ihre Büros, die Frauen bleiben zu Hause, führen den Haushalt, fahren die Kinder in ihre Privatschulen und verbringen den Rest des Tages im Fitneß-Studio oder beim Einkaufen und treffen sich zum Lunch. Der beliebteste Treffpunkt zum Mittagessen ist normalerweise das La-Valencia-Hotel, ein elegantes, altes Gebäude im spanischen Kolonialstil, erbaut 1926 im Herzen der Stadt, verschwenderisch ausgestattet in Rosa und Schmiedeeisen. Von dort hat man den besten Blick auf die anderen Bewohner La Jollas.

Lunch bedeutet, daß sich die Frauen gegenseitig mit Ratschlägen versorgen, wenn ihre Kinder süchtig nach Cola sind oder ihre Ehe vom Großen S bedroht wird. Hier wird die mögliche Bedrohung durch die neue Freundin abgeschätzt, hier helfen sich die Frauen ganz cool, eine Gegenattacke zu planen, die hoffentlich nicht mehr als ein wenig kosmetische Chirurgie und ein paar neue Kleider erfordert, und hier ist der Ort, wo sie dann einfach abwarten. In den meisten Fällen gehen die Ehemänner nicht so weit, ihre Frauen zu verlassen, sondern behalten einfach ihre Freundin nebenher. Diese Lösung wird weithin akzeptiert.

Betty Brodericks endgültige Lösung war so verblüffend, daß man buchstäblich nichts mit ihr anfangen konnte. Mord? Dans und Lindas Freunde verstanden plötzlich – Mord bedeutete Blut, Kugeln, und wer weiß, welche letzten Ängste ihre Freunde in diesen Momenten ausgestanden hatten, bevor Betty die Waffe abfeuerte. Aber für unbeteiligte Beobachter wie Barbara Zobell, die Dan und Betty nur oberflächlich kannten, war Mord etwas Abstraktes, weniger real als der letzte Ladendiebstahl bei Saks, begangen durch eine Dame, die sich einfach nicht mehr zurückhalten konnte, aber reich genug war und über genügend Verbindungen verfügte, um sich selbst aus dem Gefängnis und den Klatschspalten herauszuhalten.

»Ist sie tatsächlich die Stufen hinaufgeschlichen?« zischte Zobell, und ihre grünen Augen glitzerten, ihre Lippen waren feucht, und sie lächelte leicht. »Hat sie tatsächlich den Abzug gezogen?« In jenem Moment sah sie genauso aus wie Patty McCormick, und ›Die Saat des Bösen‹ spiegelte sich auf der Stirn hinter ihrem Pony, als sie kurz davor war, die Hütte voller Menschen niederzubrennen. Zobell lachte und schüttelte diese Gedanken ab. Doch ist dies ein gutes Beispiel für die Wirkung, die Betty Broderick auf verheiratete Frauen hat, wenn diese erst einmal ernsthaft über ihre Tat diskutieren. Sie verlieren, wenn auch nur ganz kurz, die Maske der Zivilisiertheit.

»Eine Dame der Gesellschaft, lächerlich. *Natürlich* war ich keine Dame der Gesellschaft in La Jolla, dafür hatte ich keine Zeit«, sagte Betty Broderick später im Gefängnis. »Ich war eine Supermutter, jawohl. Das ist eine Frau, die sich mit den Kindern beschäftigt, mit den eigenen und denen anderer Leute, und die den ganzen Tag Jogginganzüge trägt und ständig mit Rotz und Erdnußbutter und Spucke beschmiert ist. So ist das nämlich mit Müttern. Ich war *niemals* eine Dame der Gesellschaft. Ich habe es nie geschafft, meine Haare oder meine Fingernägel machen zu lassen. Ich fuhr nicht in einem Mercedes herum, ich trug keine Tenniskleidung, ich habe noch nicht einmal Tennis *gespielt*. Ich habe nicht jeden Tag zu Mittag gegessen. Ich habe niemals *irgend etwas* in dieser Richtung getan. Ich war eine Babymaschine.

Und dann, als ich mich endlich hatte sterilisieren lassen, als das richtige, große Geld zu fließen begann, nach all den Jahren, die wir ohne ausgekommen waren und Tag und Nacht gearbeitet hatten, gerade als ich begann, ein wenig Freizeit zu genießen, da klopft Linda Kolkena an meine Tür und sagt: ›Verzeihung, ich will Ihr Leben‹. Und ich sollte dann antworten: ›Bitte sehr, soll ich einfach gehen?‹.

Ich habe niemals wirklich Luxus erlebt. Als ich endlich die Zeit hatte, überhaupt einmal an Las Patronas nur zu denken, war ich geschieden – und die nehmen keine geschiedenen Frauen. Linda Kolkena war diejenige, die eine Dame der Gesellschaft werden würde, nicht ich ... Ich hatte nie auch nur eine Minute Zeit, das zu genießen, was Dan mit meiner Hilfe aufgebaut hat. Nicht ich habe die Villa bekommen, sondern diese Fotze. Ich habe es noch nicht einmal geschafft, aus der gottverdammten *Gegend* herauszukommen!«

Die Brodericks zogen 1975, zwei Jahre nach ihrer Ankunft in San Diego, nach La Jolla. Sie war achtundzwanzig, er dreißig, sie hatten zwei kleine Mädchen, und sie fingen bescheiden an. Das Haus, das sie sich kauften – das erste und letzte als verheiratetes Paar –, lag in einer Straße namens Coral Reef, in einer Parzelle auf der Südseite der Hügel, weit entfernt von den Grundstücken mit Meerblick. ›Baja La Jolla‹, nannten die Bewohner es liebevoll. Das Haus kostete 130 000 Dollar und war perfekt für eine junge, wachsende Familie. Es war groß und gemütlich, hatte fünf Schlafzimmer und einen hübschen, sehr großen Hinterhof, der in ein Waldstück mündete.

Es hatte auch die richtige Atmosphäre für Dan und Betty Broderick. In der Straße wohnten weitere Paare, jung und ehrgeizig wie sie selbst. Es war hier allen ganz klar, daß Coral Reef nur ein Zwischenstopp war auf dem Weg zur Coast Road hinter den Hügeln oder zu den Stränden von La Jolla oder zu den umzäunten Villen oben auf den Muirlands-Hügeln.

Dan verdiente damals nur ungefähr 30 000 Dollar pro Jahr bei Gray, Cary, Ames und Frye, einer der ältesten, größten und angesehensten Anwaltssozietäten von San Diego. Doch sogar in einer Gemeinde voller hart arbeitender, aggressiver Menschen, die mehr leisten als andere, waren seine zwei Abschlüsse in Medizin und Recht auf Cocktailparties immer ein Grund für Bewunderung. Von Anfang an schien sich abzuzeichnen, daß die Brodericks es noch schneller als ihre Nachbarn schaffen würden, die Hügel zu erklimmen.

Später, während der Verhandlungen, erzählten mehrere der alten Freunde der Brodericks aus der Zeit im Coral Reef von ihren früheren Eindrücken von Dan und Betty.

Die meisten erinnerten sich an einen dünnen, zurückhaltenden jungen Mann, der am Wochenende seinen Rasen mähte oder seinen Wagen polierte, damals ein MG-Sportcoupé, oder der in seinem Hinterhof saß und Akten studierte. Er hatte einen merkwürdig intensiven, sogar beunruhigenden Blick, aber wenn er lächelte, strahlte er. Er sah aus wie ein Teenager, sehr knochig, mit spitzen Knien und dem hüpfenden Adamsapfel eines Heranwachsenden.

»Er liebte seinen Rasen«, erinnert sich Helen Picard, eine frühe Freundin, die später als Zeugin der Anklage auftrat. »Ich werde nie vergessen, wie ich ihn an den Wochenenden beobachtete, wenn er sorgfältig eine Bahn hinunterlief, dann wieder hinauf und wieder hinunter. Er wirkte so konzentriert. Er wollte die Sache nicht einfach nur hinter sich bringen, sondern er genoß es richtig. Und dann arbeitete er immer in seinem Rosengarten. Ich fand das großartig. Mein Mann tat nie auch nur einen Handschlag am Haus.«

Außer an den Wochenenden war Dan jedoch selten zu Hause, und wenn er da war, sprach er so wenig, daß die meisten Nachbarn nie ganz sicher waren, ob sie ihn mochten oder nicht. Aber sie erinnern sich, wie stolz seine junge Frau auf ihn war. Seine Erfolge waren *ihre gemeinsamen* Erfolge.

Sie war größer als er, eine schlanke, hübsche und temperamentvolle Frau, mit einem deutlichen Überbiß, der aus einem bestimmten Blickwinkel ihr Gesicht schmollend und sexy erscheinen ließ, und zwar auf die Art, wie man es oft in Modemagazinen sieht. Und sie hatte tatsächlich, so erzählte sie ihnen, einmal ein wenig in New York Modell gestanden, damals, in ihrer Collegezeit. Sie erzählte, sie habe ein Diplom als Kinderpsychologin aus Mount Saint Vincent. Aber viel mehr erzählte sie nicht über sich. Sie sprach immer nur über Dans Karriere. Und ihre Kinder. Die meiste Zeit war sie schwanger. 1976 bekam sie ihr drittes Kind, 1979 das vierte, dazwischen hatte sie eine Fehlgeburt. Die meisten erinnerten sich an die Art, wie sie mit Kindern umging. Sie liebte sie, und die Kinder liebten Betty. Um ein wenig dazuzuverdienen, hütete sie tagsüber die Kinder anderer Frauen, die ein wenig mehr Zeit für sich selbst haben wollten. Sie nannte ihre kleine Hinterhof-Tagesstätte ›Auszeit‹ und nahm 1 Dollar pro Stunde. Es wurde ein sofortiger Erfolg. Schnell wurde in La Jolla bekannt, daß Betty Broderick nicht nur die billigste, sondern auch die beste Babysitterin der Stadt war. »Betty hatte immer das neueste pädagogisch wertvolle Spielzeug«, erinnert sich Ann Dick, eine Mutter. Eine andere erzählt, wie verletzt sie war, als ihr Kind nach Hause kam und sie fragte, warum sie nicht mehr wie Betty Broderick sein könne.

»Ich erinnere mich daran, daß ich versucht habe, sie zum Einkaufen oder ins Kino abzuholen«, erzählt Candy Westbrook, Witwe eines Rechtsanwalts, »und sie stand dort in ihrer Küche und sagte ›nein, nicht heute, wir backen gerade Kekse, oder Kuchen oder sonstwas.‹ Immer waren ein halbes Dutzend Kinder um sie herum und warfen mit Teig um sich. Alles war in Unordnung, aber sie liebte das. Kinder waren ihr ganzes Leben. Sie war der absolute Mutter-Typ. Einmal ging ich hinüber, und sie war angezogen wie Miss Piggy. Betty tat alles, um die Kinder zum Lachen zu bringen.«

»Sie war einfach eine *tadellose* Mutter. Ich besuchte sie einmal, da machte sie für einen Haufen Zweijähriger Popcorn und nahm dann den Deckel vom Topf, damit das Popcorn durch das ganze Zimmer flog«, erinnert sich Pickard, deren eigene Kinder oft bei Betty blieben. »Und die Kinder quietschten vor Vergnügen. Ich hätte das nie getan, denn ich hätte keine Lust gehabt, den Dreck wegzumachen. Aber Betty war das egal. Sie war sehr impulsiv. Ich habe mir immer gewünscht, ein wenig mehr so zu sein wie sie.«

»Sie war berühmt für ihre Kinderparties«, erinnert sich Barbara Zobell. »Einmal brauchten wir für eine Wohltätigkeitsveranstaltung einige Partyfackeln, konnten aber in der ganzen Stadt keine auftreiben, und so riefen wir Betty an – sie hatte in ihrem sogenannten ›Kinderschrank‹ eine Menge davon vorrätig. In diesem Schrank hatte sie alles Erdenkliche für ihre Kinderparties – Papierschlangen, Laternen, Halloween-Kostüme. Was immer man brauchte, Betty hatte es.«

Wie ein Bild von Norman Rockwell war Betty Brodericks Heim angefüllt mit Handarbeiten, an den Wänden hingen Homilien über die Einheit der Familie.

»Das Wertvollste, das du für deine Kinder aufbringen kannst, ist deine Zeit«, lautete eine davon.

Oder: *»Das Beste, das ein Vater für seine Kinder tun kann, ist, ihre Mutter zu lieben.«*

Und sie selbst war stets ein lebendes Märchenbuch und immer bereit, ihren Kindern Freude zu machen mit Geschichten über Freddy, den Frosch, oder Oskar, den Schornsteinfeger, und viele andere. Auch heute noch hat sie ein außergewöhnliches Gedächtnis für diese Kindergeschichten.

Eines Tages, zwei Jahre, nachdem sie wegen Mordes in Haft gekommen war, begann sie plötzlich am Telefon ein Lieblingsliedchen mit dem Titel ›Spinnweb und Staub‹ aufzusagen. Ihre normalerweise hohe und schnelle Stimme wurde langsam und leise:

Spinnweb und Staub werden dort sein noch morgen,
Aber Babys werden groß, und das macht uns Sorgen.
Also Spinne, web weiter, und Staub, bleib nur liegen.
Bald geht mein Baby, ich will es noch wiegen.

Ein amerikanisches Familienalbum

Es war praktisch unvermeidbar, daß Dan und Betty Broderick in La Jolla landen würden, nachdem sie in die Gegend von San Diego gezogen waren. Sie beide waren von der Wiege an darauf vorbereitet worden, auf konventionelle Weise Erfolg zu haben.

In vielerlei Hinsicht hatten sie denselben Hintergrund. Beide waren das Produkt einer großen, frommen katholischen Ostküstenfamilie, reich genug, um ihre vielen Kinder vom Kindergarten bis zum College in die besten kirchlichen Privatschulen zu schicken.

Dan wuchs als Ältester von neun Geschwistern in Pittsburgh auf, wo sein Vater, Dan Broderick II., ein erfolgreiches Maklergeschäft für Nutzholz führte. Seine Familie war irisch-amerikanischer Abstammung und pflegte alle üblichen irischen Traditionen. St. Patrick's Day war ein ebenso geachteter Feiertag wie Weihnachten und Ostern; viel großes Trara mit Bier und Gesang war Familientradition, zumindest für die Männer – und es war vorbestimmt, daß Dan genau wie seine vier Brüder nach Notre Dame in Great Bend, Indiana, gehen würde, genauso wie schon ihr Vater. Seine Schwestern gingen in die Katholische Mädchenschule, unter anderem nach St. Mary's, die an Notre Dame angeschlossen ist. Obwohl sich Dan später von der Kirche entfernte und niemals in Irland war, gehörte die irisch-katholische Mentalität bis zum Tage seines Todes zum Kern seiner Identität.

Betty war das dritte von sechs Kindern, aufgewachsen in Eastchester, New York, fünfundvierzig Zugminuten von Manhattan entfernt. Sie machte ihren Abschluß am Mount Saint Vincent College, einem kleinen, angesehenen katholischen Frauencollege in Riverdale, New York, das leicht per Auto von ihrem Zuhause erreichbar war. Ihre Familie war mütterlicherseits irisch, väterlicherseits italienisch. Die Familie ihrer Mutter bestand aus lauter Tanten und Onkeln, die Nonnen oder Priester waren, und viele von ihnen waren erst vor so kurzer Zeit eingewandert, daß sie noch mit einem starken irischen Akzent sprachen. Frank Bisceglia, ihr Vater, der jüngste von dreizehn Kindern italienischer Einwanderer, betrieb zusammen mit seinen Brüdern in zweiter Generation einen Stukkateurbetrieb, und untereinander sprachen sie italienisch.

Die Kinder beider Familien hatten emsig das römisch-katholische Evangelium studiert, von der Kommunion bis zum Glaubensbekenntnis. Die Fastenzeit wurde genauso eingehalten wie Weihnachten, der Katechismus war für ihre Erziehung ein ebenso zentrales Thema wie das ABC. Jedes Kind besaß einen Rosenkranz und lernte von Kindesbeinen an die Tabuthemen des Lebens: Scheidung, Ehebruch, Abtreibung und Verhütung. Sex war zur Vermehrung gedacht, nicht zum Vergnügen.

Sowohl die Familie Broderick als auch die Bisceglias legten besonderen Wert auf eine gehobene Ausbildung, Selbstdisziplin und Erfolg. Erfolg bedeutete nach den Vorstellungen beider Familien in jeglicher Hinsicht Konformität mit den traditionellen Werten. Man ging zur Schule, heiratete, zog Kinder groß, arbeitete hart und ging zur Kirche – und wenn man wirklich erfolgreich war, würde man schließlich noch mehr Luxus als die Eltern genießen können. In beiden Haushalten waren die Rollen der Geschlechter klar festgelegt: Frauen waren zu allererst Ehefrauen und Gebärende, Männer waren die Ernährer. Und niemand in beiden Familien war jemals geschieden worden.

Hier enden die Ähnlichkeiten.

Dans Familie war nicht nur in jeder Hinsicht ein wenig reicher, sie war auch strenger, sparsamer, weniger auf soziale Artigkeiten bedacht als Bettys Familie. Daniel T. Broderick II., ein harter, unsentimentaler Mann, verwöhnte seine Kinder nicht, wie drei von Dans Schwestern, heute alle Ehefrauen und Mütter, erzählen. Sie wurden ohne Kinkerlitzchen erzogen: keine neuen Autos mit sechzehn, kein Extrageld für Kinobesuche oder Eis, keine neuen Kleider für jede Gelegenheit. »In unserer Familie wurden die Dinge weitergegeben«, erzählt Dans

Schwester Patti. »Wir haben gelernt, Geld nicht als selbstverständlich anzusehen und es nicht leichtfertig auszugeben.« Statt dessen wurde von den Broderick-Kindern erwartet, daß sie für jeden Penny ihres monatlichen Schecks arbeiteten, und der war nicht sehr üppig. »In unserem Haus hingen immer Zettel, auf denen zu lesen stand, wer dran war mit Laubharken oder Rasenmähen oder Abwaschen. Die Jungen machten die Arbeit um das Haus herum, wir arbeiteten drinnen«, sagt Dans älteste Schwester Kathleen.

Die Kinder der Brodericks wurden auch nicht mit Sommerlagern oder Reisen verwöhnt (noch nicht einmal ins nahegelegene New York City). Statt dessen kaufte ihr Vater ein Sommerhaus am Eriesee in Madison, Ohio, in dem die Familie jedes Jahr Urlaub machte. Das Leben im Sommer war einfach und natürlich. Die Jüngeren schwammen im See, spielten Verstecken auf dem Hof und erfanden lustige Spiele. Sie hatten auch Pferde. Dan liebte Pferde. Doch als er ungefähr fünfzehn war, brach sich sein Liebling Dancer ein Bein. Seine Schwestern erinnern sich noch, wie Dan Dancers Kopf in seinem Schoß hielt, als die tödliche Injektion verabreicht wurde. In jener Nacht, so erzählt Kathleen, »saßen wir alle im Wohnzimmer und hörten Dan oben weinen. Und auch wir weinten. Das einzige Mal, das wir als eine Familie zusammensaßen und weinten ... außer, als Danny starb ...«

Außerdem war die Familie streng patriarchisch. Der alte Broderick war der unangefochtene Herr des Hauses und kontrollierte alles, von den Finanzen bis zum Benehmen bei Tisch. Zu den Regeln im Haus gehörte zum Beispiel, daß das Abendessen jeden Abend um exakt dieselbe Zeit aufgetragen wurde, und wenn er erst einmal am Kopfende des Tisches saß, »stand niemand mehr auf, bevor das Essen vorbei war, auch nicht, um ans Telefon zu gehen«, erzählt Dans jüngste Schwester Christy. Ihre Mutter Yolanda, die das College früh verlassen hatte, um zu heiraten, war in jeder Hinsicht eine mehr als passive Partnerin.

Kurz, es war kein Haus, in das eine verwöhnte, hübsche blonde Prinzessin aus New York sich schnell einleben konnte.

Jahre später erinnerte sich Betty, wie die Jungen ihre Schwestern ärgerten; sie nannten sie »Teufel – zu glitschig, um draufzutreten, zu klein, um sie in den Hintern zu treten.« Dans Schwestern erinnern sich daran noch mit sichtlichem Ärger, obwohl Kathleen sagt: »Sie wollten uns damit nicht weh tun – sie dachten einfach, das sei lustig.«

In seiner Kindheit hatte Dan sowohl alle Rechte als auch Pflichten eines älteren Sohnes und Namensträgers seines Vaters. Einerseits war er der Goldjunge, der nichts falsch machen konnte, vergöttert von seinen Eltern. Aber gleichzeitig lastete ein schwerer Druck auf ihm, erfolgreich zu sein, seinen stolzen Vater noch stolzer zu machen – und Daniel T. Broderick II. war, wie Christy erzählt, »extrem erfolgsorientiert, und er bewertete seinen Grundbesitz außerordentlich hoch«. Er konditionierte all seine Kinder von klein auf dazu, »in ihrem Leben so erfolgreich wie nur möglich zu werden«, sagt Patti. Dan trug als ältester Sohn die Hauptlast dieser Einstellung. Gleichzeitig war er von Kindesbeinen an daran gewöhnt, eine führende Rolle in der Familie zu übernehmen. Dan Brodericks Persönlichkeit wurde durch eine konventionelle Familiendynamik geschmiedet, und er war von Anfang an davon überzeugt, alles im Leben erreichen zu können, einfach weil er Daniel T. Broderick III. war. Anders als die Frau, die er heiratete, zweifelte Dan Broderick niemals wegen irgend etwas an sich selbst.

Hört man den melancholischen Erinnerungen seiner Schwestern nach seinem Tod zu, wird klar, daß sie ihren großen Bruder als praktisch perfekt in jeder Hinsicht betrachteten. Während der Verhandlung erzählten sie mit großer Zärtlichkeit von seinen persönlichen Eigenarten: Wie verrückt er nach Süßigkeiten war, immer lieh er sich den Wagen der Familie, um Süßes zu holen. Als er aufs College ging, brachte er immer die neueste Modetorheit mit nach Hause: Strumpfhalter, Fliege, Hosen mit Schlag. »Danny war immer ein Trendsetter«, erzählt Kathleen.

Seine Schwestern erkannten viel von ihrem Vater in Dan, als er älter wurde. Der alte Broderick war zum Beispiel offensichtlich genauso stolz auf seine Besitztümer, einschließlich seines Rasens, wie später Dan auf seine. Jede Woche, so erzählen seine

Schwestern, mußte der Rasen der Familie gemäht, geschnitten und perfekt gepflegt werden – und normalerweise war es Dan, der diese Aufgabe übernahm.

Als Dan langsam erwachsen wurde, führten genau diese persönlichen Charaktereigenschaften, die er mit seinem Vater gemeinsam hatte, gelegentlich zu Zusammenstößen zwischen den beiden dickköpfigen Männern. Einmal zum Beispiel, es war im Sommer, nachdem er Betty verlassen hatte, nahm Dan für einige Wochen Rhett mit zu einem Besuch zu seinen Eltern. Sein Vater drohte scherzhaft, Rhetts Haare abzuschneiden, sobald Dan abgefahren war – genauso, wie er es einmal mit Dan und seinen Brüdern gemacht hatte. Dan befahl ihm, das zu unterlassen, doch sobald Dan die Stadt verlassen hatte, setzte der alte Broderick seinen Willen durch – er verpaßte Rhett einen Bürstenhaarschnitt wie in den fünfziger Jahren. Jahre später, während des Scheidungsprozesses, brach sich Dans Ärger immer noch Bahn. »Ich sagte ihm, wenn er nur einmal noch eines meiner Kinder anrühren würde, würde er mich nie wieder sehen«, sagte er aus.

Bettys Familie hielt viel auf Umgangsformen und bürgerliche Aktivitäten. Ihre Eltern waren in zahlreichen Organisationen der Kirche und Gemeinde aktiv, von den ›Rittern des Kolumbus‹ über den Bronxville-Frauenclub bis zu Schulkomitees. Außerdem gönnten sie sich mehr, von guter Kleidung über erlesene Tischweine bis hin zur Haushälterin – ein wesentlicher Unterschied, der Dan und Betty am Ende ihrer Geschichte entzweien würde. Soweit es das Familienbudget erlaubte, durften die Kinder der Bisceglias sich vergnügen – Reisen, Sommerlager, Tanzstunden, Tennisstunden, Musiklehrer.

In Bettys Erziehung gab es außerdem mehr Herzlichkeit, mehr Gefühl von Zusammengehörigkeit. Die Schwester ihrer Mutter, Kay, lebte mit vier Töchtern gegenüber, und jeden Sonntag strömten Verwandte aus ganz New York zum Essen ins Haus der Bisceglias. Diese Sonntagsessen waren Tradition, der Höhepunkt der Woche, wo sich Unmengen von Tanten und

Onkeln und Cousinen um einen Tisch zusammenfanden, der sich unter dem Essen bog, und wo Bettys Vater alle auf italienisch dazu drängte, noch mehr zu essen – *›Mangia! Mangia!‹* –, und sobald ihm jemand ein Stichwort gab, versorgte er alle mit Geschichten über die Alliierten und die Befreiung Italiens, wo er im Zweiten Weltkrieg stolz gedient hatte.

Bis heute ist Bettys Bewunderung für ihren Vater ganz deutlich ebenso wie ihre Ressentiments gegen ihre Mutter. »Mein Vater war so sentimental«, sagt sie. »Er konnte wegen allem und jedem weinen. Er ist einfach ein Schatz.« Aber, so fügt sie hinzu, »er ist auch ein echter Schwächling, so wie ich – er würde *nie* etwas tun, was meine Mutter aufregen könnte. Ich liebe meinen Daddy und meine Mama. Sie sind beide gute Menschen – aber sie haben solch ein nettes, friedliches Leben geführt, daß sie unangenehmen Dingen einfach nicht gewachsen sind. Also stellen sie sich ihnen *nicht.* Statt dessen fahren sie nach Paris und singen tra-la-la und tun so, als sei nichts passiert.«

Bettys Haltung gegenüber ihrer Mutter ist die klassische Haßliebe zwischen Mutter und Tochter, das jahrhundertealte Tauziehen zwischen zwei Frauen, die sich so ähnlich sind, daß sie ständig miteinander konkurrieren und daher einander verabscheuen. Gleichzeitig müssen sie das lieben, was sie im Auge der anderen sehen, nämlich sich selbst. Und Betty ist in vielerlei Hinsicht ein Abbild von Marita Bisceglia, von ihrer Fixierung auf ›soziales Bewußtsein‹ bis zu ihrer Körpergröße – von den drei Töchtern ist nur Betty wie ihre Mutter ein Meter achtundsiebzig groß.

»Als ich mitten in meiner Scheidung war, wollte diese Schlampe mir nicht einmal zuhören, weil es sie zu sehr aufregte, und meine Mutter kann Aufregung einfach nicht *ertragen«,* sagte Betty später mit beißendem Sarkasmus. Nach den Morden war ihre Mutter dann so erschüttert, daß sie »sich ins Bett legte ... Ihr wäre es lieber gewesen, wenn ich mich selbst umgebracht hätte, das wäre im Frauenclub besser durchgegangen.« Ihre Eltern besuchten sie erst, nachdem sie schon länger als ein Jahr in Haft war.

Gleichzeitig bewundert Betty ihre Mutter ganz offen. Bis heute bedeutet ihr keine Meinung, keine Anerkennung mehr als die der Marita Bisceglia. Mrs. Bisceglia, eine von zwei Töchtern eines New Yorker Polizisten und einer Absolventin des Hunter College, Mitglied der Phi-Beta-Kappa-Studentenvereinigung für hervorragende Akademiker, war vor ihrer Heirat Grundschullehrerin. Daher kümmerte sie sich besorgt um die Bildung ihrer Kinder, von Kochen über Dankesschreiben bis hin zum korrekten Benehmen gegenüber Hauspersonal und Kellnern.

»Sie brachte uns bei, wie man alles *richtig* macht«, sagte Betty stolz. »Sie hatte soziales Bewußtsein. Sie kannte das richtige Briefpapier, das richtige Porzellan, das richtige Was-auch-immer, und sie sorgte immer dafür, daß wir das Beste bekamen, das sie sich leisten konnten. Von Kindesbeinen an bekamen meine Schwestern und ich zum Beispiel an jedem Feiertag ein Stück Silber geschenkt. Als wir ins College kamen, hatten wir alle einen kompletten Satz Silber, der uns ein Leben lang begleiten würde.« In ihrer Familie wurden die Frauen auch dazu ermutigt, Gefühl zu zeigen – durch Sammlungen von Stofftieren und andere peinliche Dinge. Später beschwerte Betty sich oft, daß sie durch ihre Scheidung ihre feinen Mokkatäßchen verloren habe, die ihre Mutter dreißig Jahre zuvor für sie zu sammeln begonnen hatte.

Im Gefängnis faßte Betty einmal in einem einzigen, präzisen Absatz die Unterschiede der elterlichen Vorbilder zusammen, mit denen sie und Dan aufgewachsen waren. »Mr. Broderick hatte mit den Kindern nichts am Hut. Aber mein Vater kümmerte sich zu vielleicht siebzig Prozent um uns Kinder. Um alles. Meine Mutter lehnte es sogar ab, einen Wagen zu steuern, solange wir alle noch klein waren. Daher gab es niemals eine Diskussion darüber, ob Mrs. Bisceglia die Jungs zu den Pfadfindern, die Mädchen zur Jungschar, uns alle zu den Klavier- oder Tanzstunden fahren würden. Das machte Daddy. Daddy kaufte die Lebensmittel ein, weil Mutter nicht Auto fuhr. Aber als wir größer wurden, fuhr sie. Das muß ich ihr lassen«, endete Betty mit einem Lachen, »sie war nicht dumm.«

Und so wie Betty Brodericks Vorstellung von einem liebenden, guten Vater auf ihrem eigenen Vater basierte, so basierte auch ihre Vorstellung von der Rolle zu Hause auf dem Vorbild ihrer Mutter: Mutter war die Königin, immer das Zentrum der Aufmerksamkeit. Mutter regierte.

Betty war nicht nur die einzige große und spargeldürre Tochter in einer Familie, in der die meisten übergewichtig sind, sondern auch das einzige der Bisceglia-Kinder, das mit flachsblonden Haaren geboren wurde. Als ihr Haar in der High-School zu Mausbraun nachdunkelte, färbte sie es blond. Sie hatte nur wenig Ähnlichkeit mit dem Rest ihrer Familie, außer was ihre blauen Augen anbelangte, die Frank Bisceglia all seinen Kindern vererbte. Sie erbte auch den Überbiß ihrer Mutter und ließ ihn nicht korrigieren, bis sie mit Dan nach La Jolla zog.

Wie Dan war auch sie stets eine hervorragende Studentin. Anders als er ruhte sie, mittleres Kind einer großen Familie, nie sicher in sich selbst. Jahre später schrieb ihre Tante Kay während der Zeit der Urteilsfindung in ihrer Bitte um Nachsicht an den Richter:

»Ich erinnere mich an Betty als ein hübsches kleines Mädchen inmitten einer hochtalentierten Familie, hinter einem superschlauen älteren Bruder und einer wunderschönen Schwester, gefolgt von fröhlichen jüngeren Schwestern und Brüdern«, schrieb Kay Fenzel. »Betty mußte immer sehr schnell sein, um ihren Platz zu behaupten ... selbst mit ihrem guten Aussehen und ihrer Intelligenz ... Als Betty groß und gertenschlank wurde, würdigte das niemand als ihre persönliche Schönheit. Sie verbarg ihre Selbstzweifel hinter Ausgelassenheit und Arroganz, doch in ihren Augen konnte man ihre wahren Gefühle erkennen.«

»In dem Maße, wie Betty Anne sich nach Liebe sehnt, schenkt sie Liebe – kleinen Kindern, verletzten Vögeln, Katzen und Hunden aus der Nachbarschaft und ihren ›kleinen Verwandten von gegenüber‹. Wenn ich bei den Bisceglias vorbeikam, war Betty diejenige, die das Baby der Familie auf ihren Hüften umhertrug, während sie vor sich hin plapperte. Und trotzdem hatte sie immer diesen einsamen, jämmerlichen Blick, diese Gier zu gefallen. Unbekümmertheit überdeckte Selbstzweifel . . .«

Betty zuckte bei dieser Analyse nur die Schultern. Nein, beharrt sie – es waren niemals die Anforderungen ihrer Eltern, die ihre Persönlichkeit geformt hätten, und sie fühlte sich auch nicht ihren Geschwistern unterlegen. Es seien vielmehr die Nonnen, die sie von ihrem ersten Schultag an in Todesangst versetzt hätten, sagt sie.

Sie kann sich nicht genau erinnern, was sie getan hatte, um den Zorn der Autorität an jenem ersten Tag in der ersten Klasse auf sich zu ziehen – aber sie erinnert sich lebhaft, daß es Schwester Claire Veronica war, die sie bestrafte. Sie wurde gezwungen, mehrere Stunden lang unter dem Klavier zu sitzen. »Und vielleicht lernte ich damals, daß ich mein Leben nicht damit verbringen wollte, mich erniedrigen zu lassen und in Ecken zu stehen und unter Klavieren zu sitzen – eher würde ich dieser Frau in den Arsch kriechen.«

Und so verhielt sie sich künftig auch. Während all ihrer Schuljahre »war ich das Tugendlamm, und alle liebten mich«, erzählt sie voller Verachtung für sich selbst. »Ich fand heraus, wie ich mehr goldene Sterne als alle anderen bekommen konnte. Ich war diejenige, die von der Lehrerin aufgefordert wurde, auf die Klasse aufzupassen, wenn sie den Raum verließ. Mir gefiel das. Ich wischte sogar Staub im Büro der Schulleiterin. Das war das größte, das man in der ganzen Schule sein konnte, das Tugendlamm der Schulleiterin. All diese Nonnen wollten, daß ich auch Nonne werde. Ich lernte sehr früh im Leben, daß jeder dich mag, wenn du gut aussiehst und dich tugendhaft benimmst. Und seitdem bin ich so.«

Ihre auffallende Schönheit erregte von Anfang an Aufmerksamkeit. Jungen begannen das Haus der Bisceglias zu belagern.

Nach einer Modenschau der Kirche während ihrer High-School-Zeit begann Betty professionell zu modeln, und sie behielt diesen Teilzeitjob während ihrer Collegejahre bei und lief sogar bei einigen Shows der großen New Yorker Kaufhäuser. Doch betrachtete sie die Arbeit als Model niemals als ernsthafte Karrieremöglichkeit, »weil meine Mutter meinte, das sei geschmacklos. Ich sollte bis zu meiner Hochzeit als Lehrerin arbeiten, denn das war ein ordentlicher Beruf«.

Von Geburt an war sie darauf programmiert worden, Ehefrau zu werden, nicht nur von ihren Eltern und den Mädchenschulen, die sie besuchte, sondern auch von gleichaltrigen Freundinnen. »Du warst das, was ich oft sein wollte«, schrieb ihr 1966 eine Klassenkameradin. »Du repräsentierst ... die Musterfrau und, noch stärker, die perfekte Ehefrau.« Die Freundin fügte weiter hinzu, daß sie »den Mann, der dich heiratet, fast beneide«. Für Betty war es eine Welt ohne Alternativen.

Während ihrer gesamten Collegezeit lebte sie bei ihren Eltern, pendelte jeden Tag mit einem sportlichen kleinen MG und zog erst aus, als sie heiratete. Zum Teil, weil es billiger war – den Bisceglias ging es gut, aber sie waren niemals, wie einige später berichteten, reich. Außerdem, so stellte es Betty dar, indem sie wie immer aus allem das Beste machte, wollte sie gar nicht auf dem Campus leben. »Wozu? Die Nonnen ließen uns noch nicht einmal Lippenstift tragen. Zu Hause hatte ich mehr Freiheiten.«

Doch im selben Atemzug erinnerte sie sich an die Strenge ihrer Eltern. Ihre ältere Schwester hatte nicht oft Verabredungen gehabt, erzählt sie, also sahen sich Frank und Marita Bisceglia zum ersten Mal Schwärmen von jungen Männern ausgesetzt, die an ihre Türe klopften, sie anriefen und ihre hübsche Tochter umwarben. »Und ich ging mit ihnen aus, Eis essen, oder so, und meine Mutter meinte, ich sei ein Flittchen. Sie meinte, wenn man mit einem Jungen auch nur redet, ist man ein Flittchen, und sie beschuldigte mich dauernd derart.« Sie erinnerte sich, wie sie eines Tages ein Nickerchen machte, nachdem sie die ganze Nacht für eine Prüfung gelernt hatte. Da sie sonst nie am Tage schlief, war ihre Mutter argwöhnisch. »Sie kommt in mein

Zimmer, zieht mich vom Bett, schreit und kreischt, ich sei auf Drogen.«

Ein anderes Mal, schon im College, hatte sie mit Dan und einigen Freunden einen Skiausflug am Wochenende geplant. »Ich hatte mein Auto gepackt und das Gepäck fertig, aber mein Vater schnitt die Drähte an meinem Auto durch, so daß ich nirgendwo hin fahren konnte, und meine Mutter brach meine Koffer auf, um nach Verhütungsmitteln und Drogen zu suchen«, sagt sie und lacht ärgerlich. »Und stellen Sie sich vor, ich hatte bis dahin noch nie ein Verhütungsmittel auch nur *gesehen*, und ganz sicher auch keine Drogen. Sie versuchten nur, gute Eltern zu sein und ihre Tochter davor zu bewahren, ein loses Weib zu werden – aber sie machten mich verrückt.« Sie machte den Ausflug nicht mit.

»Der springende Punkt ist«, sagte sie später in einem der seltenen Momente der Selbsterkenntnis, »daß ich versuchte, perfekt zu sein. Das Regelwerk, an das ich mich seit dem Tag meiner Geburt hielt, war das Regelwerk der katholischen Kirche. So sollst du dein Leben leben: nicht lügen, nicht betrügen, nicht stehlen, freundlich zu den Nachbarn sein, alle Menschen lieben, auch wenn du sie haßt . . . Du heiratest, bekommst Kinder, du bringst die Kinder durch die bestmöglichen Schulen, und dann bist du eine Oma.«

Aber das funktioniert nur, wenn auch der Ehemann diese Regeln befolgt. Daher, sagt sie, »wäre mir niemals in meinem Leben eingefallen, einen Mann zu heiraten, der nicht katholisch ist, der nicht meine Ansichten über die Ehe teilt. Das war die *allerwichtigste* Voraussetzung.«

Sie lernte Dan am Notre-Dame-College während eines USC-Notre-Dame-Football-Wochenendes kennen. Er war Student im letzten Semester eines Kurses, der auf das Medizinstudium vorbereitet, und wollte auf die Cornell Medical School in New York gehen. Das war 1965. Sie war siebzehn und gerade neu auf dem College. Es war das aufregendste Wochenende in Betty Brodericks jungem Leben: das erste Mal außerhalb der Stadt über Nacht allein unterwegs – in Begleitung natürlich, aber das nahm der Sache nicht ihren Reiz. Eine Freundin war bei ihr, und beide waren von Bekannten von Notre Dame eingeladen worden.

Der Vietnamkrieg braute sich wie ein Gewitter zusammen, Betty Friedan begann soeben, das Bewußtsein einer ganzen Generation junger Frauen zu verändern, an den Universitäten nahm der Drogenkonsum schlagartig zu, und Bob Dylan machte ein Lied mit dem Titel ›Blowin' in the Wind‹ zur Hymne einer ganzen Ära.

Doch nicht für Betty und Dan. Betrachtet man diese beiden, könnte es auch ein anderes Jahrzehnt gewesen sein. Sie lebten eine süße Romanze wie in einem Film mit Pat Boone und Terry Moore. ›April Love‹ war tatsächlich eines ihrer Lieblingslieder.

Bettys bleibende Erinnerung an die Feministinnen aus den Sechzigern war ein negatives Bild: Sie waren in ihrer Vorstellung radikale, BH-verbrennende Lesben aus People's Park in Berkeley, zirka 1968. Sie waren eine Bedrohung und eine Herausforderung für alles, wofür sie stand, wofür sie schließlich tötete. Sie waren keine Mütter und Ehefrauen. Wäre Betty überhaupt politisch orientiert gewesen, wäre sie vermutlich eine Schülerin von Phyllis Schlafly geworden.

»Ich hielt Berkeley für Moskau«, sagte sie später. »Ich hielt Feministinnen für verrückte Leute, ich hielt Leute, die ihre Einberufung verbrannten, für Kommunisten, und ich wußte nicht, was das bedeutet, außer, daß es schlecht war. Ich hatte nie das geringste Interesse an Zeitschriften wie *Ms*, ich habe nie Betty Friedans Buch gelesen, ich fand Gloria Steinem hübsch, aber sonderbar. Ich wollte einfach nichts damit zu tun haben. Wir haben mit der richtigen Welt einfach nichts zu tun gehabt. Außerdem ließen uns die Nonnen auch gar nicht. In meiner Welt spielte nur eine Rolle, ob man einen Faltenrock trug, den richtigen Peter-Pan-Kragen, die Papagallo-Ballerinas und ein Schulabzeichen. Wenn man nicht die richtige Uniform trug, war man *erledigt.*«

Sie erinnert sich lebhaft an ihren ersten Eindruck von Dan Broderick. Sie und der Freund, mit dem sie ausgegangen war, waren in einem College-Club, in dem Jerry Lee Lewis eine Vorstellung gab, als Dan sich an denselben Tisch setzte und sie einige Drinks später um ihren Stift bat. »Und ich, als ordentliches kleines, katholisches Mädchen, hatte natürlich in meiner Tasche immer ein Taschentuch, zehn Cent, um wieder nach Hause zu kommen, und meinen kleinen goldenen Parker.«

Er schrieb seinen Namen auf eine Serviette. Daniel T. Broderick, MDA. Medical Doctor Almost – Beinahe-Arzt, erklärte er ihr mit seinem wundervollen Grinsen.

»Er war mager und sah mit der großen Brille aus wie ein Trottel«, sagt sie, »aber mir gefiel sein Verstand. *Er* gefiel mir.«

Dan seinerseits schien sofort von der großen, umwerfenden, lebhaften New Yorkerin in Bann geschlagen. »Ich erfuhr später, daß er an genau jenem Abend zu einem Freund gesagt hat, er würde mich heiraten«, erzählt sie heute mit einem Anflug von Stolz inmitten ihrer zerstörten Gefühle. Irgendwo unter ihren Besitztümern hat sie noch einen Bierkrug aus dem Indiana Club, den sie als Erinnerungsstück an jene Nacht, als sie sich kennenlernten, aufbewahrt hat. Sie erinnert sich auch noch genau, was Jerry Lee Lewis damals gesungen hat: ›Great Balls of Fire!‹ Was sonst? *Oh, baby, you're drivin' me crazy. Goodness gracious – Great Balls of Fire!*

In späteren Jahren ließen sie es sich nicht nehmen, das jährliche Footballspiel des Notre-Dame-USC zu besuchen. Sie würde niemals den sentimentalen Schmerz dieser Erinnerungen überwinden. Auch Dan brauchte dafür eine ganze Weile. Nachdem er sie verlassen hatte, zwanzig Jahre, nachdem sie sich kennengelernt hatten, rief er sie einmal beschwipst von einem Notre-Dame-Wochenende an – es war das erste ohne sie –, um ihr zu sagen, erzählt sie, wie sehr er sie einmal geliebt habe. »Und da war er mit *Linda* dort«, sagt sie. »Ich glaube, ich habe ihn niemals mehr gehaßt als in genau diesem Augenblick.«

Die Brautwerbung war altmodisch und dauerte drei Jahre. Er besuchte sie in New York, sie verabredeten sich unter der Biltmore-Uhr, sie lauschten den Lettermen und waren schon bald zwei verliebte Collegeschüler. Sie erinnert sich noch an die Spaziergänge im Central Park, an die Filme und den Spaß, den sie auf der Suche nach Manhattans billigsten Restaurants und Kneipen hatten.

Dan stellte seine neue Liebe seinen Eltern vor, und sie waren ganz benommen. »Sie war so weltlich, so weltklug, zumindest in unseren Augen – ein schillerndes New Yorker Model«, erinnert sich Dans Schwester Kathleen. »Sie erzählte mir, sie verdiene 17 000 Dollar pro Jahr! Und wir waren noch *nirgendwo* gewesen. Sie hatte drei Badeanzüge – ich hatte nur einen. Sie war so klug und anmutig. Und sie brachte uns immer kleine Geschenke mit – von Tiffany, Doss-Äpfel . . .« Die Familie Broderick war noch viele Jahre lang von Betty Brodericks Charme bezaubert.

In diesen Jahren, als Dan die Medical School besuchte, entdeckten Betty und Dan einen Pub in der Upper East Side mit Namen Henny's, der dank Dan innerhalb weniger Monate zu einem gefragten Treffpunkt für die Studenten der Cornell Medical School wurde. »Schon bald war der Besitzer, ein Typ namens Jim, so dankbar für die viele neue Kundschaft, daß er Dan noch nicht einmal bezahlen lassen wollte«, erzählt Betty. Sie, die selbst nie trank, spricht heute haßerfüllt über Henny's als »einer dieser Orte für Weinsäufer, ein billiges, irisches Stück Dreck«. Aber damals liebte sie es, samstags nachmittags bei Henny's einen Irish Coffee zu trinken und mit Dan über dem Tisch Händchen zu halten.

Es war auch in diesen friedlichen Tagen, als Dan die ›Schildkröte‹ und den ›Alligator‹ schuf, alberne kleine Trinkerparodien, die er bis zu seinem Tode immer wieder vorführte. ›Die Schildkröte‹, so erzählt Dans jüngster Bruder Terry, bedeutete, daß Dan bäuchlings auf dem Boden lag und mit den Beinen ruderte. ›Der Alligator‹ war das Gegenteil – er lag auf seinem Rücken und strampelte mit den Beinen. Betty erinnert sich, daß sie damals »dachte, es sei ganz witzig. Und es tranken ja alle . . .« Sie tut es mit einem Achselzucken ab. Noch heute macht eine Bemerkung über den Alligator und die Schildkröte sie verlegen. Während sie Dan Broderick einen machtgierigen Trunkenbold schimpft, versucht Betty im selben Atemzug, sein Ansehen von kleineren Erniedrigungen reinzuwaschen. Sie will, daß die Welt ihn haßt – aber nicht, daß sie ihn verspottet. Nur ihr ist dies erlaubt. Selbst in ihrem ersten Mordprozeß konnte sie es nicht ertragen, daß ihr Verteidiger den Geschworenen sarkastisch von der Schildkröte berichtete. »Sagen Sie Jack, er soll das lassen!« kritzelte sie wütend auf einen Zettel für seinen Assistenten. »Das ist nicht *relevant!*«

Ebenso verlegen war sie, als ihr einmal versehentlich entschlüpfte, daß Dan sie während einer ihrer vielen Schwangerschaften manchmal gerne dazu zwang, selbst die Schildkröte zu mimen. »Er fand es lustig, mich auf den Boden zu werfen oder auf ein Sofa, als ich so schwer war, daß ich nur mit fremder Hilfe wieder aufstehen konnte«, bemerkte sie. »Ich lag dann einfach da, strampelte und versuchte, mein Gleichgewicht wiederzufinden, und alle lachten.«

Aber Einzelheiten wollte sie nicht preisgeben. »Es war keine *große Sache*«, zischte sie nervös. »Damals machte es mir nichts aus. Ich glaube, ich fand es auch lustig! Ich weiß nicht, *was* ich dachte!«

Sie liebte ihn. Sie liebte sie. Sie verlobten sich.

»Er war klug, ehrgeizig und lustig, und so war ich auch . . . Aber was ist Liebe, wenn man erst siebzehn ist? Ich habe keine Ahnung, was wir wirklich übereinander dachten«, sagte sie einmal im Gefängnis, als sie ausnahmsweise auch einmal Dan gegenüber fair war. »Alles, was wir beide wußten, war, daß der andere genau das war, was wir als Partner suchten.«

Es war eine schöne Zeit für beide. Freitags nachmittags wartete sie oft in Dans Zimmer im Wohnheim auf ihn, und sie hörten ihre Lieblingslieder auf dem Plattenspieler. Außer den Lettermen hörten sie am liebsten Johnny Mathis – besonders ›The Twelfth of Never‹.

»Es war ein großartiges Stück Musik«, sagte sie später im Gefängnis in ihrer typischen altmodischen Sprache. Aber dann sang sie gleich darauf in einem ihrer eigenartigen Momente mit sanfter Stimme den Text ins Telefon, jedes Wort war perfekt in ihrer Erinnerung gespeichert, selbst nach all diesen Jahren.

›*You ask how long I'll love you, I'll tell you true...*‹

Ihre Kleinmädchenstimme zitterte leicht, als sie nach den Worten suchte. Im Hintergrund, in dem kleinen Hof, wo sie am öffentlichen Telefon stand, war das übliche Geschrei auf einem Gefängnishof zu hören. Ihre Stimme wurde lauter, als sie ihr letztes Lied sang.

Jeder aus jener Generation würde sich an diesen Klassiker von Johnny Mathis erinnern, mit all seinen wunderschönen Bildern von unsterblicher Liebe. Halt mich ganz nah. Herzen, die wie Schnee schmelzen. Für immer und ewig. Bis die Blumen nicht mehr blühen, bis die Dichter nicht mehr reimen. Ewige Liebe.

Sie sang weiter bis zur allerletzten Zeile.

›*Until the Twelfth of Never, I'll still be loving you...*‹

Sie endete mit einem verlegenen kleinen Kichern; dann hängte sie einfach auf; das war typisch für Betty, wenn ihre Gefühle überzulaufen drohten. Eine andere Gefangene brauchte das Telefon.

Until the Twelfth of Never

Sie heirateten am 12. April 1969

Es war nur wenige Monate nach dem Massaker in My Lai; Nixons geheimer Bombenangriff auf Kambodscha würde bald ans Licht kommen. Aber die Brodericks waren meilenweit entfernt von Vietnam: Er würde nicht einberufen – er war Student und machte laut Betty eine kleine Magengeschichte geltend. Außerdem würde er bald Vater werden. Es war das Jahr von Woodstock, das nur wenige Meilen entfernt stattfand, aber diese beiden waren für Grateful Dead, Judy Collins und Joan Baez verloren. Es war zudem die Zeit, in der wenige Monate später Kalifornien und einige andere Bundesstaaten ein Scheidungsrecht ohne Schuldfrage einführen würden, was zu jener Zeit als Sieg der Feministinnen gewertet wurde. Aber Betty Broderick wußte nichts davon oder kümmerte sich nicht darum. Ihr Leben verlief nach Plan, ihr Drehbuch stimmte. Wegen ihrer Heiratspläne nahm sie an einem schnellen Kurs in Kinderpsychologie am College teil und machte im Dezember ihren B.A.-Abschluß. Dann ergatterte sie einen begehrten Job als Lehrerin an der respektablen Anne Hutchinson School in Eastchester, gleich gegenüber dem Haus ihrer Eltern, und sie war begeistert. Ihre kleine, behütete Welt blieb klein. Dan beendete in der Zwischenzeit die Medical School. Ihr Leben verlief reibungslos.

Ihrer Heirat ging eine angemessene Verlobungsanzeige in den regionalen Zeitungen voraus, mit Fotos von Elizabeth Anne Bisceglia, die mit ihrer festsitzenden Frisur wie eine schmollmündige Sandra Dee aussah.

Es war auch das erste Mal, daß sich Betty Broderick einer gynäkologischen Untersuchung unterzog, denn »das wurde erwartet, wenn man heiratete«. Sie entdeckte dabei, so erzählt sie, daß sie einen merkwürdigen Körper besaß: zwei Gebärmutterhälse, zwei Vaginas, zwei Gebärmütter. Der Arzt nahm einfache Operationen vor, um die beiden Vaginas zu korrigieren, doch bis heute, so sagt Betty, hat sie von allem jeweils zwei Stück. Falls ihr diese Mißbildung damals etwas ausmachte, so merkt man es ihr heute nicht an. Alles, woran sie sich noch deutlich erinnert, ist, daß der Arzt ihr mitteilte, sie werde wahrscheinlich schnell schwanger werden, auch wenn sie Verhütungsmittel benutze, doch »vermutlich würde ich niemals in der Lage sein, ein Kind voll auszutragen«.

Die Hochzeit wurde vollständig von ihrer Mutter organisiert, eine verschwenderische, traditionelle Angelegenheit, die nach den Fotos zu urteilen eher die Ära der Marita Bisceglia als die Bettys widerspiegelt. Die Brautjungfern trugen rosa Satin, Schleier und festgesprayte, toupierte Frisuren. Betty trug steife Locken. Ihr strenges, hochgeschlossenes weißes Hochzeitskleid kam aus einem der exklusivsten Geschäfte für Hochzeitskleidung in New York; das Porzellan von Pickard war in allen großen Kaufhäusern ausgestellt. Der Hochzeitskuchen war ein spektakuläres, blumenübersätes Kunstwerk. Marita Bisceglia trug einen Hut, der über und über mit Blumen verziert war, und die Hälfte aller anwesenden Frauen war in Fellstolas gekleidet. Die Kleiderordnung für Männer sah nach Mrs. Bisceglias Anordnung einen Cut vor.

Doch Dan weigerte sich, dem Folge zu leisten. Statt dessen erschien er in einem Nadelstreifenanzug, mit einer Paisley-Krawatte und auffallenden braunen Schuhen mit großen, glänzenden Schnallen. »Er wollte keine geliehenen Kleider tragen«, sagt Betty.

Das war der Beginn einer lebenslangen Feindschaft zwischen beiden Müttern. »Ich hätte es *schon damals* wissen müssen, ich hätte Betty Anne warnen sollen, als er in diesen *grauenhaften* Schuhen auftauchte – Dan Broderick hatte nie Respekt vor irgend etwas oder irgend jemand anderem als sich selbst«, lamentierte Marita Bisceglia Jahre später bei der zweiten Verhandlung ihrer Tochter.

Aber am 12. April 1969 gab es nur eine kleine Auseinandersetzung. Nichts konnte den Glanz des Tages zerstören. Dan und Betty hatten sogar einen Teil ihrer Zeremonie selbst geschrieben. »Unsere Vereinbarung war ›in guten wie in schlechten Zeiten, ob reich oder arm, fünfzig Jahre lang‹. Das war die Bedingung, auf die Dan und ich uns einließen – die Vereinbarung, mindestens fünfzig Jahre verheiratet zu bleiben«, erinnerte sich Betty Jahre später.

Ein Orchester spielte Johnny Mathis' ›The Twelfth of Never‹, ihr Hochzeitslied, und Pat Boones ›April Love‹.

Als Hochzeitsreise machten sie eine Kreuzfahrt durch die Karibik, Endstation war das Haus eines Freundes in St. Thomas.

Sie war noch Jungfrau, und er auch, darauf besteht Betty. »Und er hat mich vergewaltigt!« sagte sie heute. »Er konnte nie seine Gefühle zeigen, ohne zu trinken, also betrank er sich in jener Nacht. Es war grauenhaft!«

Was wirklich passiert ist, kann man nur raten, denn in den Jahren, die ihrer Trennung folgten, betrachteten sowohl Betty als auch Dan Broderick ihre gemeinsamen Jahre mit solch blinder Wut, daß sie vermutlich einige der sanftesten und zauberhaftesten Momente ihres Lebens aus der Erinnerung verbannten.

Heute kann sich Betty nur noch voller Ärger an ihre Ankunft auf der luxuriösen, romantischen Insel St. Thomas erinnern. »Dan entließ die Dienerschaft . . . Er sagte, wir wollten allein sein – aber der Punkt war, daß ich nun die Ehefrau war. Ich sollte ihn bedienen, ihm Essen machen. Vom ersten Tag an, von der Minute an, in der ich heiratete, änderte sich alles. Er umwarb mich nicht länger. Ich war nicht mehr seine Prinzessin – ich war seine Haushälterin. Er war genauso wie sein Vater – er hatte keinen Respekt vor Frauen.« Noch schlimmer, so erzählt sie, er zeigte weder Interesse für sie noch für die exotische neue Welt um sie herum. Statt dessen »brachte er seine Bücher mit – er hat die ganze Zeit gelesen!«

Er selbst erzählte seinen Freunden, nachdem er Linda kennengelernt hatte, daß er von den ersten Stunden seiner Ehe an wußte, daß er einen schrecklichen Fehler gemacht hatte, weil Betty viel zu sehr ihrer Mutter ähnelte, als daß es hätte gutgehen können. Einmal erzählte er Brian Monaghan, einem befreundeten Anwalt, daß er in seinen Flitterwochen eines Tages in einem Bus saß und aus dem Fenster sah »und weinen wollte, denn er wußte, er hatte einen Fehler begangen – aber er war katholisch und konnte nichts mehr tun«.

Ihre Geschichte war immer ganz besonders katholisch – zumindest, wenn es sich um Ehe, Scheidung und Sex handelte. Obwohl beide Brodericks sich im Erwachsenenalter nicht mehr so genau an die kirchlichen Rituale hielten und ihre Kinder auf nichtkirchliche Schulen schickten, konnte keiner von ihnen die römisch-katholischen Werte jemals ganz ablegen, die ihnen in ihrer Kindheit eingeimpft worden waren. Die Nonnen und Mönche waren niemals weit von ihrem Bett entfernt. Verhütung stand *nicht* zu Debatte – zumindest nicht für Dan. »Er wollte einfach nicht einmal darüber *nachdenken*«, sagte Betty. »Jahre später hatte ich einmal ein Diaphragma, aber für ihn war jede Form der Verhütung ekelhaft, also warf ich es fort.« Für beide scheint Sex eine düstere Angelegenheit gewesen zu sein, man tat es, sprach jedoch nicht darüber. »Ich habe Dan Broderick nicht ein einziges Mal nackt gesehen«, erzählte sie später. »Er zog immer seine Unterwäsche wieder an, bevor er aufstand, und aus der Dusche kam er immer mit einem Handtuch.« Und sie verhielt sich genauso. Sex war etwas, das man im Dunkeln tat.

In ihren Flitterwochen war Betty in Sachen Sex naiv wie ein Kind. Sie war weder in der Schule noch zu Hause jemals offiziell aufgeklärt worden, sagt sie. Bei ihr zu Hause waren Gespräche über Sex absolut Tabu, ein schmutziges Thema. Sie erinnert sich noch an den Schock über ihre erste Menstruation. Sie war zwölf, und ihre Mutter hatte ihr niemals davon erzählt, sagt sie. Sie war gerade am Schießstand der Schule und trug Shorts. »Aber als ich mich hinlegte, wollte mich der Priester nicht schießen lassen, er schickte mich fort, und ich verstand nicht warum, bis ich nach Hause kam. Meine Shorts waren ganz blutig . . . und entweder meine Mutter oder meine Schwester – ich erinnere mich nicht, wer es war – warf nur eine Binde und einen Bindengürtel ins Badezimmer. Und das war's.«

Als sie aus den Flitterwochen zurückkamen, war Betty schwanger.

Sie war niedergeschmettert. Sie liebte ihren Job an der Hutchinson School und wollte ihn nicht aufgeben. Aber in Anbetracht der Warnungen ihres Arztes kam ihr nie in den Sinn, daß sie das Baby voll austragen könnte, sagt sie. Zu ihrem Erstaunen wuchs und wuchs das Baby, und sie wurde immer kranker. »Soviel zu den Ärzten«, sagt sie sauer. »Sie sagten, ich würde eine Fehlgeburt erleiden. Statt dessen wurde ich jedesmal schwanger, wenn Dan und ich nur gemeinsam durch ein Zimmer gingen.«

Sie gab weiter Unterricht, bis einen Tag vor der Geburt ihrer Tochter Kim am 24. Januar 1970. Und von jenem Tag an war Betty Broderick keine Karrierefrau mehr, sondern Vollzeitehefrau und -mutter. Dan ging Geld verdienen, Betty betreute das Haus. Der Handel war perfekt.

Zehn Monate später war sie erneut schwanger, mit Lee, die am 17. Juli 1971 geboren wurde.

Das war erst der Anfang. Insgesamt war sie innerhalb von zehn Jahren neunmal schwanger. All ihre Kinder kamen per Kaiserschnitt zur Welt, jedesmal litt sie vorher unter schrecklicher Übelkeit und starken körperlichen Beschwerden. Dem machte sie erst 1979 ein Ende, als sie endlich ihre Eierstöcke abklemmen ließ. Zuvor trug sie vier gesunde Babys aus, hatte zwei Fehlgeburten und zwei Abtreibungen. Ihr drittes Kind, ein Junge, starb vier Tage nach seiner Geburt 1972.

Nichts spiegelt den außerordentlichen Ehrgeiz der beiden Brodericks besser wider als das Elend, das sie in gegenseitigem Einvernehmen in den ersten Jahren ihrer Ehe durchmachten.

Er arbeitete während seiner Zeit an der Medical School in Manhattan als Teilzeit-Taxifahrer und nach den Vorlesungen in einem Labor für Blutuntersuchungen. Sie verkaufte Trachten für Krankenschwestern, während sie noch Unterricht gab und mit Kim schwanger war. Danach arbeitete sie zwischen ihren Schwangerschaften als Bedienung in einer Caféteria von Bloomingdale's und nahm Jobs als Babysitterin an. Während sie in New York mit Kim schwanger war, fuhr sie in ihrer Freizeit mit dem Rad durch den Central Park zu einem Kochkurs für Französische Küche im Hotel Dakota, wo sie unter anderem lernte, Dans Lieblingsgericht *Poulet Normandie* zu kochen, ein Hühnchengericht mit Äpfeln und Pilzen.

Dan begann seine Assistenzzeit in Pittsburgh. Das junge Paar, damals mit einem Kind und in Erwartung des zweiten, lebte einige Monate bei Dans Eltern. Betty gab ihre ganzen Ersparnisse aus, und ihre Eltern steuerten Babykleidung und andere Dinge bei. Diebe stahlen ihren Wagen – ihren MG –, und Dans Großeltern schenkten ihnen einen neuen, einen VW Käfer.

Doch sie betrachtete das alles nur als kleinere, vorübergehende Probleme. Schon bald würden Dr. und Mrs. Broderick sich auf dem Weg zum Reichtum befinden.

Dann warf Dan ihr ganzes Leben durcheinander, weil er beschloß, nun doch nicht als praktizierender Arzt zu arbeiten. Er wollte statt dessen Anwalt gegen ärztliche Kunstfehler werden. Er wurde in Harvard angenommen und schrieb sich ein, ohne seine medizinische Ausbildung zu vollenden.

»Er wollte reich werden. Ich natürlich auch«, sagt Betty. »Aber ich meinte, es sei gut genug, die Frau eines Arztes zu sein. Aber Dan sagte, wir könnten schneller noch reicher werden, wenn er Anwalt gegen ärztliche Kunstfehler würde. Ich fand die Idee großartig. Ich tat absolut nichts dagegen. Ich würde mich immer dafür entscheiden, noch reicher zu sein, Sie nicht auch?«

Also schlugen die Brodericks einen noch härteren Kurs ein. Seine Eltern, in erster Linie sparsame Menschen, glaubten, sie müßten ihren Kindern einen Collegeabschluß ermöglichen, aber sie weigerten sich, eine zweite Ausbildung zu bezahlen. Ihre dachten ebenso. Dan und Betty waren mit ihren Babys auf sich allein gestellt.

Die nächsten Jahre waren die schwersten. Sie zogen aus einer billigen, engen Wohnung in die nächste, noch billigere, manchmal in schlimme Gegenden: Eine Wohnung hatte noch nicht einmal eine zuverlässige Warmwasserversorgung oder Heizung, und das während eines langen, harten Bostoner Winters. Heute erinnert Betty sich daran, »im eiskalten Schnee schmutzige Windeln per Bus zum Waschsalon geschleppt zu haben, während er bei irgendwelchen studentischen Aktivitäten war oder zu Hause lernte. Doch damals habe ich mich nicht beschwert. Wir waren Partner, und dies war mein Teil der Arbeit.«

Während jener Jahre arbeitete sie weiterhin in diversen schlechten Jobs, damit sie nicht pleite gingen. Sie verkaufte von Tür zu Tür Avon und Tupperware, Kim und Lee immer bei sich, und nahm wieder Kinder auf. Einmal trugen sogar Lebensmittelkarten zu ihrem Einkommen bei. Sie nahmen außerdem einen 20 000-Dollar-Kredit für Harvard auf, für den Betty bei ihrer Scheidung fast zwanzig Jahre später zur Hälfte aufkommen mußte.

Aber das Bild, das sich von diesen beiden während Dans Jahren in Harvard abzeichnet, als sie in ihren kahlen Wohnungen zwischen Windeln und juristischen Büchern saßen, ist kaum das eines jungen Paares, das sich für größere Ziele aufopfert. Dan und Betty Broderick opferten sich um ihrer selbst willen. Sie hatten mit ihrer eigenen turbulenten Generation absolut nichts zu tun. Statt dessen planten sie methodisch die kommenden Jahre und gaben sogar ihr kleines Einkommen aus dem Babysitting in der Steuererklärung an. »Dan sagte, wir sollten uns beim Finanzamt als gewissenhaft in kleinen Beträgen erweisen, damit sie uns später, wenn er richtig gutes Geld verdiente, nicht überprüften«, erzählt sie.

Ihr Ziel war immer Geld, erzählt sie ohne Scham. »Ich dachte immer, Dan würde eines Tages einen großartigen Senator oder Präsidenten abgeben . . . und ich glaubte, es würde toll sein, die First Lady zu werden. Aber er sagte, er würde auf gar keinen Fall in die Politik gehen, weil man dort nicht genug verdienen könnte. Es war eine andere Sache, wenn man zu den Kennedys gehörte – die *hatten* schon Geld. Aber wir mußten unseres *verdienen.«*

In jenen Jahren kamen beide auch überein, daß sein Image

am Campus das Wichtigste war. »Dan sagte immer, Image sei alles, und ich war einverstanden. Harvard ist ein Ort, wo man Kontakte fürs Leben knüpft.« Und so ging viel von ihrem Geld dafür drauf, Dan den Rücken freizuhalten, damit er an der studentischen Mitverwaltung mitwirken konnte. Er nahm sogar Flugstunden. Auch seine Fixierung auf modische Kleidung, die bis in seine Kindheit zurückreichte, überwand er nie. Später würde er in San Diego für seine teuren Anzüge und auffallenden Sportjacken bekannt werden sowie für den auffallenden Umhang und Zylinder, die er bei formellen Anlässen trug. Aber selbst in den Sechzigern, als alle in Jeans und Rollkragenpullover herumliefen, war er immer in Kleidung vom Schneider gehüllt, sagte Betty, obwohl sie sich das eigentlich nicht leisten konnten. In der Medical School trug er sogar maßgeschneiderte Labormäntel. »Wir nannten ihn den ›adretten Dan‹«, erzählt sie und lacht beinahe liebevoll.

Mit seiner Umgebung war er genauso penibel. Selbst heute noch erinnert sich Betty manchmal voller Vergnügen an Dans alte Gewohnheiten. Einmal hat sie ihm zu Weihnachten eine Schachtel Kleenex geschenkt. »Das war in Boston, als wir überhaupt kein Geld hatten, aber zwei Babys, und ich erwartete das dritte . . . Wir hatten einen billigen Kaffeetisch und Schiebefenster; und natürlich zwei Kleinkinder, die sich überall mit klebrigen Fingern festhielten, wenn sie liefen. Dan kam rein, und bevor er noch irgend etwas sagte, nahm er ein Kleenex und putzte den Tisch oder das Fenster ab. Das ist kein Scherz«, sagt sie lachend. »Der Mann war einfach *fanatisch.* Also ging ich in den Supermarkt und kaufte ihm wirklich einen Karton Kleenex zu Weihnachten, und ich packte ihn ein und legte ihm das Päckchen unter den Baum. Er war *begeistert.*«

Damals hatten sie nur wenige Freunde, denn beide wollten nicht, daß andere sahen, unter welch ärmlichen Bedingungen sie lebten.

»Außerdem war Dan nie da, er war immer unterwegs. Ich war den ganzen Tag mit zwei kleinen Kindern zu Hause. Ich war einsam.« Aber ein Paar, das sie in jener Zeit besuchte, erinnert sich, daß »es eine sehr, sehr traditionelle Beziehung war, was die Rollenverteilung anbelangt, und beide schienen glücklich damit.«

Das Jahr 1973 war Dans letztes Jahr in Harvard. Betty war fünfundzwanzig. Kim war drei, Lee zwei, und Betty war wieder schwanger. Aber jetzt hatten alle Frauen in den USA plötzlich eine Alternative. Dies war das Jahr von Roe gegen Wade und die Legalisierung der Abtreibung. Und Betty Broderick entschied sich auch dafür. Die Sirenen der Sechziger hatten endlich auch ihre katholische Erziehung durchdrungen. Endlich übertönten andere Stimmen die der Nonnen, des Papstes, ihrer Eltern, ihrer Freundinnen – und Dans Stimme.

»Ich war einfach müde, ich hatte so viel Arbeit, wir konnten uns unsere Kinder nicht leisten. Und Dan war nie da. Er arbeitete selbst hart, studierte ständig oder tat etwas auf dem Campus. Und ich dachte nur ›O nein, nicht schon wieder. Ich kann das nicht schon wieder ertragen!‹ Ich war eine Kuh! Ich war eine Babymaschine. Ich wollte kein drittes Kind in drei Jahren, ohne Geld. Ich war der Meinung, so sollte man Kinder nicht aufziehen. Und ich war die ganzen neun Monate immer schrecklich krank, mußte mich übergeben ... und dann die zwei Kleinen. Das war das schlimmste, denn ich kroch in den neun Monaten nicht nur am Boden und übergab mich alle zwei Minuten, Lee hatte oft auch Koliken und weinte viel, und ich hatte bei jeder Schwangerschaft Blutungen. Ich ging nur die Straße hinunter, und schon blutete ich, im Supermarkt, im Restaurant. Es lief mir die Beine hinunter auf den Boden. Und Dan half mir nie ... Ich hatte die alleinige Verantwortung für ein drittes Baby.«

So entschied sie sich für eine Abtreibung, Kirche hin oder her.

Dan fuhr sie zu der Klinik in New York. Und saß im Auto und weinte. »Er bat mich, es nicht zu tun, er versprach, mehr zu Hause zu bleiben, mir mehr zu helfen.« Also tat sie es nicht.

Doch als sie im siebten Monat vorzeitige Wehen bekam, war er im Skiurlaub. Sie war allein in Boston, Meilen entfernt von allen Verwandten, konnte niemanden anrufen. Sie rief die Polizei. Sie fuhren sie im Schneesturm ins Krankenhaus. Es waren keine echten Wehen. Dan kehrte in jener Nacht zurück, gerade rechtzeitig, um sie einige Tage später erneut ins Krankenhaus zu bringen, wo das Kind schließlich zur Welt kam. Das Baby, das hätte abgetrieben werden sollen, starb vier Tage später. Und aus Gründen, die nur sie selbst kennt, hat sie Dan immer noch nicht vergeben, daß er nicht da war, als sie Angst hatte, in jener Nacht, als die Polizei kam. »Der Hundesohn hat mich *belogen!* Er war nicht da, als ich ihn am nötigsten brauchte!«

Als sie nur wenige Monate später wieder schwanger wurde, fragte sie ihn daher nicht einmal. »Ich fuhr einfach zu einer Klinik und ließ die Abtreibung machen. Das war das erste Mal in meinem Leben, daß ich für mich selbst entschieden habe.«

Als er es herausfand, weinte Dan erneut.

Betty war wegen ihrer Fruchtbarkeit ständig im Konflikt mit sich selbst. Manchmal versicherte sie, daß Mutterschaft immer ihr erstes und einziges Ziel gewesen sei: »Ich liebte Kinder, ich wollte immer mindestens zehn, auch wenn ich welche adoptieren müßte. Als ich die High-School besuchte, hätte ich immer lieber auf Babys aufgepaßt, als zu einer Verabredung zu gehen.«

Doch waren das wohl immer nur die konfusen Ansichten einer Frau, die in jenen Tagen keine Wahl hatte – denn oft sprach sie voll wehmütigen Stolzes davon, daß sie so eine gute Lehrerin gewesen sei und immer »das Gefühl der Unabhängigkeit, das ein Job mit sich bringt«, vermißt habe. Tatsächlich war das einzige soziale Thema, das Betty im Sommer 1991 im Gefängnis von ihrer Konzentration auf sich selbst abbringen konnte, die Anti-Abtreibungskampagne. »Ich kann nicht *glauben,* daß dieses Land einen solchen Rückschritt macht und meine Töchter wieder dahin schickt, wo ich vor zwanzig Jahren war!«

Später versuchte sie zwischen ihren Schwangerschaften mindestens zweimal, in ihren Lehrerberuf zurückzukehren. Dann bekam sie nach der Geburt ihres letzten Kindes eine Lizenz als Grundstückmaklerin. Und nach der Scheidung beschloß sie, entweder fotografieren zu lernen oder zur Rechtsakademie zu gehen. Aber zu jenem Zeitpunkt hatte sie weder das Selbstbewußtsein noch den Willen, ernsthaft etwas anderes zu verfolgen als die Erlangung eines ›gerechten Anteils‹ im Scheidungsverfahren, als Ausgleich für all die Jahre, die sie ihrer gescheiterten Ehe geopfert hatte.

›Liebste Bets
Dan Liebling‹

Die Brodericks zogen nach San Diego, nachdem Dan einen Sommer lang in Los Angeles gearbeitet hatte, wo er David Monaghan kennenlernte, einen Rechtsanwalt von Gray, Cary in San Diego. Monaghan und seine damalige Frau Patti überredeten die Brodericks, nach San Diego zu kommen. Also luden Betty und Dan ihre Babys in ihren VW und statteten den Monaghans einen Besuch ab. Sie waren beide sofort bezaubert von der stillen, zivilisierten Schönheit der Stadt. »Dan rechnete sich außerdem aus, daß wir in einem kleineren Teich schneller große Fische sein könnten«, erzählt Betty, »und ich war damit einverstanden.«

Dan hatte keine Probleme, einen Job zu finden. Seine beiden Abschlüsse machten Eindruck auf die Seniorpartner bei Gray, Cary. »Sie umwarben uns wie Könige«, erinnert sich Betty. Dennoch begann Dan seine juristische Karriere in San Diego nicht mit einem fürstlichen Gehalt, zumindest nicht für einen jungen Mann mit einer wachsenden Familie. Zu Anfang verdiente er um die 17 000 Dollar, erzählt Betty, so daß sie einige Zeit kaum besser lebten als zu Studentenzeiten.

Ihr erstes Heim lag nahe der Innenstadt in einem altmodischen Wohnkomplex namens Plum Tree, eine typische Behausung für Durchreisende, mit einem schmalen Swimmingpool im Hof und Neonpalmen vor dem Haus. Außer Betten und Bücherregalen enthielt die Wohnung keine Möbel. Betty erinnert sich, daß Dans Bruder Larry ihnen einmal einige Verandamöbel kaufte, die für mehr als ein Jahr auch als Küchenmöbel dienten.

Nach wenigen Monaten zogen sie in ein kleines, gemietetes Haus in Clairemont, einem Arbeiterviertel in der Nähe der

Autostraße nach La Jolla, wo sie ein weiteres Jahr lebten, bis sie durch ein Feuer obdachlos wurden. Das meiste ihrer persönlichen Habe wurde zerstört, einschließlich der Stofftiersammlung, die Betty durch das ganze Land mitgeschleppt hatte. Aber das Feuer war fast wie ein Geschenk des Himmels. Die Versicherungsgesellschaft übernahm sofort ihre Umzugskosten. Sie bezahlten von dem Geld die Anzahlung für das Haus am Coral Reef in La Jolla. Dan und Betty Broderick hatten nur zwei Jahre gebraucht, um in die angesehenste Gegend La Jollas zu ziehen.

Die nächsten Jahre verliefen normal, zumindest für die Brodericks. Die Nation befand sich in einer historischen Krise. 1974 hatte der amerikanische Präsident zurücktreten müssen, und 1975, als die Brodericks in ihr neues Heim in La Jolla zogen, lagerten Tausende von vietnamesischen Flüchtlingen nur dreißig Meilen nördlich von ihnen in einem Meer von Zelten auf der Camp Pendleton Marine Base. Aber während das Land auf ihre tränenüberströmten und angsterfüllten Gesichter starrte und sich fragte, was es da angerichtet hatte, mähte Dan Broderick in San Diego seinen Rasen und baute sich ein Netz von Kontakten auf, während seine Frau zum ersten Mal aufgeregt ihren Namen in Burl Stiffs Gesellschaftsspalte las, wo sie für ihre Wohltätigkeitsarbeit erwähnt wurde. »Wir sprachen nicht über Politik – oder überhaupt über irgend etwas. Wir hatten keine Zeit dazu«, sagt sie heute. »Wir waren beide so ehrgeizig, wir nahmen unsere Arbeit sehr ernst. In jenen Jahren bewegten wir uns immer nur im Kreis – aber wir trafen uns niemals. Und ich dachte, wir täten es beide für unsere gemeinsamen Ziele.«

So wie sie die Sechziger verpaßten, so verpaßten Dan und Betty Broderick auch die Siebziger. Ihr Jahrzehnt sollte erst noch kommen.

Beide Brodericks machten sich schnell einen Namen in San Diego.

Dan war in seinem Job sofort ein Star. Was immer er tat, er

machte es gut, und er trieb sich selbst gnadenlos an. »Er war ein Superstar«, erinnert sich ein Kollege von Gray, Cary, der Anwalt Lance Schaffer. »Dan war die Art Mann, neben dem wir anderen alle wie Faulenzer aussahen... In seinem letzten Jahr [in der Firma] stellte er ungefähr zweitausendfünfhundert Stunden in Rechnung, und tausendachthundert galten schon als hervorragend.«

Gleich von Anfang an nahm Dan aktiv teil an außerplanmäßigen juristischen Aktivitäten. »Er war immer fort, um zu unterrichten oder dies oder jenes zu tun«, erzählt Betty. »Er sagte zu mir, er müsse das tun, weil diese Richter es niemals vergessen, wenn man ihrer Bitte Folge leistet, und wenn man nein sagt, wollen sie später vor Gericht nichts mit einem zu tun haben.« Das erschien Betty logisch. Sie beschwerte sich auch nicht, als Dan nach vielen Stunden Arbeit mit den Kollegen aus denselben Gründen noch privat verkehrte. Genau wie während seiner Jahre in Harvard waren beide Brodericks der übereinstimmenden Meinung, daß Kontakt und große Präsenz für ihr zukünftiges, beiderseitiges Fortkommen politisch wichtig sei.

Am Freitagabend war Dans Lieblingsplatz Dobson's, ein neues Henny's, eine angesagte Kneipe in der Innenstadt von San Diego, wo sich strahlende junge Anwälte, zukünftige Richter, Politiker und Millionäre versammelten, hauptsächlich, um über ihre eigenen Pläne zu diskutieren. Hier schloß Dan dauerhafte Freundschaften mit vielen später einflußreichen Männern. Heute finden sich in jedem nationalen Verzeichnis der Topanwälte San Diegos viele Namen von Dan Brodericks besten Freunden, von denen die meisten, wie auch Dan, schon zu Lebzeiten durch kleine Metall-Namensschilder über der langen Mahagonitheke bei Dobson's unsterblich geworden sind.

Betty ihrerseits war auch bereit, ihren Teil des Handels zu erfüllen – die perfekte Ergänzung zu ihrem vollendeten Ehemann zu sein.

Sie widmete sich den Belangen der Gemeinde. Sie wurde Präsidentin einer Gruppe, die ein Kunstmuseum in San Diego unterstützte, übernahm eine führende Rolle bei einer jährlich stattfindenden Wohltätigkeitsauktion, die von einem lokalen Radiosender gesponsert wurde, und sie wurde sofort Mitglied in der Organisation für Ehefrauen von Anwälten, die den Blackstoneball, die jährliche Gala der juristischen Gemeinschaft, und Führungen durch das Gericht für Schulkinder organisiert. Außerdem gab sie Bibelstunden und unterrichtete die fünfte Klasse der Sonntagsschule. Sie machte sich bereits Gedanken darüber, welche Schulen ihre Kinder besuchen sollten und welche Schulaktivitäten sie leiten wollte. Gleichzeitig wollte sie wieder Karriere machen. Dieser Gedanke hatte sie nie losgelassen. Anfangs versuchte sie, wieder als Lehrerin zu arbeiten, eine fünfte Klasse in einer privaten Vorortschule zu unterrichten.

Außerdem brauchten sie immer noch Geld. Die Abzahlung des Hauses erwies sich als große Last. Also nahm sie für nachts eine halbe Stelle in einem Juwelierladen an.

Dans engster Kreis bestand in jenen frühen Jahren vorwiegend aus anderen aggressiven jungen Anwälten wie er selbst – viele von ihnen waren irisch-amerikanischer Abstammung. Sie wuchsen zusammen wie eine Bruderschaft. Sie wurden Mitglied der Friendly Sons of St. Patrick, marschierten jedes Jahr bei der Parade am St. Patricks's Day mit und sangen gerne bis in die frühen Morgenstunden des Wochenendes traurige irische Balladen. Sie gehörten außerdem der Thuesday Morning Marching and Chowder Society an, einer Gruppe, die Brian Monaghan ins Leben gerufen hatte, um über juristische Themen zu diskutieren; dennoch trafen sich die Mitglieder öfter freitags abends bei einem Bier als dienstags morgens zum Kaffee.

Heute erinnern sich Dan Brodericks Freunde am besten an seinen Stil. Er hatte Klasse, eine gewisse Zurückhaltung kombiniert mit trockenem Humor, der ihn von den anderen unterschied. »Dan war kein gefühlvoller Bursche. Wenn man ihn umarmte, machte er sich steif«, erinnert sich Brian Monaghan.

Selbst im Kreise besonders erfolgreicher Männer stach Dan heraus. Bei Tag konzentrierte er sich voll auf das Geschäft, duldete keinen Unsinn, war manchmal sehr barsch und behielt sein Ziel im Auge: Beispielsweise hinterließ er ganz am Anfang unter jedem Teller und unter jedem Cocktailglas seine Visitenkarte in dem Bemühen, neue Aufträge an Land zu ziehen. Später lernten seine Freunde – und Betty – sehr schnell, daß sie besser nicht während der Arbeitszeit bei ihm anriefen, wenn sie nicht mit einem ungeduldigen, dreißig Sekunden dauernden Ja-Nein-Gespräch abgespeist werden wollten.

Doch trotz all seines coolen Gehabes am Tag wurde Dan des Nachts zu einem Teenager. Er liebte es, in den Kneipen herumzuhängen und Unsinn zu schwatzen. Nach einigen Drinks wurde er für gewöhnlich lockerer und unterhielt alle mit Schildkröte und Alligator. Er entwickelte zudem noch eine andere Lieblingsfigur, die auf Inspektor Clouseau, dem ›Pink Panther‹ und seinem Hund basierte. »Er kroch unter den Tisch und bellte und zerrte an meinem Hosenbein«, sagt Monaghan und grinst.

Nach seinem Tod taten Dan Brodericks Freunde ihr Bestes, seine Ehre vor Bettys Anschuldigungen zu verteidigen. Inzwischen trafen sie sich in einem neuen irischen Pub namens Reidy O'Neil's, mitten in der Stadt. Dan hatte kurz vor seinem Tod in Reidy's investiert, und so steht das Lokal heute als Art Erinnerungsschrein an ihn. Am Eingang hängt eine große Zeichnung von ihm und seinen drei Partnern beim Trinken und Singen. Sein jungenhaftes Grinsen ist perfekt festgehalten. Überall in der Bar hängen zwischen Fotos berühmter Iren auch Bilder von Dan. Eines zeigt ihn als Kind, wie er mit einer Nonne spricht, ein anderes lachend mit Linda. An den Abenden versammelt sich immer noch ein halbes Dutzend seiner Freunde bei Reidy's und erinnert sich an ihn:

Er liebte die Blues Brothers, John Wayne und alle alten Filme. »Das Leben machte Dan einfach riesigen Spaß«, erzählt der Stadtplaner Mike Reidy, einer der wenigen Nichtjuristen um Dan. »Er konnte sich eine dunkle Brille aufsetzen und uns mit einer Parodie der Blues Brothers in Erstaunen versetzen. Er konnte aus *The Quiet Man, Robin Hood* zitieren . . .« Und natürlich auch aus *Vom Winde verweht* – Dans absoluter Lieblingsfilm. Er war so begeistert von dem Film, daß er in seinem Arbeitszimmer sogar ein riesiges Poster von Clark Gable aufgehängt hatte. Betty zufolge hatte er von ihm seinen Tick mit Umhängen und Zylindern – und er war auch der Grund für den Namen ihres Sohnes Rhett, nach dem Filmhelden Rhett Butler. Später besaß er eine Katze namens Scarlett.

Es sei wahr gewesen, daß Dan die Rechtsakademie nur wegen des Geldes besucht habe, sagen seine Freunde. »Dan *liebte* Jura«, sagt Monaghan. »Mir hat er erzählt, er sei Anwalt geworden, weil ihm der Beruf des Arztes zu mechanisch erschien – ohne Kreativität.«

Was sein Trinken anbelangt, so habe Dan Broderick immer moderat in Gesellschaft getrunken, sagen seine Freunde. »Ich habe ihn in fünfzehn Jahren nicht öfter als fünfmal betrunken gesehen, und wenn er es war, zog er sich in ein Bade- oder Schlafzimmer zurück und schlief seinen Rausch aus. Dan war immer ein Gentleman«, sagt Reidy. »Dan war der Typ, der immer diese süßen Drinks bestellte, von denen man erst nach Stunden beschwipst wurde, Spumanti auf Eiscrème, Pink Monkeys und solches Zeug«, erzählt Kathy Cuffaro. »Und wenn er voll war, wurde er so liebenswert, daß man ihn und seine Pink Monkeys am liebsten mit nach Hause nehmen wollte.«

Und alle hatten Spaß an seinen geckenhaften Kleidern. Er amüsierte sie mit seinen pinkfarbenen Jacken, seinen dandyhaften Rosen im Knopfloch und seinen verrückten karierten Wollstoffen. »Dan war ganz sicher anders als wir«, stellt Reidy, ein konservativer, korrekt gekleideter Typ fest, »es war nicht Eitelkeit oder Egozentrik. Dan hatte einfach *Spaß* an Mode.«

Obwohl Monaghan, Reidy und einige andere um Dan Broderick Vietnamveteranen waren, sprachen sie nie über Dans Kriegsdienstverweigerung, nicht einmal während ihrer wildesten Nächte. »Ich erinnere mich nicht, daß das Thema jemals aufgekommen wäre – es war eine persönliche Entscheidung«, sagt der Anwalt Mike Neil, ein Reservegeneral der Marine und hochdekorierter Held des Vietnamkrieges, der während des Golfkrieges vorübergehend Kommandeur des Camp Pendleton war.

Die Freunde errichteten Dan einen Schrein. Sie benannten ein Konferenzzimmer im Gebäude der Anwaltsvereinigung von San Diego nach ihm, und heute verleiht die örtliche Anwaltsvereinigung jährlich in seinem Namen einen Preis an einen jungen Anwalt für besondere ›berufliche Integrität‹. Kurz vor Bettys erstem Prozeß widmete der American Ireland Fund sein jährliches Fest zur Beschaffung von Spendengeldern Dans Andenken; und ein Jahr danach fuhren einige Mitglieder der irisch-amerikanischen Gemeinde San Diegos nach Irland zum Dorf seiner Vorfahren, wo sie in seinem Namen eine neue Bibliothek eröffneten und zu seinem Andenken einige Dollars stifteten.

»Das ist die letzte Möglichkeit, unserem Kameraden ›Auf Wiedersehen‹ zu sagen«, sagte Dans Freund Vince Bartolotta, ein ›Ire ehrenhalber‹, dessen Firma viele von Dans laufenden Fällen erbte. Bartolotta selbst wurde später in der Stadt ebenfalls bekannt dafür, daß er Dans Angewohnheit, Blumen im Knopfloch zu tragen, nachmachte.

Aber seine Freunde verehren Dan nicht nur im Tode, manche brachten ihm auch im Leben Ehrfurcht entgegen. Als sein Ansehen wuchs, sagten seine Freunde ihm immer wieder, er sei für größere Dinge bestimmt, als sie San Diego bieten können, und er solle doch in die Politik gehen. Dan habe sich auch interessiert gezeigt, sagt Monaghan. »Er dachte darüber nach, irgendwann einmal für den Senat oder die Präsidentschaft zu kandidieren ... bis seine Schwierigkeiten mit Betty begannen. Dann fragte er uns immer ›Wie kann ich mich für *irgendein* Amt bewerben, solange sie versucht, meinen Ruf zu zerstören?‹«

Betty hatte unterdessen lange nicht so viel Spaß.

Nach nur einem Schuljahr gab sie ihren Job als Lehrerin auf, weil der Babysitter mehr kostete, als sie verdiente. Also arbeitete sie abends als Bedienung in einem Steakhaus, so daß Dan auf die Kinder aufpassen konnte. Als zusätzliche Leistung bekam sie freies Essen, so daß sie jeden Abend für Dan ein spätes Mahl mit nach Hause bringen konnte. Sie behielt diesen Job mehrere Monate lang – »bis ich mit Danny so schwanger war, daß ich nicht mehr aufstehen konnte.«

Außerdem hatte sie inzwischen so starke Krampfadern bekommen, daß sie sich später deswegen einer Operation unterziehen mußte.

Nach Dannys Geburt im Jahr 1976 arbeitete sie erneut bei einer Restaurantkette. Vor der Geburt von Rhett 1979 hatte sie eine zweite Abtreibung und zwei Fehlgeburten.

Es dauerte noch fünf Jahre, bis Dan genug Geld verdiente, daß sie zu Hause bleiben konnte und ihre Ein-Dollar-pro-Stunde-Tagesstätte führen konnte, mehr aus Vergnügen als aus Geldnot. Bei ihren Mordprozessen stellte der Staatsanwalt es ausführlich so hin, als sei Betty eine gierige Kaufsüchtige – und sie ließ sich ihre geleistete Arbeit *tatsächlich* bezahlen. Aber niemand kann jemals behaupten, daß Betty vom Tage ihrer Hochzeit an bis zu dem Jahr, in dem Dan Broderick zum ersten Mal eine Million Dollar verdiente, jemals zu stolz oder zu faul war, um nicht genauso hart zu arbeiten wie jede andere Frau.

In diesen Jahren bekam sie eine Spange, die ihren Überbiß korrigieren sollte. »Ich mochte meinen Überbiß«, sagt Betty. »Wenn Sie sich die Fotos genau ansehen, sehen Sie, daß viele Models einen haben.« Aber Dan mochte das nicht. »Ich tat es, um ihm zu gefallen. Außerdem beschloß ich, daß ich nicht eines Tages eine fünfzigjährige Frau mit Lippenstift auf den Zähnen sein wollte.« Die Zahnkorrektur veränderte die gesamte Form ihres Gesichts. »Danach sah ich nicht mehr aus wie ich selbst.«

Betty blieb weiterhin dieselbe lustige, lebhafte, verrückte Person, die es allen recht machen wollte. Sie brachte sowohl Erwachsene als auch Kinder mit ihren Clownerien zum Lachen: Sie nahm Käferattrappen mit in vornehme Restaurants und plazierte sie auf ihrem Teller, um dann den Schock auf dem Gesicht des Kellners zu genießen. Sie zog sich elegant an und verwirrte Fremde schließlich mit einem breiten Grinsen, das falsche Zähne zum Vorschein brachte, die mit einer klebrigen, grünen Masse überzogen waren. Betty war immer zum Schreien, da waren sich alle einig.

Und sie war jedermanns Freundin. Wenn eine Geburtstagsparty anlag, sie organisierte sie. Wenn jemand einen Zuhörer brauchte, war sie da. Ihre Energie und ihre Interessen schienen grenzenlos. Dabei bat sie selbst um nichts. Sie zeigte niemals ein trauriges Gesicht, sie schien gar nicht in der Lage zu schlechter Stimmung zu sein, sie sprach niemals über ein persönliches Problem. Sie war beständig die ›fröhliche Betty‹, sagten alte Freunde, es war immer eine Freude, mit ihr zusammenzusein.

Aber Betty war nicht glücklich. Privat war sie einsamer und ärmer an Illusionen denn je zuvor – nicht wegen Geldproblemen oder wegen ihrer harten Arbeit. Sondern wegen Dan. Er kam immer spät nach Hause. Er trank zuviel. Er arbeitete zuviel. Sie war alleinerziehende Mutter. Er nahm sie als selbstverständlich hin. Er liebte sie nicht.

Jahre später stellte der Staatsanwalt die Verbindung der Brodericks so hin, als sei sie von Anfang an die Hölle gewesen – alles, so stellte er es dar, wegen Bettys mangelhafter Persönlichkeit. In Wirklichkeit unterschieden sich Dan und Betty Broderick vermutlich gar nicht mal so sehr von anderen jungen Paaren in jenen Tagen, die gefangen waren zwischen den Pflichten früher Elternschaft und dem blinden Versuch, vorgegebene Rollen auszufüllen, die ihnen von einer früheren Generation aufgedrückt worden waren. Sie waren sicher nicht anders als viele andere Paare, die irgendwann einmal erkennen, daß die beiden Geschlechter per definitionem eine unterschiedliche emotionale Sprache sprechen.

Sie lebten in vielerlei Hinsicht die älteste, langweiligste Geschichte: Betty wollte Nähe, emotionale Bindung, Gemeinsamkeiten. Dan verstand nicht, wovon zum Teufel sie redete, denn er glaubte, er mache seine Sache gut. Zu Weihnachten verkleidete er sich sogar als Weihnachtsmann. Warum nörgelte sie herum, wenn er sich den ganzen Tag den Hintern abgearbeitet hatte? Was wollte Bets? Er nannte sie immer bei diesem Kosenamen, selbst als er sie wegen Linda verlassen hatte. Sollte er etwa auch nachts Windeln wechseln?

Warum nicht? dachte sie bei sich. Sie arbeitete härter als er, hatte aber nur halb soviel Spaß.

Ihre Ressentiments gärten vor sich hin, besonders, wenn sie ihm abends das Essen aus dem Restaurant mitbrachte. »Er bedankte sich noch nicht einmal ... er saß einfach da rum, wenn ich heimkam, las eine Zeitschrift oder eine Akte und zwirbelte sein Haar durch die Finger. Er zwirbelte dauernd sein Haar, immer an der rechten Schläfe ...« Betty erwähnte oft diese alte Angewohnheit und machte dann eine Pause. Doch dann fuhr sie fort, wütender als zuvor. »Und dann erwartete er von mir, daß ich das Essen aufwärmte und ihm hinstellte. Niemals bot er mir an, selbst die Mikrowelle anzustellen. Er nahm es einfach als selbstverständlich, daß Frauen den ganzen Tag arbeiten und ihm auch noch das Essen machen.«

Aber das war nur die Spitze des Eisbergs. Seine Garderobe war eleganter denn je zuvor – doch sie hatte immer noch keine Waschmaschine und keinen Trockner. »Wir waren bereits sieben Jahre verheiratet, als ich endlich die verdammte Waschmaschine und den Trockner bekam! Seiner Meinung nach konnte ich froh sein, daß ich ein Auto hatte, um damit zum Waschsalon zu fahren, wo ich das doch früher immer per Bus erledigen mußte.«

Sie war müde. Sie hatte jetzt drei Kinder – Danny war gerade einige Monate zuvor auf die Welt gekommen. Aber ihr hübsches, märchengleiches Drehbuch stimmte nicht. Das war nicht das glückliche Heim mit liebenden Eltern und glücklichen, quietschenden Babys, das sie sich ausgemalt hatte.

»Dan war nur ein Phantom. Und ich war von fünf Uhr morgens an ein Arbeitspferd, zog die Kinder an, machte die ganze Hausarbeit und sorgte dafür, daß alle rechtzeitig loskamen. Dan stand auf, zupfte seine Augenbrauen und föhnte sein Haar und bekam nie etwas davon mit. Ich durfte nie ins Elternschlafzimmer, während er seine Toilette machte. Er benahm sich wie Ludwig XV., der seine Perücke pudert. Er putzte sich auf, das würden Sie nicht glauben. Er hatte nie eine einzige Falte, einen Fussel oder ein Staubkörnchen an sich. Er sah immer *perfekt* aus.«

Sie erinnerte sich an all die kalten Winter in Boston, ihre Tupperware-Verkaufsrouten, an die häßlichen Wohnungen, die Wohlfahrtsläden, die Nächte, in denen sie allein mit den Babys war, ausgehungert nach der Gesellschaft von Erwachsenen. Nichts hatte sich geändert. Ihre Liste der Dinge, die Dan ihr schuldete, wurde immer länger. Und Dan zahlte seine Schulden nicht. Mochte er in ihren Studententagen auch eine Entschuldigung gehabt haben, heute galt sie nicht mehr.

Schlimmer noch, er erkannte seine Schulden nicht einmal an. Er berührte niemals ihre Hand oder ihr Haar. Er küßte sie nie oder brachte ihr Blumen mit. »Zwanzig Jahre lang«, so bemerkte sie einmal müde, »habe ich versucht, diesen Mann dazu zu kriegen zu sagen ›Ja, ich liebe dich, und du siehst gut aus, und ich bin glücklich mit dir, und ich bin stolz auf dich, du leistest gute Arbeit mit den Kindern oder mit dem Essen oder im Haushalt oder sonstwas.‹ Aber ganz gleich, was ich tat, er hatte immer diesen Gesichtsausdruck ›Nun, es könnte noch besser sein‹ drauf. Alles, was ich jemals von diesem verdammten Mann wollte, waren fünf Minuten Augenkontakt jeden Tag!«

Sie konnte das nicht aushalten. Wenn sie sich in ihrer eigenen Familie schon fehl am Platze gefühlt hatte, so paßte sie in diese genauso wenig hinein, es sei denn als Haushälterin, Kindermädchen und Gelegenheitsgattin.

Also stritten sie miteinander. Immer häufiger.

Im Herbst 1976 drohte Betty ihm, sie wolle sich von ihm scheiden lassen und wieder nach New York zurückgehen. Doch in Wirklichkeit wollte sie keine Scheidung – trotz ihrer Drohungen war das undenkbar für sie. Sie wollte ihre Ehe retten. Und schließlich glaubte sie, das entsprechende Mittel gefunden zu haben. An einem Wochenende im November 1976 überredete sie Dan, an einer kirchlichen Beratung für verheiratete Paare teilzunehmen. Sie nannte sich ›Ehe-Begegnung‹ und hatte zum Ziel, Beziehungen zu stärken; dazu gehörte, daß die Ehepartner sich gegenseitig Briefe über bestimmte Themen schrieben.

Dans Briefe von jenem Wochenende geben einen flüchtigen Einblick in die Gedanken eines jungen Mannes von einunddreißig Jahren, der damals selbst von den mörderischen Bemühungen erschöpft sein mußte, den Erwartungen aller Menschen, die er kannte, gerecht zu werden, von seinen Eltern bis zu seinen Priestern, von einem anspruchsvollen Gott bis zu einer anspruchsvollen Ehefrau, ganz zu schweigen von den Bedürfnissen dreier kleiner Kinder.

Mehr noch als sein materialistisches Denken erschüttern an seinen Briefen besonders seine kühlen Gedanken über die eigene Sterblichkeit. Als Antwort auf eine vorgegebene Frage über den Tod schrieb er:

›Liebste Bets, ich will weiterleben, weil ich das Leben genieße ... Ich glaube nicht an irgendeine Form des Lebens nach dem Tod. Wenn ich erst einmal tot bin, wird das einzige, das von mir zurückbleibt, die Erinnerungen der Menschen an mich sein. Ich möchte, daß diese Erinnerungen respektvoll und liebevoll sind. Ich will, daß die Menschen mich vermissen, um mich trauern, sich wünschten, ich sei noch am Leben, sich fragen, was ich in einer bestimmten Situation tun oder sagen würde, wenn ich noch lebte ...‹ Er schrieb weiter, daß er manchmal wegen seiner eigenen Unzulänglichkeiten enttäuscht sei. Doch seine ›Enttäuschung ist nicht zu groß, weil ich fest daran glaube, daß ich irgendwann einmal ein guter Ehemann, Vater etc., sein werde. Ich sage mir, daß ich für ein anständiges Leben Geld verdienen muß, mich als Anwalt etablieren, bestimmte notwendige Besitztümer erwerben, bevor ich mich dem Luxus ergeben kann, ein aufmerksamer, zuvorkommender Mensch zu sein.‹

Gleichzeitig fürchtete er, sich einer ›Selbsttäuschung hinzugeben ... Erfahrungen zeigen mir, daß ich nie mehr die Zeit haben werde, die wichtigsten Dinge zu tun und zu leben, wenn ich mich nicht jetzt verändere. Ein weltliches Ziel wird das nächste überrollen, bis es zu spät ist. Du wirst mich dann entweder verlassen haben oder dein eigenes Leben neben mir führen, und die Kinder werden ihre eigenen Wege gehen und bitter und frustriert sein, weil sie ihren Vater nie gekannt haben (ich habe das selbst vor einigen Jahren durchgemacht, es ist furchtbar).‹

Dann kritisierte er seine eigene Neigung, persönliche Beziehungen zu vernachlässigen, ›auf den nächsten Tag zu verschieben‹. Er erinnerte sich daran, während seiner Schulzeit oft gedacht zu haben, daß ›ich meine persönlichen Beziehungen nach dem Abschluß pflegen werde.‹ Und jetzt, da er arbeitete, ›denke ich immer: nächsten Sommer, nächstes Jahr, wenn ich Partner geworden bin, wenn ich genug Geld verdient habe, um mir Reisen, Boote etc. zu leisten‹.

Doch er konnte sich nichts vormachen, sich aber auch nicht helfen. ›Selbst jetzt glaube ich, daß unser gemeinsames Leben voller Glück sein wird, wenn Geld erst einmal kein Problem mehr ist‹, schrieb er. ›Es wird uns ermöglichen, viele Dinge zu tun, wie z. B. Reisen nach Europa, deren gemeinsame Erinnerung wir, so hoffe ich, genießen und nie mehr vergessen werden. Ich möchte in der Lage sein, dich und die Kinder jeden Herbst mit nach South Bend zu nehmen, ohne groß darüber nachdenken zu müssen ... ein Klavier zu kaufen, wenn Kim sich eines wünscht, dir einen Ring, eine Mikrowelle, einen Fotoapparat, was auch immer, zu schenken, wenn du es dir wünschst. Ich glaube ehrlich, daß ich mich dann glücklich und sicher fühlen und ein Mensch sein werde, der mehr liebt und mehr geliebt wird.‹

Aber der Druck der Zeit lastete immer schwerer auf ihm. Er war besorgt, er könnte ›es nicht schaffen, bevor es zu spät ist. In letzter Zeit habe ich das Gefühl, daß mir die Zeit davonrennt ...‹ Er erinnerte sich, wie er in der Schule herumwitzelte, daß ›das Schlimmste, das mir passieren könnte, wäre, die Medical School und die Rechtsakademie abzuschließen, als Anwalt zugelassen und dann ermordet zu werden ... wenn man mir sagen würde, ich hätte nur noch kurze Zeit zu leben ... dann hätte ich das Gefühl, mein ganzes Leben vergeudet zu haben. Alles, was ich bislang getan habe, galt der Vorbereitung auf ein gutes Leben in der Hoffnung ... erfolgreich zu sein und in dieser Welt vorwärtszukommen ... Ich will es schaffen – für mich selbst, für dich und für die Kinder ... Ich habe viele Opfer gebracht... auch du mußtest wegen mir Opfer bringen, vielleicht noch mehr als ich. Ich brauche Zeit, um dir alles zurückzuzahlen, alles wiedergutzumachen, dich für all die Entbehrungen zu entschädigen. Ich will, daß du glücklich und zufrieden bist und dich sicher fühlst. Daß du das Gefühl hast, die Opfer haben sich gelohnt...«

Aus all diesen Gründen, so sagte er, habe er sich in der letzten Zeit immer häufiger Gedanken darüber gemacht, eine eigene Kanzlei zu eröffnen. ›Ich will jetzt die finanzielle Sicherheit, damit ich mich den wichtigen Dingen des Lebens widmen kann... Ich sage mir selbst immer wieder, daß meine jetzige Arbeit, unsere jetzige Lebenssituation nur vorübergehend sind... Jetzt zu sterben wäre eine Tragödie... ganz besonders, weil ich noch nicht im mindestens meine materiellen Ziele erreicht habe.‹

Insgesamt hatte er vieles noch nicht erledigt. ›Ich will ein aufgeschlossener, sensibler Ehemann und Vater sein. Ich will ein Mensch, den man wirklich vermißt, wenn er gestorben ist... aber‹, so schrieb er, ›ich brauche Zeit.‹

Dann lenkte er seine Aufmerksamkeit auf die Therapie. Er wollte, daß seine Frau verstand, ›warum ich immer wieder mit den Augen rollen muß... Wie kann ich aufmerksam einem Typ zuhören, dem es die Kehle zuschnürt, wenn er über seine Beziehung zur katholischen Kirche spricht? Meiner Meinung nach ist die katholische Kirche äußerst irrelevant, eine bedeutungslose Show, die von vielen einfältigen Schwächlingen aufrechterhalten wird, die mit dem wirklichen Leben nicht fertig werden. Sie weben ein kompliziertes Netz von Phantasien, um mit den Dingen fertig zu werden, die jeder starke Mensch rational handhaben kann. Ich habe keinen Respekt vor diesen Leuten. Außerdem sind sie ganz und gar uncool und unmodern. Ich glaube, wir stehen über dem Niveau, auf dem sie arbeiten...‹ Dennoch war er froh, daß er und Betty an diesem Wochenende teilnahmen, und er schrieb: ›Ich glaube wirklich, du verdienst so viel Liebe, Beachtung und Sensibilität wie all diese Frauen hier zusammen. Ich werde es versuchen. In Liebe, Dan.‹

In einem anderen Brief schrieb er auf die Frage ›Wie werden wir uns als Paar weiter lieben?‹:

›... du und ich (ganz besonders ich) sind private Personen... Soweit es mich betrifft, ist das eine persönliche Sache zwischen dir und mir. Obwohl ich es sehr genieße, werde ich es nicht an die große Glocke hängen oder mit sonst jemandem darüber reden. Was unsere gesellschaftlichen Verpflichtungen angeht, so machen wir jetzt ja schon alles zusammen, nachdem ich nicht mehr Football spiele und freitags abends nicht mehr mit den Jungs ausgehe... Und ich hoffe, daß ich bald auch zu den Schulversammlungen, zum Tag der offenen Tür in der Schule etc. mitkommen werde...‹

Bettys Briefe hingegen spiegelten den Frust einer Romantikerin, die ihre Illusionen verloren hatte, einer neunundzwanzigjährigen Hausfrau, deren Prioritäten sich von denen ihres Ehemannes dramatisch unterschieden.

›Mein Liebling‹, schrieb sie, ›das Gegenteil von Liebe ist Gleichgültigkeit. Wir haben uns zwar noch nie gehaßt, aber zwischen uns steht das Gegenteil von Liebe, und das tut wirklich weh... Ich liebe dich und hoffe, wir können einander helfen. Eines der großen Probleme, gegen die ich ankämpfe, ist, deine Weigerung anzuerkennen, daß wir unser Leben teilen müssen. Ich glaube wirklich, ALLE Menschen brauchen Gemeinsamkeiten, nur du denkst da anders. Wir sollten einander gegenseitig die Bedürfnisse erfüllen, aber du sagst immer, du hast diese Bedürfnisse nicht – das glaube ich auch –, aber irgendwie tust du mir leid, daß du dich nicht für dieses wundervolle Glück öffnest. Ich glaube, dein Selbstbild ist so eingeschränkt, daß du das Leben nicht in seiner ganzen Bandbreite lebst und genießt. In Liebe, Bets.‹

In einem weiteren langen Brief über die Unterschiede zwischen Wollen und Brauchen schrieb sie:

›... ich habe dich lange damit genervt, daß ich Urlaub BRAUCHE (achtmal unterstrichen). Ich wollte weg vom Fernseher und von der Arbeit und Bartolotta und den Jungs, wollte dich wiederhaben. Dieses Wochenende hat mir diesen Wunsch sozusagen erfüllt, aber ich brauche immer noch Zeit für die ganze Familie. Das könnte bei uns zu Hause sein, wenn wir alles andere vergessen und zwei Tage oder eine Woche oder zwei Wochen lang eine liebende Familie wären, ohne irgendwelche Verpflichtungen. Das wäre so entspannend und wichtig, und wir alle BRAUCHEN das (siebenmal unterstrichen).

Du kannst es vielleicht besser verstehen, wenn wir ein Sofa BRAUCHEN – sonst nichts für unser Haus ... Es gibt ja viel, was wir wollen ... aber jetzt BRAUCHEN wir ein Sofa, damit du und ich uns am Abend nahe sein und über die Ereignisse und Gefühle des Tages sprechen können, damit wir voller Liebe ins Bett gehen. Nicht so wie jetzt. Wenn wir jetzt ins Bett gehen, bin ich voller RESSENTIMENTS wegen der fehlenden Nähe und Gespräche den ganzen Abend über – wie kann ich da Liebe machen?‹

In einem anderen Schreiben beschrieb sie sich selbst. ›Ich bin hübsch, die Menschen mögen mich, ich bin eine gute Mutter, ich bin eine gute Lehrerin, ich bin lustig, ich bin aktiv.‹ Auf der negativen Seite sei sie jedoch ›zu anspruchsvoll gegenüber sich selbst und anderen, stehe zu sehr unter Druck‹. In einem Brief, der unter der Überschrift stand ›Wer bin ich?‹, schrieb sie: ›Betty Broderick ist ... immer beschäftigt, tut aber nie irgend etwas perfekt. Sie liebt Kinder, fühlt sich von ihnen aber immer eingeschränkt ... Sie hat niemals richtig gelernt, das Haus zu führen und die Wäsche zu machen, und fühlt sich deswegen inkompetent ...‹ Weiter schrieb sie: ›Ich bin ein schlechter Zuhörer – das hast du mir schon hundertmal gesagt. Ich möchte dir wirklich besser zuhören ... (aber) ich glaube nicht, daß du mir überhaupt irgend etwas erzählen möchtest ... Ich versuche, dir gegenüber in allen Punkten offen zu sein. Aber es sieht so aus, als seist du nicht bereit, dich selbst zu öffnen. Ich habe immer das Gefühl, daß du deine Worte genau abwägst.‹ Sie beschwerte sich auch, daß Dan sie in seine Entscheidungen nicht einbezog: ›Beispiel: die Art, wie du einen neuen Wagen aussuchst und mir dann sagst, daß du ihn gekauft hast. Ich würde gerne den Spaß mit dir teilen, ein neues Auto auszusuchen. Du sprichst niemals vorher mit mir über DEINE Pläne für UNSER Haus ...‹

Dann ist sie wieder Bets, die Sentimentale: ›Erinnerst du dich, wie sehr ich von dem goldenen Amulett berührt war (das er ihr geschenkt hatte), auf dem steht ›Ich liebe dich heute mehr als gestern, weniger als morgen‹? Ich glaube, daß du diese Gefühle damals wirklich empfunden hast. Dieses Amulett ist wahrscheinlich mein kostbarster Besitz. Ich hänge an ihm in der Hoffnung, daß seine Inschrift immer noch stimmt oder wieder wahr werden wird.‹

Als Antwort auf die Frage zum Thema ›Wie werden wir uns als Paar weiter lieben?‹ schrieb sie: ›Ich hoffe, wir werden unsere Liebe zuerst einmal mit unseren Kindern teilen. Sie brauchen das Gefühl der Nähe zu uns, und wir werden es genießen, mehr mit ihnen zusammenzusein ...‹ Sie hoffte außerdem, daß ihre eigene Freude an der Liebe für andere ein Beispiel sein könnte – besonders für die Leute von Gray, Cary. ›Patti Monaghan sagt, wie ›ansteckend‹ die Gray, Cary-›Krankheit‹ doch ist. Wärme, Glück, Zufriedenheit und Liebe sind genauso ansteckend. Ich hoffe, daß wir diese Art von Krankheit bekommen.‹

Doch gleichzeitig wurde klar, daß sie nicht optimistisch war, sondern immer noch zumindest mit dem Gedanken spielte, ihn zu verlassen.

›... Du BIST die wichtigste Person, die ich im ganzen Universum habe, ausnahmslos, und ohne dich wäre ich verloren. Selbst wenn wir uns trennen, kannst du niemals ersetzt werden. Wir haben zuviel miteinander erlebt ... (aber) ich fühle mich, als ... würde ich allein dahinrasen, Zeit verschwenden und nicht sehen, was vor mir liegt – immer in der Erwartung, daß uns im nächsten Augenblick etwas Schreckliches widerfährt. Als würde ich die Verbindung zur Welt verlieren. Unfähig, irgendeine Sicherheit zu finden.‹

Am meisten litt sie darunter, daß sie sich emotional voneinander entfernten: »Ich mache mir Sorgen, du könntest auf diese nichtssagenden ›Streicheleinheiten‹, wie du es nennst, von Leuten hereinfallen, die dir nichts bedeuten. Du reagierst auf die geringste Kleinigkeit. [Aber] wenn Menschen, die dir alles bedeuten, dir diese ›Streicheleinheiten‹ geben, dann schüttelst du sie ab und reagierst gar nicht ... Belanglose Streicheleinheiten machen zwar Spaß, doch kann ich nicht ohne die RICHTIGEN leben. Du glaubst offensichtlich, sie seien austauschbar ... Wir haben uns einmal daran erfreut, zur selben Zeit denselben Gedanken zu haben ... Ich mochte dich vom ersten Augenblick an. Ich sprach mit dir, es blieb dabei. Ich schrieb dir, und das Gefühl wuchs. Ich ging mit dir aus, und es wurde immer besser. Niemand, den ich zuvor oder seitdem kennengelernt habe, war so wie du ... Ich liebe dich und möchte alles mit dir teilen, aber ich brauche auch das Gefühl, daß du mich liebst und daß ich alles über dich weiß, was es zu wissen gibt, wie sonst niemand auf der Welt. Jeden Tag, den ich mit dir zusammen lebe, möchte ich diesem Ziel ein wenig näher kommen ... in dem Bestreben, meinen unmöglichen Traum zu verwirklichen und meinem Leben Bedeutung und Wert zu verleihen. Doch so fühle ich mich im Moment ganz und gar nicht ... Am meisten habe ich [am Anfang] an dir geliebt, daß du MICH LIEBTEST und es es auch gezeigt hast. Du kennst all die anderen Gründe. Und tatsächlich liebe ich heute immer noch alles an dir, AUSSER, daß du deine Liebe für mich nicht mehr zeigst.‹

Sie beendete ihren Brief mit oberflächlichem Optimismus, doch dahinter verbarg sich eine alles durchdringende Hoffnungslosigkeit: ›Wäre es nicht lustig, unsere Hochzeit noch einmal zu wiederholen, und zwar so, WIE WIR ES UNS WÜNSCHEN, wie es auch beim ersten Mal schon hätte sein sollen? Laß uns doch einmal darüber nachdenken. Die Zeremonie, die Gästeliste, die Feier ... Händchen halten, einander ansehen – angemessene Sprüche, die wirklich das zum Ausdruck bringen, was wir meinen.‹ Sie wünschte sich auch, daß sie beide sich jeden Tag zehn Minuten lang Zeit nahmen und wieder Liebesbriefe schrieben wie in der Zeit ihres Kennenlernens. ›Das Schreiben und Empfangen von Liebesbriefen war bei der Entwicklung unserer Liebe von immens großer Bedeutung. Ich glaube, wir beide hatten Spaß daran ... [und] ich will wissen, daß ich zumindest zehn Minuten wert bin. Jetzt habe ich nicht das Gefühl, daß ich dir soviel wert bin.‹

Aber, so fügte sie düster hinzu, ›ich kann nicht glauben, daß du das tun wirst. Du bist zu aggressiv, zu cool, zu hart, um jeden Tag einen Liebesbrief zu schreiben und mir zu zeigen, daß ich dir etwas bedeute.‹

Damit kehrten Dan und Betty Broderick, beide durch dieses Wochenende voller Gefühle mit frischem Mut erfüllt, voller guter Absichten und neuer Schwüre nach La Jolla zurück, um die nächsten Jahre auf die alte, schmerzhafte Weise zu verbringen.

›Besser hätte es nicht kommen können‹

1978 verdiente Dan bei Gray, Cary 32 500 Dollar pro Jahr. »Aber er machte die Arbeit für drei Anwälte«, erzählt Betty. »Schließlich sagte ich zu ihm ›Hey, du Dummkopf, sie zahlen dir nicht genug!‹«. Er stimmte ihr zu, war aber unsicher, ob er sich selbständig machen sollte. Selbst heute ist Betty stolz darauf, ihren Mann davon überzeugt zu haben, daß er es schaffen könnte. »Wenn es um persönliche Beziehungen ging, war Dan ein echter Trottel – er hatte überhaupt keine Menschenkenntnis, aber als Anwalt war *niemand* besser. Er nahm es erst mit einem Gegner auf, wenn er alle Trümpfe in der Hand hielt. Er sagte zu mir, die erste Regel des Spiels sei, ›niemals zu verhandeln, bevor man ihnen nicht an der Gurgel sitzt‹.«

Aber ihr Ehrgeiz war nicht nur finanzieller Natur. Sie versuchte auch, ihre Ehe zu retten. »Ich bin eine kluge Frau, und ich sehe Schwierigkeiten kommen. Ich wollte ihn von diesen saufenden Dummköpfen bei Gray, Cary wegbekommen. Er arbeitete immer fünfzehn Stunden am Tag, und in der übrigen Zeit soff er. Er trank ständig. Er aß nichts, er schlief nicht, und er hatte *immer* einen Kater. Und er rief nie zu Hause an, weil sie ihm Druck machten. Einmal erzählte er, [Dave] Monaghan würde zu den jüngeren Anwälten sagen ›Jeder, der zu Hause anruft, ist ein Schwächling‹.«

Die nächsten paar Monate geben einen kurzen Eindruck, wie die Ehe der Brodericks hätte werden können, wenn sie beide ständig daran interessiert gewesen wären, eine Partnerschaft aufzubauen, die auch das gegenseitige Interesse an der Karriere des anderen beinhaltet. Zum ersten Mal war Betty in Dans Welt willkommen. Sie richtete sein neues Büro ein. Abends saßen sie zusammen in ihrem Wohnzimmer, sahen sich Stoffmuster und

Farbtafeln an, überschlugen die Kosten und genossen das aufregendste Abenteuer ihrer Ehe. Schließlich legte sie einen teuren Geschmack an den Tag, der weit über ihren Verhältnissen lag. Dan machte sich deswegen Sorgen, »aber ich sagte zu ihm genau das, was er mir damals in Harvard immer gesagt hatte – ›Man muß erfolgreich aussehen, wenn man erfolgreich *sein* will.‹« Und er respektierte ihr Urteil. Schließlich ›hatte er das schönste Büro in der Stadt‹, sagte sie versonnen. Sie bezahlten alles per Kreditkarte.

Doch damit endete ihre gemeinsame Zeit. Danach kehrten sie in ihre eigenen Welten zurück – und ihre hielt für Dan nur wenig Interessantes bereit, denn sie bedeutete: Babys. Sie war wieder schwanger, zum zehnten Mal, ihr war übel wie immer, und ihre Krampfadern schwollen an. Sie war zu krank, um auch nur die Abschlußarbeiten in seinem Büro zu überwachen, geschweige denn, am Sektempfang zur Eröffnung teilzunehmen.

Sie entschied außerdem, daß Rhett das letzte Kind sein sollte, und ihr Arzt stimmte ihr zu. Nach der Geburt ließ sie sich sterilisieren und ihre Krampfadern behandeln. Sie war zweiunddreißig Jahre alt.

Ihre neue Freiheit hatte eine belebende Wirkung auf sie. Zum ersten Mal in Betty Brodericks Leben sollte Sex nicht länger mit einer Strafe namens Schwangerschaft und Schmerzen verbunden sein.

Und dieses Mal weinte Dan nicht. Er hatte nicht einmal etwas einzuwenden.

Schon bald florierte seine neue Praxis. Durch seinen medizinischen Hintergrund war er schnell in der Lage, die vielversprechendsten Fälle von Kunstfehlern zu erkennen, und mit wachsendem Ansehen nahm er immer öfter nur noch entsprechende Klienten an. Schließlich interessierten ihn nicht einmal mehr Fälle, deren Streitwert im unteren Bereich der sechsstelligen Zahlen lag.

Jene Tage vergingen im Rausch des Erfolges. Zunächst »gingen wir immer ins La Valencia zum Essen, um zu feiern, wenn er einen Prozeß um eine Million Dollar gewonnen hatte«, erzählt Betty lachend. »Aber schließlich gingen wir dreimal die Woche dorthin, so daß es schließlich keine große Sache mehr für uns war und wir uns fragten, ob wir die Grenze zum Feiern nicht bei zehn Millionen Dollar ansetzen sollten.«

Endlich war die Abzahlung ihrer Schulden in Sicht. Die Tage der finanziellen Knappheit waren vorbei. Während der nächsten vier Jahre »hatten wir eine Million schöner Momente«, sagt sie. »Ich ging gerne zu all diesen Parties und juristischen Veranstaltungen – das machte mir lange Zeit unheimlich Spaß.«

Sie waren das perfekte Paar. Zu jener Zeit beneideten sie alle, die sie kannten. Sie sprühte vor Energie und Geistesblitzen, er bezauberte durch Charme und Witz. Betty wollte, daß man sie mochte, und das gelang ihr durch schiere Willenskraft. Dan wurde gemocht, ob er wollte oder nicht, allein durch den Glanz des Erfolges. »Sie waren das, was wir alle sein wollten«, erzählte die Frau eines Anwalts. »Es hätte gar nicht besser sein können.«

Manchmal trugen sie sogar übereinstimmende Kleidung. Auf dem Blackstoneball von 1984 zum Beispiel, lange nachdem ihr Leben bereits zu einem privaten Schlachtfeld geworden war, trug Betty (zum ersten Mal im Leben) ein trägerloses Kleid aus rotem Satin und schwarzem Samt, das zu Dans langem schwarzem, scharlachrot eingefaßtem Umhang paßte. In ihrer privaten Fotosammlung findet sich ein besonders erstaunliches Bild von beiden: sie groß und auffällig im aufreizenden, hautengen Kleid, er elegant in seinem Umhang, der lässig zurückgeworfen war und seine Figur enthüllte. Hinter ihnen stand auf einem ebenholzschwarzen Flügel eine Vase mit roten Rosen, die Betty so arrangiert hatte, daß sie das Tüpfelchen auf dem ›i‹ bildeten. Niemals entging ihr ein Detail. Nur die Anspannung in ihren Gesichtern ließ sich nicht verbergen.

Wie die meisten Menschen, die nicht an große Summen gewöhnt sind, gaben die Brodericks anfangs ihr Geld nur zögernd wieder aus. Er kaufte ihr eine Luchsjacke und eine Diamantkette – jedoch nur als Urlaubsgeschenke. Sich selbst gönnte er als erstes einen protzig ausgestatteten Sportwagen.

Sie stellten ihre Halbtagshaushälterin, die Mexikanerin Maria, für fünf Tage pro Woche ein. 1980 bekam Betty sogar ein Aupair-Mädchen für den Sommer – eine junge Studentin aus England, die für Kost und Logis niedrige Arbeiten verrichtete und auf die Kinder aufpaßte.

Die Brodericks begannen, Reisen zu machen. 1981 verbrachten sie ihren ersten Urlaub in Europa, zusammen mit Kim, obwohl, wie Betty erzählt, »wir immer noch wie die Studenten lebten und fünf Dollar am Tag verbrauchten, in Pensionen wohnten und in billigen Hotels – aber wir hatten viel Spaß«. Sie fuhren auch regelmäßig in Skiurlaub, zuerst nach Park City, Utah, später dann nach Keystone, Colorado, wo Dan zusammen mit seinem Bruder Larry eine Eigentumswohnung kaufte. Einen Sommer verbrachten sie sogar in Cancun in Mexiko.

Außerdem suchten sie sich ein Haus, das ihrer neuen großartigen Lebensweise angemessen war. Nicht mehr in einer Siedlung. Mr. und Mrs. Daniel T. Broderick III. würden endlich über die Hügel ans Meer ziehen.

Aber hinter verschlossenen Türen stritten sie immer noch, und immer noch aus denselben Gründen. Nichts hatte sich seit ihrem Eheberatungswochenende gebessert. Statt dessen hatten sie sich durch Dans beruflichen Erfolg sogar noch weiter voneinander entfernt, und beide stellten ihre persönlichen Probleme noch eine Weile hintan. Nur noch einige Jahre. Dann würden sie sich mit ihrer Unzufriedenheit im privaten Bereich befassen. Morgen. Es war genauso, wie es Dan in den Briefen am Eheberatungswochenende geschrieben hatte – außer, daß jetzt auch Betty bei dem Wartespiel mitmachte: Sie hatte bald mehr Interesse an Autoreisen als an Dans schwindelerregender Einkommensteuer, machte sich mehr Gedanken um die Speisenfolge ihrer nächsten Dinnerparty als darum, wie sie Dan dazu bringen könnte, einen Samstag mit ihr und den Kindern am Strand zu verbringen.

Sie fühlte sich immer noch überarbeitet und nicht gebührend

gewürdigt, und ihm ging es genauso. Sie nörgelte, er zog sich zurück; sie schmollte, er blieb länger fort. Der einzige wirkliche Unterschied lag darin, daß ihre Streitigkeiten so wenig konstruktiv waren wie nie zuvor.

Einmal verbrachten sie zum Beispiel ein Wochenende in den Bergen, und sie geriet in Wut, weil er bei ihrer Ankunft »sofort in die Bar ging und einen Drink nahm, dann zog er sich seine Badehose an und setzte sich an den Pool. Er benahm sich wie ein Junggeselle und überließ es mir, die Bretter für das Bodysurfen, die Skier und die Kleidung auszupacken. Er behandelte mich *immer noch* wie ein Dienstmädchen.« Sie war so wütend, daß sie allein nach San Diego zurückfuhr. Sollten er und die Kinder doch sehen, wie sie nach Hause kamen.

Zur selben Zeit wurde auch Dan immer härter. Seine Töchter sagten später im Prozeß aus, er sei immer genauso aufbrausend gewesen wie Betty – bei ihm dauerte es nur länger, während sie spontaner reagierte. Mitten im Streit konnte Betty ihm etwas an den Kopf werfen – zum Beispiel eine Ketchupflasche. Ein anderes Mal sperrte sie ihn aus dem Haus aus, als er spät in der Nacht von einer Zechtour zurückkehrte, indem sie die Tür mit einem seiner Skier verbarrikadierte; er verbrachte die Nacht im Auto. Dan dagegen richtete seine Wut lieber gegen unbelebte Objekte. Einmal schlug er einen kaputten Rasenmäher mit dem Hammer in tausend Stücke, ein anderes Mal schmiß er das leere Aquarium seines Sohnes vom Balkon; oder er riß eine Schiebetür aus einem Schrank und warf sie über die Balkonbrüstung. Aber die einzigen Lebewesen, die er jemals angriff, waren die Hunde der Familie. Er trat nach ihnen, wenn sie ihm vor die Füße kamen.

Gegenseitig schlugen sich die Brodericks allem Anschein nach nie. Obwohl Bettys Anwalt später darauf bestand, Dan habe Betty mindestens einmal ein blaues Auge geschlagen, beharrte Betty darauf, es sei ein Unfall gewesen. Auch die Kinder wurden niemals Zeuge physischer Übergriffe der Eltern gegeneinander.

Mit den Jahren drehten sich die Streitereien immer häufiger um Dans Trinkerei. Bettys Plan, ihn von den Leuten von Gray, Cary fernzuhalten, nachdem er sich selbständig gemacht hatte, war völlig fehlgeschlagen. Wie die meisten Menschen, die selbst die Verlockung des Alkohols nicht verstehen, verlor sie schließlich jegliche Toleranz und betrachtete ihren Mann als klinisch kranken Alkoholiker, der eine Entziehungskur brauchte. Lange, nachdem sie wegen des Mordes an ihm ins Gefängnis gekommen war, glaubte Betty noch, daß ihre Ehe hätte gerettet werden können, wenn Dan Broderick sein Alkoholproblem in den Griff bekommen hätte.

Sie begann zudem, viele seiner besten Freunde zu verabscheuen und für Dans Trinkerei verantwortlich zu machen. In ihren Augen war Brian Monaghan der Rädelsführer, und er durfte nicht mehr zu ihren Dinnerparties kommen, auch wenn Dan ihn sehr mochte. Ebenso verabscheute sie Mike Neil, dessen Heldentaten im Krieg sie nicht im mindesten beeindruckten. Statt dessen erinnert sie sich heute nur noch daran, wie abstoßend es war, als in den späten Siebzigern einmal mehrere Paare in einem Kleinbus nach Tijuana fuhren, um Neils Geburtstag zu feiern. »Alle waren so ekelhaft betrunken, und er [Neil] steckte seine dünne, feuchte Zunge in mein Ohr. Pfui Teufel!«

Neil hat diesen Ausflug ganz anderes in Erinnerung. »Sie war eine Spielverderberin. Sie saß einfach nur da und war dagegen, daß alle anderen Spaß hatten«, erzählt er. »Dan tat mir ja so leid – er versuchte, sich zu amüsieren, aber sie verdarb ihm den Spaß. Sie hat noch nicht einmal uns zuliebe den Schein gewahrt. Der arme Junge hätte die Schlampe schon Jahre früher verlassen sollen.«

Ironischerweise zeigte von Dans engsten Freunden nur Brian Monaghan nach den Morden echtes Mitgefühl für Betty. Obwohl er wie die anderen glaubte, daß Betty von Eifersucht getrieben war und daß »sie glaubte, sie sei der Mittelpunkt des Universums«, war er ihr dennoch auch zugetan. »Ich glaube, sie fühlte sich einfach nie geliebt, weder von ihren Eltern noch von Dan.« Sie war wie ein Kind, glaubte er. »Und Kinder brauchen eine verläßliche Bindung voller Liebe. Aber das hatte Betty nicht ... nicht zu ihrer Familie und auch nicht zu Dan. Nur ihr soziales Umfeld gab ihr Unterstützung ... und als das zerfiel, brach sie zusammen.«

Und obwohl Monaghan nicht glaubte, daß Dan oder Linda absichtlich böswillig waren, räumte er dennoch ein, daß Dan vielleicht zu hart mit Betty umgesprungen war. »Er wollte sie unbedingt disziplinieren, sie kontrollieren wie ein ungebärdiges Kind ... Das ist typisch männlich«, sagte er bei einem Bier bei Reidy's. Rückblickend gesehen, hatte sich Dan offensichtlich verrechnet, aber, so fügte Monaghan schulterzuckend und melancholisch hinzu, »das ist der irisch-katholische Mann. So machen wir Katholiken es eben. Wie lange geht das schon so – zweitausend Jahre? Und wir erzählen den Frauen immer noch, sie könnten nicht Priester werden, weil sie keinen Schwanz haben.«

Erst Jahre nachdem Dan Betty verlassen hatte, relativierte sie ihre Ansicht über Alkohol, nämlich als sie endlich selbst einmal betrunken war – zum ersten Mal in ihrem Leben, wie sie sagt. Es passierte an einem Abend mit Freundinnen nach fünf Glas Kir.

»Und ich ging nach Hause und fiel auf den Boden des Schlafzimmers, und ich lag da und kicherte, denn ich hatte *endlich* herausgefunden, warum Dan Broderick immer diese verdammte Schildkröte machte. Das ist die natürlichste Stellung für einen Betrunkenen – kichernd auf dem Rücken liegen. Am nächsten Morgen fühlte ich mich wie der letzte Dreck. Ich dachte, jetzt verstehe ich, warum Dan Broderick samstags immer mit einer Weinflasche in der Hand auf dem Hof lag, uns alle wütend anknurrte und mit diesem ›Fahrt-doch-zur-Hölle‹-Blick bedachte.«

Doch in jenen frühen Jahren war Geld der häufigste Anlaß für Reibereien. Keine Geschichte kann das alte Sprichwort, daß

Geld nicht glücklich macht, besser illustrieren als die von Dan und Betty Broderick. Jetzt hatten sie endlich im Überfluß davon und zankten sich ständig darüber, wie es am besten auszugeben sei. Dan glaubte, Betty gebe viel zuviel aus. Sie glaubte, er sei verdammt vermessen, ihre Ausgaben zu bemäkeln, da sie schließlich genauso hart für ihren gemeinsamen Erfolg gearbeitet hatte wie er. Es war einfach verletzend. Wie konnte er es wagen, sie wie ein Kind zu behandeln, das Taschengeld bekommt? In diesem Punkt war sie noch Jahre später bei der Scheidungsverhandlung empfindlich, als Dan ihr ein letztes Mal einen boshaften Vortrag hielt:

»Bis in die späten Siebziger oder frühen Achtziger warst du beim Verwalten und Ausgeben des Geldes verantwortungsbewußt... du hieltest das Geld zusammen«, sagte er. Aber danach, so sagte er aus, sei sie »absolut unverantwortlich geworden... du hast einfach wesentlich mehr ausgegeben, als ich von einem verantwortungsvollen Menschen erwartet hätte«.

Im Gegenzug war auch Betty immer mehr über Dans Ausgaben erbost. Im Jahr 1979 bekam sie eine Lizenz als Grundstücksmaklerin, weil »ich dachte, das könnte mein neuer Job sein, den ich von zu Hause aus erledigen könnte. Und ich hatte Talent dafür, ein gutes Auge – ich wollte dabei helfen, daß wir noch reicher wurden.« Aber Dan ignorierte einfach ihre Ratschläge. Statt dessen investierte er zusammen mit seinem Bruder Larry viel Geld in Colorado – oft, ohne sie darüber zu informieren, wie er später vor dem Scheidungsrichter zugab. Er gab einfach nichts auf ihre Meinung.

Die Brodericks konnten sich noch nicht einmal einigen, welches neue Haus sie kaufen sollten. Beide wollten ein »großes Herrenhaus mit einem Morgen Rasen drumherum«, erzählt Betty. Sie wollte in La Jolla leben, aber Dan war eher an anderen Stadtteilen von San Diego interessiert, wie z. B. an Point Loma mit seinen sensationellen Klippen oder an Coronado, Meilen entfernt. Sie legten ihren Disput niemals bei. Die nächsten fünf Jahre blieben sie trotz seines wachsenden Einkommens am Coral Reef, buchstäblich hoffnungslos festgefahren bis zu jenem Tag, als er fortging.

Einen guten Eindruck über das Leben der Brodericks im Jahr 1980 vermitteln die vielen Briefe des jungen englischen Au-pair-Mädchens, die sie in jenem Sommer an ihre Eltern schrieb.

Betty war sehr nett und aufmerksam, aber, so beschwerte sich das Mädchen, sie sei oft unterwegs zu irgendeiner Schul- oder Wohltätigkeitsveranstaltung. Der kleine Rhett, so schrieb das Mädchen, »weint, sobald sie das Zimmer verläßt, weil sie nicht oft genug zu Hause ist«. Sie bemängelte auch, daß die Familie nie zusammen aß, weil Mr. Broderick immer so lange arbeitete. Viel zu oft, so erzählte sie ihren Eltern, bestelle Mrs. Broderick einfach Pizza oder chinesisches Essen, bevor sie zu irgendeiner Veranstaltung losging.

Das Mädchen verabscheute Dan von ganzem Herzen. Er war »so kalt und unfreundlich«, erzählte sie – außer in einer Nacht, als er sie allein im Whirlpool antraf. Da sei er *zu* freundlich gewesen, schlug vor, sie sollten am nächsten Tag reiten gehen, »und er würde allen erzählen, er habe seine alte Dame verlassen«. Außerdem brachte er Betty zum Weinen, schrieb sie voller jugendlicher Empörung, weil »er immer mit den Frauen einen trinken geht«.

In einem anderen Brief stellte sie fest, daß Betty sich in Dans Gegenwart eingeschüchtert und ängstlich verhalte. Diese Beobachtung bestätigten andere später. »Um ungefähr drei Uhr nachmittags«, so erinnerte sich eine frühere Nachbarin, Wilma Engel, »veränderte sich Betty immer völlig. Sie hörte auf zu lachen und geriet in Panik, rannte durch das Haus, räumte die Sachen der Kinder auf, weil Dan es haßte, darüber zu stolpern. Wenn er da war, war sie ein völlig anderer Mensch, viel ruhiger und unterwürfiger. Ich glaube, sie hatte Angst vor ihm.«

Die Wahrheit liegt natürlich im Auge des Betrachters. »Dan war ein anderer Mensch, wenn Betty in der Nähe war«, erzählt seine Freundin Laurel Summers. »Sie hatte dauernd was zu meckern und nörgelte herum. Es schien ihm sogar schwerzufallen, in ihrer Nähe zu lachen. Nachdem er Linda kennengelernt hatte, war er viel lockerer, herzlicher. Da bemerkte ich erst, daß ich Dan vorher niemals glücklich gesehen hatte.«

Betty bedrohte ihn weiterhin mit Scheidung, obwohl sie heute behauptet, sie habe es nie ernst gemeint. »Sicher, ich habe dauernd so etwas gesagt«, räumte sie später müde ein. »Manchmal dachte ich auch tatsächlich daran. Aber es war nie mehr als ein flüchtiger Gedanke. Wo hätte ich mit vier Kindern hingehen sollen?« Damals erlebte sie zum ersten Mal eine Scheidung mit. Dave Monaghan hatte Patti verlassen – und der Anblick dieser einsamen, alternden Frau, die dem Schicksal preisgegeben worden war, ließ Betty Broderick erschauern. Das sollte ihr nie passieren. Niemals.

Dan hingegen nahm Bettys Drohungen offensichtlich viel ernster – so sagte er zumindest Jahre später, nachdem er sie verlassen hatte. »Es gab Zeiten, da war sie [glücklich mit mir]«, sagte er einmal zu einem Reporter. »Aber Hunderte von Malen verlangte sie die Scheidung ... Sie erzählt unseren Kindern, unsere Ehe sei glücklich und in Ordnung gewesen, bis ich vierzig wurde ... Das ist pure Erfindung ... Als wir ein Jahr oder so verheiratet waren, sagte sie mir, sie sei bei einem Anwalt gewesen. Ich war im ersten Jahr in Harvard. Das war 1970 ... Vielleicht war das ein Wink des Schicksals, vielleicht auch nicht. Ich weiß es bis heute nicht.«

In den nächsten Jahren wurde Dan in seiner Welt immer prominenter, immer erfolgreicher, und Betty gelang dasselbe in ihrer Welt.

Er sah mit den Jahren sogar immer besser aus. Verschwunden war der Trottel aus Studententagen, der dünne junge Mann mit dem hüpfenden Adamsapfel. Er nahm Rhetorikstunden und ließ einige kleinere Eingriffe an seiner Nase durchführen. Jetzt war er mit seiner Fönfrisur, seinen neuen Kontaktlinsen, seinem wunderbaren Lächeln und seinem volleren Gesicht ein Mann, bei dem jede Frau zweimal hinsehen würde – auch, wenn er kein angesehener Millionär gewesen wäre.

Betty war in der Zwischenzeit zu Hause und tat das, was wohlhabende Frauen von prominenten Männern in bezaubernden kleinen Gemeinden wie La Jolla üblicherweise tun – also praktisch nichts, um sich in der Welt jenseits von La Jollas sonnigen Stränden zu etablieren. Sie hatte schon immer Bücher geradezu verschlungen, und so stapelten sich in ihrem Zimmer Bücher und Zeitschriften von *Reader's Digest* bis *American Scholar*. Doch sie dienten lediglich dazu, aus ihr die interessanteste Gesprächspartnerin bei allen möglichen Zusammenkünften zu machen. Sonst verbrachte sie ihre Tage damit, sich Gedanken über die Musikstunden und Fußballspiele ihrer Kinder zu machen, Essensfolgen und Tafelschmuck für ihre ›prachtvollen‹ wöchentlichen Dinnerparties und ihre ›fabelhaften‹ Weihnachtsparties zu planen und tägliche Anordnungen für ihre Gärtner und das Hausmädchen zu erlassen, während sie bei einer Tasse Kaffee Modekataloge durchblätterte. Sie stand immer früh auf und bestellte manchmal schon um sechs Uhr morgens per Telefon alles mögliche von kristallenen Kinkerlitzchen über Kleidung bis zu Süßigkeiten.

Beide Brodericks waren jetzt zu gierigen Käufern geworden. Sie entwickelte ebenso wie er eine Vorliebe für Designerkleidung. Der Hauptunterschied zwischen ihnen bestand damals darin, daß Dan größere Objekte bevorzugte – Häuser, Autos, Grundbesitz. Er sammelte Sportwagen und Grundstücke in Colorado. Sie hingegen kaufte mit viel Vergnügen etwas für ihr Heim, die Kinder oder für sich selbst. Jahrelang hatte Betty Fotos mit Gegenständen ausgeschnitten, die sie eines Tages kaufen wollte. »Lange bevor wir ein Haus hatten, schnitt ich aus *Architectural Digest* einen Artikel über Bill Blass' Swimmingpool aus. Ich fand ihn so wunderbar – marineblaue Kacheln mit Löwenköpfen aus Messing. Ich dachte mir immer, sollte ich jemals einen Swimmingpool haben, sollte er genau so aussehen.«

Jetzt lagen diese Bilder ganz oben auf ihrer Liste, nicht mehr unten. Auch dänisches Besteck hatte sie sich seit Collegetagen erträumt. Bald war es soweit.

Aber sie überließ alle finanziellen Dinge Dan, wie sie es schon während der Collegezeit gemacht hatte. Er bezahlte die Rechnungen und kümmerte sich um die Finanzen der Familie und der Firma. »Ich hatte mit den Rechnungen *nichts* zu tun«, sagte sie einmal voller Stolz im Gefängnis. »Ich interessierte mich nicht für Geld, außer, wenn ich es ausgeben konnte. Ich hatte auch keine Ahnung, wieviel wir je besaßen.« Manchmal, kurz bevor Dan sie verließ und als die harten Zeiten vorüber und die guten Zeiten angebrochen waren, fühlte sich Betty wie eine Königin.

Und so saß sie in jenen Jahren da und verfolgte blind ihren eigenen Weg in die Katastrophe. Während Dan draußen in der Welt Geschäfte machte, war Betty nur eine jener schicken Frauen, deren Bibliothek von Neiman-Marcus-Katalogen und Hunderten von Kinderbüchern gekrönt war.

Aber gemäß den Regeln, die sie beide festgelegt hatten, verhielt sie sich untadelig. Sie sah großartig aus, zog sich exquisit an, war eine perfekte Gastgeberin und die aktivste Mutter, die man je gesehen hatte – sie hatte ihre Ausbildung als Kinderpsychologin und ihre Ambitionen als Lehrerin nicht nur zum Wohle ihrer Kinder eingesetzt, sondern auch zum Wohle all der Klassenkameraden ihrer Kinder. Ihre Karriere bestand aus Kindern.

Und wie ihre eigenen Eltern war sie stets mit Bildung und Erziehung beschäftigt. Sie träumte davon, welche vornehmen Colleges ihre Kinder eines Tages besuchen würden. In der Zwischenzeit sorgte sie dafür, daß sie in die Francis-Parker- oder Bishop-Schule gehen konnten, zwei der exklusivsten Privatschulen in San Diego. Es gab absolut nichts, was dort nicht angeboten wurde. Geigenstunden, Sommerlager, Tanzstunden, Karate. Sie war die Vertrauensmutter in der Schule und verbrachte viele Stunden mit Klassenprojekten. Sie gab zu Hause für Kinder legendäre Weihnachtsparties, die die Menschen verzauberten.

Bei den meisten ihrer Dinnerparties für Erwachsene waren auch Kinder dabei. Und sie kümmerte sich immer ganz besonders darum, daß diese Abende auch für die Mütter so unbeschwert wie möglich verliefen. Sie servierte oft Kebab, das sie grillte und dann in großen Schüsseln anrichtete. »So konnten die Kinder, die kein Gemüse mochten, nur Fleisch essen, und da das bereits kleingeschnitten war, mußten die Mütter nicht den halben Abend damit verbringen, den Kindern das Fleisch zu zerkleinern. Für mich war das fast schon so etwas wie eine Wissenschaft.« Gleichzeitig hatte sie damit angefangen, elegante kleine Frühstücksbrunches nur für die Mütter zu geben. Sie mietete Köche und manchmal auch ein Streichquartett, servierte den besten Champagner, und ihre Einladungen waren stets auf dem teuersten Briefpapier von Tiffany geschrieben. Ganz wie ihre Mutter es sie gelehrt hatte.

Außerdem dehnte sie ihre Wohlfahrtsaktivitäten aus. Jahre später fanden sich zwischen Hunderten von Ausschnitten, die Betty gesammelt hatte, Bilder von Betty in den Gesellschaftsspalten der Zeitungen, mit und ohne Dan. Zur selben Zeit konvertierte sie von der winzigen katholischen Kirche in La Jolla, Mary Star by the Sea, zur größeren, beliebteren Presbyterianischen Kirche. Das tat sie, wie sie später sagte, weil die Presbyterianer mehr Programme für Kinder hatten. Aber es sei auch, so bemerkte sie, »erstaunlich, daß in einer so kosmopolitischen und vornehmen Gemeinde wie La Jolla die meisten Besucher der katholischen Kirche die mexikanischen Hausmädchen sind!« Einmal mehr hatte Betty sich sozial korrekt verhalten. Dan war damals schon so weit von der Kirche entfernt, daß es ihm so oder so egal war.

Ende 1982 waren die Brodericks sich einig, wenn auch nur bei der Suche nach einem Haus. Im Jahr 1983 waren sie auch durch ihre Steuern aneinander gebunden, denn in jenem Jahr waren sie zumindest in den Augen der Finanzbehörde zu echten Millionären geworden.

Das war das Jahr, in dem Bettys Welt sich aufzulösen und ihr Abstieg begann. Sie war sechsunddreißig Jahre alt.

TEIL DREI

Betty, Dan und Linda

Spieglein, Spieglein an der Wand

Jahre später würde sie sich ganz genau an die ersten Worte erinnern, die sie Dan über Linda Kolkena sagen hörte. Es muß irgendwann Anfang 1983 gewesen sein. Sie waren auf einer Party, als Betty zufällig hörte, wie Dan zu einem Freund sagte: »Ist sie nicht wunderschön?«

Vielleicht keine große Sache, wenn diese Worte von einem anderen Mann gekommen wären. Aber »Dan Broderick sagte so etwas niemals über Frauen«, sagte Betty. »Er war kein Schürzenjäger und sah sich selbst ganz und gar nicht als sexuelles Wesen.«

Also ging bei ihr eine Warnlampe an. Mit diesen drei Worten hatte Dan Broderick in aller Unschuld jenen Instinkt geweckt, jenen Alarm ausgelöst, den alle Frauen verstehen. »In meinem Kopf begann es zu klingeln. Es war, als seien alle Anwesenden plötzlich still, und Dan schrie die Worte heraus. Ich erinnere mich nur, daß mein Verstand fast aussetzte.«

In jener Nacht fragte sie ihn ›so nebenbei wie möglich‹, über wen er gesprochen habe. Er sah sie verständnislos an, so erinnert sie sich, dann besann er sich. Oh, sagte er, nur ein neues Mädchen aus dem Büro. Eine Empfangsdame. Er las weiter, und Betty beschloß, den Satz als nebensächlich zu betrachten.

Aber sie vergaß ihn nicht – weil sie sich auch lebhaft an das erste Mal erinnert, als sie Linda Kolkena bei einer Veranstaltung sah. »Ich war entsetzt, daß dies das Mädchen war, das er so schön fand. Sie war einfach irgendein Büroflittchen mit einer Lücke zwischen den Vorderzähnen. Sie hatte ihr volles Haar wie Brigitte Bardot aufgetürmt, mit Haarklammern festgesteckt, kein bißchen blond. Ich war, gelinde gesagt enttäuscht.« Es kam ihr nie in den Sinn, mit Kolkena zu sprechen. »Warum sollte ich mich dazu herablassen?« fragte sie. »Sie war ganz offensichtlich nur eine dieser neunzehnjährigen Hohlköpfe, die einen reichen Ehemann suchen. Sie konnte mir nicht das Wasser reichen. Ich sah besser aus, ich war klüger, ich hatte mehr Klasse. Es kam mir nie in den Sinn, daß Dan seine Familie für dieses Büromädchen aufgeben könnte. Solch ein abgeschmacktes Klischee konnte ich mir einfach in der Realität nicht vorstellen.«

Aber tief im Inneren tat sie es doch.

In jenem Sommer machte sie mit den Kindern einen fünfwöchigen Campingurlaub durch den Nordwesten der USA. Dan flog ein Wochenende zu ihnen – und Betty erzählt, er sei kälter und gleichgültiger gewesen als je zuvor. Sie stritten sich. Sie kochte vor Wut und fuhr ihn zum Flughafen zurück und sagte ihm, er solle sich zum Teufel scheren.

Als sie einige Wochen später nach La Jolla zurückkehrte, um an einer Hochzeit in Newport Beach teilzunehmen, fand sie einen völlig veränderten Dan vor. Er war nicht mehr still, zurückgezogen und unergründlich. Statt dessen war der neue Dan feindselig, kritisch und barsch.

»Auf der Fahrt nach Newport sagte er, sein Leben langweile ihn, ich langweile ihn, er liebe mich nicht mehr. Er sagte, ich sei alt, fett, häßlich und langweilig«, erzählt Betty. Das ist vermutlich eine Übertreibung, aber sie wiederholte diese Worte später vor Gericht und weinte dabei im Zeugenstand. Auf jeden Fall ist dies das Bild, das Betty Broderick vom damaligen Zustand ihrer Ehe hatte. Ihr Ehemann hatte entweder eine Affäre mit dem Büroflittchen, oder er liebäugelte damit. Sie sagt, sie habe ihn geradeheraus gefragt, ob eine andere Frau dahinterstecke. Aber er stritt es ab. Schon damals glaubte sie ihm nicht. Aber sie war glücklich über die Lüge. Nun gut, sagte sie zu sich selbst. Das ist nur die Midlifecrisis. Das würde vorübergehen. Lange, nachdem sie Linda Kolkena erschossen hatte, würde Betty von ihr immer noch als »neunzehnjähriges Flittchen« sprechen, »das noch nicht einmal die High-School besucht hat«.

In Wirklichkeit hatte Linda Bernadette Kolkena einen High-School-Abschluß, und als sie Dan Broderick kennenlernte, war sie nicht neunzehn, sondern einundzwanzig Jahre alt. Sie war siebenundzwanzig, als er sie heiratete, und achtundzwanzig, als sie sechs Monate später starb.

Anders als Betty oder Dan hatte sie keine hohen Erwartungen. Sie war das jüngste von vier Kindern holländischer Einwanderer, Arnoldus Johanes und Everdina Bernadetta Kolkena, die in den fünfziger Jahren in die USA gekommen waren und sich in Seattle niedergelassen hatten. Ihr Vater, mittlerweile pensioniert, arbeitete dreißig Jahre lang für eine Spedition als Frachtleiter, bis eine seiner Lungen ihren Dienst verweigerte. Sein ganzes Leben lang konnte A. J. Kolkena froh sein, wenn er 16 000 Dollar pro Jahr verdiente, erzählt Lindas ältere Schwester Margaret (Maggie) Seats, sechsunddreißig, Personalberaterin, Hausfrau und Mutter in Portland, Oregon.

Sie lebten in einem kleinen, sauberen Haus voller Liebe, aber ohne Luxus, sagt Seats. Die Kinder bekamen fünfzig Cents Taschengeld pro Woche. Es war immer ein Fest, wenn eine der Frachtkisten zu Bruch ging und solche Köstlichkeiten wie Pfefferminzstangen zum Vorschein kamen, die ihr Vater dann mit nach Hause bringen durfte. Auf diese Weise kamen sie auch oft zu ihren Weihnachtsbäumen – aus den kaputten Überresten von den Ladedocks. Familienurlaube wurden mit dem Zelt in Naturparks verbracht, die wenige Stunden von Salt Lake entfernt lagen. Nach dem Essen versammelte die Familie sich oft um einen Globus, den die Mutter auf den Küchentisch stellte. »Wir haben uns gegenseitig die Hauptstädte der Welt abgefragt«, erzählt Maggie, die ihre Mutter als sanfte, intelligente Frau in Erinnerung hat – und als einzige Frau in der alten, patriarchalischen holländischen Familie, die eine High-School besuchen durfte.

Lindas Eltern, beide fromme Katholiken, wollten ihre Kinder unbedingt auf kirchliche Schulen schicken, so daß A. J. Kolkena jahrelang als Teilzeit-Hausmeister der St.-Vincent-de-Paul's-Gemeindeschule arbeitete, um die Kosten für den Unterricht zu bezahlen. Eine Zeitlang lebte die Familie Kolkena sogar über dem Büro des Bischofs und brauchte im Tausch für Handlangerarbeiten des Vaters keine Miete zu zahlen. Aber als Linda in der dritten Klasse war, konnte sich der Vater selbst reduzierte Schulgebühren nicht mehr leisten, und so motteten die Kinder ihre braun-weiß karierten Schuluniformen ein und gingen auf öffentliche Schulen. An jenem Abend weinten sie und ihr Vater beim Essen, erinnert sich Maggie.

Ansonsten war das Haus viel strenger katholisch als das der Brodericks oder Bisceglias. Bei jedem Essen wurden vier Gebete aufgesagt, erzählt Maggie, und Weihnachten wurde als streng religiöses Fest betrachtet, nicht etwa als schlichte Feierlichkeit. Die Kinder der Kolkenas lernten nie, an solche Torheiten wie den Nikolaus zu glauben. Statt dessen bedeutete Weihnachten Mitternachtsmesse, gefolgt von einem traditionellen holländischen Mitternachtsessen bei Kerzenlicht, mit Aufschnitt, Käse und Brot, während der Vater am Kopfende des Tisches saß und seiner Familie laut aus der Bibel vorlas. Es wurden zwar Geschenke verteilt, doch waren sie immer bescheiden. A. J. Kolkena praktizierte augenscheinlich auch das, was er selbst christliche Nächstenliebe nannte: Sein erster Satz, nachdem er erfahren hatte, daß seine jüngste Tochter erschossen worden war, lautete, so erinnert sich Maggie Seats: »Diese arme Frau [Betty] braucht Hilfe.«

Nach einem zwei Jahre währenden Kampf gegen Brustkrebs starb Everdina Kolkena im Alter von sechsunddreißig Jahren. Maggie war sechzehn, Linda elf Jahre alt. Nach einer Trauerzeit von sechs Monaten wandte sich Arnoldus Kolkena ganz formell, nach Art der Alten Welt, auf der Suche nach einer passenden Mutter für seine Kinder an die Holländische Gemeinde in Salt Lake. Seine neue Frau war eine aufrechte holländische Witwe, eine Nachbarin, die die Familie seit Jahren kannte – und die heute, Ironie des Schicksals, an derselben Art Brustkrebs leidet, die Everdina Kolkena getötet hat. Das Leben hat die Frauen der Familie Kolkena nicht freundlich behandelt.

Die Kinder der Familie nahmen, als sie alt genug waren, Gelegenheitsjobs an. Als Linda noch zur High-School ging, arbeitete sie als Kellnerin, als Verkäuferin in einem Laden für

Sportartikel, danach als Telefonistin in einer Anwaltskanzlei.

Die Familie legte nie besonderen Wert auf eine gehobene Ausbildung oder Karriere, zumindest nicht nach dem Tod der Mutter, sagte Maggie. »Von uns wurde erwartet, daß wir erwachsen wurden und Kinder bekamen ... Man arbeitete, um zu arbeiten, nicht um Karriere zu machen. Dazu wurden wir nicht erzogen. Der Mann war immer der Ernährer.« Nur Maggie machte einen Collegeabschluß. Beide Brüder gingen zur Armee und machten dort Karriere. Sobald Linda die High-School mit durchschnittlichen Noten abgeschlossen hatte, bewarb sie sich bei Delta Airlines als Stewardeß.

Maggie versuchte, Linda dazu zu überreden, aufs College zu gehen, aber vergebens. »Linda wollte eigentlich immer nur eins: Hausfrau und Mutter sein ... Sie war jemand, der in Restaurants die Leute darum bat, einmal ihr Baby halten zu dürfen. Sie war sehr traditionell eingestellt.« Tatsächlich war Linda als Jugendliche die Lieblingsbabysitterin der ganzen Nachbarschaft. Genau wie Betty.

Es gab sehr viele Parallelen zwischen den beiden Frauen, die Dan Broderick heiratete. Später sollten alte Freunde von Dan und Betty feststellen, wie sehr sie sich sogar ähnlich sahen – bis hin zu ihren Zähnen. Wie Bettys Überbiß waren Lindas Zähne ihre einzige physische Unschönheit – sie hatte zwischen den Vorderzähnen eine kleine Lücke, bis sie sich von Dan überreden ließ, sie korrigieren zu lassen. Laut Betty schickte er sie sogar zu Bettys Zahnarzt.

»Mir blieb fast das Herz stehen«, sagte ein alter Freund, der bei beiden Hochzeiten anwesend war. »Die Frau, die dort den Gang der Kirche hinunterkam, *war* Betty, nur fünfzehn Jahre jünger.«

Als Linda für die Ausbildung bei Delta Airlines angenommen wurde, stand in ihrer Akte: ›Attraktiv. Sehr reif für ihr Alter. Tritt wesentlich intelligenter auf, als ihr akademischer Hintergrund vermuten ließe ... Ausbildung ist begrenzt und könnte ein Problem sein. Dennoch ist sie eine gute Kandidatin.‹

Doch Lindas Karriere bei Delta endete, bevor sie richtig begonnen hatte. Sie wurde im Juni 1981 eingestellt und hatte gerade zwei Monate über ihre sechsmonatige Probezeit hinaus gearbeitet, als sie im Februar 1982 gefeuert wurde, wegen ›unangemessenen Verhaltens in ihrer Position als Angestellte der Delta Airlines‹. Gemäß den Akten, die später zur Verteidigung Bettys vor Gericht zugelassen wurden, lagen folgende Gründe vor:

Linda und drei weitere Stewardessen, alle außer Dienst, flogen zu einem Skiwochenende von Atlanta nach Salt Lake City, als sie sich mit drei offensichtlich betrunkenen, männlichen Passagieren einließen. Alle sechs saßen in den hinteren Reihen der Maschine. Laut den Flugbegleitern, die im Dienst waren und Beschwerde gegen Linda einreichten, saß Linda auf dem Schoß des einen Mannes, der ihre Hüfte liebkoste; sie benahm sich laut und benutzte vulgäre Ausdrücke; dann ging sie mit dem Mann für einige Minuten auf die Toilette, was andere Mitreisende zu zotigen Witzen hinriß. Als die Chefstewardeß Linda aufforderte, sich zusammenzureißen, entschuldigte sie sich, gab aber einen falschen Namen an und setzte sich wieder hin – nur um weiter mit demselben Passagier herumzuschmusen.

Bei ihrem später gegen das Delta-Management vorgebrachten Einspruch gab Linda zu, daß sie einen falschen Namen und schmutzige Ausdrücke benutzt hatte. Aber sie bestritt, den Mann mit auf die Toilette genommen zu haben. Statt dessen, so sagte sie – und ihre drei Freundinnen bezeugten das –, sei sie den ganzen Tag krank gewesen und habe unter Magenbeschwerden und Durchfall gelitten, und der Mann sei lediglich in die Toilette gekommen, um zu sehen, ob es ihr gutgehe. Auf seinem Schoß habe sie gesessen, weil er nicht von ihrem Platz aufstehen wollte, und sie habe »nicht unhöflich zu einem zahlenden Passagier sein wollen.«

›Es war der erste Flug dieser Passagiere mit Delta, also glaubten wir, besonders freundlich sein zu müssen‹, schrieb eine der drei Freundinnen zu ihrer Verteidigung.

Wie auch immer dieser Zwischenfall sich wirklich abgespielt hat, soviel ist klar: die noch sehr junge Linda Kolkena, damals noch nicht einmal einundzwanzig und endlich aus dem strengen katholischen, holländischen Heim befreit, hatte an jenem Tag ein wenig zuviel Spaß. Doch Delta Airlines war unerbittlich.

Von da an arbeitete Linda kurze Zeit für einen Anwalt in Atlanta. Da sie niemals tippen gelernt hatte, arbeitete sie als Mädchen für alles, als Empfangsdame, die zusätzlich einige Assistentinnenaufgaben übernahm. Verständlicherweise sprach sie nicht über die Gründe, die zu ihrer Entlassung von Delta geführt hatten. Es ist nicht klar, ob Dan Broderick überhaupt davon wußte. In einer Lobrede, die ihr früherer Chef, der Anwalt Don C. Keenan, drei Tage nach ihrem Tod für die *San Diego Daily Transcript* schrieb, stellte er fest, daß Linda ›in ihrem Leben mehr sein wollte als Stewardeß – bei allem Respekt für Stewardessen . . . Sie konnte einfach wunderbar mit Menschen umgehen.‹ Keenan ermutigte sie, die Rechtsakademie zu besuchen, erzählte er.

Statt dessen folgte Linda einem Freund, der aus beruflichen Gründen nach San Diego ging. Diese Beziehung endete wenig später, doch Linda blieb in San Diego und arbeitete als Empfangsdame in demselben Gebäude, in dem Dan Brodericks Büros lagen.

Wenn Dan Linda auf den ersten Blick wunderschön fand, so war sie gleichermaßen von dem dynamischen, gutaussehenden jungen Anwalt mit dem Killerlächeln und dem witzigen Verstand beeindruckt, der jeden Tag an ihrem Schreibtisch vorbeikam. »Sie hielt ihn für einen Gott«, sagte eine Freundin später.

Sie hatte erst wenige Monate in dieser Stelle gearbeitet, als Dan Broderick, damals achtunddreißig, sie als seine persönliche Assistentin einstellte. Obwohl sie keine offizielle Ausbildung im juristischen Bereich hatte und keinerlei Erfahrung auf dem Gebiet ärztlicher Kunstfehler, qualifizierte sie ihre Büroerfahrung bei einem Anwalt für diesen Job, beharrten ihre Freunde später. Außerdem sei Linda bemerkenswert intelligent gewesen, habe eine schnelle Auffassungsgabe gehabt und hart gearbeitet. Sie sei ganz allgemein ein Gewinn für jedes Büro gewesen, darin waren sich die Freunde einig.

Betty Broderick erlaubte sich, anderer Meinung zu sein.

Der Sommer im Hause Broderick verlief ungemütlich. Dan arbeitete wie gewöhnlich lange, Betty befand sich im Zustand erhöhter Wachsamkeit. Aber sie sagte nichts. Vielleicht malte sie sich alles in Gedanken aus.

Es war ein warmer Septemberabend des Jahres 1983, als Dan wieder einmal spät nach Hause kam und ihr beim Essen mitteilte, er habe ab der kommenden Woche jemanden eingestellt, der ihm im Büro helfen könne.

»Ich dachte ›Großartig! Dann hat er endlich etwas Zeit für seine Familie‹«, erinnert sich Betty. Sie fragte, wer der neue Assistent sei.

»Linda Kolkena«, antwortete er.

»Sie! Es war *sie*!« Auch heute noch, Jahre später, hält sie inne, von ihren eigenen Erinnerungen überwältigt und atemlos ob der Erkenntnis, die sie an jenem Abend beim Essen traf: Es stimmte! Er *hatte* eine Affäre. Das Flittchen war real.

»Ich fragte ihn, wie zum Teufel er Linda Kolkena als Assistentin einstellen konnte – sie hatte keine juristische Ausbildung, sie hatte keine Collegeausbildung, sie konnte nicht einmal tippen!« Wieder bat sie ihn, die Wahrheit zu sagen. Wieder sagte er, sie habe unrecht, sie benehme sich kindisch. Linda Kolkena, so erzählte er, sei einfach eine intelligente junge Frau, deren Hilfe er benötige. Sie würde mit den Klienten sprechen und Nachforschungen anstellen. Tippen war in diesem Job nicht nötig.

Nach den meisten späteren Berichten log Dan Broderick schon damals. Auf einer langen Liste voller ›Was-wäre-wenn‹-Fragen ist dies die erste:

Was wäre, wenn Dan Broderick an jenem Abend ehrlich gewesen wäre, wenn er seine eigenen Zweifel und Ängste besiegt hätte und seiner Frau das Mindestmaß an Rücksicht hätte zukommen lassen, das nötig ist, um einem Menschen den

Selbstrespekt zu erhalten, anstatt sie noch für weitere zwei Jahre hinzuhalten?

Statt dessen behauptete er erneut, sie sei albern.

Aber Betty war anderer Meinung – und sie dachte immer noch, sie habe so eine Art Heimvorteil. Sie reagierte jähzornig, ohne jedes Drumherumreden:

»Ich sagte ihm, er solle das Flittchen bis zum 1. Oktober loswerden oder ausziehen.«

Der 1. Oktober kam und ging, und Linda war immer noch da. »Er sagte zu mir«, erinnert sie sich heute und muß sich zusammenreißen, um nicht wütend zu werden, »es sei *seine* Praxis, *seine* Entscheidung und *sein* Haus. Er sagte, wenn jemand ausziehen würde, dann wäre ich das.«

Soviel zu Betty Brodericks Überzeugung, sie habe Macht über Daniel T. Broderick III. Der Trottel war ein für allemal verschwunden, zusammen mit Betty Brodericks Überzeugung, der Boden unter ihren Füßen sei sicher.

Sie war zornig, sie war verletzt, sie war benommen vor Empörung. Aber sie durchlebte auch die ganz neue Erfahrung, Angst zu haben. Bevor sie die gerechte Rede zu Ende führen konnte, die ihr Verstand hervorbringen wollte, drückte die Angst ihre Brust zusammen, nahm ihr den Atem und verwirrte ihre Gedanken. In den vergangenen Jahren war Dan fast jeden Abend mit den Jungs unterwegs gewesen, und sie hatte sich immer gefragt, ob er bei einer Frau sei, ob sie vielleicht zu Prostituierten gingen wie in diesen billigen Romanen, irgendein Ritual verfolgten, in betrunkenem Kopf. Aber dieser Verdacht war immer schnell wieder verflogen.

Und nie zuvor, nicht ein einziges Mal in vierzehn Jahren, hatte sie solche Angst gehabt. Sie ging ins Badezimmer und starrte ihr Gesicht im Spiegel an. Sie war, das wußte sie, eine hübsche Frau. Jetzt lehnte sie sich vor und betrachtete die feinen Linien unter ihren Augen. Sie lächelte sich an und lockerte ihr Haar. Sie posierte allein vor dem Spiegel im Badezimmer. Sie war immer noch eine junge Frau. Sie war nicht alt, fett, häßlich und langweilig. Oder doch?

Ihr war speiübel. All diese Jahre, all diese Kinder ... Rhett war erst vier, Danny gerade sieben, die Mädchen erst zwölf und dreizehn. Nein. Es war nicht möglich. Es war ein Klischee. Er war ein gescheiter Mann. Das würde er nicht tun. Er *konnte* nicht. Was würden die Leute sagen? Was würden seine Eltern sagen? Ihre Eltern? Nein. Er würde es nicht wagen, seine Familie zu verlassen. Alle würden ihn verstoßen. Sie saß am längeren Hebel. Jawohl.

Wie *konnte* er? *Wie konnte er eine andere Frau anfassen?*

Flüchtiger Sex lag jenseits ihrer Begriffswelt. Für Betty Broderick war Sex das wichtigste, das ultimative Zeichen des Vertrauens einer Frau in ihren Mann, denn Sex bedeutet völlige Aufgabe jeglicher Kontrolle, Freiheit und Willen. Bis zu ihrer Sterilisation bedeutete Sex auch mögliche Schwangerschaft und garantierte Schmerzen, Übelkeit und physisches Elend. Neunmal in zehn Jahren. Sex bedeutete immer und immer und ewig.

Jahre später im Gefängnis hatte sie immer noch derart starke Hemmungen, daß Sex ein Thema blieb, über das sie nie mit ihrer üblichen witzigen Ungezwungenheit sprechen konnte. Statt dessen versuchte sie immer, schnell darüber hinwegzugehen. Dan, so sagte sie stets, konnte niemals Liebe machen, ohne vorher einige Drinks zu nehmen, um seine Hemmungen zu überwinden. Aber über ihre eigenen konnte sie nicht reden.

Sie saß in ihrem Badezimmer und starrte in die Luft. Das würde Dan nicht tun. Das könnte er nicht.

Aber wenn es so war, warum konnte er das Mädchen dann nicht loswerden? Das Mädchen, das noch nicht einmal tippen konnte ... Oh, zum Teufel mit ihm! Benutzte er jetzt vielleicht sogar Verhütungsmittel? Sie wollte weinen.

Aber sie ging ins Wohnzimmer, stellte den Fernseher an, suchte einen Nachrichtensender, und langsam wurde ihr Verstand wieder klar. Ihre ganzes Leben lang hatte es Betty Broderick verstanden, sich von ihren eigenen Problemen abzulenken. Sie war keine Märtyrerin – »Ich war nie gerne das Opfer«, sagte sie Jahre später, lange nachdem sie den Weg vom Schmerz zu etwas viel Schlimmerem gegangen war.

In den nächsten Monaten kämpfte ihre Furcht gegen ihre Wut, ihr Ego gegen ihre Unsicherheit, aber sie hatte keines der Gefühle unter Kontrolle, nicht damals, nicht heute. Von jenem Tag an, es war der 1. Oktober 1983, machte Betty alles falsch. Genau wie Dan.

»Ich hätte mich damals scheiden lassen sollen, bevor alles andere passierte, bevor er alle davon überzeugen konnte, daß ich verrückt sei und er richtig handele«, sagte sie Jahre später. »Denn damals hatte ich noch meine Ehe, meine Kinder und konnte klar denken.«

Voller Wut zog sie sich zurück. Sie versuchte so zu tun, als gebe es im Büro keine Linda Kolkena.

Sie rief ihre Freunde an, lud die Kinder der Nachbarschaft ein, um ihnen Kochen beizubringen, nahm ihre Kinder mit ins Museum und in den Zoo, sie arbeitete noch intensiver für ihre Frauengruppen, sie ging einkaufen. Und sie las. Im Kreise der Damen aus La Jolla war sie immer eine sehr belesene Frau. Außerdem schnitt sie Artikel aus, die sie faszinierten. Jahre später brachten ihre alten Aktenordner mit detaillierten Informationen über Mode, die Pflege von Rosen bis hin zu Scheidungsfragen zutage. Im Sommer 1989 hatte sie außerdem einen ganzen Ordner voller Details über Handfeuerwaffen.

Aber jetzt, im Herbst 1983, bestellte sie in der Buchhandlung alles, was sie über Midlifecrisis finden konnte. Sie würde dagegen ankämpfen.

Diese Aufgabe war um so leichter zu bewältigen, als der materielle Aufstieg sich jetzt weitaus besser gestaltete, als es sich die Brodericks in ihren wildesten Phantasien ausgemalt hatten. Das Geld floß in Strömen. Beide genossen diesen neuen Reichtum. Im Jahr 1983 kauften sie ein neues Boot; sie wurden Mitglied in einem Countryclub und ließen sich auf die Warteliste eines zweiten setzen. In jenem Frühling lud Dan mit großer Geste den Anwalt Jim Milliken (später Richter) und seine Frau zu einer Reise nach Europa ein als Belohnung für einen Tip bezüglich eines Kunstfehlers, der Dan einen Multimillionen-Dollar-Vergleich einbrachte. Im Gegensatz zu ihrer Reise im Jahr 1981 war dies ein Fünf-Sterne-Trip von Anfang bis Ende, erinnert sich Betty. Damals begann Dan auch, sich scherzhaft als ›Count DuMoney‹ (französisch ausgesprochen) zu bezeichnen.

Außerdem intensivierten sie ihre Bemühungen um ihr Traumhaus. Sie durchkämmte immer wieder die Stadt und legte Dan Beschreibungen sagenhafter Häuser vor. Aber damals war die Suche nach dem Haus schon zu einem Symbol ihrer geplatzten Zukunftsträume geworden. Trotz all ihres Geldes konnten sie sich nicht auf ein Haus einigen. Vor dem Scheidungsrichter sagte Dan Jahre später, sie hätten sich zwischen 1979 und 1985 wohl an die hundert verschiedene Häuser angesehen – manchmal acht bis zehn pro Woche. Aber er beschuldigte Betty, ihm Häuser gezeigt zu haben, die viel zu teuer waren. Sie konterte, daß ihm nichts recht gewesen sei: Er fand alles entweder zu schäbig oder zu großkotzig. »Er machte alle Makler der Stadt verrückt, und mich auch«, bemerkte sie bei einem ihrer Mordprozesse.

Sie gaben immer mehr Geld aus.

Zum ersten Mal hatte sie mehr Kleidung als er. »Louis Feraud ist *der* Name für Anzüge, Oscar de la Renta ist *der* Name für Kleider, Bob Mackie ist *der* Name für Abendkleider, und für Sportbekleidung muß es Escada sein«, sagte sie später im Gefängnis. »Ich liebe einfach das, wie ich es nenne, Oscar-Blau – ich sehe in Blau hervorragend aus, und die meisten seiner Kleider sind blau.«

Dan hatte genausoviel Vergnügen an ihrem gemeinsamen neuen Reichtum. Aber er wollte immer noch großes Geld für große Dinge ausgeben, nicht für häusliche Kinkerlitzchen. »Er wollte, daß die Kinder Kleidung aus Kaufhaus K-mart trugen, obwohl er selbst das nicht tat«, beschuldigt sie ihn. Das Faß lief über, als er schließlich eines Tages, ohne sie zu fragen, beschloß, zwei Anteile an der Fairbanks Ranch zu kaufen, einem neuerschlossenen schicken Gebiet nördlich von La Jolla. Er spielte nach eigenen Angaben mit dem Gedanken, dort seine

Villa zu bauen. Jahre später bei der Scheidung sagte er, er habe das Grundstück nicht nur als Investition gekauft, sondern auch, um der Suche nach einem Haus ein Ende zu setzen. Außerdem habe er geglaubt, es würde Betty gefallen.

Sie explodierte. Sie haßte Fairbanks Ranch. Es war altmodisch. Ohne Klasse. Und wie konnte er es wagen, ihr gemeinsames Geld so auszugeben, ohne sie auch nur zu fragen? Aber so war Dan eben, erzählte sie später im Gefängnis wütend. Mr. Image. Graf DuMoney. Sie konnte eine Million Beispiele anführen.

»Einmal kaufte er bei einer Wohltätigkeitsaktion ein oder zwei größere Dinge, nur, damit er wichtig aussah, und er drängte mich, ich solle mitbieten, als es um einen bodenlangen, schwarzen Nerzmantel ging«, erzählte sie. »Ich sehe in schwarz *scheußlich* aus, und ich wollte den Mantel nicht, und er war stocksauer. Er dachte nur daran, welchen Eindruck er auf andere machte.«

Die Bitterkeit staute sich immer mehr auf, und der Zank ging weiter.

Dennoch wiegte sie sich in Sicherheit.

Wenigstens kam er nach Hause. Wenigstens sprach er über Häuser. Vielleicht war er gar nicht mehr in das Flittchen vernarrt.

Sie wurde noch zuversichtlicher, als er eines Abends mit einer brandneuen roten Corvette nach Hause kam, glücklich wie ein kleiner Junge. Er hatte sie am selben Nachmittag in Long Beach für 7000 Dollar mehr als auf dem Preisschild stand – 30 000 – gekauft. Sie hatte keine Zeit, auch nur daran zu denken, seine Freude zu teilen, denn im selben Atemzug erzählte Dan ihr, daß Linda ihn zum Händler gefahren hatte, weil er Betty nicht hatte bemühen wollen.

»Ich dachte, o mein Gott! Bin ich in einer Komödie über die Midlifecrisis, oder was?« erinnert sie sich. Die Corvette ruft noch heute Bitterkeit in ihr hervor. Weil sie nur eine Garage mit drei Plätzen hatten und diese bereits besetzt waren, überredete

Dan Betty ein paar Tage später, so erzählt sie, ihren Jaguar zu verkaufen, und er versprach ihr, sie könne einen neuen bekommen, wenn sie erst einmal ein größeres Haus hätten. Natürlich kam es nie dazu, denn vorher verließ er sie. Um noch Salz in ihre Wunden zu streuen, kaufte er nicht lange nach ihrer Scheidung einen blauen Jaguar für sich selbst.

Auf einer Reise nach New York City, die sie einige Wochen später unternahmen, erwischte Betty Dan, wie er von der Hotelhalle aus Linda anrief. Er erzählte ihr, es sei nur ein geschäftlicher Anruf. Sie erinnert sich, wie sie ihn ansah und dachte. »Wie kann der Bastard mir in die Augen sehen und mich dabei anlügen? Wie kann er mich wie einen Dummkopf behandeln?« Am nächsten Tag machte sie ›Racheeinkäufe‹ und nahm damit eine Gewohnheit an, die sie beibehielt, bis sie ins Gefängnis kam. Sie besuchte den Elisabeth-Arden-Modesalon, wo sie ihr erstes Abendkleid von Bob Mackie kaufte, ein pink- und lavendelfarbenes Gebilde, ausgezeichnet mit 7000 Dollar. »Der Hundesohn hätte fast einen Herzinfarkt bekommen«, erinnert sie sich voller Genugtuung.

Ihr Geburtstag stand wenige Wochen bevor. Am 7. November 1983 würde sie sechsunddreißig Jahre alt. Dans neue Assistentin war zweiundzwanzig. Betty betrachtete ihren Teint im Spiegel. Helle Haut, aber immer noch schöne Haut, dachte sie. Aber vielleicht konnte man noch etwas daran verbessern.

Sie suchte einen Schönheitschirurgen auf.

Das war nur der erste in einer Reihe weiterer Besuche. In den nächsten Jahren würde sie sich auch die Stirn liften lassen und ihre Augenlider. Sie ließ sich die Haut an ihrem Bauch entfernen, die durch die vielen Schwangerschaften schlaff geworden war.

Doch beim ersten Mal ließ sie sich nur das Gesicht peelen. Bei genauem Hinsehen konnte sie danach immer noch dieselben feinen Linien erkennen – »Sie sahen nur rosiger aus. Es schmerzte wie Teufel, und ich sah kein bißchen jünger aus.« Wie Millionen von Frauen in aller Welt und gemeinsam mit ihren Bekannten in La Jolla war Betty Broderick in den teuren Krieg gegen die Zeit eingestiegen, in dem verzweifelten Versuch, ihren Ehemann zu halten.

In diesen Monaten schlug sie auch unter ihren Freundinnen Alarm. Sie war überall, auf Schulveranstaltungen, in den Boutiquen La Jollas, in den Supermärkten, und sie erzählte von ihrem Verdacht, daß Dan ein Freundin habe.

Anfang versicherten ihre verheirateten Freunde ihr ohne Ausnahme, das könne nicht stimmen – man brauche sie doch nur anzusehen, sie war großartig, schlank, klug und jung, immer noch jung. Außerdem, selbst *falls* es doch wahr sei, würde es doch vorübergehen. Wie überall auf der Welt, wo sich die Frauen der Karrieristen bedroht fühlen, war auch in La Jolla die übliche Antwort, in die andere Richtung zu sehen. Keine Panik. Der Ehemann wird die Kosten, die Peinlichkeit und die Unbequemlichkeit, das Haus zu verlassen, scheuen. Viele hatten es selbst erlebt. Eine von Bettys Freundinnen, selbst die Frau eines Anwalts, hatte die öffentlich bekannte Affäre ihres Mannes mit einem Büromädchen durchgestanden. Aber die Geschichte war sauber zu Ende gegangen, als die Ehefrau eines anderen Partners in die großzügige Firmenwohnung der Jungs marschierte und sie aufforderte, den Müll wegzuräumen – mit anderen Worten, das Mädchen loszuwerden. Der ungeratene Ehemann bot keinen Widerstand. Er befolgte Befehle. Angeblich wurde die junge Frau bezahlt, damit sie verschwand. Jahre später im Gefängnis war Betty immer noch der Meinung, das sei die ideale Lösung für eine verfahrene Situation. Warum hatte Dan nicht so vernünftig sein können? Der andere Schürzenjäger hatte die langen Leiden seiner Frau sogar mit einem Porsche belohnt. »Weil er wußte, daß er ihr das *schuldig* war«, sagt Betty.

Doch im Herbst 1983 war sie noch nicht so zynisch. Sie hatte einfach schreckliche Angst. Sie sah sich um, betrachtete die Geschiedenen, die sie kannte, diese traurigen gescheiterten Frauen, die in ihre Singleclubs gingen, beim Juwelenball an Singletischen saßen, Frauen ohne Männer. Sie betrachtete ihre alte Freundin Patti Monaghan, die jetzt mit 2700 Dollar monatlich auskommen mußte, nach zweiundzwanzig Jahren Ehe – eine alternde Frau mit gebleichten Haaren, die Minis trug und zuviel Make-up und die jetzt gezwungen war, sich wie in ihrer Jugendzeit wieder mit Männern zu treffen auf der Jagd nach einer neuen Beziehung, die ihre alte ersetzen konnte. Betty schauderte es. Das war billig und erniedrigend. Nein, so könnte sie nicht leben. Dieser Alptraum widerfuhr ihr nicht. Wie könnte er auch? »Ich war die perfekte Ehefrau und die perfekte Mutter«, sagte sie Jahre später immer wieder, immer noch verwirrt. »Ich habe *alles* richtig gemacht.«

In jenem Herbst bekamen sie in La Jolla Besuch von Dans Eltern. Die Mutter wollte ihren Sohn bei der Arbeit sehen, also gingen sie und Betty eines Tages zum Gericht. Es ist bemerkenswert, daß dies das erste Mal war, daß Betty ihrem Mann bei einer Verhandlung zusah. »Dan sagte immer, es sei geschmacklos, wenn die Familien anwesend seien – und ich war seiner Meinung.«

Aber jetzt, endlich, nach fünfzehn Jahren Ehe, saß die Ehefrau im Gerichtssaal und beobachtete ihren Mann, wie er sein Geld machte – und auf wen fällt plötzlich ihr Blick, wenn nicht auf Linda Bernadette Kolkena am anderen Ende des Raumes, die Betty Ehemann ebenfalls mit großen, bewundernden Augen beobachtete. »Sie trug ein beschissenes kleines Marinekleid von J. C. Penny und winzige Pumps mit spaghettidünnen Lederriemen. Klick-Klack, Klick-Klack machte es bei jedem ihrer Schritte.«

Sie zeigte Linda ihrer Schwiegermutter. »Siehst du das Mädchen, Yo?« fragte sie die ältere Frau. »Sie bedeutet Ärger.«

»Unsinn, Bets«, antwortete Yo überrascht. »Du weißt, Dan würde dich und deine wunderbaren Kinder niemals betrügen.« Jahre später wiederholte Betty wortwörtlich immer noch die beruhigenden Worte ihrer Schwiegermutter, als könnten sie irgendwie doch noch wahr werden.

Später würde Betty nicht nur mit ihrer eigenen Familie hadern, weil sie sie fallenließ, als ihre Ehe zusammenbrach, sie haderte auch mit seiner Familie. Sie waren immer geschmacklose, räudige irische Trunkenbolde gewesen, pflegte sie zu sagen, ohne jeden Respekt für Frauen. »Die hatten keine Klasse – seine Mutter brachte mich in Verlegenheit, als sie nach La Jolla kam und bei Von's [einem Supermarkt] Kleider kaufte!« Besonders Bruder Larry beschimpfte sie immer als »betrunkenes, sexistisches Schwein«.

Sie meint es natürlich nicht so – oder zumindest gab es einmal eine Zeit, da sie es nicht so meinte. In Wahrheit litt Betty Broderick darunter, daß Dans Familie sie in der Minute fallenließ, als er sie verließ. Larry wußte lange vor Betty von Dans Affäre mit Linda Kolkena, aber er erzählte ihr nicht davon. Und sie hatte ihm vertraut. Allen hatte sie vertraut. Sie waren ihre ›erweiterte Familie‹. Sie hatte nicht geglaubt, nach sechzehn Jahren Abfall zu sein. Wie konnten sie sie einfach so wegwerfen, obwohl sie sie so sehr gemocht hatten? Und *alle* hatten sie gemocht. Noch Jahre später hatte sie mit diesem Verrat zu kämpfen, und sie erzählte Anekdoten, um zu beweisen, daß die Brodericks sie geliebt hatten.

Larry zum Beispiel: Sie erinnerte sich, wie er vor vielen, vielen Jahren »der einzige war, der daran dachte, daß ich meinen Collegeabschluß machte, und er schenkte mir etwas – eine kleine hölzerne Spieldose mit Figuren von Hummel auf dem Deckel . . . ich habe sie immer noch.« Ein anderes Mal brachte er ihr für ihre Stofftiersammlung aus Europa einen Teddy von Steiff mit.

Dans Schwester Patti, die ein Kind mit Down-Syndrom bekam: »Alle benahmen sich, als sei das Ende der Welt gekommen«, sagte Betty. »Aber ich sagte zu ihr, ›Das ist doch nicht so schlimm, es ist dennoch dein kleines Kind, das viel Liebe braucht‹, und sie war so dankbar, daß ihr jemand beistand. Ich habe noch den Brief, den sie mir schickte, um mir zu sagen, wie sehr sie mich liebte.«

Aber sie hat auch noch einen zweiten Brief, den Patti ihr schrieb, als die Scheidung lief. »Sie beschuldigte mich der Verleumdung ihres Bruders! Sie klang, als haßte sie mich ... als sei alles *meine Schuld*!«

Danach bekam sie überhaupt keine Post mehr von den Brodericks. »Es war, als hätte sie niemals auch nur *existiert!*« Das war einer der wenigen Augenblicke nach den Morden, als ihre Stimme nach Tränen klang.

Im Lauf der nächsten Wochen büßte Betty immer mehr von ihrem Stolz ein.

Einmal rief sie eine Sekretärin in Dans Büro an, um sie zu fragen »Was geht dort vor?« und sie begann zu weinen. Verlegen murmelte die Sekretärin irgendwelche beruhigenden Worte, bis Betty schließlich auflegte.

Aber die Sekretärin wußte nur zu gut, was vorging. Spätestens Ende 1983, so erzählte sie später der Verteidigung, war die Affäre zwischen Dan und Linda in juristischen Kreisen allgemein bekannt. Das Paar aß zusammen lange zu Mittag, und manchmal kamen sie nachmittags überhaupt nicht ins Büro zurück. Nach der Arbeit gingen sie zusammen in den Kneipen der Innenstadt etwas trinken, sie nahmen gemeinsam an juristischen Veranstaltungen teil. Linda war ganz besonders indiskret und sprach offen mit anderen Frauen im Büro über ihre neuesten Pläne mit Dan, erzählte die Sekretärin.

Dan war außerdem längst nicht mehr so wahnsinnig arbeitswütig. Früher war er so pingelig gewesen, daß man einen Brief noch einmal tippen mußte, wenn nur ein einziger Fehler darin war oder eine Ecke umgeknickt. Doch jetzt war er wie ausgewechselt. Er war nicht länger ›verrückt nach Arbeit‹, und an manchen Tagen fand sie in seinem Büro Unmengen von Essensverpackungen und leeren Weinflaschen.

Schließlich entschloß sie sich, Dan zu sagen, was sie davon hielt, daß er mit seiner Affäre mit Linda Kolkena so offen umging. Sie sagte, sie habe so lange mit ihm zusammengearbeitet, daß sie zuversichtlich war, freundlich ihre Meinung sagen zu dürfen. Also sagte sie ihm eines Tages beim Mittagessen, sie rate ihm, entweder seiner Frau von Linda zu erzählen oder die

Sache zu beenden. Dan war in heiterer Stimmung, so erinnerte sie sich – aber er blieb fest. Das gehe sie nichts an. »Ich mache das so, wie ich das will . . . Meine Frau hat mir mein Leben seit Jahren vermiest«, sagte er zu ihr. Er ging nicht ins Detail, sondern sagte nur, er wolle über seine Frau nicht ›abfällig reden‹.

Danach versuchte die Sekretärin, über die Angelegenheit hinwegzusehen. Doch nur einen Monat später, einige Tage vor Weihnachten, feuerte Dan sie ohne Begründung – und ohne Abfindung. Ein Jahr zuvor, so erzählte sie, hatte er ihr ein Weihnachtsgeld von 10 000 Dollar gezahlt – aber in diesem Jahr überreichte er ihr nur eine billige Flasche Sekt.

»Es war dieses Gefühl von Hilflosigkeit«, sagte Betty später. »Ich konnte ihn nicht dazu bringen, sie fallenzulassen, ich konnte ihn nicht bewegen, mir die Wahrheit zu sagen, und ich konnte die Sache nicht *in Ordnung bringen*!«

Es war die Nacht des 7. November. Ihr Geburtstag. Sie war mit den Kindern zu Hause. »Er kam nicht nach Hause, er schenkte mir nichts, er lud mich nicht zum Essen ein. Ich war deprimiert. Ich fühlte mich einfach alt und müde und gescheitert. Ich wollte wirklich nicht mehr leben.«

So »versuchte ich, mich umzubringen. Ich schnitt mir die Pulsadern auf und nahm jede Tablette, die ich finden konnte«. Bei ihrem ersten Prozeß zeigte sie den Geschworenen sogar die Wunden an ihren Gelenken und entschuldigte sich, daß sie kaum zu sehen waren und ein Schönheitschirurg bestätigen mußte, daß sie tatsächlich da waren.

In Wahrheit ist es natürlich unwahrscheinlich, daß Betty ernsthaft Selbstmord begehen wollte. Sie wollte nur auf unreife Art die Aufmerksamkeit ihres Mannes erregen. Und sie weiß das. Selbst heute macht dieses Thema sie verlegen. »Nun, nein . . . ich mußte nicht ins Krankenhaus . . . wir hatten gar nicht so viele Tabletten im Haus, nur ganz wenige. Ich weiß nicht, was es für welche waren . . .« Und über ihre Wunden an den Handgelenken sagt sie. »Sie waren nicht tief . . . aber es *tat höllisch weh*.« Als Dan nach Hause kam, verband er ihre

Handgelenke, erzählt sie. Er versicherte ihr auch erneut, »ich bildete mir alles nur ein, es laufe absolut nichts mit Linda«. Doch das einzige, was sie wirklich hören wollte, sagte er nicht: daß er Linda Kolkena am nächsten Morgen entlassen würde.

Am nächsten Tag schämte sie sich zu Tode. Zum ersten Mal begann auch sie, an ihrer Vernunft zu zweifeln. Vielleicht hatte Dan recht – vielleicht *wurde* sie verrückt. So unternahm Betty Broderick in jener Woche einen kleinen Schritt, um gegen ihre Ängste anzugehen. Sie suchte einen Psychologen auf, den sie bei einem Kirchenseminar über Selbstwertgefühl kennengelernt hatte.

Aufzeichnungen von den Sitzungen spiegeln ihre Brief des Eheberatungs-Wochenendes wider, allerdings war sie jetzt sieben Jahre älter, sieben Jahre unglücklicher, und mehr von Angst als von Hoffnung getrieben. Sie erzählte dem Psychologen, ihre größte Angst sei es, allein alt zu werden und arm zu sein.

Aber nach vier Sitzungen beendete Betty die Therapie. Obwohl in späteren Jahren ein Richter anordnete, sie müsse sich einer Therapie unterziehen, wenn sie das Besuchsrecht für ihre Kinder erlangen wolle, war dies das erste und letzte Mal, daß Betty freiwillig einen Therapeuten aufsuchte. Ein Arzt, der ihr freundlich gesonnen war, bemerkte später bei ihrem Scheidungsverfahren, Betty »spiele nur Therapie«.

»Verdammt richtig«, sagt die Betty, die heute im Gefängnis sitzt. »Weil nicht ich verrückt war. *Er* war es!«

Aber damals, im Jahr 1983, war ihre Wut noch nicht so verhärtet. Statt sich professionelle Hilfe zu holen, verließ sie sich auf die gutgemeinten Ratschläge ihrer Freundinnen.

Am 22. November war Dans neununddreißigster Geburtstag, und eine ihre loyalsten Freundinnen, Vicki Currie, setzte sich mit ihr zusammen und sprach ein ernstes Wort mit ihr. »Vicki sagte, ich solle kämpfen«, erzählt Betty. »Sie sagte, ich solle das tun, was man von Ehefrauen erwartet – selbstsicher und romantisch sein. Sie überredete mich dazu, mich schön anzuziehen und mit einer Flasche Champagner als Geburtstagsüberraschung Dan im Büro aufzusuchen.«

Sie trug damals ihre Haare lang, und ihr Gesicht war nach dem Säurepeeling fast verheilt. Sie zog eines ihrer festlichsten Kleider von Diane Fries an, mit einem angekrausten, weit schwingenden Zigeunerrock. Dazu trug sie farblich passende Pumps. Sie sah gut aus. Sie nahm ein Dutzend Rosen mit und eine Flasche Dom Pérignon sowie ein ›Juxgeschenk, – einen Reifendruckmesser aus Vierundzwanzig-Karat Gold für Dans rote Corvette. Sie legte ihren Besuch so, daß sie rechtzeitig in Dans Büro war, um sich gemeinsam mit ihm den Sonnenuntergang anzusehen.

Es war ein neues Büro. Dan hatte in den fünf Jahren seiner Selbständigkeit so viel Erfolg gehabt, daß er in prestigeträchtigere, größere Räume umgezogen war. Daß Betty noch niemals dort gewesen war, ist einmal mehr ein Beispiel dafür, wie sehr sich ihre Arbeitswelt voneinander unterschied.

Als sie jetzt auf den Parkplatz fuhr und sich dem Heiligtum ihres Mannes näherte, dem Ort, den er mit Linda Kolkena teilte, war Betty nervös und unsicher.

Unsinn. Er war *ihr* Ehemann. Das hier war zur Hälfte *ihr* Geschäft.

Sie nahm den Aufzug nach oben.

Die Sekretärin, eine Frau, die sie nie zuvor gesehen hatte, betrachtete sie fragend.

»Hi, wo ist das Geburtstagskind?« flötete Betty. »Überraschung!«

Mr. Broderick sei nicht da, antwortete die Frau. Auch nicht seine Assistentin, Miss Kolkena. Sie seien seit dem Mittagessen fort, sagte die neue Sekretärin. Betty mußte sich als Ehefrau ausweisen. Sie würde warten, sagte sie.

Sie erinnert sich immer noch daran, wie ihr schlecht wurde und die Tränen in die Augen schossen, als sie in Dans neuem Büro herumlief.

LINDA KOLKENA war auf dem Messingschild an Lindas Bürotür zu lesen. Sie öffnete die Tür. Es war großartig. Eine der prächtigsten Aussichten auf die Bucht von San Diego, die man nur haben kann. Sie blickte sich im Zimmer um. Teure importierte Möbel, Damastdecken, Designertapeten. Ihr Blick blieb an einem Bild hängen. Über Lindas Schreibtisch hing ein »Foto von Dan auf einem weißen Pferd, aus einer Zeit, als wir noch nicht einmal verheiratet waren!«

Sie ging in Dans Büro. Sein Schreibtisch war bedeckt von Krümeln von Schokoladenkuchen, der noch im Papier herumlag. Leere Weinflaschen. Luftballons. Sie setzte sich hin und weinte. »Das war der schlimmste Schmerz, den ich je verspürt habe«, sagte sie später. »Ich wollte es nicht glauben. Ich glaubte es.«

Sie wartete ein Zeitlang in Dans Büro, wie lange, daran kann sie sich nicht mehr erinnern. Er kam nicht zurück. Sie fuhr nach Hause, marschierte auf den Schrank zu und riß all seine teuren, maßgefertigten Anzüge heraus. Dieses Mal wollte sie nicht sich selbst zerstören. Sondern ihn. Immer wieder ging sie auf den Hof, beobachtet von ihren Kindern. Jetzt war auch ihre Freundin Vicki da und bat sie aufzuhören.

Aber Betty lief weiter mit Armen voller Kleider und weinend zwischen Hof und Schrank hin und her. Als der Haufen eine beachtliche Höhe angenommen hatte, schüttete sie Benzin darüber und steckte ihn an.

Die Kinder weinten und schrien, als der Rauch in Schwaden aufstieg und Tausende von Dollars in Form von Dan Brodericks Kleidern in Flammen aufgingen.

Nachdem die Asche abgekühlt war, goß Betty braune Farbe darüber.

»Ich wollte der Sache ein Ende machen«, erklärte sie später im Gefängnis. »Und es machte Spaß. Als ich das Benzin darübergoß – ich nahm Benzin aus dem Rasenmäher – machte es ›Puff. *Puff*, du Hundesohn!‹«

Dan kam erst mehrere Stunden danach nach Hause. Sie empfing ihn an der Vordertür, erzählt sie, »und ich übergab ihm sein Scheckbuch und sagte: ›Du willst nicht ausziehen, also habe ich dich hinausgeworfen. Du wohnst hier nicht mehr.‹«

Er ignorierte sie, ging hinein und ins Schlafzimmer, wo die Brodericks meistens ihre Streitigkeiten austrugen. Doch in jener Nacht gab es im Haus der Brodericks keinen Streit. Dan reagierte überhaupt nicht, erzählte später seine Tochter Kim. »Er drehte nicht durch. Er war ganz ruhig.«

Hinter verschlossenen Türen, so erzählt Betty, wiederholte Dan nur seine letzten Worte. »Er sagte, ich bilde mir das ein, es sei nichts mit Linda. Er sagte, auf der Party sei nichts passiert, sie hätten zusammen zu Mittag gegessen, dann sei Linda einkaufen gegangen, und er sei bei einem Gerichtstermin gewesen.«

Sie war so bemitleidenswert bereit, sich betrügen zu lassen, ihm zu glauben. In der Tat war sie so verlegen, wie sie später vor Gericht aussagte, weil sie seine Kleider verbrannt hatte, daß sie am nächsten Tag gegenüber Maria, ihrem Hausmädchen, behauptete, Dan sei um zwei Uhr nachts stinkbesoffen nach Hause gekommen und habe sie selbst verbrannt.

Sie brauchte noch einige Monate, um sich die offensichtlichen Fragen zu stellen: 1. Wenn Dan so unschuldig war, wie er behauptete, warum hatte er sich dann nicht fürchterlich darüber aufgeregt, daß sie die Sachen eines unschuldigen Mannes verbrannt hatte? 2. Wenn er nur das geringste Mitgefühl für ihre Höllenqualen hatte, ganz gleich ob real oder eingebildet, warum entließ er dann Linda nicht, gerade nach diesem letzten dramatischen Auftritt?

Die Antwort lautet natürlich, daß Dan weder schuldlos noch mitfühlend noch, ganz offensichtlich, bereit war, für seine eigenen Handlungen Verantwortung zu übernehmen. Statt dessen ließ er diesen Betrug noch zwei Jahre weiterlaufen. Er sah einfach zu, wie seine Frau weinte, winselte und versuchte, ihn zurückzugewinnen. Er sah zu, wie die Unsicherheit in ihren Augen größer wurde, und gestattete ihr gleichzeitig, ihre schüchternen, erniedrigenden Spielchen zu spielen, die ihn verführen sollten; und wenn sie turnusmäßig in wütendem Frust aufbegehrte, sah er einfach weg. Dan Broderick war wie eine Katze, die von den Scheinwerfern auf dem Highway geblendet war, starr vor lauter Unentschlossenheit. Wie auch immer, er handelte kaum in seinem besten Interesse, ganz zu schweigen von Bettys.

Es überrascht nicht, daß Betty, als die volle Wahrheit über seine Affäre 1985 schließlich ans Licht kam, nicht Dan am meisten verachtete, sondern sich selbst, weil sie so einfältig gewesen war. Ihr Selbsthaß wuchs, ihr Selbstbewußtsein schwand. »Was war ich nur für ein dummes Stück! Rückblickend sage ich, er hätte mich *damals schon* ins Gefängnis bringen können, als ich seine Kleider verbrannt habe, wenn er nicht schuldig gewesen wäre.« Schlimmer noch, so fügt sie voller Ekel vor sich selbst hinzu, »ich war feige und habe nicht *alle* Sachen verbrannt. Seine Lieblingskleider habe ich verschont – wie diesen verdammten seidenen Zylinder und dieses bodenlange Cape, in dem er wie ein Zauberer aussah, und einen lächerlichen Bowler aus Stroh, den er so liebte.«

Auf jeden Fall war jenes Freudenfeuer Betty Brodericks erster Akt direkter Gewalt gegen ihren Ehemann – volle sechs Jahre, bevor sie ihn schließlich erschoß.

Dreieck plus eins

Im Jahr 1984 sah Betty immer wieder Bilder von Dan und seiner hübschen ›Rechtsassistentin‹ in den örtlichen juristischen Zeitschriften. Aber sie ignorierte sie. Ihre Freunde in La Jolla atmeten erleichtert auf. Vielleicht war das Gewitter ja an den Brodericks vorbeigezogen. Betty begann sogar, langsam wieder sie selbst zu sein. Zwar sprach sie immer noch über ihren Verdacht. Aber sie schien nicht mehr so besessen zu sein; die Panik war verschwunden.

Doch ihre Freunde in der Stadt waren besorgt. Dan schien von Tag zu Tag nervöser, und Linda weinte ganz offen, weil er Betty nicht verlassen wollte.

Laut Aussage ihrer Freunde stellte Linda sich die richtigen Fragen: Wenn die Ehe vorbei war, wie Dan sagte, wenn er sie liebte, wie er behauptete, warum kam dieses Drama dann nicht zu einem schnellen, logischen Ende? Warum ließ er sich nicht von Betty scheiden und heiratete sie?

Die Antwort war so alt wie die Welt: Wie unzufrieden Dan Broderick zu Hause auch sein mochte und wie sehr er auch die Treffen an den Nachmittagen und Abenden mit dieser schönen jungen Frau genoß, die ihn so sehr bewunderte, so war er doch weit davon entfernt, das Undenkbare zu begehen und seine Frau und seine Kinder zu verlassen, seiner Familie einen Skandal zu bescheren, nach Ansicht der Kirche zu sündigen, ganz gleich, wie ›uncool‹ er die Kirche fand. Außerdem würde eine Scheidung ihn ein Vermögen kosten, das wußte er.

Aber wenn Dan auch glücklich damit war, beides zu haben. Linda war es nicht. Sie war nicht bereit, das Büroflittchen zu sein, die Geliebte. Sie war nicht nur von dem übermächtigen Wunsch beseelt, die nächste Mrs. Daniel T. Broderick III. zu werden, so erzählen ihre Freunde. Ein Leben als Geliebte eines verheirateten Mannes lehnte sie auch aufgrund ihrer Erziehung ab.

»Sie erzählte noch nicht einmal mir, daß sie etwas mit ihm hatte, erst hinterher«, sagte Schwester Maggie. »Und sie schämte sich sehr. Sie wollte wissen, ob ich sie trotzdem noch liebte. Linda hüpfte *nicht* durch alle Betten.« Maggie Seats glaubt, daß ihre Schwester in ihrem ganzen Leben nur drei Liebhaber hatte.

Nach ihrem Tod waren Lindas Freunde angeekelt von den Andeutungen, sie sei eine Frau gewesen, die sich mit Sex einen reichen Ehemann angeln wollte. »Das ist ein *Witz*– Linda war die altmodischste Frau, die ich je kennengelernt habe. Sie war der Typ, der *unter* ihren Höschen noch ein Höschen trug – und keine Bikinis«, erzählte die Anwältin Kathy Cuffaro, eine attraktive, lebhafte junge Frau. Dan war auch kein geiler Hengst, fügte Cuffaro mit obszönem Grinsen hinzu. »Linda beschwerte sich immer, daß sie *nicht genug* Sex von ihm bekam, daß er die ganze Nacht im Badezimmer Akten las, während sie schlief.«

»Natürlich, ganz klar, als sie Dan heiratete, hatte sie es geschafft. Er brachte das große Geld mit«, sagt ihre Schwester. »Aber diese Beziehung bedeutete für Linda sehr viel mehr als nur Geld. Sie hatte sich Hals über Kopf in ihn verliebt. Dan brachte Linda zum Lachen ... sie hatten Spaß zusammen.« Außerdem, so fügte Seats hinzu, »war Dan wählerisch. Wenn Linda nur ein Flittchen gewesen wäre, hätte er sich nicht eine Minute für sie interessiert.« Fast alle, selbst ihre Schwester, maßen Lindas Wert an Dan Brodericks Normen – trotz ihrer Überzeugung, daß Dan aus irgendeinem Grund sechzehn Jahre lang mit einer Verrückten verheiratet gewesen war.

Und selbst dieses kleine Zugeständnis – daß Linda mehr war als ein Hohlkopf – kam von einigen von Dans Freunden nur sehr widerwillig, sagt Maggie Seats. »Als die Affäre bekannt wurde, mußte Linda sehr hart arbeiten, um Anerkennung zu finden. Sie waren sehr mißtrauisch, hielten sie für wertlos«, sagte Seats. Lange Zeit behandelte besonders Dave Monaghan sie herablassend, weil sie nur eine geringe offizielle Ausbildung vorweisen konnte, erzählt eine Freundin, »Linda mußte immer wieder weinen. Was ihren Mangel an Bildung anbelangte, war sie sehr empfindlich – und, seien wir ehrlich, mit Dan Broderick und all seinen tollen Abschlüssen konnte kaum jemand mithalten. Ich wette, sogar Betty fühlte sich ihm unterlegen.«

Schon vor 1984 hatten Lindas engste Freunde ihr geraten, Dan zu verlassen, falls er Betty nicht verlassen wollte. »Diese ganze Situation hätte mein Selbstwertgefühl total erschüttert«, sagte Stormy Wetther. »Ich habe ihr immer gesagt, sie solle Schluß machen.« Dasselbe riet ihre Schwester Maggie – »Ich flehte sie an, sich schnellstens aus dem Staub zu machen.«

Linda versuchte es schließlich auch. Sie stellte Dan ein Ultimatum: entweder – oder. Wenn er sich nicht von Betty scheiden ließe, würde sie mit anderen Männern ausgehen.

Dan Broderick war vermutlich hin und her gerissen, aber nicht genug, um sich zu beugen. Er konnte seine Familie nicht verlassen. Er würde es auch nicht tun. Statt dessen ließ er Linda wissen, sie solle es nur tun, sie solle ihr Leben leben. »Dan konnte sehr hartherzig sein, wenn er erst einmal eine Entscheidung getroffen hatte«, sagte Laurel Summers, Dave Monaghans engste Freundin nach seiner Scheidung von Patti.

Aber Dan forderte Linda nicht auf, sich auch einen neuen Job zu suchen. Und sie wollte auch nicht freiwillig gehen. Wieso? fragten ihre Freunde. Er brauchte sie, sie liebte ihren Job. Sie könnten damit umgehen. Ob sie nun Heuchler waren oder nur dumm, wird immer ungeklärt bleiben, obwohl alles auf das erste hindeutet.

Steve Kelley ist ein weiteres Opfer der Broderick-Affäre. Er ist irgendwo in den Dreißigern, ein gutaussehender Cartoonist für die *San Diego Union* und ein hoffnungsvoller Komiker, der schon in der *Johnny Carson Show* aufgetreten ist. Er sieht aus wie Richard Chamberlain in jüngeren Jahren und lernte Linda Kolkena im Frühling 1983 in einem Maklerbüro kennen, als sie beide nach einer Eigentumswohnung suchten. Für Kelley war es Liebe auf den ersten Blick: »Ich fand, sie war die perfekte

Mischung aus Unabhängigkeit und Weiblichkeit. Sehr intelligent, selbstbewußt. Und so wunderschön... genau mein Fall.«

Ihre Beziehung dauerte über ein Jahr. Aber Linda erzählte ihm nie, daß sie eine Affäre mit ihrem Chef gehabt hatte – und immer noch hatte. Kelley schöpfte von selbst Verdacht. »Mir fiel auf, wie sehr sie Broderick bewunderte. Sie sprach dauernd über ihn.« Und es gab diese merkwürdigen Hinweise: Wann immer Dan die Stadt verließ, überließ er Linda seine rote Corvette. Als sie ihre bescheidene Eigentumswohnung in einem Vorort von San Diego erwarb, unterschrieb auch Dan den Kredit. Und nicht zuletzt schickte Dan Linda mehrere Geburtstagsgeschenke, als er im Sommer 1984 mit Betty in Europa war – »ein Dutzend rote Rosen, einen Farbfernseher, und ein Schmuckstück aus Smaragd«.

Eines Tages besuchte Kelley Linda im Büro. Er war von der Eleganz ihres Büros überwältigt. »Ich dachte, sie ist zwar clever, aber sie hat noch nicht einmal das College besucht – und sie war seine Rechtsassistentin?«

Als er Linda schließlich mit seinem Verdacht konfrontierte, stritt sie zunächst alles ab. Sei nicht albern, sagte sie – Dan Broderick ist ein verheirateter Mann mit vier Kindern. Dann brach sie jedoch zusammen, weinte und gab alles zu. Monatelang, so erzählte sie Kelley, hatten sie und Dan die Mittagsstunden in ihrer kleinen Wohnung in Ocean Beach verbracht. »Sie schluchzte und zitterte, als sie mir davon erzählte«, sagt Kelley. »Sie schämte sich und war ganz krank bei dem Gedanken, was ihr Vater von ihr denken würde.«

Aber Linda erzählte Kelley auch, die Affäre sei beendet.

Das genügte ihm. Zu diesem Zeitpunkt war er verliebt. Er wollte Linda heiraten, und wenn es ihr soviel Spaß machte, in einem Anwaltsbüro zu arbeiten, wollte er sie auch auf die Rechtsakademie schicken. Er flehte sie an, ihren Job aufzugeben, »von der Bildfläche zu verschwinden, sich aus dieser Ehe herauszuhalten«.

Aber Linda konnte und wollte nicht.

Kelley, ein geduldiger Mann, überwand seinen Stolz und

suchte Dan auf, um ein Gespräch von Mann zu Mann zu führen und um die Bestätigung zu bekommen, daß Dan Linda wirklich hatte gehen lassen. Er erzählte Linda von seinem Vorhaben. Sie versuchte nicht, ihn aufzuhalten, sagte er – vielleicht, weil auch sie eine Antwort wollte.

Kelley erinnert sich gut an seine Begegnung mit Dan Broderick. »Ich hatte gehofft, wir könnten offen reden«, sagt er. »Ich verabredete mich mit ihm. Ich fragte ihn, ob die Beziehung zu Ende sei. Er sagte ja. Aber er war weder warmherzig noch mitfühlend – er war kalt. Er hatte absolut kein Mitgefühl für mich. Er warf mich sozusagen hinaus.«

Kelleys Beziehung zu Linda dauerte noch mehrere Monate, und er wußte nie, ob sie ihm allein gehörte oder auch Dan. Schließlich stellte er sein eigenes Ultimatum. Es war kurz vor Weihnachten 1984. Linda wollte das Wochenende mit Dan in Palm Desert verbringen und ihm bei einem Fall helfen. Sie müsse fahren, sagte sie zu Kelley. Das war ihr Job. Er forderte sie auf, entweder täglich zu pendeln oder ihn zu vergessen. Sie wählte die zweite Alternative, doch sie blieben Freunde bis zu ihrem Tod.

Heute sieht Kelley das Ganze bemerkenswert ruhig und gelassen. Seine Stimme wird immer noch sanft, wenn er von Linda spricht, aber er zeigt keinerlei Gefühl für Betty und nur geringe Verachtung für Dan. »Dan liebte sich selbst einfach viel zu sehr«, sagt er milde. »Linda bat ihn, Hunde oder ein Alarmsystem anzuschaffen, aber er lehnte ab. Wo war sein Grundinstinkt, seine Frau zu beschützen? Er wollte keine Hunde, keinen Alarm, denn Bets Broderick würde Dan Broderick nicht kontrollieren. *Niemand* würde das tun.«

Rückblickend möchte Kelley gerne glauben, daß Linda »zwei Menschen gleichzeitig liebte.« Vom Verstand her wußte sie, daß ich altersmäßig und auch sonst besser zu ihr paßte. Aber er war letztlich ihr Märchenprinz. Also gewann er. So einfach ist das.« Offensichtlich, so fügt er mit einem Achselzucken hinzu, »traf sie die falsche Wahl«.

Sämtliche Klischees paßten. Die Ehefrau wußte Bescheid, doch war sie die letzte, der man die Wahrheit sagte. Also redete sich Betty weiterhin ein, es sei nicht wahr. Und Dan half ihr dabei in jenem Jahr auf vielfache Art und Weise. Er benahm sich rücksichtsvoller als je zuvor. Er kam früher nach Hause, obwohl er mehr zu tun hatte, nicht nur in der Praxis, sondern auch bei der Anwaltsvereinigung. Er sprach nicht viel, aber das hatte er ja noch nie getan. Andererseits sprach er über die Dinge, die Betty etwas bedeuteten. Als ihre Tochter Kim, damals vierzehn Jahre alt, sich ein Klavier wünschte, kaufte er ihr für 8000 Dollar ein Modell der Firma Bösendorfer. Er hatte keine Einwände, als Betty auf der Warner Springs Ranch, einem nahegelegenen Feriengelände in den Bergen, eine Familieneinheit kaufen wollte.

In jenem Sommer verbrachten sie zusammen sogar eine Woche Urlaub in London. Sie wohnten in einem der elegantesten, romantischsten Hotels in der Innenstadt – und Betty versuchte, sich wie eine Braut auf der zweiten Hochzeitsreise zu benehmen. »Ich tat alles, was mir nur einfiel, um ihn glücklich zu machen«, erinnerte sie sich später voller Bitterkeit. »Nach dem Motto ›Was immer du willst, Liebling‹ ... Ich folgte ihm bei Fuß wie eine japanische Ehefrau. Ich bat nicht darum, irgendwohin gehen oder irgend etwas machen zu dürfen. Der Kerl wollte noch nicht einmal in ein Museum gehen. Also saß ich nur mit ihm in Bars herum, lächelte und versuchte, ihm alles recht zu machen.«

Es funktionierte nicht. »Er war die ganze Zeit so kalt. Ich erinnere mich, daß ich eines Morgens bei Tagesanbruch weinend durch die Straßen lief und dachte ›Was tue ich hier? Was mache ich falsch? Was kann ich nur *tun*?‹«

Linda. Linda ging ihr nie aus dem Kopf. Linda würde Betty niemals aus dem Kopf gehen, nicht solange sie noch mit Dan zusammenarbeitete. Jedesmal, wenn Dan über Bettys Witze und Possen, die er einmal so genossen hatte, die Stirn runzelte, jedesmal, wenn er sich ihrer Berührung entzog, blitzten Bilder von Linda in ihrem Kopf auf. Und tief in ihrem Herzen wußte sie, daß sie nicht verrückt war.

Oder doch? Schließlich war Dan hier, in London, mit *ihr*. Vielleicht war sie *doch* paranoid. Vergiß es. Nicht drängen, sei nicht zänkisch ... Selbst wenn er immer noch mit dem Büromädchen herummachte, das würde vorübergehen. Und Betty war bereit, dafür zu sorgen. Sie wollte nur noch eins: Mrs. Daniel T. Broderick III. bleiben.

Dan schickte in der Zwischenzeit Blumen und Schmuckstücke an Linda, die mit seiner Corvette durch die Gegend fuhr.

Wieder zurück in San Diego, war Betty mehr als je zuvor mit ihren Kindern beschäftigt, mit ihren Schulen, Fußballclubs und mit Wohltätigkeitsarbeit. Jeden Tag stand sie früh auf und arbeitete an sich selbst. Sie ging zur Kosmetikerin, zum Friseur, zur Maniküre. Sie kleidete sich traumhaft. Sie war schöner als je zuvor. Das sagten alle. Alle außer Dan.

Warum konnte er sie noch nicht einmal mehr anlächeln? Jedes Mal, wenn er durch die Tür kam, sah er zehn Jahre älter aus, seine Falten schienen eingefroren. Er konnte noch nicht einmal mit den Kindern reden, ohne unruhig zu wirken.

Linda. Aber, mein Gott, so dachte sie bei sich – wenn er Linda Kolkena ernsthaft wollte, dann hätte er doch sicher schon längst seine Wahl getroffen? Oder nicht? Warum stritt er es immer noch ab? War sie vielleicht doch verrückt? Der Wahnsinn ging weiter.

Mittlerweile hatte entweder Betty begonnen, vor lauter Verdächtigungen und Angst zu halluzinieren, oder Dan Broderick hatte sich zu einem Mann verwandelt, der ernsthaft zu seelischer Grausamkeit fähig war. Eines Morgens zum Beispiel, als er mit geschlossenen Augen im Bett lag, begann er ›Linda, Linda‹ zu murmeln. Betty starrte ihn bestürzt an. Er schlief nicht. Das war deutlich. Sie wußte es. Er versuchte absichtlich, sie zu verletzen. Das wußte sie. Das weiß sie bis heute. Aber warum? *Warum?*

An einem anderen Abend kam er spät nach Hause und, so schwört sie immer noch, legte absichtlich seine Hand neben ihr Gesicht auf ihr Kopfkissen – »und sie roch nach Vagina! Ich fühlte mich beschissen! Ich lag da auf dem Rücken, starrte in die Dunkelheit, die Tränen liefen mir über das Gesicht, und ich dachte, wie kann er mir das *antun*?«

Als sie sich später im Gefängnis daran erinnerte, begann sie zu schluchzen. Es war das erste Mal in dem Jahr, nachdem sie ihn getötet hatte, daß Betty Broderick zusammenbrach, als sie über Dan sprach. »Und das schlimmste«, sagte sie durch Tränen, »war, daß er mich glauben machte, ich sei verrückt – so wie Sie das jetzt auch denken –, denn er legte sich auf mich, und er *küßte* mich, und er erzählte mir, er habe *niemals mit einer anderen Frau als mit mir geschlafen!*«

Erst Jahre später entschied Betty, daß Dan seine Affäre mit Linda voller Absicht zur Schau stellte, während er sie gleichzeitig abstritt, um Betty dazu zu bringen, sich scheiden zu lassen. »Er wollte, daß ich ihn hasse. Er wollte weg, er wollte die Scheidung – aber er wollte nicht der Schuldige sein. Er wollte, daß *ich* die Scheidung einreiche.« Später folgerte sie auch, daß er buchstäblich versucht hatte, sie verrückt zu machen, damit niemand ihm die Schuld dafür geben konnte, daß er sie verlassen hatte. »Statt dessen sollten die Leute sagen ›Der arme Dan. Seht nur, mit welcher Wahnsinnigen er sich die ganze Zeit herumschlagen mußte.‹«

Ende 1984 war Betty vor lauter Selbstzweifeln so verwirrt, so zerstört von sich widersprechenden Hinweisen, daß sie kaum mehr als wenige Tage bei klarem Verstand war. Dan kam wieder erst nach Mitternacht nach Hause. Er sagte, er arbeite. Sie wußte, daß das nicht stimmte. Er sagte, sie sei verrückt. Sie wußte, daß das nicht stimmte. Warum sagte er ihr nicht einfach die *Wahrheit*? Und nichts machte ihr mehr Hoffnung darauf, daß alles gut werden würde, als der Tag, als sie ihrem Ehemann schließlich in einem weiteren verzweifelten Versuch, ihm zu gefallen, ihre letzte Konzession anbot: Sie wollte ihren Körper einer Operation unterziehen und wenn möglich, seinen Originalzustand zum Gebären von Kindern wiederherstellen lassen. Vielleicht sollten sie einfach noch einige Kinder bekommen.

Dan willigte ein. Er ging sogar mit ihr zum Frauenarzt, um darüber zu reden, ob es möglich sei, ihre Sterilisation rückgängig zu machen.

»Sie war überschwenglich, aufgedreht, wißbegierig«, bezeugte der Arzt später bei ihrem Mordprozeß. Und Mr. Broderick schien »recht interessiert«. Bis der Arzt künstliche Befruchtung vorschlug, weil das leichter machbar sei als ein chirurgischer Eingriff. Dann, sagt Betty, verlor Dan jegliches Interesse. Er sagte, das sei unnatürlich. Warum er überhaupt mit ihr zum Arzt ging, bleibt eine unbeantwortete Frage, die Dan Broderick mit sich ins Grab nahm.

Dennoch fühlte sich Betty ermutigt. Sicher hatte er sich ausgetobt. Ihre Zuversicht stieg.

In jenem November stürzte sie sich in die größte Party, die sie jemals geplant hatte – eine fünftägige Feier zu Ehren von Dans vierzigstem Geburtstag. Wochenlang beschäftigte sie sich mit allen Einzelheiten, zog durch La Jolla und bestellte Speisen, Hotelzimmer, Blumen, Geschenke, Schreibpapier. Als der riesige Broderick-Clan herbeiströmte, war alles in perfekter Ordnung. Betty hatte vom Babysitter bis zu stündlich stattfindenden Unterhaltungseinlagen alles arrangiert – Picknicks, Ausflüge nach Sea World, mexikanische Mittagessen, französische Abendessen, eine Busfahrt zum USC-Notre-Dame-Spiel in Los Angeles, und alles sollte in einem großen Essen am Abend seines Geburtstages gipfeln. Sie verteilte sogar kleine Pläne mit den Terminen aller Aktivitäten. Später beglückwünschte die Familie Broderick sie zu ihren Bemühungen. Sie entspannte sich immer mehr. Dans Familie liebte sie. Nichts hatte sich in den fünfzehn Jahren geändert. Sie gehörte dazu.

Im Dezember schienen Dan und Betty mehr zusammenzugehören als je zuvor. Zunächst einmal waren sie gezwungen, vom

Coral Reef in ein Übergangshaus umzuziehen, da es im Haus am Coral Reef einen Riß im Fundament gab, dessen Reparatur Monate dauern würde. Zusammen suchten und mieteten sie ein hübsches neues Heim in La Jolla Shores – mit sieben Schlafzimmern und Blick auf das Meer. Die ganze Familie liebte das Haus so sehr, daß Betty ihre Suche nach einem neuen Haus verstärkte. Wo sie schon einmal aus Coral Reef raus waren, warum sollten sie überhaupt zurückkehren? Dan stimmte ihr zu. Genau in jenem Monat machten sie ein verlustbringendes Angebot von 750 000 Dollar auf ein weiteres Haus mit Meerblick auf der Insel Coronado. Inzwischen hatte Betty ihre Forderung nach einem Haus in La Jolla aufgegeben. Was immer Dan wollte, es war in Ordnung. Sie könnten immer noch nach La Jolla zurückkehren, wenn er seine Midlifecrisis überstanden hatte.

Weihnachten war sie so sicher, daß seine Affäre mit Linda zu Ende war, daß sie regelrecht großspurig wurde. »Ich dachte, wir hätten den Sturm überlebt. Ich dachte, wir würden so weitermachen, zwar mit unseren Wunden – aber wir würden weitermachen . . . bis ich sein beschissenes Weihnachtsgeschenk bekam.«

Bis dahin war Betty mit zwei Jahren voller Untreue und Lügen zurechtgekommen, und ihre Vergebung wollte sie sich teuer bezahlen lassen. Als Ausgleich für ihre Geduld erwartete sie an jenem Weihnachtsfest ein Zeichen der Entschuldigung – irgend etwas in der Größenordnung des Porsche, den ihre Freundin von ihrem eigenen abtrünnigen Ehemann im Jahr zuvor bekommen hatte. Doch Dan schenkte ihr einen »altmodischen kleinen Ring, der noch nicht einmal groß genug für meine Tochter gewesen wäre!« Sie »warf ihm den Ring ins Gesicht«, schrieb sie später in einem Essay an sich selbst. »Ich sagte ihm, er sei noch nicht einmal das Benzin wert, das nötig wäre, um ihn zurückzubringen.«

Es war eine häßliche Szene am Weihnachtsmorgen, und die Kinder sahen zu. »Er schuldete mir *sehr viel* für die zwei Jahre, die er mich durch die Hölle geschickt hatte«, sagte sie später. »Mein Leben war ein Haufen Scheiße gewesen! Deshalb wollte ich diesen wahnsinnigen Ring ... ich brauchte nicht irgendeinen Ring! Ich hatte *einen* Ring! Der Ring, den ich wollte, kostete Tausende – ich kann mich nicht mehr an die Summe erinnern. 10 000 Dollar? 30 000 Dollar? Aber es war ein *großer* Ring. Ich wollte eine *Belohnung* haben. Aber er hatte den Nerv, mir dieses kleine Stück *Scheiße* für ein paar hundert Dollar zu schenken!«

Auch heute schämt sich Betty nicht für ihre Habgier und die häßliche Szene an jenem Weihnachtsfest. So wie Dan niemals die Verantwortung für sein eigenes Versagen übernahm, dachte auch Betty nicht daran. Beide schoben die Schuld immer auf die anderen.

Auf jeden Fall war dies das beste Weihnachtsgeschenk, das Betty Broderick Linda Kolkena machen konnte.

Zwei Monate später, am Abend des 28. Februar, kam Dan nach Hause und teilte ihr mit: »Ich verlasse dich.«

Dann ging er zu seinem Schrank und begann zu packen. Sie fragte, warum er sie verlasse. »Er brauche für eine Weile Luft, um über alles nachzudenken«, sagt sie. Sie beschuldigte ihn erneut, eine Affäre zu haben, und wieder stritt er es ab. »Er sagte, Linda habe nichts damit zu tun ... er sagte, er brauche einfach ein wenig Zeit für sich. Und dann fragte er mich ›Willst du, daß ich jetzt gehe oder morgen?‹«

Falls sie bis dahin nicht davon überzeugt gewesen war, daß Dan sie zum Sündenbock ihrer Trennung machen wollte, jetzt glaubte sie es. Selbst jetzt, um fünf vor zwölf, versuchte er ihrer Meinung nach, sie dazu zu bringen, ihn aus dem Heim der Familie hinauszuwerfen. »Ich sagte ihm, ›ich bin schon zu lange mit einem Anwalt verheiratet, um darauf hereinzufallen. Du gehst wann immer *du* es möchtest.‹«

Also zog er sich aus und ging mit ihr schlafen, und am nächsten Morgen zog er aus.

Dans Version der Geschehnisse jener Nacht hört sich völlig anders an. Er hätte die Nacht nicht mir ihr verbracht, sagte er Jahre später bei ihrer Scheidung, sondern ihr statt dessen klar gemacht: »Ich verlasse dich. Ich gehe fort. Wir können nicht mehr zusammen leben. Es steht schon zu lange schlecht zwischen uns. Das funktioniert nicht mehr. Ich muß gehen.« Er gab zu, er habe zu jenem Zeitpunkt Betty nicht gesagt, daß er die Scheidung wolle, weil er sich noch nicht entschlossen hatte, »das zu tun«. Als er ging, so erzählte er, habe Betty eine Dose Haargel nach ihm geworfen. Obwohl sie das bestreitet, behauptet er, sie haben ihm sogar mit einem Fleischermesser gedroht.

Auf alle Fälle überließ Dan Betty, den Kindern sein Fortgehen zu erklären. Das war die Aufgabe einer Mutter, nicht seine.

Jede Frau, die einmal von einem Mann verlassen worden ist, ganz besonders, wenn es wegen einer anderen Frau war, weiß, wie Betty Broderick sich am Morgen danach fühlte.

Er hielt sie zum Narren, dieser Mann, der seit sechzehn Jahren ihr ständiger Gefährte gewesen war, ihr Zimmernachbar, derjenige, der zugesehen hatte, wie sie ihr Make-up auflegte, wie ihre Fruchtblasen platzten, wie sie ihre Augenbrauen zupfte, dessen Essen sie zubereitet hatte. Dieser Mann, der sie geküßt hatte, an den Nägeln kaute und neben ihr schnarchte. Sie hatten Pläne gemacht, gestritten, gelacht und zusammen ferngesehen. Sie hatten Händchen gehalten, während Priester ihre Babys tauften, sie hatte ihre schmutzige Unterwäsche gemeinsam im Wäschekorb im Badezimmer gesammelt, und sie hatten sich gemeinsam an die Vergangenheit erinnert, wo immer sie auch waren, gemeinsam oder allein, jedes Mal, wenn in den vergangenen zwanzig Jahren die Lettermen das Lied *Going out of my head, can't take my eyes off of you . . .* sangen.

Nein. Er meinte es nicht ernst. Das war nur wieder eine Szene aus seiner Midlifecrisis. Selbst wenn er immer noch etwas mit dem billigen Flittchen hatte, würde er früher oder später zu Verstand kommen.

Es ist einer der außergewöhnlichsten Aspekte der Broderick-Geschichte, daß keiner von beiden jemals die Entscheidung des anderen akzeptierte. Dan würde sterben und immer noch zu erreichen versuchen, daß Betty sich wie eine Dame benahm, und sie würde ins Gefängnis gehen und immer noch nicht glauben, daß der Mann, den sie geheiratet hatte, sie tatsächlich verlassen hatte und es ernst damit meinte.

Es würde eine der häßlichsten und längsten Scheidungen werden, die San Diego je gesehen hatte – gemein genug, daß 1988 die *Oprah Winfrey Show* versuchte, Betty für eine Sendung zum Thema ›Die schmutzigsten Scheidungen Amerikas‹ zu bekommen – in der auch die Frau eines Gynäkologen aus Kalifornien auftreten sollte, der seiner Frau die Scheide zugenäht hatte. Betty lehnte ab. Das sei ekelhaft, sagte sie. Ihr Fall habe mehr Substanz, erklärte sie den Geiern der Fernsehsender, beinhalte Rechtsmißbrauch, emotionale Verletzungen und ganz allgemein das gesamte kosmische Ungleichgewicht zwischen Männern und Frauen.

Damit hatte sie recht. Während der Scheidung der Brodericks ging es niemals vorrangig um die normalen Details wie Geld oder Kinder. Sie kämpften statt dessen ständig um die Macht, das allerdings absolut unfair. Denn er hatte Macht, sie nicht. Für ihn war die Macht selbstverständlich, für sie niemals.

Es dauerte fast fünf lange, zermürbende Jahre, bis diese zwei sich in jener Nacht in seinem Schlafzimmer trafen, wo Linda Kolkena in ihrem gepunkteten Babydoll neben ihm lag und ihr Krieg endlich ein Ende fand.

Dans Freiraum

Betty und die Kinder blieben in dem gemieteten Haus in La Jolla Shores. Dan zog zurück in das Haus am Coral Reef. Die Bauarbeiten waren beinahe erledigt, aber überall war ein wildes Durcheinander, und es gab keine Möbel im Haus. Dort könnte er nicht lange bleiben, dachte sie. Er würde zurückkommen.

An den nächsten Tagen horchte sie auf seinen Wagen in der Toreinfahrt. Die Kinder spielten, sie ging weiter in ihre Clubs, machte Einkäufe und ging ihren Schulaktivitäten nach. Immer war sie heiter, lachte und war aufgedreht. Sie erzählte all ihren Freundinnen, daß Dan in der letzten Phase seiner Midlifecrisis ausgezogen sei. Aber sie nahm das nicht ernst. Sie verhielt sich wie eine Mutter, die einen rebellierenden Teenager toleriert. Das alles war einfach zu lächerlich, sagte sie, aber zum Teufel, was soll's: Gib ihm Gelegenheit, sich die Sache und das Flittchen aus dem Kopf zu schlagen. Sie erwartete nicht, daß es noch lange dauern würde. Sie schätzte, er würde innerhalb weniger Wochen, wenn nicht Tage, wieder zu Hause sein.

Die Wochen gingen ins Land. Er rief sie nie an, also rief sie ihn an. Aber selbst da, so sagt sie – und er stimmte ihr später bei der Scheidungsverhandlung zu – erwähnte er ihr gegenüber niemals die Scheidung. Statt dessen hielt er sie weiter hin und sprach von seinem Bedürfnis nach mehr ›Freiraum‹.

Sie pflegte dann den Hörer aufzulegen und darüber nachzudenken.

Freiraum?

Sie starrte ihre Kinder an, die durch das Haus liefen und sich nicht um die ganze Sache kümmerten. Kim war in dem Monat, bevor Dan Betty verlassen hatte, fünfzehn geworden. Lee war fast vierzehn, Danny war neun geworden. Rhett hatte gerade seinen sechsten Geburtstag gefeiert.

Betty saß am Tresen in ihrer Küche, trank Kaffee und versuchte, sich auf die Morgenzeitung zu konzentrieren. Sie rief Freundinnen an, machte sich Notizen und Listen über die Dinge, die sie am Tage erledigen wollte. Und sie kaufte immer mehr ein. Ganz gleich, ob sie Lebensmittel, Kleider oder ein neues Bett für Jungvermählte einkaufte, es linderte ihre Depressionen.

Sie horchte nach ihren Kindern. Sie lachten, schrien und tobten miteinander. Machten Unordnung. Ihre Babys. Ihr Kopf schmerzte. *Ihre* Babys. Nicht seine. Ihre.

Wo ist *mein* Freiraum? verlangte ihr Verstand zu wissen.

Die Kinder wußten nicht einmal, warum ihr Vater sie verlassen hatte. Bislang hatte Betty ihnen noch nicht von Linda erzählt. Sie hatten keine Ahnung, warum Mom und Dad sich immer stritten. Betty hatte sich immer eingeredet, sie seien noch zu jung.

Aber warum sollten sie überhaupt von der Hure ihres Vaters erfahren? fragte sie sich jetzt. Die Gedanken in ihrem Kopf wurden immer drängender, bis der Druck zu schmerzen begann. Doch es war nicht mehr die Angst. »Nein, nein, neiiin«, wie sie später im Gefängnis sagte, wobei sie jede einzelne Silbe mit kalter Konzentration betonte. Neiiin. Von jetzt an würde es Wut sein. Dieser Scheißkerl! Wo war ihr monatlicher Unterhalt? Jahrelang hatte er ihr Haushaltsgeld für Lebensmittel, Freizeit und verschiedene Dinge gegeben, die sie vielleicht nicht auf Rechnung bekommen konnte. Und jetzt? Sollte sie ihn aufrufen und ›bitte, bitte‹ sagen?

Was zur Hölle erwartet er von mir? Wo ist mein Anteil an unserem Geld? Im Juni würde der Mietvertrag für das Haus in La Jolla Shores auslaufen. Wo sollten sie und die Kinder nach Meinung dieses Hundesohnes dann wohnen? Was würde Dan Broderick dann wieder einfallen?

In den nächsten Wochen rief sie immer häufiger in seinem Büro an. Meistens war sie vernünftig – nicht nörgeln, nicht drängeln, sagte ihr Verstand. Aber manchmal lief ihre Wut einfach über und sie explodierte, und sie kritisierte ihn scharf. Er benahm sich wie ein Schüler vom College in den Sommerferien. Er versuchte sie dann zu beschwichtigen. Er würde nicht darüber diskutieren, ob er nach Hause käme, aber was immer sie brauchte, so versicherte er, er würde es ihr besorgen. Sie solle es einfach auf Rechnung kaufen. Sie überlegte, mit den Kindern in der ersten Aprilwoche zu einem Osterurlaub nach Warner Springs zu fahren – ja, sagte er, das wäre nett. Viel Spaß. Ihr sechzehnter Hochzeitstag stand auch kurz bevor. Natürlich, sagte er, er würde da sein. Sie würden zusammen essen gehen.

Die Zeichen, die er aussandte, waren stets sehr unterschiedlich. Weniger als einen Monat nachdem er sie verlassen hatte, am St. Patrick's Day im März, besuchte er sie zu Hause. Er war betrunken, sagt sie heute. Er blieb über Nacht. Sie schliefen miteinander. Aber sie schämt sich, darüber zu sprechen und zuzugeben, daß sie tat, was so viele Frauen tun – Sex mit Zuneigung verwechseln: »Ich weiß nicht, was ich dachte«, sagt sie, »außer, daß er immer noch mein Ehemann war.«

Aber er kam nicht zurück. Weitere Wochen vergingen. Sie haßte ihn.

Sie und die Kinder verbrachten Ostern auf der Warner's Ranch, einer Ferienanlage mit Sportplätzen, Reitmöglichkeiten, Schwimmbecken und Wanderwettbewerben. Ihre Wohnung, eine von Hunderten, war klein, aber hübsch. Vier Jahre später, nur wenige Tage, bevor sie die Morde verübte, würde Betty während des Wochenendes des USC-Notre-Dame-Spiels dorthin fahren, um ihre Wunden zu lecken.

Doch im Frühling 1985 war sie noch voll eigensinniger Hoffnung. Das Wochenende verbrachte sie beinahe entspannt. Sie stellte sich vor, wie Dan in ihrem großen, leeren, unordentlichen Haus am Coral Reef allein auf und ab tigerte. Vermutlich tat es ihm schon leid. Vielleicht war er schon wieder zu Hause, wenn sie und die Kinder nach La Jolla zurückkamen, bereit, sie um Vergebung zu bitten.

Statt dessen war ihr Haus voller Ratten. Große, braune Ratten. Sie waren überall. Als sie die Tür öffnete, hörte sie das Scharren ihrer Füße. Die Kinder kreischten, und sie tat es ihnen nach.

Sehnige braune Körper flitzten durch die Küche in die Schlafzimmer.

Sie wanderte durch das Haus, entsetzt über die Exkremente, und sie schauderte beim Geräusch der Klauen auf dem Boden und der ängstlichen Piepser. In den Wochen ihrer Abwesenheit hatten die Ratten alles mögliche gefressen. Einschließlich, so zeigten die Anwälte später vor Gericht, die Säume ihrer bodenlangen Abendkleider.

O Gott. Wo war ihr *Ehemann*? Wo war der *Vater ihrer weinenden, verängstigten Kinder*?

Sie schnappte sich das Telefon und rief ihn an. Sie war halb hysterisch und sehr wütend. Wie konnte er es wagen, seine Familie in einem rattenverseuchten Haus zurückzulassen? Er mußte sofort herkommen und ihnen helfen. Es war Zeit, daß er sich endlich wie ein gottverdammter Vater benahm, nicht wie ein Collegejunge. Kurz, Betty war nicht höflich.

Auch Dan blieb kurz angebunden. »Viel Glück«, sagte er. Und hängte auf. Es war ihr Problem, nicht seins. Sie lauschte ungläubig auf das Freizeichen. Ratten rannten über die Füße ihrer Kinder, und ihr Vater meinte, das sei *Bettys* Problem?

Später bei der Scheidungsverhandlung gab Dan zu, daß er durch Bettys ›Ton‹ an jenem Tag derartig aufgebracht war – sie war grob und stellte Forderungen –, daß er auflegte, ohne ihr seine Hilfe anzubieten. Außerdem, so fügte er hinzu, sah er keine Dringlichkeit – hätte er vor diesem Problem gestanden, hätte er die Kinder einfach in ein Hotel gebracht, bis die Kammerjäger kamen. »Du hattest dreizehn Kreditkarten, und du hattest viel Bargeld und konntest in jedes beliebige Hotel in diesem Land ziehen«, sagte er vor Gericht zu ihr.

In seinem Zorn bestrafte Dan Broderick also nicht nur seine Frau, sondern auch seine Kinder. In den folgenden Jahren warfen beide Brodericks einander Kindesmißhandlung vor, und sicher war Bettys Verhalten weitaus abstoßender. Aber Tatsache ist, daß auch Dan Broderick ständig seine eigenen Bedürfnisse denen seiner Kinder voranstellte. Und nicht nur das, er schaffte einen Präzedenzfall, indem er es zuerst tat.

Betty und die Kinder töteten die Ratten.

Sie stellten Fallen auf, sie riefen die Kammerjäger. »Einige Tage lang konnten wir nicht schlafen, denn wir hörten die ganze Nacht auf die Geräusche der zuschnappenden Fallen«, erzählte Lee Broderick später. »Es war echt beschissen!« Einmal, so erzählte sie schaudernd, fanden sie eine kleine Ratte in der Toilette und spülten sie hinunter. Ein anderes Mal sperrten sie eine Ratte im Herd ein und brieten sie bei lebendigem Leib.

Vier Tage danach war ihr sechzehnter Hochzeitstag. Dan hatte versprochen, sie zum Essen einzuladen. Den ganzen Tag machte sie sich schön und wühlte in ihren Lieblingskleidern. Etwas Blaues. Dan liebte sie in Blau. Aber am späten Nachmittag rief er an und teilte ihr mit, er schaffe es nun doch nicht. Er müsse statt dessen mit einem »Bankkassierer« zu einem Geschäftsessen.

Sie machte für sich und die Kinder etwas zu essen.

Sie versuchte, einen klaren Gedanken zu fassen.

Sie dachte an ihre Familie. Am 1. Mai würde ihr Vater fünfundsiebzig Jahre alt werden. Die Familie feierte in New York. Sie würde hinfahren. Dann würde sie sich besser fühlen. Nie hatte sie ihre Familie mehr gebraucht.

Sie machte Einkäufe. Sie ging in jedes Geschäft, kaufte alles mögliche ein: Schuhe, Unterwäsche, Partykleider. Sie blickte nicht einmal auf die Preisschilder.

Er rief nicht an. Tag für Tag, er rief nicht an, nicht einmal, um nach den Ratten zu fragen. Es war ihm egal, auch seine eigenen Kinder waren ihm egal.

Sie buchte die Flüge.

Der Bastard. Was sollte sie mit den Kindern machen, wenn sie nach New York zur Geburtstagsparty fuhr? Was sollte sie mit dem Rest ihres Lebens machen? Vier Kinder allein aufziehen, während er sich weiter ein schönes Leben machte?

O nein. In Ordnung, Dan.

Endlich hatte sich der Gedanke in ihrem Kopf gefestigt. Lee und Kim stritten sich wieder, der Radau war wie üblich nervenzermürbend.

Pack deine Sachen, sagte sie zu Kim. Du wirst Daddy besuchen.

Kim weinte, doch Betty blieb hart. »Du wirst bei deinem Vater leben«, sagte sie zu dem Mädchen. Sie führte ihre Tochter zum Wagen, während die anderen Kinder mit großen Augen zusahen. Sie fuhr durch die stillen Straßen von La Jolla. Das Haus am Coral Reef war dunkel. Dan war nicht zu Hause. Es war ihr egal. Kim war fünfzehn. Ein großes Mädchen. Dan würde irgendwann nach Hause kommen. Sie ließ Kim aussteigen und fuhr davon.

»Ich kam später nach Hause und fand Kim in diesem leeren Haus. Sie weinte«, erzählte Dan später. »Ich konnte nicht glauben, daß Bets ihrem eigenen Kind das angetan hatte.«

Aber das war erst der Anfang. In den nächsten drei Tagen brachte sie ihm auch die anderen Kinder. Das war vielleicht der größte Fehler, den sie in den folgenden vier Jahren beging.

Später führte sie an, sie habe lediglich die Kinder aus einem rattenverseuchten, gemieteten Haus zu ihrem Vater in das eigene Heim gebracht, während sie an der Geburtstagsfeier ihres Vaters teilnahm. Was zum Teil auch stimmte. Aber die Hauptsache war, daß Betty die Kinder benutzte, um Dan zurückzubekommen. »Ich wollte dem Hundesohn zeigen, was es bedeutet, vier Kinder aufzuziehen«, sagte sie später dem Therapeuten, den sie auf Weisung des Gerichts aufsuchte. »Aber wissen Sie, was der Scheißkerl *gemacht hat*?« fragte sie den Therapeuten immer noch ganz erstaunt. »Er hat sie einfach *behalten*!«

Man kann sich unschwer Dan Brodericks Schock vorstellen, als er spät in der Nacht in seiner roten Corvette nach Hause kam, nach einem langen Tag im Büro, um in einer Ecke seines *dunklen*, leeren, kalten Hauses seine Tochter zusammengekauert vorzufinden, schluchzend inmitten ihrer kleinen Koffer voller Kleider und jugendlicher Kinkerlitzchen.

Was für eine Mutter . . . ????

Dann kamen die anderen drei. Alle weinten, alle waren verwirrt, alle wurden auf dem Rasen vor dem Haus mit ihren Kleidern und Spielsachen abgesetzt, alle wollten wissen, was los war. Warum machte Mutti das? Wann würden sie wieder nach Hause gehen?

So hatte sich Dan die ganze Sache sicher nicht vorgestellt. Er hatte seine Frau verlassen. Frauen, die verlassen werden, sollen trauern, weinen, Szenen machen, oder was Frauen in solch einem Fall eben so tun. Aber gute Ehefrauen fügen sich. Sie sprechen mit ihren Freundinnen, sie suchen Rat bei ihren Müttern, ihren Priestern, ihren Anwälten. Sie schreiben sich in der Uni ein, lassen sich eine neue Frisur machen, nehmen einen Job an, und – schwupps! – bald sind sie mit einem anderen Mann verheiratet, einem hart arbeitenden Burschen, der den Kindern des letzten Vaters ein guter neuer Vater wird. So sollte es sein.

Was die Ehefrau niemals tut, ist Widerstand leisten. Sie wirft die Babys nicht auf den Rasen des Ehemannes, der sie verlassen hat, der seine Entscheidung getroffen hat, der Verpflichtungen hat, der morgen früh wieder zur Arbeit muß.

Aber jetzt, im Frühling 1985, saß Dan Broderick, vierzig Jahre alt, mit der Verantwortung für vier bedürftige, weinerliche Kinder da – und mit einer dreiundzwanzigjährigen Freundin, die in der Stadt auf ihn wartete.

Und Betty bereute nichts. Nicht an jenem Tag, nicht die nächste Woche, nicht in den nächsten vier Jahren – *niemals*. Ihre besten Freundinnen flehten sie an, die Kinder zurückzuholen, aber sie lehnte es ab, über die Versorgung der Kinder auch nur zu reden, ohne »ein faires finanzielles Abkommen, damit ich weiß, ich kann sie so aufziehen, wie ich es immer vorhatte. Wenn er diese Familie zerstören will, damit er das Flittchen ficken kann, dann ist das seine Sache. Aber ich will, was mir zusteht. Solange ich nicht weiß, daß ich ihnen genau dasselbe Leben bieten kann, jedes Privileg, das ich erhofft habe, so lange sollen er und seine Freundin sie aufziehen.« Außerdem sei sie emotional nicht mehr in der Lage, vier Kinder zu erziehen, sagte sie. Wie konnte eine Frau, die so dumm war und jahrelang alle Lügen geschluckt hatte, ihren Kindern etwas über Selbstachtung, Integrität und Ehrlichkeit beibringen?

Betty gab sich keinerlei Illusionen mehr hin, obwohl Dan ihr erst Monate später die Wahrheit über Linda sagen würde: Ihre Kinder hatten Betty erzählt, daß Linda ständig im Haus am Coral Reef war. In *ihrem* Haus.

Doch sie hatte immer noch nicht aufgegeben. Nicht wirklich. Jetzt würde er sehen, daß er es ohne sie nicht schaffen konnte, nicht ohne die Mutter seiner Kinder. Er würde sein Flittchen aufgeben und zurückkommen. Er würde die Kinder nie ohne sie großziehen können.

Einmal mehr verrechnete sich Betty.

Statt sie anzurufen und mit ihr vielleicht darüber zu reden, was sie für ihre Kinder tun konnten, ging Dan einfach auf Bettys hitzköpfiges Spiel ein. Zur Hölle mit dir, sagte er im wesentlichen. Alles, was du kannst, kann ich besser.

Und er stellte eine Haushälterin ein.

Bettys Schock war allumfassend. Noch heute hat sie sich nicht von diesem Schmerz erholt. Der Hundesohn hatte sie einfach ersetzt.

Verrückte Tage

Dan Broderick war nicht darauf vorbereitet, alleinerziehender Vater zu sein. Aber, so erzählte Kim später während der Verhandlungen, »Dad versuchte es. Aber er wußte einfach nicht, was er mit vier Kindern anfangen sollte. Eine Zeitlang lebten wir von Steaks und Kartoffeln.«

Gleichzeitig kaufte er Möbel, renovierte das Haus am Coral Reef und kümmerte sich um Hof und Garten. Später behauptete er, er habe nur versucht, das Haus für Betty und die Kinder bewohnbar zu machen. Selbst damals, so sagte er, habe er immer noch erwartet, daß Betty zu Verstand kommen und mit den Kindern ins Haus der Familie zurückkehren werde. Das war nur natürlich. Er hatte vor, in eine Eigentumswohnung zu ziehen. Er behauptete außerdem steif und fest, er habe versucht sich von Betty bei der neuen Innenausstattung beraten zu lassen, aber sie habe nicht mit ihm darüber reden wollen. Betty sagt, er habe nie irgendeinen wie auch immer gearteten Versuch gemacht, mit ihr in Kontakt zu treten.

Wie auch immer, eines Tages im Juni kam sie ins Haus und entdeckte die neue Einrichtung. »Ich konnte es nicht glauben! Er hatte mein Haus *ruiniert*. Er tapezierte es mit diesen beschissenen Tapeten und legte den gräßlichen Fußboden, und er riß natürliche Pflanzen aus, um billige Ringelblumen zu pflanzen. Er hat mein Haus *zerstört*!«

Sie nahm eine Kanne Rostschutzfarbe und besprühte die Wände damit. Ein Zimmer nach dem anderen sprühte sie ein. »Ich *wollte* es ruinieren«, sagte sie. Später nannte sie den Zwischenfall mit der Farbe in einem Anfall von bitterem Humor den »Beginn ›meiner Anfälle‹«. Es sollte nicht ihr letzter Angriff auf das Haus am Coral Reef sein, bei weitem nicht – aber es war der letzte, den Dan Broderick hinnahm.

In der Zwischenzeit sprach sich die Geschichte um die verrückte Betty an den Mittagstischen in ganz La Jolla herum. Ihre besten Freundinnen hielten sie für verrückt, daß sie sich immer noch der Wahrheit widersetzte. Als sie ihnen erzählte, daß Dan zurückkommen werde, daß man nie über Scheidung gesprochen habe, konnten sie nur ihre Augenbrauen hochziehen und Mitleid empfinden. Arme Betty.

»Betty wurde von dem Tage an verrückt, an dem Dan sie verließ. Alles, was später passierte, hatte nichts mit ihrem Gemütszustand zu tun. Es passierte über Nacht. In der Minute, in der er sie verließ, wurde sie zu einem anderen Menschen«, erzählte ihre alte Freundin Candy Westbrook. »Man konnte mit Betty buchstäblich nicht über das Wetter reden, ohne daß sie das Gespräch irgendwie auf Dan und Linda brachte. Das war *alles*, worüber sie sprechen wollte. Sie wollte es einfach nicht *wahrhaben.*« Eine andere Freundin, Lynn McGuire, Ehefrau eines Anwalts, der mit Dan befreundet war, war so besorgt um Bettys geistige Gesundheit, daß sie versuchte, sie zu einem Aufenthalt in einer Nervenklinik zu überreden. Betty, die niemandem direkt etwas abschlagen konnte, hörte sich das an, aber sie hielt Lynn hin, während sie innerlich litt. Warum dachten alle, sie sei verrückt? Weil sie wütend war? Warum hatte sie nicht das *Recht*, wütend zu sein?

Auch Dans Freunde hatten mittlerweile ihre Aufmerksamkeit von Dan und Linda auf Betty Brodericks labilen Zustand gelenkt. Der Grund, warum Dan zu Betty nicht ehrlich sein konnte, so sagten sie einstimmig nach seinem Tod, war, daß er sich Sorgen um ihre geistige Gesundheit machte. Er wußte einfach nicht, wie er sich am besten verhalten sollte, ohne ihr weh zu tun.

Um 1985 erzählte besonders Linda Kolkena allen, was für eine wilde Frau Betty Broderick sei – wie sie Dan gequält, ihr Haus zerstört und erst kürzlich sogar ihre eigenen Kinder ausgesetzt habe. Linda war vielleicht einfach eine junge verliebte Frau – aber sie hatte außerdem nicht das geringste Mitgefühl für eine ältere Frau, die sie noch nicht einmal kannte. Alles, was Linda über Betty Broderick wußte, hatte Dan ihr erzählt.

Als die Mietzeit für das Haus in La Jolla Shores im Juni auslief, hatte Betty ein Haus für 650 000 Dollar in derselben Gegend gefunden. Das Haus war groß und renovierungsbedürftig, doch wegen seiner Lage war es seinen Preis wert. Sie und Dan hatten es sich einmal zusammen angesehen.

Die Anzahlung betrug 140 000 Dollar. Dan überwies ihr das Geld ohne Zögern. Er würde es sich natürlich fast vier Jahre später bei der Scheidung in voller Höhe als ihren Anteil am gemeinschaftlichen Eigentum zurückholen, doch zu jener Zeit hielt Betty die prompte Zahlung als Beweis dafür, daß er an einer gemeinsamen Zukunft interessiert war. Sie erzählte ihren Freunden, das Haus werde abgerissen, und sie und Dan würden schon bald eine neues Haus auf dem Grundstück bauen.

Einige Wochen später zog sie allein in das neue Heim ein. Statt ihre Möbel mitzunehmen, schickte sie fast alles zurück in das Haus am Coral Reef, wo ihr Ehemann und die Kinder lebten. Wozu brauchte sie Möbel, fragte sie ihre Freunde heiter, wenn das ganze Haus bald niedergerissen würde? In den vielen folgenden Monaten wohnte Betty in ihrem neuen Haus mit der wundervollen Aussicht und der hervorragenden Nachbarschaft, ganz ohne Bett; sie schlief auf dem Fußboden.

Laut Dan gab es keinen Grund für diese Entbehrungen. Zwar hatte er ihr nicht von Linda erzählt, zwar hatte er nicht über Scheidung gesprochen, aber, so beharrte er später bei der Scheidungsverhandlung, er hatte ihr ganz klar gesagt, daß er nicht mit ihr in das Haus an der Calle del Cielo einziehen würde.

»Sie fragte mich, ob ich dort wohnen würde, und ich sagte ›Nein, Bets. Wir werden nicht mehr zusammenleben . . .‹.« Aber, so sagte er, »sie benahm sich, als hätte ich kein Wort gesagt, sondern antwortete, ›Wir werden ein zweites Stockwerk aufsetzen, und wir werden dies tun und wir werden das tun‹.« Er habe ihr gesagt: »Bets, du hörst mir nicht zu. Ich werde nicht in das Haus ziehen.«

Laut Betty log er. »Er hat mir *nie* gesagt, daß er mich für immer verläßt. Wäre ich sonst, ganz allein, in solch ein großes Haus eingezogen?« fragt sie. »Ich Dummkopf dachte immer noch, ich würde für ein neues Haus für die *Familie* einkaufen, weil *er mir genau das gesagt hat*!«

Einer von beiden log entweder oder hörte nicht richtig zu. Was immer Dan Betty auch gesagt hat, auf jeden Fall war er nicht deutlich genug, daß sie es auch verstand.

In den nächsten Monaten begann Dan, Betty zu behandeln, als habe sie nie existiert, weder als Ehefrau noch als Mutter. Alle Entscheidungen, die sie beide und ihre Kinder angingen, traf er allein, ohne sie zu fragen.

In jenem Sommer informierte er sie zum Beispiel nicht über seinen Entschluß, seine beiden kleinen Söhne zu einem Therapeuten zu schicken – und zwar nicht zu irgendeinem. Der Kinderpsychologe Dr. Steven Sparta war auch einer der bekanntesten Experten bei Sorgerechtsstreitigkeiten an den Gerichten von San Diego.

Diese Wunde ging tief. »Ich schäumte. Warum wurden meine Kinder zu einem Psychologen geschickt, so behandelt, als benötigten sie Hilfe? Hilfe für *was*? Sich an die Hure ihres Vaters zu gewöhnen? An den Verlust ihrer *Mutter*?«

Aber selbst da verlor Betty wie ein minderbemitteltes Kind nicht das Vertrauen. Sie konnte nicht verstehen, daß sie kurz davor stand, geschieden zu werden, und daß noch Schlimmeres auf sie zukam. So lange nicht, bis Dan es ihr sagte.

Am Vatertag zeigte sie sich einmal mehr völlig blind, reservierte für Dan und die Kinder einen Tisch in ihrem Lieblingsrestaurant und schickte einen Mietwagen nach Coral Reef, der sie abholen sollte. Die Kinder erzählten ihr später, sie hätten alle einen tollen Abend gehabt. Aber Dan rief noch nicht einmal an, um sich zu bedanken.

Im Juli griff er dann zum bis dahin härtesten Mittel, schickte die vier Kinder in ihre gewohnten Sommerlager, gab jedoch Anweisung, sie für längere Zeit dort zu behalten, »weil ich sie hier aus der ganzen Sache heraushalten wollte«, sagte er bei der Scheidungsverhandlung. Nach dem Lager schickte er sie dann zu seinen Eltern nach Ohio – mit der Aufforderung, den Telefonkontakt der Kinder zu Betty zu unterbinden. Um ihren Schock noch zu steigern, nannte Dan für die Akten der Kinder im Sommerlager noch nicht einmal Bettys Namen als nächste Verwandte, sondern gab statt dessen seinen Bruder Larry an.

Jede Mutter kann sich wohl Betty Brodericks Wut und Verwunderung vorstellen. Wie konnte er es *wagen*? Sie und Dan waren immer noch verheiratet, noch nicht einmal offiziell getrennt. Ihre Kinder lebten bei ihrem Vater in einem Haus, das auf ihrer beider Namen lief. Wie konnte er also den Kontakt mit ihnen unterbinden? Welches Verbrechen hatte sie begangen, außer Farbe auf die Wände ihres *eigenen Hauses* zu sprühen? Was gab Dan Broderick das Recht, ihr eigenmächtig selbst in Notfällen den Kontakt zu ihren Kindern zu verweigern? Mehrere Male rief sie in jenem Sommer bei Daniel und Yolanda Broderick in Ohio an, um mit ihren Kindern zu sprechen, nur um die kalten Worte zu hören, die Kinder seien nicht da.

Ungefähr zu jener Zeit schlugen Betty Brodericks Gefühle in reinen Haß um.

Jahre später, wenige Monate vor seinem Tod, gab Dan vor dem Scheidungsgericht zu, daß er in seiner Wut einmal mehr die Wünsche seiner Kinder ignoriert hatte. Sie waren, so gestand er ein, »sehr unglücklich« über seine Entscheidung, in jenem Sommer den Kontakt zu ihrer Mutter zu unterbinden. Aber er beschloß, in ihrem eigenen Interesse eigenmächtig zu handeln. »Ich gebe zu, ich habe das bewußt getan ... Ich habe es dir schwer gemacht, mit den Kindern Kontakt aufzunehmen«, sagte er vor Gericht zu Betty, »und zwar wegen der Art, wie du deine Wut zum Ausdruck gebracht hast.«

Und *wie* sei sie damals mit ihrer Wut umgegangen? fragte Betty ihn. Außer ihr eigenes Haus zu verunstalten, hatte sie bis dahin nicht eine einzige strafbare Handlung begangen. Was genau hatte sie getan, das sie als unfähige Mutter brandmarkte?

Aber der Richter mahnte sie, sie halte dem Zeugen eine Strafpredigt, und so brauchte Dan nie darauf zu antworten.

Trotz ihrer Wut lebte Betty in jenem Sommer weiter wie bisher. Sie wollte diese kurze Zeit der Freiheit ohne Mutter- und Hausfrauenpflichten genießen, erzählte sie ihren Freundinnen. Sollte Dan sich einige Zeit um die Kinder kümmern. Bis er seinen Fimmel überwunden hatte, würde sie reisen, Spaß haben. Und in vielerlei Hinsicht gelang ihr das auch.

»Allein zu leben war ganz am Anfang, bevor sie depressiv wurde, das Kostbarste, was ich je erlebt hatte«, sagte sie einmal. »Ich hatte niemals in meinem Leben ein Badezimmer für mich allein gehabt. Als Erwachsene hatte ich noch nie allein in einem Bett geschlafen. Plötzlich hatte ich einen Schrank für mich – vorher hatte Dan Broderick neunundneunzig Prozent unseres Schrankes mit Beschlag belegt. Ich konnte nie meine Kleider aufhängen. Und ich hatte Ruhe und Frieden. Wissen Sie, das Leben mir vier Kindern ist ein wenig laut. Ich hörte Musik und schnitt meine Rosen, und ich war ich, ich, ich. Das sagt man ja immer – verwöhne dich selbst. So gönnte ich mir Champagner und Kaviar und die teuerste Schokolade und den teuersten Kaffee, und ich tischte alles im allerfeinsten Kristall auf, und ich versuchte, mir vorzumachen, daß ich Spaß hatte, und eine Weile funktionierte das auch.«

Während die Kinder im Sommerlager waren, fuhr sie für zwei Wochen nach British Columbia in Urlaub. Photos von jener Reise zeigen eine schöne, schlanke Frau in hautengen Jeans, zuversichtlich lächelnd inmitten der Pracht der berühmten Bouchard-Gärten. Eine Freundin aus jener Zeit erinnert sich an sie als eine Frau, die »auf dem Höhepunkt stand . . . sie hatte alle möglichen Interessen, sie wollte Lachse angeln, sie wollte durch die Stadt bummeln. Es war überhaupt nichts Schwermütiges an ihr«.

Zu jener Zeit hatte Betty in La Jolla einen gutaussehenden jungen Mann kennengelernt, Bradley Wright, mit dem sie schließlich auch eine sexuelle Beziehung einging, obwohl sie bis heute Schwierigkeiten hat, das zuzugeben. »Nun, das erste Mal hat er mich praktisch *vergewaltigt*«, sagt sie verlegen. Genau wie Dan. Übersetzt bedeutet das nur, daß Wright ein wenig Druck anwenden mußte, um Betty Broderick davon zu überzeugen, mit einem zweiten Mann auf dieser Erde Geschlechtsverkehr zu haben.

Aber im Sommer 1985 hatte Betty nicht mehr mit Bradley Wright zu tun, als einige Mahlzeiten für ihn zu kochen und ihm zu gestatten, ihr mit der ›Männerarbeit‹ rund um das Haus zu helfen. Schließlich war sie immer noch eine sehr verheiratete Dame. Auf ihrer Reise nach Kanada kaufte sie für ihren Mann sogar eine ›wirklich hübsche Krawatte‹. Er schickte sie zurück.

Während dieser Monate hatte sie kein Einkommen außer der Beträge, die Dan als angemessen erachtete, obwohl er die Rechnungen zahlte – die Hypothek, die Versicherungsprämien, die Kreditkarten. Das Finanzsystem der Familie Broderick funktionierte ganz traditionell: Betty kaufte, was sie haben wollte, und Dan bezahlte. Zusätzlich schrieb er ihr einen monatlichen Scheck über ein Haushaltsgeld in Höhe von normalerweise 4000 Dollar aus, die sie dafür nutzte, um Ausgaben zu decken, die sie nicht auf Rechnung bekam, wie zum Beispiel den Lohn des Gärtners oder Trinkgelder.

In den Monaten nachdem er sie verlassen hatte, verließ sie sich hauptsächlich auf ihre Kreditkarten. Manchmal schickte er ihr Schecks, aber da er am Telefon nicht mit ihr redete, wußte sie nie, wann sie ankommen würden oder wie hoch sie waren. Zum ersten Mal in ihrem Leben sah sich Betty Broderick mit ihrer eigenen Abhängigkeit konfrontiert. Seit ihrem zwölften Lebensjahr hatte sie sich nicht so hilflos gefühlt, als sie ihren Vater um ein paar Cents für einen Kaugummi bitten mußte.

Sie wußte nicht, was sie nun tun sollte.

Aber sie kam natürlich zurecht. Sie kaufte immer mehr auf Rechnung, bis schließlich die Unmenge der Rechnungen Dans Aufmerksamkeit erregte.

An einem Abend Ende August kam er zu ihr, offensichtlich fuchsteufelswild über ihre Ausgaben, die, wie er später sagte, »einfach astronomisch waren ... buchstäblich mehrere Tausende Dollar«. Er wollte ihr einen bestimmten Betrag zuteilen. Er wollte, daß sie ihre eigenen Rechnungen selbst bezahlte.

Sie war bereit für ihn. Sie sah gut aus, sie roch gut, sie schnurrte um ihn herum. Selbst heute ist Betty Broderick eine Meisterin der Kunst, den Leuten zu gefallen, einer Kunst, die sie vor so langer Zeit gelernt hat, bei ihrem Vater und ihren Priestern – eine erwachsene Frau, die mit den Wimpern klimpert und das hilflose kleine Mädchen spielt. Die meisten Frauen kennen diese Strategie, aber wenige nutzen sie so gut wie Betty.

Zu ihrem Unglück dachte Dan an jenem Abend nur an Geld. Er war auch nicht gekommen, um sich ehrlich oder großzügig zu zeigen. Er war nicht gekommen, um ihr zu sagen, daß er eine andere Frau liebte und die Scheidung wollte. Oder daß er bereit war, ihr entgegenzukommen und ihr die Kinder zu geben plus mindestens die Hälfte von allem, was sie besaßen, so daß sie das Leben führen konnte, von dem sie geträumt hatte.

Statt dessen saß er an ihrem Küchentisch und arbeitete mit einer Tabelle und einer Rechenmaschine ihre finanziellen Bedürfnisse bis auf den letzten Cent aus: 9036 Dollar, so entschied er, sollte ihre monatliche Unterstützung betragen. Ungefähr die Hälfte davon würde für die monatliche Hypothek draufgehen; der Rest würde ihre Lebenshaltungskosten decken. Da er die Kinder aufzog, sollte das seiner Meinung nach gut ausreichen.

Ja, Schatz, murmelte sie zu allem, was er vorschlug. Sie achtete noch nicht einmal auf die Zahlen, die er an jenem Abend vor ihr ausbreitete. Woher kamen zum Beispiel die merkwürdigen sechsunddreißig Dollar? Statt dessen wollte sie ihm nur gefallen, ihm einen schönen Anblick bieten. Sie war keine anspruchsvolle Frau. Sie war seine Ehefrau und die Mutter seiner Kinder. Er würde das verstehen. Das hier würde vorübergehen. Sie erwähnte an jenem Abend noch nicht einmal Linda Kolkena. Sie träumte immer noch. Und er ließ sie gewähren.

Erst später dämmerte es ihr, daß man sie im Vergleich zu ihren früheren finanziellen Gewohnheiten gerade stark beschnitten hatte. Keine Einkaufsorgien mehr bei Sak's oder Neiman's. Keine Reisen mehr wann und wohin sie wollte. Sie hatte noch nicht einmal soviel Voraussicht besessen festzulegen, daß ihre Lebensmittelrechnungen genauso hoch sein sollten wie seine, da alle vier Kinder beinahe genauso viel Zeit bei ihr wie bei ihm verbrachten.

Bevor er an jenem Abend wieder ging, so sagte Dan später aus, sagte er zu ihr, sie stehe finanziell jetzt auf eigenen Füßen. »Also, ich werde alle noch ausstehenden Rechnungen bezahlen, aber von jetzt an bist du selbst für die Rechnungen deiner Kreditkarten verantwortlich.«

Und schon am nächsten Tag schrieb er an alle Kreditkartenfirmen: »... Es ist alles vorbei. Ich habe mit diesen Karten nichts mehr zu tun. Wir leben getrennt ... Jetzt muß Elisabeth Anne Broderick ihre Rechnungen selbst bezahlen, ich bin nicht mehr dafür verantwortlich.«

Ihr Scheck für September über 9036 Dollar erreichte sie pünktlich.

Weniger als einen Monat später reichte er die Scheidung ein.

Sie erinnert sich noch an den Schock, das flaue Gefühl im Magen an jenem Tag, als der Zustellungsbeamte mit den Papieren kam. Niemals, so beharrt sie, hat Dan Broderick ihr gegenüber das Wort *Scheidung* in den Mund genommen. Jetzt konnte sie nur noch in ihrem Haus sitzen, auf das Meer hinausstarren und sich fragen, warum er nach sechzehn Jahren Ehe nicht den Mut oder den Anstand besaß, ihr zumindest von Angesicht zu Angesicht zu sagen, daß es vorbei war. Warum mußte sich der Hundesohn hinter seitenlangem juristischem Kauderwelsch verstecken? Warum mußte er sich aus dem Hinterhalt von ihr scheiden lassen?

Zu allem Überfluß kam zur Scheidung hinzu, daß dies für Betty Broderick das erste Schuljahr ohne ihre Kinder war. Vor ihrem Vorderfenster konnte sie die Nachbarskinder in ihren flotten Herbstjacken und glänzenden neuen Schuhen vorbeilaufen sehen, ihre kleinen Buchpakete hüpften auf und ab, ihre Augen glänzten vor Aufregung. Rhett hatte heute seinen ersten Schultag. Sie fragte sich, welche Kleidung er wohl trug.

Aber sie wußte, daß der kleine Rhett an diesem Tag nicht glücklich war. Beide Söhne hatten es immer wieder allen ganz deutlich gesagt, daß sie bei ihrer Mutter leben wollten, nicht bei Dan. Sie sagten es ihren Freunden, Dan, ihr selbst, jedem Richter, der mit dem Kampf um das Sorgerecht zu tun hatte, und zu ihren Therapeuten. »Ich möchte weglaufen und mich umbringen. Mein Herz ist gebrochen«, sagte Rhett den Akten zufolge einmal zu einem Therapeuten.

Betty selbst lebte ohne ihre Kinder kein richtiges Leben. Sie vermißte sie, sie wollte sie zurück – aber sie würde niemals einen Rückzieher machen.

An einem Tag im Oktober, als sie ihre Kinder im Haus am Coral Reef besuchen kam, entdeckte sie auf dem Tresen in der Küche einen Bostoner Crèmekuchen.

Sie starrte ihn mehrere Sekunden lang an. Sie war gefesselt von seinem Anblick. »Es war der widerlichste Kuchen, den ich je gesehen habe...« Bei jeder Gelegenheit hatte sie diesen Kuchen für Dan gebacken. Es war sein Lieblingskuchen. Langsam dämmerte es ihr – dies war kein Kuchen der Haushälterin. Keine Haushälterin würde für Dan einen Bostoner Crèmekuchen backen.

Ruhig wandte sie sich an die Haushälterin und fragte: »Wer hat den Kuchen hier gebacken?« Und die Frau antwortete ihr. Linda.

Sie nahm den Kuchen und ging nach oben zu seinem Schlafzimmer. Dort macht Betty ihren zwei Jahre lang angestauten Frustrationen mit einer Orgie aus Vanille und Schokolade Luft. Sie grub ihre Finger in Linda Kolkenas Bostoner Crèmekuchen und schleuderte die Stücke über den Bettüberwurf und an die Wände. Dann öffnete sie die Türen seines Schrankes und starrte hinein. Was für ein Arschloch, dachte sie bei sich, als sie die ordentlichen Reihen seiner Jacken und Hemden und Hosen betrachtete, die alle nach Farben geordnet waren. All diese beschissenen schreienden Farben. Pink, orange, purpur. Druckmuster, Paisley, Madraskaros, Schottenkaros. Der adrette Dan. Sie warf den Kuchen weinend in seine Kleider, wischte ihre Hände am Bettüberwurf ab und ging.

Später spielte Betty den Schaden herunter, aber selbst ihre Lieblingstochter Lee sah das anders. »Mann, sie hat da echt 'ne Schweinerei gemacht«, sagte Lee bewundernd, die zu jener Zeit zu Hause war. Offensichtlich kann ein kleiner Kuchen verdammt viel anrichten, wenn der Angreifer zu allem bereit ist.

»Warum zum Teufel nicht«, fragte sie Jahre später. »Das war's doch, Monate nachdem der Bastard mich verlassen hatte, und er erzählt mir immer noch, er habe *keine* Freundin – aber da war er dann, mein erster echter Beweis, daß dieses Flittchen nicht nur in seinem Bett schlief, sondern auch ihre beschissenen kleinen Kuchen in *meinem Haus* backte!«

Dan reagierte prompt. Zwei Tage später beantragte er eine Zwangsverfügung, die es ihr untersagte, das Anwesen am Coral Reef ohne seine Zustimmung zu betreten.

Betty lachte nur. Jetzt versuchte der Hundesohn, sie von ihrem eigenen Haus fernzuhalten? Viel Glück, Dan.

Zwei Tage später kam sie an einem Samstag morgen zum Coral Reef und schleuderte eine Weinflasche durch ein Fenster. Das tat sie, so sagte sie später, weil Dan sich an jenem Tag geweigert hatte, Rhett zu einem Fußballspiel der Francis-Parker-Schule gehen zu lassen – wo sie als Coach fungierte. An jenem Morgen war sie aus einem einzigen Grund am Coral Reef, nämlich um Rhett abzuholen, doch der war nicht da. Dan sagte später, er habe Rhett zum Friseur geschickt.

Als er bei seiner Rückkehr das zerschlagene Fenster vorfand, zögerte Dan keine Sekunde. Er rief die Polizei. Zwei gelangweilte Polizisten aus La Jolla kamen, besahen sich den Tatort und rieten Dan Broderick, er solle nicht ihre Zeit verschwenden. Als Anwalt müsse er genausogut wie sie wissen: »Das Haus gehört ihr. Sie kann damit tun, was sie will.«

Das war der erste und letzte vollkommene Sieg, den Betty in den juristischen Kriegen, die folgen sollten, über ihren Ehemann erringen konnte. Tage später gab ein Richter Dans Antrag auf Zwangsverfügung statt. Von da an war es Betty Broderick verboten, ohne Dans Erlaubnis einen Fuß in das Haus zu setzen. Kein Hereinschlüpfen mehr, wann immer ihr danach war, ihre Kinder zu sehen. Nicht, wenn Dan es nicht gestattete.

Das war mehr, als ihr Verstand verarbeiten konnte. Sie waren noch nicht einmal geschieden. Das Haus gehörte zur Hälfte ihr. Ihre Kinder lebten dort. Wie konnte er sie so einfach von ihrem eigenen Grundstück verbannen, fort von ihren eigenen Kindern? *Das sollte Gerechtigkeit sein?*

Endlich dämmerte es ihr, daß sie einen Anwalt brauchte. Und nicht nur irgendeinen. Sie brauchte den besten der ganzen Stadt, um es mit Dan Broderick aufzunehmen.

Zuerst rief sie Thomas Ashworth an, einen führenden Scheidungsanwalt in San Diego, den sie seit Jahren auf gesellschaftlicher Ebene kannte – und einer, den Dan oft gelobt hatte. Aber Ashworth brachte sie auf den Boden zurück, sagt sie, er stehe kurz davor, zum Richter ernannt zu werden, und nehme daher keine neuen Fälle an. Das nächste Mal, als sie ihn sah, saß er auf der anderen Seite des Gerichtssaales und vertrat Dan. Ashworth war beinahe ein Jahr lang Dans Anwalt, bevor er nicht nur zum Richter ernannt wurde, sondern zum vorsitzenden Richter des Familiengerichts in San Diego, wo sich der Krieg der Brodericks abspielte.

Doch schon viel früher begann Betty zu verstehen, daß sie ein ernstes Problem hatte. Keiner der erstklassigen ortsansässigen Anwälte wollte ihren Fall übernehmen. Entweder kannten sie Dan zu gut, so sagten sie, oder sie hatten hoffnungslos überfüllte Terminkalender. Eine angesehene Anwältin sagte ihr schließlich frei heraus: »Gehen Sie nach Los Angeles, denn kein guter Scheidungsanwalt in dieser Stadt wird sich gegen Dan Broderick stellen.« Sie nannte Betty den Namen eines Freundes in Beverly Hills. Daniel Jaffe. Betty notierte sich den Namen.

Aber sie rief ihn nicht an. Statt dessen überlistete ihr Verstand sich jetzt selbst: Nichts von diesem Unsinn war notwendig. Scheidungen dauerten Monate und noch länger. Genug Zeit für Dan, es sich anders zu überlegen. Ihre Freunde, seine Familie, alle wären angeekelt, wenn sie davon hören würden. Er würde nie damit durchkommen. Am besten wäre es, die Kinder auf ihre Seite zu bringen. Sie würden es nie zulassen, daß er die Familie zerstörte. Sie mußte nur hart bleiben. Keine Panik. Lauf nicht hin, um sie zurückzuholen – genau das erwartete Dan bestimmt von ihr, das wußte sie. Sie würde den längeren Atem haben. Sie war eine perfekte Mutter, und das wußte er.

So war es. Später sagte Dan vor dem Scheidungsrichter aus, daß er sich niemals in seinem Leben vorgestellt hatte, als alleinerziehender Vater zu leben. »Ich dachte, sie wäre viel besser als Mutter, als ich je als Vater sein könnte«, sagte er. »Bets war den ganzen Tag zu Hause und viele, viele Jahre lang eine erstklassige, exzellente Mutter. Sie war alles, was man sich von einer Mutter wünschen kann, liebevoll und hilfreich und ermutigend ...«

Aber jetzt war er anderer Meinung. Lange bevor die Scheidung 1986 rechtskräftig wurde, sagte er, habe er entschieden, daß Betty nicht nur eine schlechte Mutter sei, sondern auch seelisch unausgeglichen – und das hatte er auch den Kindern gesagt.

»In aller Kürze«, so erzählte er dem Richter. »Bets hat sich darauf eingelassen, die Kinder auf unglaubliche Weise in diese Scheidung hineinzuziehen. Sie hält sie nicht heraus, sondern bringt sie ... mitten in die Streitigkeiten zwischen uns, und bei unzähligen Gelegenheiten hat sie ihnen gesagt, daß alles ihre Schuld sei ... daß es ihre Schuld ist, daß ich jetzt mit einer anderen Frau zusammenlebe, daß sie etwas tun sollten, um das zu verhindern ... Sie hat das genaue Gegenteil von dem getan, was Eltern meiner Meinung nach bei Scheidungen tun sollten ... [ihr] Haß gegen mich hat sie so aufgezehrt, daß sie den Blick dafür schon verloren hat. Den sollte sie zurückgewinnen und ihr Leben neu ordnen ... [dann] wäre sie immer noch der bessere Elternteil.«

An den Rand der Mitschrift der Verhandlung schrieb Betty: »Fünf Jahre HÖLLE vor Gericht. Jeder würde ihn hassen oder töten.«

Fröhliche Weihnachten, Bets

Fast drei Jahre lang hatte Dan Broderick sich geweigert, Stellung zu beziehen. Er hatte versucht, seine Frau nicht zu verlassen. Er hatte Linda mit seiner Unentschlossenheit unglücklich gemacht. Aber endlich hatte er seinem Leiden ein Ende gesetzt. Er hatte endlich eine Entscheidung getroffen. Er würde nicht länger der gute katholische Junge sein. Er würde mit der Frau zusammen sein, die er liebte, und das war nicht Betty.

Es lag nicht im Wesen des Daniel T. Broderick III. zurückzublicken, nachdem er diese Entscheidung getroffen hatte. Und er konnte auch nicht aufgehalten werden. Er war, da waren sich all seine Freunde einig, kein Mann, der mit viel emotionaler Sensibilität gesegnet war, kein Mann, der sich dem Willen anderer beugte, wenn er erst einmal seinen eigenen Entschluß gefaßt hatte. Und jetzt würde er sein Leben weiterleben. Mit Linda.

In einer Nacht im Oktober erzählte er Betty endlich die volle Wahrheit über Linda.

Was an jenem Abend geschah, ist nicht ganz klar, weil Betty es immer noch nicht ertragen kann, darüber zu reden; sie weicht aus und läßt manche Dinge weg.

Nach ihren Aussagen bat sie Dan, zu ihr zu kommen, um sich mit ihm auszusprechen. Sie versuchte einmal mehr, ihn davon abzubringen, daß er sie verließ. »Ich sagte zu ihm, er sei ein Dummkopf, daß es nicht halten würde und daß sie ihn wegen sexueller Belästigung anklagen würde, wenn es vorbei war. Ich sagte, ›Dan, was machst du hier? Ich liebe dich, wir haben eine wunderbare Familie, wir haben alles erreicht, wofür wir so hart gearbeitet haben. Die einzige, die in dieser ganzen Angelegenheit gewinnt, ist Linda Kolkena. Alle, deren Nachname Broderick ist – du, ich und die Kinder – werden verlieren.‹«

Am selben Abend, so erzählt Betty, drängte sie Dan auch,

einen Therapeuten aufzusuchen. Dann würde er erkennen, daß er nur eine Midlifecrisis durchmachte. Aber Dan wollte davon nichts hören, sagt sie.

Als ihr klar wurde, daß er seine Meinung nicht ändern würde, »verlangte ich die Wahrheit über Linda. Ich wollte, daß er mir sagte, was ich bereits wußte – daß ich *nicht* verrückt war, daß *ich mir nicht alles nur eingebildet hatte*!«

Und das tat er. Er sagte, daß sie die ganze Zeit recht gehabt hatte – er hatte seit Jahren eine Affäre mit Linda Kolkena. Nicht nur das, er war auch in sie verliebt.

So. Da war es raus. Endlich. Sie hatte es gewußt, aber sie hatte sich geweigert, es zu glauben. Jetzt konnte sie es nicht mehr leugnen. Sie schrie, weinte und brach, ganz allgemein, zusammen.

Jahre später, während ihres ersten Mordprozesses, weinte Betty während der Zeugenaussagen von Dr. David Lusterman, einem Experten für Untreue, der sagte, Opfer von Betrug hätten absolut das Recht, Zorn zu empfinden. Nur wenige Dinge sind emotional verheerender, sagte Dr. Lusterman, als der Verlust von Vertrauen und Selbstwertschätzung, der sich ergibt, wenn die Wahrheit endlich zum Vorschein kommt, wenn es dem ›Opfer‹ endlich klar wird, daß es belogen wurde, tagein, tagaus, von der Person, der es am meisten vertraute. Und je länger die Lügen, je größer der psychische Schaden; typischerweise verlieren Opfer von Untreue eine Zeitlang jegliches Vertrauen in ihr eigenes Urteilsvermögen über alle anderen Dinge, eingeschlossen ihre Fähigkeiten als Eltern. Und eine echte Heilung kann nicht wirklich vollzogen werden, so Lusterman, solange der ›Untreue‹ die Wahrheit nicht nur eingesteht, sondern auch dabei hilft, den völlig durcheinandergebrachten Verstand des Opfers wiederherzustellen, indem er sich für die Lügen entschuldigt.

Aber Dan Broderick entschuldigte sich nicht, weder an jenem Abend noch irgendwann später. Statt dessen, so gab er bei der

Scheidung zu, wollte er Betty, nachdem er endlich seine Affäre zugegeben hatte, in eine Nervenklinik bringen, weil, wie er vor Gericht sagte, »ich dachte, du würdest dich umbringen...« Betty kann dieser Logik heute noch nicht ganz folgen. Zugegeben, sie war hysterisch. Aber hatte sie nicht das Recht, wütend und aufgebracht zu sein, »nachdem mein Ehemann mir gerade eingestanden hatte, ja, er habe mich jahrelang belogen und plane nun, unsere Familie zu zerstören?« Warum wurde hier plötzlich die Schuld wieder neu verteilt? Warum war sie jetzt die kranke Person, die arme, verrückte Person, die Hilfe brauchte? Hätte nicht jede normale Frau genauso reagiert?

Statt Dans Arzt aufzusuchen, stieg Betty in ihr Auto und fuhr einmal mehr zum Haus am Coral Reef, ging ins Schlafzimmer, zog sich aus und legte sich ins Bett. Dort schlief sie in jener Nacht.

Sie kann immer noch nicht erklären, warum sie das tat. »Weil ... ich weiß es nicht ...« Sie verhaspelt sich, sie schlägt um sich. »Ich wollte einfach in *meinem* Bett schlafen! Es war mein Bett!«

Dan folgte ihr nach Hause. Und er schlief mit ihr in jener Nacht. Vielleicht dachte er, es sei ihr eine Hilfe.

Einige Tage später verschrieb ein Arzt der schluchzenden Frau Beruhigungsmittel, die darüber jammerte, sie habe sich gerade selbst erniedrigt, indem sie mit ihrem Ehemann, der ein Schürzenjäger war, ein letztes Mal Sex gemacht hatte. Sie löste das Rezept nie ein, denn, so sagte sie später im Gefängnis, »ich hatte damals Angst, ich würde alle Pillen auf einmal schlucken«. Und über die Sexfrage wolle sie gar nicht sprechen.

In jener Woche riß sie sich zusammen, machte sich sorgfältigst zurecht und fuhr nach Beverly Hills zu Daniel Jaffe, dem Scheidungsanwalt, der Daniel T. Broderick III. angeblich die Stirn bieten konnte.

Sie engagierte ihn und erklärte ihm, daß Dan seinen Vorschuß von zehntausend Dollar bezahlen würde. Um ihren Handel mit Jaffe zu feiern, machte Betty erneut eine Rache-Einkaufstour. Dieses Mal kaufte sie einen gebrauchten Jaguar. Er kostete 15 000 Dollar.

Sie freute sich wie ein Teenager über ihren neuen Wagen. Später fuhr sie langsam am Haus ihrer Nachbarn Brian und Gail Forbes vorbei, um damit anzugeben. Gail war nicht da, aber Brian war zu Hause. Sie lud ihn zu einer Spritztour ein. Die Forbes waren seit Jahren mehr als alle anderen Paare in La Jolla eng in die Scheidung der Brodericks verwickelt. Brian, ein aufstrebener Anwalt bei Gray, Cary, kannte Dan seit seiner ersten Woche in der Firma. Gail war eine der engsten Freundinnen Bettys, so loyal, daß sie sich lange Zeit weigerte, Dan Broderick und seine neue Freundin in ihr Haus einzuladen.

Aber letztlich wurden beide erschreckend sensationslüsterne Zeugen der Anklage bei Bettys Prozessen. Neben anderen Details erinnerte sich Brian Forbes lebhaft an eine Bemerkung Bettys über Dan, als sie mit ihrem neuen Jaguar herumfuhren. »Sie sagte, sie würde ihm am liebsten die Eier abschießen«, sagte Forbes aus. Laut seiner Aussage hat er Betty für diesen Spruch getadelt. Worauf sie nur gelacht habe: »Nun, sie sind ohnehin viel zu klein, als daß man sie treffen könnte.« Selbst einige Geschworene mußten sich ein Lächeln verkneifen. Neben vielen anderen Lektionen war die Geschichte der Brodericks ein Beispiel dafür, daß ›Freundschaft‹ oft nur ein leichtfertig benutzter, flüchtiger Ausdruck ist. Einige von Bettys engsten ›Freundinnen‹ – die meisten von ihnen Frauen von Anwälten, die mit Dan befreundet waren – sprachen weder mit der Verteidigung noch mit der Anklagevertretung, aus Angst, ihren Ehemännern zu schaden. Statt dessen hüllten sie sich in Schweigen oder sagten für die Anklagevertretung aus, wie Gail Forbes und Helen Pickard.

In der Woche, nachdem Dan Betty alles ›gebeichtet‹ und sein Gewissen erleichtert hatte, nahm er Linda mit zur jährlichen Oktoberfest-Party seines Bruder Larry nach Denver, und danach fuhren sie zum Notre-Dame-USC-Spiel nach South Bend. Es war das erste Spiel, das Betty verpaßte, seit sie Dan kennengelernt hatte.

Zum Ende des Monats Oktober schrieb sie auch an ihre Schwiegermutter, an dieselbe Frau, die ihr ein Jahr zuvor gesagt hatte, Dan würde sie niemals verlassen:

Liebe Yo,

Ich fühlte mich jetzt ein wenig besser – (aber ich fühle mich immer noch völlig überrollt) –, weil mir Dan nach all dieser Zeit ENDLICH die Wahrheit gesagt hat. Wie ich die ganze Zeit schon wußte, schläft er seit über 2 JAHREN mit seinem billigen Büromädchen. Er hat außerdem versucht, aus mir eine Verrückte zu machen, damit er sich nicht so schlecht fühlte, als er unsere Familie zerstörte. Larry wußte von der ganzen Sache und half dabei, sie zu vertuschen und zu unterstützen.

Ich kann nicht glauben, daß er so weit gehen konnte.

- Er hat jetzt die Scheidung eingereicht.
- Erwirkt Zwangsverfügungen gegen mich, um mich von meinem Haus fernzuhalten.
- Hat mich wegen Mißachtung des Gerichts anklagen lassen und will mich einsperren lassen.

Was ist aus dem wundervollen Mann geworden, den ich geheiratet habe? Er ist völlig durchgedreht.

Gibt es etwas, das du und Dad tun könntet?

In Liebe, Bets

Sie bekam nie eine Antwort. Und ihre eigene Familie wollte einfach nichts von ihren Schwierigkeiten hören. Bei der Geburtstagsfeier ihres Vater im Mai »wurde ich ermahnt, vor ihren Freunden nicht über meine Ehe zu sprechen – zu lügen, so zu tun, als sei alles in Ordnung«.

Nach ihrem Notre-Dame-Trip verbrachten Dan und Linda das erste Wochenende im November in San Francisco. Jetzt waren sie ganz offen ein Paar. Er hatte die Scheidung eingereicht, er hatte gebeichtet, daß er fremdgegangen war, jetzt würde er sein Leben fortführen – und Betty war zu Hause in La Jolla und kümmerte sich um die Kinder. Das machten sie jetzt aus ihr –

ihren Babysitter, wann immer es ihnen ins Konzept paßte.

An diesem besonderem Tag im Herbst stand Betty einmal mehr in ihrem alten Haus am Coral Reef und warf einen Blick in Dans Kühlschrank. Bei ihr zu Hause barst der Kühlschrank immer vor lauter leckeren Dingen. Für Betty war ein gut gefüllter Kühlschrank gleichzusetzen mit guter Elternschaft. Als Mutter erfüllte sie ihr Kühlschrank mit Besitzerstolz. Kinder sollten zu jeder Stunde gesunde, leckere Dinge im Kühlschrank vorfinden. Essen bedeutete Wärme, Essen bedeutete Liebe. Das hatte sie immer geglaubt.

Aber jetzt . . .

Sie starrte in Dans Kühlschrank. Es war eine Schande. Nichts Leckeres zu essen darin. Nur das Nötigste. Gefrorenes Fleisch, Milch, ein wenig Gemüse. Nicht einmal eine Schachtel Knusperweizen. Keine gefrorenen Yoghurtriegel.

Aber eine Flasche Champagner.

Nicht Dans Geschmack, wußte sie. Er trank am Wochenende lieber eine Flasche billigen, französischen Wein.

Daher konnte sie nur dem Flittchen gehören. Champagner für das Flittchen, aber keine leckeren, guten Snacks für die Kinder . . .

Na gut.

Sie nahm die Flasche und schleuderte sie durch ein Glasfenster. Das Fensterglas schien vor Schreck einen Moment innezuhalten, als sich ein Netz aus Rissen um das Loch herum bildete, das die Flasche geschlagen hatte. Dann rutschte die ganze Scheibe herunter und zerbarst auf dem Boden. Es sah wirklich hübsch aus. »Es war lustig!« sagte sie später. Seit sie seine Kleider zwei Jahre zuvor verbrannt hatte, hatte sie nicht mehr so viel Befriedigung verspürt. Was Betty Broderick entdeckt hatte, wie so viele Frauen, ist, daß es guttun kann, Dinge zu zerschlagen, wenn alles andere nicht wirkt. Sie hatte ihre eigene erweiterte Form der Urschreitherapie entdeckt, ohne dafür einen Psychologen bezahlen zu müssen. Sie hatte die Grenze zwischen der perfekten Mrs. Wunderbar zur Frau Leck-mich-doch überschritten.

Besser noch, sie hatte entdeckt, daß solche Aktionen seine Aufmerksamkeit erregten, selbst wenn er nicht mit ihr sprechen wollte oder den Telefonhörer einhängte, wenn sie loskreischte. Nachträglich fragten sich alle, die in diese Geschichte verwickelt waren, ob sie vielleicht anders geendet hätte, wenn Dan Broderick auf Bettys erste Wutausbrüche mit mehr Toleranz reagiert oder einfach alle ignoriert hätte, so wie Eltern die Wutanfälle ihrer Kinder ignorieren. Aber Dan war wie ein Vater, der zu immer härteren Strafen griff.

Dennoch schien er manchmal wieder ihre Hoffnungen, die Ehe sei noch nicht beendet, auf grausame Weise zu nähren – während er gleichzeitig ständig darauf verwies, wie verrückt sie sei.

Einige Wochen nachdem er ihr endlich von Linda erzählt hatte, versuchte er es beispielsweise auf die freundliche Tour und überredete sie dazu, ihn zu einem Psychiater zu begleiten. Der Zweck dieses Besuchs ist bis heute unklar. Vor dem Scheidungsrichter sagte Dan später, er habe nur versucht, Betty professioneller Hilfe zuzuführen, weil ihr ›zerstörerisches Wüten‹ ihn beunruhigt hätte. »Ich wußte nicht, was ich tun sollte«, sagte er vor Gericht. »Ich wollte nicht, daß man dich ins Gefängnis steckt. In Wirklichkeit wollte ich, daß du Rat von einem Psychiater bekommst, damit du mit deiner Wut umgehen konntest.« Er sei an jenem Tag nur mitgekommen, damit *sie* dorthin ging, sagte er.

Bettys Version klingt ganz anders. Laut ihrer Aussage machte Dan sie absichtlich glauben, sie würden zusammen einen Therapeuten aufsuchen, der ihnen Eheberatung geben würde. Deshalb war sie glücklich mitgegangen. Aber sobald sie im Büro des Arztes saßen, wurde ihr sofort klar, daß nur sie allein ›behandelt‹ werden sollte, nicht sie als Paar. Wütend verließ sie das Zimmer. Später entschied sie, dies sei nur ein weiterer von Dans hinterlistigen juristischen Schachzügen gewesen: Er hatte nur versucht, sie dazu zu bringen, sich einem Therapeuten seiner Wahl anzuvertrauen, der dann später als Zeuge für Dan beim Scheidungsprozeß aussagen würde, um seine verrückte Frau noch mehr zu belasten.

Schon damals, drei Jahre bevor die Brodericks sich vor dem Scheidungsrichter trafen, bekam Betty Broderick, deren Welt in Scherben lag, das Gefühl, langsam verrückt zu werden.

Ohne Zweifel fühlte auch Dan Broderick sich aus dem Gleichgewicht gebracht.

Und er würde ihr keinen Schritt weiter entgegenkommen. Geduld war nicht Dans starke Seite. Er war es leid, daß sie sich weigerte, sich wie eine Erwachsene zu benehmen. Dan Broderick entschied, daß der einzige Weg, seine Frau zu zähmen, jetzt in der Domäne des Gerichts zu finden sei. In seiner Domäne.

Seine Waffe war ein juristisches Verfahren namens Gerichtliche Verfügung zur Vorbringung von Einwendungen.

Das Sperrfeuer begann im November, zwei Tage vor ihrem achtunddreißigsten Geburtstag. Das erste Mal drehte es sich um das Chaos mit dem Bostoner Crèmekuchen und die zerbrochenen Fenster. Mit der Zeit verlängerte sich die Liste um geschleuderte Toaster, einen zerstörten Knopf an der Stereoanlage, einen kaputten Schlafzimmerspiegel, noch mehr Fenster und unzählige weitere, ähnliche Tätlichkeiten gegen sein Eigentum. Kein Zwischenfall war zu gering, um seiner Aufmerksamkeit zu entgehen. Noch vier Jahre später war er vor dem Scheidungsrichter in der Lage, jeden noch so kleinen Schaden aufzuzählen, der in jenen Herbstmonaten vor so vielen Jahren verursacht worden war: »Du hast mit dem Hammer ein Loch in eine Wand gehauen«, beschuldigte er sie. »Du hast den Anrufbeantworter mit dem Hammer zerschlagen. Bei einer anderen Gelegenheit hast du die gläsernen Schiebetüren zertrümmert. Du hast die Tapete in mehreren Zimmern mit Farbe besprüht, einschließlich des Kamins. Du hast den Fernseher kaputt gemacht ... Du hast die Plexiglashaube der Stereoanlage zerstört, bei einer anderen Gelegenheit hast du das Vorderfenster des Hauses zertrümmert ...«

Zudem habe es seine Frau unmöglich gemacht, so erklärte er dem Richter, daß er seine Kinder zu ihr nach La Jolla Shores bringen konnte, ohne eine peinliche Szene zu riskieren. Einmal, so beklagte er sich, hatte sie »einen Stein nach meinem Auto geworfen«. Bei anderer Gelegenheit »riß sie die Antenne meines Wagens ab ... Sie versuchte, die Tür zu weit aufzureißen, daß sie aus den Scharnieren riß. Das tat sie zwar nicht, aber ein Stück mußte neu lackiert werden ...«

Betty gibt einiges davon zu, aber den Rest streitet sie beinahe amüsiert ab. »Was für ein Bockmist, er ist solch ein Lügner«, sagte sie später im Gefängnis. »Woher sollte ich einen Stein bekommen? Unser Hof bestand aus Gras und Beton. Und wir wollen doch mal logisch sein: Glauben Sie, ich bin stark genug, um eine Autotür aus ihren Scharnieren zu reißen?«

Wie auch immer, in dem Bemühen, ihm seine neue Macht über sie zu nehmen, hörte sie prompt mit diesem Vandalismus auf. In den nächsten Monaten gab es also auch keine gerichtlichen Verfügungen mehr – bis sie auf seinem Anrufbeantworter Botschaften hinterließ, die von einfach nur böse bis obszön rangierten, so daß Schwester Claire Veronica in Ohnmacht gefallen wäre, hätte sie sie gehört.

Es kam ihr nie in den Sinn, daß sie allein für Worte bestraft werden könnte. Natürlich hatte sie da wieder einmal unrecht. Ihre Nachrichten stellten sich als Dans ergiebigste Quelle für gerichtliche Verfügungen heraus. In den nächsten drei Jahren quoll Betty Brodericks Küchenkalender über vor lauter Gerichtsterminen – Verfügung überbracht, verfolgt, eingestellt und angehört. Sie wurde ermahnt, verwarnt, mit Bußgeld belegt, zweimal inhaftiert und erneut verwarnt. Aber sie konnte, sie würde nicht aufhören. Er würde ihr diese letzte kleine Waffe nicht entreißen. Was war mit der Freiheit der Rede in diesem Land? Sollten sie ihr doch die Zunge herausschneiden. Manchmal weigerte sie sich sogar, vor Gericht zu erscheinen.

Dan beschloß, das Haus am Coral Reef zu verkaufen und in ein anderes Haus in der Innenstadt zu ziehen – ein Haus, das ihm gehören würde, nicht ihr. Betty hielt diesen Gedanken zunächst für ein Lippenbekenntnis und schlug sogar einen Makler aus La

Jolla vor, doch in den nächsten Wochen mußte sie ihre Meinung ändern.

Am Tag vor Thanksgiving ließ Dan Betty in einem Brief wissen, daß er am 3. Januar in sein neues Haus ziehen würde. Bis dahin sollte sie ihn darüber informieren, welche Möbelstücke sie aus dem Haus am Coral Reef behalten wollte. Alles, was sie nicht für sich beanspruchte, »will ich mitnehmen oder verkaufen«.

Es handelte sich hier nicht um eine normale Transaktion. Er legte seine Anweisungen pingelig bis ins kleinste Detail fest:

›Ich werde dafür sorgen (für die Übergabe der Möbel), sobald du mir die SCHRIFTLICHE Liste deiner Wünsche gegeben hast. Ich weiß wohl, daß du den Schreibtisch haben möchtest, den Schrank und das Zweiersofa, aber ich bin mir nicht sicher, was das Klavier angeht, die Couch aus dem Wohnzimmer, die Eßecke, das Zinnbesteck, den roten Sessel und den Hocker, die pinkfarbenen Drehstühle ... die kleinen Sofatischchen, die Tischlampen, den Serviertisch, das chinesische Schränkchen aus dem Eßzimmer ...‹

Dann, vorwurfsvoll: ›Seit Juni bitte ich dich, mir SCHRIFTLICH mitzuteilen, wieviel Geld du voraussichtlich für die Arbeiten an deinem Haus und für die Möbel brauchst. Aus Gründen, die ich nicht im entferntesten verstehe, nennst du mir diese Zahlen nicht. Folglich lebst du weiterhin in einem Zustand relativen Mangels. Warum du dir das selbst antust, liegt außerhalb meines Begriffsvermögens, aber wenn du bereit bist, damit aufzuhören, schick mir die Kostenaufstellung, und wir legen los ... Mit freundlichen Grüßen, Dan.‹

›Fick dich. Ich habe die Kostenaufstellung seit Monaten fertig, aber du wirfst nicht einen Blick darauf‹, kritzelte sie unter seinen Brief. Jetzt boten ihr diese wütenden kleinen Bemerkungen, die er niemals zu sehen bekam, die wichtigste emotionale Erleichterung, da er mit ihr am Telefon nicht mehr sprechen wollte. Ihre Wut ärgerte ihn zu sehr. Auf sein Beharren hin fand jegliche Kommunikation zwischen ihnen nur noch per Post oder per Kurier statt – d. h. über die Kinder der Brodericks: Weil Dad nicht mit Mom sprechen wollte, waren sie gezwungen, als Vermittler zu fungieren, wenn sie ihre Wochenendbesuche in Bettys Haus arrangieren wollten. Manchmal ließ Dan sie gehen, manchmal nicht, je nachdem, wie Betty sich in der jeweiligen Woche benommen hatte. Und er gab seine endgültige Entscheidung niemals vor Donnerstag abend bekannt, sagten seine Töchter später aus.

Mittlerweile beklagten sich die Lehrer an der Francis-Parker-Schule darüber, daß sich die Leistungen der Broderick-Jungen seit der Trennung verschlechterten.

Danny und Rhett erschienen oft unangemessen gekleidet in der Schule, bei kaltem Wetter ohne Jacken, sagte später die Direktorin Beverly Dewart bei Bettys Prozessen aus. Daher stellte die Schule ihnen die Sachen aus dem Fundbüro zu Verfügung, sagte sie. Außerdem kam Rhett manchmal mit ›dickem Schmutz hinter den Ohren und mit schmutzigen Haaren‹ zur Schule und trug oft mehrere Tage hintereinander dieselben Sachen, fuhr sie fort. Und manchmal waren die Jungen ganz offensichtlich so krank, daß sie sich im Schwesternzimmer hinlegen mußten, bis einer der Eltern sie abholen kam. Besonders Rhett schien ständig schwer erkältet zu sein, bezeugte Dewart. In solchen Fällen rief die Schule zunächst Dan an, da er das Sorgerecht hatte, aber er war oft nicht erreichbar. Dann riefen sie Betty an, die, wie Dewart sagte, immer sofort erschien, um das kranke Kind abzuholen.

Dann kam die Weihnachtszeit, Bettys Lieblingszeit des Jahres, der Monat, in dem sie früher traditionell ihre großartigen Kinderparties gegeben hatte, in dem sie zwölf Stunden am Tag geschäftig gewesen war, durch La Jolla raste und von allem das Beste kaufte, von bunten Birnen für den Baum bis zu purpurfarbenen Platzdeckchen und kandierten Äpfeln. Der Dezember war Bettys Monat.

Aber jetzt saß sie in ihrem Haus und fragte sich, was sie tun sollte. Dieses Jahr würde es keine Weihnachtsparty geben. So etwas war ein Familienfest, und sie hatte keine Familie mehr.

Aber, so dachte sie, sie würde die Kinder in jenem Jahr mit zum Skifahren nehmen, wenn Dan einwilligte. Das war auch eine Familientradition – in den vergangenen Jahren hatte die Familie nach ihrer Weihnachtsparty immer eine Woche beim Skifahren in Keystone, Colorado, oder in Park City, Utah, verbracht.

Dan willigte sofort ein. Tatsächlich diktierte er seiner Sekretärin in einem Brief vom 2. Dezember, sie möge die Kinder an jenem Weihnachten ›auf seine Kosten‹ nehmen. Aber wie immer wies seine Korrespondenz einen Befehlston auf. Er plante, am 21. Dezember selbst nach Park City zu fahren, schrieb er, und er hatte beabsichtigt, die Kinder mitzunehmen. Jedoch, ›wenn du sie lieber (auf meine Kosten) irgendwohin mitnehmen willst oder wenn du möchtest, daß sie über Weihnachten bei dir bleiben, so soll mir das recht sein‹. Aber, so fügte er hinzu, da die Zeit für Reisevorbereitungen nur noch kurz sei, ›laß mich bitte bis 17 Uhr am 6. Dezember wissen, was du vorhast. Mit freundlichen Grüßen, Dan‹.

Das war der Ausgangspunkt für eine weitere häßliche Szene. Betty sagt, sie habe seinen Brief erst am Nachmittag seiner Frist des 6. Dezember erhalten. Warum hatte der Hundesohn nicht einfach angerufen?

Zwar hätte das nichts geändert. Was jedoch etwas änderte, war das Geld. Dan bot ihr 2000 Dollar für die Reise. Den Rest müßte sie selbst bezahlen.

Sei nicht albern, sagte sie. Die Flugtickets, die Miete für die Wohnung und das Essen für sie und vier Kinder würde das Dreifache kosten, und das wußte er. Warum nur war er so wahnsinnig geizig?

Aber er weigerte sich, ihr mehr zu bieten.

Und Betty wollte sich nicht beugen. Sie war *viel zu* aufgewühlt. Es war *ihr gemeinsames* Geld. Es waren *ihre gemeinsamen* Kinder. Was gab ihm das Recht, die Bedingungen zu diktieren? Außerdem, wenn sie die Kinder nicht zum Skifahren mitnehmen konnte, hatte sie auch nicht vor, sie bei sich zu Hause zu unterhalten. »Warum sollten sie leiden müssen, weil er so ein geiziger Bastard ist?« fragte sie später. »Wenn er ihnen ihren traditionellen Skiurlaub vorenthalten wollte, dann sollten sie es auch *wissen*!«

Doch Dan enthielt ihnen die Weihnachtsreise nicht vor. Statt dessen nahm er alle vier mit auf seine Reise nach Park City. Mit Linda. Alle sechs verbrachten zusammen eine Woche in einer gemütlichen kleinen Dreizimmerwohnung, die er gemietet hatte. Es war das erste Mal, daß Dan sich mit Linda in Begleitung der Broderick-Kinder öffentlich zeigte.

Vermutlich hat kein anderer Zwischenfall in der gesamten Scheidung der Brodericks Betty mehr niedergeschmettert.

»Er *entführte meine Kinder*«, sagte sie im Gefängnis und schrie praktisch immer noch vor Schmerz. »Er nahm sie in eine Wohnung mit, wo *er dieses Flittchen vor ihren Augen fickte, und wir waren noch nicht einmal geschieden! Was glauben Sie, was mein Baby [Rhett] dachte?*«

Der Schock darüber brannte sich ihr so stark ein, daß sie bis heute den 28. Februar 1985, den Tag, als er sie verließ, nicht als Datum ihrer Trennung ansieht. Statt dessen ist das wirkliche Datum in ihrem Kopf der 21. Dezember, der erste Tag des Skiurlaubs.

Die Weihnachtszeit verbrachte Betty allein, rasend wie ein Tier, dessen Fuß in einer Falle steckt. Sie fuhr hinüber zum Haus am Coral Reef und dachte zum ersten Mal darüber nach, daß sie einige der Möbel für ihr leeres Haus mitnehmen könnte. Zwar würde es ihrem Verstand nie gelingen, den Sprung in ein neues Leben zu vollziehen, doch sie versuchte es. Sie würde weiterleben. Sie mußte. Sie war klug, sie war noch gar nicht so alt, sie war immer noch hübsch. Andere Männer würden sie haben wollen. Jawohl.

Sie starrte Dans Weihnachtsbaum an, mit den bunten Päckchen darunter. Sie beugte sich vor. ›Für Linda‹, stand auf einem. Es war eine große Schachtel, wie sie von Kaufhäusern geliefert werden. Irgend etwas zum Anziehen. Ein Pullover? Oder ein Nachthemd? Ihre Augen verschleierten sich, als sie es auseinanderriß. Sie riß noch einige andere Päckchen in Stücke, dann stand sie auf und warf etwas, sie kann sich nicht erinnern, was es war, in einen Spiegel an der Wand. Dann ging sie schluchzend hinaus und fuhr zu ihrem leeren Haus, wo sie mehrere Stunden lang allein vor ihrem Weihnachtsbaum saß, bis sie einschlief. Noch nicht einmal die Hunde leisteten ihr Gesellschaft. Auch sie waren bei Dan.

Bei seiner Rückkehr besah sich Dan den Schaden und erwirkte die dritte gerichtliche Verfügung.

Das war Weihnachten 1985. Das Finale entzündete sich an einem Geplänkel über einen Bund Kiefernzweige im Wert von 28,51 Dollar. Es war unklar, wer Adelaide's Blumenladen in La Jolla noch eine Rechnung schuldete. Sie war an Dan geschickt worden, doch der hatte sie prompt an Betty weitergeleitet. Sie warf kaum einen Blick darauf, bevor sie folgerte, der Hundesohn wolle sie die Blumen zahlen lassen, die er ihr zu Weihnachten aus dem Urlaub geschickt hatte. Sie schickte die Rechnung sofort zu ihm zurück. ›Ich will nicht für diese häßlichen Blumen zahlen, die du mir geschickt hast, bevor du mit deinem Flittchen abgereist bist‹, kritzelte sie darunter.

Mit einer typischen kalten Bestimmtheit schickte er sie sofort wieder zurück mit einer kurzen, getippten Notiz: ›Liebe Bets: ich schicke dir hier die Rechnung von Adelaide's zurück ... Ich habe es von Adelaide's Buchhalter überprüfen lassen, und sie hat mir mitgeteilt, daß es sich bei dieser Lieferung vom 14. Dezember um Arrangements aus Kiefern und Immergrün handelte, die an deine Adresse geliefert wurden. Zweifellos handelt es sich dabei um die Gestecke, die du links und rechts vom Tor aufgehängt hast. Angesichts dieser Klärung nehme ich an, daß du die Rechnung bezahlen wirst. Mit freundlichen Grüßen, Dan.‹

Sie bezahlte die Rechnung.

Als beinahe einzige Bekundung warmer Gefühle in diesen Festtagen 1985 erhielt Betty eine Karte von dem jungen Unternehmer für Bauzäune, den sie kennengelernt hatte. Sie war anrührend in ihrer unschuldigen Schlichtheit.

›Liebe Bets ... habe soviel Spaß gehabt an dir und deinen Späßen ... Ich bin sehr glücklich über unsere gemeinsamen Erlebnisse und hoffe, daß wir '86 noch mehr davon bekommen. Laß es mich wissen, wenn ich dir irgendwie helfen kann. Alles Gute für das beste Neue Jahr, das du je erlebt hast. In Liebe, Brad.‹

Guten Tag, Lady Bets

Das Haus, das Dan für sich selbst aussuchte, lag in einiger Entfernung von La Jolla. Es war ein großes Haus im Kolonialstil mit roten Klinkern, grünen Fensterläden und prächtigen weißen Säulen zu beiden Seiten der Vordertür, und es stand von der Straße zurückgesetzt, eingerahmt von zwei großen Eukalyptusbäumen, mit einer kreisförmigen Auffahrt, von ordentlichen Blumenbeeten eingefaßt. Es lag in einer Gegend, in der Menschen vieler verschiedener Rassen wohnten, am Rande von Balboa Park, und grenzte an einen Stadtteil, in dem hauptsächlich Homosexuelle lebten. Obwohl sein Haus eines von vier großen, alten Herrenhäusern in einer Sackgasse war, bestand die Nachbarschaft ansonsten zumeist aus kleinen, bescheidenen Häusern aus Holz oder im spanischen Stil, mit alten Autos vor der Tür, ungemähtem Rasen und hier und da einem Graffito. In Dans neuer Gemeinde war Perfektion nicht gefragt. Von seinem Hinterhof hatte er einen herrlichen Ausblick auf den Wasserlauf, der vor dem Park dahinfloß.

Betty war entsetzt, sowohl über das Haus als auch über die Nachbarschaft. Ironischerweise hatte Dan in besseren Zeiten einmal versucht, sie zu diesem Haus zu überreden, aber »ich weigerte mich, auch nur hineinzugehen. Es war *kein* Haus für Kinder ... Es gab kein Zimmer für die Familie, es gab noch nicht einmal einen Swimmingpool, und es lag Meilen von der Schule der Kinder entfernt«.

Und so verhinderte sie jetzt den Verkauf des Hauses am Coral Reef. Sie schwafelte herum, sie machte Ausflüchte, sie sagte, der Preis (325 000 Dollar) sei nicht in Ordnung. Sie beklagte, Dans Renovierung habe den wahren Wert des Hauses verringert. Sie nannte alle möglichen Gründe, nur den einen nicht: Das Haus am Coral Reef zu verkaufen würde bedeuten, das Ende ihrer Ehe einzugestehen. Coral Reef, das Heim der

Familie, war die letzte Verbindung zu früheren, besseren Tagen, als sie noch wußte, wer sie war. Ohne Dan, ohne ihre Familie hatte Betty keinerlei Identität.

Dans Interesse am Verkauf von Coral Reef war natürlich vernünftig: Er zahlte jetzt die monatliche Hypothek für drei Häuser – ihres, seines und ihr gemeinsames, das leer stand. Und, so sagte Kim später vor Gericht, »Dad dachte, wenn er in sein eigenes Haus einzöge, dann würde Mom vielleicht nicht dauernd kommen und Sachen kaputt machen, weil sie gefühlsmäßig nicht so sehr daran beteiligt wäre«.

Was folgte, war zum Teil Komödie, zum Teil Tragödie.

Einmal, als der erste Käufer bereit zum Unterzeichnen war, weigerte Betty sich einfach, die Papiere ordnungsgemäß zu unterschreiben. Der Käufer verließ ungeduldig das Haus. Erst Ende Januar tauchte der zweite Käufer auf – und dasselbe Spielchen begann von vorne.

Der Mann dazwischen war der Anwalt Dan Jaffe, der Betty bei den Verhandlungen vertrat – oder es zumindest versuchte. In einer letzten, absurden Episode flog Jaffe, nachdem der zweite Käufer gefunden worden war, nach San Diego und fuhr Betty zum Büro von Dans Anwalt, Thomas Ashworths, um die letzten Papiere vorzubereiten. Inzwischen hatte Jaffe eine Vereinbarung herausgeholt, nach der Dan Betty nicht nur die Hälfte des Verkaufspreises, sondern zusätzlich 18 000 Dollar zahlen sollte – ein Betrag, den sie für Reparaturen an ihrem neuen Haus verlangte. Jaffes Honorar sollte außerdem aus dem Erlös errechnet werden.

Als sie jedoch bei Ashworth' Büro ankamen, so sagte Jaffe später aus, weigerte sich Betty, aus dem Auto auszusteigen. Statt dessen mußte sich Jaffe in, wie er es nannte ›Pendeldiplomatie‹ üben. Er ging hinauf, sprach mit Dan und Ashworth, schloß den Papierkram ab, dann brachte er die Dokumente hinunter zum Auto, damit seine Klientin sie unterzeichnen konnte. Und Betty, die schließlich in die Ecke getrieben war, weigerte sich erneut: Sie müsse ›darüber nachdenken‹, sagte sie. Jaffe flog nach Los Angeles zurück, ganz ohne Zweifel wütender als je zuvor.

Am folgenden Montag erwirkte Dan einen Gerichtsbeschluß, der ihn ermächtigte, das Haus ohne Bettys Zustimmung zu verkaufen. Der Gerichtsbeschluß enthielt eine Verfügung, nach der Betty innerhalb von vier Stunden reagieren mußte, anderenfalls konnte Dan seinen Fall vor den Richter bringen, ob sie anwesend war oder nicht – und sie war nicht anwesend. Sobald der Richter überzeugt war, daß Betty unvernünftig handelte, wurde ein vom Gericht ernannter Beamter (oder Elisor) ermächtigt, an ihrer Stelle zu handeln, und unterzeichnete die für den Verkauf des Hauses erforderlichen Dokumente.

Dan Jaffe würde später aussagen, daß er Betty gewarnt hatte, solch eine Taktik sei in Fällen, wo ein Ehepartner den Verkauf eines Hauses blockierte, nicht nur üblich, sondern auch wahrscheinlich. Sie bestreitet bis heute, daß Jaffe sie jemals darüber informiert hat. »Was ist ein *Elisor*? Ich weiß es *immer* noch nicht.« Wieder einmal war Betty offensichtlich nicht in der Lage gewesen, richtig zuzuhören.

Sie war gerade in ihrer Küche und kochte ein ›grandioses Abendessen mit Braten und Kartoffelpüree‹, als Jaffe aus Beverly Hills anrief, um ihr mitzuteilen, daß das Haus am Coral Reef verkauft worden war. Die Jungen waren bei ihr, und ihre Eltern waren aus New York auf Besuch gekommen; außerdem hatte sie einen Sommergast aus Canada, Brian Burchell (strikt platonisch, betont sie).

Sie hängte den Telefonhörer auf und zögerte nicht eine Sekunde. Dieses Mal, das wußte sie im voraus, würde sie eine Riesenszene machen. Sie fühlte sich richtig krank, so aufgebracht war sie.

Sorgfältig drehte sie gewohnheitsgemäß die Hitze unter ihrem Braten kleiner und huschte an ihren Eltern vorbei, die im Wohnzimmer saßen. »Bin gleich zurück«, sagte sie heiter. Als sie in ihren Wagen einstieg, zitterte sie vor Wut. Das hätte nicht passieren dürfen. Trotzdem *war* es passiert. Ihr Ehemann, ihre Kanone von Rechtsanwalt-Ehemann, dieses arrogante Arschloch, hatte ihr Haus ohne ihre Zustimmung verkauft!

Sie schlängelte sich durch den Verkehr und kam vor seinem Haus mit kreischenden Reifen zum Stehen. Sie rannte fast zur Vordertür, hämmerte dagegen, wartete, hämmerte erneut dagegen, drückte die Klingel.

Er war nicht zu Hause, aber ihre beiden Töchter waren da. Sie warfen nur einen Blick auf ihre Mutter und wußten: um was immer es auch gehen mochte, es würde fürchterlich werden.

Inzwischen hatte Betty Angst, ohne Erlaubnis Dans Haus zu betreten, und so setzte sie sich auf die Vorderstufen und wartete.

Weniger als eine Stunde später bog Dan in die Auffahrt ein. Er näherte sich mit zusammengepreßten Lippen. Wo, so verlangte sie beinahe keuchend zu wissen, war ihr Haus? Wo war ihre Hälfte des Geldes? Und *wie konnte er es wagen, ihr Haus zu verkaufen*?

Dan Broderick betrachtete sie vorsichtig. Sie war nicht in Stimmung für ein besonnenes Gespräch, das konnte er erkennen. Und er war nicht in Stimmung, sie versöhnlich zu stimmen. Er war ihre Wutausbrüche leid. Also tat er, was er immer tat: Er forderte sie auf, sein Grundstück zu verlassen. Und er schlug ihr die Tür vor der Nase zu.

In rasender Wut fuhr sie hinüber zum Coral Reef, durchstöberte die Garage und fand einen Kanister Benzin. Sie entleerte ihn im Haus und legte Feuer. Doch noch bevor es mehr als nur einen kleinen Fleck auf dem Teppich versengen konnte, kam sie wieder zu Verstand. Warum brannte sie ihr eigenes Haus nieder?

Sie hörte auf damit, löschte die Streichhölzer und fuhr zu seinem Haus zurück. Aber dieses Mal parkte sie nicht an der Straße, sondern sie fuhr auf die Auffahrt, riß den Lenker scharf nach links und lenkte den Wagen auf den Rasen. Sie setzte zurück und wieder vor, bis ihr Wagen direkt auf die von weißen Säulen eingefaßte Vordertür zeigte.

Betty brachte den Motor auf Touren und kalkulierte ihren Angriff ganz genau. Später sagte sie: »Ich wollte gar nichts zerstören, und ich wollte meinem Auto auch keinen Schaden zufügen – weil ich wußte, der Bastard würde nicht für die Reparatur aufkommen.«

Außerdem war sie nicht weit genug entfernt, um richtig Geschwindigkeit aufzunehmen. Aber ihr Herz hing daran. Langsam, überlegt und wütend röhrte Betty Broderick über das gepflegte Gras, über die Auffahrt, auf die Veranda und fuhr mit ihrem Wagen voller Wucht in seine hübsche weiße Tür.

Dan, der in der Küche mit seinen Töchtern das Essen vorbereitete, erstarrte. »Wow, es hörte sich an wie eine Explosion«, erzählte Lee später. Kim meinte, es klang wie ›eine Kettensäge‹.

Dan rannte nach vorne und starrte auf die Tür seines Wohnzimmers. Im Gegensatz zu später aufkommenden Gerüchten lag sie nicht in kleinen Stücken auf dem Boden – sie hing nur schief in den Angeln. Er trat auf die Veranda und starrte verwundert seine Frau an, die hinter dem Steuer saß. Dieses eine Mal war seine Wut genauso heftig wie ihre, und sie kam genauso spontan.

Er griff in den Wagen, riß Betty nach draußen und schlug ihr mit der Faust gegen die Brust, so daß sie zu Boden ging. Lee versuchte, sich zwischen ihre kämpfenden Eltern zu werfen, »aber sie zerquetschten mich fast«. Laut Betty war dies das einzige Mal, das Dan sie absichtlich schlug.

Später wurde die Tatsache sehr hochgespielt, daß Betty auf dem Beifahrersitz ein Fleischermesser bei sich hatte. Laut ihrer Aussage war das purer Zufall – sie hatte es gerade an jenem Nachmittag gekauft, so sagte sie, zusammen mit einem neuen Müllkübel, der ebenfalls im Wagen lag. Doch änderte das nichts mehr. Zu jenem Zeitpunkt, Fleischermesser hin oder her, beabsichtigte Betty Broderick vermutlich nicht, ihren Ehemann zu töten, da sie noch nicht einmal das Ende ihrer Ehe akzeptiert hatte. Sie bezog nur einfach wütend Stellung.

Und jetzt würde Dan ebenfalls Stellung nehmen.

Er rief die Polizei – die kam, warf einen Blick auf die hysterische, weinende Frau, steckte sie in eine Zwangsjacke und fuhr sie in eine örtliche Nervenklinik zur Beobachtung. Sie trafen diese Entscheidung sowohl aufgrund Dans Empfehlung als auch aufgrund ihrer eigenen Überzeugung, daß Betty eine Gefahr für sich und andere darstellte. Als die Polizei Betty wegfuhr, erzählte Kim, »steckte Mom mir die Zunge raus«.

Ihre Eltern verließen am nächsten Morgen die Stadt, ohne sie im Krankenhaus zu besuchen. Sie waren wütend, sie schämten sich, und ihre Mutter fühlte sich krank. »Alles, was sie sagten, war ›Wie konnte sie uns das antun?‹« erinnerte sich Bettys Hausgast Brian Burchell. »Sie waren wirklich kaltherzig.«

Betty blieb zweiundsiebzig Stunden in der Nervenklinik unter Beobachtung; in dieser Zeit war sie gegenüber dem Krankenhauspersonal zumeist unkooperativ. Den Ärzten erzählte sie dasselbe, was sie seit mehr als einem Jahr auch allen anderen gesagt hatte: »Ich bin nicht verrückt – *er* ist es.«

Während sie im Krankenhaus war, rief Dan an, nicht aus Mitgefühl, sondern um sie zu fragen, was genau sie eigentlich wollte. Was würde ihre Angriffe auf sein Eigentum beenden? In jenem Augenblick war sie klar genug, um ihm eine Antwort zu geben: Sie wollte vierzigtausend Dollar zusätzlich zum Verkaufspreis des Hauses als Entschädigung für den Schaden, den der Bastard an ihrem Haus, ihrem Kopf und ihrem Leben angerichtet hatte. Er willigte sofort ein, wußte er doch ganz genau, daß er später bei der Aufteilung des gemeinsamen Besitzes jeden Cent zurückverlangen würde.

In einem Bericht des Krankenhauses, der später bei ihrem Mordprozeß vorgelegt wurde, wurde Betty wie folgt beschrieben: ›... gewohnheitsmäßige Fehlanpassung ... schlagfertig, oberflächlich, gleichgültig gegenüber den Gefühlen anderer ... theatralisches und unreifes Verlangen nach Aufmerksamkeit.‹ Sie stritt eine Selbstmordgefährdung ab, stand in dem Bericht, gab aber Mordgedanken über Dan und Linda zu. Die Schlußdiagnose des Arztes lautete, sie sei eine ›Borderline-Persönlichkeit ... theatralisch und narzistisch.‹

Als sie entlassen wurde, war es Burchell, der sie abholte und zu trösten versuchte. Aber niemand verstand die Tiefe ihrer letzten Demütigung. Welchen Ruf sie auch immer gehabt haben mochte, jetzt war er völlig zerstört. Überall in La Jolla wurde es bekannt – Betty Broderick *war* wirklich die »verrückte Betty«.

Um Salz in die Wunden zu streuen, schickte Dan ihr sogar die Rechnungen des Krankenhauses. Er würde sie schon die Verantwortung für ihre Taten lehren, und wenn es das letzte wäre, was er tat.

Den ganzen Frühling 1986 hetzte sie lebhafter, heiterer und trotziger als je zuvor durch La Jolla. Sie erzählte allen ganz genau, warum sie mit ihrem Wagen in seine Tür gefahren war: Der Bastard hatte ihr Haus unter ihrem Hintern weg verkauft – und die Gerichte hatten das zugelassen. Eine Frau, die geschieden wurde, hatte keine wie auch immer gearteten Rechte, wütete sie. Um das Unbehagen der anderen noch zu verstärken, hielt sie ihren Freunden Vorträge: Wenn es ihr passieren konnte, dann konnte es auch ihnen passieren.

Sie »wolle ihn töten«, erzählte sie überall, oder »ihm den Hals umdrehen«. Und den Richtern auch. Aber Betty sagte solche Dinge so oft, so spontan, daß niemand davon Notiz nahm – es waren nur Phrasen, Bettys Art zu reden. Aber warum konnte sie nicht still sein? Warum konnte sie sich nicht zu Hause verkriechen und dort ihre Verluste betrauern? Statt dessen war sie schamlos. Sie *wollte*, daß die ganze Welt wußte, wie Dan Broderick die Mutter seiner Kinder in die Klapsmühle gesteckt hatte. Niemand nahm sie mehr ernst. Schon bald erregte sie nur noch Mitleid.

Augenscheinlich sah Dan die Sache zeitweise genauso, denn nur eine Woche nach ihrer Entlassung aus dem Krankenhaus schickte er seine Kinder für einen einwöchigen Skiurlaub nach Keystone zu ihrer Mutter. Und er wollte die Reise sogar komplett bezahlen.

Vielleicht fühlte er sich schuldig, vielleicht wollte er auch eine schreckliche Situation bereinigen – seine Freunde sagen, sogar Dan war schockiert über die plötzliche Abreise ihrer Eltern, während sie noch in der Nervenklinik lag. Wie auch immer, obwohl sie das Angebot annahm, versetzte sie seine Geste nur noch mehr in Wut und verletzte sie. Einmal mehr demonstrierte dieser Count DuMoney seine Großzügigkeit – zu seinem eigenen Vergnügen. *Wo war ihr gerechter Anteil? Wo hatte sie bei dieser Scheidung eine gleichberechtigte Stellung*?

Während sie mit den Kindern in Keystone war, setzte Dan, bezeugt von Linda Kolkena, seinen letzten Willen auf, in dem er all seinen Besitz seinen vier Kindern hinterließ. Später beharrten seine Freund darauf, er habe immer gewußt, daß Betty Mordgedanken hegte.

Neben dem Geld, das sie in jenem Frühjahr aus dem Verkauf des Hauses am Coral Reef bekam, erhielt Betty noch weitere 16 000 Dollar von Dan, der ihre Mitgliedschaft im Fairbanks Country Club verkauft hatte – wieder einmal, ohne sie vorher zu fragen. Sie schäumte vor Wut. Andererseits munterte sie dieses Geld von Dan auch wieder auf. Obwohl sie schließlich merkte, daß die Dinge anders lagen, glaubte sie zu jenem Zeitpunkt ganz offensichtlich, das Geld sei eine Art Geschenk, ein Zurschaustellen von Großzügigkeit seitens des abtrünnigen Ehemannes, Entschädigung für seine Sünden.

Ahnungslos fuhr sie fort, ihr eigenes finanzielles Grab zu schaufeln. Seit Dan am 28. Februar 1985 fortgegangen war, war ihr Anteil am gemeinsamen Besitz kontinuierlich geschrumpft. Aber erst, als sie schließlich vier Jahre später vor den Scheidungsrichter trat, verstand sie in vollem Umfang, welches die finanziellen Verbindlichkeiten einer Ex-Frau sind. Sie erfuhr von dem, was man in Kalifornien Epstein-Kredit nennt. Zwar hat er verschiedene Namen, doch die meisten Staaten, in denen es eheliches Gemeineigentum gibt, haben heute ein Äquivalent. Es stellt, einfach ausgedrückt, ein Mittel dar, mit dem der unterstützende Ehepartner, wenn die Scheidung endlich vollzogen ist, den abhängigen Partner auf die Hälfte aller gemeinsamen Schulden verklagen kann, und zwar nicht ab Scheidungsdatum, sondern ab Zeitpunkt der Trennung. Epstein-Kredite würden Betty später fast eine halbe Million Dollar von ihrem Anteil an dem Reichtum kosten, den sie ihrem Ehemann aufzubauen geholfen hatte. Epstein-Kredite sind nur ein weiterer Grund, warum sie ihn getötet hat.

Aber zu jener Zeit nahm sie »einfach an, daß die Gerichte mir automatisch die Hälfte von allem zusprechen würden, was wir besaßen – ich dachte, darum geht es bei den Gesetzen über eheliches Gemeineigentum«.

In der Zwischenzeit weigerte sich Dan, die Anzahlung von 10 000 Dollar an Jaffe zu zahlen, obwohl er wußte, daß er jeden Cent zurückerhalten würde, den er Betty vorgeschossen hatte. Statt dessen, so gab er später bei der Scheidungsverhandlung zu, sagte er zu Betty: »Bezahl ihn selbst.« Warum er solch eine starrköpfige Haltung einnahm, während er doch ständig behauptete, er wolle eine rasche Lösung, kann man nur vermuten. Doch die Theorie, die am meisten Sinn ergibt, ist Bettys: Dan Broderick, selbst Anwalt, erkannte ein Problem, wenn er es sah. Er wollte nicht, daß Jaffe in seinen Finanzen herumschnüffelte. Jaffe, anders als Bettys nächster Anwalt, war in der Lage, ihn übers Ohr zu hauen, und das wußte er.

Doch zu jener Zeit war Betty das egal. Sie war sogar glücklich. Wenn Dan die Scheidung wollte, sollte er dafür zahlen. Und wenn er nicht zahlte, wollte er sie vielleicht gar nicht.

Und anstatt also Jaffe selbst einen Scheck zu schicken, um ihn für ihren Fall zu behalten, tanzte sie den ganzen Sommer durch La Jolla und beschwerte sich überall, daß Dan noch nicht einmal ihren Anwalt bezahlte. Und sie würde Jaffe nicht selbst bezahlen, da sie ja noch nicht einmal eine Scheidung wollte.

Jaffe, der gar nicht wild darauf gewesen war, eine Scheidungssache in San Diego zu übernehmen, wurde dadurch nicht glücklicher.

›Ich gebe zu, ich habe mich zur Übernahme des Falles überreden lassen in der Hoffnung, daß irgendein Familienanwalt aus San Diego zur Vertretung von Mrs. Broderick in diesem Fall herbeieilen würde‹, schrieb er an Dans Anwalt Ashworth im Januar 1986. ›... [Aber] da es so aussieht, als würde Mrs. Broderick mein Büro zu Rate ziehen, wenn sie kompetenten Rat braucht, bin ich bereit, weiterzumachen und sie bei Zahlung von 10 000 Dollar Anzahlung zu vertreten, zahlbar durch Mr. Broderick ...‹

Im April war Dan Jaffe, immer noch ohne Honorar, der ganzen Spielchen müde. Zu jenem Zeitpunkt war er genauso ärgerlich auf Betty wie Dan.

›Tom Ashworth hat nicht auf meine Anfragen geantwortet, was mit Ihnen los sei‹, schrieb Jaffe an Betty. ›... Es ist klar, daß Sie immer noch keinen Anwalt wollen und daß es einfach keine Möglichkeit für mich gibt, Ihnen in dieser Angelegenheit zu helfen.‹ Sie antwortete nicht, und einige Tage später legte er den Fall offiziell in einem Brief nieder.

›Ich werde nicht mehr als Ihr Anwalt auftreten, da ich keine Anzahlung von Ihnen erhalten habe‹, schrieb er. Aber er versuchte noch einmal, Betty zu warnen, sie habe den Weg in die Katastrophe eingeschlagen: Dan Broderick und sein Anwalt trieben die Scheidung voran. Wenn sie sich nicht darum kümmerte, würde die Scheidung in Abwesenheit verhandelt – genau wie der Hausverkauf würde sie mit oder ohne ihre Mitwirkung durchgezogen.

Doch Betty konnte nicht hören. Mit der Zeit würden drei weitere Anwälte gegen dieselbe Mauer von Betty Brodericks blinder Sturheit laufen. Sie engagierte einen nach dem anderen und feuerte sie wieder.

Zwischenzeitlich war Dan im April damit beschäftigt, sie dazu zu bewegen, seinem Vorschlag der Scheidungsvereinbarung zuzustimmen. In einem freundlichen Brief, der mit ›Liebe Bets‹ begann, legte er seinen Plan offen, der im wesentlichen gemeinsames Sorgerecht für die Kinder vorsah, mit ›vorrangiger Sorgepflicht durch mich und angemessenem Besuchsrecht für dich‹. Er würde für die Kinder keinen Unterhalt bezahlen, jedoch weiterhin für 9036 Dollar monatlicher Unterstützung für sie aufkommen, bis ›auf weitere Verfügung des Gerichts‹. Was ihr Eigentum anbelangte, bat er sie, seine Schätzungen des gemeinsamen Vermögens zu akzeptieren, einschließlich seiner Bewertung seiner Anwaltspraxis.

Nach seinen Zahlen würde sie die Hälfte des Eigentums bekommen, oder 334 000 Dollar; zusätzlich würde er ihre gemeinsamen Schulden in Höhe von 345 000 Dollar übernehmen, doch als Ausgleich sollte sie keinerlei Anspruch auf seine Multimillionen-Dollar-Praxis erheben. Jedoch, so fügte er in einem Anfall von Vernunft hinzu, ›ich glaube, du solltest in gewissen Umfang auch das Recht auf einen Teil der Honorare bekommen, die ich in Zukunft aus meiner Arbeit in jener Zeit erhalte, als wir verheiratet waren und zusammen gelebt haben.‹ Aber er beabsichtigte, vierzig Prozent pauschal von diesen Honoraren abzuziehen, dann den Rest anteilsmäßig aufzuteilen je nach der Zeit, die sie zusammengelebt hatten, während er an dem Fall arbeitete. Natürlich, so gestand er ein, sei der Abzug von vierzig Prozent willkürlich und basiere auf seinen Berechnungen.

Dann gab er ihr ein praktisches Beispiel: ›Nehmen wir an, ich habe ein Honorar von 600 000 Dollar erhalten und zwei Drittel der Summe also 400 000 Dollar seien Gemeinschaftseigentum. Von diesen 400 000 Dollar würde zunächst die Pauschale abgezogen, so daß 240 000 Dollar übrigblieben. Deine Hälfte betrüge 120 000 Dollar. Von diesen 120 000 Dollar dürfte ich alles abziehen, was ich dir bis zu jenem Zeitpunkt an Unterstützung gezahlt hätte. Mit anderen Worten, wenn du sechs Monate lang Unterstützung bekommen hättest, die noch nicht in früheren Zahlungen berücksichtigt wurden, dann würden diese hypothetischen 120 000 Dollar um sechs mal 9036 Dollar gekürzt, also um 54 150 Dollar.‹ Kurz, von seinem 600 000-Dollar-Fall bekäme sie 65 000 Dollar.

Er drängte sie, ihn bald wissen zu lassen, ob dieser Vorschlag für sie annehmbar sei, und unterschrieb mit ›Beste Grüße, Dan‹.

»Ich wußte nicht, was zum Teufel das bedeutete«, sagte sie später, »aber ich *wußte*, es hörte sich so an, als sollte ich ordentlich übers Ohr gehauen werden.«

Wie sich herausstellen sollte, war dies das großzügigste Angebot, das sie jemals von Dan Broderick bekam.

Sie ignorierte es. Sie ignorierte auch einen früheren Brief von ihm, den er im März geschrieben hatte und in dem er ihr mitteilte, er habe die Absicht, eine Scheidung mit Abtrennungsverfügung zu erreichen. »Dadurch wird das Gericht ermächtigt, die Verhandlung über unseren ehelichen Status von der Verhandlung über das Eigentum zu trennen«, erklärte er ihr. »Das ist in Fällen mit komplexen Eigentumsverhältnissen allgemein üblich.« Mit anderen Worten, er wollte die Scheidung jetzt, und die Eigentumsvereinbarung würde später stattfinden – Jahre später, wenn möglich. Sie ignorierte auch diesen Brief. Er konnte sich nicht von ihr scheiden lassen, wenn sie keinen Anwalt hatte und nicht an der Verhandlung teilnahm.

Betty Broderick machte den Frauen keine Ehre. Statt sich wie eine vernünftige weibliche Erwachsene zu verhalten, die für ihr Leben die Verantwortung übernahm, gab sie sich lieber wie das hilflose kleine Mädchen, zu dem sie von Geburt an erzogen worden war. Manche Gewohnheiten wird man nur schwer wieder los.

Zu ihrem Unglück spielte sie nun gegen einen Meister. Dan Broderick hatte seit dem Tag, an dem er sie verlassen hatte, dafür gesorgt, daß seine Interessen gewahrt blieben. Aber das merkte sie erst – wenn überhaupt – fast drei Jahre später, als die Broderick-Scheidung endlich vor Gericht kam und als sie in einem Akt der Dummheit, des blinden Vertrauens und der Arroganz, wie eine Frau ihn beispielloser nicht zeigen konnte, ohne Anwalt in den Gerichtssaal marschierte und sich selbst bei dem vertrat, was ihre finanzielle Enthauptung bedeuten sollte. Sie kam mit einer Belohnung von 28 000 Dollar wieder heraus, während er seine Multimillionen-Dollar-Praxis für sich behielt. Bettys Modus operandi in dieser ganzen Geschichte brachte selbst eine gemäßigte Feministin zum Weinen.

Wohin sie sich in diesen ersten Monaten des Jahres 1986 auch wandte, überall gab es für eine abgelegte Frau etwas Neues zu lernen. Nach Aussage ihrer Freunde sollte sie ›ausgehen und neue Männer kennenlernen‹. Sie sollte einen Job annehmen, die Kinder zurückholen, zur Schule gehen, ihre Rechnungen bezahlen, gut haushalten, einen preiswerten Gärtner einstellen. Sich lösen, ihn gehen lassen, sie alle ignorieren. Erwachsen werden, Klasse zeigen, über allem stehen. Cool bleiben. Spaß haben. Ein neuer Mensch werden. Nicht mehr Betty Broderick sein.

Aber sie unternahm nur einige winzige Schritte.

Sie bekam einen Teilzeitjob in der Simic Art Gallery in La Jolla Village. Und er gefiel ihr. »Es war Massen-Kunst, also brauchte ich noch nicht einmal etwas von *richtiger* Kunst zu verstehen«, sagte sie später im Gefängnis. »Aber ich hatte Spaß. Ich konnte meine vielen hübschen Kleider tragen und jeden Tag Leute sehen, und die Arbeitszeit war flexibel genug, daß ich noch genügend Zeit für meine Kinder hatte, wenn sie aus der Schule kamen. Es gefiel mir – und der Besitzer [Mario Simic] war echt sexy.« So sprach Betty über gutaussehende Männer. Wie ein Teenager.

»Und Brad holte mich jeden Abend nach der Arbeit ab«, erzählt sie. Dann aßen sie bei Alphonso's Enchiladas oder fuhren an den Strand, um Krabben zu essen.

Seht her, seht her, lautete ihre Botschaft. Ich *lebe* mein Leben weiter. *Mir geht es gut! Ich bin nicht verrückt, aber er! Jetzt laßt mich in Ruhe!*

Sie war in Ordnung. Jawohl.

Aber Brad war nicht in Ordnung. Und würde es auch nie sein. Richtig, er sah gut aus, er war süß, und er hatte auch etwas vorzuweisen. Er war gebildet, er hatte die USC-Business School abgeschlossen und, so fügt sie mit einem gewissen Stolz hinzu, er hatte die richtige Erziehung. Seine Eltern, wohlhabende Pensionäre aus Pasadena, hielten sich an die Etikette. Er kannte sich nicht nur mit Wein aus, sondern schwenkte ihn auch einige Zeit im Glas, während der Kellner neben ihm darauf wartete, daß er den Wein probierte. Betty liebte ganz besonders seine Mutter Kay.

Brad war in den nächsten qualvollen Jahren auch ihr bester Freund. »Einmal, so mittendrin«, erzählte sie später, »hatte ich versucht, mit meinen Eltern darüber zu reden, was mit mir geschah, und sie hörten nicht zu. Also lag ich im Bett und heulte mir die Augen aus; und Brad kam herein und hielt mich einfach fest, als ich weinte, und er sagte kein Wort. Niemand hatte das je zuvor getan . . .«

Aber Brad war nicht Dan. Er war nicht so klug, er war nicht reich, und ihm fehlte die Eleganz. Um Gottes willen, er verbrachte seine Tage damit, Baugruben zu vermessen und die Vorteile von Viereck-Geflecht gegenüber Stahlgitter zu diskutieren und in seinem bescheidenen kleinen Unternehmen für Bauzäune eine Handvoll Arbeiter zu beaufsichtigen. Daneben galt seine Hauptleidenschaft dem Segeln. Was noch viel schlimmer war, er war sechs Jahre jünger als sie. Betty Broderick war nicht Cher. Sie fand sich in der doppelten Moral ihrer altmodischen Erziehung gefangen – die besagte, daß Frauen immer Männer heirateten, die ein, zwei vielleicht auch fünf Jahre älter waren. Nicht mehr, nicht weniger. Wie Dan, drei Jahre älter – das war perfekt. »Ich weiß, sechs Jahre ist nicht viel. Aber er wirkte so viel jünger. Er hatte keine Lebenserfahrung. Er war einfach so unschuldig, er war immer wie mein Achtjähriger.«

Sie ist auch heute noch verlegen wegen ihrer Liaison mit Wright. Sie bedeutete Abstieg. In den Augen der anderen Frauen in La Jolla konnte sie es sehen. Es gehörte zu Bettys fatalsten Mängeln, daß sie so viel Wert auf die Meinung anderer Leute legte.

»Ich erinnere mich, wie Brad mich einmal zu einer wichtigen Wohltätigkeitsveranstaltung begleitete«, erzählte sie später. »Ich fühlte mich so dumm, gescheitert und alt. Da war ich, fett, in meinem häßlichen Matronenkleid, mit diesem jungen, sexy Mann, diesem süßen Burschen, aber er war ein *Niemand*. Ich fühlte mich wie ein Trottel, und alle taten so, als existierten wir gar nicht.«

Um sicherzugehen, daß niemand glaubte, sie wechsele dauernd die Männer, erzählte Betty mehreren Freunden, Brad sei schwul.

Brad Wright war nicht schwul. In Wirklichkeit hatte Wright das anständige katholische Mädchen dazu gebracht, mit einem anderen Mann als Dan zu schlafen, und ihm zufolge gefiel es ihr gut.

Betty war stocksauer, weil Brad darüber gesprochen hatte. Bis zum heutigen Tage kann sie nicht zugeben, daß sie jemals Spaß an Sex mit einem Mann hatte.

Aber, so beharrt sie, Sex mit Dan war immer besser, »weil Brad nicht mein Ehemann war. Bei Dan hatte ich zumindest das Gefühl, das es *richtig* war, wenn es auch nicht viel Spaß gemacht hat.«

Selbst nachdem Dan sie verlassen hatte, nachdem sie geschieden worden war, nachdem sie sich hatte sterilisieren lassen, nachdem sie endlich frei von Angst vor einer Schwangerschaft war, überschritt Betty nie die Schwelle zur sexuellen Befreiung. Sie schaffte es nie, die sechziger Jahre zu leben.

Aber, gesteht sie mit einem verlegenen Lächeln ein, Sex mit Brad war ganz anders. Am Fußende des Bettes standen keine in schwarz verhüllten Nonnen mehr, die schrien »Sei fruchtbar!« Er glaubte an einfache Dinge, die ihr neu waren – wie etwa Sex am Tage. »Plötzlich war da Brad, der *nackt* durch das Haus lief! Und ich hatte einfach *von gar nichts eine Ahnung*!«

Nach den Morden belohnte Betty Wright für seine Loyalität. Sie überschrieb ihm in einer Abtretungsurkunde ihre neue Eigentumswohnung – »damit die Rechtsanwälte nicht an sie ran konnten«.

Zur selben Zeit begann sich bei ihr ein neuer Gedanke zu regen: Wenn Dan neu anfangen konnte, warum nicht auch sie?

Sie starrte im Spiegel ihren Körper an und versuchte sich vorzustellen, welcher Mann diese gebrauchte Mutter von vier Kindern haben wollten, diesen Körper, der von neun Schwangerschaften ausgemergelt war, diese Frau, die ein anderer Mann weggeworfen hatte. Ihrer Meinung nach gab es kaum einen Unterschied zwischen achtunddreißig, fünfzig oder fünfundsechzig. Ihre besten Tage waren vorbei; sie war alt. Sie hatte nichts mehr zu bieten. Deswegen hatte Dan sie doch hauptsächlich verlassen. Die Angst war furchtbar. Sie starrte auf die Flaschen im Barschrank. Warum sollte sie die Angst nicht wie so viele andere Frauen wegtrinken? Statt dessen ging sie zum Kühlschrank.

Betty wurde sich niemals bewußt, daß sie nicht allein war. Sie hatte mehrere geschiedene Freundinnen, aber sie konnte sich nicht mit ihnen identifizieren; in ihren Augen war ihr Fall etwas Besonderes, ganz anders als die anderen. Diese Frauen hatten jene Nächte, in denen sie nackt vor dem Spiegel gestanden und ihre Schwangerschaftsstreifen und Zellulitis betrachtet hatten, lange hinter sich, sie hatten Frieden mit ihrem Schicksal geschlossen. So war das Leben.

Sie versuchten, Betty ihre neuen Erkenntnisse nahezubringen. Komm mit uns, bettelten sie. Weine nicht, sagten sie. Es gibt ein Leben danach. Sei nicht zornig. Komm mit uns in die Bars, in die Restaurants. Lassen wir unsere Haare machen und unsere Fingernägel, und kaufen wir uns neue Kleider. Laß uns heute abend ausgehen.

»Aber sie konnte einfach nicht«, erzählte ihre Freundin Candy Westbrook. »Sie sagte immer, es sei zu erniedrigend.«

Eine andere Freundin, Melanie Cohrs, ebenfalls geschieden, versuchte hartnäckig, Betty in die Single-Szene von San Diego einzuführen, in der Hoffnung, sie würde jemanden kennenlernen, der ihre Gedanken von Dan und Linda ablenkte.

»Schließlich überredeten wir Betty dazu, bei sich zu Hause eine Party für Singles zu geben«, erinnerte sich Cohrs und schüttelte halb traurig, halb belustigt den Kopf. »Aber es war eine Katastrophe. Betty kam gar nicht aus der Küche heraus. Da waren all diese intelligenten, netten Leute in ihrem Haus, die meisten von ihnen geschieden wie sie. Aber Betty fand alles erniedrigend. Sie sprach mit niemandem; sie versteckte sich den ganzen Abend und benahm sich wie das Hausmädchen. Sie fand, daß jede Frau, die etwas lässiger mit Sex umgeht, eine Hure ist, und das sagte sie mir auch.«

Später, im Gefängnis, erinnerte sich Betty an alle, die versucht hatten, sie zu einem Partygirl zu machen. »Es war grauenhaft. Ein paarmal habe ich es versucht. Ich ging mit Patti Monaghan aus und saß auf Barhockern herum. Und ich fragte mich dauernd, was schlimmer wäre, wenn sie mich zum Tanzen aufforderten oder wenn sie es nicht täten.«

Dennoch begann sie in der Einsamkeit ihrer Küche auf Kontaktanzeigen zu antworten, obwohl sie es bis heute nicht gerne zugibt. Das war nur ein Witz, sagt sie. Einfach ein alberner Jux.

Doch es war kein Witz. Sie war verzweifelt.

Sie überflog die Liste der Männer, die sich selbst anpriesen.

Richard. Wer war Richard? fragte sie sich. Sie starrte auf die Anzeige. Sollte sie? Richard. Er war in ihrem Alter, stand in der Anzeige. Er war Italiener. Er machte in Immobilien. Los Angeles. Studio City.

Sie errötete vor Scham, ganz allein in ihrer Küche.

Sie ging durch ihr großes, leeres Haus. Sie trat auf den rückwärtigen Balkon. Sie starrte aufs Meer am Fuße des Hügels. Es war so still. Zu spät, um jemanden anzurufen. Außerdem waren ihre Freunde sie leid, das wußte sie. Ihre Eltern wollten nichts hören. Und Brad würde allem, was sie sagte, zustimmen. Genauso würde es ein. Sie wäre allein.

Sie ging wieder in die Küche und schrieb einen kurzen, heiteren Brief an Richard.

Ich muß ihn ja nicht treffen, dachte sie. Ich kann es einfach mal versuchen. Aber es würde nicht weh tun, einmal zu sehen ...

Sie ging zum Briefkasten an der Ecke und schob den Brief durch den Schlitz, bevor sie ihre Meinung änderte.

Sie verspürte ein wenig Hoffnung.

Richard antwortete innerhalb einer Woche.

›Guten Tag, Lady Bets‹, schrieb er. ›... Dies ist nur eine kurze Nachricht, um mich vorzustellen und Hallo zu sagen. Ich bin dreiundvierzig Jahre jung, Italiener, einsfünfundneunzig groß, wiege durchtrainierte neunzig Kilo und bin Nichtraucher. In arbeite im Immobilienbereich und habe eine Menge Interessen, unter anderem gemütliche Abendessen mit Freunden bei mir zu Hause, gute Gespräche, die Nacht durchtanzen oder mit netten Leuten diskutieren.

Vielleicht können wir uns ja zu einem zwanglosen Gespräch bei einem Drink treffen, entweder in La Jolla oder Los Angeles... Ich freue mich, dich schon BALD kennenzulernen!!! Herzlichst, Richard.‹

Das beigefügte Foto zeigte einen gutaussehenden Mann mit zurückweichendem Haaransatz und Schnurrbart, auf einer schwarzen Ledercouch, bekleidet mit einer Levis, schwarzen Cowboystiefeln und einem rotkarierten Westernhemd. Seine dunklen Augen funkelten. Sein Lächeln war freundlich. Er sah aus wie ein netter Kerl.

»Was sind das für widerliche Kerle, die da inserieren?« dachte sie und haßte ihn. Und sie stopfte den Brief ganz unten unter ihre Akten, wo er noch Jahre später lag, als sie im Gefängnis war, abgelegte Ehefrau und Mutter, des Mordes angeklagt.

Einige Monate später jedoch schluckte sie ihren Stolz schließlich hinunter und antwortete auf eine Anzeige in *USA Today*, in der ein Züchter von Araberpferden für ein geschäftliches Wochenende in San Francisco eine ›attraktive Begleitung‹ suchte. Oliver war sein Name. Sie schickte ihm ein Foto und einen Brief; er sandte ihr daraufhin ein Rundflugticket und eine Reservierung im exklusiven Stanford Court in San Francisco. »Und er ließ mich am Flughafen mit einer Limousine abholen. Es war ein angenehmes Wochenende«, erzählt sie ausweichend. »Er war wirklich nett, und alles war ganz sauber. Wir gingen zu einem Spiel und zum Abendessen. Aber er suchte eine feste Beziehung, und ich war immer noch eine verheiratete Frau, also war es das. Der einzige Grund, warum ich es gemacht habe«, fügt sie hinzu, »war, weil ich außerhalb der Stadt war. Niemand würde davon *erfahren.*« Auf jeden Fall sah sie Oliver nicht wieder, und sie schrieb auch nie mehr auf Kontaktanzeigen. Erst als sie ins Gefängnis kam, begann Betty wieder, mit merkwürdigen Männern zu korrespondieren.

Eine Botschaft an den Wichser und das Flittchen

Dan Broderick genoß sein neues Zuhause. Sein Innenausstatter verwandelte es schnell in die elegante Oase, von der er immer geträumt hatte.

Linda war jetzt ein fester Bestandteil seines Lebens. Aber die Einrichtung des Hauses war ganz allein seine Sache. Sie sagte niemals ihre Meinung dazu, erzählte Dans Innenausstatter. Dan Brodericks Heim war seine Burg. Er würde diese Frau in absehbarer Zeit heiraten, aber er fragte sie nicht danach, welche Stoffe ihr gefielen und welche Möbel sie bevorzugte. Und es war ihr egal. Sie war in jedem Haus glücklich, in dem sie mit Dan Broderick leben konnte.

An einem Nachmittag am Wochenende des Memorial Day im Jahr 1986 gingen Dan und Linda, nachdem sie die Kinder bei Betty abgegeben hatten, in den Price Club, ein Diskount-Warenhaus in San Diego, um Haushaltsartikel zu kaufen. Dort kaufte er für sich einen Anrufbeantworter, installierte ihn gleich am Nachmittag und ging dann außer Haus.

Das Gerät schaltete ein, als Betty anrief, um sich zu beklagen, daß er die Kinder nicht rechtzeitig abgeholt hatte und sie deshalb zu spät zu ihrem Job in der Galerie kam.

Sie zögerte keinen Moment. Noch bevor seine Ansage vorbei war, wartete ihr Verstand gierig auf den Pfeifton: »Dies ist eine Botschaft an den Wichser und das Flittchen«, sprach sie auf die neue Maschine. »Du hast verdammt Nerven, die Kinder einfach hier vor der Tür abzusetzen und dich davonzumachen, ohne mit mir über *meine* Pläne für das Wochenende zu sprechen. Ihr beide macht mich krank. Ich möchte die Kinder am liebsten zu dir zurückbringen und dann wegfahren. Ruf mich an. Wir müssen über vieles reden, Arschloch. Und hol deine vier Kinder ab, für die du ja so dringend das Sorgerecht haben willst. Gratuliere. Du kannst sie haben.«

Wenige Minuten später rief sie erneut an. »Wichser, hol die Kinder ab. Ich will sie los werden, aber ich habe keine Lust, in deine beschissene Gegend zu fahren. Beeil dich und hol sie, Arschloch.«

Eine Stunde später: »Wichser und Hure, holt die Kinder.«

Daß Dan Broderick, Vater von vier Kindern, darunter zwei Töchter im Teenageralter, seinen Anrufbeantworter in aller Unschuld gekauft hat, steht außer Frage. Aber jetzt war er in der Lage, mittels einer Bandaufzeichnung zu beweisen, daß er von einer verrückten Frau dazu getrieben worden war, seine Ehe zu beenden.

Viele von Bettys verletzenden Nachrichten in den nächsten Wochen waren sehr persönlich und gingen auf alte Probleme zwischen den beiden zurück: »Wichser, wen glaubst du, kannst du verarschen? Sieh in den Spiegel und dann sag mir, wen glaubst du verarschen zu können? Du lieber Gott! Du bist – zu eklig, um dich anzufassen . . .«

Andere klangen unheilvoll, zumindest im Lichte der späteren Ereignisse: »Hör auf, die Fotze zu vögeln, damit du mich zurückrufen kannst. Habe Nachrichten hinterlassen beim Hausmädchen, bei der Sekretärin etc. Ich muß dich etwas Wichtiges fragen. Du machst mich verrückt. Ich werde dich umbringen.«

Mit der Zeit benutzte Dan Bettys Nachrichten, um sie sowohl einsperren als auch mit Bußgeldzahlungen belegen zu lassen, und er beantragte ein Verfahren nach dem anderen mit der Begründung, ihre vulgäre Ausdrucksweise sei genauso ärgerniserregend wie ihr früherer Vandalismus. Aber soweit war es noch nicht. Im Juni 1986 hatte er ein anderes Ziel im Auge: Dan würde seine Scheidung bekommen, auch wenn Betty nicht mitspielte, und er hatte weiterhin vor, ihr die Kinder für immer zu entziehen. Mit diesem Ziel nahm er Kopien ihrer Nachrichten mit zum Psychiater der Kinder, Dr. Sparta, und zu seinem Anwalt – beide stimmten zu, so erzählte er später, daß Betty, »solange sie nicht psychiatrische Hilfe in Anspruch nehme«, noch nicht einmal ein Besuchsrecht für ihre Kinder bekommen dürfte. Der Scheidungstermin vor Gericht war der 16. Juli.

Wie im Sommer zuvor, schickte Dan die Kinder wieder in ein Ferienlager und dann zu seinen Eltern, ohne Betty zu fragen. Sie wurde bei solchen Entscheidungen inzwischen übergangen. Außerdem wurde sie sich immer mehr bewußt, daß sie völlig von Dans Großzügigkeit abhing, sogar, wenn es um ihre Lebensmittel ging. Ihr ganzes Leben lang hatte sie sich auf zwei Männer verlassen – zuerst auf ihren Vater, dann auf Dan. Diese Erkenntnis machte sie noch wütender. Dennoch war ihre Reaktion einige Tage lang beinahe komisch.

»Wichser, ich will, daß mein Auto repariert wird«, sprach sie einmal auf den Anrufbeantworter. »Es ist in einem schlimmen Zustand, und da die Versicherungspolice auf deinen Namen läuft, mußt du dich darum kümmern. Ha ha. Tschüß.« Dann, wenige Augenblicke später, rief sie erneut an: »Der Wagen läuft auch auf deinen Namen, also bleibt dir nichts anderes übrig. Tschüß. Tutelu!«

Bei anderen Gelegenheiten war sie überhaupt nicht lustig: »Wichser, nimm sofort den Hörer ab«, zischte sie einmal ins Telefon. »Ich öffne gerade die Post und sehe, daß die Versicherung für dieses Haus gekündigt wurde. Was geht hier vor, Dummkopf? Idiot, geh ans Telefon ... Es macht der Hure schon nichts aus, wenn du einen Moment telefonierst ... Süßer, geh ans Telefon ... dieses Haus hat keine Versicherung, weil der Wichser die Rechnung nicht bezahlt hat.«

Mit jedem Tag wurde Dans Sammlung an Bändern größer.

Inzwischen, darauf lassen Briefe schließen, die Dan Anfang Juli an Betty schrieb, war seine Wut so groß wie ihre. In einem Brief protestierte er gegen ihre ›obszönen Telefonanrufe‹, die, so erinnerte er sie, gegen ihre Unterlassungsverfügung verstießen. ›Es wäre etwas anderes, wenn du dich zivilisiert benehmen würdest, aber deine Standpauken und deine ekelhafte Ausdrucksweise kann ich nicht akzeptieren.‹ Er beendete seinen Brief mit einer wütenden Tirade über ihre angeblichen Angriffe auf seine Person und sein Eigentum und schloß: ›Vor einigen Monaten habe ich dir versprochen, dir bei der Auslösung der Weihnachtsdekorationen aus dem Lagerhaus zu helfen. Aber das war, bevor du versucht hast, die Antenne an meinem Wagen abzureißen und das Rückfenster einzuschlagen. Ich habe nicht die Absicht, je wieder in deine Nähe zu kommen, jedenfalls nicht freiwillig. Außerdem bin ich auch nicht mehr bereit, das Lagerhaus noch länger zu bezahlen.‹

Geld war immer das beste Druckmittel für ihn. In seinem zweiten Brief in jenem Monat beschäftigte sich Dan mit den Besitzverhältnissen an ihrem bescheidenen kleinen Motorboot. ›Es gibt absolut keine Möglichkeit, daß wir es teilen‹, schrieb er. ›Wenn wir beide in den letzten siebzehn Jahren etwas gelernt haben, dann doch wohl, daß wir nicht miteinander kooperieren können. Wenn du das Boot behalten willst, verkaufe ich dir meine Hälfte zu dem Marktpreis, wie er von der örtlichen Vereinigung der Bootsmakler geschätzt wird. Wenn du das Boot nicht haben willst, bezahle ich dir die Hälfte . . .Laß mich bald deine Entscheidung wissen. Es wäre mir angenehm, wenn du in Zukunft per Brief mit mir kommunizieren würdest.‹

›Elender Bastard‹, schrieb Betty an den Rand dieses Schreibens, wobei sie wieder mit sich selbst redete. ›Du willst, daß alles nach deiner Nase läuft. Du hast kein Gespür für richtig, falsch, ehrlich, unehrlich, unanständig, unmoralisch. Dafür wird Gott dir noch danken.‹

Aber Ende Juni wurde ihr die Realität endlich klar. Der 16. Juli kam schneller näher. Zu jenem Zeitpunkt hatte sie außerdem damit begonnen, Tagebuch zu führen – welches in den nächsten dreißig Monaten den besten Eindruck von ihrem Geisteszustand liefern sollte.

Die meisten ihrer frühen Einträge drehten sich um ihre hektische Suche nach einem Rechtsanwalt, der sie bei ihrer Scheidungsanhörung vertreten sollte. Ihren Aufzeichnungen zufolge verbrachte sie die meiste Zeit am Telefon und rief manchmal bis zu einem halben Dutzend Anwälte pro Tag an. Wie immer begann sie mit jenen, die den besten Ruf vorzuweisen hatten. Sie flehte alte Freunde von Gray, Cary um Hilfe an, wie Brian Forbes und Karl Zobell. Aber sie konnten ihr nicht helfen. Sie standen Dan zu nahe. Interessenkonflikt. Sie empfahlen andere Anwälte, die wieder andere Anwälte empfahlen.

Aber niemand, den Betty Broderick haben wollte, wollte sie. Und ganz gleich, welche Ausreden sie gebrauchten, zu diesem Zeitpunkt waren es nicht nur ihre Verbindungen zu Dan, die einige Anwälte vorschoben, um sie nicht vertreten zu müssen: In den juristischen Kreisen San Diegos war bekannt geworden, welch eine schwierige Klientin sie war – daß sie mit Autos in Häuser fuhr, in eine Nervenklinik eingewiesen worden war, sich nicht an juristische Ratschläge hielt etc. Eine Anwältin sagte ihr geradeheraus, sie würde Bettys Fall nicht übernehmen, da sie an den Rand der Gerichtsakten Bemerkungen kritzelte.

In jener Zeit versuchte sie, Dan Jaffe zurückzuholen, doch vergebens. Er hatte einmal mit den Brodericks zu tun gehabt, das reichte ihm. Betty rief auch Marvin Mitchelsons Büro in Los Angeles an und versuchte, die feministische Anwältin Gloria Allred zu erreichen. Niemand rief zurück. Sie rief sogar Melvin Belli und Gerry Spence an, zwei der bekanntesten Anwälte in Amerika. Alles, was darüber in ihren Tagebuchaufzeichnungen steht, ist die Frage von Bellis Assistent: ›Können Sie sich das leisten?‹

Doch San Diego ist eine große Stadt mit mindestens siebentausend Anwälten. Gegen Ende des Sommers war Betty zu einer Bettlerin geworden, die die Gelben Seiten von San Diegos Vorstädten durchforstete, um Anwälte anzurufen, die sie später in ihren Tagebüchern bitter als ›Verlierer im Leben, inkompetente Nobodies‹ abtun würde. Ihre eigene Ehrfurcht vor Dan entmutigte sie: Dan Broderick würde diese zweitklassigen Typen in der Luft zerreißen, das wußte sie.

›Ich bin von meinem Mann und Mr. Ashworth total abserviert worden‹, schrieb sie an einen ziemlich unbedeutenden Anwalt, der sie bereits abgelehnt hatte. ›Sie haben mein Haus verkauft, haben es abgelehnt, eine Vereinbarung auszuhandeln. Jetzt ist die Scheidung rechtskräftig, und sie haben mir sogar meine vier Kinder weggenommen. Ich suche verzweifelt qualifizierten Rat. Bitte lassen Sie mich schriftlich wissen, warum Sie meinen Fall nicht übernehmen können.‹ Sie bekam nie eine Antwort.

Am 16. Juli hatte sie immer noch keinen Anwalt. Später behauptete sie, sie habe Vertagung beantragt, bis sie einen Verteidiger gefunden hatte, doch wurde ihrem Antrag nicht stattgegeben. Sie behauptete außerdem, sie habe noch nie von Zweiteilung einer Scheidung gehört. Auf jeden Fall war sie nicht im Gericht anwesend, als Richter Milton Milkes Dan Broderick nicht nur in Abwesenheit Bettys die Scheidung zusprach, sondern auch all seinen Anträgen zustimmte, unter anderem:

- alleiniges Sorgerecht für die vier Kinder,
- kein Besuchsrecht für die Mutter, ›bis sie sich einer angemessenen Psychotherapie unterzieht‹,
- Wiederaufnahme bestehender Unterlassungsverfügungen, die es der Mutter untersagen, bis auf hundert Meter an sein Haus heranzukommen,
- und schließlich: ›Die Auflösung der Ehe wird von den verbleibenden Punkten dieses Falles losgelöst, wobei das Gericht alle weiteren Punkte erneut zur Verhandlung bringen kann‹.

Was kurz gesagt bedeutete, daß Dan Broderick nun ein geschiedener Mann war, doch immer noch die volle Kontrolle sowohl über die Kinder als auch über die Familienfinanzen hatte: Betty konnte die Kinder ohne seine Zustimmung nicht mehr besuchen und bekam auch keine gerichtlich angeordnete Unterstützung. Sie war immer noch von Dans freiwilliger Zahlung in Höhe von neuntausend Dollar abhängig. Wegen der Zweiteilung gab es noch nicht einmal eine Aufteilung des gemeinsamen Eigentums. Bis dahin sollte es noch weitere dreißig Monate dauern. Kurz, Dan war frei, Betty jedoch nicht.

Sie hatte einen Schock. Wie konnte sie geschieden sein, wenn sie nicht einmal vor Gericht war? Wenn sie keinen Anwalt hatte, der sie verteidigte? Und wie, um Gottes willen, konnte man ihr das Recht verwehren, ihre Kinder zu besuchen? Wo war der Beweis, daß sie als Mutter unfähig war? Ihre kleinen Anfälle von Verwüstung? Ihre schmutzigen Worte auf einem Anrufbeantworter? Was war unmoralischer – ein verheirateter Mann, der mit seiner Freundin ganz offen vor seinen Kindern zusammenlebte, oder eine Mutter, die unanständige Worte benutzte? *Warum war sie diejenige, die nicht geeignet war*?

Männer, die ihre Frauen brutal verprügelten, bekamen trotzdem das Besuchsrecht. Durchgedrehte Mütter, die ihre Kinder aus dem Fenster warfen und ihnen die Knochen brachen, bekamen das Besuchsrecht. Aber nicht Betty Broderick? Alles wegen ihrer drei oder vier unschönen kleinen Worte auf seinem Anrufbeantworter? »Warum darf eine Frau diese Worte nicht benutzen?« verlangte sie zu wissen. »Kein Mann würde dreimal pro Monat vor Gericht gezerrt, weil er ›Wichser‹ gesagt hat. Kein Richter würde *dafür auch nur fünf Minuten verschwenden*!«

Sie war allein in diesem Wirbelsturm. Und sie würde sich nie mehr erholen. Von jenem Tag an war Betty Broderick nicht mehr für ihre eigenen Handlungen verantwortlich. Ihre Wut war zu groß. Dan Broderick hatte ihr nicht nur die Kinder und ihr Geld genommen, er hatte sie jetzt auch aufs äußerste beschämt. Sie war gebrandmarkt. Betty Broderick: Unfähige Mutter.

Und alles in Abwesenheit: Was sollte *das*? Und wie konnte er sie so behandeln, sie auf diese Art bloßstellen? Womit hatte sie das verdient? Wie konnten die Gerichte das zulassen?

Was Betty Broderick lernte, wie schon so viele Frauen, ist, daß in den Familiengerichten Amerikas so gut wie alles möglich ist – ganz besonders, wenn die eine Partei ein kluger, entschlossener Profi ist, der über die Mittel und den Willen verfügt, die Dinge nach seinen Vorstellungen zu regeln, und die andere eine Hausfrau, deren Mittel über die, die ihr Ehemann ihr zugesteht, nicht hinausgehen und die immer noch in der altmodischen Illusion lebt, daß sich letzten Endes Mütter und Kinder vor dem Scheidungsrichter durchsetzen.

Das funktioniert nicht mehr, seit sich vor zwei Jahrzehnten die Scheidung ohne Schuldfrage in vielen Staaten durchgesetzt und das frühere Prinzip außer Kraft gesetzt hat, nach dem die Partei, die die Familie zerstört – in überwiegenden Fällen der Mann, wie Statistiken zeigen – buchstäblich den finanziellen Preis zahlen mußte. Die Scheidung ohne Schuldfrage war und ist ein unverhoffter Glücksfall für Ehemänner, die ihre Familien verlassen, und eine Katastrophe für Frauen, die vor Gericht nicht mehr rücksichtsvoller behandelt werden, ob sie nun fünfzig Jahre alt sind und fünf Kinder haben oder zwanzig sind und ohne Kinder dastehen.

Als Ideal bekommt jede Partei die Hälfte des gemeinsamen Eigentums und angemessenen Unterhalt für das Kind, zahlbar an den Elternteil mit Sorgerecht, normalerweise die Mutter. Aber auch das kann Mütter übervorteilen. Außerdem ist der Vater in vielen Staaten nur noch bis zum achtzehnten Lebensjahr seiner Kinder verantwortlich, während er es bislang bis zum einundzwanzigsten Lebensjahr war. Kosten für das College sind somit nicht mehr automatisch Bestandteil der väterlichen Belastung.

Dan Broderick verschwendete keine Zeit, ihr die neuen Tatsachen vor Augen zu führen. Vier Tage nach seinem Sieg im Gericht begann er, seine neuen Regeln knapp und einprägsam vorzulegen. Zunächst schrieb er ihr einen Brief, in dem er sie zur Zusammenarbeit bezüglich einer friedlichen Übergangslösung für ihre Kinder drängte.

Sie war nicht mehr ›Bets‹. Jetzt hieß es ›Liebe Elisabeth Anne‹.

›Wir beide sind nicht mehr verheiratet‹, schrieb er. ›Es liegt nun an uns, das Scheidungstrauma für unsere Kinder so gering wie möglich zu halten . . . Den Kindern gegenüber schlecht vom anderen zu reden oder, noch schlimmer, ihnen die Schuld für die Scheidung zu geben ist destruktiv. Ich schlage vor, daß wir beide die Kinder ermutigen, den anderen zu lieben und zu respektieren, und daß wir davon Abstand nehmen, miteinander oder übereinander abschätzig zu reden . . .‹

Aber wenn sie jenen Brief für kalt hielt, hatte sie noch viel zu lernen. Dan hatte erst angefangen. Zwei Tage später, nur eine Woche nach der Scheidung, griff er hart durch:

›Ich bin es leid, beim Nachhausekommen meinen Anrufbeantworter voller Obszönitäten zu finden‹, schrieb er. ›Wie ich dir schon früher dargelegt habe, verletzt du jedesmal eine gerichtliche Verfügung, wenn du mich anrufst. Das scheint dir egal zu sein. Das hier ist dir vielleicht nicht egal: Ab jetzt wirst du mit einem Bußgeld von 100 Dollar pro beleidigendes Wort bestraft, wenn du eine Nachricht hinterläßt und dabei vulgäre oder obszöne Worte benutzt. Diese Bußgelder werden von deinem Unterhaltsscheck einbehalten. Glaube mir, ich tue das nicht, um dich zu quälen. Ich will nur verhindern, daß du mir gegenüber eine Ausdrucksweise benutzt, die jeder normale, zivilisierte Mensch absolut anstößig finden würde.‹

Zu jenem Zeitpunkt konnte Betty kein vernünftiges Gespräch mehr führen. Ihre Empörung wurde nur noch von ihrer Ungläubigkeit übertroffen. Die Gerichte hatten es so verfügt: Er konnte mit ihr machen, was er wollte. Er hatte sie unter Aufsicht. Und jetzt wollte er mit seinen Bußgeldern ihre Ergebenheit erzwingen?

Wie kleine Brandherde verschmolzen Bettys sporadische Wutanfälle zu einer undurchdringlichen Wand.

Sie begann, die Kinder buchstäblich aus seinem Haus zu locken. Er fand ihre Ausdrucksweise ›anstößig‹? Sie hinterließ noch abscheulichere Nachrichten auf seinem Anrufbeantworter.

Aber wenn sie wie Feuer brannte, blieb er kalt wie Eis. In den folgenden Jahren wurde er immer eigensinniger, wenn es darum ging, ihr ein wenig entgegenzukommen. Und keiner der Brodericks machte sich jemals Sorgen um die vier hilflosen Kinder, die zwischen ihnen standen.

Weniger als zwei Monate nach der Scheidung, am 9. September, schickte ihr Dan einen weiteren Brief, neben dem alle vorigen wie Valentinsgrüße erschienen:

›Liebe Elisabeth Anne‹, schrieb er in einem Memorandum, das vier Punkte umfaßte. ›Angesichts der kürzlichen Ereignisse wird folgendes geschehen:

1. Bei unserem Telefongespräch am ... 4. September 1986 hast du – kurz bevor ich auflegte – ein ekelhaftes und unziemliches Wort für Linda gebraucht. Gemäß meinem Brief vom 23. Juli 1986 wird dich das 100 Dollar kosten. Sie werden vom nächsten Scheck abgezogen.‹

Dann erinnerte er sie, daß sie am 7. September ebenfalls in einer Nachricht an Kim ›eine Obszönität über Linda‹ gebraucht hatte. ›Das kostet dich 100 Dollar.‹ Bei einem dritten Verstoß hatte sie sein Haus betreten und Photos von seinem Eigentum gemacht. ›Ab sofort werde ich jedesmal, wenn du einen Fuß auf das Grundstück an der Cypress Avenue 1041 setzt, 250 Dollar von deinem Scheck abziehen‹, schrieb er. ›Jedesmal, wenn du einen Schritt über die Schwelle des Hauses setzt, werde ich 500 Dollar abziehen.‹

Und schließlich erinnerte er sie daran, ›ich allein habe das Sorgerecht für die Kinder. Dir wurde das Besuchsrecht verweigert, bis du dich einer Therapie unterziehst‹. Trotzdem, so beschuldigte er sie, hatte sie Anfang September Danny und Rhett dazu verleitet, sich aus dem Haus zu stehlen und sie an einer Straßenecke in der Nähe zu treffen. ›Dann hast du sie zu deinem Haus gefahren. Das ist absolut inakzeptabel.‹ Zu allem Überfluß wußte er auch, daß sie ›versucht hatte, dieselbe Show bei anderen Gelegenheiten abzuziehen‹.

›Ich habe nichts dagegen, daß du die Kinder gelegentlich siehst‹, schrieb er, ›falls *VORHER* eine Verabredung getroffen wird, damit ich weiß, wann sie losgehen und wann sie wiederkommen, und falls du, solange sie bei dir sind, davon Abstand nimmst, Bemerkungen zu machen, die gegen mich oder Linda gerichtet sind. Von jetzt an werden jedesmal, wenn du dich mit den Jungens triffst, ohne mich vorher darüber zu informieren, 1 000 Dollar von dem Scheck abgezogen, den ich dir freiwillig jeden Monat schicke. Übrigens, wenn du die Kinder sehen willst, solltest du mit ihnen sprechen, und sie sollten mich dann anrufen ... Bitte versuch nicht, mich direkt anzurufen. – Mit freundlichen Grüßen, Daniel T. Broderick III.‹

Schöne Ferien für die Broderick-Kinder

Betty verbrachte wie die meisten Geschiedenen Thanksgiving bei Freunden, die sie eingeladen hatten. Ihre Kinder verbrachten den Tag mit Dan und Linda. Immer häufiger ließ Betty ihren Schmerz an ihnen aus. Sie begann, sie für den Zusammenbruch der Ehe verantwortlich zu machen. Sie schimpfte, weil sie Zeit mit Dan und Linda statt mit ihr verbrachten; sie verhöhnte sie, weil sie gehorsam im selben Haus mit ihrem Vater lebten, anstatt wegzulaufen und bei ihr zu wohnen. Sie hatte jede Erinnerung daran verloren, wie sie überhaupt in sein Haus gekommen waren.

In einem Gespräch mit Danny bemerkte sie beispielsweise, daß Dan »mich aller Dinge auf dieser Erde beraubt hat, die Kinder eingeschlossen«.

Nein, protestierte der Junge. »Er hat dich nicht beraubt – du hast uns zu ihm *gegeben*!« Das Kind, damals zehn Jahre alt, fuhr weinend fort, darum zu betteln, sie möge aufhören, »schlimme Worte« zu benutzen, damit Dan den Kindern mehr Zeit bei ihr gewähren würde.

»Zwei Jahre lang, als ich noch mit ihm verheiratet war, bin ich mit allem fertig geworden, was er mir angetan hat, und ihr Kinder habt nichts davon gemerkt«, antwortete seine Mutter. »Ihr wußtet nicht, daß er mit Linda vögelte, während wir noch verheiratet waren, oder? ... Ich habe das zwei Jahre lang mitgemacht in der Hoffnung, er würde es überwinden und erwachsen werden ... er ist offensichtlich ein schwacher kleiner Schwuler ... Sagt eurem Vater, er soll erwachsen werden und sich wie ein Gentleman benehmen, und das alles hier könnte vorbei sein.«

Betty hatte vergessen, daß ihre Kinder machtlos waren, daß sie nur Kinder waren, die versuchten durchzukommen, daß das jüngste erst sieben, das älteste sechzehn Jahre alt war. Sie lockte die beiden jüngsten, Danny und Rhett, weiterhin aus dem Haus, ohne Dan davon zu erzählen. Das fiel ihr nicht schwer, denn obwohl beide dafür später Schwierigkeiten mit Dan bekommen würden, liebten diese beiden kleinen Jungen ihre Mutter genug, um es ihr recht machen zu wollen. Später flehten sie die Richter an, sie bei Betty wohnen zu lassen, denn, wie Rhett es einmal ausdrückte, »man braucht keinen Fernseher, um bei Mom Spaß zu haben«. Und, so beklagten sich beide, Dad war nicht oft genug zu Hause.

»Er arbeitet immer«, sagte Danny zwei Jahre später vor dem Scheidungsrichter. »Ich glaube, [Betty] könnte sich besser um uns kümmern als mein Dad . . . sie ist immer da, und sie weiß, was sie tun muß, und kennt alles, was wir mögen und nicht mögen, und ich glaube einfach, sie ist alles in allem der bessere Elternteil.«

Und keines der Broderick-Kinder akzeptierte Linda. Sie war »manchmal nett«, erzählte Danny dem Richter taktvoll. »Aber sie kann echt den Boss rauskehren und tut manchmal so, als will sie Moms Platz einnehmen.« Selbst Kim, die mit Linda noch am besten zurechtkam, erzählte dem Richter später, sie sei eine aufdringliche Verräterin, die zu ihren Brüdern gemein sei und viel zu ungebildet, um ihrem Vater eine passende Gefährtin zu sein.

Jedesmal, wenn die Kinder zu Betty kamen, brachten sie neue Geschichten über ihre böse zukünftige Stiefmutter mit, die sie mißhandelte und benachteiligte, und sie heizten damit Bettys Wut noch mehr an.

»Einmal erzählte Kim mir, sie seien an ihrem Geburtstag ausgegangen, und sie habe Steak und Lobster bestellt, und Linda habe eine Bemerkung gemacht wie ›Oh, heute abend greifen wir aber zu‹«, sagte Betty Jahre später im Gefängnis. »Wie kann diese Nutte es wagen, meinen Kindern zu sagen, was sie essen sollen und was nicht? Sie erzählten, sie beklagte sich, wenn sie eine Tüte Macadamianüsse für 5 Dollar kauften, gönnte sich dann aber selbst eine Gesichtsbehandlung für 50 Dollar!«

Lindas Freunde sagen etwas anderes. »Betty hat die Kinder so vergiftet, daß sie noch nicht einmal beim Essen mit Linda reden wollten. Sie baten Dan um das Salz, selbst wenn es direkt neben Linda stand«, erzählt die Anwältin Sharon Blanchet.

Zwar werden die Familien und Freunde beider Seiten immer weiter über dieses Thema streiten und die Schuld der anderen Partei zuschieben, doch die Wahrheit ist, daß beide Brodericks ihre Kinder auf furchtbare Weise in die Sache einbezogen.

Trotz ihrer Bildung und Intelligenz wurden Dan und Betty Broderick zu Darstellern in einer Tragikkomödie. Keiner von beiden konnte nachgeben.

Im Dezember bestrafte Dan sie erneut. Dieses Mal wies ihr ›Zuteilungsscheck‹ Abzüge über 2400 Dollar für schlechtes Benehmen auf. Die meisten ihrer Vergehen aus dem November betrafen ›obszöne Ausdrucksweise‹ (vierzehnmal oder 1400 Dollar). Sie wurde außerdem für das zweimalige Betreten seines Grundstücks (gesamt 500 Dollar) bestraft sowie einmal für das Betreten seines Hauses (weitere 500 Dollar). Betty starrte auf Dans penible Abrechnung, und die Wut schnürte ihr die Kehle zu – und sie folgerte boshaft, daß sie eindeutig mehr davon hatte, in sein Telefon zu fluchen als sein Grundstück zu besuchen; da bekam sie viel mehr für ihr Geld.

Im selben Brief teilte Dan ihr mit, daß sie endlich ganz oben auf der Warteliste des La Jolla Country Clubs standen, für den sie sich zwei Jahre zuvor um eine Mitgliedschaft beworben hatten. Aber ›ich habe mich entschlossen, die Zahlung [von ungefähr 45 000 Dollar] nicht zu leisten . . ., künftig sind weder du noch ich berechtigt,die Einrichtungen des Clubs zu nutzen‹.

Eine unwichtige Sache vielleicht, betrachtet man alles, was ihr widerfuhr – aber für Betty Broderick war es eine Katastrophe. Jetzt gab es für sie überhaupt keinen Country Club mehr. Sie konnte sich nicht in ihre hübschen Kleider hüllen und mit den Damen zu Mittag essen und so tun, als mache ihr das alles nichts aus. Nicht, solange niemand sie einlud. Weil Dan ›sich entschlossen‹ hatte, dem Club nicht beizutreten.

Mitte Dezember 1986 bestand ihr Tagebuch aus einem Gemisch von Eintragungen über Schlaflosigkeit, Angst, Depression und Furcht. Schließlich unternahm sie den ersten positiven Schritt nach vorn und beauftragte ihren neuen Anwalt Hargreaves, eine vorläufige Unterhaltsverfügung zu erwirken. Die Anhörung wurde für den 30. Dezember angesetzt. »Ich *mußte* etwas tun. Er hatte mit seinen Bußgeldern einfach mein Geld einbehalten! So dumm ich auch war, ich hatte nicht vor, zu hungern!«

In derselben Woche wiederholte sich der Kampf ums Weihnachtsgeld wie im Jahr 1985. Sie weigerte sich, die Kinder in ihren jährlichen Skiurlaub nach Utah mitzunehmen, wenn Dan ihr nicht ungefähr 7000 Dollar für die Extraausgaben zahlte. Auch konnte sie sie, laut Brief ihres Anwalts an Dan, nicht in ihrem Haus in La Jolla aufnehmen, weil ›ihr Haus nur teilweise möbliert ist und nicht alle Kinder beherbergen kann, es sei denn, sie schliefen auf dem Boden oder bei Mrs. Broderick‹.

Dan Broderick aber war nicht bereit, das Opfer von ›umgekehrten Lösegeldforderungen‹ zu werden, wie er es ausdrückte. Er war sogar so wütend, daß er Betty in einem Brief mitteilte, er akzeptiere ihre Entscheidung als letztes Wort – keine Meinungsänderung in letzter Minute erlaubt: Sie würde ihre Kinder zwischen dem 19. Dezember und 4. Januar nicht zu Gesicht bekommen.

Dan und Linda nahmen die Kinder an jenem Weihnachten mit zum Skifahren, und sie hatten anscheinend viel Spaß.

In jener Saison war Betty bei mehreren Bekannten aus reiner Wohltätigkeit eingeladen. Aber sie fühlte sich elend. »Alles, was Betty interessierte, war die Ungerechtigkeit, die ihr widerfuhr«, erzählte Vicki Currie. »Alles, worüber sie an jenem Weihnachten sprechen konnte, waren diese Bußgelder.«

Wohin sie sich auch wandte, sie wurde mit ungebetenen Ratschlägen überhäuft: Gib nach. Vergiß es. Sieh nach vorn.

Sie verstanden sie nicht. Dafür haßte sie sie. Sie floh frustriert nach Hause, zu ihren Tagebüchern und Notizheften und juristischen Dokumenten und dem Kühlschrank. »Ich war glücklicher, wenn ich allein war. Sie gaben mir das *Gefühl*, verrückt zu sein. Und ich wußte, ich war es nicht. Ich dachte, sie seien verrückt, genau wie Dan Broderick. Alle erzählten mir ständig, ich solle mich einfach ändern, schwarz sei weiß. Ich bin doch nicht farbenblind.«

Sie verbrachte die Ferien 1986 hauptsächlich mit der Berechnung ihrer Lebenshaltungskosten für die bevorstehende Unterhaltsanhörung.

Nach ihren Berechnungen brauchte sie 28 500 Dollar pro Monat.

Am 30. Dezember wirkte sie vor Gericht optimistisch und munter. Sie war die intelligente Studentin beim Rechtschreibwettbewerb, das unschuldige hoffnungsvolle kleine Mädchen, das zu fröhlich lachte, zuviel redete, während ihr Blick unstet durch den Raum irrte. Warten auf Dans Auftritt. Immer wartete sie auf Dan. Und sie wußte tief in ihrem Inneren, wenn sie nur charmant genug war, dann würden sowohl der Richter als auch Dan sie gut behandeln. Sie würden sie *mögen*, Dan würde endlich zur Vernunft kommen. Betty war immer eine Frau, die irgendwo neben sich selbst stand. So ist sie heute noch.

Aber Dan, ihr Herzblatt, ihr Ehemann und ihre Identität in diesem Leben, rauschte einfach an ihr vorbei, mit zusammengebissenen Zähnen und kaltem Blick, und setzte sich neben seinen Anwalt Gerald Barry, einen Partner von Tom Ashworth – der inzwischen Vorsitzender Richter des Familiengerichts war.

Sie richtete ihre Aufmerksamkeit auf die zur Diskussion stehenden Fragen – Geld und Unabhängigkeit.

Sie wollte die volle finanzielle Selbständigkeit. Sie wollte ihre Zahlungen für das Haus selbst begleichen, ihre Steuern und alle anderen Rechnungen, »wie eine erwachsene Frau, nicht wie ein verdammtes Kind«, sagt sie heute. Gleichzeitig wollte sie ihren Lebensstil in keiner Weise ändern. Die Hälfte von allem, was Dan Broderick gehörte, stand ihr zu. Das war ihr Angebot.

Dennoch verlangte sie niemals auch nur die Hälfte. Nicht annähernd, nicht in all den langen Jahren ihres Scheidungskrieges. Mit 28 500 Dollar hatte sie etwa fünfundzwanzig Prozent seines monatlichen Einkommens im Auge. Aber, so sagte sie zum Richter, mit soviel Geld würde sie sich nicht allzu betrogen fühlen.

Dan hingegen glaubte, 7316 Dollar seien viel Geld für eine Frau ohne Kinder – und auch nur für einen begrenzten Zeitraum gedacht, bis sie einen Job gefunden hatte.

»Sein Anwalt sprach immer von *brauchen*«, erzählte sie später bitter. »Nun, jeder kommt wohl mit 9000 Dollar pro Monat über die Runden. Das hatte nichts mit *brauchen* zu tun. Es ging um Gerechtigkeit – meinen prozentualen Anteil. Warum mußte ich rechnen, während er und Linda wie die Könige lebten?«

Sie schleppte an jenem Tag sogar eine Tasche voller getragener Kinderschuhe und rattenzerfressener Kleider aus dem gemieteten Haus mit ins Gericht, um dem Richter zu zeigen, daß Dan weder für seine Kinder noch für sie angemessen sorgte. Dieselbe Tasche tauchte zwei Jahre später vor dem Scheidungsgericht wieder auf, ebenso wie bei ihren beiden Mordprozessen.

In jener ersten Runde erlitt sie eine vernichtende Niederlage. Von Richter Napoleon Jones bekam sie nicht 28 500 Dollar, sondern nur 12 500 Dollar zugesprochen. Schlimmer noch, sie mußte von diesem Betrag zusätzlich 4000 bis 5000 Dollar monatlich an Grundstückssteuern und Versicherungen zahlen, die vorher Dan beglichen hatte. Kurz, es war ihr nicht nur nicht gelungen, genügend Geld zu erkämpfen, um ihren gegenwärtigen Lebensstil aufrechtzuerhalten, sie hatte jetzt sogar noch weniger Geld zum Ausgeben als zu der Zeit, als sie von Dans inoffiziellen Almosen abhängig war.

Dafür, daß er ihr die Steuern und Versicherungen aufgrund eines Berechnungsfehlers zugeschlagen hatte, entschuldigte sich der Richter später.

Bei derselben Anhörung gelang es Dans Anwalt mit der Behauptung, im besten Interesse der Kinder zu handeln, die Broderick-Scheidung unter Ausschluß der Öffentlichkeit verhandeln zu lassen. Laut Betty protestierte Hargreaves, im Gegensatz zu ihr, nur schwach. Der Fall Broderick wurde in den nächsten drei Jahren hinter verschlossenen Türen verhandelt. Während des gesamten Dramas jammerte Betty darüber, daß sie von Dan mit 8000 Dollar Strafe belegt wurde, weil sie ihn

›Wichser‹ genannt hatte, oder daß sie ins Gefängnis mußte, weil sie Linda ›Fotze‹ tituliert hatte, doch nur wenige Menschen glaubten ihr – und niemand konnte die Akten einsehen oder den Anhörungen beiwohnen. Dan Broderick konnte nun seine Ex-Frau, sooft es ihm gefiel, vor den Richter zitieren, ohne Angst haben zu müssen, daß Reporter oder seine Standeskollegen am Gericht über ihn spotteten.

In den darauffolgenden Monaten und Jahren verstärkte sich ihr Gefühl der Hilflosigkeit jedesmal, wenn sie in einen geschlossenen Gerichtssaal kam und Dan und seinem Anwalt gegenübertrat. Und die gesamte Gemeinde wunderte sich, warum der Fall Broderick unter höchster Geheimhaltung verhandelt wurde. Erst zwei Jahre später erzählte eine andere geschiedene Frau Betty, ihr eigener Anwalt, ein Sozius von Dan, habe ihr einmal erzählt, der Fall Broderick werde unter Ausschluß der Öffentlichkeit verhandelt, weil Betty eine Kinderschänderin sei. »Ich glaubte, ich müsse auf der Stelle sterben, als ich das hörte – ich fühlte mich, als hätte man mir jegliche Luft zum Atmen genommen«, erinnert sich Betty.

Dafür konnte Dan sie jetzt, wo sie einen verbindlichen, gerichtlich festgesetzten Unterhalt bekam, nicht mehr mit Geld bestrafen, wenn sie ihn Wichser nannte, ohne selbst das Gesetz zu brechen. Das war der einzige Lichtblick in diesem Monat.

Einen Tag nachdem das Gericht ihr Unterhalt in Höhe von 12 500 Dollar zugesprochen hatte, schrieb Dan Betty jedoch erneut einen seiner juristischen Briefe. Er informierte sie darüber, daß sie ab jetzt für die Zahlung all ihrer Versicherungen selbst verantwortlich sei. Zusätzlich listete er in dem Bemühen, ihr auf dem Weg in die finanzielle Unabhängigkeit zu helfen, penibel die Ablaufdaten ihrer Policen auf und nannte ihr den genauen Betrag, den sie in Zukunft zu zahlen hatte. Er warnte sie zudem, sie möge am besten sofort damit beginnen, für ihre Steuern zu sparen. ›Ich empfehle dir dringend, sofort einen Steueranwalt oder Buchprüfer für diese Angelegenheit zu engagieren.‹ Der Brief war nur ein weiterer Ratschlag, den Betty sofort verwarf.

Einige Tage später wurde ihr mitgeteilt, daß Dan ihre Krankenversicherung, die unter seiner staatlichen Police gelaufen war, mit sofortiger Wirkung gekündigt hatte. Der Brief war von Linda Kolkena unterschrieben, ›Rechtsassistentin für Daniel T. Broderick III.‹. ›Bezahlte Hure‹, kritzelte Betty auf die Kopie.

Sie war so aufgebracht, daß Hargreaves einige Tage später einen Brief an Dans Anwalt schrieb, in dem er inständig darum bat, daß ›unter Berücksichtigung der Gefühle Mrs. Brodericks‹ in Zukunft sämtliche Korrespondenz bezüglich Betty von Dan unterschrieben werden möge und daß ›Mrs. Broderick keine Kopien solcher Korrespondenz von Linda Kolkena erhält‹.

Weder Dan noch Linda kümmerten sich darum.

Betty begann, ihre Aufmerksamkeit speziell auf Linda Kolkena zu richten. War Linda früher der billige Hohlkopf gewesen, dem schon bald die Luft ausgehen würde, ein dummes Flittchen, austauschbar durch Millionen andere, so wandelte sie sich in Bettys Vorstellung langsam zu einer Kreatur, die viel hassenswerter war – und viel realer: Linda war jetzt eine arrogante, grausame kleine Nutte, die sich absichtlich in eine Scheidung einmischte, die sie nichts anging. Über Nacht begann Bettys frühere Geringschätzung sich in unauslöschlichen Haß zu verwandeln. Sicher, Linda entpuppte sich in den folgenden Jahren als bemerkenswert unsensibel gegenüber der Frau, die sie ersetzte. Später zum Beispiel schickte Dan Betty nach ihrem Scheidungsprozeß die Übertragungsurkunde für ihr eigenes Haus, von Kolkena notariell beglaubigt. Betty zerriß sie in tausend Stücke und legte sie in eine Schachtel mit Dokumenten, wo sie ihr Verteidiger später rechtzeitig vor ihrem Mordprozeß fand.

Andererseits ist einiges von dem, was Betty Linda Kolkena vorwirft, vermutlich nie geschehen.

Zum Ausklang des Jahres 1986 zum Beispiel raste Betty beinahe ausgelassen durch La Jolla und zeigte eine Fotografie herum, von der sie behauptete, Linda habe sie ihr anonym zugeschickt. Das Bild zeigte Linda und Dan bei einer Party zur Feier von Dans Wahl zum Präsidenten der Anwaltsvereinigung. Dan, der einen Drink in der Hand hielt, grinste jungenhaft in die Kamera, an seiner Seite eine strahlende Linda. Das Photo war in einer örtlichen juristischen Zeitschrift namens *Dicta* abgedruckt worden, und die Bildunterschrift bezeichnete Dan als designierten Präsidenten und Linda als seine Rechtsassistentin und enge Freundin. »Seit wann äußern sich Zeitschriften in ihrem Leitartikel über persönliche Beziehungen?« schimpfte sie Jahre später im Gefängnis.

Aber das war noch nicht das Schlimmste daran. Das Foto, das Betty ihren Freunden in La Jolla zeigte, war verfälscht worden – genau unter dem Bild und der Unterschrift war eine sauber getippte Nachricht eingefügt, die lautete: ›Es MUSS tödlich für dich sein, diese beiden zusammen zu sehen ... VERRECKE DARAN, SCHLAMPE!!!‹

Dieses Foto, so erzählte Betty allen, war offensichtlich von der Hure an sie geschickt worden. Konnten sie sich vorstellen, daß diese Schlampe so grausam war?

Nein, das konnten sie nicht. Sie sahen Betty an, die so verzweifelt um Sympathie und Hilfe flehte, und dann sahen sie auf das veränderte Bild. Großbuchstaben und dreifache Ausrufezeichen. Genau wie in Bettys eigenen Notizen. Fast alle vermuteten, daß Betty sich das Foto selbst geschickt hatte.

Ungefähr zur gleichen Zeit erzählte Betty, sie habe anonyme Werbeanzeigen über Gewichtsverlust und Faltenreduzierung in der Post gehabt – wie sich später vor Gericht herausstellte, konnte sie sich jedoch nicht vorstellen, daß Linda ihr sie geschickt hatte.

Wie auch immer, Ende 1986 lag Betty Broderick bereits ausgezählt am Boden. Bemerkenswert war, daß sie sich weigerte, liegenzubleiben. Sie stand einfach immer wieder auf, wieder und wieder.

Mütter und Töchter

Anfang Januar kehrte Betty von einem Besuch bei Brads Eltern in Pasadena zurück, wo sie einen großen Teil ihrer Zeit mit der Pflege ihrer Freundin Kay Wright zugebracht hatte, die an Krebs litt und im Sterben lag. Es war eine schlimme Zeit gewesen. Mrs. Wright war mit der Zeit zu einer Ersatzmutter für Betty geworden, warmherzig und verständnisvoll, wie ihre eigene Mutter nie sein konnte.

Bettys eigene Töchter meisterten derweil ihr Leben auch nicht besser als ihre Mutter. Kim, früher eine erstklassige Schülerin, stand kurz davor, in ihrem ersten Jahr an der Francis-Parker-Schule hängenzubleiben, und Lee machte nur ein Jahr später eine Drogenrehabilitation und gab die High-School auf. Auch die Jungen waren nicht besser dran. Wie Dans Freunde später sagten, gaben Therapeuten ihrer Sorge Ausdruck, beide könnten selbstmordgefährdet sein.

Als Betty nach Hause kam, erwartete sie ein Haufen Post, der weitere Mitteilungen von Dan über gekündigte Versicherungen und Kreditkarten enthielt sowie unzählige Rechnungen. Sie hatte gesagt, sie wollte die Unabhängigkeit, jetzt hatte sie sie.

Die Wut erfaßte sie unmittelbar. Sie starrte auf ihren traurigen, nadelnden Weihnachtsbaum, auf die immer noch ungeöffneten Geschenke für die Kinder darunter, und sie dachte an alles, was sie verloren hatte. Besitz. Status. Geld. Würde. Und ihre Kinder. Sie hatte sie jetzt seit einem Monat nicht gesehen. Sie hatten wieder die Skiferien mit Dan und seinem Büromädchen verbracht. Linda Kolkena hatte ihr Leben gestohlen. Ihren Ehemann, ihre Kinder, ihr Geld. Ohne auch nur einen Tag dafür zu arbeiten.

Sie marschierte zum Telefon und rief bei ihm an. Der Anrufbeantworter war eingeschaltet. Es war halb acht am Sonntag abend. Wieso waren sie nicht zu Hause? Die Ferien waren vorbei. Sie *waren* zu Hause. Davon war sie überzeugt. Das Arschloch hatte die Klingel wieder abgestellt. Hielt sie von ihren Kindern fern. Schon wieder.

Sie zögerte keinen Moment. Sie umklammerte den Telefonhörer, durch den das nervenzermürbende »Bitte hinterlassen Sie eine Nachricht« drang, wartete auf den Pfeifton und spuckte dann eine ihrer zornigen Nachrichten hinaus, gespickt mit noch mehr Obszönitäten als üblich.

Es ist nicht schwer, sich Dan Brodericks Wut vorzustellen, als er nach Hause kam, den Anrufbeantworter anstellte und Bettys Anwürfe hörte. Auch für ihn war der Anrufbeantworter mittlerweile zu einem roten Tuch geworden. Er lauschte Bettys Stimme. In seinem Haus. Sie störte seinen Frieden. *Warum* konnte er diese Frau nicht kontrollieren?

Aber er kannte sie: Jetzt, da er sie legal nicht mehr mit Bußgeldern belegen konnte, glaubte sie, freies Spiel zu haben. Sie glaubte, daß er, Dan Broderick, machtlos sei.

Nun, sie würde schon sehen.

Er reichte einen weiteren Antrag auf Unterlassung ein.

Drei Tage später fand sich Betty erneut vor Gericht wieder, wo sie ihr Mundwerk vor einem Richter verteidigen mußte.

Bei seiner Beschwerde behauptete Dan, ihre schmutzige Ausdrucksweise sei in jeder Hinsicht genauso beleidigend wie ihre tätlichen Angriffe auf sein Haus, wo sie Fenster zerschlagen und Farbe an die Wände gesprüht hatte. Er flehte das Gericht an, sie wegen Mißachtung seiner Unterlassungsverfügung zu bestrafen und entsprechend ›dafür im Bezirksgefängnis einzusperren‹.

Betty argumentierte nicht nur mit ihrem Recht auf freie Rede, sondern bezeichnete Dans Klagen außerdem als pure Scheinheiligkeit. Sie habe den Ausdruck ›Arschloch‹ sogar von den Brodericks gelernt, sagte sie in ihrer offiziellen Reaktion:

»›Arschloch‹ wird im Broderick-Clan als Ausdruck der Zuneigung verwendet. Zuerst habe ich ihn von Dans Schwester Christ gehört, bei einem Scrabblespiel vor sieben oder acht Jahren. Nachdem ich meinen anfänglichen Schock überwunden hatte, wurde mir klar, daß alle dachten, der Ausdruck sei ganz lustig, besonders, wenn ihn eine so süße Frau benutzte. Mit

›Liebes Arschloch‹ beginnt die Familie ihre Briefe an andere Familienmitglieder. Ich habe damit also nur einen Ausdruck von Zuneigung benutzt. Andere schockierende Ausdrücke, die vom Broderick-Clan erfunden und benutzt wurden, sind ›Ficker‹ und ›Hohlkopf‹. Diese Ausdrücke ... benutzen sie in alltäglichen Gesprächen miteinander ... Das haben sie auch vor meinen Kindern jahrelang getan.«

Dan verlor diese Runde. Richter Anthony Joseph sah davon ab, Betty wegen schmutziger Worte einzusperren. Statt dessen ließ er sie mit einer Lektion davonkommen.

Doch diese Schlacht hatte gerade erst begonnen.

Dafür begann Dan, Bettys häßliche Nachrichten zu sammeln und regelmäßig gerichtliche Verfügungen zur Vorbringung von Einwendungen zu beantragen. In den folgenden Monaten sammelte er über mehrere Wochen ihre beleidigenden Nachrichten und beantragte dann kollektiv eine Verfügung. Manchmal jedoch beantragte er eine Verfügung nur aufgrund einer einzigen Nachricht. Das schien ganz von seiner jeweiligen Stimmung abzuhängen. Es war eine Wiederholung von 1985, mit der Ausnahme, daß er sie jetzt nicht für Vandalismus, sondern nur für ihre vulgäre Art einsperren lassen wollte: Praktisch jedes schmutzige Wort, das sie auf seinen Anrufbeantworter sprach, wurde in seinen Akten erwähnt.

So wurde das Jahr 1987 zum Jahr der Gerichtlichen Verfügungen zur Vorbringung von Einwendungen. Dan stellte Anträge. »Ich hatte das Recht zu explodieren«, sagt sie. »Und die Wahrheit ist, ich *liebte* es, diese Nachrichten zu hinterlassen. Alles, was ich noch hatte, war die Möglichkeit zu sprechen. Ich tat es, um ihn zu schocken. Und jedesmal, wenn ich ihm eine solche Nachricht hinterlassen hatte, fühlte ich mich für eine Weile besser. Ich konnte einfach nicht *aufhören.*«

Im April stand sie erneut wegen weiterer telefonischer Nachrichten vor Gericht und wurde zu einer fünftägigen Gefängnisstrafe auf Bewährung verurteilt.

Erst im Mai sollte Dan schließlich sein Ziel erreichen.

Aber Wut in Verbindung mit finanziellen Sorgen brachten sie in diesen ersten Monaten des Jahres 1987 merklich zu Verstand – jedenfalls zeitweise.

Sie begann das Jahr mit zwei eigenen Anträgen – einem auf Erhöhung ihres Unterhalts und einem auf Änderung des Sorgerechts, das ihr ein Besuchsrecht zusichern sollte.

Aber sie war immer mehr davon überzeugt, daß sie von den Gerichten in San Diego kein faires Urteil zu erwarten hatte. Bei ihrer ersten Anhörung, erzählt sie, grinste der Richter freundlich, als Dan den Gerichtssaal betrat, und sagte: »Nun, Mr. Broderick, wie kommen wir zu dieser Ehre?« Dann sagte Joseph zu ihr, er habe großen Respekt vor Dan, und ob ihr das etwas ausmache? Ja, es machte ihr etwas aus. Aber er ging einfach darüber hinweg.

Der Gerichtskalender des Jahres 1987 ist ein erschütterndes Dokument für Dan und Betty Brodericks Entschlossenheit, den anderen fertigzumachen. Das Jahr war durchzogen von juristischen Maßnahmen, Erklärungen, eingestellten Verfahren, Vertagungen, Anklagen und Gegenanklagen.

Im Laufe des Januar versuchte Hargreaves, Einsicht in Dans finanzielle Unterlagen zu bekommen. Außerdem schrieb er an seine eigene Klientin flehende Briefe mit der Bitte um Kooperation. Der Stichtag näherte sich, bis zu dem Berufung gegen das Urteil über die 12 500 Dollar Unterhalt eingelegt sowie neue Argumente für die Sorgerechtsvereinbarung vorgelegt werden konnten. ›Bitte setzen Sie sich sofort mit mir in Verbindung . . . wiederholte telefonische Anrufe waren erfolglos‹, schrieb Hargreaves.

Betty hatte Hargreaves inzwischen gefeuert – zumindest im Geiste. Aber sie hielt ihn hin, während sie einen neuen Anwalt suchte. Jetzt rief sie wieder die schicken Anwälte in Beverly Hills an.

Niemand übertraf Betty Broderick, wenn es darum ging, vor den sie umgebenden Persönlichkeiten unterwürfig zu kapitulieren. Sie war und ist nicht in der Lage, den Menschen ins Gesicht zu sagen, was sie von ihnen hält.

»Oh, du Arschloch, ich bin es!« sprach sie in jenem Monat auf Dans Anrufbeantworter. »Ich bin dem Rat von Hunderten von Leuten gefolgt, die mir vor einem Jahr sagten, ich solle Marvin Mitchelson anrufen. Das habe ich endlich getan. Habe ihn angerufen. Er kommt her und wird dich teeren und federn und aus dir öffentlich ein noch größeres Arschloch machen. Ich muß ihm dafür nur ein klein wenig zahlen. Das wird ein Spaß. [Singen] Hochmut kommt vor dem Fall . . . Arschloch!«

Schließlich wurde sie statt dessen an einen anderen Anwalt in Mitchelsons Kreisen verwiesen, an William J. Glucksman. Als Vorauszahlung nahm er ihre Diamantenhalskette im Wert von 10 000 Dollar.

Ungefähr gleichzeitig entschloß sie sich endlich, dem Gerichtsbeschluß nachzukommen und einen Therapeuten aufzusuchen. Dr. Gerald Nelson war der Gastredner bei einem Mittagessen der Damen von La Jolla, und seine Art gefiel Betty sofort. Und er war zudem Kinderpsychiater. Sie konnte ihn aufsuchen, um über ihre Kinder, nicht über sich selbst, zu reden. Ihr Stolz würde nicht geopfert werden; gleichzeitig würde sie die Auflagen des Gerichts erfüllen. Sporadisch suchte sie Nelsons Büro in Del Mar auf, einer eleganten Küstengemeinde gleich nördlich von La Jolla. Mit der Zeit wurde Nelson zu einem vertrauten Freund. Er gehörte zu denjenigen, die sie am Morgen nach den Morden anzurufen versuchte.

Anfang 1987 hatte Betty tatsächlich zwei Anwälte. In den nächsten verwirrenden Wochen gab Hargreaves schließlich auf. Glucksman, der sich selbst nicht mehr als ein paar Wochen halten konnte, beantragte prompt eine Verlegung des Verhandlungsortes mit der Begründung, Betty könne kaum eine faire Anhörung vor einem Familiengericht von San Diego erwarten, wo Dans früherer Anwalt Ashworth Vorsitzender Richter war – oder in einem juristischen Umfeld, in dem Dan Broderick selbst der nominelle Vorsitzende war. Er hatte vor, Dan Broderick bis aufs Hemd auszuziehen. Sein Antrag wurde abgelehnt.

Betty ließ Glucksman fallen, so sagt sie, weil Dr. Nelson sie davon überzeugt habe, daß sie einen ortsansässigen Anwalt brauche. Er empfahl eine Freundin, Tricia A. Smith, deren Büro ebenfalls in Del Mar lag.

Betty traf für den folgenden Tag eine Verabredung mit Smith und schrieb am 4. Februar in ihr Tagebuch ›Großartig!‹ Smith, eine stattliche Frau mit silbernen Haaren und selbstbewußtem Auftreten, sollte Bettys vierte und letzte Scheidungsanwältin sein. Sie hielt sich ungefähr ein Jahr, bevor Betty auch sie feuerte. Danach vertrat Betty sich ab 1988 selbst – wie ein Schaf, das seinem Schlachter gegenübersteht.

Während der chaotischen Wochen der gemeinsamen Regentschaft von Hargreaves und Glucksman gelang es Betty, bis zum Ende der Frist am 3. Februar ihre Unterhalts- und Sorgerechtsanträge zu stellen. Sie wollte mehr Geld und die Kinder. Wie sich herausstellen sollte, wollte sie natürlich die Kinder nicht haben, wenn ihr nicht zuerst das Geld garantiert wurde.

Ihr Antrag auf Sorgerecht gründete sich hauptsächlich darauf, daß Dan seine Aufgabe als Vater vernachlässige. Neben einer Unmenge von Einzelheiten beschuldigte sie ihn, er schicke die Kinder schmutzig zur Schule und sei mehr an seiner Karriere interessiert als an der Gesundheit der Kinder. Sie beklagte sich zum Beispiel, Dan habe Rhett, als dieser einmal in der Schule krank wurde, abgeholt und erst mit in sein Büro genommen, anstatt ihn nach Hause ins Bett zu bringen. Dan hatte sogar Dannys Zähne vernachlässigt, die krumm waren und eine Spange benötigten, behauptete sie. »Vor ungefähr acht Monaten ist die Spange kaputtgegangen, und der Scheidungskläger weigert sich, sie richten zu lassen. Jetzt sind Dannys Zähne wieder schief. Scheidungskläger weigert sich außerdem, mich Danny zum Kieferorthopäden begleiten zu lassen.« Zu allem Überfluß, sagte sie, nehme Dan nie an irgendwelchen Aktivitäten der Schule teil und »kennt nicht einmal die Lehrer«.

Zu ihrem eigenen Vorteil führte sie an:

»Als die Kinder bei mir lebten, war ich VOLLZEIT-Mutter ... Aus Sicht des Scheidungsklägers waren meine Fähigkeiten als Mutter fünfzehn Jahre lang in Ordnung. Jetzt, wo wir uns im

Rechtsstreit befinden, hat er sich im Hinblick auf meine Fähigkeiten als Mutter um hundertachtzig Grad gedreht, wenn man den selbstherrlichen Ausführungen des Scheidungsklägers glauben soll. Das ergibt einfach keinen Sinn.«

Sie wollte mindestens 25 000 Dollar Ehegatten-Unterhalt. »Meine Ausgaben sind hoch, zugegeben«, sagte sie in ihrer Erklärung, »stehen aber im Einklang mit dem Lebensstandard, den ich in meiner ermüdend langen Ehe mit Dan genossen habe.«

Dann beschrieb sie den Lebensstil, an den sie sich gewöhnt hatte: »Wir hatten fünf Autos – einen MG, eine Gazelle, eine Corvette, einen Jaguar und einen Suburban für mich und die Kinder. Wir fuhren einmal pro Jahr nach Europa, gingen oft in Skiurlaub, auf Kreuzfahrten und Inseltrips, und oft zahlten wir die gesamten Kosten für Paare, die uns begleiteten, alles erster Klasse. Ich gab oft extravagante Einladungen ... Außerdem waren meine Möglichkeiten unbegrenzt, in jedem großen Kaufhaus in San Diego auf Rechnung einzukaufen ...«

Jetzt war sie aus ihrem Job als Ehefrau und Mutter gefeuert worden. »Aus unserer Ehe hinausgedrängt zu werden ist so, als würde ich in eine Schlangengrube geworfen.« Sie flehte das Gericht an, »eine Verfügung zu erlassen, die mir in dieser Angelegenheit Gerechtigkeit verschafft«.

Die Broderick-Scheidung verlief nie nach Plan. Bettys Antrag auf Sorgerecht wurde auf unbestimmte Zeit vertagt, damit Psychiater die Eltern untersuchen konnten, ein in solchen Streitigkeiten über die Kinder übliches Verfahren.

Dennoch war Dan einmal mehr schon im voraus siegreich. Während die Verfügung des Gerichts eine besondere Klausel enthielt, nach der Betty kooperieren mußte, indem sie ›sich selbst einer psychiatrischen oder psychologischen Untersuchung unterzieht‹, gab es für ihn keinen ähnlichen Passus, sich einer solchen Untersuchung zu stellen – und das tat er auch nie.

Eine weitere Beleidigung neben den vielen anderen, die sich bereits in ihre Seele gefressen hatten.

Inzwischen war sie zu einem derart nervösen Wrack geworden, daß sie regelmäßig in der Öffentlichkeit, vor Fremden, die Fassung verlor. Ganz La Jolla tratschte über sie, diese verrückte Dame, die die Kleider ihres Mannes verbrannt hatte, mit dem Wagen in seine Tür gefahren war und sogar das Besuchsrecht für ihre Kinder verloren hatte. Dennoch waren viele Mütter, nur vage mit den Fakten vertraut, auf Bettys Seite.

Jana Hernholm zum Beispiel, eine Mutter aus La Jolla, die Betty nur flüchtig durch ihre Schulaktivitäten kannte, erinnert sich, Betty einmal in einem Skiort zufällig begegnet zu sein und nur Mitleid empfunden zu haben. Betty war nicht mehr die heitere, lustige, intelligente Frau, die Hernholm gekannt hatte. »Es war einfach traurig. Immer weinte sie . . . sie konnte nicht aufhören, von ihren enttäuschten Erwartungen zu reden. Ich sagte ›Lassen Sie es einfach hinter sich‹, aber sie konnte mich nicht einmal hören . . . Sie wurde völlig davon aufgezehrt. Für mich war es ganz offensichtlich, daß er mit ihr spielte. Er hätte dem ein Ende machen können. Er hätte ihr die Kinder zurückgeben können.«

Dennoch gewann Betty ungefähr zur selben Zeit schließlich eine Runde für sich. Zwar wurde ihre Sorgerechtsklage vertagt, doch kam ihr Antrag auf Unterhalt, fünf Tage nachdem sie Tricia Smith engagiert hatte, zur Verhandlung. Endlich begann Bettys Fall ein wenig Form anzunehmen.

Es gelang Smith, Bettys monatlichen Unterhalt von 12 500 Dollar auf 16 000 Dollar zu erhöhen.

Es waren nicht die fünfundzwanzigtausend Dollar, die Betty verlangt hatte, aber es war der größte Verlust, den Dan Broderick seit langer Zeit in einem Gerichtssaal erlitten hatte.

Betty war von ihrer neuen Anwältin begeistert. Sie erinnert sich zudem voller Befriedigung, wie Smith anordnete, »ich solle reich aussehen, wenn ich an jenem Tag ins Gericht käme«. Und so, erzählt Betty, »trug ich meinen braunen Oscar de la Renta aus Kaschmir mit meinem Goldschmuck, und als ich hereinkam, sagte Trish ›Sie machen sich *gut* so reich!‹«

Sie erinnert sich sogar an die Schuhe, die sie trug – »Meine zehn Zentimeter hohen Pumps von Charles Jourdan. Ich trug *immer* zehn Zentimeter hohe Absätze vor Gericht, so daß ich auf diesen kleinen Trottel [Dan] hinabsehen konnte. Er war so ein kleines Stück Scheiße, und wenn ich diese Schuhe anhatte, war ich größer als ein Meter achtzig. Ich stand Auge in Auge mit [Dans Anwalt] Gerald Barry. In diesen hohen Pumps stand ich *richtig* – ›Versucht nicht, *mich* zu verarschen, Jungs!‹ Hah. Sie sind so daran gewöhnt, auf uns herabzusehen. Neben meiner Zunge war meine Größe meine einzige wirkliche Waffe – natürlich nur, bis ich die Pistole kaufte«, fügte sie mit einem bitteren leisen Lachen hinzu.

Bauchschmerzen

Der März 1987 war ihr bis dahin verrücktester Monat. Ihre Tagebücher wurden zu wilden, unzusammenhängenden Seiten; sie zeichneten das Porträt einer Frau, die kurz vor dem Nervenzusammenbruch stand. Selbst ihre Schrift verlor langsam die Lesbarkeit und verwandelte sich in eine lose Kritzelei mit doppelt großen Buchstaben und immer mehr Ausrufezeichen und unterstrichenen Wörtern. Einige Seiten enthalten nur drei oder vier Worte. Diese Chroniken von Anfang bis Ende zu lesen bedeutet, eine Reise in den Wahnsinn zu unternehmen – ein Grund, warum die Verteidigung sie niemals vor Gericht bringen konnte. Der Staatsanwalt wollte nicht, daß die Geschworenen mit Betty Broderick in die Hölle fuhren.

Anfang 1987 war sie zu einer an Schlaflosigkeit leidenden Frau geworden, die über Geld, Kinder und ihre Gesundheit nachgrübelte – ›kann nicht schlafen, Rückenschmerzen... bekomme ich ein Geschwür?‹ Sie machte sich Sorgen, für ihre Telefonanrufe ins Gefängnis zu müssen. Außerdem begann sie, ihrer Anwältin zu mißtrauen – ›Ist sie für oder gegen mich? Tricia gibt mir nicht die Unterstützung, die ich brauche!‹ Tricia Smith reagierte insbesondere nicht schnell genug auf ihre Anrufe.

In diesen dunklen Nächten geriet sie in Zorn über das langsame Fortschreiten ihres Falles. Dan mußte sich immer noch langwierigen Vernehmungen durch ihre Anwältin unterziehen. ›Zweieinhalb Jahre‹, kritzelt sie, ›und nicht eine Aussage!‹

Zudem sorgte sie sich intensiv um ihre Zukunft.

Welche Arbeit konnte sie machen? Wohin konnte sie gehen? Sie mußte etwas finden, was sie den Rest ihres Lebens tun konnte, jetzt, wo sie nicht länger Mrs. Daniel T. Broderick III. war. Aber in ihrer Vorstellung waren alle Wege versperrt. ›Habe mich für einen Job in Jackson Hole als Kindermädchen beworben. Kinder fünf, drei und eins‹, schrieb sie am 5. Februar. ›Aber wie erkläre ich, daß meine Kinder nicht bei mir sind?‹

Dann, mitten im Satz, überschatteten ihre finanziellen Sorgen alles andere. ›Habe Krankenversicherung abgeschlossen! 78 Dollar pro Monat!‹ Am 5. März: ›Immer noch kein Geld!‹ Sein Scheck kam wieder zu spät; er sollte noch oft mehrere Tage zu spät kommen. Ihre Handschrift wurde größer und wilder.

Sie konnte ihre Rechnungen nicht begleichen, sie wußte nicht, was sie sich noch leisten konnte, also engagierte sie zu ihrer Unterstützung eine Buchhalterin. ›Mimi heute da.‹ Mimi, die Buchhalterin, kam einmal pro Monat, um die Rechnungen durchzugehen. Konnte sie sich den Gärtner noch leisten? Würde sie das Haus verkaufen müssen?

Ihre Tagebücher wurden zu einem Hauptbuch, enthielten Zahlenkolumnen, die niemals aufgingen.

Im März begann Betty auf Weisung des Gerichts, die Ehe- und Familientherapeutin Dr. Ruth Roth aufzusuchen – wo sie, wen wundert es, genau das Falsche sagte. Sie war so entrüstet darüber, daß sie, im Gegensatz zu Dan, gezwungen war, Dr. Roth aufzusuchen, um sich psychologisch bewerten zu lassen, daß sie sich weigerte, Dr. Roth ernst zu nehmen. Das Unterfangen war von Anfang an zum Scheitern verurteilt. Sie stolzierte in Roths Büro, beeindruckend in Designerkleid und mit Powerpumps und entschlossen, nichts von der verängstigten, passiven Frau tief in ihr nach außen dringen zu lassen.

Während ihrer drei Sitzungen bei Dr. Roth gab sie sich größte Mühe, zu schockieren, zu beeindrucken und sich über jegliches vernünftige Gespräch hinwegzusetzen.

Aber Ruth Roth ist keine Frau, die sich einschüchtern läßt. Sie ist eine kleine attraktive Therapeutin in den Sechzigern, mit kurzgeschnittenem, kastanienbraun gefärbtem Haar und schleppendem New Yorker Slang, und ein widerborstiger Typ, der keinen Unsinn duldet, ganz eindeutig daran gewöhnt, die Fäden in der Hand zu halten. Seit 1976 ist sie an den Gerichten San Diegos Mediatorin bei Scheidungs- und Sorgerechtsstreitigkeiten, zunächst an den Schlichtungsgerichten, dann in privater Praxis. Sie war, so rühmt sie sich, bei über fünftausend Fällen Mediatorin – »und in neunzig Prozent davon war ich erfolgreich.«

Sie ist eine vertraute, wohlgeachtete ›Expertin‹ vor den Familiengerichten San Diegos. Was sie sagt, ist normalerweise Gesetz.

»Sie ging einfach nach ihrem eigenen Zeitplan vor«, bezeugte Roth später bei Bettys Mordprozessen und beschrieb ihre wenigen Treffen. »Ich versuchte, die Kontrolle zu behalten, doch es gelang mir nicht.«

Wie üblich konnte Bettys wütende Haltung am besten an ihrer Ausdrucksweise gemessen werden. Wie jeder andere Mensch auch kann Betty sich zusammenreißen, wenn sie es versucht; sie sagt zum Beispiel vor Gericht nicht »Scheiße«. Aber für Roth hatte sie offensichtlich so wenig Respekt, daß sie die Frau mit Obszönitäten überschüttete.

Sie erzählte Roth, was bis dato die Standardversion der ›Geschichte‹ war. Wie Dan ab 1983 Linda ›vögelte‹, während Betty in einem gemieteten Haus voller Ratten zurückblieb. Wie sie ihren ›Arsch abgearbeitet hatte, um uns dorthin zu bringen‹, nur um verlassen zu werden. ›Jetzt hat er alles *und* die Fotze.‹ Sie erzählte Roth, er habe einen gewalttätigen Charakter, trete kleine Hunde und schlage die Jungen. Einmal, so erzählte sie, habe er sogar Kim geschlagen, als sie erst zehn Monate alt war. Und sie sprach über das dritte, tote Kind.

Roth versuchte, das Gespräch auf die Gegenwart zu lenken. Aber, so sagte Roth aus, Betty ließ sich nicht führen. Sie war »ungewöhnlich . . . sehr intelligent. Ich hielt sie für wütend, aber nicht für psychotisch«. Tatsächlich, so Roth, glaube sie, Betty Broderick sei die zornigste Klientin, die sie je erlebt hatte.

Dennoch dachte sie zunächst, Betty könnte immer noch eine gute Mutter sein, wenn sie sich auf die Kinder konzentrierte. Sie versuchte vergeblich, Bettys Gedanken in diese Richtung zu lenken.

Roth berichtet, Betty habe bei ihrem ersten Besuch auch damit gedroht, Dan zu töten. Und zwar in folgendem Zusammenhang: Roth hatte versucht, Betty davon zu überzeugen, daß es das Beste sei, das Sorgerecht für die Kinder zurückzugewinnen. Aber, so Roth, Betty habe wütend dagegengehalten: »Ich werde keine alleinerziehende Mutter für vier Kinder. Eher wird er sterben . . . Je weniger ich von ihnen sehe, um so besser. Keine Kinder, keine Sorgen . . . Sie werden schon sehen«

Das war das Ende der ersten Sitzung von Dr. Ruth Roth und Betty Broderick. Roth rief prompt Dan Broderick an, um ihn zu warnen, daß »ich jeden Grund zu der Annahme habe, daß Sie in Gefahr sein könnten, daß Elisabeth ihnen körperlichen Schaden zufügen will«.

In Kalifornien ist ein außerordentlicher Bruch der Vertraulichkeit zwischen Arzt und Patient – Tarasoff-Warnung genannt – nicht nur ethisch statthaft, sondern auch rechtlich angeraten in Fällen, wo der Arzt später wegen eines vermeidbaren Verbrechens haftbar gemacht werden könnte. Diese Warnung wurde nach dem Opfer eines psychotischen Mörders benannt, dessen Therapeutin später erfolgreich wegen unterlassener Warnung an das Opfer verklagt wurde.

Doch bevor Betty erfuhr, daß Dr. Roth Dan eine vertrauliche Information gegeben hatte, kam sie zu einer zweiten Sitzung – und wiederholte laut Roth beinahe wortgetreu dieselbe Warnung.

»Ich werde keine alleinerziehende Mutter für vier Kinder. Eher wird er sterben . . . das habe ich Ihnen gesagt«, sagte Betty zu Roth, offensichtlich aufgebracht über ihre Begriffsstutzigkeit. »Ich lasse ihn nicht so leicht entkommen. Der kleine Wichser hat mir gehört, und er wird auch *weiterhin* mir gehören.«

»Drohen Sie ihm?« fragte Roth.

»Ich bedrohe den kleinen Schwanzlutscher jedesmal!« Betty lachte.

Zum Schluß fragte Roth Betty nach Lindas richtigem Namen.

»Fotze«, sagte Betty.

Ende Sitzung zwei.

In jener Woche sprach Roth ihre zweite Tarasoff-Warnung

gegenüber Dan aus. Aber, so sagte sie, Dan schien das nicht ernst zu nehmen. »Er ging einfach darüber hinweg«, sagte Roth – die jetzt regelmäßig mit Dan telefonierte und mit ihm besprach, wie man am besten mit Betty fertig werden und die Kinder vor ihr schützen könnte.

Später lachte Betty nur über Dr. Roth und ihre Tarasoff-Warnungen. Ihr Gerede, Dan zu töten, sei nur so dahingesagt gewesen. »Ich saß *nicht* da und erzählte Roth, ich würde mir einen Mord überlegen. Ich hatte die Schnauze voll, aber ich bin nicht *blöd*, Herrgott noch mal!«

Genau das war natürlich immer Betty Brodericks Problem. Kein Therapeut, der je mit ihr sprach, kam auch nur für eine Minute zu dem Schluß, sie sei dumm oder verrückt.

Nach ihrer dritten Sitzung bei Dr. Roth gab Betty auf.

»Sie sagte ›Ich komme nicht wieder, weil Sie zu gut sind.‹«, erklärte Roth. »Sie sagte ›Sie lassen mich vergessen, wie sehr ich ihn hasse.‹«

»Ich sagte das, weil ich wie üblich versuchte, nett zu sein, weil ich nicht den Mumm hatte, ihr einfach die Wahrheit zu sagen«, meint Betty, »und die Wahrheit war: ich konnte sie nicht *ausstehen*. Sie war streberisch und arrogant, und sie brachte vierzig Minuten ihrer fünfundvierzigminütigen Sitzung damit zu, über sich selbst zu sprechen und mir zu erzählen, wie wunderbar sie sei.«

Dennoch war es ihr peinlich, daß sie bei Roth ihre Zunge nicht im Zaum halten konnte. »Ich war einfach fertig ... Ich hatte damals alles verloren.«

Der einzige Punkt, der Betty an der Erfahrung mit Roth ein wenig Spaß machte, war die Tatsache, daß der Richter Dan angewiesen hatte, Roths gesamte Gebühren zu bezahlen. Doch selbst das schlug fehl, weil Dan sich später einfach weigerte, mehr als die Hälfte zu zahlen, und zwar aufgrund seiner früheren Argumente – wenn Betty nicht finanziell beteiligt wäre, würde sie den Prozeß nicht »in gutem Glauben« weiterführen. Und so verklagte Roth Betty auf Zahlung des Restbetrags – ungefähr 800 Dollar.

Nachdem die Mediation gescheitert war, engagierte Dan Dr. Roth, damit sie Danny half. Danny, damals elf, war deprimiert. Er wollte bei seiner Mutter leben. Aber, so erzählte er allen Leuten, seine Mutter wollte, daß er Linda weh tat – zum Beispiel ›heißes Wasser auf sie zu gießen‹ und es als Unfall darzustellen –, und als er das nicht wollte, sei sie wütend auf ihn geworden.

Während der späteren Scheidungsverhandlung erinnerte sich Dan zudem an einen Zwischenfall kurz vor Muttertag 1987, als Danny damit drohte, aus einem Fenster im zweiten Stock zu springen, nachdem Betty ihm am Telefon gesagt hatte, er könne nicht zu ihr kommen – er solle statt dessen »Lindas Tag bei deinem Vater zu Hause feiern«.

Danny »war vom Kummer beherrscht, frustriert . . .« sagte Dan, also war er mit dem Jungen zum Eisladen an der Ecke gegangen, wo er eine Stunde lang mit ihm sprach und versuchte, ihm zu erklären, »was mit seiner Mom los ist. Warum sie sich so benimmt. Warum sie nicht damit aufhören kann. Ich sagte etwas wie ›Dan, deine Mom kann ihre Impulse nicht kontrollieren. Sie kann sich selbst nicht kontrollieren. Manche Menschen sind so. Sie ist wie ein kleines Mädchen, das aus irgendeinem Grund seinen Frust nicht kontrollieren kann oder will. Sie ist wie ein kleines Kind, das seinen Willen nicht kriegt, also wirft es sich auf den Boden und trampelt und schreit. Sie konnte das noch nie [sich kontrollieren].‹ Und ich glaube«, schloß Dan, »intellektuell hat er das verstanden.«

Mütter und Söhne

Bei Scheidungen sind die Kinder immer die größten Verlierer, doch die Nachkommen der Brodericks litten mehr als die meisten, und das bereits, bevor sie beide Eltern verloren.

Das vielleicht deutlichste Beispiel für Verantwortungslosigkeit ist auf einem mitgeschnittenen, dreißig Minuten langen Gespräch zwischen Betty und ihrem Sohn Danny Ende März 1987 zu finden. Während der Mordprozesse spielte der Staatsanwalt dieses Band ab, wohl wissend, daß es bei jedem Ekel verursachen muß.

Andererseits konterte die Verteidigung, dieses Band existiere nur aus dem einen Grund, weil Dan Broderick mehr an der Sammlung von Beweisen gegen seine Ex-Frau interessiert sei als am Seelenfrieden seines kleinen Sohnes. Sonst hätte er das Gespräch ja wohl abgebrochen, sobald er das Kind weinen und schreien hörte. Während des Gesprächs schluchzte der Junge beinahe hysterisch. Laut Tochter Kim ›war Danny noch nie so aufgewühlt‹. Dan hörte im Zimmer nebenan zu. Es war das erste Mal, daß er ein Gespräch zwischen Betty und einem ihrer Kinder für Beweiszwecke in ihrem Scheidungskrieg aufgenommen hatte.

Hier einige Auszüge aus dem Mitschnitt:

›B: »... Er ist so dumm, daß er sich nicht darum kümmert ... aber das Geld gehört mir. Ich habe es verdient. Ich habe es für zwanzig Jahre harter Arbeit und totale Scheiße von diesem Arschloch verdient.

D: Ja, aber du wirst uns nie wieder sehen, wenn ... denkst du gar nicht an deine Familie, immer nur an das blöde Geld? [Weinen]

B: Ich denke sehr wohl an meine Familie. Ich habe mich immer perfekt um meine Familie gekümmert. Ich war die beste Mutter der Welt und die beste Ehefrau auf der ganzen Welt. Es ist nicht meine Schuld, daß dein Vater ein solcher Wichser ist ...

D: Wie kommt es dann, daß du nicht einfach deinen Mund hältst, damit wir zu dir kommen dürfen?

B: Ich denke viel an meine Familie. Ich habe nur siebzehn Jahre lang vierundzwanzig Stunden pro Tag gearbeitet.

D: Also dann, nun gut. Wenn es nicht dein Fehler ist, warum kümmerst du dich dann nicht einfach um deine Angelegenheiten ... (Weinen)

B: Was meinst du damit, mich um meine Angelegenheiten kümmern?

D: Und kümmerst dich nicht darum, wen er trifft. Er könnte ein ganz anderes Mädchen treffen, und es würde nichts ändern.

B: Nun, ich schätze, du bist ein typisches kalifornisches Kind. Gratuliere, dein Gehirn ist ja Rührei. Du lebst schon zu lange bei ihm. Du hast keinen Sinn mehr für Werte, richtig und falsch, oben und unten, innen und außen, schwarz und weiß, Wahrheit oder Lüge. Wenn du weiter bei ihm wohnst, wird noch dein ganzes Hirn aufweichen.

D: Nun, du kümmerst dich ja nur um das Geld ... woran denkst du noch außer an das Geld und deinen Anteil an den Sachen?

B: ... Ich habe genug an meine Familie gedacht, um zwei Jahre lang zu ertragen, daß er mit Linda vögelte ...

D: Es ist nicht nur Lindas Fehler, es ist auch Dads Fehler und auch deiner, Mom!

B: Wieso?

D: Weil du immer wieder schlimme Worte sagst ...

B: Hör zu, als euer Vater euch Jungs das erste Mal von mir wegnahm in Skiurlaub und vor euren Augen mit Linda vögelte, da waren wir verheiratet, und damals habe ich noch niemanden Fotze genannt.

D: Welcher Skiurlaub?

B: In Utah. Wir waren verheiratet, als er das tat.

D: Nein, wart ihr nicht ... doch, aber ihr wart schon getrennt.

B: Was macht das für einen Unterschied? Wir waren noch

verheiratet. Und ihr seid meine vier Kinder, die er mir zu Weihnachten wegnahm und in ein häßliches Apartment steckte, wo er seine Sekretärin vögeln konnte.

D: Er hat uns nicht weggenommen – du hast uns zu ihm gelassen.

B: Weihnachten?

D: Nein, Ostern. Du hast mich zu ihm rübergeschickt, und einige Stunden später waren sie [die anderen Kinder] da.

B: O-Oh. Und seitdem hast du viel Spaß gehabt, oder?

D: *Nein!* Es ist *furchtbar!* Du sagst immer noch diese schlimmen Worte, und wir werden niemals zu dir kommen können, wenn du damit nicht aufhörst. Und wenn du damit nicht aufhörst, zeigt mir das, daß du nur an dein Geld denkst. [Weinen]

B: Nun, dieses Haus ist nicht so schön wie das andere.

D: Ist es doch. Es ist viel schöner.

B: Nun, es liegt besser. Es gefällt mir nicht, daß ihr in der Schwulenstadt seid mit ihren vielen Kriminellen und den vielen Zurückgebliebenen und den alten Leuten und den Drogendealern . . .

D: . . . Wenn du nicht aufhörst, schlimme Worte zu sagen, können wir dich nie wiedersehen.

B: Nun, sobald ich von Daddy eine faire Vereinbarung bekomme . . . dann werde ich über das Sorgerecht reden . . .

D: Wir dürfen nicht in deiner Nähe sein, Mom, wenn du schlimme Worte sagst.

B: So, und die Fotze, die ihn vögelt, darf in eurer Nähe sein?

D: Was ist daran falsch? Ihr beide seid geschieden, also kann Dad zusammensein, mit wem immer er will.

B: Ich habe keine Scheidung bekommen. Dad hat die Scheidung bekommen. Ich bin immer noch verheiratet.

D: Ich weiß . . . nein . . . nein, bist du nicht, denn wenn man geschieden wird, sind beide getrennt. Mom. Und er, er mag jetzt jemand anders. Er mag dich nicht mehr, und wenn du . . . du mußt aufhören, schlimme Worte zu sagen! [Weinen]

B: Warum mag er mich nicht mehr?

D: Weil du . . . er ist dich leid, weil ihr dauernd streitet.

B: Warum streiten wir dauernd?

D: Ich weiß es nicht.

B: Weil er seine Sekretärin vögelt ... Er ist Abschaum, Danny. Er ist absoluter Abschaum. Er betrügt und lügt und vögelt herum.

D: Glaubst du nicht, daß es reicht, daß du zwei Jahre lang sauer warst, Mom?

B: Nein. Ich war zwanzig Jahre lang gütig, bis ich durchgedreht bin ... Danny, ich bin nicht selbstsüchtig. Ich bin nur gerecht.

D: Du willst alles. Du willst die Hälfte von allem, was Dad gehört. Du willst alles, alle Kinder, und du willst, daß Linda geht, damit Dad nichts mehr bleibt.

B: Also, entschuldige mal. Erstens mal hast du unrecht: ich will nicht alles ...

D: Was willst du *dann*? [Weinen]

B: Zweitens, was interessiert es mich, wenn ihm nichts bleibt? Er hat seine Familie im Stich gelassen. Er verdient keine Familie.

D: Oh, okay, was interessiert es *ihn*, daß dir nichts bleibt? Das ist *genau dasselbe, Mom*! Wie fühlst *du* dich, wenn keiner da ist? nicht sehr gut, wie? ...

B: Also, wenn du das noch mal sagst, werde ich dich das nächste Mal, wenn wir uns sehen, eine halbe Stunde lang auskitzeln. Das ist *nicht* wahr, aber ich will das, was mir gehört von diesem Wichser, der sich weigert, sich mit mir zu einigen.

D: Ja, also, du hörst auf, schlimme Worte zu sagen, und dann klappt das auch ...

B: In diesen zwei Jahren unserer Trennung hätte er das schon in der ersten Woche erledigen können. Am ersten Tag hätte er das erledigen können.

D: Nein, hätte er nicht, weil du so böse warst und uns zu ihm geschickt hast.

B: Nein, schon bei der Trennung hätte er das erledigen können, und ich würde jetzt wissen, wieviel Geld ich bekommen würde, um die Rechnungen zu bezahlen und Sachen zu kaufen und dieses Haus auszustatten, damit ihr bei mir leben könntet ...

D: Es ist absolut in Ordnung, wir beide könnten dort gut leben. Ich weiß nicht, ob die Mädchen das wollen, aber falls ja, mir ist es egal, ich weiß nur, daß ich kommen will und daß Rhett kommen will und daß es dort genug Platz gibt. Es gibt ein großes Zimmer für uns beide. [Weinen]

B: Danny, du schreist mich an. Du magst mich nicht einmal! Du glaubst, ich sei selbstsüchtig und gemein und so was. Warum willst du herkommen?

D: Weil wir beide dich mögen, und du bist einfach blöd, weil du nicht willst, daß wir zu dir kommen. Du willst nur dein blödes Geld. Und das stimmt, Mom! Wir sind dir egal. Du willst nur dein Geld!

B: Das ist nicht wahr.

D: Wie kommt es dann, daß du nicht aufhören willst, schlimme Worte zu sagen?

B: Ihr seid meine kleinen Babys.

D: Ja, ich weiß, und wenn du aufhörst, schlimme Worte zu sagen, kannst du deine kleinen Babys haben. [heftigeres Weinen]

B: [lacht] Mein kleines Baby wird erwachsen. Er hat ein ganz schönes Mundwerk. Du bist ein netter Kerl, Danny. Das liebe ich. Wenn du groß bist, wirst du einmal sehr berühmt werden. Was du auch tust, du wirst erfolgreich sein. Du kommst nach deiner Mutter.

D: Warum bist du nicht einfach ... nein ... du bist nicht sehr nett, Mom, weil du nichts von dem tust, was du eigentlich tun solltest. Du solltest nach zwei Jahren nicht mehr so ... so verrückt sein. Und du solltest ... wenn du uns magst, wenn du glaubst, daß wir deine kleinen Babys sind, warum willst du dann nicht, daß wir zu dir rüber kommen? Warum hörst du nicht auf, schlimme Worte zu sagen? [Weinen]

B: [lacht] ...

D: ... Warum hörst du nicht einfach auf, schlimme Worte zu sagen? Diese ganze Sache könnte viel, viel schneller geregelt werden ... wenn du weiter schlimme Worte sagst, wird sie nie geregelt, Mom.

B: Nun, sag deinem Dad, er soll sie schnell regeln, und sie

kann schon vor morgen Mittag erledigt sein... Er hat das ganze Geld. Er hat jeden Cent von dem, was uns beiden gehört. Wenn er mir die Hälfte gibt, werden wir darüber reden...

D: Er gibt dir immer Geld am... ich weiß es nicht, aber er gibt dir viel Geld.

B. Ja, also... Es ist nicht genug... Es ist nicht soviel, wie mir laut Gesetz zusteht.

D: Ja. Also, wieviel *steht* dir denn zu?

B: Die Hälfte.

D: Okay, also, du würdest die Hälfte deines blöden Geldes kriegen, wenn du nur aufhören würdest, schlimme Worte zu sagen!... Warum hörst du nicht einfach damit auf?

B: Weil ich verrückt bin.

D: Also, du kannst nicht seit zwei Jahren verrückt sein. Es wird nur einfach immer schlimmer mit dir, bis du dein blödes Geld kriegst, und du wirst niemals deinen Teil an dem blöden Geld kriegen, wenn du nicht aufhörst, schlimme Worte zu sagen! [Weinen] Das ist nicht lustig, Mom!

B: Wo ist dein Daddy, während du mich hier so anschreist?

D: Ich weiß es nicht.

B: Vermutlich hört er am anderen Telefon zu.

D: Nein, tut er nicht, denn ich sehe ihn hin und wieder durchs Zimmer laufen, weil er einige Glühbirnen auswechselt.

B: Wo ist die Fotze?

D: Ich weiß nicht wo, Mom. Ich weiß es nicht.

B: Nun, es ist noch nicht Zeit, rüberzukommen und ihn zu ficken, wie?

D: Nein. Sie ist bei ihrer Familie.

B: ... Ich frage mich, was ihre Familie davon hält, daß sie mit ihrem Chef herumvögelt, der verheiratet ist und vier Kinder hat.

D: Nicht mehr.

B: Nun, was dachten sie von ihr, als sie mit ihm vögelte und er noch verheiratet *war*?

D: Nun, also, du kannst sagen, was du willst, aber du bist wirklich blöd zu deiner ganzen Familie. Niemand kann dich mehr leiden.

B: ... Nun, das wußte ich nicht, Danny. Ich war die beste Mutter und die beste Ehefrau auf der ganzen Welt ... Daddy hat uns alle beschissen. Er hat dein ganzes Leben und mein ganzes Leben über den Haufen geworfen.

D: Also, du machst gerade genau dasselbe, Mom.

B: Schlimme Worte sagen hat nichts mit Familie bescheißen zu tun ...

D: ... du machst alles zehnmal schlimmer, und es wird immer schlimmer werden, bis du aufhörst, schlimme Worte zu sagen. Warum hörst du nicht auf? [Stille] Häh? ... Und du sagst immer, daß du gar nichts machst, aber das stimmt ja nicht, Mom! ... Warum hörst du mir nicht zu, Mom? Du könntest allen in dieser Familie das Leben viel einfacher machen, wenn du aufhören würdest, schlimme Worte zu sagen. Du kriegst deinen blöden Anteil, wenn du damit aufhörst. Du bekommst uns, die Kinder, die zu dir kommen wollen, und zwar für immer, wenn du nur aufhörst, diese *dummen schlimmen Worte zu sagen! Warum hörst du nicht einfach auf?* [Weinen]

B: [lange Pause] Weil ich Daddy hasse ... Er hat mir alles weggenommen, was ich auf der Welt habe ... einschließlich der Kinder [Weinen] ...

D: Ja, aber er ... er hat sie dir nicht weggenommen – du hast uns zu ihm *gegeben*!

B: ... er hat das alles verdammt in die Länge gezogen, hat mich ins Gefängnis geworfen und mein Haus unter meinem Hintern weg gestohlen!

D: O ja, weißt du, warum er dich ins Gefängnis gesteckt hat? Weil du hergekommen bist und sein Haus verwüstet hast!

B: Nachdem er mein Haus gestohlen hatte ... ich wünschte, er würde sterben! Ich wünschte, er würde sich besaufen und seinen verdammten Wagen ...

D: Was würde das ändern, Mom?

B: Dann wäre er von dieser Welt verschwunden ...

D: Du bist lange genug sauer ...

B: Nein, bin ich nicht.

D: O doch. Willst du also noch zwei Jahre sauer sein, und

danach noch mal vier Jahre, und danach vielleicht sechs Jahre?‹

Dann endete die Aufnahme. Offensichtlich war Dans Band nicht lang genug.

Betty sollte sich niemals für dieses Gespräch entschuldigen oder um Verzeihung bitten: »Er wollte mich verrückt machen, und das hat er auch geschafft«, sagt sie. »Ich könnte heute nicht mehr sagen, *was* ich gedacht habe – außer, daß jedes Wort, das ich sagte, *stimmte*.«

Im Frühjahr 1987 wuchs ihr Groll gegenüber allem und jedem. Wie üblich konzentrierte sie sich dabei zunächst auf ihre Anwältin. In ihrem Tagebuch übte sie Tag für Tag scharfe Kritik an Smith. Einmal mehr wurde sie von einer Anwältin übervorteilt – ›45 000 Dollar Gebühren bis jetzt‹, schrieb sie. ›Für nichts . . .‹

Schließlich schrieb sie eines Nachts einen glühenden Brief an Smith und feuerte sie. Natürlich hatte sie nicht den Mut, den Brief abzuschicken.

Zur selben Zeit war sie immer öfter mit ihrer Gesundheit beschäftigt. Wie ihre Mutter, die sich, wenn sie aufgebracht war, mit ›Blähungen‹ ins Bett legte, so vermischte auch Betty gerne seelische und körperliche Beschwerden. ›Kann nicht schlafen‹, schrieb sie in ihr Tagebuch. ›Rückenprobleme. Zähneknirschen. Kopfschmerzen. Depressionen. Angst!!!‹ Und ihr Gewicht nahm rapide zu.

Doch vor allem waren diese Frühlingsmonate von ihrer Sorge um die Kinder bestimmt. Sie registrierte jede Krise, real oder eingebildet.

In ihren Eintragungen findet sich unter anderem:

Kim hat schon wieder eine Sechs bekommen. Rhett wurde mit 124 Dollar in der Schule gefaßt. Sie machte sich Sorgen um Lee und Drogen. Lee war ›hysterisch und wollte weglaufen‹, weil Linda nicht aufstand, um sie zur Schule zu fahren, also mußte sie im Regen mit ihrem Moped fahren, dann ging ihr das Benzin aus, und sie kam zu spät zur letzten Prüfung.

Am 7. Mai rief die Francis-Parker-Schule bei Betty an, um ihr mitzuteilen, Rhett sei so krank, daß er von den anderen Kindern isoliert werden mußte. ›Rhett von den anderen Kindern als ansteckend getrennt‹, schrieb sie wütend.

Als nächstes kaufte sie bei einer Wohltätigkeitsveranstaltung der Schule ganz impulsiv eine Reise für eine Person nach Hawaii im Juli. Aber selbst da erwartete sie noch, daß Dan zahlen würde, damit sie auch die Kinder mitnehmen könnte.

Auf gar keinen Fall, sagte er. Auch er und Linda planten einen Sommerurlaub auf Hawaii und hatten die Absicht, die Kinder mitzunehmen. Wenn Betty sie mitnehmen wolle, könne sie das selbst bezahlen.

16. Mai: ›Rhett legt im Hof des Nachbarn Feuer; Kim letzte Nacht ohne Benzin auf dem Boot ... keine Aufsicht durch Erwachsene!‹ Rhett beklagte sich derweil, bei Dan gebe es nichts ›Leckeres‹ zu essen. Keine Snacks.

Dan ließ ihre Kinder hungern, schloß sie daraus. Alles, was falsch lief, war seine Schuld. Die Art, wie er ihre Kinder behandelte, wurde in ihren Augen zum Beweis dafür, daß er als Vater ungeeignet war – genauso wie für ihn Bettys Telefonbotschaften hinreichend bewiesen, daß sie unfähig war. So wie er jeden Abend zu Hause saß und die neuesten bösen Bänder aus dem Anrufbeantworter sammelte, saß Betty in ihrer Küche und kritzelte wütende Notizen über seine Sünden in ihr Tagebuch. Doch das Ergebnis war bei beiden das gleiche: Beide Brodericks waren besessen von dem Gedanken, Beweise für den niederen Charakter des anderen zu sammeln.

Doch während Dan noch klar sehen konnte, war Bettys Sichtweise getrübt, nicht mehr weit entfernt von totaler Blindheit. Jetzt konnte sie nur noch sehen, wie sie zum Opfer wurde. Sie war schuldlos. Er war ein Monster. So einfach war das. Und es war immer noch erst 1987.

Unter anderem finden sich in ihren Eintragungen vom Mai umfangreiche Anmerkungen über ihr soziales Leben. Sie führte immer noch buchstäblich ein Doppelleben, indem sie versuchte

Die Familie

Betty Broderick...
vor ihrer ersten
Kommunion,
in einer streng
katholischen Familie,
im Alter von sieben
Jahren...

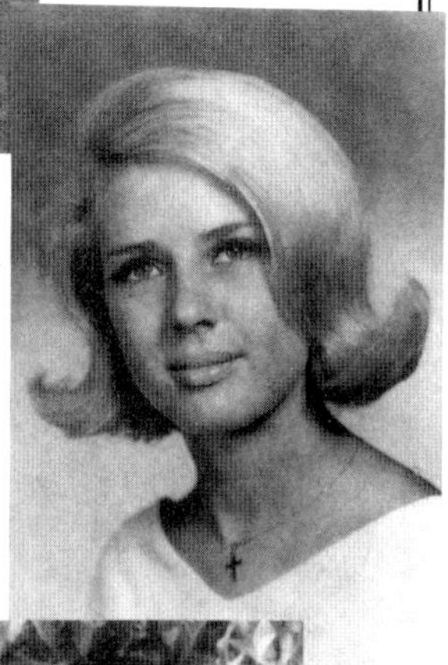

... bis zum Abschluß der High School in einem Vorort von New York im Alter von siebzehn...

... Betty mit ihrer Mutter und deren Schwestern Clare und Marita (von links nach rechts) zehn Jahre später: „Ich war niemals die Schöne in der Familie", sagte sie später.

Aus Pittsburgh schickte die Familie Broderick, ganz traditionell eingestellt, Weihnachtskarten: ungefähr Anfang der Sechziger Jahre. Dan Broderick ist der 2. von rechts, stehend.

Die vielen Gesichter des Dan Broderick, von seinen Tagen in Notre Dame, über seine Schuljahre an der Cornell Medical School und Harvard Law School, über seinen ersten Job in einer der größten, angesehensten Anwaltskanzleien San Diegos, bis zu seiner ersten eigenen Praxis.

Die Hochzeit

Betty und ihr Vater erreichen rechtzeitig die Kirche.

Mr. and Mrs. Francis J. Bisceglia
request the honour of your presence
at the marriage of their daughter
Elisabeth Anne
to
Mr. Daniel Thomas Broderick III
Saturday, the twelfth of April
Nineteen hundred and sixty-nine
at twelve-thirty in the afternoon
Immaculate Conception Church
Tuckahoe, New York

Betty, die errötende Braut, von ihrer Mutter begutachtet.

Eine gelungene katholische Hochzeitszeremonie. Sie gaben sich gegenseitig ein besonderes Versprechen, in dem sie einander gelobten, „mindestens fünfzig Jahre lang“ verheiratet zu bleiben.

12. April 1969: „The Twelfth of Never" war das Lied, das sie als Thema ihrer Hochzeit wählten.

Zwanzig Jahre später
verstand Betty immer noch nicht wie er einen solchen
Anzug und solche Schuhe bei der Hochzeit tragen konnte.

Die frühen Jahre

Die Brodericks wurden sofort Eltern. Neun Monate nach ihren Flitterwochen wurde 1970 Kim geboren, Dan hatte gerade die Medical School beendet. Betty ging ihrer Arbeit als Lehrerin bis einen Tag vor der Geburt nach.

Achtzehn Monate später, Dan war auf der Harvard Law School, wurde Lee geboren. Betty war während ihrer ersten zehn Jahre Ehe neunmal schwanger.

Betty zog ihren Töchtern oft die gleichen Kleider an.

In den frühen Jahren machte Dan ihnen eine Freude, wenn er sich Weihnachten als Santa Claus verkleidete.

Die Familie wächst

1976 ließ sich Betty nach der Geburt von Rhett sterilisieren.

Nachdem Dan eine private Kanzlei eröffnet hatte, begann die Familie, Weihnachten ihren Skiurlaub in Colorado oder Utah zu verbringen.

Ein Bild aus dem Jahre 1980. Links Betty mit Kim und Lee; rechts Dan mit Kim, 10, die sich für Halloween als Miss Piggy verkleidet hatte.

Betty beschwerte sich immer öfter, „alleinerziehende Mutter" zu sein, weil Dan ständig arbeitete. Hier, 1981, mit ihren vier Kindern in Disneyland.

1982: Das jährliche Foto der „glücklichen Familie".

1983: Betty feiert ihren 36. Geburtstag mit ihren Kindern. Dan kam an jenem Abend nicht zum Essen nach Hause. Später am Abend schnitt sie sich bei einem halbherzigen Selbstmordversuch die Pulsadern auf.

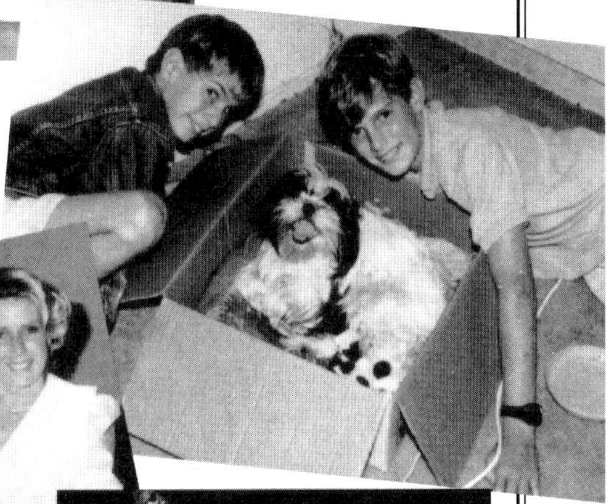

Dan mochte zwar keine Hunde, dafür aber die Kinder und Betty. Hier Danny und Rhett mit ihrem Lieblingstier.

Weihnachten war immer Betty´s Lieblingsfeiertag. Ihre Kinderparties waren in La Jolla legendär. Zwei Monate nach dieser Aufnahme verließ Dan Betty wegen Linda, die später in einem ähnlichen Kleid für Weihnachten fotografiert wurde.

1984: In seinem Gesicht zeigte sich immer häufiger, daß Dan Broderick unglücklich war. Er posiert mit seinen Söhnen und trägt seine übliche Rose im Knopfloch. Seine Affäre mit Linda hatte bereits begonnen.

November 1984: Das letzte Familienfoto der Brodericks. Auf die Rückseite des Fotos kritzelte Betty: „Bild einer *jämmerlich unglücklichen* Familie.“

Sommer 1991: Die Broderick-Kinder kurz vor der zweiten Verhandlung ihrer Mutter

Der soziale Aufstieg

San Diego, 1973: Sie waren noch weit entfernt von großem Geld und großer Welt, aber Dan kleidete sich immer auffällig, und Betty ließ sich ihren Überbiß korrigieren. Fertig für den Blackstone-Ball, San Diegos erste juristische Gala; er war neunundzwanzig, sie sechsundzwanzig Jahre alt.

Lee, Kim, Dan, Betty und Danny III. mit unbekanntem Freund an Dans fünfunddreißigstem Geburtstag 1979.

1981, ein seltenes Foto, auf dem die beiden lächeln und sich berühren.

1984, das Jahr, bevor Dan Betty wegen Linda verließ, am Abend des Blackstone-Balls. Betty trägt ihr erstes trägerloses Kleid in rot und schwarz, passend zu Dans rot-schwarzem Cape.

Ihre Meinungsverschiedenheiten wuchsen mit der Höhe ihres Reichtums. Links: Dan und Kollege bei einem feucht- fröhlichen Abend. Im Gegensatz dazu (rechts) Bettys Vorstellung von Spaß - eine Kindergeburtstagsdekoration.

Bettys Freunde

Die Frauen in Bettys sozialem Umfeld in La Jolla waren genau wie sie, alle ordentlich, geschmackvoll, gebildet und dazu erzogen, perfekte Ehefrauen und Mütter zu sein; ihre Freizeit widmeten sie wohltätigen Zwecken.

Betty und Freundinnen bei einem Lunch in La Jolla (oben links).

Brian und Gail Forbes, später Zeugen der Anklage, gehörten zu Bettys und Dans ersten und besten Freunden in La Jolla. Betty war Patin für eines ihrer Kinder (oben rechts).

Betty und Gail Forbes in früheren, glücklicheren Tagen auf einem Ausflug nach Berkeley (unten links).

Patti Monahan, frühere Frau von einem der besten Freunde Dans, war ebenfalls eine von Bettys besten Freundinnen in La Jolla. Kurz nach den Morden rief Betty sie an. Monahan wurde Zeugin der Anklage (unten rechts).

Hele Pickard (oben rechts), eine weitere von Bettys ältesten Freundinnen, sagte bei den Mordprozessen gegen sie aus. Sie lernten sich Mitte der Siebziger kennen, als Pickard ihre Kinder in Bettys Hinterhof-Tageszentrum brachte. „Betty war eine so ordentliche Mutter. Ich habe sie immer beneidet. Sie hat einfach *alles* richtig gemacht", bemerkte sie einmal.

Zwei der neueren und loyaleren Freundinnen waren Dian Black (unten rechts) und Ronnie Brown (unten links), Frauen, die sich für eine Scheidungsreform einsetzten. Ronnie Brown war die einzige Freundin, die Betty zu ihrer nicht-öffentlichen Scheidungs-Verhandlung mitnehmen durfte. Dian Black war diejenige, die Betty nach den Morden um Hilfe bat.

Linda

Linda Bernadette Kolkena, Dans zweite Frau, jüngstes Kind einer großen, streng katholischen, holländischen Einwandererfamilie, bei ihrer ersten Kommunion.

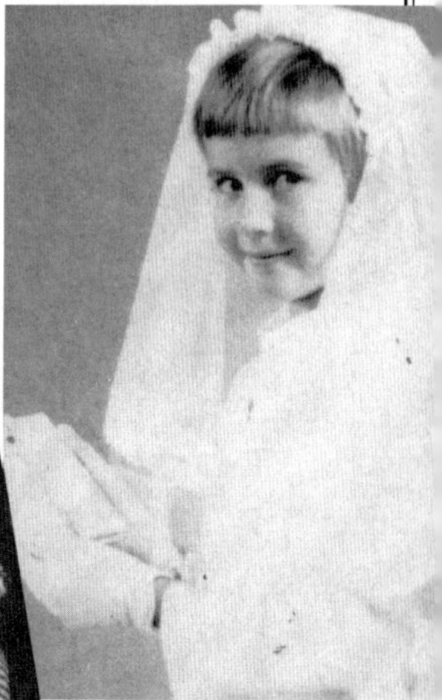

Genau wie Betty liebte Linda Kinder: „Das war alles, was sie sein wollte – Ehefrau und Mutter", sagt ihre Schwester Maggie Seats (links), mit Linda und Maggies Kindern an Weihnachten.

Linda im Juli 1983 mit ihrem dreijährigen Neffen Matt. Damals war ihre Affäre mit Dan schon im Gange.

Nach allem, was man hört, ging die Affäre zwischen Linda und Dan bereits drei Jahre, bevor er sich Betty endlich offenbarte. Er und seine Assistentin wurden regelmäßig gemeinsam fotografiert.

Laut Aussagen von Freunden war Dan vom ersten Augenblick an von Linda fasziniert.

Fünf Jahre später küßt Dan Linda beim Blackstone-Ball.

Dan, immer adrett, liebte besonders seinen Stroh-Bowler, genau wie seinen Zylinder. Betty bedauerte später, nachdem sie von seiner Affäre mit Linda erfahren und die meisten seiner Kleider verbrannt hatte, daß sie „den verdammten Bowler verschont" hatte.

Der Abstieg

Einige Wochen, nachdem Dan sie verlassen hatte, setzte sie alle vier Kinder vor seinem Haus ab und fuhr nach New York zu einer Familienfeier zum Geburtstag ihres Vaters. Sie bekam die Kinder nie zurück. Hier, mit ihren Eltern, drei Brüdern und einer Schwägerin. Betty ist die zweite von rechts.

In jenem Sommer machte Betty alleine in Kanada Urlaub. Sie sagt, daß Dan sie, bevor er sie verließ, „alt, fett, häßlich und langweilig" nannte.

Im Herbst ließ sich Betty als Coach der Fußballmannschaft engagieren, damit sie mehr Zeit mit ihrem jüngsten Sohn Rhett verbringen konnte (vierter von links, hinten).

Betty lernte Brad Wright kennen, Bauunternehmer, sechs Jahre jünger als sie, der in den folgenden Jahren ihr loyalster Freund und Begleiter wurde.

Anfang 1986: Betty pflegte sich immer noch sorgfältig. Dan gewann das alleinige Sorgerecht für die Kinder. Betty, die keinen Anwalt hatte, erschien nicht einmal vor Gericht. Im weiteren Verlauf des Jahres ließ er sie zum ersten Mal inhaftieren, wegen eines Disputs über sein neues System der „Bußgelder“ auf ihre monatliche Schecks.

Im Laufe des nächsten Jahres nahm sie zu. Wright nannte sie liebevoll „Bär“. Hier mit Wright und Rhett.

1988: „Was tun Sie, wenn Sie sich so deprimiert und elend fühlen, daß Sie am liebsten sterben würden?“ fragte Betty. „Sie holen Ihre Kreditkarten hervor und fliegen nach Tahiti... Es ging mir so schlecht wie nie zuvor in meinem Leben. Ich war ein Niemand. Ich wußte nicht, wie ich mich den Leuten vorstellen sollte.“

*M*ai 1989: Sechs Monate vor den Morden war Betty noch fähig, für ihre Kinder ein lachendes, glückliches Gesicht aufzusetzen (hier mit Rhett) auf einer Schulveranstaltung. Bei anderen Gelegenheiten (unten) war es fast unglaublich, daß dieses müde, gehetzte, gealterte Gesicht zu derselben hübschen, jugendlichen Frau gehörte, die sie drei Jahre zuvor noch gewesen war.

Die Prozesse

6. November 1989, der Morgen danach: Betty stellt sich vor Gericht der Anklage wegen zweifachen Mordes ersten Grades.

*M*it Anwalt Jack Earley bei einer gerichtlichen Anhörung mehrere Wochen später.

*W*ährend ihrer ersten Verhandlung weinte sie häufig, wenn sie ihren emotionalen Niedergang beschrieb – aber sie ließ nie ein Wort des Bedauerns über ihre Tat verlauten.

Im Gegensatz zu späteren Darstellungen im Fernsehen, jubelte sie nicht, als die Geschworenen ohne ein Urteil zurückkehrten. Aber sie sah erfreut aus.

Die Stellvertretende Bezirksstaatsanwältin Kerry Wells war für den zweiten Prozeß besser vorbereitet. Hier rekonstruiert sie Bettys Position am Bett von Dan und Linda am Morgen der Tat.

Als die zweite Jury sie in zwei Fällen des Mordes zweiten Grades für schuldig befand, lächelte sie freundlich. Links Marion Pasas, Ermittlerin für die Verteidigung und Beraterin der Geschworenen, rechts Anwalt Earley.

Betty Broderick wurde zu zweiunddreißig Jahren bis lebenslänglich verurteilt. Im Jahre 2011 kann sie zum ersten Mal Freilassung auf Bewährung beantragen (nächste Seite).

– trotz ihrer furchtbaren Nächte – bei Tage als respektable, anständige Dame aus La Jolla zu erscheinen. Am Wochenende des 9. Mai sprach sie über ihre Pläne, am Theta-Lunch, einem Wohltätigkeitsbasar, teilzunehmen, sowie am Frühlingsmarkt, wo sie den Kartenverkauf übernehmen sollte.

Aber der Mai war hauptsächlich Kims Monat.

Es begann am Samstag morgen, dem 2. Mai, als die älteste Tochter der Brodericks ihren Eignungstest fürs College ablegen sollte. Aber als sie am Prüfungszentrum angelangt war, rief Kim Betty in Panik an, weil sie gerade entdeckt hatte, daß sie ihren Geburtsort nachweisen mußte, andernfalls würden die Testergebnisse nicht gewertet. Da sie keinen Führerschein hatte, brauchte sie eilig ihren Paß. Und sie wußte nicht, wo der war. Sie glaubte, er könne in ihrer Schreibtischschublade bei Dan sein – aber sie könne Dan zu Hause nicht erreichen, sagte sie zu Betty.

Panik. Wie ihre Tochter konnte Betty jederzeit ohne Probleme auf Panik umschalten. Was folgte, war eine weitere Runde von Telefongesprächen.

»Du abscheulicher Wichser! Da gibt es einen absoluten Notfall, und deine Tochter kann dich nicht finden. Typisch! Arschloch!« kreischte sie auf Dans Anrufbeantworter. Sie war doppelt frustriert, weil sie ihn nicht auf seiner Privatnummer erreichen konnte – er hatte sich immer geweigert, ihr seine Nummer zu geben.

»Wichser, jetzt stehe ich hier und versuche zu ergründen, wer von deinen Freunden wohl deine Geheimnummer kennt. Weißt du was? Du hast gar keine Freunde. [Gelächter] . . . Nimm den Hörer ab, du blöder Wichser! Du hast schon die letzten beiden Jahre von Kims Leben ruiniert, mach nicht auch noch ihr weiteres Leben kaputt . . .«

Als nächstes versuchte sie, einige von Dans Freunden anzurufen, erreichte aber nur deren Anrufbeantworter. Dann rief sie in ihrem ersten und einzigen Versuch, direkt mit Linda Kolkena Kontakt aufzunehmen, in deren Wohnung an. Wo sie auch nur den Anrufbeantworter bekam.

»Natürlich bist du nicht zu Hause, du bist deinen Chef

vögeln. Wir haben einen Notfall in der Familie, und ich brauche die Nummer deines Arbeitgebers. Fotze.«

Zwar gab es keinen Unterlassungsbefehl, der Betty davon abhielt, sich Linda Kolkena zu nähern, doch schloß Dan diesen Anruf trotzdem in die Liste ihrer Beleidigungen mit ein, die im Mai dem Gericht vorgelegt wurde.

Schließlich erreichte sie Brian Monaghan, der Dan auf seiner Privatnummer anrief – und irgendwie gelang es den Brodericks, die Krise rechtzeitig zu meistern, so daß Kim an ihrem Test teilnehmen konnte.

Ende Mai kam schließlich die Sache mit Kim und ihrem Kleid für den Abschlußball. Betty war allein zu Hause und las, so erzählt sie, als ihre Tochter ›hysterisch‹ hereingerannt kam, weil Dan ihr nur 150 Dollar für ein neues Kleid und neue Schuhe für den Ball gegeben hatte.

Betty reagierte mit der Geschwindigkeit einer Löwin, um ihr Junges zu schützen und Kim zu helfen. Sie fuhr mit quietschenden Reifen, Kim im Schlepptau, vor einer ihrer Lieblingsboutiquen in La Jolla vor, gerade als das Geschäft schließen wollte – und kam eine halbe Stunde später im Besitz eines pfirsichfarbenen, perlenbestickten Partykleides aus Satin mit passenden Schuhen, im Gesamt wert von 800 Dollar, wieder heraus. Es war, wie Betty es ausdrückt, »zum Niederknien – lange Ärmel, V-Ausschnitt, genau richtig für ein junges Mädchen. Sie sah aus wie eine Prinzessin«. Sie bezahlte es, natürlich, mit Kreditkarte, obwohl sie sich Sorgen um ihre monatliche Zahlung von 78 Dollar für ihre Krankenversicherung machte.

Tatsächlich luchste Kim Betty mehr als einmal neue Klamotten ab, einfach dadurch, daß sie jammerte, wie tief sie im Leben gefallen war, dank ihres geschmacklosen Vaters und seiner neuen Freundin. Da Geld im Ehekrieg der Brodericks immer ein Druckmittel war, wurde es zu einer Waffe, die Kim schnell zu nutzen lernte – was sie später vor Gericht, als Hauptzeugin der Anklage, auch zugab. Doch sie spielte alles herunter.

»Ich war *immer* hysterisch«, sagte sie mit verlegenem

Gesichtsausdruck. »Und Mom kaufte mir dann immer wunderbare Sachen.« Aber, so fügte sie hinzu, sie »fühlte sich dabei schuldig« wegen Bettys Ausgaben für sie, denn »sie sagte dann immer, sie habe nicht genug Geld, um ihre Rechnungen zu bezahlen«. Und zu Dans 150 Dollar für das Ballkleid: »Es war wirklich keine große Sache . . .« Natürlich war sie aufgebracht, sagte sie; aber erstens sei sie ein emotionaler Mensch, und zweitens »hatte Mom mir das Jahr zuvor ein absolut phantastisches Kleid gekauft. Ich sah aus wie Cinderella! Dad wollte einfach, daß ich . . . normal aussah.«

Am Ende des Monats reichte Dan eine weitere Mißachtungsklage wegen Bettys Telefonanruf bezüglich des Passes ein. Am nächsten Tag wurde eine Gerichtliche Verfügung zur Vorbringung von Einwendungen auf den 28. Mai festgesetzt. Insgesamt standen im April und Mai neun verschiedene Verhandlungen gegen Betty an.

Auch Linda hatte in die Sache eingegriffen und eine eigene Stellungnahme formuliert, um Dans Antrag zu unterstützen. Sie beschrieb dabei ihren eigenen direkten Telefonkontakt mit Betty wie folgt: »Um ungefähr 20 Uhr 10 klingelte das Telefon. Ich meldete mich wie üblich mit ›Büro Mr. Broderick‹. Die Beklagte, deren Stimme mir gut bekannt und daher leicht zu erkennen ist, sagte: ›Die Fotze arbeitet heute spät! Stell mich durch zu Dan.‹ Ich hängte sofort ein, rief Mr. Broderick zu Hause an, um ihm mitzuteilen, was passiert war, und beendete für den Abend meine Arbeit.«

Am 28. Mai erschien Betty vor Gericht, um auf fünf Vorwürfe der Mißachtung von Gerichtsbeschlüssen zu reagieren.

Tricia Smith tat ihr Bestes. Sie bat um eine Verhandlung vor Geschworenen, wurde jedoch abgewiesen. Sie argumentierte, Betty habe nicht gegen eine Unterlassungsverfügung verstoßen, weil eine solche nicht existiere – die zeitweilige Verfügung vom November 1985 war niemals auf unbefristete Zeit verlängert worden. Richter Joseph ließ auch das unberücksichtigt und erklärte, er habe die Verfügung zur Kenntnis genommen und selbst verlängert.

Zuletzt argumentierte Smith, keine Verfügung könne eine Mutter davon ausschließen, ihre eigenen Kinder anzurufen. Eine solche Verfügung wäre derart überzogen in ihren Auswirkungen, daß sie als verfassungswidrig eingestuft werden könne.

Doch Joseph hatte die Nase voll von Betty Broderick. Er wies Smiths Argumente zurück und verhängte eine fünfundzwanzigtägige Gefängnisstrafe. Er könne jedoch einen Teil der Strafe zur Bewährung aussetzen, wenn Betty sich beim Gericht für ihr respektloses Verhalten entschuldige. Smith bat um eine Aussetzung des Urteils, bis Betty zu Hause ihre Angelegenheiten in Ordnung gebracht hatte. Joseph lehnte ab. Also wurde Betty Broderick in Handschellen gelegt und direkt vom Gericht ins Gefängnis befördert.

Und dieses Mal war es echt. Nicht nur für ein paar Stunden. Dieses Mal bekam sie in Las Colinas eine Uniform und wurde mit zwei anderen Frauen in eine Zelle gesperrt; beide waren von dieser großen Hyperblonden mit dem tollen Make-up und den manikürten Fingernägeln fasziniert, die plötzlich in ihre Mitte verschlagen worden war. Eine von ihnen, so erinnert sich Betty, war »diese alte Dame, die heroinsüchtig war und wegen Betrugs des Sozialamtes saß. Die andere war ein junges spanisches Mädchen, schwanger, und auf Drogen, seit sie elf Jahre alt war. Ich sagte zu ihr: ›Ist Ihnen klar, wieviel Geld Sie für Drogen ausgegeben haben? Es ist viel besser, zu Nordstrom's einkaufen zu gehen!‹ Und sie lachten.« Sie lacht heute auch herzlich, wenn sie sich daran erinnert.

Zunächst war sie ›im Gefängnis wie versteinert‹, aber sie lernte bald, daß sie nichts zu fürchten hatte, wie sie heute sagt. »All diese großen schwarzen Mädchen beschützten mich richtig. Mit meinen Zellengenossinnen kam ich gut zurecht, weil ich für *jede* sorge – sie können meine Kleider haben, meine Süßigkeiten, mein letztes Stück Seife. Ich nehme mir selbst keinerlei Rechte... Ich fühle mich immer verpflichtet, Konversation zu machen, Karten zu spielen, zu schlafen, wenn sie schlafen, zu essen, wenn sie essen, alles, um mit ihnen klarzukommen. Ich bin solch ein verdammter Schwächling.«

Sie blieb sechs Tage in Haft.

Joseph setzte die verbleibenden neunzehn Tage auf Bewährung aus – allerdings erst, nachdem Tricia Smith ein Gnadengesuch eingereicht hatte. Sie fügte diesem den besten Brief bei, den sie von Betty bekommen konnte und in dem diese versprach, keine weiteren beleidigenden Telefonanrufe zu tätigen:

›Richter Joseph‹, schrieb Betty am 1. Juni auf einfachem Gefängnisschreibpapier. ›Auf Ihre Bitte hin verspreche ich, mich zu ändern. Ich werde meine Kinder nie mehr anrufen, solange sie bei ihrem unmoralischen, alkoholsüchtigen, grausamen Vater leben. Diese ganze Sache ist unerträglich schmerzhaft für die Kinder und für mich. Sie kommen mit all ihrem Kummer und ihren Schwierigkeiten zu mir, wie es ja auch sein sollte. Ich dachte, es sei meine Pflicht, und ich weiß, es ist mein Recht als ihre Mutter, IMMER für sie da zu sein. Aber ich lasse zu, daß der aufgeblasene Harvard-Anwalt, Präsident der Anwaltskammer, uns alle schlägt. Er liebt es offensichtlich, Frauen und Kinder zu SCHLAGEN. Ich werde alles tun, um diesem eskalierenden Wahnsinn zu entkommen.‹

Dann zählte Betty die ganze Litanei von Dans Sünden gegen sie und ihre Kinder auf. ›Es macht mich krank, daß Sie nicht in der Lage sind, das zu durchschauen und etwas zu tun, um die Kinder zu verteidigen ... Scheidung ist die ›Große Amerikanische Tragödie‹ ... Das Leben von Frauen und Kindern wird durch Scheidung ZUM ENTGLEISEN GEBRACHT.‹

Sie endete mit einer Art Versprechen, sich zu ändern, wenn er sie aus dem Gefängnis entließe. ›Ich verstehe, was ich nicht tun soll. Das wird eine erleuchtende Erfahrung, die sich nicht wiederholen wird. Ich werde weder meine Zeit noch die anderer Leute mit diesen Ablenkungsmanövern verschwenden.‹

Aber Betty hatte kaum die Gefängnismauern hinter sich gelassen, als sie schon jedes Wort ihres Briefes zurücknahm.

›Die Stellungnahme, auf die Sie sich [vor Gericht] bezogen haben, ist nicht meine Stellungnahme‹, schrieb sie an Joseph in einem Brief, den sie auch in ihr Tagebuch übertrug. ›Sie wurde mir von meiner Anwältin diktiert.‹ Tatsächlich sei sie der folgenden Ansicht:

›Ich bin entsetzt über die grobe Mißachtung der Gerechtigkeit in Ihrem Gericht. Es ist eine Schande, daß Sie sich von Dan Brodericks Anwesenheit so ›geehrt‹ fühlen, daß Sie jedes Gefühl für Wahrheit und Gerechtigkeit verloren haben ... Wie Sie die Telefongespräche mit meinen Kindern, die zu einer Zeit stattfanden, als Dan gar nicht zu Hause sein konnte, als Belästigung Dan Brodericks ausgelegt haben, ist ein schlechter Witz ... Nur weil Dan seine Empfangsdame vögelt, LASSE ICH MICH NICHT ALS VERRÜCKTE KRIMINELLE BEHANDELN. ICH BIN ABSOLUT UNSCHULDIG.‹

Seitenlang tobte sie sich aus. Sie beschwerte sich, ihre grundlegenden Bürgerrechte seien ihr verwehrt worden, einschließlich der Freiheit der Rede, und sie bezeichnete die Verhandlung hinter verschlossenen Türen als unamerikanisch. Sie hatte den Richtern immer vertraut, fügte sie hinzu. Doch Joseph hatte sie enttäuscht. ›Ich lehne es strikt ab, noch einmal das Opfer Ihrer voreingenommenen und ungerechten Beurteilung zu werden. Irgendwie werden wir in dieser Stadt oder anderswo ein UNVOREINGENOMMENES Urteil finden. B. Broderick.‹

Sie legte außerdem sieben Anlagen bei, von der Definition von *Fotze* und *Prostituierte* aus Webster's Wörterbuch bis zu verschiedenen Ausschnitten aus *Time* und der *New York Times* über Sorgerechtsbelange und Anwälte.

Es war Dienstag, der 2. Juni, als sie aus dem Gefängnis kam und ihren Briefkasten öffnete. Dort erwartete sie unglaublicherweise ein weiterer Antrag von Dan wegen Mißachtung von Gerichtsbeschlüssen.

Es war jetzt zweieinhalb Jahre her, seit Dan sie verlassen hatte, und ein Jahr, seit er sich hatte scheiden lassen. Aber im Sommer 1987 gönnte sich Dan Broderick, seiner früheren Frau, jetzt bei ihren Bekannten in La Jolla völlig in Ungnade gefallen, nicht einmal eine Woche Atempause, damit sie ihre schockierende neue Erfahrung verarbeiten konnte. »Ich weiß nicht, warum sie ihn nicht schon damals getötet hat«, bemerkte später eine ihrer Freundinnen.

In der Zwischenzeit reichte Tricia Smith einen Antrag ein, in dem sie forderte, Dan Broderick anzuweisen, mit den Belästigungen seiner früheren Frau aufzuhören. Der Antrag wurde abgewiesen.

Doch je schlimmer es wurde, um so ungezwungener gab sich Betty.

»Sie benahm sich, als sei Gefängnis keine große Sache«, erinnerte sich Candy Westbrook. »Ich sagte: ›Daß muß ja furchtbar gewesen sein.‹ Aber sie lachte nur darüber. ›O nein‹, meinte sie. ›Es war sogar richtig interessant. Ich habe neue Freundinnen gefunden.‹«

»Es war furchtbar«, sagte Gail Forbes später. »Sie war einfach nicht mehr dieselbe. Ihre Ausdrucksweise war schlimmer, ihre Haltung gegenüber den Kindern, dem Leben, ihrer Erscheinung ... nach dieser Gefängnisstrafe schien sie an allem das Interesse verloren zu haben, außer daran, was Dan und Linda ihr antaten ... Selbst mit den Kindern war sie nicht mehr so umsichtig wie früher ... Sie ließ sie vor ihrem Haus auf einem großen Trampolin spielen, ohne sie zu beaufsichtigen. Schließlich ließ ich meine Kinder nicht mehr zu ihr.«

Insgeheim versuchten die Frauen in La Jolla, das Ganze zu verstehen. Warum konnte diese Frau nicht einfach *loslassen* und ihr Leben leben? Warum ging sie, um Himmels willen, ins *Gefängnis*?

»Die meisten Menschen haben ihre Geschichte einfach nicht geglaubt. Alle dachten, sie *müsse irgend etwas* getan haben, um das alles zu verdienen, etwas Schlimmeres, als nur häßliche Worte zu sagen«, stellte später Judy Courtemanche, eine von Bettys alten Freundinnen, fest. Zu jenem Zeitpunkt, so erzählt Courtemanche – selbst eine geschiedene Frau mit Vermögen –, waren Bettys Gespräche zu zusammenhanglosem Geschwätz geworden. »Es gab so viele Einzelheiten und Anschuldigungen, so viel, was sie über Besuche, Bußgelder und Anträge sagen wollte. Die Worte sprudelten einfach so aus ihr hervor. Sie brachte das nicht mehr so richtig auf die Reihe. Sie tat mir leid.«

Ann Dick, in den gesellschaftlichen Kreisen La Jollas prominent und selbst mit einem erfolgreichen Anwalt aus San Diego verheiratet, hatte Betty seit den siebziger Jahren gekannt, als Betty auf ihre Kinder aufgepaßt hatte. »Zuerst bezweifelte ich ihre Geschichte. Ich hatte Probleme damit. Ich dachte ›Kann sie von eben jenem System manipuliert werden, in dem mein *eigener* Mann seinen Lebensunterhalt verdient?‹« Doch Ann Dick, später Zeugin der Verteidigung, entschied sich; »Ja, sie *wurde* manipuliert. Hätte sie einen Gerry Barry gehabt oder wäre Dan nicht einer der mächtigsten Anwälte in dieser Stadt gewesen, wäre nichts von alledem geschehen.«

Nachdem Betty aus dem Gefängnis entlassen worden war, merkten Gail, Forbes und einige andere endlich, daß ihre Freundin tiefer in Schwierigkeiten steckte, als sie gedacht hatten. »Uns wurde klar, daß sie einfach nicht mehr in der Lage war, vernünftig zu denken«, sagt Dick. Mehrere Frauen spielten daher kurz mit dem Gedanken, Bettys Angelegenheiten zu regeln – ganz besonders ihre unbezahlten Anwaltsgebühren. Doch Betty zeigte daran nur wenig Interesse, sagt Dick. Daher gaben die Frauen ihre guten Absichten schließlich wieder auf. »Uns allen wurde klar, daß Betty mal einen Monat stationäre Behandlung benötigte und keine Amateurpsychiaterinnen«, sagt Dick traurig. »Wir entschieden, daß wir ihr nur wirklich helfen konnten, wenn wir uns acht Stunden am Tag um sie kümmerten – und keine von uns hatte so viel Zeit. Also ließen wir es einfach sein.«

Was immer man über Betty Broderick auch sagen mochte, sie war keine Frau, die ihre Ideen aufgab. Jahre später, als sie auf ihren zweiten Prozeß wartete, versuchte sie in einem ihrer nachdenklicheren Briefe aus dem Gefängnis ihre eigene Persönlichkeit zu erklären.

›Unterwürfigkeit führt zu Selbsthaß. Widerstand rettet den

Respekt vor sich selbst‹, schrieb sie. ›Und '87 war das erste Mal, das ich zurückschlug, seit ich mit dem Wagen in seine Tür gefahren war, und dann steckt er mich ins Gefängnis, weil ich ihn beschimpft habe! Nun, als ich zumindest *versuchte*, mich zu wehren, fühlte ich mich einfach besser. Ich hätte mich auch nicht einfach so in die Gaskammern von Auschwitz führen lassen. Wenn man so machtlos ist, daß man ohnehin sterben muß, dann würde ich doch lieber kämpfend sterben. Außerdem hatte ich alles Recht der Welt, wütend zu sein! Ich wurde von allen nacheinander vergewaltigt, und dann sollte ich sie noch *MÖGEN*? Ha! Lächerlich! Wenn man alles immer nur hinnimmt und nichts zur Selbstverteidigung tut – dann richtet man seine Wut, Frustration, Verzweiflung und seinen Haß nur nach innen und schadet sich selbst noch *MEHR*. Nette Mädchen werden nicht wütend – sie schneiden sich die Pulsadern *ÜBER DEM WASCHBECKEN* auf, damit sie keine Schweinerei hinterlassen. Nun, ich beschloß einfach, daß ich kein nettes Mädchen mehr sein wollte. Ich wollte das Leben, das ich aufgebaut hatte, das ich verdiente, für das ich gearbeitet hatte. *MEIN LEBEN* war es wert, umkämpft zu werden!‹

Also kämpfte sie weiter, mit Tricia Smiths Hilfe. In diesen langen, heißen Sommermonaten des Jahres 1987 schienen Smiths harte Bemühungen, Betty nicht nur vor Dan, sondern auch vor Betty selbst zu retten, beinahe tollkühn.

Smith errang einen weiteren Sieg und erreichte, daß Bettys vorläufiger Ehegattenunterhalt von 16 000 Dollar rückwirkend vom 1. Dezember 1986 an gezahlt werden mußte. Zwischen den Anträgen, die Dan weiterhin einreichte, versuchte Smith zudem, den Fall wieder auf das Ziel zu konzentrieren, das von Anfang an eigentlich hätte anvisiert werden sollen – einen Scheidungsprozeß, der Eigentum, Unterhalt und Sorgerechtsbelange klären sollte.

Aber aus Gründen, die jede Seite jeweils der anderen vorwarf, schien das Ziel immer wieder aus dem Blickfeld zu geraten.

Im Juni bat Barry um eine Vertagung der Verhandlung um sechzig Tage, und Dans beeidete schriftliche Zeugenaussage wurde erneut verschoben. Smith begann derweil im Sommer 1987, Dan ihrerseits mit Mißachtungs-Verfahren zu drohen. Am 8. Juni schickte sie vier verschiedene Briefe mit einem Einspruch an Anwalt Barry und gab ihrem Verdacht Ausdruck, daß Barry und Dan das Verfahren absichtlich verzögerten, um schließlich Bettys Anteil am gemeinschaftlichen Eigentum der Brodericks zum Beispiel durch das Auflaufenlassen ungerechtfertigter Schulden zu verwässern.

Endlich konnte sich Tricia Smith für den großen Tag richten. Nach mehreren Vertagungen war Dans beeidete Zeugenaussage endlich – so schien es zumindest – fest für den 20. Juli bestimmt. Aber Smith hatte immer noch nicht die vollständigen finanziellen Unterlagen erhalten, um die sie im Januar gebeten hatte und die sie für eine gründliche Befragung brauchte. Im Juristenjargon nennt man das ›Offenlegung‹. Am 15. Juli schrieb sie einen weiteren Brief an Barry und listete erneut die Informationen auf, die sie haben wollte. Sie bekam die Daten erst weitere sechs Monate später.

Zu allem Überfluß war Betty am Tag der Zeugenaussage nirgends zu finden. Statt dessen hatte sie einen Tag zuvor ihren geplanten Urlaub auf Hawaii angetreten. Und so saßen schließlich nach all diesen Monaten Dan, Gerald Barry und Tricia Smith in Smith' Büro und warteten auf Betty, die Smith offensichtlich nicht einmal mitgeteilt hatte, daß sie die Stadt verlassen würde.

Betty schob die Schuld natürlich auf Smith und Dan. Smith habe sie nicht vom Datum der Aussage unterrichtet, beharrte sie später – außerdem habe Dan gewußt, daß sie für jene Woche einen Urlaub geplant hatte. Und, so fügte sie lahm hinzu, »Dan hatte den Termin schon dreimal platzen lassen, also hatte ich keinen Grund anzunehmen, daß es diesmal klappen würde. Und wenn ich die Reise storniert hätte, dann wäre er sicher nicht aufgetaucht.«

Betty dachte nicht einen Zoll anders als 1985. Damals glaubte sie, Dan könnte sie nicht verlassen, wenn sie ihm die

Kinder gab. 1986 dachte sie, er könnte das Haus der Familie nicht ohne ihre Unterschrift verkaufen oder eine Scheidung erreichen, wenn sie sich weigerte, vor Gericht zu erscheinen. Jetzt war sie einmal mehr davongelaufen, anstatt den Schritt zur endgültigen Auflösung der Broderick-Familie zu machen.

So lag Betty also da, in jener Juliwoche, allein am Strand von Waikiki, diese übergewichtige Frau mit blondgefärbtem Haar, mit viel zu breitem Lächeln und traurigen blauen Augen, und bedeckte ihren Bauch verlegen mit einem bunten Strandanzug, während sie die Fremden beobachtete: junge Verliebte, die in inniger Umarmung zusammengekuschelt auf ihren Strandlaken lagen, lachende Kinder, die in der Brandung umhertollten, und, schlimmer noch, gutaussehende Paare in mittleren Jahren, mit grauen Strähnen im Haar, die einander mit Zuneigung ansahen.

Seit ihrer Reise nach Kanada hatte sich so viel verändert. Damals war sie Mrs. Daniel T. Broderick III. gewesen, Mutter von vier Kindern – schön, reich und selbstbewußt, und sie hatte darauf gewartet, daß sich der Sturm im Wasserglas legte. Wer war sie jetzt? Sie war fett, geschieden, ohne Kinder, hatte ein Strafregister, reiste auf Kreditkarten und machte sich Sorgen über Rechnungen. Sie war keine Hausfrau, keine Lehrerin mehr, nicht mal mehr eine wohlgelittene Tochter.

»Es war eine scheußliche Reise. Wohin ich auch ging, ich gehörte nicht dazu. Ich wußte nie, wie ich mich Fremden vorstellen sollte«, sagte sie. »Ich hatte Kinder, aber gleichzeitig *hatte* ich sie nicht. Ich war geschieden, aber es gab keine Vermögensregelung. Ich war nicht mehr Mrs. Jemand, ich war jetzt Betty Niemand. Und Fremde sehen einen merkwürdig an, wenn man ihnen das erzählt.« Also blieb sie in ihrem Urlaub isoliert, versteckte sich in ihren Motelzimmern und vergrub in der Öffentlichkeit ihr Gesicht in Büchern.

Während des gesamten Urlaubs schrieb sie penibel alles nieder, was sie sah, tat, aß und kaufte. Doch nirgendwo schrieb sie etwas über ihre Eindrücke. Das Tagebuch wirkte mitleiderregend tot, ohne Gefühl. Es gab keine Personen darin. Ihr

Zwang, jede ihrer Bewegungen aufzeichnen zu müssen, war an sich schon fast krank. Sie schien ihre Anwesenheit auf der Erde nur durch gedankenlose Chronologie zu rechtfertigen. ›Am Strand spazierengegangen. Einen Wagen gemietet. Um die Insel gefahren. Mittag gegessen.‹

Doch ihr Zorn hatte sich nicht gelegt. Bevor sie von Hawaii zurückkehrte, schrieb sie eine Postkarte an Dan: ›Aloha. Hier gibt es einen großartigen Strand (lachendes Gesicht), warmes Wasser, tolle Veranstaltungen, nette Leute, alles Familien. Kein einziger Mann über vierzig mit seiner Bürofotze. Alles *NORMALE GLÜCKLICHE FAMILIEN!*‹

Er reichte prompt eine weitere Klage ein.

Der Rest des Sommers verlief nicht anders. Smith verließ im August wieder die Stadt. Dr. Sparta reichte einen Bericht bei Child Protective Service ein, in dem er über den schlechten Einfluß Bettys auf die Kinder sprach.

Und Dans Parade von Verfahren ging weiter. Am 4. August bat er in einem weiteren Antrag darum, daß ihre ausgesetzte Gefängnisstrafe fortgesetzt würde. Am 12. August wurde für den Oktober eine Anhörung wegen zweier Botschaften vom 28. Juni und vom 10. Juli angesetzt. Am 25. August wurden diese beiden Botschaften plus zwei neue für eine neue Anhörung zusammengefaßt und auf September festgesetzt.

Ihre Vorbehalte gegenüber Tricia Smith wuchsen. Als größten Verrat wertete Betty, daß Smith, die sich immer mehr Sorgen um ihre unbezahlten Gebühren machte, schließlich direkt an Dan schrieb und ihm vorschlug, er solle ihr die vollen 222 000 Dollar aus dem kürzlich erfolgten Verkauf der Fairbanks Ranch schicken; sie würde dann als Maklerin fungieren und das Geld zwischen Dan und Betty aufteilen – nachdem sie ihre eigenen Gebühren von Bettys Anteil abgezogen hatte.

Dan zögerte zunächst. Er wolle sich nicht in irgendwelche Streitigkeiten zwischen Betty und ihren Anwälten einmischen, sagte er. Doch schließlich stimmte er einer leicht veränderten Vorgehensweise zu. Wie er später beim Scheidungsprozeß sagte, sah er keinen Grund, warum er es nicht hätte tun sollen. Smith sagte ihm, Betty habe zugestimmt, und außerdem konnte der Scheck ohne Bettys Unterschrift ohnehin nicht eingelöst werden.

Und Betty hatte natürlich unterschrieben. Doch das zählte für sie kaum. Sie war vielmehr prinzipiell von dieser ganzen Sache geblendet. Einmal mehr arbeiteten Anwälte ihrer Meinung nach hinter ihrem Rücken zusammen. Das würde sie Smith niemals verzeihen. »Warum schreibt *meine* Anwältin Briefe an Dan Broderick?« fragt sie noch heute. »Und ich habe noch nicht einmal eine *Kopie* davon erhalten! Tricia Smith ist genau wie all die anderen – sie wollte auf meine Kosten Zugang zur Schickeria bekommen.«

Vorhölle

Inzwischen war Linda, wie Mitarbeiter berichten, für Dan Broderick weit mehr geworden als eine Verzierung für sein Büro. Sie war ein maßgeblicher Teil seiner florierenden Anwaltspraxis. Zu ihren Aufgaben gehörte es, sämtliche potentielle Kunden zu überprüfen und zu befragen, Berichte, Vernehmungen und Beschlüsse zu schreiben. Kurz bevor sie starb, so sagte Stormy Wetther, »hatte sie einen unglaublichen Überblick über medizinische und rechtliche Fragen. Sie kannte alle Fälle beinahe genauso gut wie Dan.«

Wetther konnte sich an einen Fall erinnern, über den Linda besonders gerne sprach. Es war ein Fall mit einem kranken Baby – gewesen, bei dem der Arzt beschuldigt wurde, bei der Entbindung grobe Fehler gemacht zu haben, was dazu geführt hatte, daß das Kind doppelseitig gelähmt war; der Fall wurde erst verhandelt, als das Kind sieben Jahre alt war. Dan hatte das Mädchen gebeten, vor den Geschworenen ihre Schuhe und Socken auszuziehen. Das kleine Mädchen brauchte dafür so lange, daß Dan einen Schadenersatz von mehr als zwei Millionen Dollar herausholte. »Linda weinte, wenn sie darüber sprach«, sagte Stormy Wetther. »Linda war so sensibel. Man konnte sie sehr leicht zum Weinen bringen.«

Linda hatte außerdem den Streifen mit der Herzfrequenz eines Fötus an der Wand hängen – ein weiterer Fall eines kranken Babys, der drei Millionen wert war, wie sie Besuchern erzählte.

Derweil wurde sie von Tag zu Tag schöner, modischer. Ihr Gehalt lag schätzungsweise zwischen 37 000 Dollar und 40 000 Dollar pro Jahr – plus diverse Reise- und Unterhaltungskosten in ihrer Eigenschaft als Dans Frau. Mit ihrem Geld wurde sie, wie Dan und Betty, zu einer Modepuppe.

»Sie liebte Kleider.« Nach ihrem Tod teilten ihre Freundinnen ihre Kleider auf – »und sie reichten für die Ausstattung von fünf Frauen«, sagte Stormy Wetther, die in dem Moment, wo sie darüber sprach, ein tadelloses, weißes, zweiteiliges Leinenkostüm trug, das Linda gehört hatte. Maggie tauchte später beim Mittagessen in einem grünen Hosenanzug auf, den ebenfalls einmal Linda getragen hatte – genau wie ihr Ehering mit Smaragden und Diamanten.

»Mit ihrem gestiegenen Einkommen war Linda auch ihrer Familie gegenüber extrem großzügig«, sagt Maggie. Sie schickte ihre Eltern nach Holland – deren erste Heimreise seit vielen Jahren – und einmal nach Hawaii. Sie flog Maggie jedes Jahr am St. Patrick's Day zu den Feierlichkeiten nach San Diego und holte Marys Kinder regelmäßig nach San Diego, um mit ihnen den Zoo und Sea World zu besuchen.

Freunde erinnerten sich später, daß Linda – wie Betty – niemals einen Geburtstag, ein Jubiläum oder einen anderen Anlaß zum Feiern vergaß. »Ich erinnere mich, wie ich einmal an meinem Geburtstag das ganze Zimmer voller Luftballons und ›Happy Birthday‹-Schilder vorfand«, sagte Stormy Wetther. »Linda hatte die ganze Nacht daran gearbeitet. Sie war einfach süß.«

Doch privat war bei Dan und Linda nicht alles eitel Sonnenschein. Auf ihrer Rutschpartie in die Hölle verlangte Betty ihren Preis. Ihr Streß hatte wie eine ansteckende Krankheit schon lange auch den anderen Haushalt erfaßt.

Linda wollte heiraten. Sie wollte eine Familie gründen. Sie hatte fünf Jahre lang gewartet und wollte jetzt, wo Dan geschieden war, endlich ihr Happy-End. Doch Dan zeigte nur wenig Interesse, sofort wieder vor den Traualtar zu treten.

Alle vier Kinder der Brodericks sträubten sich gegen die Freundin als neue Ehefrau, ihre Stiefmutter. Kim rang Dan einmal sogar das Versprechen ab, sagte sie später, daß er Linda niemals heiraten würde.

Die Kinder waren immer das größte Hindernis zwischen Linda und Dan. Linda erzählte allen, wie gemein sie zu ihr wären. »Sie versuchte wirklich alles, um von ihnen akzeptiert zu werden«, sagte Brian Monaghan. »Aber diese Kinder kamen von ihren Wochenenden bei Betty voller Haß zurück.«

»Wenn Danny oder Rhett sie nur anlächelten, erzählte sie uns das schon, so glücklich machte es sie«, sagte Sharon Blanchet. »Sie betrachtete das kleinste Zeichen von Wärme bereits als Hinweis, daß sie sie endlich akzeptierten ... sie sprach von ihnen sogar als ›unseren Kindern‹.«

Aber sie waren nicht ›unsere Kinder‹ und würden es auch nie werden. Selbst Kim, die mit ihr noch am besten zurechtkam, kritisierte sie später gegenüber dem Scheidungsrichter als ›falsche Freundin‹. Und Kim war fest davon überzeugt, daß Dan Linda nicht heiraten sollte, denn »sie war nicht auf dem College. Ich weiß nicht einmal, ob sie überhaupt die High-School abgeschlossen hat. Persönlich glaube ich nicht, daß sie für meinen Dad gut ist«. Aber sie glaubte deutlich zu wissen, warum ihr Vater sich so zu Linda hingezogen fühlte. »Linda hat ihn angebetet«, sagte sie später. »Er konnte die dümmsten Witze machen, sie lachte darüber und wunderte sich, daß wir ihn nicht auch lustig fanden.«

Doch sie berichtigte ihre Ansicht. Nach den Morden erzählte sie Reportern, Linda sei ihre gute Freundin gewesen. »Die Wahrheit ist, ich mochte Linda. Sie war immer nett zu mir«, sagte sie eines Abends, nachdem die Prozesse ihrer Mutter vorüber waren. »Ich wollte nur nicht, daß Dad sie heiratet – ich wollte nicht, daß er überhaupt *irgend jemanden* heiratet. Wir standen uns so nahe, und ich wollte nicht, daß das zerstört wird.«

Lindas Freunde drängten sie unterdessen weiter, Dan zu verlassen. Diese Sache währte einfach schon zu lange, ohne Aussicht auf eine befriedigende Lösung.

»Linda war völlig fertig«, sagt Maggie. »Sie verlor Gewicht ... sie trug immer Maalox und Gelusil mit sich herum – mit sechsundzwanzig, siebenundzwanzig Jahren. Ihre Nägel waren bis auf das Fleisch abgekaut. Und sie konnte es den Kindern einfach nie recht machen ...«

Maggie machte sich immer mehr Sorgen um ihre kleine

Schwester. »Aber sie war so jung. Linda dachte, sie könnte damit fertig werden, wenn sie Betty nur erst einmal aus ihrem Leben verbannt hätten«, sagt sie. »Sie wollte nur eines: Dan Brodericks Frau sein und die Mutter seiner Kinder. Sie hätte praktisch *alles* getan, um mit ihnen klarzukommen.«

Gleichzeitig wuchs Lindas Abscheu vor Betty Broderick. Sie hatte niemals nur einen Funken Sympathie für die Frau, die monatlich 16 000 Dollar erhielt. Es kam ihr nicht ein einziges Mal in den Sinn, mit der Frau, die sie ersetzte, Kontakt aufzunehmen und einfach zu sagen: »Es tut mir leid.« Statt dessen sah sie, wie die meisten aus Dans Freundeskreis, Betty nur als habgierige, niederträchtige Hexe. »Linda konnte nicht verstehen, was sie noch *wollte* – niemand von uns konnte das«, erinnert sich Stormy Wetther.

Doch anders als Dan, der versuchte, sein Privatleben auch privat zu halten, erzählte Linda allen, welch eine verrückte Schlampe Betty sei und welche bizarren Dinge sie sagte und tat. Sie machte Betty so gut nach, sagte Laurel Summers einmal, »daß man glaubte, sie sei Betty«. Linda machte es auch nichts aus, Bettys Ausdrucksweise zu benutzen. »Dan hätte Bettys Botschaften niemals wiederholt«, sagt Mike Reidy, »aber Linda gab sie wortwörtlich wieder.«

Linda beschwerte sich zudem ständig, Dan gehe zu sanft, zu nachsichtig mit Betty um, erinnert sich Sharon Blanchet. Sie wollte, daß er mehr Verfahren gegen sie beantragte, noch längere Gefängnisstrafen forderte. Blanchet, Wetther, Summer und Cuffaro pflichteten ihr alle bei. Frauen beurteilten Betty immer am härtesten, ob es sich bei ihnen um Freundinnen von Dan und Linda handelte oder um Bettys eigene engsten Freundinnen, von denen die meisten später gegen sie aussagten oder sich ganz aus den Prozessen raushielten.

Es führte offensichtlich gelegentlich zu Ärger mit Dan, daß Linda die Sünden seiner Ex-Frau so offen herausposaunte – und ihre Streitereien wurden mit der Zeit allgemein bekannt. Eine Sekretärin aus Dans Bürogebäude schwört zum Beispiel, einmal gesehen zu haben, wie Dan in einer Bar ein Glas Bier über Linda mit den Worten entleerte »Du brauchst eine Abkühlung«. Dans Freunde streiten ganz entschieden ab, daß er so etwas jemals getan haben könnte.

Im Herbst 1987 schrieb Betty Dinge wie die folgenden in ihr Tagebuch:

– Von Angst überwältigt! *WIE ÜBLICH*
– Angst, ihm Angebot für finanzielle Vereinbarung zu schicken, denn er wird es abschmettern
– Angst vor T. Smith
– Angst, die Kinder zu sehen
– Angst vor Richter Joseph und dem Gefängnis
– Angst, die Medien zu informieren

Sie hatte vor allem und jedem Angst.

Sie war niemals faul gewesen, war niemals der Typ, der sich zu Hause mit einer Flasche Wein oder einer Tüte Hamburgern einigelt. Doch sie, die immer extrovertiert gewesen war, aktiv, blieb jetzt nach langen durchwachten Nächten immer länger im Bett. Ihre Muskeln schmerzten, ihre Kiefer schmerzten, ihr Bauch schmerzte, ihr Rücken schmerzte, und sie weinte zu viel. Das Übel ihrer Scheidung hatte sich von ihrem Kopf auf ihren Körper ausgebreitet.

Schließlich suchte sie wie ein Alkoholiker, der endlich seinen Tiefpunkt erreicht hat, Hilfe bei anderen, die im selben Boot saßen. Ihre Buchhalterin war an jenem Tag mit einer Broschüre gekommen, die ihrer Meinung nach für Betty von Interesse war. Es ging um eine Organisation, die sich *HALT* nannte (Help Abolish Legal Tyranny = Hilfe zur Beseitigung juristischer Tyrannei).

Auf den ersten Blick schreckte Betty davor zurück. Schon der Name roch nach Radikalismus. Gleichzeitig informierte die Broschüre sie, daß *HALT* eine Verbraucherorganisation von nationalem Interesse sei, mit mehr als hundertfünfzigtausend

Mitgliedern, die sich für eine Veränderung des Rechtssystems einsetzten, damit dem Durchschnittsbürger schneller und billiger geholfen werden könnte. *HALT* war stocksauer auf Anwälte.

Also wählte sie die Telefonnummer. Sie erfuhr, daß das monatliche Treffen von *HALT* zufällig an jenem Abend im benachbarten Del Mar stattfand, einer hübschen, sauberen, anständigen Gegend. Vielleicht wäre das in Ordnung. Also ging sie hin, »nur um herauszufinden, was die überhaupt wollen.«

Sie betrat einen Raum mit zwanzig bis dreißig normal aussehenden, freundlich lächelnden Menschen. Männer wie Frauen. Ihr Herz klopfte laut. Sie hatte Angst vor ihnen.

»Ich hatte Angst, und ich weinte. Aber ich stand auf und erzählte ihnen, daß mein Fall genau der Grund für die Existenz ihrer Gruppe sei«, sagte sie später. »Ich erzählte ihnen von dem Verfahren unter Ausschluß der Öffentlichkeit, und das brachte sie auf die Palme. Ich erzählte, daß ich kein Besuchsrecht hatte, ich erzählte von den Bußgeldern ... und zum allerersten Mal sagte niemand ›Nun ja, meine Liebe, damit müssen Sie einfach leben‹, sondern sie hörten mir aufmerksam zu, sie wußten *ganz genau*, wovon ich redete!«

Am Tag nach ihrem ersten Treffen begleitete ein halbes Dutzend *HALT*-Mitglieder Betty zum Gericht. Sie hatte Tricia Smith aufgefordert, nicht zu erscheinen. Betty hatte inzwischen beschlossen, es sei Geldverschwendung, sich von Smith vertreten zu lassen, wenn sie genausogut gratis verlieren konnte.

Richter Joseph ließ sie an jenem Tag nicht ins Gefängnis stecken. Statt dessen wurde die Anhörung vertagt. Dan tauchte nicht einmal auf.

Aber dieses Mal hatte sie wenigstens Freunde dabei, die bereit waren, dem abgeschlossenen Verfahren den Kampf anzusagen. Und *HALT* stand ihr für lange Zeit bei – ganz besonders Ronnie Brown, eine ruhige, ernste Frau, die mehrere Jahre älter als Betty war und ehemalige Frau eines Offiziers. Sie lebte in der Nähe, und so gewöhnten sich die beiden Frauen an, bei Sonnenaufgang gemeinsam am Strand spazierenzugehen. Ronnie war stets eine gute Zuhörerin, sagte Betty später, lange nachdem die meisten ihrer Freundinnen aus La Jolla nicht einmal mehr ihre Anrufe beantworteten.

Dank ihrer neuen Freunde bei *HALT* schien sich Betty zeitweise besser auf die anstehende Aufgabe konzentrieren zu können – die Scheidungsvereinbarung zu erlangen. Ihre beleidigenden Anrufe an Dan hörten auf. Sie verletzte sich selbst nicht mehr absichtlich. Endlich, so schien es, agierte Betty mit ihrem Verstand, nicht mehr mit ihrem Mund. Mitte September war Betty ruhig genug, um Tricia Smith zu erlauben, Dan ihr erstes Angebot über die Scheidungsvereinbarung zu unterbreiten; Tricia Smith beantragte außerdem eine Verfügung, gemäß der Dan Lindas Stimme vom Anrufbeantworter nehmen und damit aufhören sollte, das Telefon der Kinder auszustellen.

Die Scheidungsvereinbarung, die Tricia Smith vorlegte, umfaßte anderthalb Seiten und stellte mit deutlichen Worten fest:

Betty wollte einen Betrag von einer Million Dollar in bar, plus zehn Jahre lang 25 000 Dollar pro Monat, auch wenn sie sich wieder verheiratete. Sie wollte das Eigentumsrecht für ihr Haus und ihren Wagen. Sie wollte das Mobiliar, das sich schon in ihrem Besitz befand, plus alle Erträge, die sie bereits von Dan aus ihren verschiedenen Gemeinvermögen erhalten hatte. Sie wollte, daß er zu ihren Gunsten eine Lebensversicherung über eine Million abschloß, bis seine ehelichen Unterhaltszahlungen beendet waren.

Im Gegenzug würde sie die Hälfte der Kosten für die Collegeausbildung der Kinder bezahlen. Außerdem würde sie auf alle Ansprüche aus seiner Anwaltspraxis oder aus anderem Gemeineigentum verzichten.

Beide Parteien würden auf jegliches Recht aus Epstein-Krediten verzichten. Schließlich würde Dan ihre gesamten juristischen Kosten aus Vergangenheit und Zukunft übernehmen.

Sie bot, kurz gesagt, ein Vier-Millionen-Dollar-Paket zur Beendigung des Krieges an.

Doch der Haken war – Dan würde die Kinder behalten. Betty, die vormals perfekte Mutter, bat nicht einmal um das

Sorgerecht. Dan und Linda konnten sie haben. Sie wollte nur ein garantiertes Besuchsrecht. Betty hatte beschlossen, so erzählte sie Freunden, zu reisen, sich Arbeit zu suchen und das Leben ohne den Streß einer alleinerziehenden Mutter zu genießen. Übersetzt bedeutete das, sie hatte sich entschieden, die letzte Rache zu nehmen, wenn sie das auch niemals zugeben würde.

»Ich liebte meine Kinder genug, um ihnen die größte Aufmerksamkeit zu geben, die mir möglich war«, protestierte sie Jahre später im Gefängnis, »und ich hatte zu jener Zeit so wenig Selbstvertrauen, ich war nicht *fähig*, sie rund um die Uhr zu bemuttern. Ich mußte mich erst selbst erholen.«

Gerald Barrys – und Dans – Antwort war kurz und knapp. »Das Angebot vom 21. September 1987 wird nicht angenommen«, schrieb Barry an Tricia Smith. Das war's.

Bis zum heutigen Tage glauben einige von Bettys alten Freundinnen aus La Jolla, daß der Einfluß von *HALT* das Monster erschaffen hat, das schließlich den Mord beging. In Wahrheit war vermutlich das genaue Gegenteil der Fall. Ohne die Unterstützung von Menschen, die sie nicht für verrückt hielten, wäre sie vielleicht noch früher ausgerastet.

In jenem September verlangte Betty zum ersten Mal, in der Presse von San Diego zitiert zu werden.

Sie las den *Union* am 8. September, als ihr Blick auf ein Zitat des Präsidenten der Anwaltsvereinigung San Diegos fiel, der eine »schnelle Reform« ankündigte, um den Filz des örtlichen Rechtssystems zu bekämpfen. Hauptpunkt der Reform sollte die Inanspruchnahme von Schiedsgerichten und Mediatoren sein, und zwar wann immer möglich. »Es gibt nichts Schlimmeres, als versiegelte Gerichtssäle, in denen sich sechs Monate lang die Reichen duellieren«, sagte Daniel Broderick zu den Reportern.

Betty griff zu Stift und Papier und schrieb einen Brief an den Herausgeber.

Berücksichtigt man ihre Stimmung, war ihr Brief überraschend zurückhaltend. Sie habe den Artikel »mit großem Interesse« gelesen, schrieb sie. Dennoch »war ich von der heuchlerischen Aussage von Daniel T. Broderick III., Präsident der Anwaltsvereinigung von San Diego, angewidert... Mr. Broderick selbst hat die Gerichte und die Räder der Justiz in den vergangenen *ZWEI JAHREN* behindert, indem er jeden erdenklichen Trick genutzt hat, um eine Scheidung zu komplizieren, die schnell und einfach hätte geregelt werden können, sich so aber zu einem juristischen Alptraum entwickelt hat. Kraft unseres gemeinsamen Vermögens hätte dies ein Fall von »Duell zwischen Reichen« sein können, doch ich habe bis heute Gebühren von über 60 000 Dollar angesammelt, und ein Ende ist nicht in Sicht und scheint in immer weitere Ferne zu rücken. Angeekelt und entmutigt, (Mrs. Daniel T. Broderick III.) Betty Broderick, La Jolla.«

Es ist nicht klar, wie Dan von Bettys Brief erfuhr, aber er erfuhr davon. Seine Antwort kam umgehend und heftig. In Anbetracht der Tatsache, daß er zuvor darauf bestanden hatte, zum Wohle seiner Kinder das Verfahren unter Ausschluß der Öffentlichkeit laufen zu lassen, war der zwei Seiten lange, getippte Brief an den Herausgeber des *Union* verwirrend persönlich, voller intimer, weitschweifiger Details über seine Eheprobleme. Er fügte sogar vier ihrer übelsten Telefonanrufe bei.

»Ich habe in keinerlei Hinsicht versucht, den Ablauf des Scheidungsprozesses zu verzögern«, schrieb er. Es sei »Mrs. Broderick, nicht ich« gewesen, die sich entschlossen hatte, den Fall vor Gericht und nicht durch einen Mediator austragen zu lassen. Dan berichtete, wie Betty in eine psychiatrische Anstalt eingewiesen worden war, weil sie mit ihrem Wagen seine Tür eingefahren hatte.

»Sie hat bei unzähligen Gelegenheiten geschworen, alles zu tun, um meinen Ruf zu ruinieren«, schrieb Dan. Er schloß mit der Bitte, Bettys Brief nicht zu veröffentlichen, weil »er eine grobe Verdrehung der Ereignisse darstellt... sein einziger Zweck ist es, mich und die Anwaltsvereinigung in Verlegenheit zu bringen. Wenn der Brief erscheint, wird das völlig ohne Grund auch gelingen«.

In der Zwischenzeit hatte sich auch Linda in den Fall eingeschaltet und ihren alten Freund Steve Kelley, den Cartoonisten vom *Union* angerufen, um ihn zu bitten, die Veröffentlichung des Briefes zu verhindern. Doch Dans Protest reichte schon.

Der Brief wurde nie abgedruckt.

Magische Vierzig

Die Kinder waren in jenem Herbst an den meisten Wochenenden bei ihr, doch war sie zu zerstreut, um sich um sie zu kümmern. Der Herbst war für sie immer die schlimmste Zeit des Jahres. Football-Spiele, Ausflüge nach Notre Dame, Larrys Oktoberfest. Familientraditionen. Alles vorbei.

Ihre Tagebucheintragungen klangen oft lustlos.

12. Oktober: Kammerkonzert besucht mit Judy Bartolotta – die ihr von den bevorstehenden Plänen für das Oktoberfest berichtete.

Dasselbe Wochenende: Nahm Rhett und die Kinder der Forbes mit in den Zoo. Es war ein ›lustiger Tag‹.

Doch zwei Tage nachdem Dan und Linda vom USC-Notre Dame-Spiel zurück waren, richtete sie ihre bittere Wut in einem Telefongespräch erneut gegen die Kinder – und wieder nahm Dan das Gespräch für seine Mißachtungsanträge auf. Betty fragte Danny, welche Pläne er für das bevorstehende Wochenende bei ihr gemacht habe. Er sagte, er wolle einfach ›zu Hause bleiben und auf die Hunde aufpassen‹. Es folgte dieser Schlagabtausch:

›Betty: Also, ich habe wirklich kein Interesse, euch zu sehen und irgend etwas mit eurer beschissenen Familie zu tun zu haben, bis ihr mit euch selbst ins reine gekommen seid. Versucht, normal zu sein ... es ist mir unangenehm, jemandem zu sagen, daß ich euch kenne.

Danny: Warum? Wir sind doch nicht schuld.

Betty: Weil es mich in Verlegenheit bringt, daß Daddy seine Bürofotze vögelt.

Danny: Ich weiß, aber warum macht es dich verlegen, zu sagen, daß du uns kennst?

Betty: Nun, weil ihr dort wohnt und offensichtlich auf ihrer Seite seid.

Danny: Das sind wir nicht, Mom. Das bedeutet *gar nichts.*

Betty: Nun, warum kommt ihr dann nicht hierher und lebt bei mir?

Danny: Das ist nicht so einfach.

Betty: Doch, es *ist* so einfach. Es ist ganz einfach, weißt du. Du kannst einfach hier einziehen, und fertig. In der Gegend dort ist ohnehin nichts los, oder?‹

Tage später legte Dan eine Abschrift des obigen Gespräches einem Brief an Tricia Smith bei, zusammen mit dem Gesuch, sie möge ihm dabei helfen, seine Frau zu kontrollieren.

». . . diese Art Grausamkeit wird regelmäßig von der Mutter gegen alle vier Kinder gerichtet«, schrieb er. ». . . ich bitte Sie um Ihre Hilfe, der Sache ein Ende zu machen. Wie Sie wissen, habe ich alles mögliche getan, um den Kontakt zwischen Ihrer Klientin und den Kindern so gering wie möglich zu halten, doch mehr kann ich nicht tun, ohne die Situation noch zu verschlimmern. Wenn ich versuche, sie oder die Kinder von Anrufen abzuhalten, wird das sogar noch mehr Probleme im Leben der Kinder verursachen als die Anrufe selbst, fürchte ich.« In einer bitteren Fußnote fügte er hinzu:

»Es ist interessant, daß Betty am Nachmittag dieses Anrufes ihre vier Welpen mit zu Rhetts Schule brachte, damit alle sie sehen und mit ihnen spielen konnten. An jenem Abend ging sie zum Tag der offenen Tür in Dannys Schule. Wie jemand solche Dinge zu Danny sagen kann und sich dann als liebende, fürsorgliche Mutter zu tarnen versucht, das werde ich niemals verstehen.«

Betty bereitete sich derweil auf ihren ersten öffentlichen Auftritt vor, um aller Welt mitzuteilen, welch ein Scheißkerl Dan Broderick war. Das Ereignis war ein großes *HALT*-Seminar, bei dem die Probleme der Frauen vor Scheidungsgerichten diskutiert werden sollten. Dutzende von Frauen sollten reden, prominente und unbekannte, und die Presse war zahlreich erschienen.

»Ich bin die frühere Frau des Präsidenten der Anwaltsvereinigung von San Diego«, begann Betty mit ihrer leisen, nervösen Stimme. Ihre Rede war kurz, nicht länger als drei oder vier Minuten, und drehte sich hauptsächlich um ihre Schwierigkeiten, wegen des Status ihres Ex-Mannes in der juristischen Welt San Diegos einen Anwalt zu bekommen. Sie sprach auch über ihre Verfahren und Bußgelder. Zum Schluß sagte sie, sie fühle sich hilflos und überfahren.

Über ihre Bemerkungen, so sagt sie heute, wurde nicht berichtet, trotz der zahlreichen Presse und ihrer eigenen Prominenz. Ihre Paranoia wurde noch schlimmer. Dan, da war sie sicher, hatte irgendwie seinen Einfluß geltend gemacht, um zu verhindern, daß ihre Rede gedruckt wurde, genauso wie er ihren Brief an den *Union* vereitelt hatte.

Dennoch hatte Betty Bekanntschaft mit öffentlicher Aufmerksamkeit und Scheinwerfern gemacht, und das gefiel ihr. Als sie drei Jahre später wegen Mordes vor Gericht stand, war sie zu einer Meisterin bei der Verführung von Journalisten geworden. Doch damals, im Herbst des Jahres 1987, zitterte sie noch vor lauter Zaghaftigkeit. »Ich wollte viele Male die Presse informieren«, sagte sie später. »Ich dachte damals, nur wenn ich ihm drohte, alles öffentlich zu machen, würde er sich mit mir einigen – doch ich hatte Angst, ihn noch wütender zu machen.«

Der 7. November war ihr vierzigster Geburtstag. Eine Freundin, Judy Backhaus, gab für sie eine Geburtstagsparty bei *George's at the Cove*, einem schicken Restaurant in La Jolla.

Aber dieses Erlebnis war noch schlimmer als die Party mit den Mädels das Jahr zuvor. »Ich wußte nicht, wo ich *war* oder wie *alt* ich war oder was zum Teufel ich *tat*«, sagte sie später. »Ich brauchte damals die Betty-Ford-Klinik – aber sie nehmen niemanden, der von anderen Menschen abhängig ist. Ich brauchte Menschen, die mir Mut machten. Selbst das Gefängnis war besser – die Frauen dort verstanden viel mehr von beschissenen Ehemännern als die Frauen aus La Jolla.«

Sie ging nach Hause zu ihrem Tagebuch: »Einzelhaft ist die grausamste Bestrafung, gleich vor dem elektrischen Stuhl«, schrieb sie. »Dan bestraft mich, weil ich weiß, welch ein Schwächling er ist.«

Ungefähr zur selben Zeit fuhr sie eines Nachmittags zur Schule, um ihre Söhne abzuholen, statt sie mit dem Bus nach Hause fahren zu lassen. Da aber die Angestellten der Schule keine Zustimmung von Dan hatten, weigerten sie sich, ihr die Jungen ohne seine telefonische Erlaubnis mitzugeben. Er verweigerte sie.

»Ich mußte vor Verlegenheit weinen«, erinnert sie sich. »Da stand ich nun von Angesicht zu Angesicht vor jenen Leuten, die ich seit Jahren kannte, und sie ließen mich meine *eigenen Söhne* nicht mit nach Hause nehmen.«

Ihre finanziellen Ängste zehrten sie derweil ganz auf. Mimi kam inzwischen regelmäßig, um ihr bei den Rechnungen und Steuern zu helfen. Ende 1987 engagierte Betty eine zweite Buchhalterin, die sich nur mit ihren Steuern beschäftigte, so daß Mimi sich ausschließlich um ihre Rechnungen kümmern konnte, die sich immer mehr anhäuften. Einmal zeigte allein ihr Kreditkartenkonto ein Saldo von über 200 000 Dollar. Das alles ergab absolut keinen Sinn – es war nur einmal mehr der Beweis, daß hier eine Frau völlig die Kontrolle verloren hatte.

Und als quälten sie noch nicht genügend Ängste, hatte Betty schließlich begonnen, sich die Ausführungen ihrer Anwältin über Epstein-Kredite anzuhören. Ihr wurde schließlich klar, daß ihr Gemeineigentum immer weniger wurde – mit jedem Tag, den das Scheidungsverfahren verschoben wurde, verlor sie Geld. Und je mehr sie über Epstein-Kredite lernte, um so überzeugter war sie, daß Dan alles von langer Hand geplant hatte. Mit der Zeit kam sie sogar zu dem Schluß, daß der Riß im Haus am Coral Reef – der ganz eindeutig existierte – nur Dans erster Schritt war in einem ausgeklügelten Plot, seine Familie zu verlassen und sie später um ihren Anteil an ihrem eigenen Haus zu betrügen.

»Er wollte mir *überhaupt nichts* geben! Er *wollte* die Vereinbarung hinauszögern. Jeden Tag, den er überzog, stahl er mir Geld und schusterte Larry etwas zu.«

Ihr Wunsch, Tricia Smith zu feuern, wurde mit jedem Eintrag in ihrem Tagebuch immer deutlicher. »T. Smith ist *KEINE HILFE*. Im Fall tut sich *NICHTS*«, schrieb sie. Geld, Geld. So viel Geld und so wenige Resultate.

Tricia Smith, die die Schwierigkeiten offenbar schon kommen sah, begann, ihre eigene berufliche Reputation zu schützen, indem sie Bettys Instruktionen an sie sorgfältig schriftlich fixierte.

In einem Brief stellte Tricia Smith bezüglich des Sorgerechts folgendes klar: »Sie haben mich angewiesen, daß ich niemals in Ihrem Namen mit den Kindern über Thanksgiving oder Weihnachten rede. Sie haben mich außerdem angewiesen, keinen Antrag wegen Sorgerechts oder Besuchsrechts in Ihrem Namen zu stellen, um eine bessere und gerechtere Regelung für die Kinder zu erwirken.« Sollte oben genanntes nicht der Wahrheit entsprechen, möge Betty ihr sofort Bescheid geben.

Aber Tricia Smith verstand Betty schon richtig. Betty würde sich selbst und die Kinder eher bestrafen, als Dan gewinnen zu lassen.

Kurz vor Thanksgiving erzählten die Kinder Betty, Dan wolle bald das jährliche Familienfoto für seine Weihnachtskarten machen lassen. Jeder, der jemals die unglückliche Hälfte eines geschiedenen Paares war, weiß, wie sehr eine solche, von Kindern sorglos hingeworfene Bemerkung sich ins Herz bohren kann. Wieder eine Familientradition zerschlagen. Ein weiteres Jahr ohne sie. Sie war so allein. Sie wurde verrückt. Sie dachte den ganzen Tag daran. Sie überlegte, welche Kleider sie den Kindern anziehen würde, wenn sie noch auf dem Broderick-Familienfoto erscheinen würde. Sie erinnerte sich daran, wie wundervoll die Jungen drei Jahre zuvor ausgesehen hatten, als sie ihnen zu Dans Party anläßlich seines vierzigsten Geburtstages gleiche Blazer und Hosen gekauft hatte. Sie dachte an die roten Samtkleider, die sie Kim und Lee angezogen hatte, als sie noch kleine Mädchen waren. Sie hatte es immer geliebt, sie wie Zwillinge zu kleiden ... Doch dann gingen ihre nostalgischen Gefühle in einem Anfall von Haß unter. Sie erinnerte sich, wie sie Rhett an einem verregneten, kalten Nachmittag von der Schule abgeholt hatte, und er trug nicht einmal einen Pullover. Sie hatte ihn zu Nordstrom's mitgenommen und einen neuen gekauft. Sie erinnerte sich an so viele Dinge. Dan mit seinen perfekten Kleidern, seinen Rosen im Knopfloch ... Linda mit ihrer neuen Wohnung, ihrer neuen Schickimicki-Garderobe ...

Zu ihrem Schmerz kam die Ironie, als sie genau an jenem Tag entdeckte, daß Scott's, ein Laden für Kinderkleidung, in dem sie seit Jahren einkaufte, sie auf Zahlung von 879,11 Dollar verklagt hatte; für Kleidung, die sie für die Jungen gekauft hatte und die Dan nicht bezahlen wollte. Wieder einmal gedemütigt.

Sie nahm den Hörer und verlangte, daß Dan die Sachen, die er nicht bezahlen wollte, zurückgab. »Ich will nicht, daß der Wichser diese Sachen für sein Familienfoto nimmt und allen vormacht, daß er seine Kinder gut kleidet, wenn er noch nicht einmal die Hälfte ihrer Sachen bezahlt«, sagte sie. »Also komme ich rüber und hole die Sachen, die mir gehören. Wenn du also bitte die Sachen, die ich in den letzten zwei Monaten gekauft habe und die viele Tausend Dollar wert sind, in Müllsäcken bereitstellst ... Ich werde sie armen Kindern geben, deren Väter nicht genug Geld haben, sie zu kleiden.«

Inzwischen konnte Dan seine Gefühle nicht besser im Zaum halten als Betty. Er reichte prompt eine neue Klage ein. Gleichzeitig schickte er einen weiteren Brief an Dr. Roth und Dr. Sparta: »Ich habe einen Punkt erreicht, an dem ich glaube, keine andere Wahl zu haben, als das Gericht zu bitten, es möge der Beklagten jeglichen Kontakt zu den Kindern untersagen.«

Betty verbrachte Thanksgiving genau wie im Jahr zuvor – sie lief durch La Jolla und schaute bei früheren Nachbarn am Coral Reef vorbei, bei Leuten, die sich gerne an sie erinnerten aus Zeiten, als sie mit ihren Babys gespielt und über ihren Köpfen Popcorn hatte explodieren lassen.

Als sich Weihnachten näherte, schrieb Dan einen weiteren einlenkenden Brief an Tricia Smith. Er hoffte, ein Arrangement ausarbeiten zu können, das es Betty erlaubte, einen Teil der Ferien mit den Kindern zu verbringen: »Ich weiß, das würde den Kindern gefallen, und der Beklagten ebenso, nehme ich an.«

Tricia Smith antwortete auf Weisung ihrer Klientin, daß ohne angemessene finanzielle Unterstützung für die Kinder Mrs. Broderick nicht akzeptieren könne.

Tricia Smith flehte Dan schließlich praktisch an, er möge nachgeben und einen Betrag irgendwo zwischen 3000 Dollar und 5000 Dollar statt seiner üblichen 2000 Dollar anzubieten. Sie klang eher wie eine Eheberaterin und nicht wie eine Anwältin, als sie anführte, Dan sei ein reicher Mann, und die paar Dollars könnten doch kein Thema sein. Wenn er sich zu dieser Geste durchringen könne, so schrieb Smith, würde es allen besser gehen: ›Die Vorteile für Sie sind sehr groß, für Ihre Kinder sogar noch größer.‹ Und ›der verhältnismäßig kleine Geldbetrag kann für Sie doch nicht so wesentlich sein‹.

Dans Antwort war eiskalt. Verschwunden der freundliche Mann, der erst wenige Wochen zuvor behauptet hatte, es sei gut für die Kinder, wenn sie Weihnachten bei der Mutter verbringen könnten. Wenn es um Dollars und Cents ging, verlor Dan Broderick jegliche Zurückhaltung.

»Nach meinen Berechnungen behält Ihre Klientin über 5000 Dollar übrig, wenn sie ihre monatlichen Grundstückssteuern, Einkommensteuer, Zahlungen für den Wagen und das Haus sowie Strom und Wasser beglichen hat. Niemand, der recht bei Verstand ist, würde behaupten, daß das nicht ausreicht, um einen Monat lang Essen, Kleider, Unterhaltung und Geschenke zu finanzieren, selbst im Monat Dezember. Die Beklagte verlangt im wesentlichen von mir, daß ich sie dafür bezahle, damit sie in den Ferien Zeit mit ihren Kindern verbringt. Das ist grotesk, egal, ob ich es mir leisten kann oder nicht.«

Selbst die Hunde der Jungen wurden zu Waffen im Krieg der Erwachsenen. Ein Paar winzige Shi Tsus, die Betty Jahre zuvor, als sie und Dan noch nicht getrennt waren, zu 300 Dollar das Stück für ihre Söhne gekauft hatte. Wenn sie Junge hatten, verschenkte sie die Welpen entweder oder ließ sie von den Jungen für 100 Dollar pro Tier verkaufen; das Geld durften sie ins Sparschwein stecken. Danny und Rhett liebten sie. Doch nach der Trennung blieben sie nicht lange in Dans Haus. Er haßte die beiden japsenden kleinen Hunde zu seinen Füßen, die mit ihren Krallen seine tollen Hartholzböden ruinierten. Topsy und Muffin durften sein Haus nicht betreten. Statt dessen lebten sie in einem provisorischen Hundezwinger in seinem Garten. Danny und Rhett brachten ihre Lieblinge schließlich zu Betty zurück, wo sie sich frei im Haus bewegen durften. Betty mochte Hunde.

Doch am Freitag nachmittag des 18. Dezember ärgerte auch sie sich über diese kleinen Hunde. Sie plante einen Wochenendausflug nach Pasadena. Warum war *sie* dafür verantwortlich, jemanden zu suchen, der auf die Hunde aufpaßte, während sie weg war? Warum sollte nicht auch *er* einen Teil der Verantwortung für die Haustiere seiner Kinder übernehmen?

Also band sie in einem Anflug von typisch galligem Betty-Humor den beiden Hunden rote Geschenkbänder um den Hals, lud Topsy und Muffin in ihren Suburban und fuhr eines Morgens zu Dan hinüber, wo sie in bewußter Mißachtung der Verfügung, die es ihr untersagte, sein Grundstück zu betreten, die Auffahrt hinauflief, seine Tür öffnete und die zwei kleinen Köter in seiner Halle absetzte. Sie beobachtete mit Befriedigung, wie sie über seine teuren persischen Teppiche trippelten, wie ihre Zehennägel auf den glänzenden Böden klickten und wie sie an allem herumschnüffelten. Zur Hölle mit ihm und seinen Unterlassungsverfügungen und seinem Haß gegen Hunde. Sie hoffte, daß sie gegen jedes Stuhlbein im Haus pissen würden.

Das würde ihr natürlich einige Wochen später eine weitere Verfügung einbringen.

Zum dritten Mal in Folge nahmen Dan und Linda die Kinder mit zum Skilaufen, und Betty verbrachte die Feiertage mit Brad in Pasadena bei seiner sterbenden Mutter. Betty hatte gemischte Gefühle. Einerseits fühlte sie sich geliebt. Andererseits fing sie an, sich selbst in beinahe jeder Hinsicht zu verachten. »Ich erinnere mich an diese riesige Party im Jonathan Club, und ich trug mein großartiges schwarzes Samtkleid – aber ich war ja so fett. Gott sei Dank hatte es eine elastische Taille ... Als ich später die Bilder sah, fand ich, daß ich wie ein *Elefant* aussah. Brads Eltern versuchten, mir das Gefühl zu geben, ich gehöre zu ihrer Familie. Aber ich wollte einfach meine *eigene* Familie.«

Bevor sie La Jolla verließ, buchte sie für Januar Urlaub auf Tahiti.

»Was tun Sie, wenn Sie total am Ende sind?« fragt sie heute voller Bitterkeit. »Sie fahren natürlich nach Tahiti. Das tun zumindest die Menschen in den Filmen. Also zog ich meine Kreditkarte hervor und sagte ›Zur Hölle damit ...‹«

Warum sie nicht dieselbe Kreditkarte dazu benutzte, um ihre Kinder zu Weihnachten einzuladen – es lohnt sich nicht, diese Frage zu stellen.

Sie hatte keine schöne Zeit auf Tahiti. Bilder von jener Reise zeigen eine große, blasse Frau, in einen pinkfarbenen und weißen Blumenpareo oder Sarong gehüllt, an einem Tisch des Hotelrestaurants, umgeben von glücklichen Touristen. Sie trug das unsichere, benommene Lächeln einer Frau, die nicht wußte, wo sie war.

Die Reise war ein Alptraum, sagte sie später, noch schlimmer als Hawaii. »Ich *wollte* keine alleinstehende Frau sein, die um die Welt reist ...«

Und so kehrte sie von Tahiti in dieselbe unglückliche Welt zurück, die sie verlassen hatte. Niemand holte sie am Flughafen ab, schrieb sie in ihr Tagebuch, und ihr Briefkasten lief über vor juristischen Dokumenten: Ruth Roths Klage gegen sie war eingeleitet, ebenso die Klage von Scott's wegen der Kinderkleidung; und es gab weitere Gerichtliche Verfügungen zur Vorbringung von Einwendungen. Ihr Haus war ein totales Durcheinander wegen der Teenagerparties, die dort während ihrer Abwesenheit stattgefunden hatten. Über ihren Teppichen und Sofas war ein Feuerlöscher entleert worden und hatte alles ruiniert. Lees Freunde, nahm sie an. Inzwischen war allen ganz klar, daß Lee Broderick, zu jener Zeit ein großes, viel zu dünnes, hübsches Mädchen von siebzehn Jahren, zumindest für einige Zeit ein ungezügeltes Leben führen würde.

Die beiden Töchter der Brodericks waren schon von Kindheit an sehr verschieden gewesen.

Kim, damals achtzehn, war die Friedensstifterin, diejenige, die es gerne allen recht machte. Wie ihre Mutter zog sie Vermeidung und Versöhnung der Konfrontation vor. Sie war diejenige, die sich an die Regeln hielt und diszipliniert lernte, zumindest in der Grundschule. Nach Trennung und Scheidung paßte sie sich als einzige der Broderick-Kinder schnell an die Regeln in Dans Haus an. Eine Zeitlang war sie die kleine Mutter – und es gefiel ihr. Das hielt sie jedoch nicht davon ab, Betty vorzuweinen, welch ein billiger, gemeiner Mann ihr Dad sei, wenn es ihren Zwecken diente. Sie meinte es natürlich niemals ernst – sie war nur ein junges Mädchen, das sich nicht festlegen wollte.

Lee dagegen war die Rebellin, trotzig und stur. In diesem Sinne kam sie offensichtlich auch nach ihrer Mutter. Die beiden Töchter verkörperten die zwei Seiten von Betty.

»Leck mich«, brüllte Lee ihren Vater an, wenn er an ihren Zensuren herumnörgelte, ihrer Trödelei und ihrem Lebensstil. Wenn er sie zu sehr nervte, ging Lee einfach hinüber zu Betty und blieb dort für eine Nacht oder das Wochenende. Einmal, nach der Scheidung, warf sie ein Glas nach Dans Wagen. Zur Hölle mit seinen Regeln, seiner Kontrolle. Und Mom war natürlich immer glücklich, sie aufzunehmen, zum Teil, weil sie das am nächsten Tag gegen Dan verwenden konnte.

Doch schließlich merkte auch Betty, die damals eine Linie Kokain nicht von verschüttetem Salz unterscheiden konnte, daß etwas nicht stimmte. Zu viele junge Leute kamen und gingen zu nächtlichen Stunden. Und sie alle lachten zu laut. Ihre Augen glänzten zu hell.

In La Jolla ist, wie in allen wohlhabenden amerikanischen Gemeinden mit neurotischen Erwachsenen und verhätschelten, vernachlässigten Jugendlichen, Drogenmißbrauch ein allgemeines Jugendproblem. Der einzige Unterschied zwischen Lee Broderick und ihren Altersgenossen in La Jolla war vermutlich, daß sie eine bessere Ausrede hatte, sich gegen die Konventionen aufzulehnen, als alle anderen: keiner von deren Vätern hatte die Mutter inhaftieren lassen; keine ihrer Mütter jagte durch die Stadt und redete von Fotzen, Wichsern und einer Armut in Höhe von 6000 Dollar pro Monat.

Es dauerte jedoch noch einige Monate, bis Lee zu einem derart großen Problem geworden war, daß Dan und Betty Broderick ihre eigenen Wünsche und Bedürfnisse lang genug hintan stellten, um sich, wenn auch nur vorübergehend, mit ihren zu beschäftigen.

Tricia Smith kam derweil mit der Scheidung nicht voran. Im Januar 1988 schrieb sie an Barry und forderte erneut finanzielle Unterlagen, die sie seit fast einem Jahr erbeten hatte. ›Ich schreibe diesen Brief, um ein letztes Mal die Offenlegung zu fordern, die in dieser Angelegenheit immer noch nicht vollzogen wurde‹, schrieb sie. ›Obwohl ich bislang ziemlich geduldig war, scheinen Sie und Ihr Klient zu versuchen, mir das geforderte Material vorzuenthalten.‹ Sie schloß mit der Drohung, rechtliche Sanktionen einzuleiten, wenn sie die Papiere nicht innerhalb von dreißig Tagen erhielt.

Auf ihrer Liste standen Dans sämtliche Steuererklärungen seit Mai 1987; Kopien aller Schecks, die er für verschiedene ›Teilhaberschaften‹ ausgestellt hatte, die er eingegangen war – speziell mit seinem Bruder Larry – und für die er später Epstein-Kredite verlangen würde; alle Daten über seinen Rentenplan, Anleihen und Beiträge von 1984 bis zum damaligen Zeitpunkt; Listen aller Fälle, die Dan vom Zeitpunkt der Scheidung bis zum damaligen Zeitpunkt begonnen hatte; und vieles mehr. Tricia Smith war bereit, in den Krieg zu ziehen.

Aber Betty konnte – oder wollte – nicht länger warten. Ende Januar war sie wie getrieben, sich einmal mehr selbst zu zerstören. Zuerst feuerte sie gegen Tricias Smiths Rat einen Gutachter, der bestimmt worden war, Dans Anwaltspraxis für die Scheidung zu schätzen. Er kostete zuviel, und Dan würde ohnehin seine Bücher frisieren, um ihn zu täuschen, argumentierte Betty.

Dann feuerte sie auch Tricia Smith – obwohl Betty bis zum heutigen Tag darauf besteht, sie und Tricia Smith hätten sich ›in gegenseitigem Einvernehmen getrennt ... Tricia war den mühseligen Kampf gegen Dan Broderick leid.‹

Doch bevor Tricia Smith ausstieg, zog sie ein letztes Mal mit Betty vor Gericht, um sie gegen acht schwebende Verfahren zu verteidigen.

Sie flehte den Richter an, Betty nicht wieder ins Gefängnis zu schicken. Sie argumentierte mit der Geringfügigkeit von Bettys Vergehen und damit, wie absurd es sei, daß zwei gebildete Erwachsene sich auf diese Art von zeitaufwendiger Kriegsführung auf Kosten des Steuerzahlers einließen.

Sie verlor.

Joseph befand Betty aller acht Anschuldigungen für schuldig und verhängte eine weitere elftägige Gefängnisstrafe. Aber er setzte sie zur Bewährung aus. Dieses Mal hatte er nicht die Absicht, Betty erneut ins Gefängnis zu schicken, denn ganz offensichtlich funktionierte das nicht. Statt dessen erlegte er ihr eine Geldstrafe von 8000 Dollar auf und ermächtigte Dan, monatlich 1000 Dollar von ihrem 16 000-Dollar-Scheck abzuziehen und an die Stadt von San Diego zu zahlen, bis ihre Schuld gegenüber der Gesellschaft abgetragen war.

Den einzigen Sieg konnte Tricia Smith verbuchen, als es ihr gelang, Linda Kolkenas Stimme vom Anrufbeantworter zu verbannen. »Ich glaube, daß Linda Kolkena und ihre Sexualität der Grund für das Scheitern meiner Ehe ist«, sagte Betty in ihrer Erklärung. »Ich werde wütend und emotional, wenn ich ihre

Stimme höre. Meine inneren Gefühle dringen dann in ausdrucksstarker Sprache nach außen.«

Betty erklärte, daß sie normalerweise mit jedem ihrer Kinder drei- oder viermal am Tag sprach. »Es ist nicht ungewöhnlich, daß zehn oder fünfzehn Telefongespräche hin und her gehen ... Ich glaube, daß Mr. Broderick das Telefon ausstellt oder Miss Kolkenas Stimme auf dem Anrufbeantworter hat, um mich absichtlich zu quälen und in Wut zu versetzen. Meine Anwältin hat ihn viele Male aufgefordert, das zu unterlassen ... Bei der letzten Verhandlung hatte das Gericht ihn sogar gebeten, Miss Kolkenas Stimme freiwillig, ohne Gerichtsbeschluß, vom Anrufbeantworter zu nehmen. Dieser Bitte ist er nicht nachgekommen.«

Joseph ordnete an, daß Dan Lindas Stimme entfernen mußte. »Vom heutigen Tage an gibt es keinerlei Grund, Lindas Stimme auf einem Anrufbeantworter zu belassen, der Dan Broderick gehört«, sagte er. »Jeder andere in seinem Haushalt, einschließlich Mr. Broderick, kann die Ansage aufnehmen ...«

Am Ende der Anhörung gab Tricia Smith formell zu Protokoll, daß sie fürderhin ›auf Mrs. Brodericks Bitte‹ von dem Fall entbunden war.

Mit unverminderter Härte geht es weiter

Dan und Linda verbrachten den Februar zum größten Teil auf Reisen; zuerst verlebten sie mit den Kindern einen Skiurlaub in Colorado, dann fuhren sie selbst in die Schweiz. In den Monaten vor ihrem Tod reisten sie häufig, nach Hawaii, Griechenland, in die Karibik, nach San Francisco, New York, New England. Mittlerweile waren sie eines der attraktivsten, beneidenswertesten neuen Paare in San Diego, Stammgäste in der gesellschaftlichen Szene der Juristen, bekannte Gesichter bei Dobson's und in anderen Bars der Stadt.

Linda verbrachte die meiste Zeit in Dans Haus – obwohl Freunde erzählen, daß sie normalerweise das Abendessen dort ausließ, um die Jungen nicht gegen sich aufzubringen, und statt dessen erst gegen neun oder zehn dort ankam, wenn sie Hausaufgaben machten oder schon im Bett waren.

Lindas Freunde waren begeistert, denn der Tag schien gekommen, an dem Dan die junge Frau heiraten würde, die so lange so viel ertragen hatte, um an seiner Seite zu bleiben.

Betty saß derweil zu Hause, hielt alle Reisen in ihrem Tagebuch fest und erinnerte sich daran, wie gerne sie selbst immer die Welt bereist hätte. Es gab einmal eine Zeit, da hatte sie so viele Pläne gehabt. Sie hatte es dreimal nach Europa geschafft – aber keine der Reisen war die romantische Reise ihrer Jungmädchenträume gewesen.

Jedesmal, wenn sie zu Dan fuhr, um die Kinder abzuholen, nagte der Groll an ihr – nicht nur wegen des vielen Geldes, das er für die Neuausstattung seines Hauses ausgab, sondern auch wegen der Art der Einrichtung. Sein Geschmack war *ihr* Geschmack.

Wenn er nicht zu Hause war, kam sie vorbei und starrte voller Haß auf den neuen Swimmingpool hinter seinem Haus. Es war genau der Bill-Blass-Pool, von dem sie so viele Jahre lang Bilder ausgeschnitten hatte. Der einzige Unterschied war, daß Dan grüne Fliesen statt marineblauer gewählt hatte.

Manchmal streifte sie auch durch sein Haus und bewunderte die kostbaren neuen Möbel. Gelegentlich nahm sie sogar ihre Kamera mit und fotografierte die eleganten Räume für ihren zukünftigen Scheidungsprozeß. Während sie knausern mußte, gab er Hunderttausende von Dollars für sein neues Heim aus. Ungerecht.

Natürlich hätte sie gar nicht ins Haus gehen dürfen. »Dan sagte, wir sollten die Polizei rufen, wenn sie hereinkam«, sagte Sylvia Cavins, eine Frau in den Fünfzigern, die sich zwei Jahre lang, bis zu den Morden, mit ihrer Tochter Linda David als Haushälterin für Dan abwechselte. »Aber es widerstrebte mir sehr, ihr die Polizei auf den Hals zu hetzen. Also ließen wir es. Aber wir achteten immer darauf, daß sie nichts kaputt machte oder so.«

Doch eines Tages mißbrauchte Betty ihr Vertrauen. Als Linda David, die an jenem Tag Dienst hatte, ihr den Rücken kehrte, schlüpfte Betty in einen Flur und entdeckte auf einem Tisch einen Brief, den Linda Kolkena an Dans Eltern geschrieben hatte.

»Sie öffnete und las ihn«, sagt Linda David, immer noch wütend, »also sprach ich sie später an und sagte ihr, daß ich es nicht schätze, in welche Lage sie mich brachte, und daß sie nicht mehr hereinkommen könne.«

Betty bestreitet, den Brief gelesen zu haben – mit schwachem Protest. Es ist ein weiterer kurioser Charakterzug an ihr, daß sie, die so viele Dinge zugibt, immer mal wieder ein kleines, beschämendes Detail zwar nicht direkt abstreitet, jedoch selektiv aus ihrer Erinnerung verbannt.

Dagegen richtete Betty ihre Wut auf Dan gegen seine Haushälterinnen. Nirgendwo zeigt sich ihr Klassenbewußtsein häßlicher als in ihren Bemerkungen über diese verschiedenen Frauen, die angestellt waren, um ihre vier Kinder zu versorgen und das Haus sauber zu halten. Sie waren wahlweise ›Versagerinnen‹, ›Säuferinnen‹ und ›Nutten‹. Eine war ›dieses große, fette Mädchen mit dem ausländischen Namen‹.

Keine von ihnen war ›ein Mensch, dem ich meine Kinder anvertrauen wollte. Meine Kinder *hatten* eine Mutter!‹

Doch später würden die Haushälterinnen mit Betty abrechnen. Vier von ihnen wurden Zeuginnen der Anklage. Manche waren glaubwürdig, andere nicht.

Ronnie Brown und eine Freundin namens Dian Black wollten eine Organisation gründen, die sich anders als *HALT* nur um eine Reform der Scheidungsgesetze bemühen sollte. Beide hielten die Scheidungsgesetze, die ohne die Schuldfrage vorgehen, für die schlimmste Katastrophe für Mütter und Kinder. Und sie wollten, daß Betty mit ihnen zusammenarbeitete, ihnen ihren Namen und ihre Geschichte für ihre Organisation zur Verfügung stellte.

Und so wurde Betty tatsächlich eine Art Aktivistin.

Sie beschloß, ihre Geschichte zu veröffentlichen, um andere Frauen wachzurütteln. Während Dan und Linda Europa genossen, fuhr sie mit den Kindern im Februar nach Deer Valley und verbrachte eine Woche mit dem Schreiben ihrer Memoiren. Heraus kam ein neunzig Seiten langes Manuskript.

In ihrer Einleitung versprach sie, ihre Geschichte sei ›die Geschichte eines Mannes, der die Macht hatte, alle Regeln zu brechen‹.

Heraus kam jedoch ein wütender, sehr persönlicher Bericht über eine ›wundervolle Ehefrau und Mutter‹, in jeder Hinsicht von einem ›tollwütigen Anwalt mit Schaum vorm Mund‹ betrogen, ein Bericht, der für die durchschnittliche in Scheidung befindliche Frau nur von geringem Belang war. Dan erschien darin niedriger als ein Schwein, jedoch mächtiger als Gott. Sich selbst stellte sie als Heilige dar. Erst in ihrem Postskriptum kam sie dazu, sich auf die Scheidungsgesetze ohne Schuldfrage zu beziehen, die ›die Tür öffnen für diese Art emotionalen Terrorismus, ohne jegliche Gefahr für den Unterdrücker‹.

Sie redete sich viel von der Seele, als sie das Buch schrieb, doch ansonsten diente Bettys Buch, wie ihre Tagebücher, niemandem, außer dem Staatsanwalt, der später das Manuskript als weiteren Beweis dafür heranzog, daß Betty Broderick fast zwei Jahre vor der eigentlichen Tat einen kaltblütigen Mord geplant hatte.

Im März gerieten die Brodericks erneut über die Frage aneinander, wie ihre Kinder am besten zu erziehen seien.

Danny war bereits in der Francis-Parker-Schule angemeldet, einer der besten Privatschulen San Diegos, doch Betty wollte, daß er auf die Bishops-School in La Jolla ging. Dan widersetzte sich mit dem Argument, Danny sei auf der Francis-Parker-Schule glücklich und es gebe keinen Grund, ihn da herauszureißen.

Betty ignorierte ihn, und es gelang ihr, Danny auf die begehrte Liste der Jugendlichen für die Zulassungsprüfung der Bishops-Schule setzen zu lassen.

Doch am Morgen der Prüfung, am 12. März, tauchte Danny nicht auf. Dan hatte beide Jungen mit zur St.-Patrick's-Day-Parade mitgenommen.

Das Ergebnis war klar. Betty war so fuchsteufelswild wie immer:

»Hör zu, du beschissenes, verrücktes Arschloch«, kreischte sie auf seinen Anrufbeantworter. »Es ist jetzt Samstag gegen halb zwei oder so. Ich rufe seit Tagen an, um dieses Wochenende zu arrangieren. Du hast deinen Sohn beschissen, weil er die Prüfung an der Bishops-Schule verpaßt hat. Ich akzeptiere nicht, daß du Rhett mit dem Taxi schickst, das ist zu unsicher, nur damit ich deine Babysitterin bin, während du den Nachmittag im Taumel mit deiner Bürofotze verbringst. Du bist ja wahnsinnig. Kümmer dich um Hilfe. Du bist krank.«

Schlimmer noch, einmal mehr zeigte sich, wie wahnsinnig irrational sie geworden war, denn sie setzte sich außerdem hin und schrieb in rasender Wut einen weitschweifigen, zwanzig Seiten langen Brief, gespickt mit Banalitäten, gerichtet an die eine Person in der Stadt – Dan Broderick selbst nicht mitgezählt –, der ihr wahrscheinlich am wenigsten wohlwollend gegenüberstand: Dans Anwalt Gerald Barry:

Sehr geehrter Mr. Barry – Ihr Klient, das beschissene Arschloch, fängt schon *WIEDER* an – déjà vu«, begann sie. »Er benutzt seit Herbst 1985, als er überhaupt noch kein Sorgerecht hatte, die Unterlassungsverfügungen regelmäßig als *VERFÜGUNGEN ÜBER ALLEINIGES SORGERECHT.* Im Hinblick auf diese vielen Verzögerungstaktiken sollte man denken, daß ich mich daran gewöhnt habe, nachdem ich *DREI JAHRE* lang behandelt worden bin, als hätte ich den Verstand verloren, als sei ich ein wertloses Stück Scheiße, aber irgendwie gelingt es mir nicht.«

In den nächsten Monaten schrieb sie mehrere Briefe voller Obszönitäten an den Anwalt.

Betty wurde mit jedem Tag unsicherer. Sie hörte nicht mit ihren unberechenbaren Einkaufstouren auf Kreditkarte auf. Allein an einem Tag im März gab sie 1000 Dollar bei Custom Shirts in La Jolla aus. Sie kaufte in Warenhäusern und Boutiquen Berge von Kleidern für sich und die Kinder. Aber ihre Einkäufe für sich selbst machten ihr keinen Spaß mehr, denn jetzt mußte sie in ihren Lieblingsläden in die Abteilungen für Übergrößen gehen. »Die Sachen waren ja so häßlich«, sagt sie. »Und ich sah in ihnen aus wie ein Stück Scheiße.«

Nichts konnte ihr mehr Erleichterung verschaffen.

Die Kinder verschlimmerten ihren Zustand. Lee lebte jetzt hauptsächlich bei Betty. ›Die ganze Nacht unterwegs!‹ schrieb Betty in ihr Tagebuch. Als Lee einmal, ohne zu fragen, ihren Wagen nahm, rief Betty bei der Polizei an und meldete ihn als gestohlen.

Gleichzeitig war sie um so wütender auf Dan, weil er den Mädchen keine eigenen Wagen kaufte. »Lee fuhr mit diesem erbärmlichen Moped durch die Stadt«, sagte Betty später. »Es war nicht verkehrssicher. Und es sah grauenhaft aus.« Schließlich leaste sie selbst zwei Wagen für die Mädchen.

Dann machte sie Pläne, um wieder einmal ihre Familie in New York zu besuchen.

›Fühlte mich sterbenselend‹, schrieb sie in jener Woche in ihr Tagebuch. ›So unglücklich, so einsam. Kim und Lee geben Parties, ruinieren mein Haus ... räumen nicht auf, geben keine

Sachen zurück.‹ Sie listete sogar die Sachen auf, die sie vermißte: Sie reichten von ›Feuerlöscher, Strahler und Badeanzug‹ bis zu ›Champagner (Taittinger), Godiva-Pralinen und Girl Scout-Keksen‹.

Aus ihren Tagebüchern geht nicht hervor, wie ihre Tage in New York verliefen – und heute behauptet sie, sich nicht mehr daran zu erinnern.

Ungefähr zur selben Zeit entschied ein Richter eines Zivilgerichts, Ruth Roth möge ihre Forderung an Dan Broderick richten, wie auch in der ursprünglichen Gerichtsverfügung vorgesehen. Dieser kleine Sieg hatte Betty Monate an Zeit und Mühen gekostet. »Es war die reine Schikane«, sagte sie später. »Dan *wußte*, daß er die Rechnung bezahlen mußte. Aber mich kostete es viele Auseinandersetzungen, nur um das vor einem Zivilgericht zu beweisen – und genau das *wollte* er. Er versuchte absichtlich, mich *verrückt* zu machen!«

Und zweifellos klang sie von Tag zu Tag verrückter.

Am 23. März schrieb sie einen seltsamen Brief an Tricia Smith, in dem sie vorgab, sie niemals gefeuert zu haben:

›Liebe Tricia – es tut mir leid, zu hören ... daß Sie mir nicht helfen werden, den Haufen Scheiße, der mein Leben ist, zu ordnen. Ich wünschte, Sie würden mich freundlicherweise selbst anrufen oder mir schreiben. Ich weiß, daß Sie sehr beschäftigt sind, aber das hätte nur eine Minute gedauert. Danke für die Hilfe und Unterstützung, die Sie mir im letzten Jahr gewährt haben. Zu schade, daß wir nichts erreicht haben.‹

Dann rief eine Redakteurin der Oprah-Winfrey-Show an, um sie um ihr Erscheinen bei einer Sendung über unsaubere Scheidungen zu bitten. Sie lehnte ab, denn ›ich wollte nicht zu diesem Zirkus gehören‹.

Ansonsten war es ein relativ ruhiger Monat. Dan beantragte nur zwei Gerichtliche Verfügungen – in einer davon beschuldigte er Betty, sie habe Steine gegen seinen Wagen geworfen.

Im April wurde Lee von den Sicherheitsbeamten der High-School in der Mittagspause erwischt, als sie in einem Auto mit einigen Freunden Koks schnupfte. Die Schule benachrichtigte Dan, daß Lee vermutlich für mindestens drei Tage vom Unterricht suspendiert werden würde und daß ein Beratungsgespräch mit den Eltern angebracht sei. Er sagte zu, am nächsten Morgen um elf Uhr zu erscheinen. Doch in jener Nacht lief Lee fort. Drei Tage später wurde sie immer noch vermißt.

Betty meldete ihr Verschwinden der Polizei.

Dan tat das nicht. Er hatte die Nase voll.

In den nächsten sechs Monaten hörte er nur von Kim, wo Lee sich gerade aufhielt – sie lebte zusammen mit anderen Teenagern in einer Strandkommune südlich von La Jolla. Dan tat nichts, um sie aufzuspüren. »Ich versuchte nicht, in dieser Zeit mit ihr Kontakt aufzunehmen«, sagte er später beim Scheidungsprozeß aus, weil, wie er sagte, seine jüngere Tochter die Regeln kannte. Zudem sei dieser Zwischenfall nur der letzte von vielen gewesen. Lee war schon einige Male zuvor von zu Hause weggelaufen. Sie mißachtete seine abendlichen Ausgangssperren. Sie machte, was sie wollte.

Und so war Lee Broderick in den folgenden sechs Monaten ein Kind ohne Zuhause. Betty sprach gelegentlich mit ihr, doch Lee kehrte weder zu ihr noch zu Dan zurück.

Kim fuhr derweil in jenem Frühling ihren Wagen zu Schrott, kam jedoch ohne Verletzungen davon. Außerdem wurde sie von einem Bauarbeiter, den Betty absolut nicht leiden konnte, schwanger.

Dann tauchte Lee mit einem Paukenschlag wieder auf. Sie baute einen Unfall mit ihrem Wagen, und jetzt war es sogar für Betty klar, daß sie professionelle Hilfe brauchte. Sie überredete Lee, sich im McDonald's Center zu melden, wohin sich die Einwohner La Jollas mit Drogenproblemen normalerweise wenden, wenn sie kein Bett in der Betty-Ford-Klinik bekommen.

Betty war hin- und hergerissen zwischen Scham und Sorge, zwischen Angst, was die Leute denken würden, Angst um Lee und ihrer eigenen Weigerung zu glauben, daß ihre Tochter drogenabhängig war. Lee protestierte, es sei eine einmalige Sache gewesen, sie sei von gar nichts abhängig. Doch klügere Köpfe in dem Drogenentzugsheim teilten Betty Broderick mit, daß Lee behandelt werden mußte. Also meldete Betty ihre Tochter für ein Entzugsprogramm an, das auf mehrere Monate angelegt war.

»Das war das Grauenhafteste, das ich jemals tun mußte«, sagt sie. »Ich wußte nicht, *was* ich tun sollte! Da stand ich nun, ganz allein, und versuchte, diese lebenswichtige Entscheidung zu treffen, und ich wußte noch nicht einmal, *wo* Dan war! Das war definitiv einer der schlimmsten Tage meines Lebens. Ich zitterte, ich war nervös – ich war in schlechterem Zustand als Lee.«

Lee blieb nur drei Tage im McDonald's Center, dann lief sie weg, rief ihre Mutter von einer Telefonzelle aus an und bat sie, sie zu retten.

»Sie sagte, sie sei keine von denen; sie sagte, sie sei dort zusammen mit all diesen schwer Drogenabhängigen und Alkoholikern, und das sei eine lächerliche Geld- und Zeitverschwendung, sie gehöre dort nicht hin. Sie sagte, sie sei nicht drogenabhängig. Und«, Betty seufzt jämmerlich, »ich glaubte ihr.« Also holte sie Lee auf dem Parkplatz eines Einkaufszentrums ab und nahm sie mit nach Hause, wo Bettys Freundinnen Gail Forbes und Lynn McGuire versuchten, ihr dabei zu helfen, ein Entzugsprogramm für Lee zu entwerfen.

Ende des Monats hörte Betty zufällig, wie Lee am Telefon mit jemandem über ›Rocks‹ sprach. Betty wußte nicht, was ein Rock war, »aber ich wußte, es war etwas Schlechtes, so wie sie tuschelten«.

Betty wußte nicht, was sie mit ihrer Tochter machen sollte, die wiederum nicht wußte, was sie mit ihrer Mutter machen sollte – und der Vater wollte mit keiner von beiden noch etwas zu tun haben.

Im Sommer 1988 beschloß Dan Broderick dann, seine ungeratene Tochter genauso zu bestrafen wie ihre Mutter – über die Brieftasche. Er strich Lee aus seinem Testament.

»Ich machte mir ernsthaft Sorgen... daß mein Vermögen, wenn sie nach meinem Tod ein Viertel davon erbte, in Schall und Rauch aufgehen würde ... daß sie es für Drogen verwenden oder verschenken oder einfach verschwenden würde«, erklärte er später vor dem Scheidungsrichter.

Doch dann kam Kims Stunde. Dans und Bettys Erstgeborene war erwachsen geworden. Es war ihre Abschlußfeier an der High-School.

Betty suchte in ihrem Schrank nach dem attraktivsten Kleid. Die meisten ihrer Kleider bestanden inzwischen aus drei Teilen mit ausgestellten Röcken und Jacken, die meisten in Beigetönen. Beige mit weißen Punkten. Beige mit rosa Streifen. Sie war zu einer Werbefigur für die ›reife Frau‹ geworden. Wie war das passiert? fragte sie sich. Nur zwei Jahre zuvor konnte sie Kleidergröße sechsunddreißig und achtunddreißig tragen. Jetzt sah sie schlecht aus. Sie lächelte sich im Spiegel an. Sie sah aus wie Miss Piggy. Sie haßte sich. Sie haßte ihn.

Er würde dasein, bei der Abschlußfeier seiner Tochter. Es würde seit Jahren das erste Mal sein, daß sie beide gleichzeitig bei einer Familienfeier anwesend waren. Sie war nervös. Sie überlegte, was sie zu ihm sagen würde, was er zu ihr sagen würde. Ihre Tochter, das kleine Mädchen, das sie auf ihrer Hochzeitsreise nach St. Thomas vor neunzehn Jahren empfangen hatte, hatte ihren High-School-Abschluß. Sicher würde er heute mit ihr reden, zumindest an diesem Tag. Er würde *nett* sein. Ganz sicher.

Sie tätschelte ihr plumpes, bleiches Gesicht und ordnete noch einmal ihr gelbes Haar. Ich war heiß. Ihre Miederhose war zu eng. Sie schnappte sich ihre Tasche und ihren Fotoapparat und fuhr zum Campus der Francis Parker Mittel- und Oberschule. Um Kim bei ihrer Abschlußfeier zu sehen. Und um Dan zu sehen.

Und da sah sie, über den großen Rasen hinweg, Linda Kolkena. An Dans Arm. Die hübsche, schlanke, junge Linda Kolkena. Die Kims Lehrer, alle Eltern, Bettys Freunde und Mütter strahlend anlächelte, die sie seit Jahren kannte. Tat so, als habe sie das Recht, dort zu sein. Hielt seine Hand.

»Oh, es machte mir gar nichts aus«, zwitschert Betty heute so munter wie ein mechanischer Singvogel. »Ich dachte nur, es war so ... *geschmacklos* von ihm, wissen Sie, seine Freundin zur Abschlußfeier unserer Tochter mitzubringen – und sie war absolut falsch angezogen, soviel Schmuck bei hellem Tageslicht ...«

Lindas Freunde verteidigten später ihre Entscheidung, an der Abschlußfeier teilzunehmen. »Linda wußte, Betty würde daran zu knacken haben«, sagte Sharon Blanchet. »Aber Linda und Kim waren Freundinnen, und sie glaubte, sie sollte dabeisein. Außerdem hatte Linda *jedes Recht*, dorthin zu gehen. Wie lange sollten sie und Dan ihr Leben denn noch so leben, wie es Betty paßte?«

»Mom hat mir nie vergeben, daß ich Linda eingeladen habe«, sagte Kim Jahre später. Einige Wochen danach, so erinnert sie sich, sollte Betty Kim in ihrer neuen Wohnung besuchen. Kim hatte saubergemacht und Essen vorbereitet und wartete auf sie. »Und dann rief sie an und sagte: ›Ich komme nicht. Mir ist gerade eingefallen, wie sehr ich dich hasse!‹«

Während der Abschlußzeremonie saß Betty auf der einen Seite, Linda und Dan auf der anderen Seite des Publikums. Danach, so erzählt Betty immer noch bitter, ging Kim zuerst zu den beiden hinüber. Doch, wie sollte es anders sein, sie schreibt Kims Motive dem Geld zu: »Sie schenkten ihr ein Diamantenarmband, ich ihr einen ledergebundenen Terminkalender – zu wem würden *Sie* da gehen?«

Bis zum heutigen Tag kann Betty nicht zugeben, was sie als nächstes tat: Sie folgte Dan und Linda den ganzen Empfang über und fotografierte sie.

»Sie sagte zu den Kindern, sie würde Lindas Schmuck für den Scheidungsprozeß fotografieren«, erzählt Blanchet. »Nun, Lindas Schmuck war eine Perlenkette und ein Ring, den Dan ihr geschenkt hatte. Auf jeden Fall folgte sie ihnen, und es war so offensichtlich – sie brachte alle in Verlegenheit, es war gräßlich. Linda sagte, sie folgte ihnen sogar auf die Straße, als sie die Feier verließen.«

Betty streitet das vehement ab. »So etwas habe ich nicht getan«, beharrt sie. »Ich habe einfach *alle* fotografiert. Ich liebe das Fotografieren. Ich kann mich nicht einmal erinnern, ob ich ein Foto von der Fotze gemacht habe.«

Sie erinnert sich jedoch lebhaft daran, zufällig die Bemerkungen eines Lehrers gehört zu haben, der zu Dan und Linda hinüberging – und Linda mit Betty verwechselte.

»Es war ein Lehrer, den ich 1984 einmal zusammen mit seiner Frau zu einem Dinner eingeladen hatte . . . und ich hatte ihn seit Jahren nicht gesehen«, sagt sie. »Und natürlich war ich damals noch nicht so dick – also dachte er, Linda sei ich. Er nannte sie Mrs. Broderick. Das machten alle Leute, weil sie auch so blondes Haar hatte. Auf jeden Fall störte mich das, also ging ich später zu ihm hin und sagte ihm: ›*Ich* bin Betty Broderick, nicht sie.‹ Der arme Mann, er war so verlegen.« Nicht so Betty. Sie hatte schon lange jegliche Scham verloren.

»Warum hätte ich mich schämen sollen?« fragt sie munter. »Verstehen Sie nicht? Es könnte nie mehr als eine Mrs. Daniel T. Broderick III. in La Jolla geben. Das war *mein* Name – deshalb hätte mich Linda Kolkena am liebsten tot gesehen; man kann keine Frau ersetzen, die noch lebt.«

Aber einige Wochen später widersprach sie allem, was sie gesagt hatte, als sie wütend in ihr Tagebuch kritzelte: ›Kim kommt immer noch zu mir, um etwas zu stehlen. Sie versucht jetzt, die Fotos, die ich von der Fotze bei der Abschlußfeier gemacht habe, mitzunehmen.‹

Kim kritzelte später ihre eigene wütende Erwiderung auf dieselbe Seite: ›Scheiße, Mom. Ich habe kein Interesse an diesen Bildern! *ICH WOLLTE MEINE BILDER SEHEN! WARUM* sollte ich Bilder von ihr haben wollen?‹

Muhammad Ali und die Hausfrau

Früher oder später mußten die Medien von San Diego Wind von der schmutzigen Scheidungsgeschichte der Brodericks bekommen. Es war der *San Diego Reader*, eine kleine Wochenzeitung, die vornehmlich Berichte über Persönlichkeiten der Gemeinde, über Kunst und Kultur brachte, die zuerst vom Fall Broderick hörte und seine Reporter Paul Krueger und Jeannette DeWyze beauftragte, darüber zu recherchieren. Sie riefen Betty an einem Tag im Mai des Jahres 1988 an, um herauszufinden, ob sie mit ihnen über ihre Scheidung reden wollte.

Hurra. Sie zögerte nur ungefähr drei Sekunden, bevor sich ihre Angst vor Dan Broderick unter der atemberaubenden Erkenntnis auflöste, daß sie endlich vielleicht einen mächtigen Verbündeten gefunden hatte – die Presse.

Sie lud Krueger und DeWyze in ihr Haus ein, sobald sie es möglich machen konnten – woraufhin sie ihnen ihre ganze wütende, bittere Geschichte mit viel Witz, Intelligenz und Leidenschaft erzählte. Die beiden fragten sich fasziniert und verwirrt, ob es wirklich so böse, so unfair verlaufen sein konnte, wie sie sagte.

Sie stellte Dan im allerschlechtesten Licht dar und begann praktisch am Tag ihrer Hochzeit.

Sie erzählte alles auf ihre Art – und ließ natürlich ihren Anteil an der Geschichte aus.

Krueger und DeWyze, beide gute Reporter, riefen Dan Broderick an.

Zuerst wollte Dan nicht mit ihnen reden. Schließlich entschloß er sich, doch mit ihnen zu sprechen, wohl weil er glaubte, wenn er mit den beiden Journalisten erst einmal ruhig und vernünftig geredet hatte, würden sie erkennen, daß dieser geschmacklose Disput ihre Zeit nicht wert war.

Seine Stimme auf ihrem Band klang angenehm, leise und gelassen, mit einem gewinnenden Unterton. Doch er war immer noch der hervorragende Anwalt. Wie ein Mann, der eine eidliche Aussage machte, stellte er fest, er werde all ihre Fragen ehrlich beantworten. »Darauf können Sie sich verlassen.« Er würde nichts sagen, das sich nicht beweisen ließe, sagte er. Dann stellte er sein eigenes Band an.

Zuerst befragten sie ihn über Bettys Behauptung, sie könne aufgrund seines Einflusses keine erstklassige juristische Unterstützung in der Stadt finden.

Das stritt er ab. Der wirkliche Grund, warum seine Ex-Frau keinen Anwalt finden konnte, so spekulierte er, sei wohl, daß »sie eine unkontrollierbare Frau ist, bei der die meisten Anwälte Angst haben, daß sie nicht mit ihr zusammenarbeiten können«.

Wie Betty erzählte auch Dan die Geschichte ganz auf seine Weise.

Er erzählte Krueger und DeWyze, wie diese ›perfekte Mutter‹ ihre Kinder als Waffe gegen ihn benutzt hatte. »Sie ließ sie einfach am Coral Reef stehen. ›Hier. Sie gehören dir. Du willst dich von mir trennen – nun, dann sollst du sehen, was es bedeutet, eine Familie allein durchzubringen.‹ Und wann immer es ihr einfiel, begann sie zu toben, warf etwas durch die Fenster, zerbrach Spiegel, besprühte die Wände mit Farbe. Ich meine, *unglaubliche* Dinge! Und sie behauptete immer, ich hätte sie provoziert, sie sei aufgebracht, weil ich dies oder das getan hätte. Einmal hatte ich die Kinder zum Friseur gebracht, und sie erwartete sie zu einem Fußballspiel. Ich wußte nicht, daß sie zu dem Spiel kommen sollten. Ich meine, so bin ich nicht, daß ich sie nur deswegen zum Friseur fahren würde, um Betty eins auszuwischen. Als ich zurückkam, fand ich einen Schaden in Höhe von Hunderten, vielleicht Tausenden von Dollars vor. Ich meine zerbrochene Fensterscheiben und Leuchter, und unsere Stereoanlage war zerstört.

Also reichte ich die Scheidung ein. Ich erwirkte einen Gerichtsbeschluß . . . hauptsächlich eine Verfügung, um sie von mir fernzuhalten . . . Und stellen Sie sich vor, jetzt wohnt sie in einem Haus in La Jolla, das 650 000 Dollar wert ist und das ich für sie gekauft habe ... nur für sie ... weil die vier Kinder bei mir waren. Und selbst trotz der gerichtlichen Verfügung kam sie immer wieder und besprühte meine Wände, und ich erinnere mich an eine Sache mit einem Bostoner Crèmekuchen, den meine Freundin für mich gebacken hatte ... Betty kam herein, nahm ihn und schmierte ihn überall im Schlafzimmer hin, an meine Kleider ... ich meine ... absolut *verrückte* Dinge. Meine kleinen Kinder haben das beobachtet, und sie weinten, als ich nach Hause kam – sie konnten nichts dagegen tun, ich konnte nichts dagegen tun ...

Also rief ich sie an und sagte: ›Ich werde das Haus am Coral Reef verkaufen. Du lebst in deinem Haus drüben in La Jolla. Ich will hier nicht mehr wohnen. Zu viele schlechte Erinnerungen sind damit verbunden ... Ich muß irgendwo hinziehen, wo du nicht glaubst, das Recht zu haben, einfach hereinzukommen und so etwas zu tun.‹ Ich wollte wirklich keinen Gerichtsbeschluß, der sie ins Gefängnis steckte, um meiner Kinder willen ... obwohl ich glaube, ich hätte es vielleicht machen können. Ich meine, es ging immer so weiter ... immer, wenn ich das Haus betrat, überlegte ich, was ich wohl wieder vorfinden würde. Es war so übel ...«

Die Reporter befragten ihn über das ungewöhnliche Arrangement, nach dem der Vater das alleinige Sorgerecht und die Mutter noch nicht einmal ein Besuchsrecht bekommen hatte.

Dies sei, so sagt er, eine Angelegenheit, die er zum Schutz seiner Kinder nur ungern besprechen würde.

Gleichzeitig zögerte er nicht, den beiden Reportern eine Abschrift von Bettys abscheulichstem Gespräch mit Danny zu zeigen.

»Ich habe Ihnen die Abschrift eines Telefongespräches gezeigt, das meine Ex-Frau mit meinem Sohn Danny geführt hat ... Das ist nur die Spitze des Eisbergs. Es ist unglaublich. Und die Psychologen, die sich um diese Kinder kümmern – ich meine, sie waren einfach *entsetzt*. Sie haben so etwas noch nie erlebt, *niemals*. Ich meine, es ist einfach extreme seelische Grausamkeit, ich schätze, das ist der beste Ausdruck dafür, oder psychische Mißhandlung ...«

»Warum haben Sie die Kinder dann zu ihr gehen lassen?« fragte De Wyze geradeheraus.

In den nächsten Minuten klang Dan Broderick flehend. Er klang sowohl verwirrt als auch voller Schmerz, als er diesen beiden Fremden zu erklären versuchte, daß er im Grunde nicht gewußt habe, was zum Teufel er noch tun sollte, daß er keine Idee gehabt habe, wie er diesen Kindern helfen könnte, den Alptraum der Scheidung zu überstehen.

»Ich glaube, es ist besser, wenn sie sie wenigstens gelegentlich sehen und zumindest so eine Art Beziehung zu ihr haben als gar keine, doch sind meine Gefühle sehr zwiespältig. Ich meine, das ist wirklich eine gute Frage. Warum *tue* ich das? Viele Menschen fragen mich das. Und ich frage mich das auch. Ich versuche, das Richtige zu tun. Ich glaube nicht, daß es das Beste für sie wäre, bei ihr zu leben, und ich – ehrlich, ich glaube nicht, daß es gut für sie ist, *überhaupt* Zeit mit ihr zu verbringen. Aber ich kann sie nicht vollständig von ihr fernhalten . . . Also tue ich mein Bestes . . .«

Warum, drängte Krueger ihn, wollten denn die Kinder bei der Mutter sein, wenn alles so schlecht sei?

»Das ist doch offensichtlich«, sagte Dan. »Sie vermissen ihre Mutter . . . Ich schätze, so fühlen die Menschen nun mal gegenüber ihren Eltern. Es sind die Menschen, die sie lieben.«

Warum zog sich diese ganze Scheidung schon so lange hin? fragte DeWyze.

Dan antwortete, er wisse es wirklich nicht, aber er deutete an, es habe etwas mit kürzlich erfolgten Änderungen gerichtlicher Verfahrensweisen zu tun.

Aber wollen Sie denn nicht, daß es vorbei ist? fragte Krueger.

Woraufhin Dan Broderick eine Antwort gab, die schließlich der am meisten zitierte Absatz dieses Interviews mit dem *Reader* werden sollte:

»Für mich wird es nie vorbei sein. Das weiß ich. Ich meine, ich habe resigniert. Es wird nicht aufhören, bis einer von uns tot ist. Ich meine, es geht einfach nicht. Das endgültige Verfahren wird einige Fragen unseres gemeinsamen Eigentums klären.

Aber es wird diese Sache nicht beenden. Also wird es eine sehr unangenehme Erfahrung werden.«

Entgegen Dan Brodericks Erwartungen entschieden Krueger und DeWyze, daß die Story es wert war, gedruckt zu werden. Das war der Moment, wo ihr sonniges Verhältnis zu Dan endete. Er drohte prompt damit, den *Reader* zu verklagen, wenn die Zeitung so weitermache. Seine Drohung reichte aus, die Story zu kippen. »Wir konnten es uns nicht leisten, uns mit einem großen Tier wie Dan Broderick anzulegen«, sagte DeWyze. »Also gaben wir auf.« Im August schrieb der Herausgeber des *Reader* einen kurzen Brief an Betty und teilte ihr mit, die Story sei gestorben, »weil wir glaubten, wir würden sonst zu Schadenersatz wegen Verletzung der Privatsphäre verklagt.«

Dan hatte wieder gewonnen. Erst als er tot war, konnten DeWyze und Krueger einen umfassenden Bericht über die Broderick-Scheidung schreiben.

Linda gewinnt

Der 26. Juni 1988 war Lindas Geburtstag. Sie wurde siebenundzwanzig Jahre alt. Und genau wie beinahe zwanzig Jahre zuvor, als Dan Betty zu ihrem Geburtstag ein Bild von sich selbst schenkte, überreichte er seiner neuen Liebe jetzt das beste Geschenk, das er sich vorstellen konnte. Sich selbst. Nach langem Warten machte er ihr einen Heiratsantrag.

Es war kein stiller Heiratsantrag zu Hause oder bei Kerzenschein in einem Restaurant in der Bucht. Dan bot Linda seine Hand bei Dobson's an, dem rauhesten Ort, den er finden konnte, voller Studenten und seiner irisch-amerikanischen Trinkkumpane. Er schenkte ihr einen hübschen Ring mit Smaragden und Diamanten, und sie errötete und vergoß Freudentränen, und ihre Freunde lachten und jubelten und bestellten neue Runden für das ganze Lokal. Gar nicht beiläufig ließen Dan und Linda außerdem verlauten, daß sie »eine neue Familie« planten. Mit mindestens fünf Kindern.

Er hatte sechs Jahre dazu gebraucht, aber endlich hatten sich Linda Kolkenas Jahre der Geduld ausgezahlt. Sie würde die neue Mrs. Daniel T. Broderick III. werden.

In jener Woche war Betty nicht in der Stadt. Sie hatte die Jungen mit nach British Columbia genommen, wo sie einen Angelurlaub verbringen sollten. Zum ersten Mal seit 1985 hatte ihr Bedürfnis nach einem Urlaub mit den Kindern ihre Sturheit übertroffen, erst darauf zu warten, daß Dan ihr zusätzliches Geld zahlte. Dieses Mal gab sie auf und willigte ein, den Urlaub selbst zu zahlen. Also ließ Dan sie fahren.

Doch innerhalb einer Woche brach sie den Urlaub ab und kehrte nach Hause zurück. ‹*KEIN GELD*›, schrieb sie mit großen Buchstaben in ihr Tagebuch. Auf derselben Seite, in winziger Schrift, notierte sie: ›Dan kündigt seine Hochzeit an. Arschloch!‹ Das war alles.

Doch dann rief sie Dans Partner Bob Vaage an, nachdem sie in den Gesellschaftsspalten gelesen hatte, Dan habe auf einem Knie um Lindas Hand angehalten: »Wenn ich erst einmal mit Dan Broderick fertig bin, wird er auf *beide* Knie niedergehen!« Die überspannte Betty, immer noch nicht fertig damit.

»Ich wollte einen Witz machen«, sagte sie später verlegen. »Ich glaubte nicht, daß *irgend etwas*, was Dan Broderick auf dem Boden einer Bar veranstaltete, eine Nachricht wert sei – das war seine normale Haltung, wenn er betrunken war.«

»Mom war ganz still, als ich ihr erzählte, daß Dan Linda einen Heiratsantrag gemacht hatte«, erinnerte sich Kim später. »Ich war wirklich überrascht. Ich dachte, sie würde so wütend werden, daß sie ihn umbringen könnte. Aber sie zeigte keinerlei Reaktion, bis sie herausbekam, daß sie eine neue Familie gründen wollten.«

Kim war auch nicht besonders glücklich. Ihr Vater hatte sein Versprechen ihr gegenüber gebrochen, daß er ›niemanden heiraten würde . . . Ich schätze, ich hatte einfach Angst, wie Mom immer sagte, daß er mit einer neuen Familie uns nicht mehr so lieben würde‹.

Zwei Wochen später, als Dan und Linda mit den Kindern in Hawaii waren, begab sich Betty in die Hände eines plastischen Chirurgen in La Jolla, um sich für 8000 Dollar überholen zu lassen. Sie ließ Stirn und Augen liften und den Bauch straffen. Ganz besonders, so erzählte sie ihrem Arzt, wünschte sie, daß alle Zeichen ihrer Kaiserschnitte verschwanden.

»Ich wußte nicht, ob ich lachen oder weinen sollte, als ich dort hinfuhr«, erinnert sich Candy Westbrook. »Da lag meine Freundin, die Klammern noch auf ihrem Kopf, fett wie ein Schwein, und hatte sich gerade den Bauch straffen lassen. Ich wollte sagen ›Betty, das ist verrückt. Warum machst du nicht einfach eine Diät?‹ Aber ich brachte es nicht übers Herz. Sie war damals so durchgedreht. Einfach durchgedreht.«

»Es war wie alles andere, das ich ausprobiert habe«, sagte Betty später. »Es bewirkte, daß ich mich ungefähr eine Stunde lang besser fühlte.« Und sie sah danach noch nicht einmal besser aus.

In demselben Monat, in dem die Mutter sich überholen ließ, hatte ihre älteste Tochter Kim eine Abtreibung. Laut Betty stahl Lee mehrere Hundert Dollar von Bettys Bankkonto, um ihrer Schwester bei der Zahlung zu helfen.

Kim fügte Betty um so mehr Schmerz zu, als sie ihr zwar gestand, daß sie eine Abtreibung machen lassen würde, ihr jedoch sagte, sie würde es vorziehen, wenn statt Betty eine Freundin sie begleiten würde – aber, so entdeckte Betty später, diese Freundin war Linda. »Ich bin in die Luft gegangen!« sagt sie. Doch mit Kim sprach sie niemals über ihre Gefühle.

»Ich ging zu Linda«, erklärte Kim später traurig, »weil jeder Arzt, den ich kannte, Dad *haßte*, und ich dachte ›O Gott, wenn ich nun zum Krüppel werde . . .‹ Linda nannte mir einen guten Arzt und bot mir an, mich dorthin zu fahren. Ich *mochte* sie nicht etwa mehr als Mom, . . . aber sie war nicht so viel älter als ich, und wenn man eine Abtreibung machen läßt, dann will man einfach keinen *Elternteil* dabeihaben!«

Doch Betty bekam ihre Rache, fügte Kim bitter hinzu. Sie benutzte die Abtreibung als weiteres Beispiel für Dans verantwortungsloses Verhalten als Vater. »Mom erzählte allen Leuten davon. *Alle Welt* wußte davon!«

Betty bestreitet, mehr Leuten als nur einer Freundin davon erzählt zu haben. Statt dessen, so sagt sie, habe sie Kim Alternativen zur Abtreibung aufgezählt. »Ich war bereit, das Kind großzuziehen . . . es wäre sogar eine großartige Therapie für mich gewesen. Damals sah ich keinen Sinn mehr im Leben. Ich hätte das kleine Baby *geliebt*.«

Die ohnehin schlechte Mutter-Tochter-Beziehung verschlimmerte sich noch, als Kim eines Abends zu Betty kam und einen Stapel Kassetten mit Bettys Telefonnachrichten stahl – die Betty selbst zuvor aus Dans Jaguar gestohlen hatte, als Kim damit zu ihr gefahren war.

»Was würden *Sie* tun?« fragte Betty später im Gefängnis

lachend. »Da lagen sie, in seinem Handschuhfach, warteten darauf, von seiner Sekretärin abgeschrieben zu werden, damit er sie gegen mich verwenden konnte. Natürlich nahm ich sie mir. Dann kam Kim, das kleine Luder, herüber, weil sie ja solche Angst hatte, Dan würde stocksauer auf sie sein, und sie durchstöberte mein Haus und nahm sie wieder mit zu ihm.«

»Es tut sehr weh zu sehen, wie ähnlich sie Dan ist«, sagt Betty heute über ihre älteste Tochter. »Sie denkt nur an sich selbst, und sie sagt, was immer das Publikum hören will. Sie wird mit vierzig in einer Nervenklinik landen, wenn sie nicht ein wenig Ehrlichkeit lernt.« Mütter und Töchter. Falls Betty sich selbst in ihrer Analyse ihrer Tochter wiederfindet, dann zeigt sie es nicht.

Im Sommer 1988 lenkte Lee ihre Mutter ungewollt von ihrer Beschäftigung mit sich selbst ab. Betty war sich sicher, daß ihre Tochter, die immer noch meistens bei Freunden wohnte, wieder in der Drogenszene verkehrte.

Sie engagierte einen Privatdetektiv, der ihre Tochter ausfindig machen sollte. Sie fanden sie im August bei einem Straßenfest in La Jolla und zerrten sie in ein Auto, in dem Betty auf sie wartete. Sie überredete ihre Tochter, im nahegelegenen Encinitas in ein Drogenkrankenhaus zu gehen. Dieses war, anders als McDonald's, eine geschlossene Anstalt. Wenn sie einmal dort drin war, würde Lee, theoretisch, an einem monatelangen Programm teilnehmen.

Das Krankenhaus rief prompt bei Dan an, um ihn um Geld zu bitten und die Behandlung zu besprechen, und zum ersten Mal, seit Lee fünf Monate zuvor weggelaufen war, kam er, um sie zu sehen. Lees Arzt empfahl, sie solle später auf ein Internat außerhalb der Stadt geschickt werden, fort vom Einfluß ihrer Freunde in La Jolla – ein Gedanke, den Dan unterstützte. Aber Lee wollte nicht und bat ihren Vater, ob sie statt dessen nicht wieder bei ihm leben könnte.

Dan willigte ein, sagte er später bei der Scheidung – aber unter drei Bedingungen. »Ich sagte: ›Nun ... du kannst wieder bei mir wohnen, aber erstens wirst du die Finger von Drogen lassen; zweitens wirst du abends zu angemessener Zeit zu Hause sein; drittens wirst du zu deinen Brüdern nett und nicht gemein sein. Wenn du bereit bist, bei mir zu leben, wirst du für diese drei Bedingungen Verständnis haben – laß mich deine Entscheidung wissen.‹«

Dieses Mal hegte Betty noch mehr Hoffnungen, daß Lees Krankenhausaufenthalt Dan zur Vernunft bringen würde. »Aber«, so sagt sie, »er kam nicht einmal zu den Programmen für die Eltern. Er war zu beschäftigt.«

Selbst zu jenem Zeitpunkt konnte Betty nicht akzeptieren, daß Linda gewonnen hatte. Die frühere Mrs. Daniel T. Broderick III. hätte ihren Ehemann immer noch sofort zurückgenommen. »Nun, vielleicht . . . aber nur um der Kinder willen«, gab sie Jahre später im Gefängnis schnippisch zu.

Auf jeden Fall überzeugte Lee Betty zehn Tage später erneut, daß sie nicht wirklich drogenabhängig sei, und überredete ihre Mutter, sie wieder zu sich zu nehmen.

Tiefpunkt

Lee lebte lustig so weiter, mit Betty ging es immer mehr bergab.

Mehr und mehr isolierte sie sich selbst. Nach Aussage ihres Hausmädchens Maria Montez blieb sie in jenem Sommer und Herbst manchmal »den ganzen Tag einfach in ihrem Schlafzimmer und weinte«. Dann wiederum saß sie deprimiert herum und sah sich Hunderte von Familienfotos an, die sie in Rolodex-Karteien im ganzen Haus verteilt hatte. Sie hatte auch Kisten voller Familien-Erinnerungsstücke – einschließlich aller Karten, die Dan ihr je geschickt hat. Es waren immer dieselben – große Karten mit eingedruckten Wünschen zum Geburtstag, Muttertag und Jahrestag. Seine einzige persönliche Note, außer, daß er die Karte selbst kaufte, war ein ›Liebe Bets‹ über dem Text und ›Immer in Liebe, Dan‹ darunter.

Und dann waren da die vielen, vielen Kisten mit den Karten und Schuldokumenten ihrer Kinder. ›Für Mommy, Herzlichen Glückwunsch zum Geburtstag, In Liebe, Kimmy‹ lautete eine, geschrieben in der kindlichen Krakelschrift einer Sechstkläßlerin.

Wenn Betty der sentimentalen Reise müde wurde, fügte sie ihrer ausufernden Bibliothek weitere Ausschnitte aus Zeitschriften, Zeitungen und Büchern hinzu. Die letzten Auszüge handelten immer von Frauen als Opfer und Überlebenskünstlerinnen.

Die Einsamkeit lähmte sie.

Schließlich nahm sie eine Fremde in ihr Haus auf. Ihre neue Freundin war Lucy Peredun, eine ebenfalls abgelegte, geschiedene Frau mit einer kleinen Tochter. Sie wohnte sechs Monate lang in Bettys Badehäuschen. Lucy Peredun sollte leichte Hausarbeiten machen und durfte dafür frei wohnen und essen – »aber ich glaube, Betty brauchte damals einfach eine Freundin«, sagte sie später als Zeugin der Verteidigung.

In jenem Herbst begann Kim am College der University of Arizona – eine weitere Enttäuschung für Betty: Ihre Tochter hatte weder die Noten noch das Interesse, um eine renommiertere Schule zu besuchen.

Nach einem kurzen Zwischenspiel an der La Jolla High-School hatte Lee zwischenzeitlich endgültig mit der Schule aufgehört. Sie wollte Fernkurse machen. Dan beschuldigte Betty später, sie habe ›andere Kinder bezahlt‹, damit sie Lees Hausaufgaben erledigten. Lee fand auch einen Freund, ein Möchtegern-Model, das aussah wie John Travolta. Sie zog bei ihm ein, und beide fanden Arbeit in einem Steakhaus im Village. Außerdem bekam sie so viele Strafzettel für überhöhte Geschwindigkeit und andere Verkehrsvergehen, daß man ihr den Führerschein abnahm. Die Söhne der Brodericks lernten weiterhin an der Francis Parker School, nicht an der Bishops High School. Es war inzwischen ihr viertes Schuljahr ohne ihre Mutter.

Doch Dan hatte, laut Bettys Tagebüchern, offensichtlich die ersten Annäherungsversuche gemacht, um die Jungen an Betty zurückzugeben. ›Das verdammte Arschloch sagt, die Jungen können jetzt hier leben! Drei Wochen nachdem das Schuljahr bei Bishops angefangen hat! Kein Geld für Kleidung oder Urlaub . . .‹ schrieb sie am 26. September. Natürlich wies sie das Ansinnen zurück, denn nichts hatte sich geändert. Keine Scheidungsvereinbarung, keine Kinder. Sie würde niemals nachgeben. Ganz gleich, wie sehr es sie schmerzte. Und es tat weh. Es machte sie kaputt. Sie war eine Mutter ohne Kinder, eine Ehefrau ohne Mann, eine Frau ohne Leben. Aber jetzt ging es schon so lange so, daß sie an manchen Tagen kaum merkte, wie engstirnig, wie besessen und wie leer sie war. Sie war jetzt absolut von ihren Vorstellungen über ihren ›fairen Anteil‹ besessen, von dem ›Handel‹, den Dan gebrochen hatte, von seiner Weigerung, sich mit ihr zu ›einigen‹. Sie drohte ihm auch immer öfter, ihn zu töten. Aber niemand schenkte ihr viel Aufmerksamkeit. Das war nur Bettys auffallende Art zu reden.

Aber in der Tat versuchte Dan immer noch, eine außergerichtliche Vereinbarung zu erzielen – zu seinen Bedingungen. Ende September schickte er ihr einen weiteren Vorschlag zur

Aufteilung des Eigentums. (Er arbeite noch an der Frage des Unterhalts, gab er an; und das Sorgerecht erwähnte er gar nicht.) Diesmal umfaßte das Dokument fünf Seiten. Unter dem Strich ergab sich: Er war nun bereit, ihr bar einen Betrag von 180 363 Dollar zu zahlen. Betty reagierte nicht darauf.

Betty wirbelte weiter achtlos durch den Herbst. Sie beklagte sich in ihrem Tagebuch über Rückenschmerzen, Streß, Schlaflosigkeit. Die Jungen waren an den meisten Wochenenden bei ihr, einschließlich Halloween.

Dann, Ende Oktober, schrieb Dan Betty einen höflichen kurzen Brief, in dem er sie fragte, ob sie die Kinder mit ihm über die Feiertage von Thanksgiving und Weihnachten teilen wolle. Dieses Mal ließ er ihr sogar zwei Wochen Zeit für ihre Antwort.

Doch sie öffnete den Brief nicht einmal. Es war wieder das Notre-Dame-Wochenende. Sie wußte, er würde hinfahren. Mit der Fotze. Jetzt seine Verlobte. Bald seine Frau. Er suchte wieder einen kostenlosen Babysitter. Sie schickte den Brief zurück an sein Büro, die Worte FRAUEN-SCHÄNDER in großen peinlichen Buchstaben quer über den Umschlag geschrieben.

Dan Broderick war außerordentlich verärgert darüber. Sobald er den Brief erhalten hatte, diktierte er ein Schreiben an Dr. Gerald Nelson, den Betty für sich vor Gericht in der Sorgerechtsfrage engagieren wollte, um ihm mitzuteilen, daß er ›leider zu der Schlußfolgerung gelangt‹ sei, ›daß es absolut keine Möglichkeit für mich gibt, das Sorgerecht freiwillig meiner Ex-Frau zu überlassen. Ich bin ernstlich davon überzeugt, daß sie emotional nicht in der Lage ist, in ihrem gegenwärtigen Gemütszustand für die Kinder zu sorgen‹.

Dan hatte sich einige Wochen zuvor mit Nelson getroffen, um über das Sorgerecht zu sprechen. Er war nicht beeindruckt gewesen – hauptsächlich, so sagte er später bei der Scheidungsverhandlung, weil Nelson ihn sofort aufgefordert hatte, er solle Betty soviel Geld geben, wie sie verlangte, damit der Sorgerechtsdisput, der die Kinder nur verletzte, beigelegt werden konnte.

»Im wesentlichen sagte er, wenn sie alles bekommt, was Sie haben, wird sie vielleicht in der Lage sein, alles zu vergessen und die Jungen zu nehmen«, sagte Dan. »Und ich ging und dachte viel darüber nach und wollte mich nicht darauf einlassen.«

Einige Tage später schrieb er einen weiteren Brief an Nelson und dankte ihm für seine Bemühungen, ›dieses hartnäckige Problem‹ zu lösen, doch sagte er, nein danke, er würde Nelson vor Gericht wiedersehen. Auf gar keinen Fall würde er das Sorgerecht für die Jungen Betty überlassen. Als einen der neuesten Gründe nannte er Bettys Kommentar ›Frauen-Schänder‹. ›Abgesehen davon, daß ich in all den Jahren, in denen ich mit ihr verheiratet war, niemals aus Wut Hand an sie gelegt habe, betrachte ich diese Art der Kommunikation als, gelinde gesagt, bizarr.‹

Rückblickend war es vielleicht unvermeidbar, daß Betty Broderick ihn schließlich im Monat November umbrachte. Dieser Monat war zum Alptraum für sie geworden, wie ein Blick auf ihren Kalender von 1988 und in ihre Tagebücher später zeigte. Sie, die immer so sehr auf die Festtage fixiert war, daß sie niemals einen Geburtstag oder einen Jahrestag vergaß, hatte ihr Leben in sentimentale Daten eingeteilt. Doch jetzt erinnerte sie sich mit kalter Sorgfalt an neue Jahrestage, die sie mit dicken schwarzen Strichen in ihren Kalendern markiert hatte.

Ganz besonders im November. Der 1. November, schrieb sie 1988 in ihr Tagebuch, war der zweite Jahrestag ihrer ersten Inhaftierung. Der 7. November war jetzt nicht mehr nur ihr Geburtstag, ›sondern der fünfte Jahrestag, an dem die Pulsadern aufgeschnitten wurden‹. Sein Geburtstag, der 22. November, war jetzt ›der fünfte Jahrestag der Kleiderverbrennung‹.

Selbst Weihnachten war nicht länger Weihnachten, die Zeit ihrer ehemals großartigen Parties voller Lachen und Spaß und Anerkennung von allen Seiten. Statt dessen würde es in Betty Brodericks Verstand fürderhin das ›*wirkliche* Datum unserer Trennung sein, das erste Mal, daß er sich mit der Hure öffentlich vor meinen kleinen Kindern in jenem Skiurlaub zeigte‹.

Betty konzentrierte sich wieder auf Kim, die sich nach ihrer Meinung wegen ihres knauserigen Vaters zu Tode sparen mußte. Es begann damit, daß Dan Kim für das College ein schmales Budget zur Verfügung stellte. Es sei Zeit, daß sie lernte, verantwortungsvoll mit Geld umzugehen, sagte er.

Kim jammerte bei Betty, Dad gebe ihr nicht genug Geld. Sie lebe wie ein Gammler. Sie habe nicht genug Kleider. Sie habe kein Geld zum Reisen. Einmal erzählte sie Betty sogar, sie habe nicht genug zu essen. Dan Broderick hatte sich verrechnet, wenn er glaubte, er könne einem seiner Kinder oder Betty über Nacht finanzielle Besonnenheit beibringen. Aber er war, wie immer, wild entschlossen.

Die Ereignisse eskalierten, als Kim eines Monats eine Telefonrechnung über 400 Dollar bekam. Dan weigerte sich, die Rechnung zu bezahlen – »Mach dich vertraut mit der Post«, sagte er zu Kim. Also wurde ihr Telefon abgestellt. Prompt rannte sie heulend zu ihrer Mutter, die die Rechnung sofort bezahlte und Dan Broderick dabei in die Hölle wünschte.

Das Ergebnis von Bettys Rettungsaktion war natürlich vorhersehbar: im nächsten Monat war Kims Telefonrechnung genauso hoch. Und wieder zahlte Betty. Sie war genauso verantwortungslos wie Kim, und Jahre später im Gefängnis gab sie das sogar zu.

»Ich habe immer Geld ausgegeben, das ich nicht hatte. Ich machte auf Kreditkarten immer Schulden, weil ich Kims Telefonrechnungen bezahlte. Aber ich konnte einfach nicht zulassen, daß ihr Telefon abgestellt wurde. Ich wollte, daß sie am College angenehme und lustige Erfahrungen macht. Dan und ich hatten die beste Collegeausbildung erhalten, die unsere Eltern sich leisten konnten, warum sollte es unseren Kindern anders ergehen? Ich hatte ein solch schlechtes Gefühl, weil Kim kein Auto hatte, daß ich ihr auch das kaufte – das sie natürlich zu Schrott fuhr, bevor die erste Rate überhaupt fällig war . . .«

Außerdem war Betty getrieben von ihrem alten Groll gegenüber Dans Lebensstil. Jeden Dollar, den ihre Kinder nicht bekamen, erhielt Linda Kolkena. Es machte sie rasend, daß Dan für sich selbst und Linda ein Vermögen ausgab, während er ihrer Tochter immer nur 300 oder 400 Dollar gab. Der Umbau seines Hauses hatte mindestens 300 000 Dollar gekostet. Seine Sportwagen und seine Garderobe waren verschwenderisch bis protzig. Und jetzt trug auch Linda Kolkena Designermode.

Als Kim zu Erntedank nach Hause kam, nahm Betty sie zu einem Einkaufsbummel mit nach San Francisco. »Ich kaufte ihr allen möglichen Mist von einem Ende der Stadt bis zum anderen, alles auf meine Kreditkarten, nur, damit sie sich gut fühlte. Damit sie sich nicht benachteiligt fühlte, weil ihre Eltern geschieden waren. Sie fuhr zu ihrer Schule zurück mit Koffern voller toller Sachen ... wir hatten Spaß ...«

Später im Gefängnis, vor ihrem ersten Prozeß, klang Betty Broderick nur irritiert, als sie hörte, daß Kim ins Lager der Anklage übergelaufen war und ihre Mutter unter anderem eine Verschwenderin nannte, die Kim Schuldgefühle bereitete, weil sie Geld für sie ausgab, das sie, wie Kim wußte, nicht besaß. – »Das kleine Luder! *Jetzt* sagt sie das. Sie war damals verdammt glücklich, diese vielen wunderschönen Sachen und mein Geld zu bekommen. Außerdem«, Betty klang plötzlich erschöpft, »dachte ich, ich täte ihr einen Gefallen. Ich habe mein Inneres nach außen gekehrt, immer mehr Schulden gemacht, weil ich dachte, ich täte es zu ihrem besten. Jetzt will sie mich dafür bestrafen?«

Genau so war es.

Am 14. November zeigt ihr Tagebuch noch mehr von ihrem eskalierenden Elend und ihren Ängsten:

›Sturm – kein Strom

Gericht um 8 Uhr 30.

SCHIKANIERUNGS-TRAUMA (riesige Buchstaben über die halbe Seite)

Haut in grauenhaftem Zustand; zehn Pfund in einer Woche; Nägel bis aufs Blut abgekaut

kein Schlaf Angst Depression.‹

Einige Tage später schrieb sie voller Groll, daß nicht nur Dan und Linda sie zu ihrem Babysitter machten, sondern auch ihre alten Freundinnen. Zum ersten Mal war diese Frau, die beim Gelächter und Spielen der Kinder im Haus aufblühte, zornig, daß zwei von Dannys und Rhetts Freunden bei ihr waren: ›Matt Currie hier (Eltern auf Party). Evan hier (Eltern bei Beerdigung). Betty steckt bis zum Hals in Kindern! Mist!‹ Ihre Schrift schlingerte wild über die Seiten, ebenso verdreht wie ihr Denken.

Und dann war Weihnachten, ein weiteres Weihnachten ohne Familie. Sie hatte wieder Streit mit Lee.

›Lee nennt mich eine ›verdammte Schlampe‹, nachdem ich 1000 Dollar für Skier ausgegeben habe!‹ schrieb sie ärgerlich am 3. Dezember in ihr Tagebuch. Am 12. Dezember hatte Kim eine Blinddarmreizung. Dan flog herüber, um sie zu sehen. Betty gab dem Streß die Schuld, den Dan wegen des Geldes bei Kim verursacht hatte.

Und in Kürze sollte das Scheidungsverfahren Broderick beginnen. Vier Jahre nachdem Dan sie verlassen hatte, sollte Bettys Tag vor Gericht endlich kommen. Es würde über die Eigentumsvereinbarung entschieden; ihr monatlicher Unterhalt würde nicht länger nur vorübergehend gelten; und sie erwartete, daß sie das volle Sorgerecht für die drei minderjährigen Kinder zurückbekommen würde.

Doch dann hörte sie das Gerücht, daß eine weitere Vertagung im Gespräch sei. Laut Betty stürmte sie in Richter Murphys Büro »in Schweiß gebadet, und ich sagte ihm, er müsse mich einsperren lassen, ich würde nicht gehen, bevor ich nicht einen Termin für den Prozeß bekäme. Dan Broderick würde *Linda Kolkena heiraten, bevor er sich mit mir geeinigt hatte,* und danach wäre es unmöglich verwirrend geworden. Wem gehörte der Rentenplan, wem gehörte *was*? Mir oder *ihr*? Sie hätte von ihm nach einer Woche Ehe mehr bekommen als ich *nach sechzehn Jahren.*«

Barry war an jenem Tag dort, sagt sie. Und sowohl er als auch Murphy versuchten, sie zu der Einsicht zu bewegen zu warten, bis sie einen Anwalt hatte.

Aber Betty wollte keinen Anwalt. Sie hatte vor Monaten schon entschieden, daß sie sich in ihrem letzten Kampf gegen Dan Broderick selbst verteidigen wollte. Sie würde ›*in propria persona*‹ erscheinen oder ›*pro se*‹, wie es in der Juristensprache heißt, wenn eine Partei beschließt, ohne Anwalt vor Gericht zu gehen. Ihre Argumentation war einfach: Niemand wußte besser als sie, welch ein hinterlistiger Betrüger Dan Broderick war. Sie konnte ihn selbst entlarven. »Und in diesem Fall gab es eine derart lange Geschichte. Kein Anwalt hätte das durchdringen können. Außerdem hätte es mich erneut ein kleines Vermögen an Anwaltshonoraren gekostet.«

Das war ihre offizielle Version. Was sie niemals zugeben würde war die Tatsache, daß sie außerdem nicht wollte, daß ein Fremder in Nadelstreifen zwischen ihr und ihrem früheren Ehemann stand, dem Vater ihrer Kinder.

Nach langem Warten würde Dan mit ihr reden müssen. Sie würde ihn im Zeugenstand in die Ecke drängen. Er würde endlich öffentlich erklären müssen, wie er sie verlassen hatte, die perfekte Frau und Mutter, für die Bürofotze, und warum. Er würde offiziell erklären müssen, warum er die Mutter seiner Kinder hatte einsperren lassen, warum Rhetts Ohren dreckig waren, wie oft er betrunken gewesen war, wie viele Klavieraufführungen er versäumt hatte. Geld war ihr egal. Sie wollte *reden*. Sie wollte Dan Broderick sagen hören, daß es ihm *leid* tat. Sie wollte, daß er mitten im Prozeß aufstand, seine Fehler zugab und zurück nach Hause kam, wo er hingehörte.

An jenem Weihnachten pendelten die Kinder zwischen den beiden Häusern hin und her. Zum ersten Mal seit vier Jahren stritten Dan und Betty Broderick nicht über Geld für Skiurlaube, weil Betty genug damit zu tun hatte, ihren Fall vorzubereiten.

Scheidungsverhandlung

Weihnachten blickte sie in ihren Schrank und riß all ihre altmodischen, langweiligen Matronenkleider heraus. Zum ersten Mal seit Monaten betrachtete sie sich selbst kritisch im Spiegel. Ihr Teint war fleckig geworden, ihr Gesicht überzogen mit feinen Linien der Anstrengung und Ermüdung, ihre Wangen hingen schwer. Sie sah um Jahre älter aus, als sie tatsächlich war.

Sie verbrachte die Feiertage an ihrem Küchentisch, hockte über Stapeln von Dokumenten aus längst vergangenen Jahren, übernahm Argumente, die Tricia Smith zwei Jahre zuvor vorgebracht hatte, verschaffte sich einen Überblick über ihre Quittungen und dachte dabei die ganze Zeit an all die Fragen, die sie ihm endlich würde stellen können, an all die Antworten, die er ihr würde geben müssen.

Freunde flehten sie an, sie möge zur Vernunft kommen. Engagiere einen Anwalt, drängten sie sie. Irgendein Anwalt ist besser als gar keiner.

Nein. Damit hatte sie nichts mehr am Hut. Sie war das alles leid, und sie mußte sich beeilen, bevor er das Büromädchen heiratete.

Am 27. Dezember erschien sie nur in Begleitung ihrer Freundin Ronnie Brown im Saal des Richters William J. Howatt jr.

Als ersten Punkt der Tagesordnung forderte Dans Anwalt Barry, die Broderick-Scheidung möge um der Kinder willen weiterhin unter Ausschluß der Öffentlichkeit stattfinden. Betty widersetzte sich ›aus Prinzip‹ wie schon seit Jahren, doch sie verlor. Howatt stimmte allerdings zu, daß Ronnie Brown zu ihrer moralischen Unterstützung bleiben durfte.

Barrys Eröffnungsplädoyer faßte kurz die Punkte zusammen, die geklärt werden sollten: Eigentumsvereinbarung, Sorgerecht für die Kinder und Ehegattenunterhalt. Jedoch werde, so machte Richter Howatt deutlich, es ›ein größeres Problem‹ geben bezüglich eines erheblichen Betrages an Epstein-Krediten sowie umfangreicher Abzüge für Vorschußzahlungen an Betty in den vergangenen Jahren. Er glaubte, auch der Ehegattenunterhalt würde längere Diskussionen mit sich bringen.

Dann fragte Howatt Betty, ob auch sie jetzt ein Eröffnungsplädoyer halten oder damit warten wolle, bis ihre Argumente angehört wurden.

»Ist das noch nicht der Fall«, fragte sie verwirrt. »Ich kann ein Eröffnungsplädoyer halten . . . Ich habe keines vorbereitet, aber ich kann es tun.« Es war eine Frage. Er antwortete nicht.

Also stand sie auf und erklärte dem Richter in ihrer besten ›Willkommen-im-Mütterclub-der-Francis-Parker-Schule‹-Manier; hier einige Auszüge:

»Ich freue mich, endlich hier zu sein, um eine Klärung dieses Falles zu erlangen . . . Ich versuche, so etwas wie Normalität in ein Leben zu bringen, das seit sechs Jahren im Belagerungszustand ist . . . Wir besitzen Eigentum im Wert von Millionen von Dollars, doch auf keinem davon steht mein Name. Meistens habe ich keine Ahnung, was die Sache wert ist, was wir dafür bezahlt haben, welche Schulden vorliegen. Ich habe keine Ahnung von unserem Eigentum. Ich habe Listen, die Mr. Broderick mir vorgelegt hat. Mein Unterhalt – ich wäre einfach gerne in der Lage, weiterzuleben . . . Ich hoffe, daß wir uns irgendwie einigen können. Danke.«

Der Prozeß dauerte acht Tage. Es war vom ersten Moment an, als würde ein Lamm zur Schlachtbank geführt. Dan Broderick und Gerald Barry tanzten zusammen mit der leichtfüßigen Anmut von Fred und Ginger. Sie waren geschmeidig, erfahren, professionell und gelassen. Ihre Ziele waren klar, ihre Vorbereitung allumfassend, ihr Auftreten zurückhaltend und wohldurchdacht. Sie waren gute Anwälte.

Es spricht für Betty Brodericks außerordentliche Zähigkeit, ihre instinktive Intelligenz und ihre wandelbare Persönlichkeit, daß sie in der Lage war, sich selbst genügend zusammenzureißen, um sich vor Gericht gut zu benehmen. Es deutet auf ihren Wahnsinn hin, daß sie es überhaupt versuchte. Es spricht auch Bände über das Rechtssystem, das es dieser Frau überhaupt gestattet, sich selbst zu verteidigen.

Den ganzen Prozeß hindurch spielte sie dasselbe Spiel, das sie immer spielte. Sie war immer noch Fräulein Tugendhaft, hübsch und schüchtern, wie schon ihr ganzes Leben voller Vertrauen, daß alles gut ausgehen würde, wenn sie erst einmal die verantwortlichen Männer mit ihrer Unschuld bezaubert hatte.

Daher akzeptierte sie Dans Zahlen beinahe ohne Frage – und vertraute darauf, daß Richter William J. Howatt jr. dafür sorgen würde, daß der Gerechtigkeit Genüge getan würde. In all diesen Jahren hatte Betty nichts dazugelernt. Dieser Richter eilte ihr nicht zur Hilfe, genausowenig wie die anderen. Nur hin und wieder wies er sie darauf hin, wie sie Barrys unnachgiebigem Widerstand entkommen könnte. Er nahm es offensichtlich hin, daß sie nicht wußte, daß sie ein Recht auf Widerspruch hatte. Auch von Belehrungen über Epstein-Kredite sah er ab.

Was Dan und Gerald Barry im wesentlichen vorhatten, war, Betty Broderick fast alles vorzuenthalten, was sie haben wollte. Ganz besonders baten sie das Gericht um Bestätigung, daß Dan fast eine Million Dollar an Epstein-Krediten angehäuft hatte, von denen Betty die Hälfte zahlen sollte – und sie wollten, daß der Richter Dans Anwaltspraxis nicht nach dem derzeitigen Wert des Jahres 1988 bewertete, sondern nach ihrem Wert zum Zeitpunkt der Trennung im Jahr 1985, vier Jahre zuvor. Sie wollten eine Eigentumsvereinbarung auf Grundlage ihrer Zahlen, die traurigerweise zeigten, daß Dan Broderick bei fast jeder Investition, die er während seiner Ehe mit Betty getätigt hatte, Verluste hatte einstecken müssen. Nicht zuletzt wollten sie, daß der Richter Bettys monatlichen Unterhalt von sechzehntausend auf höchstens neuntausend Dollar kürzte – und das auf höchstens ein Jahr begrenzt. Danach wollte Dan ihr für einen begrenzten Zeitraum fünftausend Dollar monatlich zahlen, vielleicht für zwei weitere Jahre, danach dann gar nichts mehr, denn bis dahin sollte Betty einen Job gefunden haben und, wie

Barry es ausdrückte, »ein wertvolles Mitglied der Gesellschaft« geworden sein.

Und schließlich wollten sie erreichen, daß Dan das Sorgerecht für die beiden Jungen behielt, weil Betty zu einer unfähigen Mutter geworden sei.

Bettys Ziele waren genauso klar wie Dans. Sie wollte dasselbe Vier-Millionen-Dollar-Paket, das sie und Tricia Smith zwei Jahre zuvor gefordert hatten: 25 000 Dollar pro Monat für zehn Jahre plus eine Million in bar. Sauber und einfach. Sie wollte nicht um den Wert von Klavieren, Booten, Corvettes, Eigentumswohnungen in Colorado oder anderen Dingen aus ihrem gemeinsamen Vermögen feilschen.

Außerdem wollte sie die drei minderjährigen Kinder. Nicht sie war der unfähige Elternteil, sagte sie, sondern Dan. Er war nicht nur ein beherrschender, unsensibler, gleichgültiger Vater, er war auch Alkoholiker, der sich seinem Problem nicht stellen wollte. Er hatte Betty grausam zu ihren unbedachten Wutausbrüchen gebracht, indem er die Kinder gegen sie aufhetzte – und dann hatte er sie, Betty, dafür bestraft. Er hatte sie belogen und betrogen, seit er Linda 1983 kennengelernt hatte, und sein Bruder Larry hatte ihm dabei geholfen, Vermögenswerte beiseite zu schaffen. Er hatte die Scheidungsvereinbarung absichtlich immer wieder verschoben, um immer mehr Epstein-Kredite anhäufen zu können. Er hatte Zeit geschunden. Er wollte seine Frau und seine Familie verlassen, ›aber den Preis wollte er dafür nicht zahlen‹.

Barrys Argumente wurden zuerst gehört. Während der nächsten anderthalb Tage führte Barry Dan systematisch durch die Finanzen der Familie Broderick und die Sorgerechtsfrage.

Die Zahlen, die Barry vorlegte, entsprachen grob denselben aus Dans Vorschlag vom September – außer, daß Bettys Anteil noch weiter geschrumpft war. Die meisten seiner verlustbringenden Investitionen, so sagte Dan, hingen mit seinem Engagement in Colorado, mit seinem Bruder Larry, zusammen. Er machte den Verfall der Ölpreise Anfang der achtziger Jahre dafür verantwortlich, der dazu geführt hatte, daß die Grundstückspreise in Colorado, ›einem Energiestaat‹, zusammengebrochen waren. »Das gefällt mir nicht. Ich bin sicher, auch Bets gefällt das nicht. Ich weiß, daß es meinem Bruder nicht gefällt. Aber so ist es.«

Praktisch sagte Dan aus, daß sein einziges Vermögen seine Anwaltspraxis sei. Und er beabsichtigte, ihr die Hälfte zu überlassen – vom Wert im Jahr 1985. Der tatsächliche Wert von Dan Brodericks Anwaltspraxis per Dezember 1988 würde in diesem Scheidungsprozeß niemals erwähnt werden, weil Betty nie darauf drang.

Doch ein Schätzer, der von Barry beauftragt worden war, bezeugte, daß zum Zeitpunkt der Trennung Dans Praxis nur eine Million Dollar wert gewesen sei.

In dem gesamten Prozeß gab es nur wenige Begriffe, die wichtiger waren als ›Zeitpunkt der Trennung‹. Mit jedem zweiten Atemzug bezog sich Gerald Barry darauf – denn es bedeutete, daß der Wert des Gemeineigentums auf den ›Zeitpunkt der Trennung‹ vier Jahre zuvor eingefroren wurde, wohingegen sich die Epstein-Kredite auf Dans Schulden bis zur Gegenwart immer weiter akkumulierten.

Als Betty an der Reihe war, den Schätzer zu befragen, kam sie, nachdem sie sich zunächst einmal mehr für ihr Versäumnis entschuldigte, tatsächlich sofort zum Kernpunkt der Angelegenheit. Wie war er zu seinen Zahlen gekommen? fragte sie ihn. Woher hatte er seine Informationen über die Fälle, die vor und nach der Scheidung gelaufen waren?

Von Mr. Broderick und Mr. Barry, antwortete der Schätzer. Sie waren die einzige Quelle seiner Arbeitsdaten.

Und warum hatte er nicht den heutigen Wert der Praxis geschätzt?

Weil weder Mr. Barry noch Mr. Broderick ihn darum gebeten hätten.

Doch dann hörte Betty einfach mit der Befragung auf und setzte sich. Der Zeuge war entlassen.

Als nächstes kamen die Barvorauszahlungen. Dan wollte für jeden Dollar, den er ihr, seit er sie verlassen hatte, über die gerichtlich angeordneten Zahlungen hinaus gegeben hatte, eine Erstattung haben – einschließlich 140 000 Dollar Anzahlung, die er für ihr Haus in der Calle del Cielo geleistet hatte. Wodurch zusätzlich zu den beinahe 500 000 Dollar an Epstein-Krediten noch einmal 240 000 Dollar anfielen.

Erst Jahre später würde sich Betty fragen, warum sie denn die Anzahlung für das Haus in der Calle del Cielo erstatten mußte, während er ihr nicht gleichermaßen das Geld für das Cypress-Haus zurückzahlen mußte, da beide zu einer Zeit gekauft wurden, als sie noch nicht einmal geschieden waren. Hier also wieder der magische Begriff – ›zum Zeitpunkt der Trennung‹. Zwar waren beide Häuser vor ihrer Scheidung gekauft worden, doch seit dem Tage, an dem Dan sie verlassen hatte, gehörte alles Geld ihm, nicht ihr.

Hinsichtlich Bettys monatlichem Unterhalt fand Dan ihre aufgelisteten Ausgaben unerhört. Kein Mann, ganz gleich, wieviel er verdiente, sollte seiner Ex-Frau 16 000 Dollar pro Monat zahlen müssen, geschweige denn 25 000 Dollar, protestierte er. »Das erscheint mir unglaublich hoch. Ich kann es zahlen. Ich kann es zumindest jetzt zahlen. (Aber) wenn ich daran denke, daß so viele Menschen mit viel weniger leben und daß das nur für eine Person ist – eine gesunde, intelligente und gut ausgebildete Frau –, scheint mir dieser Betrag als monatliche Zahlung erschreckend hoch.«

Außerdem, so führte er aus, habe er Betty, seit er sie verlassen hatte, bereits einen Mordsbetrag gezahlt: allein 192 638 Dollar an monatlichem Unterhalt; dann weitere 402 500 Dollar aufgrund des 1986 gerichtlich verfügten monatlichen Unterhalts von 16 000 Dollar; insgesamt innerhalb von vier Jahren beinahe 600 000 Dollar. Zählte er die Barvorauszahlungen dazu plus Anteile aus Verkäufen verschiedener Vermögenswerte, wie die Baugelände der Fairbanks Ranch, hatte er ihr bis dato über eine Million Dollar gezahlt – 1 083 387 Dollar um genau zu sein (natürlich abzüglich 24 000 Dollar an gerichtlich verfügten Strafgebühren und Dans Rechtsanwaltskosten).

Bettys monatliche Ausgaben fand Dan grotesk – 1000 Dollar für einen Gärtner? Er fand 300 Dollar schon viel. Ihr Budget für Lebensmittel und Haushalt sollte sich »eher auf 500 Dollar als 850 Dollar belaufen – er brauchte noch nicht einmal soviel, um sich selbst und vier Kinder einen Monat lang zu ernähren. Ihre monatliche Telefonrechnung von 200 Dollar sollte auf 50 Dollar gekürzt werden – seine eigene Rechnung belief sich im Durchschnitt auf nur 51 Dollar. Was ihre Zahl von 2000 Dollar pro Monat für Kleidung anbelangte: Er zahle nur 586 Dollar für sich und seine vier Kinder. Daher waren 500 Dollar für sie mehr als fair. Nicht zuletzt fand er eine monatliche Hypothek von 4500 Dollar unvernünftig. Er verstand nicht, warum eine alleinlebende Frau ein so großes, teures Haus brauchte. Sie sollte in eine bescheidenere Unterkunft ziehen.

Dann kam er auf seine eigenen Mittel zu sprechen und gestand ein, daß er sogar schon zum Zeitpunkt der Trennung ein jährliches Einkommen in Höhe von 1 332 444 Dollar gehabt hatte. Aber nach Abzug der laufenden Geschäftskosten und Steuern war der Betrag nicht mehr annähernd so hoch. Tatsächlich lag sein monatliches Nettoeinkommen nur bei ungefähr 65 000 Dollar, sagte er. Davon zahlte er sich selbst jeden Monat 36 000 Dollar – aber nach Steuern blieben davon nur noch 22 600 Dollar übrig. Eine einfache Rechnung zeigt natürlich, daß dies beinahe unmöglich ist, da sich allein Bettys monatlicher Unterhalt auf 16 000 Dollar belief. Und Dan gestand schließlich zu, daß er sich manchmal, wenn sein Konto leer war, ›einen Bonus aus der Firma‹ zahlte. Es war ein Täuschungsmanöver.

Als Barry fertig war, hätte sich dennoch ein zufälliger Zuschauer gefragt, mit wie wenig Geld der arme Dan sich durchschlagen mußte. Zudem, so fügte Dan hinzu, richte er sich darauf ein, seinen Gürtel schon bald noch enger schnallen zu müssen. Nicht nur, weil er eine seiner Töchter aufs College schickte, sondern auch, weil »ich am 22. April heiraten werde. Ich werde eine neue Familie gründen. Ich gehe davon aus, daß deswegen zusätzliche Kosten auf mich zukommen werden«.

Dann wandte sich Barry dem Sorgerecht zu. Dan wollte die beiden Jungen, nicht aber die siebzehnjährige Lee. Das war von Anfang an klar, obwohl er es nicht so deutlich aussprach. Statt dessen sagte er mit trauriger Stimme: »Lee braucht mich nicht ... sie weiß meinen Rat nicht zu schätzen. Sie denkt im Grunde, ich sei wertlos, ein ignoranter Mensch, der nicht weiß, was gut für sie ist. Zum letzten Mal habe ich sie vor drei Wochen gesehen, als sie zu mir kam, um mich um Geld zu bitten und ich ihr keines gegeben habe. Sie verließ mein Haus. Das war Anfang Dezember, und sie beschimpfte mich, nannte mich ›Arschloch‹ und stieg in den Wagen ihrer Mutter. Und als sie losfuhr, warf sie ein Glas gegen meinen Wagen ...

Lee ist in großen Schwierigkeiten, und sie braucht Hilfe«, fuhr er fort. »Aber ... ihr Wille ist stark genug, daß sie sich jeder Hilfe widersetzt, bis sie selbst sie haben will. Niemand hat die elterliche Gewalt über Lee ...« Außerdem glaube er nicht, daß Lee bereit sei, sich seinen Regeln zu beugen. Und, so endete er fest: »Sie wird mein Haus nicht betreten, solange sie Drogen nimmt und wenn sie nicht zu vernünftigen Zeiten nach Hause kommt. Sie hat einen schlechten Einfluß auf meine Jungen und beschwört dadurch Probleme herauf«.

Bei seinen Söhnen war das anders. Er wollte das volle Sorgerecht für sie – ›zu ihrem Besten‹. Er gab zu, daß die beiden Jungen anfängliche Probleme hatten, sich umzugewöhnen, als sie von ihrer Mutter getrennt wurden. Aber jetzt, so glaubte Dan, seien beide ›normal und es geht ihnen gut‹.

Er bringe sie jeden Morgen zum Schulbus, sagte er. Er sei zu ›neunundneunzig Prozent zu Hause‹, um ihnen bei ihren Hausaufgaben zu helfen, Basketball zu spielen, Eis essen zu gehen, fernzusehen und Schach oder Videospiele mit ihnen zu spielen. Dazwischen sei immer die Haushälterin da, die auf sie aufpaßte und Essen kochte. Wenn sie ›am Wochenende bei ihrer Mom sind‹, sagte er, hole ›Bets‹ sie ab, normalerweise am Freitag abend, und bringe sie dann Sonntag abend wieder zurück.

Endlich war Betty an der Reihe, den Zeugen ins Kreuzverhör zu nehmen.

Sie begann mit einer typischen entschuldigenden Bemerkung.

»Ich weiß nichts über diese Zahlen, die mir vorgelegt wurden, und ich habe keine Buchhalter, Anwälte, juristischen Fachleute oder Sekretärinnen zur Hand, die mir helfen könnten. Ich habe nichts, was ich dem Gericht vorlegen könnte.« Sie konnte nicht aufhören. »Ich tippe nicht, ich besitze keine Schreibmaschine. Ich habe nie in einem Büro gearbeitet. Ich kenne nicht das Gesetz oder die Prozeßordnung. Doch ich werde versuchen, so gut ich kann mitzuspielen, wenn Sie mir einfach sagen würden, wie ich vorgehen muß.«

Howatt antwortete nicht.

Also trat Betty Broderick wie Alice im Wunderland durch den Spiegel in die Welt der Scheidung ohne Schuldprinzip. Das Klima der nächsten sechs Tage wurde in dem Moment bestimmt, als sie ihren Mund öffnete, um ihrem früheren Mann die erste Frage zu stellen.

Es war immer schwer, festzustellen, wen man mehr bemitleiden sollte: Dan, der im Zeugenstand saß, aufgespießt wie ein Schmetterling, während seine Ex-Frau ihn belauerte und ihm Fragen entgegenschleuderte, die sich in sechs Jahren voller Zorn aufgestaut hatten; oder Betty, die naive Frau, die jetzt so leichtfertig ihre eigene Zerstörung einleitete, nur um der Befriedigung willen, den Untreuen endlich zu befragen.

»Mr. Broderick, wann hat dieser Fall wirklich begonnen?«

»Am 28. Februar 1985«, antwortete er.

»Ist das der Termin, den du für den Beginn hältst?« forderte sie ihn heraus.

»Nun, tatsächlich begann alles im Oktober 1985, als ich die Scheidung einreichte.«

»Wann begann diese Scheidung wirklich?« beharrte sie.

»Bei unserer Trennung, wenn du das meinst«, antwortete er in dem Versuch, sie zufriedenzustellen.

»Nein, nein«, belehrte sie ihn. »Wann begann diese Scheidung?«

Er war die Befragung bereits leid.

»Ich schätze, am 12. April 1969, um die Wahrheit zu sagen.« Ihr Hochzeitstag.

Das sollte die schmerzhafteste Bemerkung sein, die er im Prozeß machte. Noch Jahre später würde sie den Stachel spüren. »Wie konnte der Hundesohn mir auch all die guten Erinnerungen nehmen?« fragte sie einmal im Gefängnis und brach beinahe in Tränen aus. »Nur weil er mich wegen Linda Kolkena verlassen wollte, warum mußte er da auch unser ganzes gemeinsames Leben ausradieren? Wir hatten so viele schöne Zeiten . . .«

Doch an jenem Tag blieb sie gefaßt. »Nein . . . Nun gut. Worauf ich hinaus will, ist, *wann* erfuhr ich zum ersten Mal von deiner Affäre mit Linda Kolkena?«

Barry legte Einspruch ein. Die Frage sei irrelevant. Howatt gab dem statt und belehrte Betty zum ersten Mal über das Wesen der Scheidung ohne Schuldfrage.

»In Kalifornien ist, wie Sie vielleicht wissen, nicht von Belang, wer die Schuld an der Scheidung hat, denn darum geht es hier nicht mehr. Es ist nicht unsere Aufgabe, die Schuld der einen Partei gegenüber der anderen festzustellen. Wir sind nur hier, um über die Aufteilung des gemeinsamen Eigentums zu entscheiden, Ihr und sein Interesse an diesen Vermögenswerten festzustellen und ein geeignetes Elternteil für das Sorgerecht der Kinder zu bestimmen.«

Ihre Fragen zielten darauf ab, sagte sie, zu zeigen, wie Dan sie aus ihrem gemeinsamen Vermögen hinausgedrängt habe, seit er seine Affäre mit Linda begonnen hatte.

In Ordnung, sagte Howatt. »Fangen wir an . . . und sehen wir, ob sie bezüglich der Vermögenswerte etwas entwickeln können. Sie müssen sich auf die Vermögenswerte beziehen, verstehen Sie? Und nicht auf angebliche Affären«. Er forderte sie außerdem auf, nicht so schnell zu sprechen und ihn und den Zeugen nicht mehr zu unterbrechen. Betty war einverstanden – und machte dann genau dort weiter, wo sie aufgehört hatte.

»Erinnerst du dich an meine Reaktion, als du dieses Mädchen eingestellt hast?« fragte sie als nächstes.

»Euer Ehren«, protestierte Barry, »ich will es Mrs. Broderick nicht schwer machen, aber ich sehe nicht, inwieweit diese Frage relevant ist.«

»Schon wieder«, sagte Howatt zu Betty, »sind Sie bei der Schuldfrage.«

Sie gelobte, gleich auf die Häuser zu sprechen zu kommen.

Doch Betty kam niemals richtig vorwärts, wenn sie es nicht wollte. Sie konnte sehr begriffsstutzig und hartnäckig sein. »Erinnerst du dich, wie ich dir gesagt habe, du solltest Linda Kolkena wieder loswerden, also zum 1. Oktober von deiner Gehaltsliste streichen, oder aber ausziehen?« fragte sie.

Er erinnerte sich.

Barry legte Einspruch ein.

Stattgegeben.

Erneut belehrte Howatt sie. Lassen Sie die angebliche Affäre *aus dem Spiel*!

Betty ignorierte beide. Statt dessen befragte sie Dan über die Ereignisse an seinem 39. Geburtstag, als sie in sein Büro gekommen war, Überreste einer Party gefunden und ihn dann in jener Nacht aufgefordert hatte, aus ihrem Haus auszuziehen. Dan blickte Barry offen um Hilfe heischend an.

»Sieh nicht deinen Anwalt an!« fauchte Betty ihn an. »Beantworte die Frage!« Sie bekam ganz klar Spaß an der Sache. Nach langem Warten hatte sie die Zügel in der Hand.

Barry legte erneut Einspruch ein. Warum konnte der Richter sie nicht zum Aufhören bringen? »Okay, okay«, sagte Betty und winkte Barry zurück. »Kommen wir zu etwas anderem. Lassen Sie uns über die Finanzen der Familie sprechen. Würde Sie das glücklicher machen?«

»Ja, Ma'am«, antwortete Gerald Barry.

Doch sie kam nicht direkt zu den Familienfinanzen oder zu irgendeinem anderen Punkt. Sie fragte in den nächsten drei Tagen, was ihr gerade in den Sinn kam.

Schließlich zwang sie alle Männer im Gerichtssaal in die Knie. Gerald Barrys Einsprüche, die zu anfangs ständig zu hören waren, wurden immer seltener, willkürlich und lustlos. Manchmal protestierte er, aber dann wieder – selbst als Betty Dan wegen seiner angeblichen Drogen- und Sexgewohnheiten befragte – ließ er sie gewähren. Sollte sie es sich doch von der Seele reden und einfach drauflosreden, am Ende würde sie bezahlen. Und solange Barry keinen Einspruch einlegte, ließ Howatt sie alles erzählen, was ihr gerade einfiel. Seine Bemühungen, sie in ihre Schranken zu weisen, hatten ohnehin keinen Erfolg. Im Verlauf des Prozesses belehrte Howatt sie wohl an die fünfzig Mal über die Gesetze der Scheidung ohne Schuldfrage, immer vergeblich.

In den folgenden Tagen stritten sich die Brodericks praktisch über alles, von der Tapete bis zu Geldanlagen. Doch die persönlichen Attacken waren besonders übel. Sie nannte ihn einen verantwortungslosen Trunkenbold, der vor den Augen seiner Kinder unmoralischen Sex machte; er sagte, sie sei so vom Haß zerfressen, daß er seinen Kindern erzählt habe, ihre Mutter sei geistig unausgeglichen.

So, wie die Dinge jetzt lagen, müsse er seinen Kindern, wenn sie Betty besuchen wollten, sagen, »ich weiß nicht, wann ihr sie sehen könnt. Das hängt davon ab, wann sie über diese Sache hinweg ist«.

Und wann genau habe er damit begonnen, sie als geisteskrank zu bezeichnen? wollte Betty wissen.

Hatte das nicht 1983 begonnen – kurz nachdem er Linda kennengelernt hatte? Seine Antwort war hart.

»Ich weiß nicht, wann ich zum ersten Mal gedacht habe, daß du ein emotionales Problem hast«, sagte er. »Es könnte '83 gewesen sein, es könnte '69 gewesen sein. Es ist lange her, Bets.«

Sie ignorierte das. Und was genau war ›diese Sache‹?«

»Diese ›Sache‹ ist Herz und Seele dieses Falles«, schoß er zurück. »Sie ist die Antipathie, die du gegen mich hast – und ich verstehe das, das kann ich wohl sagen. Ich verstehe deine

Wut. Ich verstehe deinen Haß. Ich verstehe es. Die Sache ist, du verwendest es gegen sie (die Kinder). Du läßt deinen Gefühlen vor ihnen und gegen sie freien Lauf... Wenn du diesen Haß und die Feindseligkeit gegen mich in den Griff bekommst und in andere Bahnen lenken kannst, dann werden wir Frieden haben – und bis dahin wird das hier niemals aufhören.«

Sie stritt mit ihm. ›Diese Sache‹ war ihrer Meinung nach die Tatsache, daß er sie jahrelang mit juristischen Mitteln tyrannisiert hatte.

»Nein, Ma'am... wenn dieses Gericht zu einer Entscheidung kommt, wird das dein Problem nicht ändern. Es wird Hunderte weiterer Zwischenfälle geben, die deine Feindseligkeit schüren werden... solange du keine Hilfe suchst, die deine Wut in andere Kanäle leitet... Ehrlich, ich glaube nicht, Bets, daß du ein Recht hast, unglücklich zu sein... Ich glaube nicht, daß es genug Geld auf dieser Welt gibt, daß es für dich reichen würde. Du willst mich, du willst mein Geld, du willst meinen Tod oder meinen Ruin in dieser Gemeinde. Du willst mich zerstört sehen, total erledigt, und solange das nicht geschieht, wirst du nicht glücklich sein.«

Sie tat, als habe sie ihn nicht gehört.

Statt dessen kam sie wieder auf das Thema zu sprechen, das in ihrem Kopf ständig gegenwärtig war. Linda.

Hatte er in der Vergangenheit nicht gesagt, die Kinder hätten nicht mehr gesehen als einen Kuß auf ihre Wange?

»Ich sagte... meinen Arm um sie gelegt und auf die Wange geküßt, das ist alles, was sie je gesehen haben«, erwiderte Dan.

»Dir ist absolut nicht bewußt, daß Danny und Rhett viele Male durch einen Türspalt zugesehen haben, wenn du mit Linda auf dem Bett gelegen hast?«

»Das ist nicht vorgekommen«, sagte er. Aus irgendeinem Grund legte Barry keinen Einspruch ein. Der bizarre Wortwechsel ging weiter.

»Weißt du nicht, daß sie mir davon erzählt haben?«

»Die Tür zu meinem Zimmer ist verschlossen, zu meinem Schlafzimmer, wenn du das meinst. Ich weiß nicht, was die Jungen dir erzählt haben. Sie erzählten dir, was du ihrer Meinung nach hören willst.«

»Und weißt du, daß die Kinder erzählen, Linda würde in durchsichtigen Nachthemden durch das Haus laufen?«

»Das tut Linda nicht, und das hat sie auch noch nie getan, und ich kann mir nicht vorstellen, daß die Mädchen dir so etwas erzählt haben.«

Aber die Freunde der Mädchen sagten das auch, konterte sie spöttisch.

»Das ist ungeheuerlich!« explodierte er schließlich. »Das ist *nicht* wahr.«

Es war häßlich, es war albern, es war traurig, und manchmal war es sogar komisch – abgesehen davon, daß sogar im Januar 1989 über allem der Dunst des Todes hing, durch Bemerkungen von seiner wie von ihrer Seite und auch seitens zweiter späterer Zeugen. Rückblickend scheint es unheimlich deutlich, daß sowohl Dan als auch Betty Broderick zumindest instinktiv wußten, daß sie wahrhaftig verheiratet sein würden, bis der Tod sie schied.

Betty Brodericks Befragung ihres früheren Mannes hatte gar nicht so scharf begonnen. In den ersten paar Stunden ihres Kreuzverhörs hatte sie sich nur bei den ersten Jahren aufgehalten, bei ihren gemeinsamen Träumen, ihren Plänen für eine gemeinsame Zukunft. Sie versuchte, ihn durch den Gerichtssaal nach Hause zu holen.

Ihre anfänglichen Fragen waren manchmal beschämend, so bettelnd klangen sie. Sie sagte immer »Dan«. Erinnerte Dan sich nicht, wie sie in ihrem ersten Ehejahr gewohnt hatten? Daß sie sogar ihre, Bettys, geringen Ersparnisse für ein Auto aufgebraucht hatten?

Nein, er erinnerte sich nicht.

Als nächstes versuchte sie vergeblich, ihre Theorie zu entwickeln, daß Larry und Dan seit Beginn von Dans Affäre mit Linda 1983 absichtlich Vermögenswerte beiseite geschafft, versteckt und manipuliert hatten, um sie endgültig zu betrügen.

»Wußte Larry von Anfang an von deiner Affäre mit Linda?«

Einspruch. Stattgegeben. Keine Schuldfrage.

»Das ist nicht relevant? Bei einer Manipulation von derart riesigen Summen?« fragte Betty schockiert.

»Nicht seine Affäre, wenn es eine gab . . . Ob das der Fall war oder nicht, ist für mich völlig ohne Belang«, sagte Howatt.

»Für mich ist es sehr wohl von Belang!«

»Da bin ich sicher«, stimmte Howatt ihr zu.

Nein, nein. Egal, daß er eine andere Frau traf und es abstritt, sagte Betty. Sie redete jetzt über Dollar und Cents. All diese Verzögerungen, all diese Schulden, diese Epstein-Kredite waren ihrer Meinung nach von den beiden Brüdern absichtlich ausgeheckt worden, um sicherzustellen, daß Dan ihr praktisch nichts mehr schulden würde, wenn es endlich zu einer Eigentumsvereinbarung kommen würde.

Nein, sagte Howatt – sie konnte die Verbindung Linda-Larry nicht weiterverfolgen, nicht ohne klare Beweise.

Betty Brodericks Frustration war ebenso verständlich wie die des Richters. Selbst wenn er gewollt hätte, war er gesetzlich gebunden, ihre Beschuldigungen nicht zuzulassen. Es war Betty Broderick nicht gestattet, Beweise für ernsten finanziellen Betrug vorzulegen, weil er zu eng mit sexuellem Betrug verbunden war. Und sie verfügte nicht über die juristischen Fertigkeiten, diese Hindernisse zu umschiffen.

»Ich versuche, die Manipulationen darzustellen, bei denen eine Sache gesagt, jedoch eine andere getan wird!« protestierte sie.

»Nein«, antwortete Howatt erneut.

Als nächstes wollte sie ihre frustrierende Suche nach einem führenden Anwalt San Diegos beschreiben, der es mit Dan Broderick aufnehmen würde. Aber Barry erhob Einspruch. Stattgegeben. Irrelevant.

Inzwischen begann sich Betty offensichtlich zu fragen, was überhaupt relevant war. Sie konnte weder über Linda noch über Larry reden oder sonst etwas, das mit der ›Schuldfrage‹ zu tun hatte. Jetzt durfte sie auch nicht über ihre Probleme reden, einen anständigen Anwalt zu finden? All diese Streitereien und

Verzögerungen wegen ihrer Anwaltsgebühren waren »absichtlich verursacht worden, um diesen Fall zu verzögern und all diese Epstein-Kredite anzuhäufen!« sagte sie zu Howatt.

Nein, antwortete er. Die Geschichte ihrer Suche nach einem Anwalt war für die Fragen des Unterhalts und des Sorgerechts nicht relevant.

»Sie wird relevant werden, wenn ich *verliere*!« fauchte Betty. »Ich habe 80 000 Dollar an Anwaltsgebühren ausgegeben, und jetzt sitze ich hier ohne Anwalt . . . Sagen Sie mir bitte«, forderte sie Howatt auf, »wie wirkt sich das auf das ganze Mysterium der Epstein-Kredite aus, daß dies hier (der Scheidungsprozeß) bereits seit vier Jahren läuft? Wäre ich mit Mr. Jaffe im Oktober 1985 erfolgreich gewesen, hätte es dann vielleicht keinen Dollar an Epstein-Krediten gegeben?«

»Das kann gut sein«, antwortete Howatt. »Es gibt viele Fälle, nicht nur Ihren, die beträchtliche Zeit brauchen, bis sie erledigt sind.« Wenn sie sich persönlich vielleicht auch durch den Verlauf ihres Fall frustriert fühle, so habe das doch nichts mit den Epstein-Krediten zu tun. »Entweder gibt es sie oder nicht. So einfach ist das. Entweder hat er sie gezahlt oder nicht. Entweder sind sie legitim oder nicht.«

Aber es sei nicht richtig, beharrte sie, daß die Jahre der Verzögerung ihres Prozesses die Epstein-Kredite erhöht hatten? »So wie ich es verstehe, würden die Epstein-Kredite gar nicht existieren, wenn die Eigentumsvereinbarung früher, kurz nach der Trennung oder bei Scheidungsantrag, getroffen worden wäre. Ist das nicht richtig?«

Howatt gestand dies ein. »Es ist möglich«, sagte er, »daß diese Epstein-Kredite sich nicht angesammelt hätten, wenn die Scheidung früher abgeschlossen worden wäre.«

Am dritten Tag des Prozesses erschien sie sehr aufgewühlt im Gericht. Sorgerecht. Epstein-Kredite. Wo? Wie? Was? Sie fühlte sich miserabel. Sie bekam eine Grippe. Oder nicht? Sie fühlte sich schon lange schlecht. Was sollte sie zuerst fragen? Sorgerecht. Das war jetzt das Ziel. Konzentrier dich!

Sie war entschlossen, Dan zu dem Zugeständnis zu bringen, daß ihr Gemütszustand einfach nur eine Entschuldigung war, die er sich ausgedacht hatte, um sein Gesicht zu wahren, als er seine Familie verließ. Betty würde ihm niemals vergeben, daß er sie ›verrückt‹ genannt hatte.

Wann genau hatte er den Kindern zum ersten Mal gesagt, sie sei geistig gestört? wollte sie wissen. Geschickt versuchte sie diesmal, Howatt und das Thema Schuldfrage zu umgehen, indem sie jegliche Erwähnung Lindas vermied. »Wenn ich dir Fragen über eine bestimmte dritte Partei stellen würde, wäre deine Antwort dann nicht, ich sei krank?«

Doch Dan war gerissener. Ob sie deutlicher werden könnte?

»Wurdest du 1983 bei mehreren Parties mit Linda Kolkena gesehen?« platzte sie heraus.

Einspruch. Stattgegeben. Schuldfrage.

Arme, zum Scheitern verurteilte Betty. Ihre Frustration läßt sich auf den Seiten der Prozeßmitschrift erspüren.

Hier ging es nicht um die *Schuld*, protestierte sie wieder. Hier ging es um einen wichtigen Punkt in der Sorgerechtsfrage, denn Dans einziger Grund, die Kinder zu behalten, war, daß »er behauptet, ich brauchte einen Psychiater ... Seit '83 hält er das Bild aufrecht, ich sei gemütskrank, um das Sorgerecht zu behalten ... Darauf hat er sein Sorgerecht gegründet ... auf dieses ›Du bist krank‹. Ich bin niemals einer einzigen Sache beschuldigt worden, die ich entkräften und widerlegen kann. Nichts. Es gibt keine Basis, so daß ich sagen kann ›Ich bin keine Trinkerin. Ich bin keine Prostituierte. Ich habe niemals Drogen genommen. Ich habe mich nicht mit Männern amüsiert. Ich habe nie geraucht. Ich bin niemals angezeigt worden.‹ Ich kann diese Sorgerechtsregelung nicht entkräften. Sie basiert nur darauf, ich sei geistig gestört. Ich versuche, zu beweisen, daß das nicht stimmt. Ich versuche durch diese Fragen zu zeigen, warum ich vielleicht ein wenig sauer gewesen bin über einige Dinge, die in unserer Ehe vorgingen ... warum ich von 1983 bis heute so wütend über die Manipulationen von Mr. Broderick sein mußte.«

Howatt blieb ungerührt. Dans »außereheliche Aktivitäten

haben nichts damit zu tun, ob Sie heute eine fähige Mutter sind«.

»Glaubst du, daß du ein Gesundheitsproblem hast?« fragte sie als nächstes ihren früheren Mann. Sie hatte beschlossen, ihm den Schwarzen Peter zuzuschieben.

Er habe immer mal wieder Kopfschmerzen und merkwürdige Herzgeräusche, antwortete er.

»Du glaubst nicht, daß du ein Alkoholproblem hast?« Nein. Und nahm er Drogen? Nein – nichts Stärkeres als Tylenol.

»Du hast niemals Dope genommen?«

Er gab auf. Sie hatte etwas in der Hand. »Als ich auf der Medical School war, da habe ich zwei oder dreimal in deiner Gegenwart Marihuana geraucht.« Und »seit ich 1970 die Medical School abschloß, habe ich vielleicht drei oder viermal, vielleicht auch fünfmal, Marihuana geraucht – wenn ich sage ›geraucht‹, dann meine ich ›gepafft‹. Das letzte Mal liegt sieben oder acht Jahre zurück. Das war's.«

Sie drängte weiter. Nahm er auch Kokain? Natürlich nicht. »Ich habe noch nie Kokain gesehen ... Ich weiß, das ist schwer zu glauben, aber ich habe es noch nie gesehen.«

Das alles führte natürlich zu nichts. Aber zumindest machte es ihr Spaß, ihn in Verlegenheit zu bringen.

Gegen Ende des Tages drängte Howatt Betty, sich zu beeilen. Wieviel Zeit würde sie noch brauchen – »weitere dreißig Minuten, um die Zahlen durchzugehen, und zwei Stunden für das Sorgerecht, oder was?«

»Ich weiß es nicht, ich weiß es nicht«, antwortete sie nervös. »Ich weiß noch nicht einmal, welche Fragen ich ihm wegen des Sorgerechts stellen möchte. Es erscheint mir doch eine sehr umfangreiche Angelegenheit. Wenn Mr. Broderick erst einmal aus dem Zeugenstand ist, ist es zu spät ... Ich habe wirklich keine weiteren Zeugen, außer meine Kinder.«

Am nächsten Tag ging es für Betty nur bergab. Ihre Bemühungen führten lediglich dazu, daß Dan seinen Kampf als hart arbeitender, alleinerziehender Vater beschreiben konnte, der vier Kinder allein großziehen mußte, nachdem ihre Mutter sie verlassen hatte.

Um ihre Behauptung, Dan sei ein gleichgültiger Vater, zu untermauern, hatte sie die Tasche mit ins Gericht gebracht, die sie seit zwei Jahren mit sich herumschleppte: zerschlissene, schmutzige Tennisschuhe mit losen Sohlen von ihren Jungen, Mädchenschuhe mit abgelaufenen Hacken, ein Badeanzug, an dem das Hinterteil ausgefranst war, und andere Lumpen. Ihre Beweise enthielten auch einen gewöhnlichen Stock, der laut ihrer Aussage einige Jahre zuvor Rhetts Halloweenkostüm gewesen war.

Howatts Ungeduld brach sich Bahn, als er Bettys Lumpensack sah. Er hielt ihre Sammlung schmuddeliger Kindersachen für wertlos und brachte das auch zum Ausdruck: »Ich akzeptiere die Tatsache, daß die Kinder Löcher in ihrer Kleidung haben. Ich bin sicher, das war auch in der Familie so. Ich bin sicher, das war auch bei Mr. Broderick als Kind so. Auch bei mir war es so. Ich hatte das gerne bei meinen Turnschuhen, damit es ein Plopp gab, wenn ich lief... und ich habe meine Eltern damit verrückt gemacht.«

Die Schlüsselfrage sei, so fuhr er fort, wer besser für die Kinder sorgen könnte? Des weiteren, sagte er: »Ich versichere Ihnen – und (Dan) hat dies von Anfang an getan –, Sie wären bei weitem der bessere Elternteil, wenn da nicht Ihre Fixierung auf Ihre Wut wäre und die Art, wie Sie sie gegen Ihre Kinder verwenden...«

»Okay«, antwortete Betty passiv.

»Jetzt lassen Sie uns über den Stock reden. Was soll die Geschichte mit dem Stock?« Falls Sarkasmus in seiner Stimme lag, läßt sich das aus Bettys eifriger Antwort nicht entnehmen.

»Der Stock ist ein Halloweenkostüm. Er ist Rhetts Halloweenkostüm für die Schulparade 1985 oder 1986! Alle anderen Kinder trugen Kostüme.«

Dann fragte sie Howatt erneut, wann die Jungen mit ihm reden könnten. Howatt sah dafür keine Notwendigkeit. Sie waren noch so klein. Doch Betty bestand darauf. Schließlich ging es bei der Sorgerechtsfrage um sie, »und sie fragen mich täglich, wenn nicht stündlich, wann sie herkommen können ... und ich denke, es ist psychologisch sehr wichtig für sie, damit sie zumindest ein ganz klein wenig das Gefühl haben, bei ihrer Zukunft ein Mitspracherecht zu haben.« Barry erhob keinen Einspruch, also willigte Howatt schließlich ein. Und dann benahmen sich Dan und Betty Broderick ganz kurz wie zivilisierte Erwachsene, denen das Wohlergehen ihrer Kinder am Herzen liegt. Höflich besprachen sie, wann die Jungen erscheinen sollten.

Nicht morgens, sagte Dan, weil Danny zwei Prüfungen in der Schule hatte. Nach der Schule sei jedoch in Ordnung.

Aber er solle dafür sorgen, so erinnerte ihn Betty, »nichts gegenüber Danny zu erwähnen«, damit er sich während seiner Tests keine Sorgen machte.

»Natürlich. Das ist ein guter Vorschlag.«

Den Rest des Tages quälte sie sich mit den Epstein-Krediten herum. Sie beschuldigte Dan, absichtlich Zahlungen in die Länge gezogen und Grundstücke belastet zu haben, um ihre Schulden an ihn zu erhöhen. Warum sonst habe er z. B. nicht das Grundstück in Warner Springs abgezahlt? Selbst auf dem Klavier lastete noch eine Schuld von 900 Dollar. Und warum hatte er seinen Harvardkredit in Höhe von 157 Dollar pro Monat nicht schon früher abgezahlt? Warum schuldete sie ihm die Hälfte der Zahlungen auf diesen Kredit noch für fast zwei Jahre, nachdem er sie verlassen hatte?

Dan bestritt, daß es sich um abgekartetes Spiel handelte. Er leiste monatliche Zahlungen auf viele Rechnungen. Er hatte seit 1974 monatlich 157 Dollar an Harvard gezahlt und hatte aus Gewohnheit damit weitergemacht. Und der Betrag, den sie ihm schuldete, war nicht hoch – nur ungefähr 2000 Dollar. Außerdem, so sagte er, »ich habe erst lange nach unserer Trennung von Epstein-Krediten erfahren«.

Betty versuchte ihn zu widerlegen, indem sie feststellte, daß

Dans erster Anwalt, Ashworth, ein bekannter Experte auf dem Gebiet der Epstein-Kredite sei, aber Howatt unterbrach sie. »Sie haben den ganzen Punkt völlig falsch verstanden«, sagte er zu Betty.

»So?«

»Ja«, antwortete der Richter. Zum Beispiel »könnte es 1984 für die Steuer von wesentlicher Bedeutung gewesen sein, einen Zinsabzug« auf die 157 Dollar pro Monat an Studentendarlehen geltend zu machen, »berücksichtigt man das hohe Einkommen«, das in diesem Fall zugrunde lag. Es lag in seinem Ermessen zu entscheiden, welche Epstein-Kredite Dan als legitim oder nicht erklären wollte. »Die wichtigste Antwort, die Sie bislang von Mr. Broderick erhalten haben, lautet . . . daß er zum Zeitpunkt Ihrer Trennung niemals von Epstein-Krediten gehört hatte und schätzungsweise auch erst sehr viel später davon erfuhr . . . Sie suchen nach Leichen im Keller, wo es keine gibt.«

Doch dann fand Betty eine.

Sie erschien in Gestalt zweier Kontoauszüge, die Dan seinen scheinbar allumfassenden Unterlagen nicht beigefügt hatte.

»Dan«, sagte sie unschuldig, »als ich jede Menge Kisten voller Dokumente durchgesehen habe, fand ich zwei Quittungen über Abhebungen, die du in jenem Monat gemacht hast, als du mich verlassen hast, eine über 175 000 Dollar [am 22. Februar 1985 – sechs Tage, bevor er sie verließ], wodurch das Konto praktisch auf Null ging, und eine von einem anderen Konto über 80 000 Dollar [am 5. Februar 1985], wobei das Konto erneut auf Null ging. Wofür war dieses Geld bestimmt?«

Er wühlte ungeschickt in seinen Papieren herum. Er könne ihr jetzt nicht genau sagen, wo die 255 000 Dollar geblieben seien, sagte er. Aber er wußte, daß »ich es dir genau sagen kann, wenn ich in meine Bücher sehe . . . bis zwei Uhr. Im Moment kann ich es einfach nicht genau sagen, aber ich werde überprüfen lassen, wofür es gebraucht wurde.«

Sie konnte jedoch sehen, daß die 175 000 Dollar telegraphisch überwiesen worden waren.

»Dan, überweist du deinem Bruder Larry jemals telegraphisch Geld?«

»Ja, manchmal.«

Betty wußte, wo das Geld geblieben war.

»Hast du eine Ahnung, wo du am 28. Februar hingegangen bist?«

Nein.

»Aber trotzdem hast du ein Bankkonto mit ganzen 175 000 Dollar aufgelöst?«

Das Konto war nicht aufgelöst, erwiderte er. Als er sie verließ, waren noch 22 968 Dollar darauf. Außerdem, so fügte er hinzu, war er sicher, daß an demselben Tag, als er die 175 000 Dollar überwiesen hatte, »noch 60 445 Dollar auf dem Konto waren«. Wie er all diese Zahlen kennen konnte, während er sich nicht erinnern konnte, wohin er die 175 000 Dollar geschickt hatte, blieb unklar.

Betty schlug zu. War es nicht möglich, so fragte sie ihn, daß er dieses Geld an Larry überwiesen hatte, um verschiedene Schulden in Colorado zu begleichen, und daß er somit, vor dem Zeitpunkt der Trennung, ihr gemeinsames Vermögen geplündert hatte und sie dann später doppelt für die Verluste zahlen lassen wollte?

Betty war in Geldangelegenheiten nie so dumm, wie sie immer vorgab.

Dan widersprach. Die Epstein-Kredite, die er geltend machte, »waren alle für Zahlungen nach unserer Trennung, also hätte dies nichts mit den Epstein-Krediten zu tun«.

Sie war nicht überzeugt. Es kam ihr doch sehr ungewöhnlich vor, daß so viel Geld »nur wenige Tage, bevor du mich verläßt«, verschwunden war.

Dan versprach herauszufinden, was aus dem Geld geworden war, und ihr nach der Mittagspause Bescheid zu geben. Das war das einzige Mal während des ganzen Prozesses, daß Betty Dan Broderick ins Schwitzen brachte.

Nach dem Mittagessen berichtete er, daß die 80 000 Dollar eine Steuerschuld aus dem Jahr 1984 beglichen hatten und die 175 000 Dollar tatsächlich ein Darlehen an die Firma seines

Bruders Larry gewesen waren – doch Larry habe sie mit dreizehn Prozent Zinsen vierzig Tage später zurückgezahlt.

Betty wollte wissen, inwieweit dieses Geld den Wert seiner Anwaltspraxis beeinflußte.

Es war nicht in die Schätzung eingeflossen, sagte Dan – wie es hätte sein müssen. Dank ihrer Wachsamkeit würde er seine Zahlen sofort nach oben korrigieren. »Ich habe die ganze Transaktion total vergessen, bis du mich heute morgen danach gefragt hast.«

(Er hatte auch vergessen, ein Darlehen von 450 000 Dollar zu erwähnen, das er 1988 seinem Bruder Larry aus seinem Rentenfonds gewährt hatte – dies wurde erst lange nach seinem Tod bekannt, als die Broderick-Jungen ihren Onkel auf ihren Anteil verklagten.)

In einem weiteren lichten Augenblick während des Prozesses fragte Betty Howatt, an welchem Zeitpunkt er die Schätzung von Dans Praxis ansetzen würde – zum Zeitpunkt der Trennung oder zum Zeitpunkt der Verhandlung, vier Jahre später?

Howatt wich der Frage aus. Gemeinsame Vermögenswerte wie Dan Brodericks Anwaltspraxis »können entweder zum Zeitpunkt der Trennung oder zum Zeitpunkt der Verhandlung geschätzt werden«, ließ er sie wissen.

Aber wie würde er diese wichtige Feststellung treffen? beharrte Betty.

»Am Ende des Falles, aufgrund der mir vorgelegten Fakten und Umstände.«

Betty war verwundert. Bislang, so stellte sie fest, gab es aber keine Zahlen, die den gegenwärtigen Wert der Praxis nannten.

»Das ist richtig«, antwortete Howatt.

»Also läge es in meiner Verantwortung, die Zahlen zu beschaffen?«

»Korrekt.«

Doch gerade, als es so aussah, als verwandele sich Betty Broderick vielleicht in einen Tiger, der seine Beute genau im Visier hatte, wurde sie wieder zur schnurrenden Katze.

Nun, sie lächelte affektiert und hilflos, »muß ich da einen Experten fragen oder einfach Mr. Broderick?«

Liest man heute die Mitschriften des Prozesses, kann man sich leicht die bedeutungsschwere Pause vorstellen, nachdem diese Frage wie eine Bombe eingeschlagen war.

»Nun, Sie stellen ihm die Fragen, die Sie stellen wollen«, antwortete Howatt, »und soweit er antworten kann, werden wir hören, was er zu sagen hat.«

Sie versuchte es. Aber sie wußte nicht wie. Sie bat Dan zu erklären, warum der Wert seiner Praxis – »die ganzen Fälle und die Einrichtung und Computer und Autos und die Rente und alles« – anscheinend weniger wert war, als er in einem einzigen Jahr verdiente.

Barry erhob Einspruch. Stattgegeben. Argumentativ.

»Verdammt«, zischte sie. Und gab auf.

Die Vernehmung wurde unterbrochen, damit Richter Howatt die beiden Töchter der Brodericks in getrennten Sitzungen befragen konnte. Betty strahlte. Sie zählte auf die Kinder.

Die große, magere, hübsche Lee, damals siebzehn, kam zuerst.

Was hielt sie davon, bei ihrem Vater zu leben? fragte Richter Howatt.

»Mein Vater und ich verstehen uns einfach nicht«, erzählte sie. »Ich halte ihn für fürchterlich unvernünftig, ich komme überhaupt nicht mit ihm klar, er macht mich wahnsinnig.« Sie war besonders wütend auf ihn, weil er sie nicht zu Weihnachten oder zum Urlaub auf Hawaii im Jahr zuvor eingeladen hatte.

Was ging ihr sonst noch durch den Kopf?

Geld. »Ich glaube, ich sollte ein wenig bekommen. Ich fühle mich betrogen. Ich fahre heute nachmittag zum Skifahren, und ich mußte dafür drei Wochen lang jeden Tag und jede Nacht arbeiten, um genügend Geld zu verdienen, und mein Dad schreibt meiner Schwester einen Scheck aus . . .«

Ihr Vater, erzählte sie Howatt, »glaubt nicht, daß er mir irgend etwas schuldet. Er mißbilligt die Art, wie ich lebe, und er will mir nichts geben, solange er mich nicht kontrollieren kann, und das kann er nicht, weil ich bei Mom wohne.«

Ganz allgemein gesagt, fragte Howatt, über was stritt sie sich mit ihrem Vater?

Nun ... sie hatte lange nicht bei ihm gewohnt, aber ihr letzter Streit war um eine Frisur gegangen. »Ich wollte mir die Haare schneiden lassen, und meine Mom wollte den Friseur nicht bezahlen, weil Dad das alleinige Sorgerecht hat und sie nicht genug Geld hat, und wenn ich mir die Haare schneiden lassen wollte, sollte ich selbst bezahlen. Und ich sparte Geld für das Skifahren und konnte es mir nicht leisten. Also fuhr ich zu meinem Vater und fragte ihn ganz nett, ob er mir den Friseur bezahlen würde, und er sagte nein. Und ich wurde wirklich zornig und fragte ›warum nicht‹? Er sagte ›ich glaube nicht, daß ich für deinen Haarschnitt zahlen sollte, dafür bist du selbst verantwortlich.‹«

Sie fand außerdem, ihre Mutter werde ›beschissen‹, weil sie kein Geld für Lees Unterhalt bekam. Sie mochte ihre Mom, so sagte sie, »weil sie nicht alles kontrollieren muß«. Dan hingegen »glaubt, ich sei total auf Droge, aber das bin ich nicht. Ich glaube, er hat richtig Angst vor mir ... Er ist nicht gerne mit mir zusammen. Er wird nervös ... so wie ich bin ... ein verrückter Typ ... Er will einfach überhaupt nicht von mir behelligt werden. Er läßt mich nicht in sein Haus ...«

Auch ihre Brüder mochten Dan nicht, sagte sie.

Warum das?

»Sie finden, er ist gemein, und sie mögen ihn einfach nicht ... Ich habe sie nie gefragt, warum. Ich glaube einfach, weil er die Familie zerrissen hat und sie nicht zu Mom auf Besuch läßt. Genau deswegen wollen sie jedes Wochenende zu ihr ...«

Machten alle Kinder Dan für die Trennung verantwortlich?

Die Jungen ja. Aber nicht sie oder ihre Schwester. Sie und Kim verstanden, sagte sie, ihre Eltern hätten sich schon während der Ehe dauernd gestritten. Gleichzeitig erinnerte sie sich, »daß sie auch oft glücklich waren, als ich noch ganz klein war. Da haben sie sich überhaupt nicht gestritten. Doch dann begannen sie, sich immer richtig heftig zu streiten ... Sie machten Sachen kaputt und schrien und brüllten ...«

Sie klang, als sei sie die ganze Sache leid. »Ich will einfach achtzehn werden und meine eigene Wohnung haben und zur Schule gehen und in Ruhe gelassen werden.«

Dann kam Kim. Auch sie war nervös. Ihre ersten Worte kamen zusammenhanglos und wirr. Aber schließlich stellte sie sich als bessere Zeugin für ihren Vater heraus als ihre Schwester, ganz zu schweigen von ihren kleinen Brüdern.

»Ich persönlich glaube, daß meine Brüder bei ihrer Mutter leben sollten«, begann sie. »Deswegen wollte ich hierherkommen und meine Meinung sagen, weil sie die Freundin meines Dad nicht leiden können, doch meine Mom ist ein bißchen verrückt. Sie tut unvernünftige Dinge und hat oft schlechte Laune, aber ich weiß nicht, vielleicht hört das auf, wenn die Scheidung durch ist. Aber ich glaube nicht, daß sie bei Dad und Linda leben sollten, wenn es ihnen dort wirklich schlecht geht, und so schien es mir, als ich mit ihnen sprach. Aber sie haben auch eine Gehirnwäsche mitgemacht [durch ihre Mutter]. Also weiß ich es nicht.«

Und was dachte sie über Linda? »Nun, sie ist nett zu mir, aber ich glaube, das ist nur aufgesetzt.«

Sie für ihren Teil würde nicht bei Betty leben wollen, sagte sie. Sie erinnerte sich voller Bitterkeit daran, wie ihre Mutter sie »alle vor die Tür gesetzt hatte ... Als sie dann merkte, daß es für ihn kein Problem war und er alles gut schaffte«, da wollte sie sie zurück – nach Kims Meinung nur, um Dan weh zu tun. »Sobald wir uns eingelebt und Spaß daran hatten, sagte sie: ›Ich will euch zurück.‹«

Selbst jetzt, wo die Kinder bei ihr waren, habe Betty das Gefühl, Dan »komme billig davon ... Wenn sie wütend auf sie wird, schickt sie sie wieder zurück [zu Dan] ... Sie kann mit kleinen Kindern nicht umgehen und ist überhaupt nicht ausgeglichen ... Sie ist wischi-waschi.«

Ihr Vater, so erzählte sie, sei »sehr streng, aber gar nicht so unvernünftig« Sie mochte ihn und kam mit ihm zurecht, und sie fand, er versuchte, ein guter Vater zu sein, obwohl »er ist nicht sehr gefühlvoll oder sensibel ... Ich meine, ich kann nicht zu ihm hingehen und mich über kleine Probleme ausweinen ... Jungen oder so etwas. Doch wenn es um etwas Großes geht, kann ich mit ihm reden. Er versteht mich nicht immer sofort, aber letztlich ist er in Ordnung. Er wird wütend und schreit herum, aber er ist nett ...«

Was Lee anbelangte, fand sie, daß Dan »viel zu hart zu ihr ist«. Andererseits, wiegelte sie ab, war Lee »einfach so abgehauen. Sie hat mit Sachen geworfen. Man kann nicht mit Gläsern auf die Autos anderer Leute werfen, wenn man sauer auf sie ist.« Außerdem habe Lee »schlechten Umgang ... Sie ist dauernd high. Sie raucht dauernd Pot ...« Doch sie mochte ihre Schwester, »sie ist einfach anders als ich«. Sie glaube außerdem fest, »jemand sollte ihr ein Taschengeld zahlen«, damit sie nicht so schwer arbeiten mußte. »Und mein Dad gibt ihr überhaupt kein Geld ...«

Mitten in der Befragung änderte Kim ihre Meinung über die Frage, ob die Jungen bei ihrer Mutter wohnen sollten. »Kurzfristig wären sie bei meiner Mom am glücklichsten, aber langfristig nicht.« Sie widersprach ihren früheren Aussagen und behauptete nun, die Jungen wären bei Dan glücklich. Sie erzählten Betty nur, sie seien unglücklich, um ihre Aufmerksamkeit zu erheischen. Ihre nächste Aussage war noch zerstörerischer: »Er achtet darauf, daß sie zur Schule gehen und ihre Hausaufgaben machen. Bei Mom gibt es das nicht ... sie brauchen nur ein wenig zu husten, und sie sagt: ›Okay, ihr seid krank.‹ Sie hält sich nicht gerne an Regeln und solche Sachen.«

Sie erzählte außerdem, sie habe keinen Streit mehr mit Dan wegen ihrer Collegekosten, denn erst vor drei Tagen habe er ihre Bezüge von 200 auf 300 Dollar erhöht. Warum, wußte sie nicht.

Glaubte sie, Bettys Feindseligkeiten gegenüber Dan lagen am Geld oder an der Freundin?

Beides. Aber hauptsächlich am Geld. Geld war alles, worüber Betty sprach. »Jedesmal, wenn jemand anruft ... ›Hi, also blablabla ... ich habe nicht genug Geld dafür, und ich habe 40 000 Dollar Schulden.‹ Ich meine, sie redet immer von Geld, und das ist ekelhaft. Das ärgert mich wirklich, weil ... es scheint so, als bekäme sie recht viel. Sie hat viel für mich ausgegeben. Sie hat mich nach San Francisco eingeladen ... Sie denkt einfach nicht nach ... Sie ist sehr impulsiv.«

Dann änderte sie ein letztes Mal ihre Meinung über das Sorgerecht für die Jungen.

Jetzt dachte sie, die Jungen sollten nur dann an Betty gehen, »falls mein Dad Linda heiratet«. Ansonsten sollten sie bei Dan bleiben. »Er ist ausgeglichen. Bei ihm verläuft alles in eingefahrenen Bahnen. Sie gehen zu einer bestimmten Zeit zu Bett, essen zu bestimmten Zeiten ... Bei meiner Mom ist es chaotisch ... Es macht Spaß bei ihr ... man kann jederzeit gehen oder laute Musik hören. So etwas gibt es bei Dad nicht. Dort macht man keine Unordnung. Man sitzt im Wohnzimmer. Bei meiner Mom springt man auf den Möbeln herum und macht, was man will.«

Doch bevor sie Richter Howatts Zimmer verließ, fügte sie voller Weisheit hinzu, sie glaube, die Eltern seien »zu sehr von der ganzen Sache traumatisiert, und beide hätten versuchen sollen, ihre Kinder da mehr herauszuhalten und keine Sechs-Personen-Scheidung daraus zu machen. Sie wollten uns alle die ganze Zeit darin verwickelt sehen ... und, wissen Sie, wenn sie nur miteinander geredet hätten, hätten sie das alles viel früher beenden können, und es hätte nicht soviel Kummer und Katastrophen gegeben.«

Gerald Barrys Vernehmung seines Klienten verlief kurz und tadellos. Sie konzentrierte sich auf Dans Integrität und sein Vertrauen in seinen Bruder Larry.

»Haben Sie irgendeine Ihrer Investitionen mit dem Gedanken getätigt, sich von Ihrer Frau scheiden zu lassen?« fragte Barry.

Worauf Dan zum letzten großen Schlag ausholte: »Die ehrliche Antwort darauf lautet: ›Schon ganz am Anfang, wirklich am Anfang, glaubte ich, daß unsere Ehe in einer Scheidung enden würde, und es ist eine Tatsache, daß Bets und ich schon sehr früh in unserer Ehe darüber gesprochen haben. Und so habe ich in diesen Jahren, als ich die Investitionen tätigte ... damit gerechnet, daß unsere Ehe eines Tages auseinandergehen würde. [Aber] ich habe keine dieser Investitionen im Hinblick darauf gemacht.«

Dann fuhr Barry seine schwersten Geschütze auf – Bettys vulgäre Nachrichten und Gespräche mit den Jungen. Er wollte einige davon vorspielen.

Howatt fragte, ob Betty etwas dagegen habe.

»Ja, ich habe Einwände gegen diese Bänder«, antwortete Betty.

»Aus welchem Grund haben Sie Einwände?«

»Welche Wahl habe ich?« entgegnete Betty sarkastisch. Sie verlor anscheinend langsam die Geduld.

»Es tut mir leid«, antwortete Howatt. »Ich kann Ihnen keine Wahl zugestehen.«

Die Bänder wurden abgespielt.

Die Ausdrucksweise war dieselbe, die Betty nun seit Jahren benutzte, doch obwohl Dan die Bänder viele Male zuvor gehört hatte, schien sein Entsetzen nicht durch die Zeit gemindert zu sein. »Sie wird mich ›Fotzenlecker‹, ›Wichser‹, ›Arschloch‹ nennen«, sagte er. »Ich meine . . . Worte, die ich nie zuvor auch nur gehört hatte.«

Barry schloß seinen Beweisvortrag ab.

Doch bevor Betty ihre Schlußbefragung durchführen konnte, erschien Paul Krueger, Reporter beim *Reader*, der Einlaß in den Gerichtssaal begehrte. Warum, so wollte Krueger wissen, fand die Broderick-Scheidung unter Ausschluß von Öffentlichkeit und Presse statt?

Howatt hatte keine Antwort parat. »Wenn Sie mir keinen, sagen wir mal, Aufhänger bieten«, sagte er zu Barry, »werde ich den Saal öffnen müssen.« Auch Barry hatte keine Antwort zur Hand. Das war eine Überraschung. Er brauche Zeit, seine Argumente zu formulieren, sagte er zu Howatt. Er beschuldigte außerdem Betty, die Presse informiert zu haben.

Sie bestritt dies – aber sie war froh, daß irgend jemand es getan hatte. Sie nehme an, daß es ihre Freundinnen von HALT gewesen waren, sagte sie zu Howatt, weil »sie genauso wie ich glauben, daß meine grundlegenden Rechte von Anfang an mißachtet worden sind – daß dies ein Verfahren unter Ausschluß ist, bei dem es keine Zeugen gibt. Sie glauben, daß dies mir gegenüber wirklich unfair ist, und das glaube ich auch. Denn wenn dieses Verfahren vorbei ist, wird Dan, ganz egal, was dabei herauskommt, allen erzählen, ich sei verrückt, und ich habe bis heute alle Menschen verloren und bin wirklich unglücklich, was in diesem System vor sich geht. Wann immer ich irgend etwas zu irgend jemandem sage, lautet seine platte Antwort: ›Sie ist verrückt.‹«

Howatt zeigte kein Interesse an ihrer Beschwerde, sondern nur an der Kernfrage: »Nun, sind Sie dagegen, daß die Anhörung für die Medien geschlossen wird? Ja oder nein?«

»Ich bin dafür, daß der Saal für jeden offen ist, der kommen möchte«, antwortete Betty fest.

Howatt drängte sie, es sich noch einmal zu überlegen. »Wollen Sie, daß die Presse Zugang bekommt und über die intimen Details dieses Verfahrens berichtet?« Seine Hauptsorge sei »das Interesse der Parteien – und das schließt die Kinder ein«. Außerdem, so fuhr er fort, sei das Verfahren offensichtlich nicht völlig unter Ausschluß der Öffentlichkeit gelaufen, da ihre Freundin Ronnie Brown hatte bleiben dürfen »und Sie damit jemanden hatten, auf den Sie sich stützen konnten, sozusagen . . .«

Lebenslange Unsicherheit klang aus dem nächsten Wort, das Betty Broderick sprach.

»Nun . . .« Und ihre Stimme verlor sich.

Howatt, der es bislang verabscheut hatte, Betty Broderick über fast alle Dinge zu belehren, war noch nicht fertig. Er fragte, ob sie »Ihr ganzes Leben in einem Revolverblatt abgedruckt sehen« wolle . . . »Das ist vielleicht eine unfaire Beschreibung«, rückte er zurecht, »aber [der *Reader*] ist sicher eine Zeitung, die ziemlich weit verbreitet ist . . . Wenn Sie wünschen, daß die Anhörung geheim bleibt, wird sie geheim bleiben. Wenn Sie glauben, daß dies nicht in Ihrem Interesse ist . . . werde ich von Mr. Barry verlangen, daß er mir seine Beweggründe untermauert.«

Betty blieb fest. »Ich wünsche, daß Mr. Barry seine Beweggründe untermauert.«

Barry legte dieselben Briefe der Kinderpsychologen vor, die Dan mit solch großem Erfolg benutzt hatte, um die Story zu verhindern, die Krueger und DeWyze zuvor hatten schreiben wollen.

»Sie bleiben bei Ihrer Entscheidung?« fragte Howatt Betty.

»Wenn ich wirklich eine solche schuldige, schreckliche, grausige Person bin, wie Dan darstellt, warum hat er dann solche Angst, daß alle die Wahrheit erfahren?«

Howatt verteidigte Dan. »Er als Erwachsener kann sicherlich mit seiner Wahl leben, eine neue Beziehung eingehen und eine alte auflösen. Die Schwierigkeiten liegen nicht bei ihm, sondern bei den Kindern.«

Dann brachte Howatt kurz sein Wohlwollen für Bettys mißliche Lage zum Ausdruck. »Das System hat Sie verlassen, weil es Ihnen nicht die Mittel oder Gelegenheit gegeben hat, den Konflikt auf vernünftige Weise und in angemessener Zeit zu lösen.« Dennoch sei dies seiner Meinung nach kein Grund, fügte er prompt hinzu, ein solch sensibles Verfahren der Presse zugänglich zu machen. Betty konterte, es gebe für niemanden einen Grund, ihre Position als »auf irgendeine Weise für ihre Kinder schikanös oder gefährdend« darzustellen, da ihre Kinder bereits »alles über alles« wüßten.

Sie beugte sich nicht. Es war erstaunlich.

Howatt stellte ihr erneut dieselbe Frage, die sie bereits mehrere Male beantwortet hatte: Wollte sie, daß die Verhandlung unter Ausschluß der Öffentlichkeit oder öffentlich stattfand?

Wieder antwortete sie klar und deutlich: »Aus Fairneß zu mir würde ich sie gerne öffentlich führen.«

»Okay, dann werde ich mich mit Ihrer Entscheidung abfinden.« Dann vertagte er die Verhandlung, um Danny und Rhett zu befragen.

Danny Broderick, damals zwölf Jahre alt und Schüler der siebten Klasse der Francis-Parker-Schule, war ein sehr lebhafter kleiner Junge, und als er in Howatts Büro trat, wußte er, was er wollte, seine Meinung war klar: Er hatte nichts Schlechtes über seinen Vater zu sagen – aber er wollte bei seiner Mom leben und seinen Dad am Wochenende besuchen, »weil er dann zu Hause ist. Sonst ist er nie da, er arbeitet immer«.

Wie war es, bei Mom zu leben? fragte Howatt.

»Es macht viel Spaß, und wir machen viele Dinge, und wir wissen einfach, wie wir mit ihr Spaß haben können, und sie weiß das auch ... Und sie kocht gut und weiß, was uns schmeckt ... Unsere Hunde sind bei ihr ... deswegen. Und wir haben einen Swimmingpool, genau wie bei Dad. Wir haben ein Trampolin. Am Pool haben wir ein kleines Zimmer und einen Basketballkorb, wie bei Dad ... und eine Art Volleyball. Und es ist auch genau am Strand, also gefällt es mir dort viel besser ...«

Und welche lustigen Sachen machte er mit seinem Dad?

»Wir gehen ins Kino oder manchmal auch essen, und ich spiele nach der Arbeit oft Basketball mit ihm, und wir spielen Fangen ... und tun im Grunde das, was arbeitende Eltern normalerweise mit ihren Kindern tun – hart arbeitende, lange arbeitende Eltern.« Er klang so erwachsen. Danny Broderick hatte alles durchdacht, was er dem Richter sagen wollte, was er betonen wollte. Am meisten störte ihn, daß sein Vater unter der Woche nicht oft genug zu Hause war. Dan war normalerweise da, wenn die Jungen morgens zur Schule gingen, und er kam normalerweise um 18 oder 18 Uhr 30 nach Hause. Aber dann, nach dem Essen, arbeitete er in seinem Arbeitszimmer. »Hauptsächlich machen wir Hausaufgaben zusammen, und das noch nicht einmal jeden Tag.« Er schloß damit, daß es »langweilig« sei, bei seinem Vater zu leben.

Howatt wollte wissen, ob seine Mutter jemals wütend auf ihn gewesen sei.

Ja, sagte Danny. Aber »sie hat mich nie geschlagen oder so«. Sein Vater dagegen »wird häufig wütend, und er prügelt uns normalerweise ... tritt mir in den Hintern«.

»Magst du deine Mutter lieber als deinen Vater?«

»Lieber würde ich nicht sagen, aber ich glaube, sie hat bessere Qualitäten.«

Bezüglich Linda sagte er, sie sei okay, aber so richtig könne er sie nicht leiden.

Gab es noch etwas, das er Howatt erzählen wollte?

Nö. »Nur, daß ich im Grunde bei Mom leben möchte ... Jeden Tag denke ich daran, das ist alles.«

Alle Broderick-Kinder waren vereidigt worden, bevor sie vor Howatt aussagen mußten. Jetzt, als der Richter Rhett ansah, das neunjährige Baby der Familie, das in die vierte Klasse ging, fragte er, ob Rhett den Unterschied zwischen Wahrheit und Lüge kenne. Natürlich, antwortete Rhett.

»Hast du schon mal gelogen?« fragte der Richter.

»Schon ganz oft, aber nicht meinen Eltern gegenüber. Meinen Bruder habe ich belogen.«

Wie Danny wußte er genau, was er sagen wollte: »Ich glaube, meine Mom sollte mich bekommen, sie hat mehr Erfahrung mit Kindern.« Und sein Dad sei »meistens bei der Arbeit«. Es gefiel ihm sehr bei seiner Mutter. »Wir fahren zum Beispiel nach Warner Springs, und wir lesen Geschichten, gehen ins Kino, und sie kocht für mich und meinen Bruder unser Lieblingsessen.« Bei seinem Vater sah er fern, spielte Videospiele und mit seinen Spielsachen.

Er stritt sich auch oft mit seinem Bruder. Danny trat ihn ›durchschnittlich‹ siebenmal am Tag.

Und stritten sie sich auch bei ihrer Mutter?

Nein. »Meine Mutter lenkt ihn zuviel ab . . . Sie lädt Freunde ein, die er mag, und sie macht ihm sein Lieblingsessen, und sie leiht seine Lieblingsfilme aus.«

Worüber bekam er mit seiner Mutter Streit?

»Sie schreit mich nur an, wenn ich fluche, denn ich mache eigentlich nichts wirklich Schlimmes; nur wenn mein Bruder mich tritt, beschimpfe ich ihn hin und wieder.« Seine Mutter schlage ihn nie. »Sie tätschelt mich nur ein wenig fester im Gesicht.« Sein Dad schlage ihn auf den Hintern. Dan werde nur wütend, sagte Rhett, wenn er und Danny sich stritten, und einmal, als er den Wäscheschacht hinuntergeklettert war.

Warum wollte er lieber bei seiner Mutter als bei seinem Vater leben?

»Weil Mom da ist, wenn ich sie brauche.«

Und was war mit Linda?

Er mochte sie nicht. »Sie verpetzt mich dauernd, zum Beispiel wenn ich meinen Bruder beschimpfe. Dann ruft sie: ›Dan, Dan, Rhett beschimpft schon wieder Danny.‹«

Gab es sonst noch etwas, das Rhett dem Richter erzählen wollte?

Rhett dachte nach. »Nun, wenn mein Dad wirklich wütend wird, macht er Sachen kaputt. Als mein Bruder und ich einmal miteinander kämpften . . . ich schubste ihn . . . und sein Ellbogen ging durch das Fenster, und mein Dad kam herein, und er hatte einen Anfall und sah aus, als wolle er gleich noch ein Fenster zerschlagen . . . Einmal haben mein Bruder und ich gekämpft, und er war es wirklich leid . . . und er warf Danny quer durch den Raum . . . zuerst warf er mich und dann meinen Bruder auf mich drauf, und er wurde ganz sauer und verprügelte uns.«

Und seine Mutter? Wurde sie auch so wütend?

Nein. Nur mit Lee, weil sie sich davonschlich und die ganze Nacht wegblieb und sie beschimpfte. »So alle vier Monate schmeißt sie [Betty] sie aus dem Haus, aber dann kommt sie [Lee] eine halbe Stunde später wieder, und Mom vergibt ihr, und alles ist wieder gut. Doch am nächsten Tag fängt sie [Lee] wieder an.«

Kim, fügte er hinzu, sei auch unverschämt zu seiner Mom, aber nett zu seinem Dad.

Sonst noch etwas?

Nein. »Außer, daß ich ein neues Videospiel haben möchte.«

Betty machte sich die ganze Nacht Sorgen. Als sie am nächsten Tag vor Gericht erschien, war sie ein Nervenbündel. Jetzt war auch der Anwalt des *Reader* anwesend. Die Größe des Dramas, das sie provoziert hatte, war furchterregend.

Gerald Barry machte einen letzten Versuch, die Presse draußen zu halten, und argumentierte jetzt damit, eine öffentliche Anhörung schade nicht nur den Broderick-Kindern, sondern sei auch Dan gegenüber unfair, da es Betty gestattet worden war, solch »ungeheuerliche« Fragen zu stellen wie »Nimmst du Kokain oder bist du süchtig?«. Hätte er gewußt, daß die Anhörung öffentlich stattfinden würde, so Barry, hätte er niemals zugelassen, daß solche Fragen unwidersprochen gestellt wurden.

Betty geriet ins Schwanken. »Jetzt wird es so hingestellt, als hinge es von mir ab, ob meine Kinder verletzt werden oder nicht . . .« Das sei nicht wahr, wandte sie sich an Howatt. Dennoch habe sie beschlossen, ihre Forderung nach einer öffentlichen Verhandlung fallenzulassen und es »Ihrem Ermessen zu überlassen, Euer Ehren – ganz wie Sie es wünschen«.

Nichts zu machen, antwortete Howatt. Das war nicht seine Entscheidung, sondern ihre. Sie konnte diese Last nicht anderen zuschieben. »Was ich von Ihnen brauche, ist eine endgültige Entscheidung, ja oder nein?« sagte er. »Wollen Sie die Verhandlung öffentlich oder nicht?«

Dann, damit sie nicht ins Schwafeln geriet, drohte er ihr an, sie zu bestrafen, wenn sie nicht die korrekte Entscheidung träfe. Sie sei in einem »schrecklichen Dilemma«. Einerseits, wenn sie sich entscheide, die Verhandlung zu öffnen, »könnte daraus gefolgert werden, Sie hätten dadurch nicht die einer Mutter angemessene Entscheidung getroffen, was negative Auswirkungen auf die Sorgerechtsfrage haben könnte«. Wenn sie jedoch ihr »vorrangiges Bedürfnis nach öffentlicher Anhörung unterdrückte . . . verhalten Sie sich so, daß es als einer Mutter angemessen interpretiert werden könnte . . .«, obwohl sie vielleicht »Ihre eigenen persönlichen Bedürfnisse und Ihr Wohlergehen, wie Sie es verstehen, opfern würden«.

Wie würde sie also entscheiden? Ihre Interessen oder die ihrer Kinder?

Betty brach nicht nur zusammen, sie kroch auf Knien.

»Ich danke dem Gericht von ganzem Herzen für sein Verständnis während der gesamten Verhandlung. Ich glaube, da dieser Fall zu neunundneunzig Prozent vorüber ist, handelt es sich zu diesem Zeitpunkt eher um eine rhetorische Frage. Und zu diesem Zeitpunkt entscheide ich mich definitiv nicht dafür, die Anhörung öffentlich stattfinden zu lassen.«

»Vielen Dank«, antwortete Howatt.

In der Sorgerechtsfrage sagten zwei Experten aus, einer für jede Seite. Dans Fürsprecher war der gerichtlich bestallte Psychologe Dr. William Dess. Dr. Gerald Nelson, der Betty während der vergangenen sieben Monate persönlich behandelt hatte, sagte für sie aus. Er war der einzige Zeuge, den sie aufrief.

Zwar hatte Dess keines der Broderick-Kinder je gesehen, und Nelson hatte nur Lee kennengelernt, dennoch waren beide in ihrer Meinung darüber, was für die vier Kinder am besten sei, unzweideutig.

Aufgrund all der Dinge, die er von Bettys verschiedenen Therapeuten über ihr Verhalten erfahren hatte, war Dr. Dess so entsetzt, daß er sich gegen jegliches Besuchsrecht aussprach, es sei denn, es würde »für den Anfang« unter Aufsicht stattfinden. Seiner Meinung nach litten alle vier Kinder unter »erheblichen emotionalen Problemen«, hervorgerufen durch die Scheidung, und nur Dan könne das stabile Umfeld bieten, das für eine Heilung nötig sei. Er glaube nicht, daß Betty mehr als »extrem eingeschränkter« Kontakt gestattet werden solle, besonders nicht mit den beiden Jungen. »In zehn Jahren seiner Tätigkeit« habe er nur einmal zuvor solch drastische Maßnahmen bezüglich einer Mutter empfohlen.

Nicht, daß er Dan für den perfekten Vater halte, fügte Dr. Dess schlau hinzu. »Einige Leute haben verlauten lassen, daß Mr. Broderick manchmal dazu neigt, ein wenig streng zu sein, und daß er nicht der liebevollste Mensch der Welt ist, und vielleicht hat er sich während seiner Ehe nicht übermäßig um seine Kinder gekümmert.« Dennoch, so fuhr Dr. Dess fort, sei er die bessere Alternative als Betty. »Er ist beständig und hat meines Wissens keinen Rachefeldzug gegen Mrs. Broderick gestartet . . .«

Dr. Nelson war in gleichem Maße davon überzeugt, daß, sollte Betty sowohl eine annehmbare finanzielle Vereinbarung erwirken als auch ihre Kinder zurückbekommen, ihr extremes Verhalten aufhören und sie wieder zu der beispielhaften Mutter würde, an die Dan Broderick sich selbst erinnerte. Wie Dess war auch Nelson der Meinung, daß die Kinder durch die Scheidung erheblichen Schaden davongetragen hätten. Doch er glaubte, Betty sei »der einzige Mensch, der sich die Zeit nehmen wird, sie zu einer Therapie zu fahren, mit ihnen Zeit zu verbringen, ihnen zuzuhören, mit ihnen über die Schmerzen und Qualen zu reden, die sie empfinden...« Außerdem zeige Betty seiner Meinung nach keine echten Anzeichen für »ernsthafte psychopathologische Störungen«.

Howatt intervenierte zugunsten Dans. Wie könne Nelson behaupten, Betty sei diejenige, die sich um die geistige Gesundheit ihrer Kinder kümmere, wenn Dan sie doch jahrelang zu Therapeuten geschickt hatte?

»Die Kinder brauchen einen *Elternteil*«, antwortete Nelson. »Sie brauchen keinen Psychotherapeuten. Sie brauchen einen Elternteil, der sich rund um die Uhr um sie kümmert und sie versorgt, und Mr. Broderick ist wegen seiner Arbeit nicht dazu in der Lage ... ich habe nicht den Eindruck, daß er seine Kinder gut kennt.«

Er gestand jedoch ein, daß Betty »ein sehr schwieriger Mensch ist. Sie hat einen sehr starken Willen und geht entschlossen ihren Weg«. Andererseits »glaube ich, daß sie ein sehr liebevoller und fürsorglicher Mensch ist ... sie kommt nur durch ihre Wut auf ihren Ehemann in Schwierigkeiten.

Ich finde es ziemlich traurig«, richtete er seine Worte sowohl an Dan als auch an Betty, »daß zwei intelligente Menschen mit Ihrer Ausbildung ihre Kinder so leiden lassen ... Ich glaube, die Gemeinschaft hat dabei versagt, weil sie Ihnen nicht genügend Hilfe angeboten hat, dieses Problem zu lösen ... Es ist eine Tragödie.«

In seinem Kreuzverhör fragte Barry Nelson nach einer Bemerkung, die er in Nelsons Unterlagen gefunden hatte und die besagte, Betty sei jemand, der »Therapie spielt«. Was bedeutete das? »Im wesentlichen, daß es sich um einen Menschen handelt, der Therapie zur Manipulation benutzt«, antwortete Nelson. »Ihr Ziel ist es nicht, Erleichterung von den Symptomen zu finden oder eine gute geistige Gesundheit oder Wachstum, sondern die Therapie dazu zu nutzen, ihre Kinder zurückzubekommen und die Scheidung von ihrem Ehemann durchzuarbeiten.«

Betty war höflich und faßte sich in ihrem Kreuzverhör von Dr. Dess kurz. Sie stellte fest, daß sie sich nie kennengelernt hatten und daß er bei der Vorbereitung seiner Aussage weder mit Dr. Nelson noch mit anderen Ärzten gesprochen hatte, außer mit jenen, die Dan und Gerald Barry ihm genannt hatten. Sie brachte ihn außerdem zu dem Eingeständnis, daß sie, nach allem, was er gehört hatte, einmal eine ideale Mutter gewesen war – »bis diese Sache ausgebrochen ist«, fügte er hinzu, »und Sie sich falsch behandelt fühlten«.

»Gibt es in Ihrer psychologischen Praxis Verständnis für Wut?« Ja, antwortete Dess. »Aber das rechtfertigt nicht Ihr Verhalten.«

Trotz ihrer unterschiedlichen Empfehlungen hatten Dr. Dess und Dr. Nelson eines gemeinsam: keiner von beiden hielt den Fall Broderick für einen herkömmlichen Ehedisput; beide sprachen in einem Ton, der voller böser Vorahnungen auf Gewalt und sogar Tod hindeutete.

Bevor Dr. Dess den Zeugenstand verließ, bat er das Gericht, von seiner Sorge über die potentiellen Gefahren Kenntnis zu nehmen, falls Betty nicht eine ihrer Meinung nach gerechte Vereinbarung erwirkte. »Ich habe Dinge gehört, die auf drastische Maßnahmen hindeuten«, sagte er zum Richter. »Ich mache mir um ihre Gesundheit Sorgen ... über die mögliche Reaktion ... gegen Mr. Broderick ... Ich weiß nicht, was ich diesbezüglich tun soll, außer zu sagen, daß ich hoffe, daß ... egal was dabei herauskommt ... ein kühler Kopf hier entscheiden wird ...«

Nelson ließ ähnlich düstere Bemerkungen verlauten, als er Howatt antwortete, der ihn geradeheraus fragte, welche Bedeutung er Bettys obszönen Telefonanrufen zuschreibe sowie Berichten, nach denen sie »gelegentlich gedroht hat, Mr. Broderick umzubringen«.

Nelson gestand ein, daß Bettys Verhalten oft »einen Mangel an Kontrolle, schlechtes Urteilsvermögen, Unreife ...« aufweise. Dennoch bestand er darauf, sie könne immer noch der bessere Elternteil sein, wenn der Druck erst einmal von ihr genommen wäre.

»Sie ist nicht geistig gestört«, sagte Nelson. »Sie ist absolut vernünftig. Falls sie Mr. Broderick umbringen würde... könnte sie niemals als unzurechnungsfähig bezeichnet werden im Sinne von psychotisch oder geistig gestört. Die Dame weiß, was sie tut. Sie ist sehr intelligent, entschlossen, ihren Teil des Vermögens zu bekommen und sich durchzusetzen.«

Es ist unnötig zu erwähnen, daß Dr. Nelsons Bemerkungen Betty bei ihrem Mordprozeß wieder heimsuchen würden.

Dann wurde es Zeit, daß Betty ihre Beweise vorlegte. Aber sie hatte keine. Sie hatte nur ihre Lebensgeschichte, ohne Anwalt, der sie führte. Also stellte sie sich hin und begann zu reden.

»Mr. Broderick war sich nicht zu schade, vor diesem Gericht zu behaupten, unsere Scheidung habe schon am Tag unserer Eheschließung begonnen, und ich schätze, darüber werde ich reden«, begann sie. »1969 waren wir zwei junge, intelligente, ehrgeizige Menschen. Unser einziger Besitz waren das Auto der Frau, die akademische Würde der Frau und ihr gutbezahlter Job, und das Sparbuch der Frau.«

Sie redete über ihre Vorgeschichte. Teilweise war ihre Selbstanalyse bemerkenswert scharfsinnig und freimütig: Sie war auf reine Mädchenschulen gegangen, »und ich weiß, es klingt jetzt lustig, aber es waren mehr oder weniger Schulen, die Frauen nur auf die Ehe vorbereiten. Uns wurde gelehrt... daß die Ehe mit einem sehr, sehr erfolgreichen Mann bedeute, daß die Frau sich in den ersten Jahren an die Arbeitszeiten [des Mannes] anzupassen hatte... daß sie dadurch vom Einkommen eines erfolgreichen Mannes profitieren würde. Alles, was ich mir je wünschte, waren ein Ehemann und eine Familie, und das war's.«

Also hatten ihre Bedürfnisse und die Dans eine lange Zeit miteinander harmoniert, sagte sie. »Er brauchte eine Frau, die ihn bediente, Sex mit ihm machte, eine Familie für ihn versorgte und sein Haus für ihn führte, während er die ganze Zeit arbeitete. Ich brauchte einen erfolgreichen Ehemann, der meine finanziellen Bedürfnisse für das Haus und die Kinder befriedigte. Solange ich glücklich mit meinen Babys war und wir noch die Praxis aufbauten, hatten wir eine sehr symbiotische Beziehung. Wir waren gleichberechtigte Partner, bis wir reich wurden – und Mr. Broderick sein Einkommen als sein alleiniges Eigentum betrachtete.«

Jetzt, wo sie geschieden waren, hoffe sie nur, daß Richter Howatt ihr zu ihrem gerechten Anteil verhelfen würde. »Wir haben so viel Geld, mehr als genug, um Mr. Broderick und seine neue Familie glücklich zu machen, und mich und unsere gemeinsame Familie auch.«

Sie war so ruhig, so unterwürfig. Alle Wut war von ihr gewichen, jetzt, wo sie allein im Zeugenstand saß und drei männliche Augenpaare auf sie gerichtet waren.

Warum glaubte sie, das Sorgerecht stehe ihr zu? fragte Howatt.

Also mußte sie sich ihm als nächstes als Mutter verkaufen.

»Weil ich immer da bin und [sie und die Kinder] so unglaublich verbunden sind und einander verstehen ... Und ich glaube, es ist wirklich wichtig, daß sie das Gefühl haben, da ist jemand, der sich um sie kümmert. Ich glaube nicht, daß sie bei Mr. Broderick dieses Gefühl haben, und ich glaube nicht, daß man irgend jemandem so viel zahlen kann, daß er so für die Kinder empfindet ... Wissen Sie, die Hausmädchen machen ihren Job ... aber für sie ist es nur ein Job. Meine Kinder sind mein Leben. Sie sind das einzige, was mir etwas bedeutet. Das Haus und die Autos und die Boote und die Pelze und die Diamanten und all das Zeug bedeuten mir gar nichts.«

Doch gleichzeitig, so fügte sie hinzu, brauche sie eine anständige Unterstützung, um ihre Kinder angemessen großziehen zu können. »Wenn ich die Kinder hätte, würde ich nicht wollen, daß sie auf ihre Privatschulen verzichten müßten und auf ihre Kranken- und Autoversicherung, wenn sie in das entsprechende Alter kommen, auf ihre Skiurlaube, ihre Sommerlager, ihre Musikstunden und solche Sachen ...«

Sie verglich ihre Situation erneut damit, aus einem Job gefeuert worden zu sein, den sie gut gemacht hatte, und durch eine inkompetente Person ersetzt worden zu sein. Sie konnte Dans Job nicht machen, also warum behauptete er, ihren machen zu können? Sie bettelte. Es tat weh, die Mitschriften zu lesen.

Und so ging es weiter, bis sie schließlich am Ende war und mit einem Anflug von Verwirrung ihre »Beweisführung« abschloß.

Barry machte sich kaum die Mühe, sie ins Kreuzverhör zu nehmen. Er stellte ihr einige weniger wichtige Fragen über finanzielle Transaktionen und setzte sich dann.

Das Scheidungsverfahren der Brodericks wurde am 6. Januar 1989 abgeschlossen.

Die anschließenden Begründungen gingen schnell über die Bühne. Barry bat den Richter zu erkennen, daß Dan Brodericks frühere Frau »wirklich keine Grenzen beim Geldausgeben« kenne und daß ihre 27 000 Dollar an monatlichen Ausgaben »emotionale Erpressung« seien. Dan Broderick sei durch harte Arbeit und seine eigenen, »von Gott gegebenen Talente« zu Reichtum gelangt, sagte Barry, und sei ohnehin schon großzügiger als die meisten Männer, weil er seiner früheren Frau 9000 Dollar monatlich für ein Jahr und 5000 Dollar für einige weitere Jahre zugestand.

Des weiteren, so argumentierte Barry, sei es zu Bettys eigenem Besten, wenn sie finanziell kurzgehalten würde. »Wenn Sie ihr einen künstlich hohen Betrag zugestehen, werden Sie sie wirklich handlungsunfähig machen. Das nähme ihr sicher den Anreiz, für sich selbst zu sorgen.« Außerdem, fügte Barry in einem Anflug zynischer Schmeichelei hinzu, sei Betty Broderick ganz eindeutig eine Frau mit beachtlichen Fähigkeiten – man beachte nur ihre gute Vorstellung bei diesem Prozeß. Welcher berufsmäßige Anwalt hätte es besser machen können?

Bezüglich der Aufteilung des Vermögens griff Barry auf sein Argument zurück, das Gericht möge Dans Anwaltspraxis per 1985 schätzen und alle Epstein-Kredite anerkennen, die er geltend gemacht hatte – einschließlich des Harvard-Darlehens, welches das gemeinsame Vermögen der Brodericks eindeutig »vergrößert« habe. Nach Barrys abschließender Analyse schuldete Dan Betty 29 366 Dollar in bar plus weitere 28 000 Dollar aus verschiedenen Teilhaberschaften. Bezüglich des Sorgerechts bat Barry, Dan die beiden Jungen zuzusprechen, jedoch mit Besuchsrecht für Betty.

Bettys finanzieller Regelungsvorschlag dauerte nicht länger als fünf Minuten. Es war derselbe, den sie seit 1987 zu erlangen suchte: 25 000 Dollar pro Monat für zehn Jahre, gleichgültig, ob sie erneut heiratete oder nicht, zuzüglich eine Million Dollar in bar, steuerfrei. Unter dieser Voraussetzung – und *nur* unter dieser Voraussetzung – wollte sie auch alle drei minderjährigen Kinder zurück, mit Besuchsrecht für Dan.

Unter anderem bekräftigte sie erneut ihre Forderung, das Gericht solle Dan anweisen, eine Lebensversicherung in Höhe von »mindestens einer Million Dollar...« abzuschließen, »damit ich eine gewisse Sicherheit hätte... falls durch seinen Tod mein Einkommen gefährdet würde...« Und sie verlangte die volle Erstattung ihrer Anwaltskosten für die letzten vier Jahre, insgesamt ungefähr 78 000 Dollar.

Sie hielt ihre Forderungen für mehr als gerecht. »Ich glaube, ich war unglaublich nett und großzügig, als ich Mr. Broderick alles [den Wert] berechnen ließ«, sagte sie zu Howatt. Mit einer letzten boshaften Bemerkung stellte sie zudem fest, daß Mr. Brodericks »gottgegebene Talente«, wie Mr. Barry es genannt hatte, durch seine Abschlüsse in Medizin und Recht erheblich verbessert worden seien, Abschlüsse, die sie – nicht Gott – in vielen harten Jahren in ihrer Jugend zu finanzieren geholfen hatte.

Doch jetzt hatte sie ihre Blütezeit hinter sich. Zu diesem Zeitpunkt in ihrem Leben konnte sie kaum darauf hoffen, jemals soviel zu verdienen wie ihr Ehemann. Sie würde sogar glücklich sein müssen, überhaupt irgendwo eine Anstellung zu finden.

»Alle wollen ein Kätzchen, aber keiner will eine Katze«, bemerkte sie.

Die Männer lachten in sich hinein.

Das Gericht vertagte sich bis zum 30. Januar, dann wollte Richter Howatt seine Entscheidung im Fall Broderick bekanntgeben.

Wie würden Geschworene urteilen

Den ganzen Januar hindurch schien sie beinahe euphorisch. Ihren Freunden erzählte sie, welch gute Figur sie vor Gericht gemacht hatte und daß sogar Gerald Barry ihre Fertigkeiten gelobt hatte. Außerdem zeigte sie allen einen langen Artikel aus dem *Reader,* der offen andeutete, die Verhandlung unter Ausschluß der Öffentlichkeit sei auf Dan Brodericks Einfluß in juristischen Kreisen zurückzuführen. Endlich hatte ihre Geschichte den Weg in die Presse gefunden – und die Presse war auf ihrer Seite. Der *Reader* hatte ihr überhaupt keine Schuld dafür gegeben, daß die Verhandlung nicht öffentlich stattfand. Unter einem Photo von Betty auf dem Gerichtsflur schrieb der Reporter, daß es Dan ›gelungen war, sich nicht fotografieren zu lassen‹, indem er jeden Tag durch eine Hintertür kam und ging, die für Richter vorgesehen war, ›trotz der im County üblichen Politik, daß derartige Manöver nur gestattet sind, wenn es Sicherheitsprobleme gibt oder gewalttätige Auseinandersetzungen befürchtet werden müssen‹.

Die Reporter Krueger und DeWyze zitierten auch Dans Aussagen ihnen gegenüber aus dem Interview ein Jahr zuvor: Der Scheidungsprozeß, hatte Dan gesagt, ›wird einige Fragen des gemeinsamen Eigentums klären, aber er wird dieser Sache kein Ende setzen. Es wird erst aufhören, wenn einer von uns beiden tot ist‹.

Betty las diese Bemerkung mit Interesse. Jahre später würde sie sagen, daß sie sie ›als direkte Bedrohung‹ verstand – ›als Beweis, daß ich immer recht gehabt hatte: Er versuchte, *mich* zu töten‹.

Sie fühlte sich so gut, daß sie aufhörte, Tagebuch zu schreiben. Sie schrieb keine haßerfüllten Briefe mehr. Sie machte keine obszönen Anrufe. Die Scheidung war vorbei. Sie nahm sogar an der La-Jolla-Vorschul-Akademie einen Job an, nicht wegen des Geldes, sondern aus Spaß. Jeden Tag von sieben Uhr früh bis zwei Uhr mittags war Betty Broderick jetzt wieder von kleinen Kindern umgeben. Sie dachte über eine neue Diät nach. Einige ihrer vielen Beschwerden verschwanden; in einigen Nächten schlief sie in jenem Monat sogar ganz durch – keine Angstattacken um zwei Uhr nachts, kein Herumwandern im Dunkeln. Sie erinnerte sich langsam wieder, was es hieß, normal zu sein.

Aber was, wenn sie falsch lag? Die Angst flackerte immer wieder auf. In jenem Monat rief sie ihre Eltern an und bat sie, nach San Diego zu kommen und bei der Urteilsverkündung bei ihr im Gericht zu sein. Sie bot ihnen sogar an, die Flugtickets zu bezahlen. »Ich wollte einfach meine Familie dabei haben, um dem Richter zu zeigen, daß ich nicht ganz allein dastand, daß ich eine Familie hatte, die sich um mich sorgte.« Aber sie kamen nicht. Die Bisceglias, die langsam älter wurden, hatten ihre Tochter seit 1986 nicht mehr besucht, als Betty sie am Eßtisch hatte sitzenlassen, um ihren Suburban durch Dans Eingangstür zu fahren.

»Aber dann, wenige Tage später, ruft Clare [ihre Schwester] an und lädt sie zu ihrer Party zum vierzigsten Geburtstag ein, eine große Sache in Beverly Hills, viele schwere Typen aus Hollywood – und plötzlich«, sagte sie bitter, »willigen sie ein, nach Kalifornien zu kommen.«

Die Erinnerung an das Wochenende von Clares Geburtstag tut ihr heute noch weh.

Weil sie immer noch neues Selbstvertrauen empfand, beschloß sie, diese Gelegenheit groß zu feiern. Sie bekam die Jungen für das Wochenende, brachte sie zum Friseur und suchte ihre besten Kleider zusammen. Sie ließ Kim aus Arizona einfliegen. Und sie machte mit Lee einen ausgedehnten Einkaufsbummel. »Und Lee sah *bezaubernd* aus – perfektes schwarzes Kleid, Schuhe für 200 Dollar, Ohrringe für 100 Dollar ... ich versuchte, ihr ganz besonders etwas Gutes zu tun, nach allem, was sie durchgemacht hatte.« Dann packte sie ihre perfekt zurechtgemachte Brut in einen Kombi und fuhr zum Beverly Hills Hotel, wo der Clan der Bisceglias sich versammelte.

Es war ein gezwungenes, unglückliches Wochenende. Betty gab zuviel Geld aus, um allen zu imponieren. Sie erinnert sich noch an eine Rechnung, die sie in der Polo Lounge des Hotels zahlen mußte. »Ich war an der Reihe und bestellte für alle das Sonntagsfrühstück – Erdbeeren und Sekt für zwanzig Leute. Es war furchtbar teuer, aber damals dachte ich noch, mir würde es bald besser gehen – und vor allem war es eine Chance, in meine Familie zurückzukehren.«

Es funktionierte nicht. Sie flehte ihre Eltern erneut an, mit ihr nach San Diego zu kommen und am Montag vor Gericht zu erscheinen. Aber sie weigerten sich wieder. »Meine Mutter wollte absolut nichts damit zu tun haben, ob ich nun gewann oder nicht.«

Sie fuhr verletzt und wütend nach San Diego zurück, voller Angst vor dem bevorstehenden Urteil. In jener Nacht stritt sie sich auch mit Lee, die nach zehn Uhr mit einem heruntergekommenen Typen ausgehen wollte, den Betty nicht kannte. Betty sagte, wenn sie gehe, brauche sie nicht zurückkommen. Lee ging und kam nicht wieder.

Vor Gericht ging am nächsten Tag alles sehr schnell, aber nicht gut. Dan bekam fast alles, was er verlangt hatte. Betty bekam nichts.

Howatt akzeptierte alle Zahlen, die Dan vorgelegt hatte. Er schätzte Dans Anwaltspraxis per Zeitpunkt der Trennung; er stimmte zu, daß Betty Dan beinahe 750 000 Dollar an Epstein-Krediten und Vorschußzahlungen schuldete; er akzeptierte Dans Schätzung des Rentenfonds und jedes anderen Stückes des Eigentums bis hin zu den 12 000 Dollar für das Klavier.

Betty bekam die Hälfte des Rentenfonds – oder ungefähr 240 000 Dollar, die sie erst anrühren konnte, wenn sie fünfundsechzig war, ohne massive Steuerzahlungen befürchten zu müssen. Sie bekam das Klavier, das Eigentum in Warner Springs und ihr Haus – alles mit den dazugehörigen, noch offenstehenden Schulden.

Als alles durchgerechnet war, schuldete Dan ihr 33 606,02 Dollar in bar – aber Howatt kürzte diesen Betrag noch einmal um 5000 Dollar, die sie noch auf die 16 000 Dollar Anwaltsgebühren für Barry zu zahlen hatte, zu denen Richter Joseph sie früher verurteilt hatte.

Netto erhielt sie also 28 606 02 Dollar in bar – sogar 1000 Dollar weniger, als Barry vorgeschlagen hatte. Dan bekam das alleinige Sorgerecht für die Jungen zugesprochen – aber zum ersten Mal seit 1986 gewährte man Betty zumindest ein formales Besuchsrecht an jedem zweiten Wochenende und in den Ferien zusätzlich für den ganzen Monat Juli. Einer früheren Bitte, nach der sie die Kinder bis Montag morgen behalten wollte – für den Fall, daß sie das Sorgerecht nicht bekam –, wurde nicht entsprochen. Um sechs Uhr abends mußte sie die Kinder zurückgeben.

Allerdings bekam Betty das Sorgerecht für Lee, zuzüglich 1500 Dollar monatlichen Unterhalt, bis Lee achtzehn wurde – jedoch nur unter der Bedingung, daß Lee ›Vollzeitschülerin an der High-School‹ blieb.

Howatt wies außerdem Dan an, eine Lebensversicherung in Höhe von einer Million Dollar für alle vier Kinder abzuschließen – doch Betty schloß er aus. Im Falle seines Todes bekam sie nichts. Sie bekam auch ihre 80 000 Dollar an Anwaltskosten nicht zurück; sie sei für diese Kosten selbst verantwortlich, sagte Howatt.

Der einzige Punkt von Bedeutung, den Dan nicht vollständig für sich gewinnen konnte, war die Frage des Ehegattenunterhalts. Howatt beließ ihn bei 16.000 Dollar pro Monat. Doch selbst dieser Betrag war an Bedingungen geknüpft, abhängig von ›weiterer gerichtlicher Verfügung, Wiederheirat oder dem Tod einer der beiden Parteien‹. Außerdem, so stand in dem Urteil, ›ist es für das Gericht klar, daß die Ehefrau endlich ein wenig Verantwortung für ihren eigenen Unterhalt übernehmen muß‹.

Schließlich und endlich setzte Howatt erneut den Beschluß

fest, daß beide voneinander eine Entfernung von hundert Yards einzuhalten hatten, um beide Parteien davor zu bewahren, ›sich anzugreifen, zu schikanieren, belästigen oder auf andere Weise einander das Leben schwerzumachen‹.

Keine Million. Nicht einmal eine halbe Million. 28 000 Dollar. Ein Witz, eine Beleidigung, eine Unverschämtheit. Und nur ein Kind? Sie bekommt Lee, die schwierige, diejenige, die er nicht haben will, aber nicht ihre Jungen? Wie konnte der Richter es wagen, ihn so unter seinen Kindern wählen zu lassen? Für wen hielten sie sie, für einen Mülleimer für Dan Brodericks Abfall, seine *Putzfrau*? Sollte sie etwa den Dreck wegmachen, den er hinterlassen hatte, als er seine Familie verließ?

Dan hatte alles bekommen, was er verlangt hatte. Das Urteil war nicht mehr als die wörtliche Verlesung von Gerald Barrys Liste. Abgesehen vom Ehegattenunterhalt.

Ehegattenunterhalt. Wie konnte der Hundesohn neuntausend Dollar pro Monat auch nur *vorschlagen*, dann fünftausend Dollar und dann gar nichts? Nach allem, was sie für ihn getan hatte, damit er dahin kommen konnte, wo er jetzt war? All diese Jahre, in denen sie seine Kinder bekommen, seine Mahlzeiten gekocht, seine Parties gegeben, seine Hemden in die Wäscherei getragen hatte?

Und trotzdem sollte sie für die sechzehntausend Dollar noch dankbar sein? Ha. Und wie lange würde *das* gehen? ›Vorbehaltlich weiterer Gerichtsbeschlüsse.‹

Unglaublich. Sie fühlte sich wieder wie damals, als sie ihren Wagen direkt auf sein gottverdammtes Haus zugehalten hatte. Es gab keine Lösung. Die Scheidung war endlich vorbei, aber nichts hatte sich geändert. Vier Jahre hatte es gedauert. Doch sie war heute noch genauso abhängig von diesem Bastard wie immer. Sie konnte keine Pläne machen, sie konnte ihre Ausgaben nicht planen, sie konnte sich nicht entspannen. Sie konnte sich jetzt nur noch darum sorgen, wann die Axt erneut niedersausen würde. Und sie würde niedersausen, das wußte sie, und zwar in dem Moment, in dem sie ihn verärgerte.

Und was war mit ihrem Ruf? Sie war immer noch eine Mutter, der man die Kinder verweigerte. Eine unfähige Mutter.

Unfähig. *Unfähig!* Jetzt würden es alle wissen. Erneut war ihr Schande bereitet worden. Ihr Kopf schwirrte. Er hatte betrogen, er hatte gelogen, er hatte sie grausam behandelt. Sie hatte nichts getan, als ihn mit kindischen Namen zu beschimpfen.

Doch sie war die Verliererin, das Opfer – und eine Närrin. Sie hatte darauf vertraut, daß ein Richter alles durchschauen, Dans geschrumpftes Vermögen und seine angeblichen Verluste belächeln würde. Er machte Millionen, doch es klang, als sei er praktisch pleite. Und der Richter ließ ihn damit durchkommen.

Was würde ein Geschworenengericht sagen? Was würden zwölf normale Bürger sagen, fragte sie sich, wenn *sie* hörten, was Dan ihr angetan hatte? Sie würden sich natürlich auf ihre Seite stellen, genau wie es der *Reader* getan hatte, als die Reporter erst einmal die ganze Geschichte gehört hatten. Der Gedanke setzte sich bedenklich in ihrem Verstand fest, wo er noch immer schlummerte, als sie neun Monate später, am Morgen des 5. November 1989 mit einer Waffe in Dans Haus schlich.

Das erste Ziel ihrer Wut war Lee. Als sie das nächste Mal mit ihrer jüngsten Tochter sprach, sagte sie zu ihr, sie solle gehen, daß »1500 Dollar nicht aufwiegen, was du mir antust. Du bringst mich um«.

Also zog Lee zurück zu Dan – und wurde wieder einmal zum Spielball ihrer Eltern. Doch nachdem sie von ihrer Mutter gewaltsam vor die Tür gesetzt worden war, stellte Lee fest, daß auch im Hause ihres Vaters kein Platz für sie war. Statt dessen lebte sie in den nächsten Wochen in Dans Haus am Pool, in dem es keine Toilette gab. Er gab ihr auch keinen Schlüssel zum Haus, sagte sie später aus, und zwar aus Angst, daß Betty ihn in die Finger bekommen könnte. »Wenn niemand zu Hause war, mußte ich also hinunter an den Wasserlauf gehen, wenn ich aufs Klo mußte.«

Einige Wochen lang verfiel Betty in eine beinahe unheimliche, entschlossene Ruhe, der Art, wie todkranke Patienten sie manchmal an den Tag legen. Diesmal jagte sie nicht durch die Stadt, um allen zu erzählen, daß sie betrogen worden war – anfänglich weigerte sie sich gar, mehreren Freunden mitzuteilen, wie das Urteil ausgefallen war. Zum Teil aus Stolz – sie wollte nicht, daß irgend jemand erfuhr, wie tief sie gefallen war von der Höhe, die sie angestrebt hatte. Doch selbst Betty hatte endlich erkannt, daß nur wenige ihrer Freundinnen aus La Jolla einer Ex-Frau wohlwollend gegenüberstanden, die pro Monat einen Unterhalt von 16 000 Dollar bekam.

In den nächsten vier Wochen hatte sie sich anscheinend unter Kontrolle, sagen Freundinnen. »Es schien, als ließe sie alles hinter sich und lebe ihr Leben weiter«, sagt ihre Freundin Dian Black. »Sie war wütend über die Vereinbarung, besonders wegen der Kinder, aber sie sprach nicht viel darüber. Sie war lustiger als je zuvor.«

Doch innerlich konnte es Betty Broderick kaum aushalten. Im Januar rief sie den Bezirksstaatsanwalt an, um sich zu erkundigen, ob sie ein Strafverfahren gegen Dan in Gang setzen könne, weil er sie bei seinen Absprachen mit seinem Bruder betrogen hatte. Nein, das ging nicht, wurde ihr gesagt. »Sie sagten, ein Strafverfahren könne nur im Falle einer Geschäftsbeziehung eingeleitet werden, nicht aber vor dem Scheidungsgericht. Nun, für mich ist die Ehe eine Geschäftsbeziehung.« Aber sie nahm es hin.

Methodisch suchte sie nach neuen Anwälten, um die Scheidungsvereinbarung anzufechten und neue Verhandlungen über das Sorgerecht einzuleiten. Dieses Mal fand sie schnell und ohne Probleme zwei örtliche Anwälte: Herman Hauslein, der die Scheidungsvereinbarung anfechten sollte, und den Anwalt für Sorgerecht Walter Maund, der von ihr klare Anweisungen bekam – ›Holen Sie die Kinder zurück, bevor im Herbst die Schule beginnt.‹

Nach all dieser Zeit und all dem Geld, das soeben vor dem Scheidungsgericht aufgewendet worden war, wehrte sich Dan nicht gegen Maunds Auftrag. Statt dessen unterstützte er plötzlich den Gedanken an außergerichtliche Verhandlungen, wie er durch seine Partnerin Kathy Cuffaro wissen ließ.

Doch Betty kannte den Grund: Dan hatte soeben seinen Hochzeitstermin bekanntgegeben. Er und Linda würden am 22. April heiraten – zehn Tage nach dem zwanzigsten Hochzeitstag mit Betty. Selbst dieses Datum fraß sich durch ihren Verstand. Wie konnte er im April zum zweiten Mal heiraten? Warum machte er seine Grausamkeit nicht komplett und heiratete Linda sogar am selben Tag? Wie auch immer, die Kinder wollte er ganz eindeutig nicht haben. Er hatte sie noch nie gewollt. Er würde eine neue Familie gründen. Er wollte seine alte Familie bei ihr abladen. Betty der Babysitter. Betty die Lösung. Betty der Einfaltspinsel. Richtig.

Sie machte weiter wie bisher. Sie ging zu einer Selbsthilfegruppe für Frauen und machte wieder bei HALT mit, und sie arbeitete weiter an der Vorschule – allerdings machte sie sich jetzt Gedanken, welche ›echte Karriere‹ sie einschlagen könnte. Recht? Die Börse? Immobilien? Doch eines ihrer besonderen Interessen war immer das Fotografieren gewesen, und so rief sie Michael Campbell an, einen Portrait- und Gesellschaftsfotografen aus La Jolla, den sie Monate zuvor auf einer Veranstaltung kennengelernt hatte, um ihn um Rat zu bitten. Sie wurde schließlich seine unbezahlte Assistentin, ›um herauszufinden, ob es mir gefällt und ob ich gut war ...‹

Sie besuchte mit ihm eine Hochzeit und verschiedene örtliche Parties und war sein Mädchen für alles. Schließlich sprachen sie sogar davon, Partner zu werden. Daraus wurde niemals etwas, aber Champbells Bedeutung für die Geschichte der Brodericks hörte damit nicht auf. Wie es das Schicksal wollte, war er auch der Fotograf, den Linda für ihre Hochzeitsfotos engagiert hatte. Er hatte bereits Lindas offizielle Hochzeitsfotos geschossen. Bis heute ist nicht klar, ob Betty mit Campbell in Kontakt getreten ist, weil sie davon wußte – was sie entschieden bestreitet –, oder ob es sich um einen reinen Zufall handelte. Wie auch immer, Linda Kolkena war sofort davon überzeugt, daß Betty versuchte, ihre Hochzeit zu sabotieren – und so war es diesmal Linda, nicht Betty, die das Falsche tat.

Laut Campbells Aussage rief Linda ihn in Panik an und bat ihn, Betty nicht einzustellen, sagte, Betty sei verrückt, sei sowohl im Gefängnis als auch in einer Nervenklinik gewesen, sie habe mit dem Wagen Dans Tür eingefahren usw. Linda machte sich Sorgen, Betty könne ihre Hochzeitsfotos zerstören. Oder sie stehlen. Oder sie ansehen. Für sie war es ein Alptraum, daß diese gräßliche Frau in Lindas magischer Stunde in ihrer Nähe sein sollte.

Campbell verstand nicht, wovon Linda redete. Er habe nichts von den schmutzigen Details der Broderick-Scheidung gehört, weil Betty ihm nie davon erzählt hatte, sagte er. Er wußte jedoch, daß Linda ihn persönlich beleidigt hatte. Er war ein Profi, *niemand* berührte seine Bilder, geschweige denn eine unbezahlte Amateurin wie Betty. Was war überhaupt los mit Linda Kolkena? Nach Aussage von Lindas Freunden sagte Campbell, *sie* sei diejenige, die verrückt klang, nicht Betty.

Dennoch fühlte sich Betty erniedrigt. »Ich habe ihn angelogen – ich habe ihm erzählt, daß ich keinen Wagen durch irgendeine Tür gefahren habe. Ich habe die ganze Sache einfach als unwichtig abgetan. Aber, mein Gott, können Sie sich vorstellen, wie ich mich *fühlte*? Die Sache mit dem Wagen lag fünf Jahre zurück. Ich versuchte, das alles hinter mir zu lassen. Sie *verfolgte* mich. Warum ließ sie mich nicht in Ruhe? Ich hatte gedacht, wenn sie den Preis errungen und den Hundesohn geheiratet hatte, würde sie mich in Ruhe lassen. Was bezweckte sie damit?«

Das war natürlich kein Geheimnis. Linda Bernadette Kolkena war in vielerlei Hinsicht genauso wie Betty zwanzig Jahre zuvor. Eine Braut mit altmodischen Wertvorstellungen. Trotz ihrer Jugend, trotz der sich verändernden Zeiten kümmerte sich Linda genau wie Betty um jedes einzelne traditionelle Detail der Hochzeit. Ihre Freunde würden ihr Brautgeschenke machen, und sie würde für sie eine ›Junggesellinnenparty‹ geben. Sie verbrachte Wochen damit, das richtige Hochzeitskleid auszusuchen, den richtigen Floristen für ihren Brautstrauß zu finden, die richtigen Musiker, das richtige Papier für die Einladungen, den ersten Konditor am Platze für den Kuchen. Das war ihr

Märchen. Und die Hochzeitsfotos waren ein wichtiger Teil davon. Wie Betty würde auch Linda Kolkena eines Tages ein gebundenes Hochzeitsalbum haben, daß sie ihren Kindern zeigen konnte.

Als die Hochzeit näher rückte, brach Betty Brodericks mühsam gewahrte Fassung zusammen. »Zuerst schien es ihr gutzugehen«, sagt Helen Pickard. »Aber dann begann die Sache an ihr zu nagen. Sie war von jedem einzelnen Detail besessen. Das war alles, worüber sie reden konnte. Sie sagte: ›Kannst du dir vorstellen, daß Linda ein schulterfreies Kleid tragen wird?‹«

An einem Samstag Mitte März brach sie bei Dan ein.

Wie üblich sind die Umstände unklar. Laut Bettys Aussage fuhr sie zu Dans Haus, um die Jungen abzuholen, und fand einen großen Umschlag auf den Vorderstufen. Dans Haushälterin beharrte später darauf, der Umschlag habe auf einem Tisch im Flur gelegen.

Doch das spielt keine Rolle. Auf jeden Fall nahm Betty den Umschlag zur Hand, schnüffelte darin herum und entdeckte, daß es sich um Dans und Lindas Hochzeitsliste handelte, die gedruckt werden sollte – zweiundzwanzig Seiten, mehr als hundertfünfzig Namen, darunter die von einem Dutzend Richter, wie Ashworth, Oberster Richter am Familiengericht. Auch Dr. Steven Sparta. Von ihren anderen Scheidungsrichtern stand keiner auf der Liste, aber trotzdem sah Betty diese Liste als weiteren Beweis für eine juristische Konspiration gegen sie in San Diego, als Beweis für einen Interessenkonflikt. Schlimmer noch, auch Dutzende ihrer gemeinsamen Freunde waren eingeladen. Wie konnten sie die Einladung annehmen?

Sie stahl die Liste. Sie fand nichts dabei, und das war nicht alles, was sie stahl.

Während sie durch Dans Haus spazierte, entdeckte sie auch einige T-Shirts, die auf einem Tisch lagen: ›Erste Junggesellinnenparty der Cabo Chicks in diesem Jahr‹ waren sie bedruckt. Wie süß, dachte sie. Wie kitschig. Die Kinder hatten ihr bereits erzählt, daß Linda eine Party plante für ungefähr fünfzehn

Freundinnen in Cabo San Lucas, Mexiko. Sie fragte sich, wieviel Dan *das* kosten würde, eine ganze Flotte von Schlampen nach Mexiko zu fliegen. Sie nahm auch eines der T-Shirts.

Für Linda brachte dies das Faß zum Überlaufen. Die Scheidung war vorbei. *Warum ließ diese Schlampe sie nicht in Ruhe?*

Mach dir nichts draus, sagte Dan. Sie würden sich Montag damit befassen. Auf die richtige Art. Auf die juristische Art.

Aber Linda hatte die Nase voll.

Über die folgenden Ereignisse gibt es zwei Versionen – Bettys und Lindas.

Die eine schützt Betty, die andere rechtfertigt Linda. Im wesentlichen läuft es bei keiner von beiden auf mehr hinaus als auf eine weitere geschmacklose Episode im Fall Broderick.

Laut Betty war sie an jenem Montag morgen bei der Arbeit in der Vorschule, als sie mehrere Telefonanrufe erhielt – doch der Anrufer legte jedesmal wieder auf. »Ich wußte also, da stimmt was nicht. Ich hatte gehört, daß Diebe versuchen herauszubekommen, wann man nicht zu Hause ist, und nur wenige Leute wußten, daß ich diesen Job hatte.« Also ging sie früh, so gegen ein Uhr, nach Hause. Dort erzählte ihre Haushälterin Maria, daß an jenem Morgen eine hübsche, blonde junge Frau im Haus gewesen sei und Bettys Papiere durchwühlt habe. Die Frau hatte Maria erzählt, sie sei eine Freundin von Kim und wollte etwas holen.

Betty wußte sofort, wer in ihrem Haus gewesen war. Linda Kolkena. Unglaublich.

Aber sie hatte keine Zeit, darüber nachzudenken, weil sie gleichzeitig, so sagt sie, auf ihrem Anrufbeantworter eine Nachricht fand, sie solle um 13 Uhr 30 bei Richter Howatt wegen einer gestohlenen Hochzeitsliste erscheinen. Wieder mal eine kurzfristige Aufforderung, vor Gericht zu erscheinen, genau wie beim Verkauf des Hauses. Nun, diesmal würden sie nicht ohne sie handeln.

Sie raste los und schaffte es gerade noch – damit Howatt sie anweisen konnte, entweder die Liste bis zum nächsten Tag zurückzugeben oder er werde ihre 16 000 Dollar als Pfand behalten. Er befahl ihr außerdem, niemanden von der Liste anzurufen oder die Namen preiszugeben.

In ihrem Kopf hämmerte es. Warum hatte Dan um diesen dummen Streich solch ein Geschrei gemacht? Würde sein Kontrollverhalten niemals aufhören? »Nur sechs Wochen nachdem ich eine endgültige Scheidungsvereinbarung zu haben glaubte, sagten die mir plötzlich, wenn ich *irgend etwas* täte, um Dan Broderick zu verärgern, sei der ganze Deal hinfällig. Kein Geld. Benimm dich oder verhungere. Schlampe – das war die Botschaft. Nach all diesen Jahren hatte sich absolut *nichts* geändert.«

Doch sie besteht darauf, ein wenig vage, die Liste rechtzeitig, wie angeordnet, zurückgegeben zu haben. Sie kann sich jedoch nicht erinnern, wem sie sie gegeben hat – ›irgendeinem Gerichtsangestellten‹.

Lindas Freundin Sharon Blanchet erzählt eine vollkommen andere Geschichte. Laut ihrer Aussage hat Betty die Liste nie zurückgegeben. Und erst zwei Tage nachdem die Frist verstrichen war und Betty die Liste nicht übergeben hatte, habe sich Linda Kolkena entschlossen, sie sich selbst zurückzuholen.

Welche Geschichte Sie auch glauben, soviel ist klar: Betty Broderick verließ das Gericht an jenem Montag ziemlich verwirrt. Warum? »1989 hatten sie schließlich *alles*«, sagte sie später. »Sie hatten das Geld, die Kinder, sie wollten heiraten. Sie hatten mich schon getötet. Dennoch waren sie noch hinter mir her! *Warum?*«

Auf dem Nachhauseweg fand sie die Lösung: Weil sie sie tot sehen wollten – darum. Sie wollten sie so verrückt machen, daß sie sich umbrachte und ihr perfektes Image nicht mehr beschmutzen konnte.

Genau das dachte sie, als sie an jenem Tag das Gericht verließ. Gott, wie oft war sie schon zu diesem Gebäude gefahren? Zwanzigmal? Fünfzig? Sie war wieder das Opfer.

»Ich werde auf meinem Anrufbeantworter angegriffen, zu Hause, bei der Arbeit, wo ich einfach versuche, wieder auf die Füße zu kommen und mein Leben weiterzuleben«, sagte sie später rückblickend. »Und sie *zerstörten* buchstäblich meinen Ruf. Jahrelang habe ich mit dem Klatsch und Tratsch gelebt, ich hätte Waffen bei mir, ich würde mich nachts in ihr Schlafzimmer schleichen und Sachen stehlen und drohen, sie umzubringen. Linda Kolkena erzählte *allen Leuten* solche Sachen ... meine eigenen *Kinder* haben es mir erzählt. Sie verbreitete sogar solchen Mist wie, ich würde ihr Hochzeitskleid mit Blut bespritzen. Es war so erniedrigend! Die kleine Schlampe hatte zu viele Seifenopern gesehen!«

Außerdem, »ich lebe allein in diesem großen Haus mit den Schiebetüren, und jeder konnte hereinkommen, und ich war schon mehrere Male ausgeraubt worden. Und ich sagte nur, so *lebe* ich einfach nicht mehr«.

Und so hielt sie zwischen der Innenstadt und La Jolla an einem der größten Waffenläden San Diegos, ging hinein und orderte eine .38er Smith-&-Wesson-Handfeuerwaffe. Erstaunlich, wie einfach das war. Ihre Liste von Fehlverhalten spielte überhaupt keine Rolle. Die Waffe kostete sie 357,33 Dollar. Sie feuerte sie einmal im Schießstand ab. Es gefiel ihr, wie die Waffe in ihrer Hand lag. Sie kannte Waffen aus ihrer Kindheit. Sie genoß den Kick. Sie freute sich, daß sie nach den vielen Jahren ihr Augenmaß nicht verloren hatte. Sie füllte die Antragsformulare aus. Es war egal, daß sie viermal wegen Mißachtung des Gerichts verurteilt worden war und eine Woche im Gefängnis verbracht hatte. In Kalifornien wurde nur Schwerverbrechern eine Waffe verweigert. Der freundliche Verkäufer sagte, sie könne ihre Waffe in einigen Wochen abholen.

Den Rest ihres Heimwegs trat sie mit leichterem Herzen an. Selbstverteidigung. Genau das war's. Sie hatte die Kontrolle übernommen.

Ob Betty die Liste nun zurückgegeben hatte oder nicht, Dan schickte ihr in jenem Monat den vollen Unterhalt. Doch im März sahen sich die Brodericks vor Gericht wieder, wo das Sorgerecht für Lee wieder auf Dan übertragen wurde. Betty widersprach nicht Dans Erklärung, sie habe ihre Tochter aus dem Haus geworfen.

Mr. und Mrs.
Daniel T. Broderick III.

Ende des nächsten Monats holte sie ihre neue Waffe ab. Gleichzeitig kaufte sie drei Schachteln Munition von billiger Übungsmunition, bis zu Hohlgeschossen, die sich beim Aufprall ausdehnen und größtmöglichen Schaden anrichten können. Sie werden besonders von Polizeibeamten beim Außeneinsatz bevorzugt. Doch Betty behauptet, sie habe den Unterschied nicht gekannt. »Sie kennen mich – ich verlangte einfach das Beste.« Die Waffe wurde im Geschäft geladen, sagt sie, und nie wieder abgefeuert bis zum 5. November.

Sie machte aus ihrem Kauf kein Geheimnis. Im Gegenteil, wie ein Kind, das vor Stolz über ein neues Spielzeug beinahe platzte, gab sie damit an. Sie zeigte die Waffe sofort ihren Söhnen, wie sie sagt, in dem Versuch, sie für immer davon fernzuhalten. Sie nahm sie sogar mit zum Schießstand und ließ sie Waffen abfeuern, damit sie deren tödliche Kraft verstanden. Sie erzählte außerdem Kim und Lee von der Waffe und zeigte sie Maria, die sie ebenfalls warnte, sie niemals zu berühren.

Anfangs hob sie die Waffe in ihrem Karton auf, der in einem Schrank stand. Später legte sie sie in eine Wäscheschublade in der Nähe ihres Bettes – wie sie sagt, alles in dem Bemühen, sie vor ihren Söhnen zu verbergen.

»Aber natürlich hörten die Jungen nicht auf mich. Sie waren von der Waffe fasziniert. Es war wie ein Versteckspiel.« Eines Tages fand sie die Kinder mit der Waffe im Hof. Also »begann ich, sie immer in meiner Tasche bei mir zu tragen«.

Während ihrer Prozesse behauptete der Staatsanwalt, die Jungen seien absolut nicht von der Waffe ›fasziniert‹ gewesen, sondern hätten vielmehr Angst gehabt, Betty habe die Absicht, Dan zu erschießen, und so hätten sie versucht, sie vor ihr zu verstecken, als Betty die Kinder an jenem Tag im Hof mit der Waffe erwischte. Wie auch immer, die Kinder erzählten Dan, daß Mom eine neue Waffe besaß.

Doch selbst da schien Dan, trotz seiner schwerwiegenden Aussagen während der Scheidungsverhandlung, Bettys Morddrohungen nicht ernster zu nehmen als zwei Jahre zuvor, als Ruth Roth ihre Tarasoff-Warnungen aussprach. Das war einfach nur Bettys Gerede – sie würde niemals ›die Gans töten, die goldene Eier legt‹, sagte er zu Freunden.

Doch Linda war nicht so optimistisch. Sie hatte Dan schon lange angefleht, eine Alarmanlage zu installieren oder Wachhunde anzuschaffen, sagten Freunde. Aber Dan wollte sich nicht von Betty Broderick einschüchtern lassen. Als einziges Zugeständnis – offensichtlich wollte er seine Eingangstür vor einem erneuten Angriff bewahren – hatte er in der Vergangenheit gelegentlich Sicherheitskräfte engagiert, die einige Stunden um sein Haus patrouillierten.

Schließlich nahm Linda die Sache selbst in die Hand. Sie rief Scott Presley an, einen professionellen Bodyguard, und engagierte ihn, ab drei Tage vor ihrer Hochzeit rund um die Uhr zur Verfügung zu stehen. Presley und sein Partner beobachteten das Haus der Brodericks von einem Lastwagen vor der Tür aus – aber, so sagt Presley noch immer wütend, weder Dan noch Linda hatten ihm gesagt, daß Betty Broderick eine Waffe trug. Dan hatte ihn sogar ausdrücklich angewiesen, bei der Überwachung keine Waffe zu tragen. »Also gingen wir davon aus, daß wir sie leicht überwältigen konnten, falls sie auftauchte, um eine Szene zu machen. Dan Broderick hat unser *Leben* riskiert.«

Am 4. April gab Betty ihren Job an der Vorschule auf. ›Ich liebe den Job, die Lehrer, die Kinder und den Ort‹, schrieb sie in einem handgeschriebenen Kündigungsschreiben, über dem ein unglückliches Gesicht gezeichnet war. ›Aber die Bezahlung ist lächerlich . . . Ich brauche etwas, für das ich mich wirklich aufopfern kann, und das ist nicht die L.-J.-Vorschule.‹

Und Dan übte praktisch bis zum Tage, als er mit Linda vor den Altar trat, seinen juristischen Einfluß aus. Am 7. April zog er vor Gericht und erwirkte eine Änderung des Besuchsplanes für seine Kinder, damit die Jungen am Wochenende seiner Hochzeit bei ihm zu Hause sein konnten und nicht, wie vorgesehen, bei Betty. Wie üblich besprach er das nicht mit ihr. Die Änderung des Besuchsplanes wurde ihr anschließend einfach präsentiert.

Dann kam Dans Hochzeitstag.

›Keine billige Hure mehr. Jetzt ist sie Mrs. DTB3‹, schrieb Betty am Abend davor auf einen Notizblock.

Die Freundinnen, die ihr geblieben waren, machten sich Sorgen um sie. Unter ihnen war Helen Pickard, die seit Monaten zuhörte und beobachtete. Sie war Mutter von drei Kindern und einige Jahre zuvor geschieden worden. Da es nicht viel Geld gab, um das man hätte streiten können, hatte sie sich friedlich mit ihrem Mann geeinigt. Um anschließend ihren Lebensunterhalt zu verdienen, hatte sie einen erfolgreichen Hausmeister-Service zur Reinigung von Bürogebäuden aufgezogen. Helen Pickard konnte nicht verstehen, wie Betty über 16 000 Dollar pro Monat klagen konnte. Dennoch mochte sie Betty und kam jeden Morgen auf eine Tasse Kaffee bei ihr vorbei – zum Teil, weil Betty die einzige Frau war, die wie Helen Pickard schon bei Morgengrauen auf den Beinen war. Beim Kaffee hörte Helen die Geschichte immer wieder, und sie riet Betty, sie solle sich zusammenreißen. Als Betty die Hochzeitsliste stahl, drängte Helen sie, sie zurückzugeben.

Am Tag vor der Hochzeit rief Betty Helen an und sagte, »sie würde eine neue Uhr kaufen und das Datum von Lindas und Dans Hochzeit eingravieren lassen, einfach so, aus Spaß. Sie lachte, aber ich fand das unheimlich. Ich machte mir Sorgen«. Also rief Helen eine frühere Freundin Bettys an, Jeannie Milliken, deren Ehemann, ein Richter, die Trauungszeremonie vornehmen sollte, und sie beschlossen, Betty an jenem Tag nicht aus den Augen zu lassen. Helen würde den Tag mit Betty verbringen, »und wenn sie sich von mir trennte, könnte ich Jeannie darüber informieren«.

Doch Helen Pickard betont: »Ich glaubte *niemals,* daß sie sie töten würde. Ich ging nur deswegen zur ihr, weil ich fürchtete, sie könnte sich selbst Schaden zufügen – zum Beispiel zur Hochzeit fahren und wild hupen oder irgendeine Szene machen. Sie kennen Bettys verrückten Humor. Außerdem hatte ich einfach *Mitleid* mit ihr. Ich weiß, wenn ich in ihrer Situation gewesen wäre, wäre das der schlimmste Tag in meinem Leben gewesen. Ich wollte sie einfach nicht allein lassen.« Helen Pickard blieb von sieben Uhr morgens bis elf Uhr abends bei Betty. Sie versuchte, Betty zu einem gemeinsamen Besuch in Palm Springs zu überreden, »aber sie wollte nicht, denn sie war sicher, daß einige der Broderick-Familie vorbeikommen würden, um Hallo zu sagen. Es war so traurig. Sie sprach von ihnen immer noch als ›meine Familie‹.«

»Aber sie war fröhlich wie immer – ein wenig ruhiger als sonst, irgendwie melancholisch, aber sie hatte sich vollkommen im Griff«, erinnert sich Helen. »Sie weinte oder tobte nicht. Aber sie kam immer wieder auf ihr drittes Kind zurück, das gestorben war. Ich glaube, sie ist nie darüber hinweggekommen, und aus irgendeinem Grund machte sie Dan dafür verantwortlich . . .«

Als die Sonne über La Jolla unterging, sagte Helen Pickard zu Betty: »›Okay. Dieser Tag ist *vorbei.* Du wirst ihn nie wieder durchmachen müssen. Jetzt lebe dein Leben weiter.‹ Aber ich glaube, sie hatte einfach kein Selbstvertrauen. Sie hatte keine eigene Identität, ohne Dan.«

Immer tiefer ...

In jenem Frühjahr bezahlte Betty 5000 Dollar für eine Mitgliedschaft im La Jolla Beach and Tennis Club, die ihr hauptsächlich Privilegien im Restaurant verschaffte. »Sie war so stolz, einfach wieder dort gesehen zu werden, unter den richtigen Leuten«, sagte Helen Pickard, die von Betty einmal zum Essen in den Club eingeladen worden war. Colleen Stuart erinnert sich an ähnlich ergreifende Szenen. Einmal, so erinnert sie sich, besuchte sie Betty im Sommer in ihrem Haus. »Es war das Traurigste, was ich je gesehen habe. Sie hatte hübsche Tische auf ihrer Veranda aufgestellt, mit blauen Tischtüchern und passenden Sonnenschirmen. Es sah aus wie ein Restaurant mit frischen Blumen auf den Tischen. Sie hatte teure Einladungen mit Goldschrift drucken lassen. Viele Kisten davon. Sie lauteten: ›Mrs. Broderick lädt herzlichst zum Lunch am soundsovielten.‹ Sie versuchte verzweifelt, ohne ihn weiterzumachen. Und dabei war sie so typisch Betty – so heiter und aufgedreht. Es war schrecklich. Betty konnte einfach nicht zusammenbrechen und vor allen Leuten weinen. Die beiden einzigen Gefühle, die sie kannte, waren Wut und Angst ...«

Doch Bettys Schutzmechanismen versagten bald. Ihr ehemals scharfer Verstand war jetzt so umwölkt, daß sie nicht mehr zu angemessenem sozialem Verhalten fähig war. Im Beach Club fuhren die Köpfe zu ihr herum, wenn sie immer lauter wurde, immer obszöner und wütender, wenn sie beim Salat Dan an den Pranger stellte. Jetzt sprach sie überall über nichts anderes als Dan und Linda, wie sie versuchten, sie fertigzumachen, in den Selbstmord zu treiben.

»Ich hatte gedacht, nach der Hochzeit, wenn ihr erst einmal klar wurde, daß alles wirklich vorbei war, würde es mit ihr besser werden«, sagte Candy Westbrook. »Aber Betty wurde nur noch verrückter. Sie konnte noch nicht einmal ihre Hochzeitsfotos zur Seite legen. Sie tat so, als sei alles noch beim alten. Ich hätte das verdammte Hochzeitsalbum am liebsten verbrannt.«

Doch Betty war schon immer eine trügerische Persönlichkeit. Sie hatte so lange ihre innere Wut nach außen hin verborgen, daß sie manchmal, wenn es ihr wichtig erschien, sich immer noch zurechtmachen, ihren Zorn unterdrücken und beinahe jeden in Verzückung versetzen konnte. Die Macht der Gewohnheit hielt sie über Wasser. So suchte sie in jenem Sommer – in dem sie die wenigen ihr verbliebenen Freundinnen mit ihren Haßtiraden vergraulte – auf Empfehlung ihres neuen Sorgerechtsanwaltes einen neuen Psychiater auf, sowohl allein als auch zusammen mit den Jungen; und allem Anschein nach gelang es ihr, ihn davon zu überzeugen, daß ihre Söhne trotz ihrer Wut auf Dan wieder bei ihr leben sollten.

Doch zur selben Zeit, als sie ihren neuen Arzt bezauberte, war sie eine bewaffnete Frau. Sie trug heimlich ihre .38er überall in ihrer Tasche mit sich herum, zusammen mit einem schnurlosen Telefon, für den Fall, daß die Kinder sie erreichen wollten. In jenem Sommer besuchte sie Shows bei Neimann-Marcus, ging zum Mittagessen ins Valencia-Hotel, nahm an Wohltätigkeitsveranstaltungen teil und trug bei allem ihr fröhliches Lächeln und ihre kleine Smith & Wesson. Und sie war jetzt richtig fett, sie war in drei Jahren um zehn Jahre gealtert. Ihre ehemaligen Freunde zuckten bei ihrem Anblick zusammen. Diese Frau hatte keine Ähnlichkeit mit der, die sie gekannt hatten.

Dann kam der Juli – auf gerichtliche Verfügung hin Bettys erster Sommer mit ihren Söhnen seit fünf Jahren. »Das war für mich nach allem die glücklichste Zeit . . . ich konnte sogar zum ersten Mal wieder Pläne mit diesen Kindern schmieden.« Sie stritt sich auch nicht ums Geld. Betty trug die vollen Kosten.

Sie fuhren zum Camping nach Kanada. Endlich gab es einmal keinen Streß, keine Sechs-Uhr-Frist am Sonntag abend, um die Kinder zu Dan zurückzubringen, keine Erwartungen außer ihrer eigenen. Sie nahmen ein deftiges Frühstück in klarer Luft ein, fütterten Eichelhäher, machten Ausflüge auf dem Fluß, gingen angeln, wanderten über stille Bergpfade. Sie sprachen miteinander, sie lachten. Sie machten einfach Sachen. Betty sprach nicht über Dan und Linda oder über Geld oder über den Kampf um das Sorgerecht. Sie genoß es einfach, daß ihre Kinder lachten und sie liebten.

Sie fühlte sich gut. Sie hoffte, daß durch die Bewegung einige ihrer überflüssigen Pfunde verschwinden würden. Und sie begann, über den Herbst nachzudenken. Wem machte sie etwas vor? Sie wollte keine einsame, traurige geschiedene Frau sein, die in St. Tropez oder Acapulco so tat, als habe sie Spaß. Sie wollte ihre Kinder zurück. Sie würde wieder Kürbisse zu Halloween aushöhlen und bei den Hausaufgaben helfen und wieder als Coach für das Fußballteam fungieren und bei den Treffen der Eltern-Lehrer-Vereinigung dabeisein. Ja.

Endlich war Geld einmal nicht das Wichtigste für sie. Sie wollte Mutter sein. Und, ja, immer noch Ehefrau. *Seine* Ehefrau.

Bevor sie nach San Diego zurückkehrten, entdeckte Betty einen Laden, in dem T-Shirts aus Neuseeland verkauft wurden. Sie kaufte jedem der Jungen eins – und eines für Dan. »Ich habe Dan nie gehaßt, wissen Sie. Ich haßte das, was er tat, aber nicht ihn«, sagte sie später im Gericht leise. ». . . und ich wußte, das T-Shirt würde ihm gefallen. Man bekommt sie nur schwer, und es war eine gute Qualität.«

Glaubte sie nach all diesen Jahren wirklich, er würde wieder nach Hause kommen?

»Oh, ich hatte keine . . . ich weiß es nicht«, antwortete sie, ganz durcheinander. Dann sprach sie müde weiter, alles Feuer war plötzlich erloschen: »Ja, ich schätze, ich hegte immer noch die Hoffnung, daß er vielleicht, wenn er fünfzig oder sechzig war, eines Tages aufwachen und erkennen würde, was die Wahrheit war.« Näher gestand Betty Broderick ihre wahren Gefühle öffentlich niemals ein. »Aber was soll man machen? Ich kann ihn nicht dazu zwingen«, schloß sie. Und sprach immer noch, ein Jahr nach seinem Tod, in der Gegenwart.

Dann waren sie und ihre Söhne wieder in La Jolla, dem Land

des Überflusses und der Gier nach mehr. Die wöchentlichen Stundenpläne hatten sie wieder und die Sechs-Uhr-Frist und, schlimmer noch, die Nachricht, daß Walter Maund, ein sanfter, höflicher Mann, bei seinen Sorgerechtsverhandlungen mit Dan keinerlei Fortschritte gemacht hatte. Betty steigerte sich sofort in ihre Wut hinein. Einmal mehr hatte sie Anwälte bezahlt und nichts erreicht. Sie gab Maund die Schuld. Sie gab Dan die Schuld. Sie gab allen die Schuld.

Beinahe genauso brachte sie in Wut, daß Dan, kaum daß sie und die Jungen zurückgekehrt waren, mit ihnen und Linda nach Hawaii in Urlaub flog.

Betty kehrte zu ihren verrückten Verhaltensweisen zurück. Colleen Stuart erinnert sich, daß sie Betty in jenem Monat zu einem Konzert im Four Seasons Hotel einlud, bei dem festliche Garderobe vorgeschrieben war. »Aber sie schämte sich so sehr, als Teil eines weiblichen Paares zu erscheinen, daß sie in einem Sweatshirt auftauchte, mit einer schwarzen Fliege und ihrer Kamera. Sie konnte nur daran teilnehmen, indem sie einen Scherz daraus machte. Sie brachte mich so in Verlegenheit. Es schien, als habe sie beschlossen, sie könne sich genausogut wie ein Clown benehmen, wenn sie schon eine Versagerin war.«

Ungefähr zur selben Zeit hörte Betty das schlimmste aller Gerüchte: Stuart teilte ihr mit, das Scheidungsverfahren der Brodericks sei auf Jahre hinaus unter Ausschluß der Öffentlichkeit gestellt worden, weil Betty eine Kinderschänderin sei.

Gegen Ende des Sommers trug Betty ihre Waffe immer in einer Tasche ihres Morgenmantels bei sich, wenn Dan kam, um die Jungen abzuholen.

Es ist ein schreckliches Bild: Da war Dan Broderick, parkte vor Bettys Haus, wartete auf seine kleinen Söhne, oder er stand lässig an der Straße, und zumindest einmal in jenem Sommer betrat er sogar das Haus, wo seine fette, schlampige ehemalige Frau wartete, voller Haß und Schmerz, und herumwanderte, wobei eine Hand in der Tasche die Waffe liebkoste. Trauriger noch, beide Jungen wußten von der Waffe.

»Einmal war ich dabei, als Dan die Jungen abholte«, erinnert sich Helen Pickard. »Und Danny stand auf der Veranda und hatte seine Arme richtig fest um Bettys Taille geschlungen. Damals fand ich das niedlich. Später, als ich von der Waffe erfuhr, wurde mir klar, daß er vielleicht versuchte, Betty davon abzuhalten, etwas Dummes zu tun.«

Doch dieses besondere Bild der verrückten Betty kam erst später zutage, vor Gericht. Dann gab Betty es zu. Ja, sagte sie aus, »die letzten paar Male, die ich Dan gesehen habe, hatte ich die Waffe in meiner Tasche«. Der Grund sei gewesen, »daß ich Todesangst vor Dan Broderick hatte. Ich hatte Angst, er würde mich angreifen, mich beschimpfen, mich bedrohen ... mir die Kinder wegnehmen, ich könnte das Haus verlieren, und ich würde nie mehr einen Penny von ihm sehen, wie er es seit Jahren schriftlich angedroht hatte ... Er war in meinem Haus ... und ich hatte meinen Morgenrock an ... und ich hatte die Waffe in der Tasche. Zu meinem Schutz.«

Später, vom Telefon im Gefängnis aus, gab sie jedoch eine ganz andere Erklärung: »Danny fragte mich dauernd, ob ich Dan töten wolle«, sagte sie bekümmert. »Also steckte ich die Waffe in meinen Morgenmantel, um ihm zu beweisen, daß Dan kommen konnte und ich ihn nicht töten würde. Nach dem Motto: ›Sieh mal, Kleiner. Ich werde Dan nicht erschießen. Ich hatte die Waffe bei mir, und ich habe es nicht getan.‹«

So wahnsinnig war das Leben in Bettys Haus bis zum Sommer 1989 geworden. Aber sie konnte es nicht erkennen, nicht damals, nicht heute. Im Gefängnis, ein Jahr nach den Morden, war sie immer noch weniger an der Waffe interessiert als an dem Morgenmantel, in dem sie sie verborgen gehalten hatte – »aus pinkfarbenem Satin, mit einem Reißverschluß vorne, und ich liebte ihn, denn ich konnte in ihm so dick sein, wie ich wollte«.

Ende August hatte Betty ihre erste einwandfreie Verabredung. Sie hatte beschlossen, »da die Scheidung jetzt endlich vorüber war, war es in Ordnung, meiner Meinung nach, daß ich jetzt ausging, ganz offen. Ich versuchte, mich selbst dazu zu zwingen, wieder zu leben. Ich wollte, daß alle wußten, daß ich mich wieder mit Männern traf.« Brad Wright zählte für Betty niemals richtig.

Ihre ›erste Verabredung‹ war ein Chirurg und Witwer, den sie seit Jahren kannte und der sie in ein Konzert begleitete. Wie ein Teenager verbrachte sie den Tag damit, sich etwas Neues zum Anziehen zu kaufen. Doch sie konnte nicht mehr in den üblichen Designerboutiquen kaufen, weil diese nur Kleider bis Größe vierzig führten. Schließlich trug sie ein Ensemble aus orange- und türkisfarbener Seide aus der Abteilung ›Mutter der Braut‹ bei Bullock's, und »ich sah grauenhaft aus . . . in solchem Zeug kann man einfach nicht gut aussehen. Ich fühlte mich einfach schrecklich.«

Außerdem schämte sie sich, mit diesem plumpen, kahlköpfigen, alternden Mann gesehen zu werden, der sie begleitete. Er war einfach nicht gutaussehend genug für diese neunzig Kilo schwere Frau mit ihrem künstlichen Blondhaar, der Vorstrafe, dem ruinierten Ruf und der aussichtslosen Zukunft. »Er war wirklich nett, aber ich war nie zuvor mit einem *häßlichen* Mann ausgegangen. Ich war immer die Hälfte eines hübschen Paares gewesen.«

So verschloß sich für Betty Broderick durch ihre eigene Unfähigkeit, die Vergangenheit loszulassen und in der Gegenwart zu leben, eine weitere Möglichkeit, sich zu erholen. Sie und der Arzt gingen nie wieder miteinander aus.

Noch vor Ende des Monats provozierte sie Dan, so daß er sie erneut vor Gericht zerrte, diesmal in einem Streit um Rhett. Nach Dans späterer Aussage hatte er Rhett an einem Mittwoch, also außerhalb der Sorgerechtsregelung, zu Betty gebracht, weil Rhett am nächsten Tag mit den Kindern von Freunden, die gerade bei Betty zu Besuch waren, nach Sea World fahren wollte. Betty sollte Rhett am Freitag zurückbringen, rechtzeitig zu einem Bootsausflug nach Catalina Island, den Dan für das Wochenende plante. Es folgte das klassische Katz-und-Maus-

Spiel, das so viele geschiedene Paare spielen, bei dem ihre Kinder zwischen ihnen stehen.

Als Dans Haushälterin Rhett abholen wollte, war er nicht da. Bettys Mädchen sagte, alle seien für einen Tag nach Tijuana gefahren. Wutschnaubend rief Dan am Samstag morgen bei Betty an. Laut eigener Aussage wurde er unhöflich abgewimmelt. »Als die Beklagte den Hörer abnahm, sagte ich ›Ist Rhett da?‹. Sie antwortete: › Sagst du nicht einmal mehr hallo? Wie ungehobelt! Ich bin nicht deine Angestellte‹, und hängte einfach auf.«

Er rief erst am Montag wieder an, als Rhett immer noch nicht zurück war. Dieses Mal, so beschwerte er sich später vor Gericht, habe er gesagt »Hallo, ist Rhett da?«. Die Beklagte habe geantwortet: »Nein.« Dann habe sie beleidigende Geräusche in den Hörer gemacht und aufgehängt.

Betty wurde angewiesen, Rhett sofort zurückzubringen, oder sie werde wegen Mißachtung eines Gerichtsbeschlusses verurteilt. Doch Rhett befand sich nicht einmal mehr in Kalifornien. An jenem Wochenende hatte Betty ihn in ein Flugzeug nach New York gesetzt, wo er für eine Woche ihre Eltern besuchen sollte. Wie sie später erklärte, habe Rhett nicht nach Hause zurück gewollt, weil seine Geschwister den Sommer über nicht da waren und er mit der Haushälterin allein gewesen wäre.

Dan schäumte vor Wut, aber laut Aussage seiner Partnerin Kathy Cuffaro wollte er Betty nicht noch härter angreifen, »weil er sie nicht noch mehr gegen sich aufbringen wollte. Er wollte einfach Frieden haben«. Statt dessen erwirkte er einen Gerichtsbeschluß, der es Betty untersagte, sich Rhett zu nähern, wenn er nach seinem Besuch am Flughafen von San Diego ankam.

Ein neues Schuljahr. September. Maund hatte versagt. Ihr fünfter Herbst ohne ihre Kinder. Die Jungen gingen wieder zur Francis-Parker-Schule, nicht zur Bishops-Schule. Kim war wieder in Arizona und jammerte darüber, daß Dan ihr so wenig Geld zugestand. Und Lee, Dans verbanntes Kind, arbeitete als Kellnerin in einem Steakhaus im Herzen von La Jolla – eine gewöhnliche Bedienstete, die jetzt ihre früheren Klassenkameraden jeden Tag beim Mittagessen bediente. Betty fühlte sich für ihre Kinder erniedrigt, für sich selbst, für ihre zerstörte Familie.

Derweil erzählten ihr die Kinder, daß Dan wieder eine seiner kostspieligen Extravaganzen plante. Count DuMoney. Dieses Mal zahlte er die Rechnung für einen Urlaub mit seinen Partnern Cuffaro und Bob Vaage, beide mit Begleitung, in Griechenland. Natürlich mit Mrs. Daniel T. Broderick III.

Zur selben Zeit hatte Betty ihr Haus an der Calle del Cielo zum Verkauf angeboten. Grundstücksmakler stampften durch ihr hübsches Haus. Sie zeigte ihnen alle Verbesserungen, die sie in den vergangenen fünf Jahren vorgenommen hatte – das neue Badehäuschen, die neue Küche und das Badezimmer, den hübschen Pool, den Whirlpool, ihre Rosenbeete. Sie zeigte ihnen den Hof hinter dem Haus mit der blau-weißen Markise und dem atemberaubenden Blick aufs Meer. Im Haus verströmten Lampen ein warmes Licht, auf jedem Tisch standen frische Blumen. Die Handtücher im Badezimmer waren flauschig, die Luft duftete. Es war ein Musterheim. Nach den vielen Jahren, in denen sie sich darüber beklagt hatte, welch ein ›Abstieg‹ das Haus in der Calle del Cielo sei, wanderte Betty jetzt durch die Zimmer wie eine Frau in Trauer, die den Körper bewundert, den sie für das Begräbnis so wunderbar hergerichtet hat.

Sie wollte eine Million fünfhunderttausend Dollar. Allein wegen des Meerblicks und der Sonnenuntergänge war es das wert.

Dann ging sie einen der deprimierendsten Wege ihres Lebens. Sie wußte, wohin sie fuhr. Den Hügel hinab, den Pazifik vor Augen, vorbei an dem malerischen, zwischen Palmen gelegenen Einkaufsbereich von La Jolla Shores, immer in Hörweite der Wellen. Viel kleiner als La Jolla Village, eine halbe Meile entfernt, doch so viel behaglicher, ruhiger, mit seinen kleinen Lebensmittelläden, Delikatessengeschäften, Gourmet-Märkten und Straßencafés. Wie viele Vormittage, so fragte sie sich, war sie hierhergekommen, hatte ihren Schokokaffee getrunken und bei Sonnenaufgang einen Spaziergang am Strand gemacht, Ruhe gefunden. Sie war dafür geboren, hier zu leben. Mit einem reichen, gutaussehenden Ehemann und vier perfekten Kindern.

An der Ecke bog sie scharf nach rechts und fuhr nach Norden und ließ den perfekten Ort hinter sich. Jetzt fuhr sie in Kurven landeinwärts, auf den Campus der UCSD zu.

Sie hielt vor einem großen Wohnkomplex gegenüber einem Einkaufszentrum in einer Straße namens Morning Way. Jahre zuvor hatte sie versucht, Dan dazu zu überreden, in diesen Komplex zu investieren. Doch jetzt würde sie, Betty Broderick, selbst hier wohnen. Unter all den Durchreisenden. Unter all den Entwurzelten.

Jetzt würde sie jeden Tag, wenn sie das Haus verließ, nicht den riesigen Pazifik vor sich sehen, sondern Kinos, einen Pizzaladen, einen Drugstore – einen Betondschungel mit Smog, Lärm und wimmelnden Menschen mit bedrückten Gesichtern, die im Verkehrsstau festsaßen.

Innerhalb des Wohnkomplexes waren die einzelnen ordentlichen, graubraunen Gebäude hufeisenförmig um einen kleinen, gepflegten Hof angeordnet, typisch für Hunderte von anderen Wohnkomplexen in Süd-Kalifornien. Jetzt würde sie jeden Tag, wenn sie aus ihrem Vorderfenster sah, auf eine andere Wohnung blicken, die genauso aussah wie ihre eigene. Niemals würde die Sonne direkt in eines ihrer Zimmer scheinen. Eine Wohnung mit zwei Schlafzimmern würde sie ungefähr 200 000 Dollar kosten. Sie wollte am liebsten weinen. Wenn sie hier lebte, würde es keine hübschen Mittagessen mehr geben. Keine Weihnachtsparties. Im Wohnzimmer hatten kaum zehn Menschen Platz, und es gab auch keinen Hof. »Das war der schlimmste Abstieg in meinem Leben«, sagte sie später im Gefängnis. »Die Wohnung war sogar kleiner als die meisten, in denen Dan und ich gewohnt hatten, als wir jung verheiratet waren.«

Es bleibt natürlich ein Geheimnis, warum sie in solch eine

kleine Wohnung zog, obwohl ihr Kampf um das Sorgerecht noch nicht endgültig verloren war. Wenn sie die Kinder bekommen hätte, wäre Dan verpflichtet gewesen, ihr mehr Unterhalt zu zahlen. Sie wäre vielleicht doch zurechtgekommen. Doch damals war sie zu deprimiert, zu verwirrt und zu wütend, um alles genau zu durchdenken. »Ja, das wäre ein Problem gewesen. Wenn die Kinder am Wochenende kamen, mußten sie auf der Couch und so schlafen ... Aber ich hatte beschlossen, sie ohnehin nicht zurückzunehmen, und ich konnte es nicht mehr aushalten, noch länger Teilzeitmutter oder nur Hausfrau zu sein. Was soll das, den ganzen Tag weinend in der Küche zu stehen? Aber ich weiß wirklich nicht, was ich tat, ich dachte gar nicht mehr richtig nach.«

Im Oktober zog sie in die Wohnung, während die Grundstücksmakler versuchten, einen Käufer für das Haus in der Calle del Cielo zu finden. Eine Freundin aus der Bibelschule, die Betty ein Jahr zuvor besucht hatte, erinnerte sich später vor Gericht daran, wie traurig Betty ausgesehen hatte, als sie durch ihr Haus lief, um zu entscheiden, welche Möbel in ihre kleine neue Wohnung passen würden. Sie machte sich ganz besonders Gedanken, daß ein großer Sessel aus rotem Samt zuviel Platz wegnehmen würde. »Sie nannte ihn den ›Santa-Claus-Sessel‹ der Kinder«, erinnerte sich ihre Freundin.

Betty machte den größten Teil des Umzuges mit Hilfe einiger Teenager aus der Nachbarschaft und mit einem gemieteten LKW allein. Einige Nächte schlief sie in der Wohnung auf dem Boden, genau wie Jahre zuvor im Haus an der Calle del Cielo. Eines Nachts, nachdem sie den ganzen Tag Kisten geschleppt hatte, versuchte sie, ihren Wassererhitzer zu entzünden, wobei die Flamme ihr ins Gesicht schlug, ihre Hand verbrannte und ihre Augenbrauen und Wimpern versengte. Sie war nicht weiter verletzt, aber sie setzte sich auf den Boden und weinte.

Sie war einsamer als je zuvor und versuchte, sich an das Leben in dieser merkwürdigen, engen Wohnung zu gewöhnen. Ihre ehemalige Mitbewohnerin Lucy Peredun war längst fortgezogen, und Betty würde Maria nur noch einmal pro Woche oder seltener benötigen. Sie sehnte sich verzweifelt nach Gesellschaft; jeder Fremde wäre willkommen gewesen. Also beschloß sie, sich eine neue Mitbewohnerin zu suchen.

Ende Oktober antwortete sie auf eine Anzeige im *La Jolla Light*, in der eine geschiedene, gesundheitlich angeschlagene Frau namens Audrey ein Zimmer suchte. Doch nach einem vierstündigen Treffen Ende Oktober, währenddessen Betty ihre ganze ›Geschichte‹ erzählte, beschloß sogar Audrey, daß sie den Streß, mit Betty zu leben, nicht aushalten könnte. Betty war ›in verdammt schlechtem Zustand‹, von ihrem früheren Ehemann besessen und ›suchte verzweifelt jemanden zum Reden‹, erzählte Audrey später den Ermittlern der Verteidigung. Nur zwei Tage vor den Morden rief Betty Audrey an, weil sie sich mit ihr auf einen Kaffee treffen wollte. Anscheinend hatte an jenem Tag keine ihrer alten Freundinnen Zeit.

Sie beschloß, Ende des Monats mit Brad nach Acapulco zu fahren. Aber es war kein Vergnügen, sagt sie, zum Teil, weil sie wegen ihrer Entscheidung Schuldgefühle hatte. Außerdem war Betty Broderick zu jenem Zeitpunkt kaum in der Lage, weder körperlich noch seelisch, sich an einem mondänen mexikanischen Badeort wohl zu fühlen.

»Es war einer der Orte, wo alle entweder verheiratet waren oder alte Männer mit ihren Flittchen rumliefen. Ich gehörte zu keiner dieser Gruppen, also paßte ich nirgendwo dazu. Ich saß den ganzen Tag nur in meinem Zimmer und las Bücher, während Brad segeln ging.«

Das war Betty Brodericks letztes freies Wochenende.

November 1989

Dienstag war Halloween. Dan hatte gesagt, die Jungen dürften zu Betty kommen, damit sie mit ihnen losziehen und um Süßigkeiten betteln konnte. Sie höhlte einen Kürbis aus, dekorierte das Haus mit Hexen und Kobolden und machte Berge von Rhetts Lieblings-›Spinnenkeksen‹. Die Kinder wurden so schnell größer. Nächstes Jahr würde Danny es als unter seiner Würde betrachten, von Haus zu Haus zu ziehen, um Süßigkeiten zu betteln und den Leuten einen Streich anzudrohen, falls sie ihm nichts gaben.

Doch später riefen die Jungen an, um ihr zu sagen, daß sie nun doch nicht kommen konnten. Also verbrachte sie den Abend damit, an Kinder anderer Leute Süßigkeiten auszuteilen.

Dann war wieder November. Am siebten würde sie zweiundvierzig Jahre alt. Der sechste Jahrestag ihrer Selbstmorddrohung. Am 22. würde Dan fünfundvierzig. Der sechste Jahrestag seiner Kleiderverbrennung. Sechs Jahre waren seitdem vergangen. Sechs.

Sie brachte weitere Sachen in ihre Wohnung. Sie machte für die folgende Woche Termine mit Immobilienmaklern und ihrem Buchhalter. Sie beschwerte sich gegenüber jedem, der ihr zuhörte, bitter und mit obszönen Worten über Dan und Linda. Sie ging zum Mittagessen, ging zum Markt und machte Einkäufe, wobei sie immer ihre 38er in ihrer braunen Tasche bei sich trug. In der Woche liebäugelte sie auch mit dem Gedanken, sich ein neues Mercedes-Cabrio zu kaufen, das ihr hauptsächlich wegen der Farbe ins Auge gefallen war – ›das absolut schönste Türkismetallic, ein dunkles Blaugrün‹. Vielleicht würde das ihre Lebensgeister wecken. Außerdem, wenn sie erst einmal das Haus verkauft hatte, könnte sie es sich leisten. Ja, beschloß sie, sie würde den Wagen bald kaufen. Nächste Woche.

Dann schickte ihr Anwalt ihr, gegen Ende der Woche, zwei Briefe, die er von Dans Anwältin Kathleen Cuffaro erhalten hatte.

Später, vor Gericht, konnte Betty sich nicht mehr erinnern, ob beide Briefe am selben Tag ankamen. Aber sie glaubte, beide seien am Freitag eingetroffen. Sie öffnete sie, überflog sie und warf sie dann auf den Küchentresen, um sie später genauer zu studieren. Doch das Wesentliche erfaßte sie sofort: In dem einen wurde sie erneut mit Gefängnis bedroht, im anderen wurde Maunds Sorgerechtsvorschlag abgelehnt.

Kathleen Cuffaros erstem Brief, datiert vom 27. Oktober, lagen die Abschriften von Bettys letzten drei Telefonbotschaften bei. Sie klangen ziemlich milde, sogar langweilig nach diesen vielen Jahren, und enthielten unter anderem dreimal das Wort ›Fotze‹ und einmal ›kleiner Wichser‹. Alle spiegelten ihre Frustration wider, weil sie ihre Söhne nicht erreichen konnte.

Doch, so schrieb Kathleen Cuffaro, seit der Scheidung im Januar habe Betty mindestens zwanzig ähnliche Vergehen begangen, ›für die wir Beweise haben‹. Sollte Betty ihr ›abscheuliches Verhalten‹ nicht sofort einstellen, sei Dan bereit, sofort Klage zu erheben – und wenn das geschah, ›bin ich fest davon überzeugt‹, so schrieb Cuffaro, ›daß eine weitere Gefängnisstrafe verhängt werden wird‹. Zum Abschluß stellte sie fest, daß sie, anders als Bettys Ärzte, nur Beweise dafür sah, daß Bettys ›emotionale Störungen und seelische Krankheit‹ sich verschlimmerten, nicht etwa verbesserten.

Der zweite Brief enthielt eine vernichtende Zurückweisung von Maunds letztem Sorgerechtsvorschlag, der die Rückkehr von Danny und Rhett zu Betty zum Inhalt hatte. Im wesentlichen teilte Cuffaro Maund mit, das könne er vergessen: Dan war nur bereit, die Rückgabe der Kinder versuchsweise zu gestatten, unter der strikten Bedingung, daß er die Vereinbarungen automatisch beenden konnte, einseitig und ohne gerichtliche Verfügung, wenn Betty weitere Gerichtsbeschlüsse mißachten würde . . . ›oder falls sie Danny oder Rhett weiterhin in ihre pathologische Besessenheit gegen den Vater und seine Frau verwickelt‹.

Schließlich schlug Cuffaro vor, Maund solle ›nach vorheriger Absprache mit Dan einen neuen, entsprechenden Vorschlag‹ unterbreiten. Sie wollte außerdem wissen, wieviel Unterhalt für die Kinder Betty für eine mögliche ›Versuchsperiode‹ verlangen würde.

Dan und Linda verbrachten ihren letzten Abend mit Freunden in einem mexikanischen Restaurant. Sie schwelgten immer noch in Erinnerungen an ihren Urlaub und erwogen für das folgende Jahr eine Expedition in den Outback von Australien, sagt ihre Freundin Kathleen Cuffaro, die das Paar gegen halb zwölf Samstag nacht nach Hause brachte, zum letzten Mal. Es war ein sehr schöner Abend, fügt sie nachdenklich hinzu. Dan trank Pfirsichschnaps. Sowohl Dan als auch Linda strahlten. Sie sprachen davon, ein Baby zu bekommen. Laut Lindas Ovulationskalender war Montag der günstigste Zeitpunkt.

Betty konnte nicht schlafen. Wie üblich stand sie immer mal wieder auf und schlich durch das Haus. Als sie später über jene Nacht sprach – bei verschiedenen Gesprächen in den Monaten vor ihrem ersten Prozeß – war sie sehr verwirrt und warf Gegenwart und Vergangenheit durcheinander:

»Ich war so viele Monate deprimiert – Maria war zur Krankenschwester geworden. Nach dem Duschen nahm ich kein Handtuch, ich bewegte mich nicht, ich tat gar nichts. Ich habe die Pflanzen nicht gegossen, ich habe meine Rosen nicht geschnitten. Ich hatte wunderbare Rosen. Es machte mir zuviel Mühe, hinunterzugehen und sie zu schneiden. Ich konnte noch nicht einmal meine Augen öffnen. Meine Augen waren immer halb geschlossen. Ich kann kaum beschreiben, wie sich solch eine Müdigkeit anfühlt. Es ist, als könne man nicht atmen, und es ist einfach schrecklich. Ich konnte zwar Gespräche führen, doch ich konnte mir nichts merken. Sie hätten mir sagen können, ich hätte gestern eine Verabredung mit Ihnen getroffen, und ich könnte mich nicht einmal daran erinnern, mit Ihnen gesprochen zu haben.

... ich fühlte mich, als würde ich buchstäblich in den Boden gestampft. Buchstäblich. Und das einzige, an das man denkt, ist Freiheit und ein Entkommen vor dem Schmerz. Verstehen Sie – einfach *aufhören*.

An dem Wochenende waren die Kinder da, und ich weinte und sah sie dauernd an, weil ich sie so lange nicht gesehen hatte... weil er vor Gericht gegangen ist und mir mein Wochenende weggenommen hatte. Deshalb hatte ich sie einen Monat lang nicht gesehen. Als ich die Jungen dann schließlich bekam – das war Sonntag morgen –, und dann sollte ich sie schon um 17 Uhr zurückgeben. Ich hatte das Gefühl, sie gar nicht richtig gesehen zu haben, weil es ein Fußballspiel gab und dies und das. Und Danny Broderick war eingeladen nach Disneyland, und das hat mir wirklich das Herz gebrochen – er sagte nein. Er sagte: ›Mom, ich konnte nicht hinfahren, denn wenn ich nach Disneyland fahren würde, hätte ich dich nicht gesehen.‹ Und ich dachte: ›Oh, wunderbar, der Junge läßt seine Verabredungen sausen, um seine Mutter zu sehen?‹

Ich weinte bei Rhetts Fußballspiel ... Normalerweise ging es mir gut, wenn ich die Kinder sah, ganz gleich, wie deprimiert ich war. Dann war es, als sei ich ein anderer Mensch. Wie eine gespaltene Persönlichkeit – von einer Wahnsinnigen zu einer glücklichen Frau, sobald die Kinder bei mir waren. Das einzige, was mich glücklich machte, waren meine Kinder. Doch das war das einzige Wochenende, wo ich die ganze Zeit mit ihnen weinen mußte. Ich weinte, weil ich sie so lange nicht gesehen hatte, diese juristischen Schreiben bedrohten mich, sie [Linda] fing wegen des Anrufbeantworters wieder damit an ... Ich zog um, und ich stand physisch unter hohem Druck, weil ich den Umzug ganz allein bewältigen mußte. Ich stand einfach unter *irrsinnig* hohem Druck. Kim war aufgebracht und hysterisch, daß Dan sie nicht unterstützte ... Alles kam auf mich zu.

Ich konnte nicht einmal atmen ... so deprimiert, daß selbst atmen viel Mühe kostete, viel weniger als Aerobic oder so was.

Ich hatte früher immer so viel Energie ... und jetzt schleppte ich mich herum wie tot.

Die Depressionen machten mich müde, aber ich zitterte buchstäblich vor Angst, reine Angst, die mich wieder wach machte. Es war kein besonderer Alptraum oder ein besonderer Gedanke. Also lief ich herum, ich las Zeitungen ... Und ich saß in der Küche, ich machte die Lampen an ... Wenn ich allein zu Hause war, schaltete ich Musik ein, und ich machte viele Lampen an ...«

In der Nacht des 4. November »war ich so geschlaucht, daß ich mich in meinen Kleidern hinlegte. Dieselben Sachen, die ich trug, als ich mich der Polizei stellte. Ein Hosenanzug aus pinkfarbenem Leinen ... pinkfarbenes und weißes Karomuster ... Ich schlief also in den Sachen. Ich lag einfach so auf dem Bett. Ich weiß, es kling verrückt. Aber Sie reden hier nicht mit einem normalen Menschen ...«

In der Dunkelheit setzte sie sich auf die Bettkante, ihr war kalt, ihr Herz klopfte laut. Ihre schreckliche Angst war übermächtig. Jeder Horrorfilm, den sie je gesehen hatte, war Wirklichkeit geworden. Sie war es. Sie wurde verrückt. Sie war verrückt. Vielleicht sollte sie zu einem Krankenhaus fahren und sich selbst einweisen. Vielleicht konnten Ärzte ihr Herz beruhigen. Vielleicht würden freundliche Schwestern in Weiß über ihr Haar streicheln und ihren Geist beruhigen und sie wieder gesund machen.

Aber warum? Warum? *Was hatte sie getan?*

Sie hatten alles. »Ich meine – sie heiraten, und sie fahren nach Griechenland, sie fahren nach New England, und sie haben alles, einschließlich meiner Kinder. Sie haben mich lustig beschissen, und immer noch kommen sie und sagen, ich darf meine Kinder nicht anrufen? Ha, ha, ha, ha. Nein, nein, nein. O nein, *nein, nein!* Sechs Jahre. Ich habe lange, lange Geduld, aber jetzt ist genug. Ich meine, seit 1983 habe ich jeden Tag Scheiße und Scheiße und Scheiße gefressen! Kein Richter, kein Gericht hat je gesagt, ich dürfe meine Kinder nicht anrufen.

Betty Broderick kann nicht mit ihren Kindern reden, weil Linda Kolkena entscheidet, daß ich das nicht darf? O nein. O neiiin! Jeder normale Mensch hätte schon vor langer Zeit ... etwas getan, damit ich das nicht mehr ertragen muß, du Hundesohn. Jeder hätte alles Leben aus ihm herausgeprügelt, schon vor sechs Jahren.«

Gegen vier Uhr nachts war sie zum letzten Mal aufgestanden und wach. In jener Nacht ging sie nicht wieder ins Bett.

Sie ging in die Küche und versuchte, die Zeitungen zu lesen. Aber die Nachrichten waren ihr egal. Statt dessen nahm sie die beiden Briefe von Kathleen Cuffaro, las sie genauer und ließ ihren Inhalt diesmal tiefer einsinken.

»Ich war es einfach müde, das schutzlose, hilflose Opfer dieser beiden Fanatiker zu sein. Was zur Hölle *wollen* sie von mir? Sie wollen, daß ich fortgehe und nie wieder mit meinen Kindern rede? Nein. Das werden sie nicht erleben. Ich werde das nicht erleben. Ich meine, mein Herz rast, mein Blutdruck steigt himmelhoch. Dieser Fall handelte nicht von einem Ehemann, der eine jüngere Frau heiratet, und es ging nicht um Geld. Es ging um die Kinder.«

Sie versuchte zu beschreiben, wie es zu jenem Zeitpunkt in ihrem Kopf aussah:

»Ich war so deprimiert, ich fühlte mich absolut hilflos ... und es half mir nichts, daß ich bald zweiundvierzig Jahre alt wurde. Ich sah aus wie Scheiße, ich fühlte mich wie Scheiße, mein Leben ging den Bach runter. Immer tiefer und tiefer. Und sie sind immer noch hinter mir her. Ich wurde verrückt. Ich drehte total ab. In *Supermann* gibt es eine Szene, da fliegt er sehr schnell rund um die Erde, und er schreit, daß das Blut gefriert, die ganze Welt werde – nun, genauso fühlte ich mich. Ich fühlte mich, als stehe ich in meiner Küche und lasse einen so lauten Urschrei los, daß die ganze verdammte Welt aufwacht und fragt: ›Was ist das?‹ Es ist Betty Broderick, die gerade durchdreht.

Aber, wissen Sie, nette Mädchen tun so etwas nicht ... Ich ließ den Supermann-Schrei buchstäblich nach innen los ... Ich wollte fürchterlich weinen, schluchzen und weinen. Aber wenn man so weit war wie ich, so viele Male geweint und gezittert und gekotzt hat wie ich, dann kann man nicht mehr weinen. Man will nur noch sterben. Ich meine, wie ich hier sitze, kann ich Ihnen nicht das wirkliche körperliche Gefühl des inneren Todes erklären, den absoluten *Tod*.«

»Ich mußte da einfach raus. Ich mußte dafür sorgen, daß es *aufhörte*. Wenn ich darüber rede, komme ich mir vor wie ein Trottel, denn es gibt keine Worte dafür, aber an dem Morgen, als es passierte, hielt ich mich an allem möglichen fest, wenn ich herumging. Ich war wie – ich meine, ich sah aus wie ein Krüppel oder so. Und man hat diesen Kopfschmerz, natürlich, den man seit sechs Jahren hat. Und mein Rücken tat dauernd weh, und meine Schultern hingen herunter, und mein Magen war flau, und mein Stirnrunzeln – das ganze Gesicht sackt nach unten. Man fühlt sich wie ein Bluthund ... wenn mich jemand gemessen hätte, wäre vermutlich ein Meter fünfundsechzig dabei herausgekommen. Denn ich fühlte mich buchstäblich so, als ramme mich jemand in den Boden.«

Sie ging zum Wagen. Doch bevor sie das Haus verließ, schrieb sie unter einen von Cuffaros Briefen drei Zeilen. Ihre Schrift war gleichmäßig, ihre Gedanken klar:

»Ich kann das nicht länger ertragen. 1. Linda Kolkena die Fotze, die sich in den wenigen Kontakt einmischt, den ich noch zu meinen Kindern habe. Das tut sie schon seit Jahren. Wir haben OHNE UNTERBRECHUNG deswegen prozessiert. 2. STÄNDIGE DROHUNGEN mit Gericht, Gefängnis, Mißachtungsklagen, Geldstrafen etc., die mich sehr verängstigen, und zwar ganz gleich, welche Beweise es gibt, ich verliere immer. 3. Sie behaupten ständig, ich sei verrückt.«

»Der Tag war angebrochen, als ich mein Haus verließ ... es war etwa fünf oder sechs Uhr oder so. Ich weiß es nicht. Ich weiß nicht, wie spät es war.

Als ich aus meiner Auffahrt fuhr, wußte ich nicht, daß ich zu ihm fahren würde.

Ich schätze, der Punkt, wo ich beschloß, mit ihm zu reden – denn das wollte ich wirklich, einfach mit dem Hundesohn reden – war am Supermarkt . . . dort muß es gewesen sein, daß ich zu mir sagte ›Welchen Sinn hat es, schon wieder Kaffee und Schokolade zu kaufen und am Strand spazierenzugehen, wie ich es all die Jahre getan habe? Das wird ihn nicht dazu bringen, damit aufzuhören, dadurch hört das alles nicht auf, dadurch fühle ich mich nicht besser. Ich werde mit dem Hundesohn reden.‹«

Und wieso glaubte sie, Dan Broderick könne geneigt sein, um sechs Uhr früh mit ihr zu reden?

»Das wußte ich nicht, aber wenn ich ihm gegenübergestanden hätte und er hätte gesagt ›Okay, du wirst ins Gefängnis gehen, weil du auf meinem Grundstück bist‹, dann hätte ich mir vor seinen Augen in den Schädel geschossen. Ich wollte mich umbringen . . . Ich hätte mich einfach vor seinen Augen erschossen. Ich mußte ihn bewegen, aufzuhören. Und ich sagte Ihnen ja, ich wollte mich nicht vor meinen Kindern in La Jolla erschießen. Welche Schlagzeile hätte das wohl gegeben? Alle hätten gesagt ›Nun, Dan hatte recht. Sie war verrückt.‹ Er *wollte*, daß ich genau das tat. Wenn ich mich also umbrachte, dann sollte es möglichst genau in seinem Haus passieren und ihm viele Scherereien machen. Doch man hätte immer noch geglaubt, daß ich verrückt gewesen sei, schätze ich, oder?

Wichtig ist, daß ich an dem Tag, als ich aus meiner Auffahrt fuhr, wirklich Kaffee kaufen wollte, so wie immer . . . Ich bin nicht in meinen Wagen gestiegen, habe die Waffe genommen und bin losgefahren, um Dan Broderick zu töten . . . Und das ist die Wahrheit vor Gott – ich erfinde hier keine Scheißgeschichte, um meinen Arsch zu retten.«

Dann hielt sie vor seinem Haus.

»Ich erinnere mich nicht, wie ich dort hingekommen bin, und ich erinnere mich nicht, wie ich weggefahren bin.«

Sie nahm die Waffe aus ihrer Tasche, griff nach Kims Schlüssel, die in einer Schachtel auf dem Sitz neben ihr lagen, und ging ums Haus herum zur Hintertür. Es kam ihr nicht in den Sinn anzuklopfen.

»Anklopfen? Ha ha ha. Machen Sie Witze? Er hätte nicht einmal mit mir geredet, wenn ich an die Tür geklopft hätte ... Jahre zuvor hatte ich bei Tageslicht an seine Vordertür geklopft und gesagt ›Ich brauche die Schlüssel für meinen Wagen, den Lee gestohlen hat‹, und er öffnete nicht einmal die Tür ... An Dan Brodericks Tür klopfen? Bei diesem Hundesohn? Er wäre nicht einmal aufgestanden. Er hätte einfach die Bullen gerufen.

Aber ich habe nie darüber nachgedacht ... Die meisten Dinge kamen mir nie in den Sinn. Ich meine, das sind Millionen Sachen – Warum hast du dies nicht getan, warum hast du das nicht getan? Weil ich nicht einmal daran *gedacht* habe. Es gab eine Million Dinge, die ich anders hätte machen können, aber ich habe nicht vorausgedacht. Ich *handelte* einfach. Verstehen Sie? Ich handelte einfach. Wenn ich es geplant hätte, hätte ich es viel besser machen können.«

Sie schlich durch das Haus, die Stufen hoch, und ins Schlafzimmer.

Was als nächstes geschah, kann man nur vermuten. Bettys Darstellung klang während der beiden Mordprozesse immer wieder anders. Es ist natürlich möglich, daß sie sich nicht mehr daran erinnern kann, was in diesem Schlafzimmer passiert ist. Es ist aber genauso möglich, daß sie noch jede Einzelheit weiß.

Wie auch immer, hier ist ihre verwirrende Aussage vor dem ersten Prozeß:

Es war dunkel. Aber sie konnte ihn sehen. Sie sah beide dort gemeinsam liegen. »Ich stand da mit der Waffe in der Hand, also glaubte er, ich würde ihn erschießen, und er nahm die Hände hoch, wie in einem Cowboyfilm. Nehmen Sie die Hände hoch, beide Hände, und behalten Sie sie oben? Oder was sagen die immer? Hände hoch. Genau das tat er.«

Sie habe in Panik gefeuert, sagte sie.

»Aber ich kann mich nicht daran erinnern. Wenn ich mich erinnern könnte, dann hätte ich doch keine furchtbaren Alpträume und solchen Scheiß, oder? Ich kann mir nicht vorstellen, daß ich es getan habe, also ich weiß es nicht. Die ganze Zeit über wußte ich nicht, was geschehen würde. Ich hatte überhaupt keinen Plan. Und ich habe nichts in dem Schlafzimmer gesehen ... nie, nicht wahr? Wissen Sie von irgendwelchen Bildern voll Blut? Ich habe nichts gesehen. Ich habe nichts gesehen oder gehört, das mir Alpträume verschaffen könnte. Ich meine, ich habe keine bösen Erinnerungen.«

Dann riß sie das Telefon aus der Wand.

»Ich weiß nicht, die haben von Anfang an aus dem Telefon eine große Sache gemacht, aber für mich war das nie ein großes Ding. Ich meine, wenn ich es tat, dann dachte ich nicht darüber nach ... es gab noch ungefähr zehn weitere Apparate im Haus, auf der Etage in den anderen Zimmern. Ich habe ja nicht das Kabel für die Hausleitung durchgeschnitten ... Ich dachte nur ›Das macht man so im Film‹. Ich wußte nicht einmal, daß er getroffen war, weil er so deutlich mit mir sprach. Ich glaubte nicht, daß der Kerl getroffen war. Ich dachte, er würde den Hörer abnehmen ... Er war direkt neben dem Telefon, und das Telefon lag auf dem Boden. Ich meine, das Telefon lag auf dem Boden genau neben ihm. Auf dem Boden. Und ich dachte ›O mein Gott, er wird den Hörer abnehmen.‹ Also, ich – ich tat es nur, weil Dan da war, und er sprach mit mir – er sagte ›Okay, du hast mich erwischt, ich bin tot‹ oder so etwas ...«

Sie schlug mit ihrer Waffe auf Dans Hand, als sie über ihn hinwegstieg, um die Telefonschnur zu ergreifen – die nicht tatsächlich aus der Wand gerissen war. Betty riß die Schnur in der Mitte mit ihren bloßen Händen auseinander. Doch dieses Detail trat erst bei ihrem zweiten Prozeß zutage. In ihrem zweiten Prozeß sagte Betty auch aus, daß Linda erwacht sei und geschrien habe ›Ruf die Polizei‹, wodurch sie bei Betty Panik verursachte, so daß sie feuerte.

Aber das war zwei Prozesse später.

Wenn es im Zimmer dunkel war, wie konnte sie sehen, daß er die Hände hoch nahm?

»Weil«, so antwortete sie im Sommer 1990, »ich ihm nahe war. Ich weiß es nicht . . . (Mein Anwalt) sagt, ich könnte mir die ganze verdammte Sache eingebildet haben . . . ich weiß immer noch nicht, warum es dunkel war. Ich weiß nicht, ob ich meine Augen geschlossen hatte oder ob die Vorhänge vorgezogen waren. Ich verstehe das selbst nicht. Ich habe mich nicht einmal umgesehen. Ich weiß es nicht.«

Hat sie irgend etwas zu ihm gesagt? Oder zu Linda? »Nein.« Dann floh sie aus dem Haus.

». . . Und die Wahrheit ist, ich hatte keine Ahnung, ob ich jemanden oder etwas getroffen hatte, als ich ging . . . Ich war einfach – ›Junge, du hast es *diesmal* wirklich getan.‹ Ich dachte, Dan würde aufstehen und hinter mir herkommen . . . Deshalb fuhr ich nicht nach Hause. Ich dachte, der Hundesohn würde mir folgen oder zumindest die Polizei auf mich hetzen. Aber ich dachte, er würde mir selbst folgen. Deshalb hatte ich Angst, nach Hause zu fahren, und fuhr zu Lee und versteckte mich und alles, weil ich keine Ahnung hatte, daß ich jemanden getroffen hatte. Und das ist die Wahrheit . . . Ich erfuhr erst später, daß sie tot waren, als ich es im Radio hörte oder so.«

Als die Polizei erschien, fanden sie Linda in ihrem schwarzweiß gepunkteten Shorty, Gesicht nach unten auf dem Bett, ihr langes, blondes, blutbeflecktes Haar bedeckte den größten Teil ihres Gesichtes. Ihr Körper lag quer, als hätte sie versucht, dem Mörder zu entkommen, indem sie zu ihrem Ehemann hinüberkroch. Die Bettdecken waren zurückgeschlagen. Der prominenteste Polizeifotograf legte später dem Gericht Fotos von ihrem Rumpf und ihren langen, schlanken und gebräunten Beinen vor, die nutzlos ausgestreckt dalagen. Sie sah aus wie eine Lumpenpuppe, die von einem gelangweilten, gereizten Kind zur Seite geschleudert worden war.

Dan lag auf dem Boden neben dem Bett, auf dem Bauch, in Boxershorts, halb versteckt unter dem Bettzeug. Auch er hatte offensichtlich versucht, seiner Angreiferin zu entkommen, oder war nach den Schüssen aus dem Bett gefallen.

Linda war zuerst frontal in die Brust getroffen worden, sagte der Coroner später aus. Als sie sich reflexartig zur Seite bewegte, hatte sich eine zweite Kugel direkt in ihren Hinterkopf gebohrt. Die erste Kugel ›durchschlug das Brustbein und . . . die (zweite) den Hirnstamm . . . und schnitt alle Verbindungen zum Gehirn ab‹.

Dan war einmal in den Rücken getroffen worden. Er war nicht so schnell gestorben wie Linda, wenn man von der großen Blutlache ausgeht und vom Speichel neben seinem Gesicht. Die Verletzung war auch nicht unbedingt tödlich, sagte der Coroner. Er könnte noch ›zwischen einigen Minuten und vielleicht einer halben Stunde‹ gelebt haben. Bei sofortiger medizinischer Hilfe hätte er vielleicht sogar überlebt.

Bettys verbleibende zwei Kugeln verfehlten ihre Ziele, allerdings nur knapp. Eine bohrte sich in die Wand, die andere traf den Nachttisch neben Lindas Kopf. Für jemanden, der in der Dunkelheit schoß, so sagten die Experten später, hatte sie bemerkenswert genau getroffen.

TEIL VIER

Betty

Ich brauche Hilfe

Dian Black, keine Frühaufsteherin, schläft in einem Schlafzimmer, das durch dicke Vorhänge gegen das morgendliche Sonnenlicht geschützt ist, daher weiß sie nicht, wie spät es war, als Betty sie anrief. Sie schätzt, es war gegen sieben Uhr, als ihr Mann ihr den Hörer in die Hand drückte und murmelte, es sei Betty, ›und sie ist über irgend etwas sehr erregt‹.

Black stöhnte und führte den Hörer ans Ohr, wobei sie versuchte, nicht aufzuwachen. Was jetzt? dachte sie.

»Ich brauche Hilfe«, waren Bettys erste Worte. Es waren nicht die Worte, es war der Ton der Stimme, der Black gegen ihren Willen aufwachen ließ. »Sie klang einfach schrecklich, so hatte ich sie noch nie zuvor gehört... sie weinte, und ich konnte hören, wie sie würgte.

Sie sagte, sie sei bei Dan gewesen und habe Schüsse abgefeuert, aber sie wisse nicht, ob sie jemanden getroffen habe.« Black setzte sich auf und versuchte, sich zu konzentrieren. Was war das für ein Wahnsinn? »Ich dachte, sie hätte einen Nervenzusammenbruch oder so«, erinnert sie sich. Doch Dian Black ist eine gute und loyale Freundin. Sie öffnete die Augen, vergaß den Schlaf und holte Papier und Bleistift.

Sie versuchte herauszufinden, wo Betty war, aber ›sie konnte mir nur sagen, sie sei in einer Telefonzelle irgendwo in Clairemont... sie war derart orientierungslos, daß sie mir weder die Straße noch sonst etwas nennen konnte, schließlich sagte sie, gegenüber sei ein Coco's [Restaurant]‹. Black forderte sie auf, ihr die Nummer der Telefonzelle vorzulesen, und sagte, sie solle dort bleiben. Als nächstes rief Black Ronnie Brown an und bat sie, Betty zurückzurufen, um sie in der Telefonzelle aufzuhalten, bis Black sie gefunden hatte.

Außerdem rief Black Brad Wright bei Betty zu Hause an. Danny nahm den Hörer ab. Während sich Black ihre Kleider überwarf und versuchte, den Alarm in ihrem Kopf auszuschalten, bat sie den Jungen, er möge Brad wecken. Nachdem sie ihm erzählt hatte, was sie von Betty erfahren hatte, machte sich Dian auf den Weg, Betty zu suchen; aber als sie die Telefonzelle schließlich fand, war Betty verschwunden, also fuhr Black nach Hause, um dort zu warten.

Es kam Black nie in den Sinn, die Polizei anzurufen, sagte sie später. »Ich glaubte ihr einfach nicht – ich dachte, sie sei einfach ausgeflippt...«

Brad Wright war anfänglich ebenfalls verwirrt und unsicher, wie ernst er dieses erneute zusammenhanglose und irre Gerede seiner Freundin nehmen sollte, die jetzt irgendwo in der Stadt herumfuhr. Er zog sich eilig an und ging ein paar Häuser die Straße hinunter zu Brian und Gail Forbes. Die Forbes und ihre fünf Kinder waren gerade erst aufgestanden an diesem Morgen, der eigentlich ein ganz normaler fauler Sonntag in La Jolla hätte werden sollen. Gail machte gerade Kaffee.

Doch als Brad ihr von seinem Gespräch mit Dian berichtete, wußte Gail Forbes sofort, daß es wahrscheinlich kein falscher Alarm war. Anders als die meisten von Betty Brodericks Freundinnen sorgte sie sich schon seit Monaten um Bettys Zustand. Sie hatte Dan gewarnt, er solle sich vorsehen.

Jetzt griff sie zum Telefonhörer und rief die Polizei an, um einen möglichen Mord zu melden – nur um mitten im Gespräch festzustellen, daß keiner der anwesenden Erwachsenen Dan Brodericks Adresse kannte. Sie kannten nur den Weg dorthin. Also wurde sie höflich abgewimmelt – der diensthabende Polizist hatte seltsamerweise keinerlei Interesse an einem unbestätigten Verbrechen an einer genauen Adresse.

So kam es, daß Bradley Wright und Brian Forbes in Wrights neuen Porsche kletterten und in die City fuhren, um in der zweiten Etage eines hübschen, von hohen Eukalyptusbäumen und Zypressen eingerahmten Vorkriegshäuschens die Leichen von Dan und Linda Broderick zu entdecken.

Forbes war weit mehr getroffen als Wright. Zwei Jahre später im Zeugenstand würde Forbes, ein kleiner Mann, der langsam kahl wurde, wohlfeil in grauem Anzug und weißem Hemd, immer noch verwundert blicken, als er jenen Morgen beschrieb. Er erinnerte sich an jede Einzelheit, bis hin zu der Geschwindigkeit, mit der er und Brad durch die Stadt gerast waren. Er erzählte, wie er gegen Dans Vordertür gehämmert hatte, ›mit der offenen Hand‹, wie er nach Dan gerufen hatte, wie Brad ihn schließlich durch ein offenes Fenster des Haushaltsraumes gehievt hatte, wie er die Treppen hinaufgeeilt war, ›und habe ihre Namen gerufen, für den Fall, daß sie wach waren ... damit wir sie nicht überraschten ...‹ Das war ganz eindeutig der dramatischste Moment in Brian Forbes' Leben, ein Moment, den er nie mehr vergessen würde. »Sie sahen grünlich aus«, sagte er beim ersten Prozeß über die beiden Leichen. Beim zweiten Prozeß wurde er deutlicher: die Lache aus Blut und Speichel unter Dans Kopf, so sagte er, habe ausgesehen wie ›Eis mit Sahne‹.

Für Brad Wright war es ein unbedeutender Moment, diese erste Begegnung, die er mit Daniel T. Broderick III. hatte. Nachdem er den Zwischenfall der Polizei gemeldet hatte, ging er für den Rest des Tages segeln. »Warum nicht?« fragte er später mit erstauntem Gesicht. »Ich wußte, daß Betty mich nicht zu Hause anrufen würde, weil sie wußte, daß ich an jenem Tag an einer Segelregatta teilnahm.«

Betty weckte derweil immer noch Leute auf und veränderte deren Leben für immer. Nachdem sie Dian Black geweckt hatte, rief sie ihre Tochter Lee an, die ebenfalls noch schlief. »Ich habe deinen Dad erschossen, ich habe diesen Hundesohn erschossen«, sagte sie laut Lees späterer Aussage. Wie Black und die meisten anderen, die in diesen unglaublichen Tag hineingezogen wurden, fragte sich Lee schläfrig, ob ihre Mutter jetzt doch völlig verrückt geworden war. Wie auch immer, es war klar, daß eine Krise bevorstand. Lee und ihr Freund Jason zogen sich an und warteten. Fünfzehn Minuten später erschien Betty. Sie weinte, stammelte und war hysterisch, wie Lee später sagte. Als Lee ihr eine Tasse Tee bereitete, erbrach Betty sich.

Doch Betty konnte zusammenhängend genug berichten, um sowohl Lee als auch Jason davon zu überzeugen, daß Mom es dieses Mal ernst meinte. So unzusammenhängend ihr Gestammel auch war, es enthielt genügend fesselnde Einzelheiten.

Sie erzählte zwei sprachlosen Teenagern, daß sie es hatte tun müssen. Sie zitierte Dans Bemerkung gegenüber dem *Reader*, ›es ist erst vorbei, wenn einer von uns tot ist . . . Ich konnte ihn nicht gewinnen lassen‹.

Sie erzählte ihrer Tochter auch, sie fühle sich ›innerlich leer und tot, und so jämmerlich, daß sie keinen Tag mehr weitermachen könne‹. Sie erwähnte wieder, daß sie ein Schreiben erhalten habe, in dem ihr wieder mit Gefängnis gedroht worden war.

Sie erzählte Lee und Jason, sie habe versucht, durch Dans Vordertür zu gelangen, aber der Schlüssel habe nicht gepaßt. Also sei sie zur Hintertür gegangen, wo der Schlüssel paßte. Sie sei durch das Haus geschlichen, die Waffe in der Hand, und sei die Stufen zum Elternschlafzimmer hinaufgestiegen. Dort, so erzählte sie, habe sie blind in die Dunkelheit geschossen. »Sie sagte, sie habe einmal abgedrückt, und es habe fünf oder sechs Schüsse gegeben. Sie sagte, sie habe sich selbst umbringen wollen, aber sie habe keine Kugeln mehr gehabt«, sagte Lee später.

»Geht es ihm gut? Hast du ihn schreien hören, hast du Blut gesehen?« fragte Lee Betty. Betty antwortete, es sei ›absolut dunkel‹ gewesen, und so habe sie nichts sehen können, sie wisse es nicht – aber, so fuhr Lee fort, »sie glaubte, es gehe ihm gut, weil er gesagt hatte ›Also hast du mich erschossen. Ich bin tot . . .‹«

Betty erzählte Lee außerdem, daß sie das Telefon aus der Wand gerissen habe, ›damit er sich nicht selbst retten konnte‹.

Daraufhin griff Lee nach dem Telefon, um ihren Vater selbst anzurufen und zu hören, ob es ihm gutging – doch dann merkte sie, daß sie es nicht konnte. »Er hatte mir seine Privatnummer nicht gegeben«, erzählte sie dem Richter.

Also rief sie ihre Schwester in Arizona an – und Kim versuchte, aus weiter Ferne, ihren Vater dazu zu bringen, den

Hörer abzunehmen, indem sie ihn wiederholt anrief. Als er sich nicht meldete, rief Kim bei der Polizei von San Diego und bei einigen Krankenhäusern an und versuchte, etwas zu erfahren. Doch es tat sich nichts. Zu jenem Zeitpunkt freilich waren Brad Wright und Brian Forbes bereits mit der Polizei im Haus – und ein Fahndungsbefehl nach Elisabeth Anne Broderick herausgegeben.

Betty schickte unterdessen Lee und Jason zu ihrem Haus, ›um nach den Jungen zu sehen‹. Während sie fort waren, saß sie auf ihrem Bett und erledigte verschiedene Telefongespräche.

Sie rief ihren Vater an. »Sie sagte: ›Dan bringt mich auf die Palme, er macht mich verrückt, ich möchte mich am liebsten umbringen.‹«. sagte Frank Bisceglia später aus. »Ich sagte, ›Betty, beruhige dich, alles wird wieder gut‹, und bevor ich wußte, was geschah, hatte sie aufgelegt«, erinnerte sich der alte Mann immer noch verwundert.

Sie rief auch Dr. Nelson an, doch konnte sie ihn nicht erreichen. Irgendwann an jenem Morgen, ob früher oder später, rief sie auch ihre Freundin Patti Monaghan an, um ihr zu sagen: »Ich habe den Wichser erschossen, ich habe es endlich getan«, und neben anderen bildhaften Einzelheiten: »Es ist wahr – sie scheißen sich in die Hosen. Ich konnte ihn in seinem eigenen Blut gurgeln hören.«

Als Lee und Jason bei Bettys Haus ankamen, fanden sie es von der Polizei umgeben, die nach Betty suchte – aber man sagte ihnen nicht, daß der Vater tot war.

Lee belog sie. Sie habe Betty nicht gesehen, sagte sie. »Ich sagte, ich sei gekommen, um Wäsche abzuholen.«

Als sie und Jason nach Hause kamen, war Betty inzwischen so gefaßt, daß sie sich selbst stellen wollte. Nach einem Telefonanruf bei Dian Black und Ronnie Brown kam man überein, daß man sich an einem Einkaufszentrum in La Jolla treffen wollte, vor einem Restaurant namens Magic Pan.

Dort drängten sich alle in Jasons Volvo und fuhren zum Polizeirevier – wo sie eine Stunde vor dem Gebäude parkten und diskutierten, was sie tun sollten. Niemand war in der Lage, aus dem Wagen zu steigen. »Wir saßen einfach da und diskutierten... Es war einfach verrückt«, erinnert sich Black. »Alle waren wie gelähmt, völlig außer sich... wir wußten, daß wir zur Polizei gehen mußten... aber wir saßen einfach da... wir wußten immer noch nicht genau, was überhaupt passiert war.«

Schließlich entschieden Dian Black und Ronnie Brown, daß Betty, ganz gleich, ob sie jemanden erschossen hatte oder nicht, einen Anwalt brauche, bevor sie sich der Polizei ergab. »Sie steckte tief in der Scheiße – *soviel* wußte ich. Ich wußte, sie war zu Dan gegangen und hatte eine Waffe abgefeuert«, sagt Black, »und ich dachte nur: ›Gott, er wird so durchdrehen, daß sie *nie wieder* aus dem Gefängnis kommen wird!‹«

Als nächstes kam Black auf die Idee, daß jemand zu Bettys Haus fahren sollte, um ihre Gerichtsakten zu holen, ihre Tagebücher, ihre Autobiographie, ihre Briefe. Für jemanden, der das Gewirr dieses Rechtssystems noch nicht selbst erlebt hat, mag das paranoid, nutzlos erscheinen, gibt Black zu. Aber ihr erschien es absolut vernünftig. »Ich wußte, was Betty durchgemacht hatte. Ich wußte, daß ihre Akte plötzlich verschwunden war, daß all ihre Gerichtsakten in diesen vielen Jahren unter Verschluß gehalten worden waren. Also wollte ich dafür sorgen, daß zumindest ihre eigenen, persönlichen Unterlagen sicher waren, damit ihr Anwalt rekonstruieren konnte, was mit ihr geschehen war. Diese Akten waren ihre einzigen Beweise. Ich wollte nicht, daß sie Betty einfach wegschlossen und den Schlüssel wegwarfen, ohne daß irgend jemand die ganze Geschichte erfuhr.«

Also willigten Lee und Jason ein, erneut zu versuchen, in Bettys Haus zu gelangen. Bevor sie losfuhren, so sagte Lee später aus, nahm ihre Mutter ihre Diamantenkette und ihre Uhr ab, die sie immer trug, ›und legte sie mir an‹. Und auf Blacks Vorschlag hin schrieb Betty ihr Testament auf ein Stück Papier und vermachte alles ihren vier Kindern.

Auf die Rückseite eines Photos von Jason schrieb sie

eine Liste mit Anweisungen über den Aufbewahrungsort verschiedener Schlüssel zu Tresorfächern und anderer Wertgegenstände. Doch selbst da, so sagt Black, ›stand sie so sehr neben sich selbst‹, daß sie wie ein Kind geführt werden mußte.

Als Lee und Jason sich dieses Mal Bettys Haus näherten, wurden sie verhaftet und zur Vernehmung ins Polizeipräsidium gebracht.

Mit Hilfe einer befreundeten Anwältin war es Ronnie Brown inzwischen gelungen, einen Anwalt zu finden, Ron Frant, der bereit war, an einem Sonntag in sein Büro zu kommen, um mit Betty Broderick zu reden.

Es muß ein merkwürdiger Anblick gewesen sein, diese drei Frauen, die, jetzt in Blacks Nissan Sentra mit dunkel getönten Scheiben, durch die Stadt fuhren und auf Frant warteten und von denen zwei sich fragten, ob eine von ihnen eine Mörderin war oder nur eine hysterische geschiedene Frau, die durchgedreht war. Bis dahin hatten sie aus dem Radio keine Nachrichten gehört, die ihnen weitergeholfen hätten. Erst als Black an einer Telefonzelle hielt und ihren Mann anrief, erfuhren sie, daß vor wenigen Minuten im Radio durchgegeben worden war, daß Dan und Linda Broderick tot waren.

Weder Dian Black noch Ronnie Brown sind für solch eine Sache geschaffen. Sie sind nette Frauen, keine Menschen, die Mördern Zuflucht gewähren. Sie schauderten vor Entsetzen und Angst, und ihre eigene Rolle an diesem Tag wurde ihnen langsam klar, und so fuhren sie ihre Freundin zu Frants Büro, umarmten sie, weinten und verließen sie.

»Ronnie und ich waren so entsetzt, daß wir nicht einmal mehr reden konnten«, sagt Black heute. »Ich erwartete, jede Minute von einer Spezialeinheit umzingelt zu werden – diese Typen mit Uzis, verstehen Sie? ›Kommen Sie mit erhobenen Händen heraus!‹ Es erscheint mir immer noch wie ein schlechter Film, dieser ganze Tag.«

Wenig später begleitete Anwalt Frant seine Klientin zur Polizeiwache in San Diego, wo sie sich offiziell stellte.

Das ist also die Geschichte, wie Elisabeth Anne Broderick,

einstmals hübsch und heiter und lustig, zu einer fetten, schlampigen Mörderin mit stumpfem Blick wurde, die am 7. November 1989 des zweifachen Mordes ersten Grades beschuldigt wurde – an ihrem zweiundvierzigsten Geburtstag.

Showtime

O nein, man brauche sich keine Sorgen um sie zu machen, versicherte sie allen in ihren ersten Tagen im Gefängnis. Ihr ging es gut. Wunderbar. Es schien, als seien die Morde gar nicht geschehen.

Man wird sich immer darüber streiten können, ob sie ihrem Verbrechen kalt und gleichgültig gegenüberstand, wie der Staatsanwalt später behaupten würde, oder psychisch einfach am Ende war, so daß sie nicht verstand, was sie da getan hatte, oder einfach so wütend, daß es ihr egal war. Doch eines steht außer Zweifel: Bis heute, nach zwei Prozessen, spricht Betty immer noch häufig von Dan Broderick, und manchmal auch von Linda, als seien sie noch am Leben und quälten sie immer noch.

»Er ist ein Stück Scheiße!« explodierte sie eines Tages, beinahe fünfzehn Monate später, nachdem sie einige seiner Vergehen gegen sie aufgezählt hatte. »Ich würde ihn am liebsten *umbringen*!«

»Aber Betty«, antwortete ihr ein Zuhörer, »das hast du doch *getan*!«

Stille. Schweigen. Dann ein kleines, verwirrtes Lachen. »Ja, nun... aber ich habe keine Rache genommen... er hat nicht *genug* gelitten.«

Mit der Zeit erkannte sie zumindest stillschweigend, daß sie den Mann getötet hatte, den sie einmal geliebt hatte. Doch sie zeigte nicht ein einziges Mal das geringste Bedauern gegenüber ihren Kindern, ihren Eltern, ihren Freundinnen oder – trotz der inständigen Bitten ihres Anwalts – gegenüber den Geschworenen. Sie blieb immer dabei, daß sie aus Notwehr gehandelt habe, daß sie das Opfer eines emotionalen Krieges gewesen und dazu gebracht worden sei, sich und ihre Kinder zu schützen.

Genau das hob Betty Broderick natürlich, zumindest eine Zeitlang, von anderen ab, machte sie zum Gegenstand einer nationalen Faszination. Derart klare Beweggründe, seien sie auf Tatsachen oder Einbildung gegründet, auf Prinzip oder Paranoia, sind zu jeder Zeit selten – ganz besonders, wenn der Preis möglicherweise ein Leben im Gefängnis ist.

Von Anfang an stellte Betty für die Presse die Erfüllung eines Traumes dar. Die Telefonzentralen der Medien im ganzen Land akzeptierten Bettys R-Gespräche.

Als erste kam eine Reporterin der *Los Angeles Times* in den Genuß von Bettys Anrufen. Doch die Reporterin, eine junge Frau, die selbst bald zum ersten Mal heiraten wollte, verlor bald ihre Sympathie für Betty und schrieb später eine entschieden negative Geschichte für das *Times Sunday Magazine* mit der Überschrift ›Bis der Tod uns scheidet‹, die sie dann an den Produzenten eines Fernsehfilms verkaufte, dessen Darstellung der Betty Broderick noch weniger schmeichelhaft ausfiel. Betty schimpfte und schwor, sie sei betrogen, hintergangen und fehlinterpretiert worden.

Aber das schreckte sie kaum ab. Betty traf niemals einen Reporter, dem sie auf den ersten Blick mißtraute. Es ist ein weiteres Zeichen sowohl für ihre Naivität als auch für ihr Vertrauen in ihre eigene Überzeugungskraft, daß sie in den folgenden zwei Jahren mit beinahe jedem Reporter sprach, der sie befragte, und das sogar in der Zeit ihrer Prozesse. Ihr Anwalt gab es schließlich auf, sie anzuflehen, sie möge den Mund halten.

Betty Broderick, bereits einmal ruiniert, zerstörte sich, kurz gesagt zum zweiten Mal durch ihren eigenen Aufruf an die Medien. Bettys Beziehung zur Presse war niemals fair. Sie war so gierig auf ein Publikum, und die Presse war so begierig, ihr das Publikum zu verschaffen, daß sie sehr schnell die am meisten zur Schau gestellte und beschriebene Mörderin des San

Diego County wurde. Als Folge davon begannen die meisten Medien in San Diego schon bald, voller zynischer Vorurteile über sie zu berichten, lange bevor die Geschworenen für ihren ersten Prozeß überhaupt ausgesucht worden waren.

Ständig im Zentrum der öffentlichen Aufmerksamkeit standen auch die vier Kinder der Brodericks.

Rhett und Danny, damals zehn und dreizehn Jahre alt, wurden wenige Tage nach den Morden nicht etwa zu Verwandten ihrer Eltern geschickt, sondern in ein weiteres zerstörtes Heim, zu Kathy Schmidt Broderick, der früheren Frau von Dans Bruder Larry und Mutter von drei minderjährigen Kindern. Monatelang war es Betty nicht gestattet, Kontakt zu ihren Söhnen aufzunehmen, weder per Telefon noch per Brief.

Doch die Töchter Kim und Lee, damals neunzehn und achtzehn, konnten sich frei bewegen, und für wenige Wochen schienen sie vereint durch den Gedanken, daß sie die Pflicht hatten, ihre Mutter zu unterstützen, wenn auch ihr Vater tot war.

Zwei Tage nach den Schüssen, an Bettys zweiundvierzigstem Geburtstag, schrieben beide einen bemerkenswert liebevollen Brief.

›Mom, ich weiß nicht, was ich sagen soll. Ich liebe dich so sehr‹, schrieb Kim. ›Alles wird gut werden! Ich passe auf Danny und Rhett auf, so gut ich kann. Ich versuche, das zu tun, was für sie das beste ist, aber manche Dinge kann ich nicht beeinflussen ... Sei stark, Mom ... Ich liebe dich, und ich bin immer für dich da ... Ruf mich an, wenn du kannst ... Ich werde mich um alles kümmern, Mom. Uns geht es gut. Ich liebe dich – Kim.‹

Und Lee schrieb:

›Ich schätze, das ist diesmal nicht dein schönster Geburtstag. Das alles wird für uns alle schwer werden, nicht nur für dich. Ich finde es furchtbar, daß du die Feiertage ohne Freunde oder Familie verbringen wirst. Wir alle lieben dich, Mom ... Viele Menschen (sic) sind auf deiner Seite. Du bist nicht allein ... Ich werde dich besuchen, wann immer ich kann. Liebe dich, Lee.

P. S. Danny möchte, daß ich dir sage, daß er dich vermißt und liebt. Ich bin sicher, Rhett würde dasselbe sagen, aber ich kann ihn einfach nicht fragen.‹

Doch die Zeit der Harmonie zwischen den Schwestern dauerte nicht lange an. Nach einigen Wochen zog Kim nach Denver, wo sie schon bald mit Onkel Larry übereinkam, daß Betty sowohl die Freilassung auf Kaution als auch der Kontakt zu ihren Brüdern verwehrt werden sollte. Doch Kim bestand immer darauf, daß sie die Entscheidung, als Zeugin der Anklage aufzutreten, ganz allein getroffen habe. Ihr erstes Gespräch mit ihrer Mutter im Gefängnis habe ihr schwer zugesetzt. »Ich erwartete, daß sie sagte ›O mein Gott, was habe ich getan?‹ Aber sie hat sich niemals dafür *entschuldigt*, daß sie Dad getötet hat. Statt dessen sagte sie, sie habe es für uns getan, sie habe es nicht aushalten können, wie er uns behandelte. Es tat ihr überhaupt nicht leid. Sie wollte, daß ich sie zu ihrer Tat beglückwünschte, und als ich anders reagierte, nannte sie mich eine *Verräterin*.« Ihr kamen die Tränen.

Lee blieb in La Jolla. Sie besuchte ihre Mutter regelmäßig an den Wochenenden, brachte ihr Kosmetika von Estée Lauder, Feuchtigkeitscrèmes und Haarfärbemittel, Zeitschriften und andere Dinge, die Betty als lebensnotwendig betrachtete.

Anders als Kim weigerte sich Lee, mit dem Staatsanwalt zusammenzuarbeiten, und wurde so vom Broderick-Clan noch mehr geächtet als zu der Zeit, als ihr Vater noch lebte. »Sie ist eine Diebin, drogensüchtig, sie ist genau wie ihre Mutter«, zischte Larry Broderick einmal bei einem Telefoninterview in den Hörer. Lange Zeit wußte sie noch nicht einmal die Telefonnummer ihrer Brüder in Denver. Im Prozeß ging der Bezirksstaatsanwalt sogar so weit anzudeuten, Lee könne irgendwie in das Verbrechen ihrer Mutter verwickelt sein, vielleicht wegen der Versicherungssumme. Lee Broderick stand das alles mit hocherhobenen Kopf durch, mit erstarrtem Gesicht und verborgenen Gefühlen.

Wenn Betty nicht am Telefon des Gefängnisses hing, schrieb sie am laufenden Band persönliche Briefe auf ihren gelben Anwaltsblöcken – Briefe, die besser als alles andere den sich ständig verschlimmernden Zustand ihres Verstandes aufdecken. Die Briefe, die sie an ihre beiden Töchter schrieb, klangen besonders unheimlich. Dies war keine Mutter, die im Gefängnis war, weil sie des Mordes an ihrem Mann angeklagt war. Dies war eine pflichtbewußte, besorgte Mutter, die eine unangenehme, vorübergehende Trennungsphase durchmachte, mehr nicht.

An Lee schrieb Betty am 27. November, drei Wochen nach den Morden:

›Bitte kümmere dich um meine Kameras. Sie sind sehr wertvoll für mich. Du kannst sie benutzen, aber sei vorsichtig. Kein Sand, kein Wasser, nicht fallen lassen. Wenn ich jemals wieder rauskomme, werde ich vielleicht immer noch eine Fotografin sein. Auch das Mobiltelefon – verkauf es oder melde es erst einmal ab, 35 Dollar pro Monat, selbst, wenn es nicht benutzt wird.

Sind die Pelze eingelagert? Wer hat meinen Fernseher aus der Küche in der Wohnung? ... Meine Mitbewohnerin hat am 9. Dezember, einem Samstag, Geburtstag. Ich hätte gerne das Buch *Aus Mangel an Beweisen* als Taschenbuch, mit einem Geschenkband drumherum und eine hübsche Geburtstagskarte. Könntest du das für mich tun?‹

Dann gab die Frau, die zu hilflos gewesen war, sich bei ihrer eigenen Scheidungsverhandlung selbst zu helfen, ihrer Tochter einige energische Ratschläge, was sie mit den 250 000 Dollar anfangen sollte, die sie aus der Lebensversicherung ihres verstorbenen Vaters zu erwarten hatte: ›Jeden Tag wirft das Geld keine Zinsen ab, sondern wird immer weniger. LIEBLING, JEDER TAG ZÄHLT!! Besonders bei solch großen Summen. Du wirst eine Erbin sein, wie du es bislang nur gelesen hast. Du wirst allein von den Zinsen leben können, und wenn du einmal Geld verdienst, kannst du die Zinsen unangetastet lassen. Verstoß NIEMALS gegen das Prinzip ... Dein Geld kann zwei Dinge tun, WACHSEN und VERSCHWINDEN ... In deinem

Fall würde ich hochverzinsliche Wertpapiere kaufen – sie vermehren dein Geld immer weiter. Sei klug! Die meisten Menschen bekommen in ihrem ganzen Leben keine solche Gelegenheit.‹

Dann war sie wieder Betty. »Was machen deine Nägel? Bist du wieder zu Kristi gegangen – vermutlich haßt sie mich, weil sie glaubt, ich gehe jetzt woanders hin. Sag ihr, daß ich alle Nägel heruntergekaut habe.«

Und schließlich machte sie sich Sorgen um Brad. ›Jetzt, wo ich weggeschlossen bin, kommen Mädchen aus der Versenkung und laden ihn ein. Welch eine Zügellosigkeit! Ich bestehe nur auf einem: nicht in MEINER Wohnung, MEINEM Bett [Gott bewahre] oder mit MEINEM Geld! [trauriges Gesicht]. Behalte ihn im Auge.‹

Die Briefe, die sie an Kim in Denver schrieb, klangen anders.

›Liebe Kim, hast du ein wenig Spaß?‹ schrieb sie vor der Voruntersuchung 1990, an welcher Kim, wie sie wußte, auf Bitten der Anklage teilnehmen würde. ›Bezahlt die Staatsanwaltschaft dein Flugticket? Das sollten sie tun, wenn sie dich haben wollen! Sag ihnen, du willst das Geld – mache es ihnen nicht leicht, MICH ZU VERKLAGEN!! Die verdammte Schlampe [Kerry Wells] glaubt, ich werde mich gegen ihre Lügen nicht wehren. Ha! Ha! Ha! Ich habe zu lange zu viel mitgemacht, um noch weitere juristische Scheiße von IRGEND JEMANDEM zu tolerieren!!!

Wie steht es mit deinen Kursen? Ich hoffe, du verpaßt nichts, wenn du herkommst.‹ Dann gab sie ihren mütterlichen Rat zu einem von Kims Freunden. ›Bitte sprich nicht mehr mit ihm, aus welchem Grund auch immer – der Bursche hat Schwierigkeiten. Bleib hart, Kim – laß dich von den Menschen nicht mehr manipulieren ...‹

In einem späteren Brief klang sie gereizter. ›Wie ist es auf dem Campus? Schön? Gibt es nette Lokale zum Ausgehen und Leute treffen, wie Cafés usw.? Kontrolliere deine Trinkerei – ich mache mir immer Sorgen, weil du die Tochter eines Alkoholikers bist... Du hast die genetische Veranlagung dazu, ganz gleich, was du tust... Ißt du richtig? Fang an zu kochen – es macht wirklich Spaß! Ich schicke dir einige Rezepte...

Willst du wirklich nicht, daß ich mit den Jungen sprechen darf? Du blöde Pfeife... Man sollte ihnen gestatten, mit mir zu reden und mir Briefe zu schicken... Umarm die Jungen herzlichst von mir... Sag Kathy, sie soll gut auf meine Jungen aufpassen, bis sie zu ihrer Mommy zurückkommen... Liebe dich und vermisse dich! Mom.‹

Im Verlaufe des Winters schrieb sie Kim noch weitere Briefe, die meisten enthielten Small talk. Kim antwortete selten. Im Sommer 1990 klangen Bettys Briefe klagend. ›Kim, wir haben schon so furchtbar lange nicht mehr voneinander gehört!‹ schrieb sie. Doch erneut sprach sie nicht das Thema an, das Kim Broderick am meisten beschäftigte, sondern redete darüber, was Kim mit einer 10 000-Dollar-Uhr machen sollte, die Betty ihr zur Reparatur gegeben hatte. ›Nur ein erstklassiger Uhrmacher sollte sie anfassen. Neiman's machen es für dich...‹

Im Herbst, weniger als einen Monat vor ihrem Prozeß, schrieb sie diesen Brief:

›Liebste Kimby – BITTE schreibe mir oder hinterlasse ein ›Dieser Apparat akzeptiert R-Gespräche‹ auf deinem Anrufbeantworter. Lee und ich kommen großartig miteinander klar, WEIL wir immer reden. Wir sind nicht immer EINER MEINUNG – aber zumindest reden wir über alles. Du bist mein erstes Baby – ich vermisse dich am meisten – versteck dich nicht – nichts wird besser oder ändert sich, wenn man es ignoriert!!! Ich kann es kaum erwarten, daß du nach Hause kommst. In Liebe, Mom.‹

Aber am häufigsten schrieb sie an Brad, manchmal nur einige flotte Anweisungen für den Haushalt, doch gelegentlich auch Briefe voller Liebe und Dankbarkeit.

›Hier drinnen habe ich viel Zeit zum Träumen und Nachdenken, und da ich niemals viel phantasiert habe und ich es nicht wage, mir die Zukunft vorzustellen, denke ich oft an die vielen unglaublich schönen Dinge, die wir gemeinsam erlebt haben‹, schrieb sie zwei Wochen nach den Morden. ›Ich will gar nichts Besonderes schreiben ... ich will dir einfach dafür danken, daß du da warst, als alle mich verlassen hatten, danken, daß du stark warst, als ich schwach war, daß du dich sogar jetzt noch um mich kümmerst ... Ich liebe dich.‹ Obwohl Brad sie immer Betty nannte, unterschrieb sie mit ›Bets‹ – Dans Kosename für sie in vergangenen Zeiten.

In den nächsten zwei Jahren blieb Brad Wright Bettys Bankier und loyaler Laufbursche. Es schien ihm nie etwas auszumachen – selbst, als sie ihn einmal zum Hüter ihrer Kinder machen wollte und ihm vorschlug, er solle sie vom Gefängnis aus heiraten. »Warum nicht?« fragte sie über Gefängnistelefon einen Reporter. »Wenn ich zu Brad sage ›Komm her, du wirst heute mittag um zwei Uhr heiraten‹, würde er es sofort tun! Dann wäre er ihr gesetzlicher Stiefvater, und er könnte das Geld bekommen, das Kathy erhält. Er wäre auch ein guter, freundlicher Vater, weitaus besser als der Scheißkerl, den sie hatten.«

Derweil regnete es Post von Frauen aus aller Welt. Der Tenor war fast immer der gleiche: ›All Ihre Emotionen kann ich nachempfinden‹, schrieb eine typische geschiedene Frau in mittleren Jahren, der übel mitgespielt worden war. ›Ich wünschte nur, ich hätte ihre Nerven ... Sie haben nicht recht, wenn Sie sagen, niemand hätte gewonnen. DIE haben verloren! SIE haben gewonnen. Sie haben nicht mehr das üble, intensive und wütende Gefühl im Bauch, weil Sie sich fragen, was ›die‹ als nächstes tun werden. Die werden nicht mehr in der ganzen Stadt bewundert, während Sie behandelt werden, als seien Sie Luft. Sie werden nicht mehr erniedrigt und müssen auch nicht mit den Belästigungen fertig werden. Ihre Zukunft ist nicht rosig, aber die haben keine – so, wie sie es verdienen.‹

Mit der Zeit bekam sie so viele Briefe, daß sie mit ihren Gefängniswärtern Krach wegen der Unordnung in ihrer Zelle bekam. »Man soll alle Sachen, die man besitzt – Shampoo,

Seife, alle Dokumente, alles –, in einen Schuhkarton packen«, beklagte sie sich. »Das *kann* ich einfach nicht. Ich sehe die viele Post und frage ›Was soll ich machen? Sie *essen*?« Für derartige Ausbrüche wurde sie in den folgenden zwei Jahren hin und wieder bestraft und manchmal für einige Tage in Einzelhaft gesteckt – »wo sie grauenhaftes Essen haben – und nur, weil ich zu viel Post bekomme von Frauen, die auch beschissen worden sind.«

Doch in Wahrheit freute sich Betty viel mehr über ihre männlichen Briefpartner. Und sie lernte es nie, zwischen jenen Männern zu unterscheiden, die ihr einfach nur versichern wollten, daß nicht alle Ehemänner so sind, wie Dan ihrer Meinung nach gewesen war, und jenen – die Mehrheit –, die sich im Dunkel der Nacht einfach einen Spaß daraus machten, mit der schwarzen Witwe zu korrespondieren, die zwei Menschen mit Blei vollgepumpt hatte.

Ein regelmäßiger Briefpartner, Bill aus Los Angeles, schrieb ihr über seine Tennismatches, die sechs Bücher, die er die Woche zuvor gelesen hatte, und über das wunderbare neue französische Restaurant, das er gerade entdeckt hatte, ›ganz bekannt bei den Leuten vom Film‹. Am Ende eines Briefes schrieb er: ›Es ist nach Mitternacht, und ich will gleich ins Bett gehen, und ich werde mit Liebe und Küssen schließen, mit Erektoren, Spielzeugen und Visionen von süßen Pflaumen. DARF ICH SIE BESUCHEN??? Sind Ihnen platonische Ehebeziehungen gestattet? Hier ist ein Kuß, wohin immer Sie ihn haben wollen. X.‹

Betty behauptete immer empört, sie wisse ›natürlich, daß diese Burschen Spinner sind, warum sollten sie sonst einer Frau im Gefängnis schreiben?‹ Doch sie beantwortete gewissenhaft jeden Brief.

Verhandlung

Auf dem Korridor vor Department siebenundzwanzig gab es am Montagmorgen des 22. Oktober 1990 ein Chaos, als die Sache ›Das Volk des Staates Kalifornien gegen Elisabeth Anne Broderick‹ zur Verhandlung kam.

Reporter und Fernsehteams verstopften den Gang. Alle wichtigen Medien des San Diego County waren vertreten. Außerdem standen ungefähr zweihundert Schaulustige in der Hoffnung Schlange, einen der wenigen noch verbliebenen Sitzplätze in dem winzigen Gerichtssaal zu ergattern. Die meisten waren Frauen.

Die Geschwister der Familien Broderick und Bisceglia flogen aus dem ganzen Land ein, um reihum beinahe jede Sitzung des Gerichts zu verfolgen. Die beiden Familien saßen im Saal auf gegenüberliegenden Seiten.

Bei Unterbrechungen waren die Geschwister Broderick ständig umgeben von Dans Freunden. Bei ihnen standen drei von Bettys früheren engsten Freundinnen – Gail Forbes, Helen Pickard und Patti Monaghan –, jetzt alle Zeuginnen der Anklage. Sie kamen regelmäßig, augenscheinlich, um Kim beizustehen, die in Verhandlungspausen normalerweise weinte. Während der Verhandlung selbst hielten sie sich manchmal auf den Fluren auf, blödelten mit den Fernsehleuten herum und plauderten mit allen, die zum Broderick-Clan gehörten und zufällig vorbeikamen. Zum Lunch gingen für gewöhnlich alle zusammen fort.

Brad Wright, Dian Black und Ronnie Brown, die beinahe täglich ins Gericht kamen, saßen bei der Familie Bisceglia. Lee war nur sporadisch dabei, aber auch sie saß bei der Familie ihrer Mutter. Die beiden Lagen waren so strikt voneinander getrennt, daß die beiden Schwestern nur selten dem Druck widerstanden, der sie sogar davon abhielt, gemeinsam zum Mittagessen zu gehen.

»Guten Morgen, meine Damen und Herren«, begrüßte Staatsanwältin Kerry Wells die Geschworenen und den Richter Thomas J. Whelan. »Dieser Fall handelt, um es so einfach wie möglich auszudrücken, von Haß, Rache und Mord. Er handelt von einer Frau, die viele Dinge besaß, wie etwa ein Millionen-Dollar-Haus in La Jolla, ein 16 000-Dollar-Einkommen pro Monat, Intelligenz und Bildung, Freunde, vier hübsche Kinder. Aber nichts davon war ihr genug, denn der Haß verzerrte sie.«

Wells hielt ihr Eröffnungsplädoyer von einem kleinen Podest aus; ein Hefter, der ihre ganze Rede enthielt, lag vor ihr. Am Anfang zitterte ihre Stimme. Sie trug ein strenges graues Kostüm. Ihr einziges Zugeständnis an weibliche Accessoires war eine winzige Korallenrosette, die an einer dünnen Kette über ihren Kragen hing. Falls sie Make-up benutzte, war es nicht zu sehen, nicht einmal Lippenstift. Sie sah gut aus. Und sie sah unschuldig aus, ernst und ausgestoßen, ganz allein an ihrem Tisch, während Verteidiger Jack Earley, Marion Pasas, die für ihn als Ermittlerin arbeitete, und Betty Broderick zu dritt am Tisch der Verteidigung saßen.

Ihre Eröffnungsrede dauerte nur kurz – vielleicht dreißig Minuten –, sie war nüchtern und untheatralisch. Sie begann mit einer knappen Zusammenfassung.

»Dieser Fall handelt nicht nur von Mord – er handelt von *vorsätzlichem* Mord«, wandte sie sich an die Geschworenen. Dieser Fall handele vom Bösen – nicht von den Beziehungen zwischen Mann und Frau, nicht von Scheidung. Betty Broderick habe aus niedrigster, gemeinster eifersüchtiger Wut getötet und ihre Kinder mutwillig verletzt, um ihre eigenen, selbstsüchtigen Bedürfnisse zu befriedigen. Punktum.

Betty Broderick sei durch die ganze Stadt zu Dans und Lindas Haus gefahren, sagte Wells, und sie habe eine Waffe mitgenommen, mit Hohlgeschossen geladen, die ›zum Töten bestimmt sind‹. Sie habe gestohlene Schlüssel benutzt, um sich die Hintertür zu öffnen. Sie sei die Treppe zum Schlafzimmer hinaufgeschlichen. Sie sei noch nicht einmal direkt durch die Vordertür gekommen, sondern durch die Hintertür hineingeschlichen, ›wo sie am wenigsten entdeckt werden konnte‹.

Während der ganzen Zeit, so führte Kerry Wells aus, ›hatte sie eindeutig die Möglichkeit, darüber nachzudenken, was sie tat, und umzukehren – aber das tat sie nicht‹.

Sie berichtete im einzelnen, wie Betty wiederholt gedroht hatte, die beiden zu töten: »Dan und Linda Broderick umzubringen hatte sie schon lange, lange Zeit erwogen«, sagte sie zu den Geschworenen.

Und so ›schlich sie sich in den frühen Morgenstunden in Dans und Lindas Heim in Hillcrest, während die beiden *fest* schliefen und am verwundbarsten waren. Sie erschoß beide‹. Wenn dies kein Fall von Mord Ersten Grades war, so sagte Wells, welcher sei es dann.

Doch das war nicht das Ende ihrer Ausführungen. Sie ließ ihr Szenario des Mordes hinter sich und tauchte in den Morast der Scheidung ein. Die nächste halbe Stunde ihrer Eröffnungsrede verbrachte sie damit, Betty die Schuld für das Scheitern der Ehe zu geben.

». . . nicht der Verlust von Liebe oder der emotionale Verlust machten sie so verrückt«, versicherte Wells. »Die Beklagte hat gesagt, sie sei niemals in Dan Broderick verliebt gewesen, sie habe ihn nur geheiratet, weil sie wußte, er würde einmal viel Geld machen . . .«

Daher, so malte Wells weiter aus, sei Betty, als Dan sie verließ, von Haß zerfressen gewesen, weil ›sie einfach glaubte, um ihre Investition in ihn als Goldesel betrogen zu werden und um das Prestige, Mrs. Daniel T. Broderick III. zu sein . . .‹ Für Kerry Wells war es ganz einfach: Betty Broderick war entschlossen, ›ihn dafür zur Kasse zu bitten, weil er sie verließ, und es war ihr egal, wen sie dabei zerstörte‹.

Dann kam sie auf die ›vorsätzlich zerstörerische‹ Natur von Bettys Handlungen der letzten Jahre zu sprechen – sie erwähnte alles, vom Wandalismus (Auto in die Tür, Crèmekuchen usw.) bis zu ihren ›obszönen, vulgären und häßlichen‹ Telefonnachrichten.

Bettys Nachrichten sollten sich als eine von Kerry Wells' Lieblingswaffen herausstellen. Bei den Vorverhandlungen hatte Earley hitzig argumentiert, sie sollten nicht als Beweismittel zugelassen werden, da sie aus dem Zusammenhang gerissen seien; sie seien nur eine Handvoll unbesonnener Bemerkungen, die sie über einen Zeitraum von mehreren Jahren im Verlauf von buchstäblich Tausenden von Nachrichten gemacht hatte, protestierte er. Wells hielt dagegen, die Bändern machten den Vorsatz deutlich. Earley hatte außerdem eingewendet, das dreißigminütige Gespräch von 1987 mit Danny dürfe nicht zugelassen werden, da Betty nicht gewußt hatte, daß es mitgeschnitten wurde – in Kalifornien ist das illegal. Wells konterte, Betty habe genau gewußt, daß jemand mithöre. Earley wendete weiter ein, wenn die ausgesuchten Bänder, die Dan aus Hunderten von Bettys Nachrichten von 1986 bis 1989 ausgesucht hatte, relevant seien, so seien auch Bettys eigene Tagebuchaufzeichnungen aus jenen Jahren in ihrer Gesamtheit als Gegenbeweis zuzulassen. Warum sollte es gerecht sein, so fragte Earley, den Geschworenen Dutzende von Dans handverlesenen Bänder als Beweis für Bettys Gemütszustand vorzuspielen, ohne ihren persönlichen Aufzeichnungen über einen Zeitraum von drei Jahren ein ähnliches Gewicht zuzugestehen, um die Verschlechterung ihres Zustandes zu untermauern?

Er verlor. Die Bänder wurden als Beweismittel zugelassen, die Tagebücher waren jedoch irrelevant. Letztere durften auszugsweise von sachverständigen Zeugen zitiert werden, waren jedoch in ihrer Gesamtheit nicht zugelassen.

Auf eine Art und Weise, die sie das ganze Verfahren hindurch beibehalten sollte, spielte Kerry Wells sodann einige der Nachrichten vor, wobei sie mit gekreuzten Armen und vor Abscheu geschürzten Lippen dabeistand. Bis zum Ende des Prozesses spielte sie so viele Bändern ab, daß die Reporter und sogar einige Geschworene nur noch gelangweilt zuhörten.

Wells kam schnell zur Sache. Sie kniff die Augen zusammen wie eine Frau, die Motoröl ausspuckt, und erzählte den Geschworenen, wie abscheulich Betty sich gegenüber Dr. Ruth Roth ausgedrückt hatte: »Der kleine Wichser hat mir gehört, und er wird auch weiterhin mir gehören.« Wells sprach darüber, wie Betty ›ihre Kinder vor Dans Haustür aussetzte‹. Sie überflog die Jahre der gerichtlichen Auseinandersetzungen, der Mißachtungsklagen, der Gefängnisaufenthalte und das Scheidungsverfahren und erinnerte die Geschworenen statt dessen daran, daß Betty Broderick sechzehntausend Dollar zugesprochen bekommen hatte – »das sind einhundertzweiundneunzigtausend Dollar pro Jahr!« Außerdem schrieb sie allein Dan seinen Erfolg zu. Er sei ein ›einzigartiger‹ Mensch gewesen, der hart für seinen Reichtum gearbeitet habe. Bevor sie zum Ende kam, erwähnte Wells sogar Dans Trinkgewohnheiten, die sie als rein gesellschaftlich verteidigte.

Jack Earley konnte sein Glück kaum fassen. Genau wie er gehofft hatte, ›wälzte‹ sich Kerry Wells mit ihm ›im Schlamm‹. Er hüpfte regelrecht zum Lesepult, voller Visionen von Fehlgeburten, Festnahmen wegen Trunkenheit am Steuer, der ungeheizten Wohnung in Boston, Avon-Produkten und roten Corvettes.

Sein Eröffnungsplädoyer dauerte beinahe drei Stunden.

Anders als Wells benutzte Earley keine Notizen für seine Rede. Statt dessen schlurfte er zu den Geschworenen hinüber, sah sie feierlich an und begann, mit ausdrucksloser Stimme seine Geschichte zu erzählen. Doch sein improvisierter Stil verlangt seinen Zoll von der Syntax.

Hier sind zum Beispiel die ersten Absätze seiner Eröffnungsrede:

»Guten Morgen, meine Damen und Herren. Ich werde mit einer Entschuldigung anfangen über eine Sache, die Sie sicher verstehen, daß die Beweise in der Verhandlung zeigen werden, das ist zumindest ein Zeitproblem«, begann er. »In diesem Fall gibt es viele Einzelheiten, es gibt viele Beweise für Sie, und damit Sie in der Lage sind, sie in einen Zusammenhang zu bringen und in die richtige Reihenfolge, ist ein wenig Zeit nötig, akribische Zeit. Manchmal wird es vielleicht frustrierend sein, oder frustrierend für Sie, da die Beweise möglichst in logischer

Reihenfolge präsentiert werden sollen, damit Sie sie am Ende haben können.

Eines der Dinge, an die wir hier in Kalifornien vielleicht nicht gewöhnt sind, und das werden die Beweise zeigen, ist, daß das, womit Elisabeth Anne Broderick in diesem Fall zu tun bekam, ein Schneesturm war. Sie werden einen Schneesturm an Papieren sehen, eine juristische Attacke, die irgendwann im Jahr 1985 begann. Sie werden von Daniel Broderick hören, der ein sehr prominenter, sehr bekannter Anwalt war. Die juristische Gemeinde mochte ihn sehr; er paßte zu ihnen und war, wie die Leute sagten, peinlich genau – jemand, den Sie nicht als Ihren Gegner haben wollten, weil er Ihnen ganz nah auf den Pelz rücken würde, jemand, dessen Ruf als Anwalt ihm das wichtigste war, wichtiger als seine Familie, wichtiger als seine Kinder, wichtiger als alles andere. Er würde alles tun, ihn zu schützen.«

Bei Jack Earley ist es besser, seine Worte frei wiederzugeben. Ihm sei zugute gehalten, daß er in natura viel besser klingt als auf dem Papier. Die Geschworenen sagten später, sie hätten verstanden, worauf er hinauswollte.

Er hatte zudem ein erstaunliches Gedächtnis für Einzelheiten, und er war ein sehr guter Geschichtenerzähler, was wohl hauptsächlich seiner Eindringlichkeit zuzuschreiben war.

Langsam und unverdrossen marschierte Earley mit den Geschworenen durch die gesamte Geschichte der Broderick-Ehe, vom Anfang bis zum Ende, von der ersten Verliebtheit bis zu dem immensen Reichtum in La Jolla, zu Dans Entscheidung, Betty für die jüngere, hübschere Linda zu verlassen. Er ließ praktisch kein Detail von Bettys Geschichte aus.

Und er deutete ganz klar an, daß es sich hier um die Geschichte einer psychischen Zerstörung handelte. Betty war täglich sowohl von Dan als auch vom Rechtssystem allmählich zugrunde gerichtet worden, bis sie sich schließlich ›in einer Falle ohne Ausweg‹ wiederfand.

Dann zeigte Earley, getreu seinem Motto, daß ›Geschworene ein wenig Show lieben‹, eine große Fotoshow von Betty, Dan und ihren Kindern aus glücklicheren Tagen. Während er immer weiter sprach, riß er mit theatralischer Geste ein Foto nach dem anderen von der Schautafel, um deutlich zu machen, was Dan Betty alles weggenommen hatte.

»Sie müssen ihr Leben verstehen«, sagte er zu den Geschworenen. Er arbeitete sich bis zu der Zeit vor, als Dan Linda kennenlernte, darüber Lügen erzählte und Betty schließlich in einem gemieteten Haus zurückließ.

Ratsch. Verschwunden war ein Foto von Betty in ihrem Heim.

Dann erklärte Earley, sie habe ihre Kinder niemals weggegeben, sondern nur vorübergehend beim Vater untergebracht. Doch anstatt sich mit ihr zu einigen, benutzte Dan die Kinder als Waffe gegen sie.

Ratsch. Er riß das Bild ab, das Betty mit ihren Kindern zeigte.

Dann reichte Dan die Scheidung ein, sagte Earley, versuchte sogar, ihr die Scheidungspapiere bei einem Lunch anläßlich einer Modenschau zustellen zu lassen – gleichzeitig erzählte er allen, sie sei verrückt.

Earley riß ein Foto von Betty von der Tafel, das sie bei einer Veranstaltung zeigte, umgeben von hübschen, gepflegten Frauen.

Schließlich und endlich, 1989, war sie endgültig besiegt, erniedrigt durch Bußgelder, Gefängnisaufenthalte, Aberkennung sogar des Besuchsrechtes für ihre Kinder und finanzielle Abhängigkeit. Sie war fett geworden und unattraktiv. Sie war überflüssig, jeglichen Halts in ihrem Leben beraubt.

Ratsch. Verschwunden das letzte Foto, von 1986, einer hübschen, schlanken Betty in engen Jeans. An seiner Stelle hing jetzt das schlimmste Foto, das Jack Earley hatte finden können – die fettleibige Frau mit dreifachem Kinn, die nur drei Jahre später wegen Mordes ein Zimmer in Las Colinas beziehen würde.

»Sie war ein Mensch, der ohne Familie, Kinder und Heim zurückgelassen wurde, wußte nicht mehr, wer sie war oder wohin sie ging.« Earley starrte trübsinnig auf das häßliche Foto, das ganz allein an der Schautafel hing.

Also fuhr sie am Morgen des 5. November 1989 zu Dan, sagte er, ›und dachte an die vielen Dinge, die ihr Kummer machten‹, und wollte einfach mit ihm reden. Sie nahm die Waffe mit, erklärte Earley, um ihn notfalls zu zwingen, mit ihr zu reden. Es handelte sich nur um Effekthascherei.

Doch dann – Earley murmelte plötzlich, so daß die Reporter sehr genau hinhören mußten, und trotzdem bekamen sie es nicht ganz genau mit – »sagte jemand ›Ruf die Polizei!‹«

Sie schoß ›in höchster Erregung‹, fuhr Earley sanft fort. Aber sie konnte sich an nichts erinnern; sie hatte nur vorgehabt, sich umzubringen, falls Dan ihr nicht zuhörte. Und das Telefon hatte sie nur aus einem Reflex herausgerissen, den sie in Jahren voller Angst entwickelt hatte, ›damit er die Polizei nicht anrufen konnte, weil sie gegen eine Unterlassungsverfügung verstoßen hatte‹.

Earley erklärte niemals seine düstere Bemerkung, jemand habe im Schlafzimmer ›Ruf die Polizei!‹ gesagt. Was sich später als Geniestreich herausstellen sollte.

Als Abschluß bat er die Geschworenen, nicht nur die reinen Tatsachen der Morde zu berücksichtigen, sondern auch Bettys Gemütszustand. »Was mußte sie durchmachen, was brachte sie dazu, das zu tun? Wenn sie eines Verbrechens schuldig ist, um welches handelt es sich dann?« Dann schlurfte er zurück zu seinem Stuhl und setzte sich – ohne zu sagen, wie er diese Frage beantworten würde.

Die Geschworenen sahen verwirrt aus. Die Reporter sahen einander an, als hätten sie etwas nicht mitgekriegt. Zum ersten Mal an jenem Tag starrte selbst Betty Broderick Earley verwundert an.

Die Anklage

Jetzt, nach vielen Monaten der Vorrede, wurde es Zeit herauszufinden, was genau Betty Broderick getan hatte. Am zweiten Tag der Verhandlung stellte Kerry Wells den Geschworenen die beiden Verstorbenen vor.

Sie betrat den Gerichtssaal mit riesigen Farbfotos vom Tatort und stellte sie einen Meter von der Geschworenenbank entfernt auf eine Staffelei: Dan lag mit dem Gesicht nach unten auf dem Boden, halb verdeckt von seiner Decke; Linda lag ausgestreckt quer über dem Bett, Gesicht nach unten, das Blut rann über ihre langen blonden Haare. Es ist immer erschreckend zu sehen, wie verletzlich lebende Kreaturen im Tod wirken.

In der letzten Zuschauerreihe weinten die Brodericks. Kim verließ den Saal als erste. Lee, auf der anderen Seite des Ganges, folgte ihr nur wenige Minuten später. Ebenso Bettys Schwester Clare. Doch Dan Brodericks Schwestern und Brüder, ein zäher Haufen, blieben, und Tränen rannen über ihre Gesichter.

In den folgenden Tagen zeigte Wells ihre furchtbaren Bilder im Gerichtssaal herum, mischte sie durch wie ein Kartenspiel, zeigte zuerst das eine, dann das andere, je nachdem, wer im Zeugenstand saß. Wenn sie sie nicht benutzte, brachte sie sie mit überlegter Gleichgültigkeit an den Wänden an oder stapelte sie auf den Tischen – und hielt sie Betty praktisch direkt unter die Nase. Aber Betty zeigte keinerlei Reaktion.

Unter Wells' ersten Zeugen war ein Ballistiker, der erklärte, warum Bettys Hohlgeschosse keine schlimmeren Verletzungen angerichtet hatten. Betty war, mit einem Wort, von dem Waffenverkäufer betrogen worden. Hohlgeschosse sind nur in Waffen effektiv, deren Lauf länger ist als der einer 38er. Bettys winzige Damenwaffe war gar nicht für solch tödliche Munition geeignet. Betty lauschte stirnrunzelnd.

Wells rief auch einen Polizeiberater in den Zeugenstand, der aussagte, soweit er es beurteilen könne, habe Betty nicht aus Panik geschossen. »Für mich sahen die Schüsse ziemlich gut gezielt aus, wenn man bedenkt, wie genau getroffen wurde«, sagte er. Trocken fügte er hinzu, wenn Polizeibeamte in Panik schießen, seien die Treffer immer ausgesprochen ungenau. »Autos werden getroffen, alte Dosen, Gebäude ... um ehrlich zu sein, der einzige, der normalerweise *nicht* getroffen wird, ist der Verdächtige!«

Doch Wells war mit ihrer Beweisführung kaum in Gang gekommen, als sie von einem ihrer eigenen Zeugen unterminiert wurde, einem Beamten der Mordkommission, der aussagte, er habe das Telefon, das Betty aus der Wand gerissen hatte, an jenem Morgen im Flur gefunden, und das Kabel sei sorgfältig darumgewickelt gewesen. Doch die Polizeifotos, die direkt vor ihm lagen, zeigten etwas anderes: Das Telefon war in eine Ecke geknallt worden, das Kabel lag wirr herum. Als Earley dem Beamten die Fotos triumphierend unter das errötende Gesicht hielt, konnte dieser nur stammeln, da habe er sich offensichtlich geirrt.

Wells erholte sich davon sehr schnell, wie jedesmal, wenn sie während der Verhandlung unter Druck geriet, und marschierte zum Kassettenrekorder und drückte energisch auf den Knopf. In den nächsten fünfzehn Minuten lauschten die Geschworenen einem Dutzend oder mehr von Bettys schlimmsten Telefonnachrichten, wobei sie den übereifrigen Polizisten schnell vergaßen.

Dann präsentierte Wells ihre Hauptzeugin – Kimberley Curtin Broderick, erstes Kind von Dan und Betty Broderick. Damals war sie zwanzig Jahre alt.

Kein Staatsanwalt hätte sich eine glaubwürdigere Waffe wünschen können. Das hübsche junge Mädchen mit den dunklen Augen und dem langen, glänzenden braunen Haar, das an jenem Herbsttag des Jahres 1990 im Zeugenstand Platz nahm, bekleidet mit einem sittsamen schwarzen Kleid und flachen

Schuhen, war auf übertriebene Weise das typisch amerikanische Mädchen, auf den ersten Blick sympathisch. Wenn sie weinte, sah die Hälfte der Geschworenen so aus, als wollten sie mitweinen. Und sie weinte oft.

Die Kreuzigung der Mutter durch die Tochter nahm einen großen Teil von zwei Verhandlungstagen ein. Es war nicht so sehr das, was Kim über Betty sagte – es war die Tatsache, daß sie jedes Detail aus ihrem Gedächtnis hervorkramte, um ihre Mutter zu belasten, während sie sich diese Mühe bei ihrem Vater nicht machte. Dan war tot, und Kim wollte, daß Betty dafür bezahlte.

Wells begann ihre Befragung mit dem Morgen, an dem die Morde stattgefunden hatten und als Betty Kim in der Schule anrief.

»Du weißt, ich *mußte* es tun«, habe Betty gesagt. »Ich hatte keine Wahl. Einer von uns mußte sterben . . . entweder er oder ich . . . Ich konnte ihn nicht gewinnen lassen . . .«

Während der Vernehmung einige Monate zuvor hatte Kim ausgesagt, Bettys Stimme habe ›gezittert, sie klang verängstigt . . .‹ Jetzt beschrieb sie ihre Mutter anders. »Sie war ganz ruhig, sie sagte, ich solle mich beruhigen, ein Flugzeug nach Hause nehmen.«

Für den Rest des Tages führte Wells Kim durch jedes kleine Detail ihres Lebens mit Mom und Dad, sowohl vor als auch nach der Trennung. Wells hatte sich zum Ziel gesetzt, Betty Broderick als die selbstsüchtigste, launischste Mutter zu zeigen, als liebloseste Ehefrau und leichtfertigste Verschwenderin, die die Geschworenen je gesehen hatten.

Und Kim folgte Wells mit eiskalter Unterwürfigkeit.

Wells kam auf das Verbrechen zu sprechen und brachte die Tochter immer weiter dazu, den Galgen zu knüpfen. Ihre anfängliche Nervosität hatte sich gelegt, Kim machte immer bereitwilliger mit.

Ja, sagte sie aus, ihre Mutter habe ›viele Male‹ gedroht, Dan und Linda umzubringen. Noch einen Monat vor Dans und Lindas Hochzeit habe Betty gesagt, sie werde ihnen drei oder vier Kugeln in den Kopf jagen. Erst beim Kreuzverhör durch Jack

Earley gab Kim zu, daß ihre Mutter häufig sagte, sie werde Kim, ihre Schwester, ihre Brüder oder überhaupt alle ›umbringen‹, die sie ärgerten, selbst die Hunde.

Aber, so beharrte sie, ihr Vater habe die Drohungen ernst genommen. Rückblickend glaubte Kim auch, Betty habe ihre Schlüssel zu Dans Haus gestohlen.

Auf Wells' Stichwort hin lieferte Betty Brodericks älteste Tochter den Geschworenen noch ein zusätzliches Mordmotiv: zwei Monate vor Dans Tod war die Versicherung über eine Million Dollar in Kraft getreten, die laut Gerichtsbeschluß für die Kinder abgeschlossen werden mußte, und Betty habe zu Kim gesagt, »›wenn ich ihn töte, werden wir alle reich sein.‹ Das sagte sie häufig«, fügte Kim hinzu.

Laut Kim war Dan niemals der gemeine, kontrollierende, trunksüchtige, unsensible Mann, den ihre Mutter beschrieben hatte. Ganz im Gegenteil, es sei Betty gewesen, erinnerte sich Kim, die immer launisch und gewalttätig war. »Ich habe Kratzer auf seinem Rücken gesehen. Sie brachte ihm Narben bei und bohrte dauernd ihre Fingernägel in unsere Arme.«

Kim erinnerte sich, daß Dan, als sie noch klein waren, immer ›Sechserpacks Bier trank‹. Später war es dann gelegentlich ein Wein beim Essen. Aber nach der Scheidung sei er beinahe völlig abstinent gewesen – was in direktem Widerspruch zu dem stand, was ihre Schwester Lee später aussagen würde. Außer am St. Patrick's Day, fügte sie mit einem schwachen Lächeln hinzu. Dann wurde er immer ›high‹. Doch selbst wenn er trank, ›war er wirklich lustig und nett ... Dad konnte nicht gut seine Gefühle zeigen. Er tat sich schwer, ›ich liebe dich‹ zu sagen und uns in den Arm zu nehmen. Aber wenn er betrunken war, hatte er damit keine Probleme. Dann war er wirklich liebevoll und herzlich‹.

Wells kam noch einmal auf Bettys häßliche Telefonnachrichten zurück; jetzt wollte sie das juristische Fundament legen, das nötig war, damit Bettys Gespräch mit Danny von 1987 zugelassen wurde. Kim gab genau die richtigen Antworten.

Die Ausdrucksweise ihrer Mutter habe die Jungen immer aufgeregt, sagte sie – aber an die Nacht, als ihre Mutter dieses

Gespräch mit Danny führte, konnte sie sich lebhaft erinnern, weil Danny noch nie so aufgewühlt gewesen war. Das war in ihrer Erinnerung haften geblieben.

Also wurde das Band abgespielt, die ganzen schrecklichen dreißig Minuten. Es spielte keine Rolle mehr, daß Dan es absichtlich mitgeschnitten hatte, daß er genauso Schuld am Schmerz seines Sohnes hatte wie Betty. Dan war tot; Betty stand wegen des Mordes an ihm vor Gericht. Jetzt zählten nur noch die beiden Stimmen, die den Gerichtssaal füllten, in dem es still geworden war: der kleine verzweifelte Sohn, der vor Wut schrie und schluchzte; und seine spöttische Mutter, die sich weigerte, sich wie eine Erwachsene zu benehmen.

Für die Verteidigung war es einer der schlimmsten Tage des gesamten Prozesses. Als Earley in den Pulk der auf dem Flur wartenden Reporter trat, trug er sein bestes Pokerface und sagte trocken: »Ich bin außerordentlich zufrieden über den Verlauf der Dinge. Ich glaube, jetzt haben wir sie.«

Dian Black hingegen war aschfahl, als sie den Gerichtssaal verließ. Das Band mit Dannys Stimme hatte sie umgehauen. »Ich kann nicht glauben, was ich da gehört habe«, sagte sie leise. »Das war einfach so – krank! Ich hatte keine Ahnung, daß sie fähig sein könnte, ihren Kindern so etwas anzutun.« Und dann verwundert: »Warum ist es zu dieser Verhandlung überhaupt gekommen? Wenn das Band kein Beweis ist, daß sie durchgedreht ist, *was dann?* Sie braucht *Hilfe!*«

Jack Earley hatte nun die schwierige Aufgabe, beim Kreuzverhör Betty Brodericks Tochter irgendwie zu diskreditieren, sie in Verlegenheit zu bringen, ihre Verdrehungen deutlich zu machen – das aber mit größtmöglicher Liebenswürdigkeit, um die Geschworenen nicht gegen sich aufzubringen.

Sein Tonfall war ausgesucht höflich, als er Kim ansprach. Er sah aus wie ein freundlicher Lehrer, der eine schlechte Geschichtsarbeit korrigiert. In den nächsten Stunden versuchte

Earley, Kim das Zugeständnis zu entlocken, daß sie den Zustand ihrer Mutter noch verschlimmerte, indem sie sich darüber beschwerte, wie Dan sie behandelte, und daß Linda sich immer einmischte. Hatte sie nicht oft vom College aus angerufen und sich weinend beklagt, daß Dan ihren Unterhalt so knapp bemessen hatte? Hatte sie sich nicht ständig bei Betty beschwert, daß ihre Garderobe so abgetragen war und daß sie immer mit Linda aneinanderprallte? Gab es in ihrer Zeugenaussage nicht einige Widersprüche? fragte Earley milde.

Er wühlte in seiner Beweiskiste und brachte sogar ein Paar Schuhe aus Kims High-School-Zeit zum Vorschein, die Betty bei der Scheidung vor Gericht vorgezeigt hatte, um zu beweisen, wie sehr Dan die Kinder vernachlässigte. Es waren schwarze Pumps mit niedrigen Absätzen, die so weit abgelaufen waren, daß das weiße Innere aus Plastik zum Vorschein kam.

Kim Broderick war bereit, es mit ihm aufzunehmen. Mit leicht herablassendem Lächeln sagte sie, diese Schuhe hätten sie nicht im mindesten gestört. Es sei ihre Mutter gewesen, die sich darüber aufgeregt und sie mit den Worten konfisziert habe: »Ich verbiete dir, solche Schuhe zu tragen.«

Earley rang mit Kim über jede Einzelheit, von Dans Lebensmittelbudget bis zu den Namen, mit denen er und Linda Betty vor den Kindern beschimpften. Kim gestand ein, daß Dan und Linda Betty als fett und verrückt bezeichnet hatten. Doch mehr wollte sie nicht zugeben. Kim Broderick wollte nichts sagen, was ihrer Mutter hätte helfen können.

Schließlich gelang es Earley, Kim zu der Aussage zu bewegen, daß auch ihr Vater seine Wutanfälle hatte. Ja, sagte Kim unwirsch, Dan hatte einmal einen kaputten Rasenmäher in Stücke geschlagen, bei einer anderen Gelegenheit hatte er eine Schiebetür aus Glas vom Schlafzimmerbalkon geworfen, und einmal hatte er ein Aquarium aus dem Fenster geworfen, allerdings, so fügte sie entschuldigend hinzu, waren keine Fische darin. »Es war schon kaputt.«

Würde es deine Meinung über deinen Vater ändern, fragte Earley, wenn du wüßtest, das er einen Erpresserbrief an Wilma

Engel geschrieben hat? Das er Linda in einer Bar mit Bier übergossen hat?

Kim blickte entsetzt. »Das würde Dad nicht tun.« Sie war kurz davor, in Tränen auszubrechen.

Earley war einen Schritt zu weit gegangen, und das wußte er auch, also zog er sich schnell wieder zurück.

Kerry Wells liebte nicht nur Dans Bänder, sie liebte auch seine Haushälterinnen. Sie wurden zu einer weiteren Lieblingswaffe in diesem Prozeß. Bis zum Ende des Dramas lud sie vier der Frauen vor, damit sie Bettys Haß gegen Dan und Linda bezeugten, ihre Drohungen, sie zu töten.

Linda David, sechs Monate lang im Jahr 1987 Dans Haushälterin, beschrieb Betty als berechnende, rachedurstige Frau, die ihren Mann nie geliebt hatte. Sie sagte, Betty habe ihr erzählt, daß sie Dan nur geheiratet hatte, weil sie wußte, er würde einmal viel Geld machen. Nach der Scheidung habe Betty gesagt, sie wisse, daß Dan und Linda ihre Ruhe haben wollten, aber das würde nicht geschehen. »Ich werde ihm entweder das Leben zur Hölle machen, oder ich werde ihn töten.«

Sylvia Cavins, Linda Davids Mutter und während der letzten zwei Jahre seines Lebens Dans Haushälterin, sprach über Bettys Habgier, die sie aufs äußerste erregte. »Ich habe einmal zu ihr gesagt, daß manche Männer ihren Familien im ganzen Jahr soviel zahlen, wie sie in einem Monat bekommt«, sagte Cavins, die auch den Jungen entsprechende Standpauken hielt. Einmal habe sie die Jungen sogar mit ins Ghetto genommen und ihnen gesagt, ›sie sollten es nicht glauben, wenn Betty sagte, sie habe Geldprobleme‹. Ihren Gnadenstoß versetzte sie Betty, als sie berichtete, Betty habe ihr persönlich gegenüber gedroht, sie werde bei seiner Hochzeit ›Dan vier Kugeln in den Kopf jagen, eine für jedes der Kinder‹. Außerdem habe Betty vorausgesagt, daß sie damit durchkommen werde, ›denn wenn die Geschworenen herausbekämen, was Dan ihr angetan hätte, dann würden sie sie gehen lassen‹.

Die beiden anderen Haushälterinnen waren nicht annähernd

so beeindruckend wie Cavins und ihre Tochter, weder in der Erscheinung noch im Auftreten. Die eine war Marta Shaver, eine hochgradig nervöse Frau in mittleren Jahren mit einer unbeweglichen Kappe aus rotbraunem Haar, das aussah wie eine Perücke; sie war ein Jahr lang Dans Haushälterin gewesen. Die andere war Robin Tu'ua, eine wütende Amazone, so groß und schwer wie Betty. Ihr gefärbtes blondes Haar reichte ihr bis zur Taille, und sie trug genauso viel Make-up wie Tammy Faye Bakker, allerdings war es geschickter aufgetragen.

Shaver berichtete derart theatralisch, besonders, als sie die Geschichte mit dem Bostoner Crèmekuchen wiedergab, daß Earley schließlich dazwischenfuhr, sie solle ihre Geschichte an Hollywood verkaufen. Richter Whelan kreischte ihn an: ›Hören Sie damit auf!‹

Tu'ua gab zu, sie habe einmal ein Telefongespräch zwischen Betty und Rhett belauscht, bei dem Betty dem weinenden Jungen gesagt habe, er könne sie nicht besuchen kommen, wenn er nicht Linda loswürde. Bettys Ausdrucksweise sei so brutal gewesen, daß ›ich die einzelnen Worte lieber nicht wiederholen möchte‹, sagte Tu'ua.

Wells nächste Zeugin war Bettys alte Freundin Patti Monaghan, mit der Betty am Morgen der Morde telefoniert hatte, angeblich mit den schauerlichen Worten ›es stimmt, sie scheißen sich in die Hose, und ich konnte ihn in seinem eigenen Blut gurgeln hören‹.

Doch bei der Verhandlung sagte Monaghan, sie könne sich nicht mehr daran erinnern, was genau Betty gesagt hatte, außer, daß sie sehr anschaulich gewesen sei.

Monaghans Erinnerungslücke war für Kerry Wells nicht allzu unangenehm. Gegen Jack Earleys leidenschaftlichen Einspruch, es handele sich in doppelter Hinsicht um Hörensagen, gestattete Whelan, daß Wells Monaghans Freund in den Zeugenstand rief, damit er, wenn schon Patti sich nicht genau erinnern konnte, aussagte, was Betty laut Patti an jenem Morgen gesagt hatte. So wurde die scheußliche Bemerkung – die Betty immer ganz entschieden bestritt – in die Zeugenaussagen aufgenommen.

Danach konnte Earley nicht mehr viel tun – außer als Beweis einen Bericht vorzulegen, der ganz deutlich feststellte, daß Dan Broderick ›vor seinem Tod seinen Darm nicht entleert hat‹ – eine weitere bizarre Randerscheinung dieses Prozesses.

Beim Kreuzverhör tat Earley, dem keine andere Wahl blieb, sein Bestes, um Patti Monaghan zu erniedrigen. Er brachte sie dazu, öffentlich zuzugeben, daß sie nach zweiundzwanzig Jahren Ehe monatlich nur 2700 Dollar von ihrem Ex-Mann erhielt, einem erfolgreichen Anwalt.

»Glauben Sie, daß die Ehefrau ein Anrecht auf die Hälfte des gemeinsamen Eigentums hat?« fragte er.

»Nun, ich weiß es nicht«, antwortete sie zögernd. »Ich habe nie darüber nachgedacht ... ich denke nicht in Prozentzahlen ... Ich habe immer nur überlegt, was zu einem erfüllten, reichen Leben nötig ist und was eine Frau braucht, um glücklich zu sein ...«

Vor dem Strafgericht war Lee Broderick, wie zuvor bei der Scheidung, immer das schwarze Schaf. Von allen Broderick-Kindern ist vielleicht keines so grausam in dem häßlichen Kampf zwischen ihren Eltern benutzt worden wie Lee. Noch bevor sie achtzehn Jahre alt wurde, war Lee Broderick herumgestoßen worden, verschachert, als schlecht abgestempelt, und immer wurde sie behandelt, als habe sie die Pest, und nicht wie ein junges Mädchen, das mehr Verstand hatte als die meisten, die vom Pfad der Tugend abkommen.

Vor Gericht wurde ganz deutlich, daß Lee Broderick zu keiner Seite wirklich gehörte. Im Gegenteil, sie ist vielleicht von allen Kindern am schwersten betroffen, einfach, weil sie nie die Gelegenheit hatte, die Anerkennung ihres Vaters zurückzugewinnen, Frieden zu schließen, noch einmal seine Umarmung zu spüren wie in Kindertagen. So viele der frühen Fotos der Familie Brodericks zeigen ein hübsches kleines Mädchen von vier oder fünf Jahren, mit Pausbacken und glänzenden Augen, auf dem Schoß ihres Vaters, und immer berühren sich beide, er hat den Arm um sie gelegt, sie hat ihre Arme um seinen Hals geschlungen, oder sie halten sich einfach an den Händen und blicken sich voller Liebe an.

Wells holte Lee in den Zeugenstand, um vorgeblich die Ereignisse des Morgens, an dem die Morde geschahen, aufzuklären. Wahrscheinlicher ist jedoch, daß sie es wegen ihres Ansehens tat, damit die Geschworenen nicht glaubten, sie habe Angst vor Lees Aussage.

Wells ging sie vorsichtig an und stellte ihr eine Reihe nichtssagender Fragen über den Morgen des 5. November, als ihre Mutter sie anrief.

Mit zitternder Stimme wiederholte Lee alle Einzelheiten, über die sie schon viele Male zuvor gesprochen hatte. Inzwischen war das alles Routine für sie, so oft hatte sie die Geschichte schon der Polizei erzählt, den Ermittlern und Familienmitgliedern.

Erst als Lee für die Geschworenen wiederholte, ihre Mutter habe gesagt, ›sie hätte das Telefon aus der Wand gerissen, damit er sich nicht selbst retten konnte‹, machte Jack Earley ein Gesicht, als habe er eine saure Zitrone verschluckt. Das war ein vernichtender Satz, den Lee im zweiten Prozeß berichtigen würde: ihre Mutter hatte nicht gesagt, *warum* sie das Telefon aus der Wand gerissen hatte – Lee nahm lediglich an, sie habe es getan, ›damit er sich nicht retten konnte‹. Doch das war ein Jahr später. Jetzt war der Schaden erst einmal nicht wiedergutzumachen.

Wie Kim gab auch Lee zu, daß Betty oft gedroht hatte, Dan zu töten. O ja, sagte sie mit einem Achselzucken. »Sie hatte schon einige Jahre darüber geredet.«

Im Verlauf der Zeugenaussage klang Lees Stimme, nach anfänglichem Lampenfieber, nüchtern und distanziert; das war nicht mehr ihr Leben, sondern ein Film, den sie gesehen hatte. Erst später, als Pasas und Earley sie draußen anschrien, wurde Lee Broderick richtig klar, wie vernichtend ihre unschuldigen Bemerkungen geklungen hatten.

Wells befragte Lee über die Nacht, in der Betty mit ihrem Auto in Dans Eingangstür gefahren war. Wells Ton war merklich wärmer geworden.

»O ja, sie versuchte *definitiv*, ihm irgendeinen Schaden zuzufügen«, antwortete Lee.

Wells brachte Lee außerdem dazu, sich an einen Einkaufsbummel am Wochenende der Morde zu erinnern, bei dem ihre Mutter wütend über die Briefe gewesen war, die Dan ihr geschickt hatte. Wells lächelte beinahe.

»Hast du deinen Vater geliebt?« fragte sie, bevor sie sich setzte.

»Ja«, sagte Lee errötend.

Earley runzelte die Stirn, als er zum Kreuzverhör der Tochter schritt, die er als seine beste Waffe gegen Kim betrachtet hatte. Da er sie jedoch noch einmal als seine eigene Zeugin aufrufen würde, wollte er jetzt lediglich den entstandenen Schaden begrenzen.

Er erinnerte sie – und die Geschworenen – daran, daß eine frühe Theorie besagte, sie sei irgendwie am Tod ihres Vaters mit schuld.

Lee stimmte zu. »Mein Anwalt sagte mir, man würde versuchen, es so darzustellen, als habe ich etwas mit den Morden zu tun.« Doch wieder zeigte sie keinerlei gefühlsmäßige Reaktion.

Earley brachte sie dazu zuzugeben, daß ihre Mutter ständig drohte, ›Leute umzubringen‹. Oh, sicher, sagte Lee, verwundert über diese Frage. Mom sagte dauernd, wenn sie sauer war, daß sie ›viele Leute‹ umbringen würde.

Und, ja, als Betty mit ihrem Auto in Dans Eingangstür fuhr, hatte er sich eine Stunde zuvor geweigert, mit ihr zu sprechen. Er hatte gesagt: »Sprich mit meinem Anwalt. Verschwinde aus meinem Haus.«

Bezüglich Bettys Persönlichkeit stimmte Lee zu, daß Betty ihre wahren Gefühle immer verheimlichte. »Sie tut immer so, als sei alles in Ordnung. Aber das hält sie nie lange durch . . .«

Außerdem habe ihre Mutter ihr oft erzählt, sie habe ›Angst vor Dad und wünschte, er würde aufhören, sie vor Gericht zu zerren‹.

Earley setzte sich. Lee würde später noch einmal aufgerufen werden. Derweil, so zeigte sein düsteres Gesicht, konnte er es kaum erwarten, draußen mit ihr ein Hühnchen zu rupfen.

Als nächste Zeugin rief Wells Bettys frühere Freundin Helen Pickard auf, die Betty Brodericks persönliche Angewohnheiten genauso begeistert verurteilte wie zuvor Kim und Gail und Brian Forbes.

Betty sei charismatisch und charmant, sagte Pickard – aber sie sei ebenso eine selbstsüchtige, extravagante und gedankenlose Frau, die jahrelang an ihrem Ehemann herumgenörgelt habe. Die Kinder, so Pickard, seien nie wirklich wichtig gewesen, sondern Dan und Linda. Und Geld.

»Sie sprach unaufhörlich von ihnen ... sie konnte es nicht lassen. Und sie wollte die Kinder erst haben, wenn sie eine finanzielle Vereinbarung bekam ... und zwar unbedingt vorher.« Betty habe ›viel an Geld gedacht ... Sie betete es an. Es war ihr Lebensziel. Sie war kaufsüchtig‹, sagte Pickard und lieferte damit die Schlagzeile des nächsten Tages.

Am Samstag vor den Morden sei Betty ›extrem aufgebracht‹ über die Nachricht gewesen, daß Dan eine neue Familie gründen wollte. »Ihre letzte Frage an mich war: ›Ist Linda schwanger?‹«

Den vielleicht schlimmsten Schlag erlitt die Verteidigung, als sich Pickard an einen Telefonanruf erinnerte, den sie weniger als drei Wochen nach den Morden von Betty aus dem Gefängnis erhielt. Betty sagte zu ihr, sie sei noch nie so glücklich gewesen, und Linda habe ›mein Leben zerstört, meine Kinder, mein soziales Ansehen‹, sagte Pickard – also hatte Betty statt dessen Linda zerstört. »Und dann«, Pickards Stimme zitterte, ihre Hand fuhr an ihre Kehle, »*lachte* sie!«

Diesmal setzte Jack Earley ihr nicht mit Worten zu.

Statt dessen ging er zum Pult hinüber und bemerkte mit

einem Ausdruck äußerster Verachtung im Gesicht: »Sie haben eine ziemlich abstoßende Person beschrieben, deren Hauptinteresse dem Geld galt, deren einzige positive Eigenschaft ihre hübschen Kleider waren ... Und doch, aus welchem Grund war sie dann Ihre *Freundin*?« Das war keine Frage. Es war eine Feststellung. Dann drehte er sich auf dem Absatz um und setzte sich wieder, ohne daß Pickard hätte antworten können. Also saß sie mit offenem Mund da und verwirrt, daß alles so plötzlich vorbei war.

Doch ihr Unbehagen hielt nicht lange vor. Draußen im Flur warteten ihre Freundinnen. Kim umarmte sie. Gail Forbes tat dasselbe. Die Medien äußerten ihr Interesse und stellten ihr Fragen. Nach fünf Minuten machte Pickard Witze über Jack's Fotoausstellung. »Ich sah mit neunundzwanzig auch noch besser aus«, stichelte sie. Hier war kein Platz für Nächstenliebe.

Wells beendet den Tag mit Lesungen ihrer bevorzugten Eintragungen aus Bettys Tagebüchern; die Aufzeichnung vom November 1988 lautete:

›Es gibt keinen besseren Grund, jemanden umzubringen, als das eigene Heim, die Besitztümer und um die Familie vor Angriffen und Zerstörung zu schützen. Du bist der übelste Mensch auf der Welt. Dein Job als Anwalt gibt dir nicht das Recht, zu töten und zu zerstören, und er gewährt dir auch keine Immunität vor Bestrafung. Niemand wird um dich trauern.‹

Earley protestierte erneut vergebens. Dieses Thema war bereits geklärt. Wells konnte Auszüge vorlesen, doch die Geschworenen durften die Tagebücher niemals in ihrer Gesamtheit lesen.

»Ich werde Betty eine Woche lang im Zeugenstand befragen!« schwor er an jenem Tag nach der Verhandlung; er war so wütend wie nie zuvor. »Ich werde mit ihr *jedes einzelne* dieser Tagebücher durchgehen, Zeile für Zeile, um die Zusammenhänge aufzuzeigen!«

Bis dahin war die Woche eine komplette Niederlage für die Verteidigung gewesen. Und es war noch nicht vorbei.

Am letzten Tag der Beweisführung von Kerry Wells kamen noch die verschiedensten Zeugen zu Wort. Zuerst rief sie Steve Frantz auf, einen örtlichen Anwalt, der sich daran erinnerte, Betty 1986 auf einem Schießstand getroffen zu haben. Er erinnerte sich an sie, weil sie eine exzellente Schützin gewesen sei. Sie traf jedesmal ins Schwarze.

Als nächstes befragte Wells Brad Wright, vorgeblich, um ihn über die Ereignisse des Wochenendes zu befragen, an dem Betty die Morde beging. Doch wichtiger war ihr, den Geschworenen deutlich vor Augen zu führen, daß Betty Broderick, trotz ihrer vielen Klagen über Dan und Linda, selbst einen gutaussehenden, männlichen jungen Liebhaber hatte, und zwar bis zur Mordnacht.

Wright gab sich nachdenklich, vorsichtig, reif. Ja, er sei seit 1985 Bettys ›Freund‹ gewesen. Betty errötete wie ein junges Mädchen und lächelte ihn während seiner Aussage lieb an. Hier war, zum ersten Mal in ihrem Leben, ein Mann – kein Vater, Bruder oder Ehemann –, der ihr immer zur Seite gestanden hatte, öffentlich und ohne sich zu schämen, ganz gleich, was geschah.

Soweit er es beurteilen konnte, sagte Wright zu Wells, ging es Betty am Abend vor der Tat sehr gut. Er berichtete vom Verlauf des Abends. Abendessen, Fernsehen, dann ins Bett. Als er gegen Sonnenaufgang Bettys Suburban in der Auffahrt hörte, dachte er sich nichts dabei, weil sie eine Frühaufsteherin war. Er glaubte, sie sei auf dem Weg zu ihrem täglichen Spaziergang am Strand. Er schlief wieder ein. Als nächstes erinnerte er sich, wie Danny zu ihm kam, weil Dian Black am Telefon war. Dann waren er und Brian Forbes losgefahren und hatten die Leichen gefunden. Danach war er segeln gegangen. Die Geschworenen schnappten bei diesen Worten nach Luft, die Reporter kicherten. Ansonsten war Wright für Wells nutzlos. Sie versuchte vergeblich, ihn zu der Aussage zu bewegen, Betty habe oft

Wochenenden mit den Kindern abgesagt, wenn sie ›erfuhr, daß Dan und Linda Pläne hatten‹. Wright blickte sie erstaunt an. Ganz im Gegenteil, sagte er, Betty habe immer Wochenenden mit *ihm* abgesagt, weil sie Pläne für die Kinder hatte. Sie kamen immer zuerst.

War es nicht wahr, verlangte Wells zu wissen, daß Betty die Kinder aufgefordert hatte, ›Linda mit dem Messer zu verletzen‹? Wright zeigte seine bestes, jungenhaftes Lächeln. *Das* habe er ganz sicher noch nie zuvor gehört. Wells gab schließlich auf.

Schließlich rief Wells Dr. Ruth Roth auf, die Ehe- und Familientherapeutin, die auf Geheiß von Dans und Bettys Anwälten 1987 kurz versucht hatte, beim Scheidungsdisput der Brodericks zu vermitteln.

Niemals in ihrer ganzen Karriere, erklärte Roth, habe sie einen Fall gehabt, der so unlösbar war wie der Fall Broderick. Nicht wegen Dan Broderick, sondern wegen seiner merkwürdigen Frau. Bei ihren drei Sitzungen habe sie Betty als absolut unkontrollierbar kennengelernt.

Sie erzählte von Bettys Drohungen, Dan eher zu töten, als alleinerziehende Mutter zu sein; sie berichtete von ihren Tarasoff-Warnungen gegenüber Dan.

Dennoch habe sie, trotz Bettys Wut auf Dan, wiederholt versucht, Betty dazu zu bewegen, das Sorgerecht für ihre Jungen zu erlangen. Nach Roths Meinung machte es mehr Sinn, wenn die Kinder bei ihrer ›Ganztagsmutter‹ lebten und der berufstätige Vater zu Besuch käme. Doch Betty wollte nicht auf sie hören.

Die Verteidigung

Am 30. Oktober, dem Tag, als Betty Broderick im Zeugenstand Platz nahm, um zu ihrer Verteidigung auszusagen, war der Flur voller als gewöhnlich. Prozeßbeobachter, einige trugen Klappstühle und Lunchtüten mit sich, waren bereits bei Tagesanbruch erschienen, um die ersten zu sein, wenn die Türen geöffnet wurden.

Die Presse war in doppelter Kampfstärke erschienen. Ein örtlicher Fernsehsender unterbrach während der folgenden vier Tage sogar die täglichen Seifenopern und Talkshows, um Bettys Zeugenaussage live zu übertragen – und das war, wie spätere Schätzungen der Einschaltquoten ergaben, eine gute Entscheidung. Die Hälfte aller Hausfrauen in San Diego verpaßte, wie es schien, gerne ein paar Folgen ihrer Lieblingsseifenopern oder Talkshows, um statt dessen die Geschichte um Dan und Betty und Linda zu verfolgen.

Elisabeth Anne Broderick nahm in einem beigefarbenen Kostüm im Zeugenstand Platz. Nach den vielen Jahren frustrierender Versuche, ihre Geschichte zu erzählen, war ihr endlich nicht nur die Aufmerksamkeit San Diegos sicher. Endlich hatte sie ihren Auftritt.

Sie sah blaß und verängstigt aus. Ihr gefärbtes Haar wirkte gelb wie eine Zitrone, ihre Locken lagen unordentlich am Kopf. Sie war so nervös, daß sie sogar vergaß zu lächeln.

»Guten Morgen. Wann sind Sie geboren?« fragte Jack Earley.

»Am 7. November 1947 in New York City.« Ihre Stimme zitterte.

Earleys Stimme klang völlig ausdruckslos, doch er ging

methodisch vor: Für den Rest des Tages führte er mit eintöniger Stimme Betty Broderick durch ihre eigene Geschichte.

Von ihren Tupperparties im College zu ihrem Gesichtspeeling im Jahr 1983, von dem Tag, an dem sie Dans Kleider verbrannte, über Linda Kolkena zu ihrer Suche nach einem Anwalt und zu dem Tag, als ihr das Besuchsrecht für ihre Kinder verweigert wurde, und vieles mehr.

Bettys Verhalten während der ersten Stunde ihrer Zeugenaussage war besonders auffällig. Die Verwandlung war erstaunlich. Dies war nicht dieselbe wütende Betty Broderick, die den ganzen Sommer am Gefängnistelefon gehangen hatte. Nicht ein Anflug von Haß klang in ihrer Stimme mit. Diese Betty war unterwürfig und versuchte offensichtlich, sich so gefällig wie möglich zu verhalten.

Doch die Anspannung in ihrer Stimme war deutlich erkennbar, der Kampf, den sie innerlich ausfocht, so klar, daß alle im Gerichtssaal gespannt darauf warteten, daß sie sich vergaß.

Earley geleitete sich durch den Großteil ihrer harten Studentenjahre – die Teilzeitjobs, die ungeheizten Wohnungen, die schweren Schwangerschaften, die Busfahrten zum Waschsalon.

»Damals, wie zog sich Dan damals an?« wollte Earley wissen.

»Dan ist immer sehr sorgfältig mit seinen Kleidern«, antwortete Betty unbewußt in der Gegenwartsform. ». . . Er liebt Kleider, er sieht sehr gut aus. Er sah immer viel besser aus als der durchschnittliche Student. Er trug zu seinen Vorlesungen immer Jackett und Krawatte, während die anderen Studenten in Jeans und T-Shirts kamen . . .« Sie hielt inne, schwankte kurz, dann brach es aus ihr heraus. »Er war sehr eitel. Der ›adrette Dan‹ haben wir ihn immer genannt . . .«

Es war eine verzögerte Reaktion. Sekunden später kämpfte sie gegen die Tränen, ihr Gesicht wurde rot und verzog sich in reiner Todesangst. In den folgenden Tagen würde Betty Broderick viele Male weinen, aber niemals mehr würde sie so überzeugend sein, so spontan und mitleiderregend wie in jenem Moment, überwältigt von ihren kurzen Erinnerungen an den ›adretten Dan‹.

Im Laufe dieses Tages, als Earley sie von Harvard über die Wohnung im Plum Tree bis nach La Jolla führte, zeigte Betty nicht einmal eine Spur der Wut auf Dan Broderick – nur die naive Unschuld einer Frau, der niemals der Verdacht kam, ihre Ehe sei in Gefahr.

Als Dan damit anfing, am Wochenende mit seinen Freunden trinken zu gehen, versuchte sie, Verständnis aufzubringen, sagte sie, ›weil der Bursche wirklich hart arbeitete‹. Doch sie war, das gab sie zu, sehr unglücklich, weil er nie zu Hause war. Sie wollte wieder in den Osten ziehen, um näher bei ihrer Familie zu sein, aber Dan machte nicht mit. Seine Karriere verlief gut, und ›er wollte nicht woanders noch einmal bei Null anfangen ... Er flehte mich an, dort zu bleiben‹.

Also gingen sie 1976 auf ihr Drängen zur Eheberatung, wo er ihr diese Briefe schrieb, in denen er versprach, daß alles besser würde, wenn er erst einmal seine materiellen Ziele erreicht hätte.

Earley hatte natürlich großes Interesse daran, Dans Briefe als Beweismaterial vorzulegen, da sie der klare Beweis waren, daß Dan Broderick immer mehr Interesse an Dingen als an Menschen gehabt hatte – und daß er die katholische Kirche als ›uncool‹ verspottet hatte. Unter den Geschworenen befanden sich mindestens vier Katholiken.

Daher stachelte Earley Betty dazu an, in allen Einzelheiten darüber zu berichten, klarzustellen, daß sie für ihre Ehe von immenser Bedeutung waren, daß sie für ihre spätere depressive Gemütsverfassung eine wichtige Rolle spielten.

Betty faßte die wichtigsten Punkte zusammen: »Dan hatte zugegeben, er sei ›nicht die Art Ehemann oder Vater, der ich immer sein wollte oder hätte sein sollen‹, aber zuerst einmal wollte er ›ein sehr wichtiger Mann [sein] ... sehr prominent und sehr reich ... und solange er diese Ziele vor Augen hatte, hatte er keine Zeit, bei seiner Familie zu Hause zu sein ...‹ Und er sagte: ›Wir haben es fast geschafft‹, wenn ich ihm nur ein wenig mehr Zeit geben würde ...«

Dann ließ Earley Betty über ihre vielen sozialen und schulischen Aktivitäten sprechen, um zu zeigen, daß Dan ständig abwesend war, immer mit Arbeit beschäftigt, während Betty eine aktive Mutter war.

In seinem Bestreben, seine Klientin als hart arbeitende, duldsame Hausfrau und Mutter darzustellen, die mit einem selbstsüchtigen undankbaren Mann verheiratet war, fand Earley kein Detail zu banal, von den Autos, die die Brodericks fuhren, bis hin zu den Reisen, die sie, besonders nach 1982, unternahmen, als wirklich gute Zeiten anbrachen.

Dann kam Earley zu dem Jahr 1983, als ›das Linda-Problem‹ auftauchte, wie Betty es formulierte.

Bis Dan Linda kennenlernte, sagte Betty, sei ihre Ehe normal gewesen. Doch danach sei er praktisch über Nacht ein anderer Mann geworden, plötzlich habe er absolut alles an seinem Leben kritisiert: Dennoch belog er sie – er stritt ab, daß eine andere Frau etwas damit zu tun hatte. Statt dessen habe er ihr die Schuld gegeben, sagte Betty und begann zu weinen. Er habe gesagt, ›vieles sei meine Schuld gewesen, weil ich alt, fett, häßlich, langweilig und blöd sei ...‹ Sie sei verwirrt und vernichtet gewesen, denn ›ich war fünfunddreißig Jahre alt. Und ich trug Größe sechsunddreißig, und man weiß, das ist nicht viel für eine Frau von fast ein Meter achtzig ...‹

Unter Schluchzen berichtete sie dann von ihren letzten verzweifelten Versuchen, es mit der jüngeren Frau aufzunehmen.

»Wenn Ihr Mann Ihnen erzählt, daß Sie ihm nicht mehr gefallen, versuchen Sie, es besser zu machen, was immer es auch ist«, sagte sie mit dünner Stimme und schluckte hart an ihren Tränen. »Wissen Sie – wenn das Problem ist, daß Sie nicht gut kochen, dann machen Sie einen Kochkurs. Wenn Sie keine gute Haushälterin sind, halten Sie Ihren Haushalt besser in Schuß. Wenn Sie alt, fett, häßlich, dumm sind, versuchen Sie, jünger zu sein, Sie versuchen, Falten verschwinden zu lassen, die noch nicht einmal *da* sind!«

Einmal, und dieser Teil wurde in den Abendnachrichten gesendet, rötete sich ihr Gesicht und sie kreischte frustriert: »Sie lassen sich sogar die Zähne richten!« Dabei öffnete sie halb ihren Mund und zeigte mit dem Finger auf einen ihrer unteren Zähne. »Ich habe hier einen Zahn mit einer winzigen Unregelmäßigkeit ... Ich versuchte, perfekt zu sein. Makellos und perfekt für Dan Broderick! ... Ich war *sehr stolz auf ihn, ich wollte, daß er auch auf mich stolz war* ...«

Doch das alles hatte nichts genutzt. Als nächstes berichtete sie den Geschworenen von ihren Qualen in der Nacht, als Dan ihr erzählte, er habe Linda als Assistentin eingestellt. Doch selbst da sei sie noch hin und her gerissen gewesen, sagte sie und wischte ihre Tränen ab. Sicher, sie wollte, daß Dan eine Hilfe bekam. »Wie ich schon sagte, stand Dan bei der Arbeit ständig unter Druck ... Man verdient nicht so viel Geld, wenn man nicht hart arbeitet. Mit Glück hat das nichts zu tun ... Er schlief immer mit der Akte auf dem Bauch ein, wachte am Morgen auf und machte gleich weiter.« Aber Linda Kolkena? Die nicht einmal tippen konnte? Nein.

Anschließend beschrieb sie unter Earleys Anleitung das folgende Jahr in qualvollen Einzelheiten: das Ultimatum, das sie Dan gestellt hatte, entweder Linda zu feuern oder auszuziehen; den Tag, an dem er mit der neuen Corvette nach Hause gekommen war; ihren späteren Selbstmordversuch; die Kleiderverbrennung. Doch immer wieder behauptete Dan, sie bilde sich etwas ein, »ich sei verrückt, ich solle mir Hilfe holen«. Also habe sie auf Dans Drängen zum ersten Mal im Leben einen Therapeuten aufgesucht, weil ›ich ihm so gerne glauben wollte‹. Sie weinte wieder. Die Geschworenen wirkten betroffen, Earley erfreut.

Doch gerade als einige weibliche Geschworene in Tränen ausbrechen wollten, gestand Betty plötzlich ein, daß sie sich über Dans Affäre gar nicht so aufgeregt hätte, wenn sie nicht ›so öffentlich bekannt geworden wäre, mich in Verlegenheit gebracht hätte, weil er *überall* mit ihr gesehen wurde‹.

Soviel zum Thema Liebeskummer.

Am späten Nachmittag wurden schnell die Ereignisse des Jahres 1987 durchgenommen, vom Zwischenfall mit dem Auto über die Scheidung mit Abtrennungsverfügung ohne Besuchsrecht bis zu den Ratten im gemieteten Haus. Betty sprach über Dans Bußgelder und darüber, daß sie ins Gefängnis gesteckt wurde, als sie gegen das Minus von 1300 Dollar protestieren wollte. »Ich konnte es nicht glauben. Ich fand nicht, daß ich unvernünftig war, ihn um Geld zu bitten, damit ich den Monat überleben konnte.«

Einige ihrer Zerstörungen gab sie zu – den Bostoner Crèmekuchen, ein zerbrochenes Fenster, die versprühte Farbe. Alles aus lauter Wut und Hilflosigkeit, sagte sie.

Dann bekamen die Geschworenen aus erster Hand einen Eindruck von Betty Brodericks Temperament, als sie ihren eigenen Anwalt angriff. Earley hatte ihr eine harmlose Frage über Dan gestellt und über die Tatsache, daß er ihre Kreditkarten gesperrt hatte. »Erinnern Sie sich, wann das war, im Verhältnis zum Notre-Dame-Spiel?« Aus irgendwelchen Gründen verärgerte sie diese Frage. Earley spanne den Wagen vor die Pferde, keifte sie plötzlich. Sämtliche Einzelheiten und Zwischenfälle aus ihrem Leben würden völlig aus dem Zusammenhang gerissen, durcheinander wiedergegeben, fuhr sie mit scharfer Stimme fort. ». . . Als das Fußballspiel stattfand, *wußte* ich noch nichts von der Scheidung! Als der Kuchen verschmiert wurde, geschah das, weil er mich *immer noch* über Linda belog! Er hatte mir immer noch nicht die Wahrheit gesagt, daher war ich wirklich sehr erregt. Ich wußte nicht, was mit meinem Haus war, das abgerissen wurde, meine Kinder waren bei ihm, er zog den Telefonstecker raus, damit ich meine Kinder nicht sprechen konnte. Ich war in Panik. Alles ist sehr durcheinander in meinem Kopf, aber sehr nahe beisammen!«

Earley wartete, hörte mit sachlicher Miene zu, bis sie fertig war – dann stellte er ihr dieselbe Frage noch einmal. Diesmal antwortete sie höflich und ohne Umschweife.

Wenn die Sitzplätze käuflich gewesen wären, hätten die Gerichtsdiener Jose Jimenez und Rita Long am zweiten Tag von Bettys Zeugenaussage eine Menge Geld verdienen können.

Betty schien ruhig, heiter und gespannt. Ihr Teint war rosig, ihr Haar fiel locker. Ihr Lampenfieber war verschwunden. Heute beobachtete sie das Publikum genauso neugierig, wie das Publikum sie beobachtete. Sie zwinkerte einer Freundin zu. Sie lächelte die Geschworenen an, als sie den Saal betraten. Und sie trug ein zweiteiliges goldfarbenes Kleid, das eher für einen Nachmittag im Valencia Hotel geeignet war als für einen Mordprozeß; Marion Pasas hatte sie angefleht, es nicht anzuziehen. Außerdem hatte sie rosa Lippenstift und blauen Lidschatten aufgelegt. Sie sah aus wie ein buntes Fruchteis.

Doch ihre Gelassenheit verschwand schon bald. Denn an diesem Tag wollte Jack Earley Dan Broderick als den gemeinsten, gewalttätigsten Trunkenbold von San Diego hinstellen. Er wollte das Fundament für die bevorstehende Aussage eines Experten legen, der erklären würde, Betty Broderick sei nicht nur seelisch mißhandelt worden, sondern auch physisch und sexuell – was Betty vor der Presse immer bestritten hatte.

War Dan Broderick launisch? fragte Earley. Ja, antwortete Betty. Wenn er wütend wurde, ›schrie und brüllte er und zerschlug Sachen‹.

Dann wollte Earley, daß sie sagte, Dan habe sie auch geschlagen. Das tat sie nicht. Earley bedrängte sie. »Und hat er Sie je geschlagen, solange Sie verheiratet waren?«

Das äußerste, zu dem sie sich hinreißen ließ, war, ja, manchmal ›bekam ich ein paar Schrammen und blaue Flecken ab‹. Ob sie nun übertrieb oder untertrieb, es war allen im Gerichtssaal klar, daß sie diese Fragen nicht mochte. Earley bedrängte sie weiter. Schließlich gab sie sichtlich gereizt zu, daß Dan ihr einmal eine blaues Auge geschlagen hatte.

»Ich habe schon erwähnt, daß Dan unter sehr, sehr hohem Druck stand, den er sich meistens selbst auferlegte«, sagte sie schroff. »Er war immer sehr angespannt, und wenn er sich über irgend etwas aufregte, hatte er ein außergewöhnliches Temperament, das man ihm für gewöhnlich gar nicht zutraute, und er ... es gibt eine lange Liste von Dingen, die er kaputtgemacht hat, und er hat geschrien und gebrüllt, wenn er einen Wutanfall hatte ... Wenn er genug Sachen zerschlagen hatte, sagte er immer: ›Sei froh, daß du das nicht warst, nächstes Mal bist du vielleicht an der Reihe.‹«

Und wie war Dan, wenn er trank?

»Seine Stimmungen veränderten sich. Bei einer Party trank er vielleicht nur aus Spaß ... und je mehr er trank, um so lustiger wurde er, machte wirklich alberne Sachen, machte zum Beispiel einen Salto die Treppe hinunter oder fiel absichtlich vom Stuhl, mimte Alligator und Schildkröte. Im Laufe der Nacht wurde er dann ohnmächtig ... Wenn er am nächsten Morgen aufwachte, hatte er diese Wutanfälle.«

Doch Earley wollte, daß sie auch zugab, daß Dan sie betrunken zum Sex gezwungen hatte. »Nachts, wenn er betrunken nach Hause kam, war er da nett, war er grob oder ...?«

Betty schnitt ihm das Wort ab: »Er kam sehr, sehr häufig betrunken nach Hause und schwankte und redete dummes Zeug, und ich mußte sehr aufpassen, daß ich ihn nicht wütend machte ... Wie ich schon *gestern sagte*«, fügte sie scharf hinzu, »war dies ein ständiges Problem!« Ihr Tonfall zeigte Earley, daß es reichte. Sie war nicht hier, um sich selbst oder den Mann, den sie geheiratet hatte, schlecht zu machen. Wells lächelte beinahe.

Dann kam Earley auf Linda Kolkenas Angriffe gegen Betty zu sprechen. Er tat sein Bestes, seine Klientin zu retten, auch gegen ihren Willen.

Zuerst berichtete er den Geschworenen von den beiden abfälligen Vermerken, die Linda an Dan geschrieben hatte, als sie ihm einen Stapel von Bettys Rechnungen hinlegte: ›Dies ist für die Fette‹ und ›Jetzt wissen wir, wie sie ihre mädchenhafte Figur behält‹. Er führte aus, daß Linda diejenige war, die die Briefe unterschrieben hatte, mit denen Bettys Versicherungen sofort nach der Scheidung 1986 gekündigt wurden. Dann präsentierte Earley die Urkunde von Bettys Haus, die Betty nach der Scheidung erhalten hatte, mit riesigen Buchstaben notariell beglaubigt von Linda. Das Verteidigungsteam hatte die Urkunde später unter Bettys Unterlagen gefunden, in kleine Stücke gerissen. Earley gefiel diese Sache so sehr, daß er die Urkunde wieder zusammengesetzt hatte, damit die Geschworenen sich mit eigenen Augen von der unnötigen Grausamkeit einer Frau gegenüber einer anderen überzeugen konnten.

Dann kam er zu Bettys Überzeugung, daß Linda ihren Ruf ruiniert habe. »Sie erzählte viele Geschichten über mich. Erniedrigende, peinliche, einfach unwahre Sachen ... ›Betty war verrückt, Betty war krank ... Betty ist mitten in der Nacht in unser Haus gekommen. Betty hat von unseren Nachttischen etwas mitgenommen ...‹ Solche Dinge.«

»In den ersten Monaten des Jahres 1987, welche Gefühle hatten Sie da im Hinblick auf Ihr Leben und das, was um Sie herum vor sich ging?«

Ihre Antwort kam zusammenhanglos. Sie fühlte sich auf eine Bettlerin und einen Knastvogel reduziert, völlig grundlos. Vom 1. November 1986 an, sagte sie, und ihr Gesicht verzog sich erneut zu einem Weinen, »war ich ein Nervenbündel ... ich wurde ins Gefängnis geworfen ... ich erinnere mich nicht daran, im Gefängnis gewesen zu sein. Ich weiß, daß ich dort war. Ich trug Handschellen, wurde fotografiert und alles. Ich war buchstäblich wie gelähmt. Für mich war das ein Schlag ins Gesicht! Seit November 1986 habe ich mich nicht davon erholt. Ich war beinahe ausgezählt. Ich wurde mit nichts mehr fertig ... Das eine war, daß ich meine Kinder nicht mehr sehen konnte, das andere der Verkauf des Hauses ohne meine Zustimmung; und dann, so vor den Kopf geknallt, kein Geld mehr – absolut, total unvernünftig ... einfach, wissen Sie ... ›*Stirb! Verschwinde aus meinem Leben!* Verschwinde aus meinem Leben, geh weg, ich schulde dir *gar nichts*. Ich habe alles, du hast nichts, und genau das *verdienst du!*‹ Ich habe mich nie davon erholt. Ich habe mich *immer noch nicht* davon erholt ...

Mein Leben bestand aus meinem Mann, meinem Heim und meinen Kindern, und nichts war mehr übrig, als ich alle drei

Dinge verloren hatte.« Ihre Stimme zitterte, aber sie weinte nicht. »Ich stand morgens auf, und es gab keinen Ort, wo ich hingehen konnte, nichts, was ich tun konnte. Ich mußte nicht einkaufen gehen, nicht zur Reinigung. Ich mußte die Kinder nicht zur Schule fahren. Ich mußte nicht mehr all die Dinge tun, die ich sonst immer getan hatte. Ich war einfach verloren«, schloß sie und lächelte unsicher.

Earley kam auf den wachsenden Druck im letzten, fatalen Jahr 1989 zu sprechen, bis er schließlich zu jenem Wochenende vor den Morden kam, als sie die beiden Briefe von Cuffaro erhielt.

»Ich dachte, ich müßte sterben ... der juristische Kram brachte mich um«, sagte sie. »Mein Rücken tat mir seit zwei Jahren weh. Ich hatte zwei Jahre lang nicht geschlafen. Meine Haut war so schlecht wie nie zuvor, vor lauter Streß. Ich hatte Kopfschmerzen, weil ich die Zähne so fest zusammenbiß . . .«

Dann, am nächsten Morgen, sah sie die Briefe ›aus dem Augenwinkel‹ und beschloß, sie genauer zu lesen. »Aber ich wußte, es waren keine guten Neuigkeiten, denn ich habe niemals gute Neuigkeiten aus einem juristischen Brief bekommen.« Sie verzog wieder das Gesicht, das sich langsam rötete.

»Ich war es *leid!*« rief sie. »Es war immer dasselbe, immer dasselbe, *immer dasselbe! Drohungen! Manipulation!* . . . Und ich war wirklich sauer auf mich selbst, daß ich nicht in der Lage war, die Kinder zurückzubekommen. Dan spielte auf Zeit, stellte Walter [Maund] dieselben Fallen wie Tricia Smith . . . Er war dabei, mittels Unterlassungsklagen und Strafgericht von sich abzulenken. Der ganze Alptraum begann wieder *von vorne!*«

Sie weinte heftiger. »Eine andere Sache war, daß zwei Tage später mein Geburtstag war. Ich stand da in der Küche, wissen Sie, und dachte: ›Jesus Christus! Ich werde zweiundvierzig Jahre alt! Ich mache diesen Mist seit meinem fünfunddreißigsten Lebensjahr mit, sieben Jahre meines Lebens *vergeudet!*«

»Was hatten Sie vor, als Sie zu ihm fuhren?« fragte Earley.

»Nur mit ihm sprechen, wie ich es schon oft getan hatte, ihm einfach sagen: ›Wenn du damit nicht aufhörst, dann bringe ich mich um.‹ Ich wollte mich direkt vor seinen Augen umbringen ... Einfach mein Gehirn in seinem gottverdammten Haus verspritzen!«

Es sei purer Zufall gewesen, sagte sie, daß sie auf ihrem Weg zu Dans Haus einen Hausschlüssel fand, der Kim gehörte und jetzt auf ihrem Vordersitz in einer Kiste mit verschiedenen Schlüsseln lag, die sie in ihre Wohnung bringen wollte. Dann erinnerte sie sich daran, daß sie immer ihre Waffe im Mittelfach ihrer Handtasche bei sich trug, die sie früher am Tag im Wagen hatte liegen lassen. Einer Eingebung des Augenblicks folgend, beschloß sie, die Waffe mitzunehmen, als sie vor Dans Haus parkte, ›als Demonstration meiner Stärke – als Möglichkeit, ihn zum Zuhören zu zwingen‹. Wie das zu ihrem Gerede über Selbstmord paßte, wurde niemals klar.

Ob Dan oder Linda aufgestanden seien, fragte Earley, als sie ins Schlafzimmer kam?

»Nein, beide waren im Bett.«

Die Zuschauer warteten gespannt. In seiner Eröffnungsrede hatte Jack Earley gesagt, einer von beiden habe ›Ruf die Polizei!‹ geschrien. Jetzt jedoch bekamen sie zu hören, sie sei zu ihrer scheußlichen Tat provoziert worden, sei verängstigt und erschreckt gewesen.

»Was geschah, als Sie ins Schlafzimmer traten?«

»Ich stand einfach da. Und es sah aus, als ob Linda sich bewegte, auf Dan zu, und Dan griff nach dem Telefon.«

»Hat jemand etwas gesagt?« Die folgende Aussage sollte ihn im zweiten Prozeß noch verfolgen, doch jetzt klang sie gut.

»Ich weiß es nicht ...« antwortete sie. »... ich weiß nicht, was geschah, denn für mich war es dunkel. Ich weiß nicht, ob ihre Jalousien heruntergezogen waren oder ob ich einen Schock hatte ... es war dunkel. Ich sah nicht, ich hörte nichts. Alles ging so schnell.«

»Was taten Sie?«

»Ich betrat das Zimmer, um mit ihnen zu sprechen oder sie aufzuwecken oder so. Sie bewegten sich, ich bewegte mich, und dann war es vorbei.«

»Sagte Dan etwas?«

»Ich erinnere mich kaum richtig daran, daß ich dort war.« Betty war jetzt ganz ruhig, ihr Gesicht hatte wieder eine normale Farbe angenommen. Sie konzentrierte sich. »Hinterher habe ich gesagt, ich glaubte, daß Dan etwas gesagt hat. Ich glaubte es. Ich glaubte, als ich um das Bett herumging, meine Waffe in der Hand, sagte er: ›Jetzt hast du mich.‹ Ich weiß es nicht. Später dachte ich, er habe gesagt: ›Nicht schießen.‹«

»Was taten Sie?«

»Ich riß das Telefon aus der Wand und lief weg.« Das habe sie getan, weil ›ich nicht wollte, daß er die Polizei anruft und mich einsperren läßt‹.

»Als Sie im Gefängnis waren, welche Gefühle hatten Sie da?«

Sie antwortete schnell und lächelte beinahe.

»Zuerst konnte ich mich gar nicht daran erinnern, wie ich dort hingekommen war ... Und dann wurde es mir langsam klar, und ich schlief ein wenig. Ich konnte zum ersten Mal schlafen, nach unendlich vielen Jahren, wie es mir schien. Ich war glücklich, dort im Dunklen eingeschlossen zu sein, in der sicheren kleinen Welt, wo niemand an mich ran konnte.«

»Sind Sie glücklich über das, was Sie getan haben?« fragte Earley.

»Natürlich nicht«, fuhr sie ihn an. »Nein. Überhaupt nicht.«

»Glauben Sie, daß Sie für das, was Sie getan haben, verantwortlich sind?«

»Ja.«

»War diese Erkenntnis leicht für Sie?«

»Nein.«

»Ich habe keine weiteren Fragen, Euer Ehren.«

Es war beinahe drei Uhr. Es war nur noch etwas mehr als eine Stunde Zeit – aber diese Stunde gehörte Kerry Wells. Endlich, nach all diesen Monaten, würde Wells die Möglichkeit bekommen, mit der Frau, die sie lebenslänglich ins Gefängnis schicken wollte, ihre ersten Worte zu wechseln.

Kerry und Betty

Kerry Wells schritt zu ihrem Pult, ohne die Mörderin eines Blickes zu würdigen, und begann:

»In den letzten Tagen haben wir mit Ihnen über verschiedene Dinge gesprochen«, sagte sie forsch ohne weitere Vorrede. »Und ich muß Ihnen einige weitere Fragen stellen. Ich gehe vielleicht nicht chronologisch vor, und wenn Sie mir nicht folgen können, lassen Sie es mich bitte wissen. In Ordnung?«

Wells begann mit Dans Bußgeldsystem, was sich als Fehler herausstellte. Zum einen war sie nicht sehr gut über den Ablauf des langen Scheidungskrieges der Brodericks informiert, zum anderen gaben sogar viele von Dans Freunden zu, daß seine inoffiziellen Bußgelder nicht gerade zu seinen besten Taktiken gehört hatten. Doch Wells war entschlossen, sie zu verteidigen.

»Es waren die wandalistischen Zerstörungen im Haus am Coral Reef, die Dan schließlich dazu veranlaßten, Sie mit Bußgeldern zu belegen, nicht wahr?« wollte sie wissen.

Nein, korrigierte Betty sie – die Bußgelder wurden erst mindestens acht Monate nach dem Verkauf des Hauses am Coral Reef erhoben. Und sie betrafen niemals Wandalismus – nur ihre Ausdrucksweise.

Wells verbarg ihre eigene Verwirrung recht gut. Wie auch immer, fuhr sie Betty an. Der springende Punkt war doch: Dans Bußgelder, wofür sie auch erhoben wurden, waren rechtmäßig, *oder nicht?* Zu jenem Zeitpunkt war kein gerichtlich angeordneter Unterhalt zu zahlen, *oder?* Er zahlte ihr aus reiner Herzensgüte neuntausend Dollar pro Monat, oder *etwa nicht?* Er hielt lediglich Geld zurück, auf das sie nicht einmal Anspruch hatte – *war das nicht richtig?* »Wenn er *wirklich* fies sein wollte, hätte er einfach *gar nichts* zu zahlen brauchen, oder?«

Betty starrte Wells einen Augenblick lang verwundert an.

»Richtig«, stimmte sie schließlich leise zu. Dan Broderick brauchte ihr wirklich nichts zu zahlen.

Als nächstes hielt Wells Betty einen dicken Stapel Schecks unter die Nase, um zu zeigen, daß Dan seit ihrer Trennung all ihre Rechnungen bezahlt und sogar ihre persönlichen Schecks bedient hatte. Seine Schecks waren auf beinahe jedes Warenhaus in der Stadt ausgestellt. Wells zeigt einen davon Betty. Er war auf Saks in der Fifth Avenue ausgestellt.

»Kauften Sie bei *Saks* ein?« fragte sie.

Betty sah sie mit derart unschuldiger Überraschung an, daß alle im Gerichtssaal lächelten. »Ich habe *überall* eingekauft«, antwortete sie.

»Und wofür ist *diese* Rechnung – 425 Dollar?« Wells wedelte mit einer anderen Rechnung. »Ein *Pelzmantel?*«

»Hä? 425 Dollar?« Betty starrte Wells verwundert an. »Für einen *Pelzmantel?*«

Earley grinste in seine Papiere.

Unverzagt wedelte Wells mit dem nächsten Scheck über 30 000 Dollar unter Bettys Nase herum. Er war von Dan auf Betty ausgestellt. Und was, so verlangte Wells zu wissen, hatte Betty auf den Scheck geschrieben? »Was haben Sie *gesagt?*«

Betty errötete und sprach mit leiser Stimme.

»Danke, Süßer.«

Wells gab Betty einen weiteren Scheck mit einer Anmerkung und bat Betty, sie vorzulesen. »Danke, Schatz«, las Betty beinahe flüsternd.

»Mrs. Broderick«, forderte Wells sie heraus, »Sie machten den Eindruck, als seien Sie im Februar 1985 mittellos zurückgelassen worden ... daß Sie kein Geld hatten ... Das ist nicht wahr, *oder?*«

»Doch. In meinen Augen stimmte das«, sagte Betty unbestimmt.

Dann sprach Kerry Wells den Verkauf des Hauses am Coral Reef an. Sie wollte Betty dazu bringen zuzugeben, daß sie nicht nur gewußt hatte, daß das Haus ohne ihre Zustimmung verkauft werden sollte, sondern auch, daß sie bei den Verhandlungen von einem kompetenten Anwalt, Dan Jaffe, vertreten worden war.

Betty stritt alles ab. Jaffe sei niemals offiziell ihr Anwalt gewesen, weil Dan seinen Vorschuß nicht hatte bezahlen wollen. Auch habe Jaffe sie niemals angerufen und gedrängt, Papiere über den Verkauf des Hauses zu unterzeichnen. Sie erinnerte sich nur, daß er ›aufgebracht war, weil er extra nach San Diego gekommen war‹, aber seinen Vorschuß doch nicht bekam.

Später befragte Wells Dan Jaffe, der aussagte, daß er an jenem Tag vom Büro zum Wagen gelaufen war, um den Hausverkauf abzuschließen, den er für Betty als sehr vorteilhaft empfand. Aber Betty habe nicht eingewilligt.

Nachdem sie sich noch einmal ausgiebig mit den obszönen Nachrichten auf Dans Anrufbeantworter beschäftigt hatte, ging die Staatsanwältin zu der Frage über, ob Betty nicht oft gedroht hatte, Dan und Linda vor ihrer Hochzeit umzubringen. Nur wenig schien Betty bei diesem Prozeß mehr zu erzürnen.

»Nein. Das ist eine der größten Lügen, die ungefähr ein Jahr vor der Hochzeit durch diese Stadt geisterten«, antwortete sie hitzig. »An dem Abend, an dem sie meinen Kindern sagten, daß sie heiraten wollten, setzten sie dieses Gerücht in Umlauf, ich wolle mit einem Maschinengewehr zu ihrer Hochzeit kommen und alle umbringen, und sie wollten Hubschrauber und Wachen engagieren ... Was glauben Sie, wie *ich* mich dabei fühlte?«

Sie stimmte zu, daß Rhett sie immer wieder gefragt hatte, ob sie ›Daddy umbringen‹ wolle. Doch das sei ein Gedanke gewesen, den Dan und Linda dem Jungen in den Kopf gesetzt hätten, nicht sie.

Wells schritt wieder zum Kassettenrekorder. In dieser Nachricht hatte Betty zu Dan gesagt: »Lee hat mir gesagt, du hättest Angst vor mir. Das solltest du auch.«

Betty lächelte Wells amüsiert an. »Kurz vor der Hochzeit sagten die Mädchen zu mir: ›Daddy hat Angst vor dir.‹ Ich fand das sehr lustig. Ich sagte: ›Gut, ich hoffe, er hat weiterhin Angst vor mir.‹«

Aber hatte Betty nicht *vor* der Hochzeit gedroht, Dan umzubringen? Betty machte ein beinahe überraschtes Gesicht. »O ja«, sagte sie. »Das habe ich vermutlich getan, solange ich mit Dan Broderick verheiratet war.«

Es war so zusammenhanglos, so irrational, so abgedreht. Die Geschworenen schienen wie gelähmt. Niemand machte sich noch Aufzeichnungen.

»Sie machten Witze darüber, Sie seien größer als er, er sei ein Schwächling. Sie könnten es ihm zeigen?«

Betty machte dem Spiel ein Ende. »Dan Broderick«, sagte sie eisig, »hatte *niemals* Angst vor mir.«

Letzten Endes gab Betty eher Linda als Dan die Schuld dafür, ›eine Verleumdungskampagne gegen mich ...‹ geführt zu haben. »Sie machte mich in der Öffentlichkeit einfach lächerlich, indem sie allen erzählte, ich hätte Dinge gesagt oder getan, die ich niemals gesagt oder getan habe. Die Jungen werden Ihnen das bestätigen.«

Zu diesem Zeitpunkt setzte Wells zu ihrem übelsten Angriff des Tages an – der zugleich insofern unfair war, weil Jack Earley die beiden Söhne der Brodericks niemals hatte befragen dürfen.

»Mrs. Broderick«, sagte sie herablassend, *»ich habe mit Ihren Söhnen gesprochen.«*

Earley legte Einspruch ein, und Whelan gab ihm statt, dennoch war es zu spät: jetzt wußten die Geschworenen, wenn auch nur durch eine Andeutung, daß Bettys Söhne etwas gesagt hatten, was der Anklage gelegen kam, was immer es auch gewesen sein mochte.

Dann richtete Wells ihre Aufmerksamkeit darauf herauszustellen, welch schlechte Ehefrau Betty Broderick von Anfang an gewesen war. Sie bezweckte offensichtlich, Dan Brodericks Untreue zu rechtfertigen, vielleicht sogar auch seine Täuschung, indem sie Betty beschuldigte, ihn praktisch aus dem Haus getrieben zu haben. Wells hatte nicht viele Beweise für ihre Behauptung, außer einiger Kabbeleien, die Kim beschrieben hatte, und einiger Aussagen von früheren Freundinnen von Betty, sie habe manchmal wegen seiner Eitelkeit und seiner Trinkerei genörgelt. Doch Wells tat ihr Bestes. Jetzt war es wie beim Scheidungsprozeß.

War es nicht wahr, so fragte sie, daß ihre Ehe schon immer schlecht gewesen war, auch vor 1983, als Dan Betty endlich gestand, wie unglücklich er war? »Haben Sie jemals behauptet, daß Sie Ihre Ehe vom ersten Tage an als Katastrophe empfanden?«

Zuerst stritt Betty das ab, dann berichtigte sie sich selbst und sagte, ja, sie habe eine solche Bemerkung gemacht – »aus Rache an Dan, der bei der Scheidung immer behauptete, unsere Ehe sei seit dem 12. April 1969 eine Katastrophe gewesen.«

»Haben Sie Mr. Broderick schon am Anfang der Ehe oft mit Scheidung gedroht?«

». . . Gelegentlich, ja.« Betty zuckte hilflos mit den Achseln. »Wenn wir uns richtig stritten oder so . . . schätze ich.«

Dann führte Wells alles auf, von geworfenen Ketchupflaschen bis zu zerstörten Stereoanlagen. Und was war mit der Europareise der Brodericks aus dem Jahr 1983, zusammen mit Richter Milliken und seiner Frau Jeannie? Die Millikens hatten gegenüber Kerry Wells offensichtlich angedeutet, im Urlaub wäre die Stimmung zwischen dem Ehepaar gereizt gewesen.

»Wie haben Sie ihn auf jener Reise behandelt?«

Betty sah sie verwirrt an. »Ich weiß nicht, was Sie meinen.«

Wells erhob sich zu voller Größe, nahm ihre Brille ab und verlangte in einem weiteren klassischen Moment dieses Prozesses zu wissen: »Waren Sie *nett* zu ihm?«

Jetzt hätte es niemanden in diesem kleinen Gerichtssaal überrascht, wenn Wells als nächstes gefragt hätte: »Und ist es nicht wahr, daß *Sie jede Nacht, wenn Sie mit Dan Broderick zu Bett gingen, Lockenwickler trugen und eklige, klebrige Gesichtsmasken?*«

»Übernehmen Sie die Verantwortung für irgendeines der Probleme, die in Ihrer Ehe aufgetaucht sind?«

Betty sah Wells abschätzig an. »Ja«, antwortete sie spitz. »Ich übernehme fünfzig Prozent.«

Wells wandte sich Bettys angeblichem blauem Auge zu. Betty versteifte sich sichtlich. Sie erinnerte sich nicht, wann das passiert war, antwortete sie ausweichend. Vielleicht einige Tage vor dem Blackstone-Ball. »Ich erinnere mich nicht. Es war keine große Sache ... Ich bin nicht ins Krankenhaus gegangen oder so ... es floß kein Blut ...« Aber, so fügte sie fest hinzu, »ich hatte immer Angst vor ihm, und die Kinder auch«.

Aber wann hatte sie das blaue Auge? beharrte Wells.

Betty sah aus, als würde sie gleich schreien oder weinen. »Ich *weiß es nicht*«, stotterte sie. »Irgendwann im Jahre 1987?«

»*Nach* der Trennung?« fragte Wells ungläubig.

»Nein, nein. Ich weiß es nicht. *Ich weiß es nicht!*« Ob sie log oder nur verlegen war, sie fühlte sich wirklich elend. Sie wollte nicht, daß ein blaues Auge zum Gegenstand dieses Prozesses wurde. Aber sie wußte, daß Jack Earley das wollte. Sie mußte sich entscheiden zwischen dem Rat ihres Anwalts und ihrer eigenen, persönlichen Ethik.

Wells wollte, daß sie das blaue Auge widerrief. »Es gab gar kein blaues Auge, nicht wahr, Mrs. Broderick? Sie hatten geweint, weil Sie sich vor dem Blackstone-Ball gestritten hatten. Ihre Wimperntusche war verschmiert, weil Sie geweint hatten. Er hat Ihnen kein blaues Auge geschlagen, *nicht wahr?*«

Bettys gefaßte Haltung war verschwunden. Mit Blicken flehte sie Wells praktisch an, dieses Thema fallenzulassen. Wenn Betty körperlich mißhandelt worden war, warum hatte sie bis jetzt nicht darüber gesprochen? Wenn Dan ihr ein blaues Auge geschlagen hatte, warum hatte sie nichts davon in ihrem Tagebuch erwähnt? Warum hatte sie es sogar abgestritten? »Vor

Reportern haben Sie sogar gesagt, er habe Sie niemals angerührt, stimmt das?«

Betty fuhr sie schließlich an. »Das ist nicht wahr!« rief sie. »Wir haben fünf Kinder. Er hat mich *ganz offensichtlich* angerührt.« Die Reporter freuten sich. Zur Hölle mit den Morden. Der Kampf wurde hitziger.

Wells fuhr fort. Was war mit diesem angeblichen Selbstmordversuch im Jahr 1983? Betty hatte ihre Pulsadern aufgeschnitten und alle im Hause befindlichen Tabletten geschluckt? War das richtig?

Ja, antwortete Betty unterwürfig. »Wir hatten nicht viele Tabletten, aber, ja.«

Dennoch hatte sie später keinen Arzt aufgesucht?

Nein. »Dan war Arzt. Er verband mich.«

Und hatte sie Narben davongetragen? fragte Wells höflich. Wenn ja, dürfte sie sie sehen?

Nun folgte eine weitere der klassischen absurden Szenen.

Wells schritt hinüber zum Zeugenstand. Betty zeigte ihre Handgelenke. »Sie sind da und da und da«, sagte sie zu Wells und zeigte hilfreich auf die Narben.

»Diese hier ist besser«, sie zeigte auf ihr linkes Handgelenk. »weil ich Rechtshänderin bin.«

Wells sah genau hin. Dann verletzte sie alle Regeln: »Es tut mir leid, Euer Ehren. Für das Protokoll, ich sehe nicht, was die Zeugin da zeigt, aber ich will nicht weiter darauf eingehen.«

Earley sprang auf und empörte sich lauthals über diese unangemessene persönliche Meinungsäußerung. Whelan zuckte nur die Achseln. Wenn Earley verlange, daß seine Klientin ihre Handgelenke den Geschworenen zeigte, damit diese die Narben selbst überprüfen konnten, so sollte es ihm recht sein.

Auch Betty war das recht. Sie sprang von ihrem Stuhl auf wie ein Kind und schritt die Reihe der Geschworenen ab, wobei sie ihnen ihre Handgelenke hinhielt.

Von Bedeutung war diese Sache allerdings nicht. Diese kleine Einlage führte lediglich zu mehr Arbeit für Jack Earley, der jetzt gezwungen war, einen Schönheitschirurgen zu finden, der später bei einem fünfminütigen Auftritt aussagen konnte, daß tatsächlich wahrnehmbare Narben vorhanden waren – zumindest an Betty Brodericks linkem Handgelenk.

Und warum hatte die angeblich perfekte Mutter ihre Kinder bei ihrem Vater abgeladen, nachdem er ausgezogen war? fragte Wells als nächstes. Wie viele andere Fragen hätte Betty auch diese zu ihrem eigenen Vorteil ehrlich beantworten können -- wäre sie nicht so voller Schuldgefühle über ihr eigenes Versagen gewesen.

Also wich sie aus und gab nie eine richtige Antwort. Ihre Scham war offenkundig. Sie plapperte etwas von der Geburtstagsparty ihres Vaters und von den Ratten. Aber sie sagte niemals die ganze Wahrheit. »Ich kann mich wirklich nicht an den ganzen Kram von damals erinnern.«

»Erinnern Sie sich, daß Sie erzählt haben, Sie hätten die Kinder bei Dan Broderick abgeladen, weil Sie sich nicht um sie kümmern würden, wenn Sie nicht mehr Mrs. Dan Broderick sein könnten?«

Ja. Sie erinnerte sich. »Ich *wollte,* daß er sich mehr um die Kinder kümmerte.« Sie mußte ihre Tränen unterdrücken. »Er meinte, er brauche ›seinen Freiraum‹, er wollte seine zweite Jugend erleben, allein sein ... er hatte mich mit den Kindern verlassen ... mit den Ratten und alles. Er bot mir keine Hilfe an. Ich war überfordert. Ich wollte Hilfe. Ich wollte, daß er wußte, wie hart es war, wie schwierig, wieviel Zeit es kostete, sich so um die Kinder zu kümmern, wie ich es tat. Ich wollte, daß er sich *kümmert!*«

Es war eine anrührende Rede. Wells war nicht berührt.

»Sie wollten ihn *bestrafen,* nicht wahr?« beschuldigte sie Betty. »Sein Leben versauen, indem Sie die Kinder in einem leeren Heim abluden, für immer?«

»Wenn Sie das so ausdrücken wollen«, entgegnete Betty müde.

Endlich erhob sich Earley, um seine Klientin zu verteidigen.

»Wenn die Verbringung der Kinder zu ihrem Vater als ›abladen‹ bezeichnet wird«, so wandte er ein, »dann ist das Mrs. Wells' Definition. Das Haus von Dan Broderick als ›Abladeplatz‹ zu bezeichnen ist argumentativ.« Stattgegeben.

So weit war, von dem Theater abgesehen, an jenem Tag nichts Neues zutage getreten, doch stieß Wells auf eine recht überraschende Kleinigkeit. Ein Jahre lang hatte Betty immer darauf beharrt, niemals auch nur einziges Wort mit Linda Kolkena gesprochen zu haben. Doch jetzt vor Gericht stellte sich heraus, daß das nicht stimmte.

»Sind Sie nicht einmal, als Sie im Haus waren, mit Linda aneinandergeraten? Sie betraten das Haus, in dem Sie sich eigentlich nicht aufhalten sollten, und Sie schrien sie an und machten ihr angst?« fragte Wells.

»Ich traf sie 1986 im Haus«, gab Betty zu, doch sie stritt jede Konfrontation ab. »Ich sagte: ›Ich wollte nur mal sehen, wer Sie sind.‹ Aber ich wußte nicht, daß ich sie damit erschreckte.« Wells setzt ihr weiter zu. Hatte Betty damals nicht ›vulgäre Ausdrücke benutzt, obszöne Worte‹?

Wie so oft, machte Betty eine Erinnerungslücke geltend. »Es ist sehr lange her . . .«

Als sie später über diese Begegnung befragt wurde, lachte sie nur darüber. »Das ganze dauerte zwei Minuten. Die kleine Fotze war so unwichtig, ich habe das einfach vergessen.«

Bislang hatte Kerry Wells den juristischen Sumpf gemieden, doch jetzt war es an der Zeit, sich mitten hineinzustürzen, Jack Earleys Argument die Stirn zu bieten, Betty Broderick sei zu den Morden getrieben worden durch fünf Jahre ›juristischer Attacken‹.

Wells begann mit der Feststellung, daß Betty nur viermal verurteilt worden war.

Was sagte sie da? fragte Betty ungläubig. Sie war unzählige Male vor Gericht zitiert worden.

»Nun, das mag wohl stimmen«, sagte Wells. »Ich spreche jetzt über die Mißachtungsklagen, als Anklage gegen Sie erhoben wurde und Sie tatsächlich dazu aussagen mußten. Das geschah nur viermal, richtig?«

»Falsch.«

»Wie oft denn, sagen Sie?«

»Viel mehr! Um die zwanzig, mindestens. Ich ging wegen dieser Klagen vor Gericht, ich erschien im Gerichtssaal, dann saß da Richter Joseph; aber Dan erschien nicht ...«

»Sie wurden bei Ihrer ersten Anhörung wegen Mißachtung verurteilt, ist das wahr?«

»Welche Anhörung ...?«

»Am 2. April 1987.«

»Um was ging es da, das muß ich wissen.«

»Um eine Telefonnachricht, die mit ›Liebes Arschgesicht, ich leiste keine Zahlung für ein Auto, das auf deinen Namen läuft ...‹ begann«, antwortete Wells.

»Ich weiß es nicht. Ich müßte diese Sache erst im Verhältnis zu anderen Ereignissen sehen. Wenn Sie die Antwort kennen, sagen Sie sie mir.«

Wells zeigt ihr die Akte. Erinnerte sich Betty *jetzt* an die Anhörung?

»Eigentlich nicht, nein ... Das ist die Anhörung, wo sie mir meinen Schmuck und meine Tasche wegnahmen, mich ins Gefängnis zerrten?« fragte Betty verwirrt.

»Nein«, fauchte Wells aufgebracht.

»... weil ich Sachen vergesse, wenn ich sehr aufgeregt bin.«

»Bei jener ersten Anhörung ... wurden Sie nicht zu irgendeiner Gefängnisstrafe verurteilt, nicht wahr?« versuchte Wells verbissen ihr Szenario durchzuziehen. »... Sie wurden verklagt, aber nicht zu Gefängnis verurteilt?«

»Das ist überhaupt nicht in der richtigen Reihenfolge ... Das ist *nicht* die erste Anhörung.«

»Wollen Sie behaupten, Sie seien beim ersten Mal zu Gefängnis verurteilt worden?« höhnte Wells.

»Ich weiß nicht«, schwankte Betty. »Ich glaube nicht ...«

Kerry Wells' Kiefernmuskeln entspannten sich. Sie wollte glauben, daß Betty ihr absichtlich auswich, doch diesmal konnten alle im Gericht sehen, daß in Betty Brodericks Verstand ein echtes Durcheinander herrschte, wenn es um Mißachtungsklagen ging.

»Ist es nicht wahr«, beharrte Wells, »daß Sie beim ersten Mal, als Sie wegen Mißachtung verklagt wurden, nur verwarnt worden sind? Sie wurden darüber aufgeklärt, daß Sie Gerichtsbeschlüsse mißachteten, es nicht wieder tun sollten oder sonst ins Gefängnis müßten?«

»Es gab da so viele Mißachtungssachen«, erklärte Betty entschuldigend.

Wells kam auf die dritte Verurteilung zu sprechen – wobei sie die zweite vom Mai 1987 ausließ, die zu einer sechstägigen Gefängnisstrafe geführt hatte.

Auch das dritte Urteil führte sie nicht ins Gefängnis, oder?

»Geht es da um die Anwaltsgebühren oder um die Hunde?« fragte Betty.

»Bei der dritten Klage wegen Mißachtung, der dritten von vier, wurden Sie *nicht* zu Gefängnis verurteilt, richtig? Bei der über die Hunde?«

»Oh, wir sind bei den Hunden.« Betty strahlte wie ein Schulmädchen, das die richtige Antwort weiß. »Okay. Richtig. Keine Gefängnisstrafe wegen der Hunde ...«

Wells bemühte sich angesichts dieses wahnsinnigen Dialogs verzweifelt um Professionalität. Das war nicht einfach. »Wenn ich sage ›die mit den Hunden‹, frischt das Ihr Erinnerungsvermögen auf ... [aber] Sie wurden bei jener Anhörung noch wegen verschiedener weiterer Punkte angeklagt, richtig? ... Sie drehte sich *nicht* nur darum, daß Sie die Hunde vor Dan Brodericks Haus abgesetzt hatten?«

Ja, richtig, antwortete Betty. Sie konnte sich nur daran erinnern, daß sie gerade von Tahiti zurückgekommen war und ihr eine Klage wegen der beiden Hunde serviert wurde. »Meine Tochter war da, sie fand das lustig ...«

»*Sie* fanden das lustig«, konterte Wells, die ihre Akten durchblätterte und die Telefonnachricht laut vorlas: »Ich hoffe, daß die Hündchen dein ganzes Haus vollscheißen«, hatte Betty gesagt.

Geduldig korrigierte Betty sie erneut. Nein, nein, sagte sie. Die Nachricht, die Wells vorlese, hinterließ sie »Jahre später, als es *Welpen* gab!«

Wells sah aus, als würde sie gleich in Ohnmacht fallen. Sie wollte den Geschworenen nur klarmachen, daß Betty Broderick ganze vier Mal verurteilt worden war und nur einmal zu einer Gefängnisstrafe. Und das nicht bei der vierten Verurteilung, nicht wahr? forderte Wells sie heraus.

Nein, stimmte Betty ihr zu. Das war, so glaubte sie, als sie zu 16 000 Dollar Anwaltsgebühren für Gerald Barry verurteilt wurde. Und davor waren es 8000 Dollar, ›weil ich die Hunde abgegeben hatte‹.

Ganz gleich, wie Wells die Sache anging, es ging schief.

Diese Geldstrafen kamen jedoch zustande, weil Dan Broderick sich gegen das Gefängnis entschieden hatte, *richtig*? wiederholte sie und schrie jetzt beinahe.

Betty konnte sich nicht erinnern. Aber, so sagte sie mit kleinem Lächeln, wenn Kerry Wells das sagte, werde es wohl stimmen.

Endlich war der Tag vorbei. Es stand unentschieden, wenn man so wollte. Wenn Wells auch aufgezeigt hatte, daß Betty Broderick unter selektiven Erinnerungslücken und großer Verwirrung litt, so war es ihr doch nicht gelungen, ihr die Position als Opfer streitig zu machen, das durch ständige Schikanen zum Mord getrieben worden war.

Jack Earley war hinterher ein glücklicher Mann. Betty hatte sich zu sehr in der Gewalt gehabt und eine zu große Distanz zu den Morden gezeigt, um viele Herzen zu rühren. Aber das war Earley egal, denn seiner Meinung nach stand Wells schlimmer da: extrem kalt, streng, unsympathisch, unschwesterlich. »Kerry tut mir den größten Gefallen, den ich mir wünschen könnte – sie macht die Geschworenen buchstäblich gegen den Einfluß von Bettys Ausdrucksweise immun. Und sie zeigt ihnen außerdem, wie verwirrt Betty noch 1987 war.«

Es amüsierte ihn ganz besonders, daß Kerry jetzt vor Gericht mit Worten wie ›Fotze‹ und ›vögeln‹ herumwarf, als sei das ganz normal.

Doch Earleys Hochstimmung hielt nicht an. Morgen war der letzte Tag. Morgen würde Kerry Wells Betty Broderick endlich fragen, was genau am Morgen des 5. November 1989 geschehen war, und warum.

Am Freitag morgen überschwemmte Wells die Geschworenen mit weiteren Obszönitäten vom Kassettenrekorder und mit weiteren Beweisen dafür, wie sehr Betty ihre Kinder gequält hatte.

Betty verzog keine Miene, als sie zuhörte. »Ich erinnere mich nicht an diese Gespräche«, sagte sie distanziert. »Ich war durch die ganze Situation offensichtlich sehr deprimiert und aufgebracht . . . das Problem mit dem Besuchs- und Sorgerecht . . .«

»Haben Sie zu Rhett auch gesagt, sein Vater sei ein kaltherziger Bastard, der seine Bürofotze vögelt?« Betty erinnerte sich auch daran nicht. »Wenn Sie ein Band davon haben, habe ich das vermutlich zu ihm gesagt. Ich weiß, daß ich solche Gefühle hegte.«

Der Rest des Morgens verging mit verschiedenen Schüssen ins Blaue, die zu nichts führten. Wells spielte weitere Nachrichten von Betty ab und streifte einige Streitpunkte bezüglich des Besuchsrechts und der Sorgerechtsfrage. Die Zuschauer rutschten unruhig auf ihren Sitzen hin und her. Die Geschworenen blickten gelangweilt. Würde Wells denn niemals auf den wichtigsten Punkt kommen?

Endlich kam sie auf die Morde zu sprechen, wobei sie mit Bettys Waffe begann.

War es nicht wahr, wollte sie wissen, daß »Sie die Waffe in ihre Tasche packten, sobald Dan herüberkam, um die Kinder über das Wochenende abzuholen?«

Betty bejahte. »Ungefähr zwei- oder dreimal hatte ich die Waffe bei mir, als Dan zu mir kam ... die letzten paar Male, als ich Dan traf, hatte ich die Waffe bei mir ...«

Aber sie trug die Waffe, so erklärte sie, nur zu ihrem Schutz.

»Sie hofften doch, daß es zu einer Konfrontation zwischen Ihnen beiden kommen würde, damit Sie eine Entschuldigung hatten, ihn umzubringen, *nicht wahr?*« beschuldigte Wells sie.

Nein, antwortete Betty. Sie habe niemals geplant, ihn zu erschießen.

Dann versuchte Wells vergeblich, Betty das Geständnis abzuringen, sie habe Dans Hausschlüssel bereits Wochen vorher von Kim gestohlen – und den Mord von langer Hand geplant.

Betty verzog ihr Gesicht und begann zu weinen. Aber wie üblich waren ihre Worte überzeugender als ihre Tränen.

»Ich hatte *keinen* Plan! Ich wollte einfach nur *sterben* ... Ich wollte nicht mehr leben!« jammerte sie in die Stille des Gerichtssaales hinein. Ihr einziger Gedanke sei gewesen, mit Dan zu reden, daß dieser juristische Alptraum aufhören mußte. Er mußte ihr die Kinder zurückgeben.

Und wie kam es, daß sie ganz zufällig die Waffe im Wagen hatte? fragte Wells. Die Frage war so logisch, daß Betty aufhörte zu weinen.

Wells haßte es, wenn Betty weinte; sie hielt es für einen manipulativen Trick. Jedesmal, wenn Betty zum Weinen ansetzte, bat Wells um eine Pause – aber Betty legte sich sofort quer. »Nein, nein, mir geht es gut«, sagte sie dann entschuldigend, trocknete ihre Augen mit einem Papiertaschentuch und faßte sich sofort wieder.

Die Waffe war im Wagen, in ihrer Tasche, so Betty, weil sie sie dort immer aus Sicherheitsgründen aufbewahrte, wenn die Jungen bei ihr waren. Es war reiner Zufall, daß sie an dem Morgen, als sie zu Dan fuhr, dort lag.

Wells ließ es dabei bewenden.

Wenn sie nur mit Dan hatte sprechen wollen, warum hatte sie dann nicht einfach an die Tür geklopft, anstatt sich ins Haus zu schleichen? Betty gab ihr dieselbe müde Antwort: »Weil Dan die Tür nicht geöffnet hätte.«

Sie war durch die Küchentür gekommen und die Treppen hinaufgeschlichen, nur um ihn entweder zum Zuhören zu bringen oder sich selbst umzubringen. Das sei ihre Absicht gewesen. »Ich war sehr verängstigt . . .«

In diesem Augenblick sah Betty Broderick wieder sehr ängstlich aus, als sie darauf wartete, daß Kerry Wells ihre nächste Frage stellte: Was war dann geschehen?

Aber Wells fragte nicht.

Statt dessen ließ sie die Morde ganz aus. Sie stellte ein paar banale Fragen über Bettys Anrufe aus der Telefonzelle in Clairemont und setzte sich dann. Das Kreuzverhör der Elisabeth Anne Broderick im Namen des Volkes war vorbei.

Es war eine der erstaunlichsten – und rückblickend ungeschicktesten – taktischen Entscheidungen, die eine Staatsanwältin treffen konnte. Wells erklärte sich auch später nicht, von einer Bemerkung abgesehen, sie habe gedacht, »die Geschworenen würden sie durchschauen«. Doch offensichtlich hatte Jack Earleys hinterlistige kleine Bemerkung in seiner Eröffnungsrede, nämlich, daß jemand gerufen hatte: ›Ruf die Polizei!‹ seine Wirkung nicht verfehlt. Er hatte den Köder ausgeworfen, und Wells hatte ihn geschluckt. Wells hatte ganz klar Angst, wenn sie Betty in das Schlafzimmer folgte, in dem, wie sie beharrte, angeblich zwei hilflose Menschen exekutiert worden waren, die in tiefem Schlaf lagen, würde sie Betty ein Entkommen ermöglichen – eine Gelegenheit bieten zu sagen, sie habe Angst gehabt, sei angegriffen oder sonstwie dazu provoziert worden, ihre Waffe abzufeuern. Anstatt das zu riskieren, ließ Kerry Wells, Anklägerin in zwei Mordfällen, lieber die Prozeßbeobachter, Reporter, Whelan, die Geschworenen und nicht zuletzt Betty Broderick vor lauter Überraschung mit offenem Mund sitzen.

Wells hatte zwei Tage mit der Scheidung und der üblen Ausdrucksweise verbracht, aber nicht einmal fünf Minuten mit dem Mord.

Jacks Parade

Nachdem Betty den Zeugenstand verlassen hatte, zeigte sich, daß Earleys Beweisführung noch unstrukturierter verlief als die von Kerry Wells. In den folgenden drei Tagen kamen und gingen ungefähr zwei Dutzend Zeugen, von denen einige nicht länger als zehn Minuten im Zeugenstand blieben. Es war eine buntgemischte Parade: Lehrer und Freunde, ein Dienstmädchen, ein Polizeiberater, der aussagte, Schüsse aus Panik seien nichts Ungewöhnliches, der Frauenarzt, der 1984 mit Betty und Dan darüber gesprochen hatte, ihre Sterilisation rückgängig zu machen. Ein Nachbar von Dan und Linda sagte aus, er habe fünf schnell nacheinander abgefeuerte Schüsse gehört (und deutete damit an, Betty habe nicht in aller Ruhe abgedrückt); und drei Psychologen bezeugten, Betty sei zum Zeitpunkt der Tat nicht in Ordnung gewesen.

Und dazwischen eine lange Liste von Frauen aus La Jolla, Freundinnen von Betty, die den Mut hatten, jetzt bei San Diegos sensationellstem Mordprozeß auszusagen. Sie machten den größten Teil von Earleys Verteidigung aus, obwohl ihre Aussagen lediglich darauf hinausliefen, daß Betty Broderick einmal eine heitere, lustige Frau und hingebungsvolle Mutter gewesen war, die sich total verändert hatte, nachdem ihr Ehemann sie verlassen und sich unmöglich benommen hatte.

Doch Earleys erster Zeuge nach Betty – Dr. Don David Lusterman, der Familienpsychologe aus New York, der auf Untreue spezialisiert war – war vielleicht der glaubwürdigste Zeuge in dem gesamten Prozeß. Er gab sich ruhig, besonnen und bescheiden. Er war Akademiker, Kenner der menschlichen Psyche und hatte mit Hunderten von Paaren gearbeitet, deren Beziehung durch Untreue gelitten hatte. Er hatte Betty nie kennengelernt, schilderte nur seine allgemeinen Erkenntnisse.

Er beschrieb Betty Brodericks erste Reaktion auf Dans Affäre mit Linda derart plastisch, daß Betty während seiner Zeugenaussage leise vor sich hin weinte.

Er bezeichnete den betrügenden Ehepartner als den ›Untreuen‹, den Betrogenen als ›Opfer‹.

Seine Aussage war die Einfachheit schlechthin: Es ist niemals die Untreue per se, so sagte er, die das Opfer zerstört, sondern die damit einhergehenden Lügen – und je länger gelogen wird, um so tiefer der Schaden für das Selbstwertgefühl des Opfers, das sich Monate, Jahre selbst betrügt und zu glauben versucht, daß das, was ihm doch als Wahrheit bekannt ist, doch nicht wahr sei. Kommt die Wahrheit schließlich doch ans Licht, so verliert das Opfer im allgemeinen jegliches Vertrauen in sich selbst. Wenn Betty dieselben Lügen tagein, tagaus, jahrelang, beim Frühstück, beim Abendessen, jedesmal, wenn er sagte, er habe lange gearbeitet, akzeptiert hat, wie konnte sie da noch an ihre Urteilsfähigkeit als Mutter, als Mensch glauben? Nach Lustermans Meinung handelte es sich um eine der schrecklichsten psychischen Attacken – die kein Arzt wirklich heilen kann. Es liege vielmehr an dem Untreuen, so Lusterman, den Heilungsprozeß einzuleiten, indem er die Wahrheit eingesteht und sich für seine Lügen entschuldigt. Dies seien die ersten Schritte zur Genesung des Opfers, das seine Gefühle, Verdächtigungen und seinen Schmerz sonst nicht bestätigt findet. Es gibt keinen ›Abschluß‹.

Und soweit Lusterman dies beurteilen konnte, war Dan Broderick ein klassisches Beispiel dafür, wie Untreue *nicht* gehandhabt werden sollte, wenn die erst einmal bekannt geworden ist. Anstatt sich bei Betty für die Lügen und den Schmerz zu entschuldigen, nachdem er ihr von Linda erzählt hatte, »war *sie* immer noch die Verrückte. Er wollte *sie* in ein Krankenhaus einweisen lassen, weil er schließlich zugegeben hatte, daß er sie jahrelang *belogen* hatte... Dan half ihr niemals dabei, ihre Wut loszulassen, weil er seine Lügen niemals zugab«, sagte Lusterman. »Und wenn der Untreue jegliche Schuld abstreitet, bringt er damit das Faß nur zum Überlaufen... Sie versuchte, angesichts seiner Lügen ihre eigene Zurechnungsfähigkeit zu verteidigen ... aber wenn er ihr nicht ein wenig Ehrlichkeit gönnt, hat sie überhaupt keine Chance.«

Lusterman fand an Bettys daraus folgenden Obszönitäten, ihrer Zerstörungswut und anderen Gewaltakten nichts Merkwürdiges. Sie hatte für das, was er ihre ungesühnte ›leidenschaftliche Wut‹ nannte, kein anderes Ventil. Und nicht nur Dan, sondern auch ihre Freundinnen und ihre Familie gestanden ihr kein Recht auf Wut zu. »Was sie gebraucht hätte, wären Menschen gewesen, die ihr ein Recht auf Wut zugestanden, die gesagt hätten, sie sei *nicht* verrückt. Man kann von Opfern einfach nicht erwarten, daß sie diesen Schritt ganz allein tun.«

Es überraschte Lusterman auch nicht, daß Betty, sogar bis zu Dans Hochzeitstag und darüber hinaus, die Wahrheit nicht wahrhaben wollte und sich vormachte, er könnte vielleicht doch zu ihr zurückkommen. Opfer von Untreue, die niemals wirklich mit der Wahrheit konfrontiert wurden, flüchteten sich häufig in derartige Illusionen, sagte Lusterman. Deswegen hat auch eine Scheidung oft überhaupt keine Bedeutung für sie. Sie leben in einer Scheinwelt. Und so fand Lusterman es ganz verständlich – was Kerry Wells an seiner ganzen Aussage vielleicht am wenigsten gefiel –, daß Betty Broderick sich der Wahrheit so lange verschloß, bis sie in Dans Schlafzimmer kam und ihn mit Linda im Bett vorfand.

»Was wäre, wenn das Opfer eine narzißtische Persönlichkeitsstörung hätte?« fragte Wells höflich.

Lusterman zuckte nur die Achseln. Er hatte Betty nicht kennengelernt. Auf Narzißmus war er nicht spezialisiert. Er wußte nicht, ob sie noch andere Probleme hatte. Er wußte nur, daß Opfer von Untreue auf erhöhten Streß häufig auf eine Art und Weise reagieren, die verrückt erscheinen mag – »Aber das bedeutet nicht, daß sie auch verrückt sind.«

Und was war mit dem Einfluß der ›guten alten Eifersucht?‹ fragte Wells.

»Das ist nicht dasselbe«, klärte Lusterman sie auf. Er hielt es für eine ›grobe Vereinfachung‹, Eifersucht mit dem extremen

Mißbrauch gleichzusetzen, dem Opfer von Untreue durch jahrelange Lügen ausgesetzt sind.

Wells behauptete, Dan Broderick *habe* versucht, ehrlich zu Betty zu sein. Doch dann besann sie sich eines besseren und setzte sich. Je eher David Lusterman den Gerichtssaal verließ, so entschied sie ganz eindeutig, desto besser.

Nach der Befragung mehrerer Frauen aus La Jolla erschien Lee Broderick, noch keine zwanzig Jahre alt; sie sah nervös und ängstlich aus und wollte für die Verteidigung aussagen, um das Bild, das ihre Schwester Kim gezeichnet hatte, zurechtzurücken.

Jack Earley wollte zuerst wissen, wie das Leben zu Hause vor der Trennung gewesen war.

»Nun, wir hatten viele Freunde, Parties, schöne Zeiten ... alle kamen gerne zu uns. Ich hielt uns für eine glückliche Familie.«

Und was war mit Kim? Regte sie sich nicht immer sehr über Geld auf? Lee lächelte unsicher, ließ ihren Blick durch den Gerichtssaal schweifen und blieb zunächst am erwartungsvollen Gesicht ihrer Mutter hängen, dann an ihrer Schwester, die sie verständnisvoll anlächelte.

»Nun, Kim war leicht erregbar«, stimmte Lee mit verschämtem Lächeln zu. Und, ja, Kim beschwerte sich häufig über Geldprobleme.

Lee berichtete weiter, sie habe sowohl Dan als auch Linda gehört, wie sie ihre Mutter als ›fett, ekelhaft, roh, Biest, das Monster ...‹ bezeichnet hatten. Doch keiner von beiden habe wie ihre Mutter obszöne Ausdrücke benutzt.

Was war mit Dans Trinkerei? wollte Earley wissen.

»Ja, an den Wochenenden trank er sich mit Freunden einen. Manchmal kam er auch betrunken nach Hause.« Vergeblich drängte Earley sie zu sagen, sie habe Dan und Linda mindestens einmal nach Hause fahren müssen, als sie noch keinen Führerschein hatte, weil sie zu betrunken waren, um selbst zu fahren. Lee hatte dies Earley und Pasas in früheren Vernehmungen erzählt. Aber vor Gericht wollte sie nichts dazu sagen. Schande wollte Lee Broderick nicht über ihren toten Vater bringen.

Sie stimmte jedoch zu, daß Dan Broderick ein gewalttätiges, unvorhersehbares Temperament gehabt habe. »Keiner wollte ihm widersprechen oder ihn aufregen, wenn er von der Arbeit nach Hause kam«, erzählte sie. Punkt. Earley sah aus, als würde er gleich über sie herfallen und ihr den Hals umdrehen. Erst wenige Wochen zuvor hatte Lee ihm in allen Einzelheiten erzählt, wie Dan gewütet und dabei einmal sogar die Sitze aus seinem Boot herausgerissen hatte. Doch jetzt, wo es am meisten darauf ankam, gab sie freiwillig keinerlei bunte Details preis, um Dan noch weiter zu demontieren.

Und wie stand es mit ihr, wie hatte ihr Vater sie behandelt? fragte Earley sauer. Hatte Dan sie nicht erbärmlich behandelt? Sie aus seinem Testament gestrichen?

Lee sah ihn traurig an. Ja, sie und ihr Vater hatten sich überhaupt nicht verstanden. Er gab ihr keinen Schlüssel für sein Haus. »Er hatte Angst, meine Mutter könne sich einen Zweitschlüssel machen lassen.« Das war ein weiteres verdammtes Detail, das Earley nicht brauchen konnte.

Letztlich war Lee rundum eine Enttäuschung für Earley. Sie gab keinerlei lebendige Einzelheiten für seelische Grausamkeit preis. Sie kritisierte noch nicht einmal Linda.

Kerry Wells lächelte fast, als sie sich zum Kreuzverhör erhob.

War es nicht wahr, so fragte sie, daß Lees Vater Angst vor Betty gehabt hatte?

Oh, ja, stimmte Lee ihr sofort mit überraschtem Blick zu. Dan wollte wissen, ›ob er Schutz brauchte‹. Er habe Lee oft gefragt, ob ihre Mutter in schlechter Stimmung sei. Wenn ja, ›sollten wir es ihm sagen, dann würde er für bewaffnete Wachleute sorgen‹.

Lee stimmte Wells außerdem zu, sie habe ihren Vater trotz seines Temperaments niemals die Kinder schlagen gesehen — und das einzige Mal, das er ihre Mutter geschlagen habe, sei an jenem Abend gewesen, als sie mit ihrem Auto in seine Tür gefahren war.

Andererseits weigerte sich Lee zuzugeben, daß ihre Mutter manchmal ihre Söhne am Wochenende nicht nehmen wollte, nur um die Pläne von Dan und Linda zu durchkreuzen. Nein, sagte Lee fest. Das war niemals der Fall. »Meine Mom war *immer* gerne mit meinen Brüdern zusammen.«

War es nicht wahr, so fragte Wells als nächstes, daß der einzige Grund, warum Lee Probleme mit ihrem Vater hatte – der Grund, warum Dan Broderick sie aus seinem Testament gestrichen hatte –, der war, daß sie ernste Probleme mit der Schule und mit Drogen hatte und daß sie sogar von zu Hause fortgelaufen war? Lee stimmte ihr mit verschämtem Lächeln zu, ja, sie sei »ziemlich lange« ein rebellisches Kind gewesen.

Dann fragte Wells Lee, ob es nicht wahr sei, daß sie in den letzten Monaten seines Lebens ihrem Vater ein wenig näher gekommen sei, nachdem sie damit begonnen hatte, einen Abschluß nachzuholen, und sich ihr Leben auch sonst stabilisierte?

Lee Broderick dachte einige Sekunden nach, bevor sie antwortete. Schließlich klang ihre Stimme unsicher.»Ja«, antwortete sie errötend. »Bei einem der letzten Gespräche mit meinem Dad erzählte ich ihm, daß ich meine Prüfung bestanden hatte . . . und er wollte mich wieder . . . in sein Testament einsetzen.« Sie sah aus, als wolle sie weinen. Genau wie die Hälfte der Geschworenen. Genau wie einige Reporter.

Befriedigt überließ Wells das Parkett wieder Earley, der gute Miene zum bösen Spiel machte. In Wahrheit schäumte er.

Aber war es nicht genauso wahr, fragte er Lee, daß einiges, was sie über die angebliche Vergebung ihres Vaters gehört hatte, über seine Pläne, sie wieder ins Testament einzusetzen, erst kürzlich bekannt geworden war, nach den Morden? War es nicht außerdem wahr, verlangte er zu wissen, daß ihr sogar noch im Spätsommer 1990 nicht die Telefonnummer ihrer Brüder gegeben wurde?

Lee gestand kleinlaut ein, daß er damit recht hatte. Aber ansonsten könne sie sich wirklich nicht mehr so genau an alles erinnern, murmelte sie.

Am nächsten Tag stellte Jack Earley den Experten vor, den er ausgewählt hatte, damit dieser einen Gesamtzusammenhang herstellen und schließlich ein für allemal erklären konnte, welche Kräfte zusammengewirkt und Betty Broderick zum Töten getrieben hatten.

Seine Wahl war auf Daniel Jay Sonkin gefallen, einen Ehe- und Familienberater mit Privatpraxis in Sausalito, Kalifornien. Sonkin war Co-Autor zweier Bücher über Männer, die Frauen schlagen, Herausgeber eines dritten Buches und trat regelmäßig als bezahlter Experte in Straf- und Zivilrechtsfällen auf, bei denen häusliche Gewalt involviert war. Earleys Wahl war aufgrund ›wärmster Empfehlungen‹ von Experten aus dem ganzen Land auf Sonkin gefallen.

Sonkins Aussage war deutlich: Nachdem er acht Stunden mit Gesprächen mit Betty Broderick, ihren Eltern und ihrer Schwester Claire verbracht und sich durch die Aufzeichnungen gearbeitet hatte – ihre Tagebücher, ihre Autobiographie, Dans Brief vom Eheberatungswochenende und die Gerichtsakten –, war er der festen Überzeugung, daß Betty nicht nur unter seelischer Grausamkeit gelitten hatte, sondern auch in den gesamten sechzehn Jahren ihrer Ehe mit Dan Broderick sexuell mißbraucht und mißhandelt worden war.

Nach Sonkins Meinung war Dan Broderick eindeutig ein ›funktionaler Alkoholiker‹ gewesen, der oft betrunken nach Hause gekommen und seine Frau zum Sex gezwungen hatte. Das hatte Betty ihm erzählt.

Was die körperliche Mißhandlung anbelangt, stimmte Sonkin zwar zu, daß diese in Bettys Fall nicht extrem gewesen sei, doch könne schon ein blaues Auge ein Leben lang für Angst sorgen. Nicht nur die Prügel spielten eine Rolle, sagte er – sondern auch der Verlust des Vertrauens und die andauernde Angst, die damit einhergingen. Die blauen Flecken mögen verschwinden, doch niemals die emotionallen Angstgefühle und das Grauen.

Er bot eine verwirrende Auswahl: Wenn die Geschworenen ihm die seelische Grausamkeit nicht abkauften, dann vielleicht die körperliche Mißhandlung, und wenn nicht dies, wie wäre es dann mit sexuellem Mißbrauch?

Es stimmte, Betty bestritt jegliche körperliche Mißhandlung; doch Sonkin konnte ihre Ausflüchte durchschauen, sagte er. Nach allem was er gehört und gelesen hatte – und er akzeptierte offensichtlich jedes einzelne Wort, das Betty über Dan gesagt hatte, als reine Wahrheit –, war es für ihn eindeutig, daß Dan Broderick ein typischer Frauenschläger gewesen war. Bettys eigenes ständiges Leugnen, daß es jemals körperliche oder sexuelle Gewalt gegeben habe, bestätigte Sonkin nur in seiner Einschätzung: Eines der Hauptmerkmale geschlagener Frauen – besonders der intelligenten, gebildeten Frauen wie Betty – sei es, daß »sie sich schämen. Deshalb streiten sie es ab«.

Eine derartige Abwehr sei typisch. Betty verberge lediglich ihre Gefühle.

Ein weiterer klarer Hinweis auf Gewalt, so fuhr er fort, sei Bettys beständige Meinung von Dan als »beinahe allgewaltig ... In vielen Fällen, in denen geschlagene Menschen töten, glauben sie nicht einmal, daß die Person gestorben ist«. Er wies auf Bettys Gebrauch der Gegenwart, wenn sie über Dan sprach, als perfektes Beispiel hin.

Mit ihrer Erziehung brachte Sonkin Bettys Probleme nicht in Verbindung. Soweit er es beurteilen konnte, war Bettys Familie ziemlich normal. Der einzige Grund, warum sie sich in den vergangenen Jahren von ihr zurückgezogen hatte, so glaubte er, war, daß sie wie die meisten geschlagenen Frauen es nicht ertragen konnte, entweder zu lügen oder die Wahrheit zu sagen. Wie Sonkin es sah, waren die Probleme vielmehr auf Dans Familie zurückzuführen. Er hatte [von Betty] gehört, daß Dans Vater seine Mutter mißhandelte und daß die meisten der Brodericks schwere Trinker waren. »Gewalt erzeugt Gewalt.« So etwas werde von Generation zu Generation weitergegeben.

Laut Sonkins abschließender Diagnose war Betty ernsthaft deprimiert, überfordert, litt unter »streßbedingten Störungen ... das ist die Diagnose, die wir bei geschlagenen Frauen stellen«.

Dann stand Kerry Wells auf, um Daniel Sonkin ins Kreuzverhör zu nehmen. Sie sprach mit vor Entrüstung zitternder Stimme.

Aber *log* sie nicht?

Sonkin stimmte ihr ruhig zu, daß es in Bettys Aussagen »zahlreiche Unschlüssigkeiten« gebe.

Wells versuchte Sonkin dazu zu bringen, seine Meinung, Betty sei eine geschlagene Frau, zu widerrufen und statt dessen zuzugeben, daß Dan Broderick der geschlagene Partner in dieser Ehe gewesen sei. Es gebe keine Hinweise, daß Dan jemanden geschlagen habe, führte sie aus – doch Betty habe Dan beschimpft und sein Eigentum angegriffen. Außerdem, so forderte sie Sonkin heraus, wenn Dan Broderick so sehr zu Gewalt neigte, warum hatte er sie dann nicht einfach »mit ein paar Schlägen hinausbefördert«, als sie zu seinem Haus kam, um mit ihm zu streiten?

Weil er statt dessen, so Sonkin gereizt, ›die Gerichte bemühte‹. Und, nein, er glaube nicht, daß Dan Broderick in irgendeiner Hinsicht das Opfer war.

»Bleiben geschlagene Frauen nicht klassischerweise *passiv*?« verlangte Wells zu wissen und schrie jetzt beinahe. »Wenn sie Angst vor ihm hatte, weil er sie seit sechzehn Jahren *schlägt*, warum sollte sie dann hingehen und ihn *verhöhnen*?«

Weil nicht jede Frau gleich ist. Manche geschlagene Frauen bleiben passiv, andere nicht. Zu ihnen gehörte Betty.

Zum Schluß wollte Wells wissen, warum Betty, wenn sie »so deprimiert« war, sich noch genug in der Gewalt gehabt hatte, sich bei ihrem eigenen Scheidungsprozeß zu verteidigen? Sonkin wiederholte seine Ansicht, daß Betty Broderick nicht verrückt sei, sondern nur eine außergewöhnlich intelligente Frau, die unter starkem Streß stand. Und so konnte sie sich natürlich gelegentlich zusammenreißen. Aber das bedeutete nicht viel, stellte er fest. Sie sei dennoch eine körperlich, sexuell und seelisch mißhandelte Frau.

Damit schloß die Verteidigung ihre Beweisführung ab.

Wells und Earley schacherten mit Whelan um die Anweisungen für die Geschworenen. Sie stritten sich über jede Kleinigkeit, von anstößiger Ausdrucksweise bis zu einzelnen Worten. Sollte zum Beispiel in den Zeugenaussagen von Gemütskrankheit oder Gemütsstörungen die Rede sein? Wells wollte nicht, daß das Wort Krankheit erwähnt wurde, doch schließlich ordnete Whelan an, daß beide Ausdrücke benutzt werden dürften.

Obwohl Earley wußte, daß er in diesem Punkt kein Recht bekommen würde, bat er auch darum, die Geschworenen über Notwehr zu informieren, weil Betty ›ihre emotionale Integrität, ebenso wie ihre physische Integrität, in Gefahr sah‹. Das sei mit einem körperlichen Angriff gleichzusetzen, sagte er. Whelans Antwort war ein klares Nein.

Wells argumentierte auf der anderen Seite, Totschlag solle den Geschworene gar nicht erst als Option gegeben werden. Ihrer Meinung nach handele es sich entweder um Mord oder um Freispruch, ohne Abstufungen.

Whelan verwarf diesen Vorschlag. Er würde den Geschworenen alle fünf traditionellen Möglichkeiten präsentieren, zumindest bezüglich Dans:

- Mord ersten Grades, d. h., die Morde waren arglistig und vorsätzlich durchgeführt worden.
- Mord zweiten Grades, d. h., die Morde waren ohne Vorsatz oder direkte Provokation, jedoch mit Arglist durchgeführt worden.
- Totschlag im Affekt, d. h., die Morde waren im Affekt geschehen, mit Provokation, jedoch ohne arglistigen Vorsatz.
- Fahrlässige Tötung, d. h., die Morde waren im wesentlichen ein Unfall, das Ergebnis von Fahrlässigkeit, wie z. B. bei einem Autounfall.
- Und schließlich Freispruch – nicht schuldig in allen Anklagepunkten.

Doch Whelan mußte erst eine Nacht darüber schlafen, bevor er sich entschloß, auch für Linda Totschlag zuzulassen.

Anfangs sei er dagegen gewesen, erklärte er dem verblüfften Earley, weil er auch jetzt, gegen Ende des Verfahrens, ›immer noch nicht erkennen kann, wo die Provokation lag, Linda zu töten‹. Betty hatte Glück, daß Tom Whelan auf der Richterbank und nicht bei den Geschworenen saß.

An die Geschworenen

Am Tag, als die Schlußplädoyers gehalten wurden, wanden sich lange Schlangen vor dem Gericht. Die Plädoyers klangen größtenteils wie Echos der Eröffnungsreden.

Wells war wie üblich organisiert, konzentriert und präzise; sie brauchte für ihren Antrag auf Verurteilung wegen Mordes in zwei Fällen ungefähr eine Stunde.

Betty Broderick, so Wells zu den Geschworenen, habe zwei hilflose Menschen in ihren Betten »aus dem Hinterhalt überfallen«. Es sei eine »doppelte Hinrichtung« gewesen. An ihrer Tat sei nichts unbesonnen oder impulsiv gewesen. Sie habe buchstäblich seit Jahren gedroht, die beiden zu töten. »Es war *kein* Fall von Totschlag ... Das Gesetz läßt es nicht zu, daß sich jemand mit geladener Waffe in das Haus anderer Leute schleicht, ihnen gegenübertritt, sie absolut arglos, schutz- und hilflos vorfindet und dann beide ermordet und hinterher sagt: ›Aber, nun ja, ich hatte es nicht wirklich vor. Ich bin nicht verantwortlich dafür.‹ Sie ist verantwortlich für Mord, punktum.«

Außerdem, so Wells, habe Betty Broderick niemals angenommen, für ihre Verbrechen büßen zu müssen. Sie zitierte die Aussage der Haushälterin Cavins, Betty habe gesagt: »Kein Gericht wird mich jemals verurteilen.« Nach den Morden habe sie zu Kim gesagt: »Mach dir keine Sorgen, ich werde in wenigen Tagen wieder draußen sein.« Betty habe geglaubt, »sie habe freie Fahrt, alle Welt würde sagen, sie sei im Recht«.

»Es hieß immer ›ich, ich, ich!‹«, stellte Wells wütend fest. Narzißtisch, theatralisch – welchen Unterschied machten diese Begriffe schon? Für Wells liefen beide auf dasselbe hinaus: »Ich nenne das selbstsüchtig und grausam, nicht narzißtisch.«

Wells verhöhnte die Argumente der Verteidigung. Betty sei an jenem Morgen, mit der Waffe in der Hand, zu Dan gefahren, um ihn zu einem Gespräch zu zwingen. »Gewäsch.« Welcher vernünftige Mensch würde wirklich glauben, Betty Broderick habe ernsthaft erwartet, um halb sechs Uhr früh mit Dan Broderick sprechen zu können? »Was sollte er dann sagen?« fragte Wells sarkastisch. »Oh, guten Morgen, worüber möchtest du gerne reden?« Wenn Betty an jenem Morgen das Gespräch gesucht hätte, warum *gab* es dann keins?

Jack Earley brachte alle mit seiner improvisierten, zusammenhanglosen Rede über die Natur des Menschen zur Verzweiflung – mit einer nebulösen Masse von Einzelheiten über eine sechzehnjährige Ehe, die schlecht geworden war, gefolgt von sechs Jahren voller häßlicher Machtkämpfe.

Betty war zum Äußersten getrieben worden, so Earley, durch Dan Brodericks Taktik, sie »verrückt zu machen«. Sie sei eine Frau, die ihrem Mann vertraut habe – nur um dann zu hören, sie sei »verrückt«, als er seine Affäre mit Linda begann. »Er wußte, was er tun mußte.« Dans einziger Fehler in der Rechnung war seine Annahme, sie würde sich schließlich selbst umbringen, und nicht ihn.

Earley flehte die Geschworenen an, zwischen den Zeilen zu lesen und die Widersprüche und Verzerrungen in der Beweisführung der Anklagevertretung zu entdecken, die ihm vorkamen, als seien sie aus »Alice im Wunderland«. Wer, so fragte Earley, würde ernsthaft glauben, Betty Broderick habe sich selbst aus simpler Eifersucht und Wut zerstört, wie sie Millionen von Menschen erleiden, aber überleben? Wer könnte wirklich annehmen, daß nur Betty Broderick die Schuld trage, daß sie alles verursacht habe, während »Dan Broderick *niemals* etwas falsch gemacht hat«?

Und vergessen Sie nicht, flehte er, wie sehr sie versucht hatte, mit ihrem Leben fertig zu werden, und zwar mehr als einmal. Im Jahr 1989 nahm sie einen Job an. Sie versuchte, ihre Kinder zurückzubekommen; sie unterzog sich einer Therapie. »Sie versuchte, ihr Leben in Ordnung zu bringen ... Sie *versuchte* es!«

Aber dann habe alles von vorne begonnen. Dan hatte das Besuchsrecht zu seinen Gunsten geändert, die Sorgerechtsanhörungen wurden verschoben, er begann sogar, sie mit Bußgeldern zu belegen. Dann bekam sie die letzten, bedrohlichen Briefe von Cuffaro. »War *das* eine Versöhnung?« fragte er.

Dann versuchte Earley das zu tun, was Betty nicht wollte oder konnte: sich entschuldigen. »Es war«, seine Stimme klang traurig, »ein verrückter, emotionaler Akt. Es gibt keine Entschuldigung für das, was die Menschen einander antun. Aber ich bitte Sie, die Verantwortlichkeit dort zu sehen, wo sie hingehört. Sie handelte in Erregung. Sie war Opfer ihrer Emotionen. Verteilen Sie die Verantwortung gemäß den Zusammenhängen. Benutzen Sie Ihren gesunden Menschenverstand.«

Doch er sagte ihnen nicht, zu welchem Schluß sie kommen sollten, welches Urteil er für angemessen hielt. Er bat sie nicht, seine Klientin freizusprechen, und er plädierte auch nicht auf Totschlag. Er vertraute einfach darauf, daß sie »die richtige Entscheidung« träfen.

Und setzte sich.

Die Verteidigung hatte nicht einmal erwähnt, wie sie diese Morde nennen wollte.

Die Reporter starrten einander an, ihre Stifte hingen noch in der Luft in Erwartung der Schlußzeile, die niemals kommen sollte. Die Geschworenen runzelten die Stirn, Bettys Augen funkelten. Selbst Richter Whelan, der wie üblich zurückgelehnt auf seinem Stuhl saß und mit geschlossenen Augen Earleys einlullendem Monolog lauschte, reagierte mit Verzögerung. Er brauchte eine Minute, um zu begreifen, daß Earley fertig war, bis er sich aufsetzte und den Verhandlungstag offiziell beendete.

Später gab Earley seine einfache Erklärung ab. Er habe nicht auf Totschlag plädieren können, sagte er, weil Betty erwartet habe, daß er auf Freispruch gehe, die Geschworenen bitte, Whelans juristische Instruktionen zu ignorieren. Aber wie hätte er, auch nur um Eindruck zu machen, etwas derart Lächerliches fordern können? Betty habe schließlich zwei Menschen erschossen, und Jack Earley habe einen Ruf zu verlieren. »Und es ist nicht einfach, sich selbst vor Berufskollegen zu erniedrigen.«

Am nächsten Tag erschien Betty im Gerichtssaal in ihrem grauen Anstaltsanzug, auf dessen Rücken in großen schwarzen Buchstaben SD GEFÄNGNIS stand.

Über die Trennbarriere hinweg flüsterte sie offen mit den Reportern: Sie protestierte gegen Whelans Weigerung, weder ihre kompletten Tagebücher noch die gesamte Scheidungsakte als Beweismittel zuzulassen. Die Geschworenen würden niemals die ganze Wahrheit erfahren, sondern nur ausgewählte Passagen.

Wells bestand darauf, daß Whelan erklärte, die Kleidung, die Betty trug, sei von ihr selbst gewählt worden. Sie wollte nicht, daß sich die Geschworenen daran stießen, daß diese arme Frau bereits zu Gefängnis verurteilt sei. Whelan lehnte ab.

Eine Stunde später waren die Geschworenen formell über ihre zahlreichen Pflichten und ihre Wahlmöglichkeiten aufgeklärt und in das Beratungszimmer entlassen worden. Es war Donnerstag, der 15. November.

Am Dienstag, vier Tage später, erklärten die Geschworenen, sie seien nicht in der Lage, ein einstimmiges Urteil zu fällen.

Richter Whelan hakte nach. Wie oft hatten sie abgestimmt?

Keiner wußte es so genau. Das einzige, was sie sicher wußten, war, daß sie niemals, ganz gleich, wie lange sie in diesem Zimmer bleiben würden, zu einer einstimmigen Meinung darüber gelangen würden, ob Betty Broderick Mord oder Totschlag begangen hatte oder eine Kombination von beidem.

Bei der endgültigen Abstimmung stimmten zehn für Mord, zwei für Totschlag. Doch, so waren sich die Geschworenen einig, sie hätten genausogut gleich am ersten Tag zurückkommen können, denn ein Geschworener hatte von Anfang an klargemacht, daß er niemals für Mord stimmen würde, ganz gleich, wie lange sie beraten würden.

Whelan erklärte den Prozeß für ergebnislos und entließ die Geschworenen.

1991

Earleys Antrag auf Freilassung auf Kaution war abgelehnt worden, und Betty saß das zweite Jahr im Gefängnis und tat genau das, was sie das Jahr zuvor getan hatte: sie sprach am Telefon mit Freunden und Reportern und beantwortete ihre Fanpost, die nur noch umfangreicher geworden war, nachdem die Geschworenen sich nicht hatten einigen können.

Zwar beschwerte sie sich regelmäßig über Langeweile und ›kein frisches Essen, kein vernünftiges Wasser, kein Sport, fehlende Kosmetika und häßliche Gefängniskleidung‹, doch schien ihr das alles nicht wirklich etwas auszumachen. Sie wirkte immer aufgekratzt, munter und optimistisch.

Keinerlei Verzweiflung über ihre Situation oder Reue für ihre Tat. Wenn überhaupt, so drückte sie ihre Wut nur noch deutlicher aus und wurde sich ihrer Position noch klarer bewußt. Zumindest nach außen hin wurde sie nicht schwächer, sondern stärker, härter und zäher. »Natürlich geht es mir besser«, sagte sie einmal heiter, »weil ich hier drinnen die Gelegenheit habe, nachzudenken, die Wunden heilen zu lassen. Ich therapiere mich selbst, weil ich *endlich* Frieden gefunden habe. Kein Streß.« Las Colinas sei ›wie ein Urlaub‹. Zwar ›sei es kein Fünf-Sterne-Hotel‹, witzelte sie gegenüber Reportern, doch ›der Preis stimmt‹.

Alles in allem institutionalisierte sich ihr Leben. Ihre Zellengenossin war viele Monate lang eine Frau, die später wegen Mordes verurteilt wurde, weil sie ein junges Mädchen die Klippen hinuntergestoßen hatte, um die Versicherungssumme zu kassieren. Die beiden verstanden sich gut, sagte Betty, außer ›daß sie beim Kartenspielen betrügt‹. Sie las Bücher und Zeitschriften und sah fern. Nachrichten interessierten sie nur am Rande. Als die Vereinigten Staaten im Januar in den Irak einmarschierten, war sie verwirrt. »Wir kommen nah genug an

[Saddam Hussein] heran, um ihn zu fotografieren, warum können wir ihn da nicht einfach umbringen lassen?« fragte sie.

Und ihr Humor blieb merkwürdig. Am ersten April rief sie mehrere Freunde an und behauptete: »Ich bin geflohen. Ich bin im 7-Eleven-Supermarkt, holt mich bitte ab.« Sie rief einen Reporter an, um ihn zum Mittagessen einzuladen. »Holen Sie mich am hinteren Zaun ab. Und bringen Sie einen Drahtschneider mit.« Sie rief sogar Gail Forbes an, »nur um das Entsetzen in ihrer Stimme zu hören«, kicherte sie. Und sie verschickte per Post mehrere Kopien eines Cartoons von Gary Larson, auf dem eine verdrießlich blickende Hausfrau abgebildet war, die am Fenster stand und ihren Hund rief. Doch die Hundetür war zugenagelt. ›Hierher, Fifi ... schneller, Fifi‹, lockte die Frau den Hund, der den Bürgersteig entlangrannte. Betty hatte ›Fifi‹ durchgestrichen und ›Betty‹ darübergeschrieben.

Das ganze Jahr lang hielt sie ihre Verbindungen zur Presse treu aufrecht. Zwei ihrer Lieblingsreporter waren Cynthia Queen vom *La Jolla Light* und John Gaines vom *Union*. Doch schon bald wuchs sie über die Lokalreporter hinaus, denn im Verlaufe des Jahres 1991 bekam sie immer mehr und immer bessere Presse. Im März druckte das *Ladies Home Journal* eine sympathisierende Geschichte mit dem Titel ›Die Hölle kennt keinen Schrecken‹, der auch im Ausland vielfach nachgedruckt wurde. Zum ersten Mal bekam Betty Broderick internationale Fanpost aus Irland, England, Frankreich – sogar von den Philippinen und aus ähnlichen Ländern.

Und das war erst der Anfang. Im Herbst druckte das Magazin *Mirabella* einen noch positiveren Artikel.

Earley, der mit den Medien genauso gerne zusammenarbeitete wie Betty, war glücklich. Nur der Fernsehfilm, der gerade gedreht wurde, verdarb ihm die Laune. Niemals rief man ihn oder Betty an, um nach ihrer Meinung zu fragen. Statt dessen befragten die Berater des Films Larry Broderick und Sharon Blanchet.

Nur Bettys Gewicht spiegelte deutlich ihre fortwährende Wut wider, das Durcheinander ihrer unverarbeiteten Emotionen. Zwar hatte sie vor ihrem ersten Prozeß einige Pfunde verloren, doch während der langen Monate zwischen den Verhandlungen legte sie alles wieder zu, und sie bekam einen Ausschlag. »Das ist das miese Essen, das sie uns hier vorsetzen, und die mangelnde Bewegung. Für einen Spaziergang am Strand würde ich jemanden umbringen.« Selbst jetzt hatte Betty immer noch nicht gelernt, auf derart lässige Morddrohungen zu verzichten. »Alte Gewohnheiten wird man nur schwer wieder los«, sagte sie einmal und lachte glucksend über den doppelten Sinn ihrer Worte.

Gegen Ende des Sommers kamen Danny und Rhett auf Urlaub nach San Francisco – und der Richter ordnete an, Betty habe das Recht, sie zu besuchen, unter Aufsicht, außerhalb des Gefängnisses, zusammen mit dem Anwalt der Jungen und einem Sozialarbeiter.

Dies war die erste Gelegenheit seit zwei Jahren für Betty, mit ihren Söhnen ein paar Worte zu wechseln. Rhett war jetzt zwölf, Danny fünfzehn.

Später berichtete einer der bei dem Besuch Anwesenden, Betty sei so angespannt gewesen, daß sie eine Liste in ihren Händen hielt, Gedächtnisstützen für Fragen, die sie den Jungen stellen wollte. Es sei ein trauriges kleines Treffen gewesen, berichtete der Beobachter, mit ein wenig verlegenem Smalltalk, einigen Umarmungen und ohne Tränen. Und Betty hatte sich gut benommen. Sie hatte nichts Unangemessenes gesagt. »Es war *perfekt*«, erzählte sie später fröhlich. »Es war, als seien wir niemals getrennt gewesen. Scheiße, ich kann es kaum *erwarten*, hier herauszukommen, nach Hause zu meinen Jungen. Sie brauchen mich. Danny wird so groß . . .«

Dann kam es zu der schauerlichsten Episode seit den Morden – die man zudem wohl nur als systematische Inszenierung sehen konnte angesichts der Tatsache, daß Bettys zweiter Prozeß in wenigen Tagen bevorstand. Jetzt hatte sich gemäß einer örtlichen Zeitung Betty Broderick, die über ein Jahr lang keine Schlagzeilen gemacht hatte, plötzlich in eine gemeine, verderbte Gefangene verwandelt, die Wachleute angriff und sogar ihren eigenen Kot an die Wände des Gefängnisses schmierte.

›Betty auf wütendem Feldzug‹ lautete die Schlagzeile auf Seite Eins der *Tribune* am 5. September. ›Broderick verletzt drei Wachleute bei Handgemenge im Gefängnis‹. Die Geschichte wurde von einem Farbfoto garniert, das Betty in ihrer Unterwäsche zeigte.

Laut Aussage der Gefängnisleitung hatte Betty sich mit mehreren Wachleuten angelegt, die sie als Strafe für eine Regelverletzung aus ihrer Zelle in eine Isolierzelle verlegen wollten. Ein Pressebericht behauptete, sie habe sich geweigert, der Anordnung eines Wachmannes zu folgen, sie möge sich von einer Bank erheben; in einer späteren Version wurde berichtet, sie habe versucht, einem Wachmann die Schlüssel zu entwinden, um ihre Handschellen zu öffnen. Die Einzelheiten wurden nie geklärt.

Was auch immer, als das Wachpersonal sie holen wollte, hielt sich Betty, nur in grüne Gefängnisunterhosen und ein Sweatshirt gekleidet, an ihrer Pritsche fest und trat nach den Wachleuten, als diese ihren festen Griff lösen wollten. Laut Aussage einer Wachfrau hatte Betty sie so fest getreten, daß sie sich den Kopf am Fernseher stieß. Eine andere behauptete, sie habe sich an der Schulter verletzt, als Betty nach ihrem Arm griff.

Doch noch größer war die Sensation, daß Betty, wie Kerry Wells prompt Richter Whelan hinterbrachte, gleich nachdem sie in die Isolierzelle gebracht worden war, ihren Darm entleerte und die Fäkalien über die Wände und Türen der Zelle verschmierte.

Doch das war noch nicht das Ende der Geschichte.

Wie die Gefängnisleitung später zugab, war das sehr ungewöhnlich, doch das Handgemenge war aufgezeichnet worden.

Als nächsten Schritt in dieser erstaunlichen Entwicklung gab das Gefängnis das Video dem Anwalt eines der verletzten

Wachleute – der es wiederum sofort an Reporter aus San Diego weiterleitete (nachdem er zunächst vergeblich versucht hatte, es an das Fernsehen zu verkaufen, wie der *San Diego Union* berichtete). Außerdem reichte der Anwalt James J. Cunningham eine Klage auf mindestens 25 000 Dollar Schadenersatz im Namen seines verwundeten Klienten ein.

So wurden die zukünftigen Geschworenen im ganzen County in den Tagen kurz vor Betty Brodericks zweitem Prozeß in den Abendnachrichten mit Bildern einer großen, verängstigt blickenden, halbnackten Frau bombardiert, die auf ihrer Pritsche kauerte und sich festhielt, während viele Hände nach ihr griffen. Ein Wachmann schien sogar eine Betäubungswaffe in der Hand zu halten.

Doch der Kampf an sich war nichtssagend. Auf dem Film waren keine Wachleute zu sehen, die Verletzungen in Kauf nehmen mußten, als sie ihre Gefangene schließlich überwältigten und in die Isolierzelle zerrten. Ebenso wurde das Spektakel, wie Betty ihren Kot in der Zelle verschmierte, nicht auf Film aufgezeichnet. Es gab niemals einen Beweis dafür. Nur sensationelle Gerüchte.

Natürlich setzte Jack Earley Himmel und Hölle in Bewegung. Das sei eine reine Erfindung, wütete er gegenüber den Medien und dem Richter, ein vorsätzlich herbeigeführtes Handgemenge, das von den Gefängnisleuten genau berechnet war, um die Chancen seiner Klientin auf einen fairen Prozeß zu schmälern – wieder ein Beispiel, wie das Rechtssystem San Diegos gegen Betty Broderick vorging; es ging nicht darum, *daß* sie getötet hatte, sondern darum, *wen* sie getötet hatte.

Earley verlangte eine Verschiebung des Prozesses, bis sich die Wogen wieder geglättet hatten, und er bat außerdem darum, daß Betty von Las Colinas verlegt wurde, weil sie um ihr Leben fürchtete. »Es geht das Gerücht unter den Wachleuten, man könne gut ein Video über Betty Broderick verkaufen und Geld damit machen«, sagte er zu Whelan.

Kerry Wells ihrerseits gab sich völlig unschuldig. Sie habe

dem Gericht nur deshalb von der Angelegenheit berichtet, weil Betty demnächst ein Interview im Fernsehen geben würde, sagte sie. Sie wollte von Whelan eine gerichtliche Verfügung erwirken, die es Betty untersagte, über den Zwischenfall zu sprechen, um so die Sympathien potentieller Geschworener zu erheischen.

Whelan verweigerte Wells diese Verfügung. Zu diesem Zeitpunkt, argumentierte Whelan mit sanfter Ironie, sei jede Sorge um die Öffentlichkeit irrelevant. »Ich kann nicht erkennen, was sie noch sagen könnte.«

Gleichzeitig wies er Earleys Bitten zurück, den Prozeß zu verschieben und Betty in das Stadtgefängnis zu verlegen.

Betty war wütend, sie war abwehrend – aber am bemerkenswertesten war, daß sie sich nach dieser ganzen Zeit endlich absolut erniedrigt zeigte. Was ihre eigenen abscheulichen, kindischen Gespräche mit Danny und Rhett, deren Mitschnitte einem schweigenden Publikum vorgespielt wurden, nicht geschafft hatten, was sechs Tage Gefängnisaufenthalt vier Jahre zuvor in den Damenzirkeln von La Jolla nicht erreicht hatten, was all die Jahre, in denen sie ›die verrückte Betty‹ genannt wurde, ihrem Stolz nicht antun konnten, was selbst zwei Morde nicht fertiggebracht hatten – jetzt war es vollbracht. Sie war in ihrer ganzen Verwundbarkeit vorgeführt worden, mit ihren ›schwabbeligen Oberschenkeln‹, die vor aller Augen im Fernsehen in weißem, körnigen Licht zitterten und wabbelten. Wie sie sich an ihrer Pritsche festhielt, wirkte sie wie ein gestrandeter Wal. Und sie war beschuldigt worden, sich hingehockt, ihren Darm entleert und dann die Exkremente an die Wände geschmiert zu haben. Das war die letzte Schande, und damit konnte sie nicht umgehen.

Alles Lügen, sagte sie. Sie habe niemanden getreten, sie habe nur aus Angst reagiert. »Ich hatte nichts *getan*. Wer hält mich für so dumm, daß ich irgendeinem Wachmann die Schlüssel abnehmen wollte?«

Doch als sie versuchte, den Zwischenfall mit den Exkrementen zu erklären, brachte sie kaum einen zusammenhängenden Satz heraus: Das sei wahr, preßte sie verlegen hervor. Sie habe die Kontrolle über ihre Eingeweide verloren, als sie von der Pritsche gezerrt wurde. »Sie haben mich zu Tode geängstigt, so daß ich, also, ja – mir in die Hosen gepupt habe . . .« Als man sie dann in die Isolierzelle brachte, in deren Tür sich ein kleines Fenster befindet, »lief die gottverdammte Toilette über. Also zog ich meine Unterhose aus, und ich . . . ich sah auf, und da waren sie – alle beobachteten mich durch das kleine Fenster . . . und sie verhöhnten mich. Einer von ihnen sagte – sie sagten: ›Seht mal, sie vögelt ihren Finger.‹ Es war ekelhaft. Ich hatte das schon mal mitgemacht. Sie sind Sadisten. Einmal habe ich gesehen, wie sie einen Haufen schwarzer Mädchen zu einem lesbischen weißen Mädchen in eine Zelle sperrten . . . Jedenfalls, ja, also . . . ich drehte durch. Ich zog meine Unterhose aus und warf sie gegen das Fenster, ihre verdammten schmierigen Gesichter. Aber ich habe *nicht* getan, was die sagen – es herumgeschmiert und so . . .«

Auf jeden Fall fand niemand diesen Zwischenfall, falls er denn passiert ist, wichtig genug, um Betty Brodericks Prozeß zu verschieben.

Und dann marschierte Betty trotz des gerade durchlebten Traumas am nächsten Morgen aus ihrer Isolierzelle, um in der Sendung *20/20* vor die Nation zu treten – wo sie eines ihrer bis dahin deutlichsten und konzentriertesten Interviews gab. Obwohl sie gelegentlich in die Einzelheiten ›der Geschichte‹ zurückfiel, gelang es ihr im wesentlichen, sich in dieser nationalen Nachrichtensendung als Symbol für die universellen Interessen der Frauen zu verkaufen. Später war sie stolz auf ihren Auftritt.

Prozeß Nr. 2
Killer, Hotelzimmer und sonstige häßliche Dinge

Der zweite Broderick-Prozeß war in vielerlei Hinsicht eine Wiederholung des ersten. Viele Zeugen traten erneut auf, und die wesentlichen Fragen waren unverändert geblieben – war dies eine böse haßerfüllte Narzißtin oder eine seelisch mißhandelte Frau, die zu den Morden getrieben worden war?

Doch es gab einige wichtige Unterschiede – fast alle zu Jack Earleys Nachteil.

Erstens hatte Kerry Wells dieses Mal sowohl ihre Gefühle als auch die Tatsachen besser im Griff. Jetzt kannte sie den genauen Ablauf der Broderick-Scheidung in- und auswendig. Niemals mehr würde Betty sie dumm aussehen lassen bei der Frage, welches Bußgeld wann auferlegt wurde oder welcher Zwischenfall mit den Hunden oder Welpen zu tun hatte.

Und es gab keine One-Woman-Show mehr. Dieses Mal brachte Wells einen Partner mit, den stellvertretenden Bezirksanwalt Paul Burakoff. Burakoff, in den Dreißigern und vorzeitig ergraut, war lediglich als Dekoration gedacht, um den Geschworenen zu vermitteln, daß der Staat Kalifornien die lebenslängliche Verurteilung dieser gefährlichen Mörderin sehr ernst nahm.

Drittens, und das machte Earleys Nachteile komplett, war Richter Thomas Whelan diesmal eindeutig entschlossen, sich in diesem Fall von Anfang an auf die Morde zu konzentrieren und weniger auf die Auseinandersetzungen, die ihnen vorausgegangen waren. In den Voranhörungen warnte Whelan, er werde vielleicht gewisse ›Experten‹-Aussagen als irrelevant abweisen.

»Was letztes Mal relevant war, könnte diesmal irrelevant sein, was irrelevant war, könnte relevant werden.«

Also ließ er keinerlei Diskussion über Abtreibungen oder Dans Trunkenheit am Steuer zu, und er weigerte sich ebenso, Bettys Briefe vom Eheberatungswochenende zuzulassen, die erst kürzlich aufgefunden worden waren. Dans Briefe wurden jedoch erneut zugelassen.

Whelan wies ebenfalls wieder Earleys Antrag zurück, Betty als geschlagene Frau zu verteidigen, die in Notwehr getötet hatte. »Ich bitte das Gericht, eine neue Definition für Notwehr zu finden«, sagte Earley. Nein, war Whelans Antwort. Es sei Sache des Gesetzgebers, diese Gesetze zu ändern, nicht seine – und es gebe kein Gesetz, das Notwehr zulasse, wenn die Opfer in ihren Betten erschossen worden seien.

Ein weiterer großer Unterschied bestand darin, daß Betty Broderick jetzt von Küste zu Küste soviel Aufmerksamkeit zuteil wurde, daß ihr zweiter Prozeß live im Fernsehen gesendet wurde, jeden Tag von morgens bis abends, und zwar von Courtroom Television, einem relativ neuen Fernsehsender, der seine Sendezeit zwischen Betty und dem Vergewaltigungsprozeß gegen William Kennedy Smith aufteilte.

Diese Berichterstattung war ein zweifelhaftes Vergnügen für die Verteidigung. Einerseits verbuchte Jack Earley durch die Ausstrahlung einige sensationelle neue Hinweise von Fremden, die die Sendung gesehen hatten. Drei Leute sagten, sie hätten Dan Broderick vor Jahren drohen hören, er wolle seine Frau entweder umbringen oder durch juristische Schikanen um den Verstand bringen. Ein vierter war ein ortsansässiger Hotelmanager, der berichtete, Linda habe ihm einmal erzählt, daß sie an Betty Werbeanzeigen für Gewichts- und Faltenreduzierung geschickt hatte. Ein anderer informierte Earley, Linda Kolkenas Personalakte von Delta Airlines könne wertvoll sein.

Andererseits machten einige der Frauen, die im ersten Prozeß für Betty ausgesagt hatten, jetzt einen Rückzieher, nachdem sie mit eigenen Ohren einige von Bettys Nachrichten an ihre Kinder gehört hatten – ganz besonders nach ihrem dreißigminütigen Gespräch mit Danny.

Doch am schlimmsten war vielleicht für Earley, daß diese ganze neue Publicity eine neue Flut von Fanpost für Betty heraufbeschwor, die sie nur noch überheblicher machte. Es war beinahe unmöglich geworden, mit seiner Klientin zu arbeiten. Jetzt nickte sie nicht mehr einfach lieb zu seinen Bitten, sondern sagte ihm geradeheraus, was sie tun würde und was nicht, was er sagen durfte und was nicht. Sie war ein Star. Sie würde im Rampenlicht stehen.

Die Eröffnungsreden ähnelten ziemlich denen des ersten Prozesses, obwohl sowohl Wells als auch Earley schärfere Formulierungen wählten. Wells bezeichnete Betty jetzt als die ›Vollstreckerin‹, Earley sprach von Dan als dem ›Gladiator‹.

Linda war für Wells nicht von mehr Interesse als im Jahr zuvor. Für sie war es immer noch eine Geschichte zwischen Betty und Dan – und aus ihrer Eröffnungsrede ließ sich klar erkennen, daß sie eher noch tiefer in die Scheidungsangelegenheiten einsteigen wollte, als davon abzulassen. Sie beabsichtigte, jede einzelne Lüge, die Betty jemals erzählt hatte, aufzudecken, ob klein oder groß.

Erneut kam sie ausführlich auf Bettys Privilegien, ihren Narzißmus und ihre Täuschungsmanöver zu sprechen. »Hinter dieser Frau verbirgt sich viel mehr, als man auf den ersten Blick vermuten würde«, sagte sie. Betty Broderick wollte »nichts mehr, als Mrs. Daniel T. Broderick III. bleiben«. Wells spielte einige Bänder vor und schritt schließlich mit theatralischer Geste durch den Gerichtssaal, Bettys Waffe in beiden Händen.

Earley wurde deutlicher und aggressiver als im Jahr zuvor. Er sprach über Betty als physisch und psychisch geschlagene Frau. Er stellte kategorisch fest, sie sei verrückt gewesen, als sie in jener Nacht zu Dans Haus fuhr. Die Frau, die die Geschworenen dort sitzen sahen, sei nicht mehr dieselbe, die sie einmal gewesen war, weder körperlich noch seelisch.

Dieses Jahr wurde Earley auch wesentlich deutlicher in bezug auf die Ereignisse im Schlafzimmer. Er stellte unmißverständlich fest, die Opfer seien wach gewesen, und Betty habe in

Panik geschossen, als Dan nach dem Telefon griff, um die Polizei zu rufen. Dieses Mal wurde auch ganz klar festgestellt, daß Linda »Ruf die Polizei!« geschrien hatte.

Als besondere Masche griff Earley dieses Jahr auf ein Familienfoto zurück, das in einem Glasrahmen steckte; er zerschmetterte es während seiner Argumentation mit theatralischer Geste, als er darüber sprach, wie Dan selbst seine Familie durch seine Untreue und Lügen zerstört hatte. Später, als er zum Ende kam, stellte er ein Metronom auf, das laut tickte, während er den wachsenden Druck beschrieb, der Betty zum Mord trieb.

Betty stand beinahe fünf Tage lang im Zeugenstand. Sie weinte so oft wie beim ersten Mal, wenn auch nicht ganz so spontan. Dieses Mal, das wußten alle nach Earleys Bemerkungen am Anfang, würde das Szenario anders aussehen. Dieses Mal würde Betty Broderick aussagen müssen, daß sie von zwei Leuten in Panik versetzt worden sei, die nicht schliefen, wie Wells behauptete, sondern hellwach waren.

Und das tat sie. Ihr Gesicht wurde rot, und ihre Züge veränderten sich, als Earley sie in diese letzte Szene führte. Sie sei zu Dans Haus gefahren, sagte sie, völlig durcheinander, mit einem Gefühl der Angst und Machtlosigkeit. »Diese ganzen Gedanken schwirrten mir im Kopf herum, als blicke ich nach innen. Ich hatte das Gefühl, die ganze Welt sei in meinem Kopf versammelt . . . Es war die Hölle.« Nachdem sie dort angelangt war, erschien ihr alles wie »eine Diashow, bei der einige Dias fehlen«. Es war dunkel. Aber es war nicht dunkel. Sie konnten sie nicht sehen. Aber sie konnte sie sehen. Sie erinnerte sich nicht mehr, daß Dan sich aufsetzte und sagte: »Okay, du hast mich erschossen, ich bin tot.« Sie erinnerte sich nicht mehr, daß sie das zu Lee oder sonst jemandem gesagt hatte.

Aber sie erinnerte sich an das wichtigste Dia:

Im Gegensatz zu ihrer steifen, kurzen Aussage ein Jahr zuvor – »Sie bewegten sich, ich bewegte mich, und dann war es vorbei« – sagte sie jetzt, daß sie kaum das Schlafzimmer betreten hatte, als Linda Dan anschrie, er solle die Polizei rufen. Sie erinnerte sich auch, wie Dan einen Satz zum Telefon gemacht hatte.

»Ich schrie: ›*Nein!*‹«

Und sie hatte geschossen.

Oder vielleicht schrie sie nicht.

Sie wußte es nicht genau.

»Ich schnappte das Telefon und rannte raus. Ich hatte das Gefühl, als schreie ich laut. Ich weiß nicht, ob ich überhaupt ein Geräusch gemacht habe... Es war alles Empfindung... diese riesige Empfindung... Ich weiß nicht wirklich, was da in dem Zimmer passiert ist... So viele Dinge...«

Dann begann sie wieder zu weinen.

Bevor Earley seine direkte Befragung abschließen konnte, sagte sie mit tonloser, gleichmäßiger Stimme und gesenktem Kopf, daß sie es bedaure, daß sie nach den Morden »nicht in der Lage war, jemandem zu sagen, wie leid es mir tat«. Diese indirekte Aussage war alles, was Earley zum Thema Reue im zweiten Prozeß von seiner Klientin erwarten konnte.

Wells verschwendete bei ihrem Gegenangriff keine Zeit. Wenn es Betty jetzt leid tat, warum hatte sie sich niemals in ihren Hunderten von Briefen, Telefonanrufen und Interviews der letzten zwei Jahre entschuldigt?

Betty hatte darauf keine schlüssige Antwort, außer der vagen Erklärung, daß ihre Post und Telefonate vom Gefängnis überwacht wurden.

Wells war kalt und höhnisch wie immer. Und wie beim ersten Mal riß sich Betty sofort zusammen und konzentrierte sich. Doch dieses Mal war sie keine Gegnerin für Wells.

Wells rief einen Wachmann des Gefängnisses auf, der aussagte, daß sich Betty während des ersten Prozesses diebisch gefreut habe, sie werde es schaffen, daß »die Geschworenen mir aus der Hand fressen«.

»Sicher nicht«, sagte Betty.

Dann begann Wells einen erbarmungslosen Marsch durch Bettys Geschichte, auch hier wieder bis zum kleinsten Detail.

Doch es war nicht mehr dasselbe Spiel. Wells war wie ein Dobermann, der auf Kehle ging – ungeachtet der Regeln vor Gericht. Einmal zum Beispiel erwähnte sie unter eklatanter Verletzung der Anweisungen, die Whelan vor der Verhandlung gegeben hatte, Bettys Abtreibungen. Earley brüllte einen Einspruch, und Whelan, sichtlich verärgert, wies die Geschworenen an, Wells' Bemerkung als Verletzung seiner Anordnungen zu werten, daß Bettys Schwangerschaften nicht zur Debatte stünden. Die Geschworenen sollten nicht unterstellen, Betty habe absichtlich Informationen zurückgehalten.

Doch es war, wie immer, zu spät. Die Geschworenen hatten es gehört. Und in Prozeß Nummer zwei würde es Jack Earley niemals gestattet werden, diese Abtreibungen in den Zusammenhang von neuen schweren Schwangerschaften, schweren Geburten, Kaiserschnitten und Fehlgeburten zu setzen.

Folglich wurde er bei großen und kleinen Dingen immer reizbarer. Bei einer Gelegenheit brach er in Zorn aus, nachdem Wells in übertriebenem Abscheu vor Betty ihren Stift auf den Tisch geknallt hatte. Earley nahm es Wells außerdem übel, daß sie seine Klientin wütend anstarrte und sowohl sie als auch Whelan anschrie. Ein anderes Mal, als Wells Betty über einen Haufen Rechnungen befragte, die Dan bezahlt hatte, konterte er wütend, indem er, gut sichtbar für die Geschworenen, Bettys dicken Stapel von Tagebüchern hochhielt. Und er erklärte den Geschworenen, dieser Prozeß sei ein abgekartetes Spiel, bestehend aus Tagebuchseiten, die aus dem Zusammenhang gerissen waren, bis zu Telefonnachrichten, die aus buchstäblich Tausenden von Anrufen in all den Jahren herausgefiltert waren. Sie bekämen eine getürkte, nicht aber die wahre Geschichte zu hören.

»Vergessen Sie es, Mr. Earley«, sagte Whelan leise, jedoch mit drohendem Unterton. Dieser Satz war im zweiten Prozeß immer wieder zu hören, wo sich anscheinend alle Gemüter erhitzten außer Betty. Je mehr die Anwälte schrien, um so ruhiger wurde sie. Sie genoß es, daß die Menschen sich wegen ihr stritten.

Wells befragte Betty weiter über ihre gescheiterte Ehe, ihre Trennung und ihr Verhalten danach. Aber dieses Jahr legte Wells einen taktischen Geniestreich hin, auf den sie stolz sein konnte. Methodisch nahm sie mit Betty ein Dutzend oder mehr Punkte durch, die von diversen Zeugen ausgesagt worden waren. Sie hielt keine Predigten, und dieses Mal lenkte sie die Aufmerksamkeit nicht ab, indem sie auf häusliche Banalitäten zu sprechen kam. Statt dessen stellte Wells ihr einfach Fragen, wartete dann mit verschränkten Armen, bis Betty antwortete, und kam zu ihrer nächsten Frage.

Und eine nach der anderen bestritt Betty die Aussagen nicht nur ihrer früheren Anwälte und Richter, sondern auch die ihrer Freunde, die von Brad und selbst die ihrer Tochter Lee.

Jede Abweichung, sagte Betty – ob es darum ging, ob sie am Abend des Blackstone-Balles Gail Forbes angerufen hatte oder am Freitag vor den Morden mit Lee einkaufen gewesen war –, sei die Schuld der anderen, die entweder ›das Blaue vom Himmel herunterlügen‹, (Forbes, Pickard) oder ›etwas falsch verstanden haben‹ (Lee, Brad). Das Erinnerungsvermögen von praktisch allen sei gestört, ihr eigenes ausgenommen.

Jeder eindeutige Beweis war ein Irrtum. Sie wiederholte, ihre obszönen Telefonnachrichten seien strikt gegen Linda Kolkena gerichtet gewesen – obwohl so viele Bänder das Gegenteil bewiesen.

Sie bestritt, gegenüber Patti Monaghan irgendwelche gräßlichen Bemerkungen gemacht zu haben. Nur Monaghans Freund konnte sich daran erinnern – ›acht Monate später‹, wie sie sarkastisch hinzufügte.

Mittels systematischer, kontrollierter Befragung brachte Wells Betty dazu, nicht nur die Richter Hughes und Howatt als Mitspieler der gegen sie gerichteten Konspiration zu beschuldigen, sondern auch drei ihrer vier Anwälte: Jaffe, Smith und

Hargreaves. Als sie erst einmal angefangen hatte, konnte Betty nicht wieder aufhören. Der einzige Grund, warum diese Anwälte ihren Fall überhaupt übernommen hätten, so gab sie zum besten, sei der gewesen, daß sie sich damit schmücken wollten, an ihrer Scheidung beteiligt zu sein. Doch gleich im nächsten Atemzug widersprach sie sich, als sie sich beklagte, Dan Jaffe sei »genau der Anwalt gewesen, den ich brauchte« – deshalb habe Dan ihn nicht bezahlt. Dennoch bestand sie darauf, Jaffe habe sie nicht gewarnt bezüglich Abtrennungsverfügungen oder kurzfristiger gerichtlicher Anordnungen. Dann tat sie Smith mit der Bemerkung ab, kein guter, örtlicher Anwalt habe ihren Fall übernehmen wollen.

Wells nickte und kam zu ihrer nächsten Frage. Earley verbarg sein Gesicht in den Händen. Es war für alle ersichtlich, daß Bettys Verstand in irrationalen Bahnen dachte. Sie war nicht mehr die schlagfertige, gefaßte, zornige Verteidigerin wie letztes Jahr, die sagte ›Nun, lassen Sie mich Ihnen helfen ... Sie haben alles falsch verstanden‹.

Jetzt hieß es immer wieder: »Ich kann mich nicht erinnern, ich bin durcheinander ... Ich weiß es nicht ... Sie lügen ... Sie haben das falsch verstanden ... Das ist nicht passiert ...«

Erneut griff sie Gail und Brian Forbes als »pervers« an, weil sie Betty für ihre Ausdrucksweise kritisierten, wo ihre eigene doch noch schlimmer sei. Sie bestand darauf, ihre Unterhaltsschecks seien von Dan 1987 geändert worden, lange nachdem seine inoffiziellen »Bußgelder« verboten worden waren, trotz sechzehntausend Dollar, die sie noch gutgehabt hätte.

Selbst Brad liege falsch, wenn er aussagte, sie sei in der Nacht vor den Morden gegen halb zehn Uhr abends zu Bett gegangen, anstatt halb sieben Uhr früh, sagte sie. Außerdem habe sie Lee am Freitag nicht gut von den juristischen Schreiben erzählen können, weil sie mit Lee nicht am Freitag einkaufen gegangen sei. Lee irre sich. Sie hatte auch nicht am Samstag Pickard eingeladen, sich die Briefe anzusehen. Pickard sei eine Lügnerin.

Kurz gesagt, es war ein furchtbarer Tag für die Verteidigung. Nur Betty verstand das nicht. Sie sah abwechselnd selbstzufrieden und verwirrt aus, selbstgerecht und traurig, ungehalten und dann wieder eingeschüchtert. Nur sie verstand nicht, daß sie die Geschworenen tatsächlich bat, ihr zu glauben, daß sie eine Frau war, die sabotiert worden war, im großen wie im kleinen, nicht nur von ihrem Ehemann, sondern auch von beinahe allen anderen Menschen in ihrem Leben. Praktisch alle, die mit ihrer Geschichte zu tun hatten, sahen die Fakten falsch. Alle außer ihr. Und in diesem stillen Gerichtssaal konnte nur sie nicht sehen, wie paranoid sie schon war.

»Jack hätte an diesem Punkt das Verfahren stoppen und sie in die Patton-Nervenklinik einweisen lassen müssen«, sagte Pasas später.

Doch so funktioniert die moderne amerikanische Justiz nicht. In einem System, das sogar Jeffrey Dahmer für gesund erklärt, galt Betty Brodericks geistiger Zustand höchstens als häßliche Eigenart der Persönlichkeit: Ihre Erinnerungslücken waren Lügen, ihre Sicht der Welt basierte auf purer Selbstsucht, ihre Verwirrung war kalkuliert – alles lediglich Grundlagen für Kerry Wells' unerbittlichen Mühlstein.

Wells kam auf das Hauptereignis zu sprechen. Dieses Mal verweilte sie beinahe eine Stunde bei dem Wochenende, das zu den Morden führte.

Als erstes schritt sie mit Fotos zum Zeugenstand, die die beiden Toten zeigten, und plazierte die Bilder direkt vor Bettys Nase. Betty hätte sich eine Grundrißzeichnung eines Hauses ansehen können, so ausdruckslos blieb ihr Gesicht.

Ruhig wiederholte sie, sie erinnere sich nicht, sie erschossen oder auch nur gesehen oder Dan gehört zu haben, wie er rief, sie habe ihn erschossen.

»Ich war in einem ganz anderen Bewußtseinszustand«, sagte sie. »Ich habe bereits ausgesagt, daß ich mich nicht erinnere, dorthin gefahren zu sein. Ich stand Todesängste wegen einer Konfrontation mit Dan Broderick aus ... Ich trat in das Zimmer. Ich habe ausgesagt, daß es dunkel war. Mir erschien es so. Ich bewegte mich, sie bewegten sich, die Waffe ging los ... ich verkrampfte mich, einfach *so*!« Sie errötete und wurde lebhafter. »Ich erinnere mich nicht, einmal, zweimal, dreimal, viermal abgedrückt zu haben ... Ich machte einfach AAARGGH! Und ich weiß nicht, ob ich einen Laut gemacht habe. Ich hatte nur das Gefühl zu schreien und spürte eine Anspannung ...«

Auch Wells verspannte sich. Mit zu Fäusten geballten Händen lief sie vor dem Zeugenstand auf und ab und sprach mit zusammengebissenen Zähnen.

Wenn Betty die Waffe nur mitgenommen hatte, um ein Gespräch zu erzwingen, warum hatte sie sie dann nicht dazu benutzt? »Sie haben die Waffe nicht benutzt, um zu sagen: ›Halt ein, ich will mit dir reden‹«, schrie Wells. *»Sie haben geschossen!«*

Doch Betty hatte sich wieder in der Gewalt. Sie konnte damit umgehen, wenn jemand schrie. Sie zuckte hilflos mit den Achseln. »Ich sage doch, es passierte alles so schnell. Ich habe nicht nachgedacht. Ich bewegte mich, sie bewegten sich, die Waffe ging los. Es war ganz schnell vorbei.«

Warum war sie durch die Hintertür gekommen?

»Ich wollte nicht, daß er mich sah und die Polizei rief, bevor ich ihn sah.«

Und warum hatte sie im ersten Prozeß nicht erwähnt, daß Linda gerufen hatte: »Ruf die Polizei!«?

Betty lächelte sie an. »Hat mich irgend jemand danach *gefragt*?«

»Ja!« kreischte Wells.

»Ich erinnere mich nicht, daß Sie mich darüber in irgendeiner Weise befragt hätten«, antwortete Betty.

Wells rang um Selbstbeherrschung. Es war natürlich Jack Earley gewesen und nicht Kerry Wells, der Betty beim ersten Prozeß befragt hatte, ob irgend jemand in jener Nacht etwas gesagt hätte – und Betty hatte mit nein geantwortet. Ein anderer Anwalt hätte vielleicht Bettys Zeugenaussage zitiert – aber Kerry Wells war entweder zu sensibel oder zu stolz. Sie ließ diesen Punkt fallen.

Wenn die Schüsse nur als Reflex gefallen waren, wie kam es dann, daß Betty reflexartig auf zwei Leute gezielt und ihre Schüsse so gut plaziert hatte?

Betty wußte es nicht. »Ich sage Ihnen doch, es war dunkel ... also kann ich auf niemanden gezielt haben.« Auch konnte sie sich nicht erinnern, den Abzug gedrückt zu haben, wie sie ein Jahr zuvor ausgesagt hatte. »Ich habe die Waffe nicht bewegt ... vermutlich wurde sie herumgerissen, so was tun Waffen ja.«

Und hatte sie nicht auf Dans Hand geschlagen, als sie das Telefon aus der Wand riß?

Betty blinzelte Wells verständnislos an. Sie erinnerte sich nicht daran. »Ich erinnere mich nicht, Dan überhaupt gesehen zu haben.«

Sie habe nichts gesehen, nicht einmal die Möbel im Zimmer, wiederholte sie.

Am nächsten Tag war wieder Earley an der Reihe, seine Klientin zu befragen.

Es war später Vormittag, und er murmelte eintönig vor sich hin, stellte eine Reihe langweiliger Routinefragen, als er plötzlich, inmitten von Fragen über die Kinder, Betty wie nebenher fragte, ob Dan jemals mit irgend jemandem darüber gesprochen habe, »Sie umbringen zu lassen«.

Diese Frage kam wie ein Blitz aus heiterem Himmel. Prozeßbeobachter wurden schlagartig aufmerksam und fragten sich, ob sie richtig gehört hatten.

Auch Betty riß vor Erstaunen den Mund auf. Aus Gründen, die ein taktisches Geheimnis bleiben werden, hatte Earley sie offensichtlich nicht auf diese Frage vorbereitet. Nein, antwortete sie errötend, dann brach sie in echte Tränen aus, sie habe nie gehört, daß Dan daran dachte, sie umbringen zu lassen. – *»Ganz klar nein!«*

Wells versteifte sich. Doch sie hatte nicht einmal genug Zeit, eine Beratung am Richtertisch zu verlangen – Whelan runzelte die Stirn und erhob sich bereits, ging in die Ecke des Gerichtssaales, außer Hörweite der Geschworenen, wo alle nichtöffentlichen Auseinandersetzungen stattfanden.

Der Rest des Morgens verging mit einer lebhaften, geheimen Diskussion zwischen Anwälten und Richter in der Ecke des Gerichtssaales, unter der unheimlichen Ruhe der Geschworenen und Beobachter. Betty saß im Zeugenstand und tupfte ihre Augen mit einem Papiertaschentuch ab. Als die Kameras sich an ihrem Gesicht festsaugten, wirkte sie erschöpft. Im Korridor schickte der Reporter von Court TV dringende Meldungen an sechs Millionen Live-Zuschauer über diese delikate neue Entwicklung.

Jack Earley verlor die Auseinandersetzung.

Nach dem Mittagessen richtete Whelan eine strenge Ermahnung an die Geschworenen.

»Heute morgen fragte Mr. Earley, ob Dan Broderick jemals eine Person angeheuert habe, die Mrs.Broderick töten sollte. Es gibt keinen Beweis, daß dies stimmen könnte. Und der Angeklagten selbst ist eine solche Behauptung nicht bekannt. Es handelt sich um eine bloße Vermutung, nicht relevant für dieses Verfahren. Also werden Sie diese Frage außer acht lassen. Die Frage und die Antwort werden gestrichen.«

Anschließend erschien Dr. David Lusterman – trotz Wells' Bemühungen, ihn entweder ganz auszuschließen oder seine Aussage einzuschränken – und hielt dieselbe ernste Rede über die verheerenden Auswirkungen der Untreue. Doch dieses Mal hörte fast niemand richtig zu. Es lag zu viel neue Aufregung in der Luft.

Nach der Verhandlung wurden Wells und Earley von Reportern umschwärmt, die wissen wollten, wovon Earley eigentlich geredet hatte. *Welche Verschwörung, Betty umbringen zu lassen?* Wells schritt mit steinernem Gesicht davon, ohne Kommentar. Earley zuckte die Achseln. Er könne nicht mit ihnen zusammenarbeiten, sagte er, weil der Richter es ihm untersagt habe.

Doch seine Unterwürfigkeit würde nicht lange anhalten.

Am Montag wurden die Geschworenen für einen Tag entlassen und der Gerichtssaal stundenlang für die Öffentlichkeit und die Presse gesperrt. Wells und ihr Assistent Burakoff versuchten jetzt, auch die Aussage von Daniel Sonkin, Earleys Experten für geschlagene Frauen, abzublocken. Als die Reporter schließlich wieder den Saal betreten durften, wartete Jack Earley, der genauso wütend aussah wie immer, kaum ab, bis alle saßen, bis er prompt öffentlich seinen Informanten preisgab, der über den gemieteten Killer gesprochen hatte.

Er tat dies im Zusammenhang mit einem anderen chaotischen Ausspruch, mit dem er gegen Wells' Bemühungen protestierte, Sonkins Aussage einzuschränken: »... daß wir als Beweis Paul Taylor nennen können, den Mr. Broderick zum Mord angestiftet hat...«

Wells schrie ihren Einspruch buchstäblich heraus. Whelan wurde noch wütender. Keine sanften, schläfrigen Einwände »Vergessen Sie es, Mr. Earley« mehr. Mit rotem Gesicht beschuldigte er Earley, er setze sich vor der Presse in Positur, und ließ den Gerichtssaal sofort wieder räumen. Earley senkte den Kopf und zeigte ein reuevolles Gesicht.

Die Reporter stürzten sich auf die Telefone, um diesen Paul Taylor ausfindig zu machen.

Taylor war Taxifahrer – und er war nicht scharf darauf, gegenüber der Presse mehr zu sagen, als daß Earley ihn zu einer Aussage bringen wolle. Earley hatte von ihm durch eine seiner Stammkundinnen erfahren, die das Verfahren im Fernsehen verfolgte. Sie sagte, nach den Morden habe Taylor ihr von einem Gespräch mit Dan erzählt, bei dem es darum ging, Betty möglicherweise ermorden zu lassen.

Pasas verschwendete keine Zeit und machte Taylor für eine Befragung ausfindig. Und sie rekonstruierte später die folgende Version des Gesprächs:

Zum ersten Mal hatte Taylor Dan irgendwann Mitte der achtziger Jahre kennengelernt – er konnte sich nicht an das genaue Datum erinnern –, als er in Dans Büro kam, um eine schriftliche, beeidete Zeugenaussage abzuliefern, die mit seiner Tochter zu tun hatte, die damals Dans Klientin war. Während er und Dan auf eine Stenographin warteten, so erzählte er Pasas, kamen sie auf ihre Frauen zu sprechen. Taylors eigene erste Ehe hatte bitter geendet, und auch er hatte das Sorgerecht für seine Kinder zugesprochen bekommen. Taylor sagte zu Dan, er habe das Sorgerecht bekommen, weil er ›seine Frau zeitweise losgeworden war‹ , sagte Pasas. Seine Frau war nämlich für ein ungenanntes Vergehen, anscheinend im Bereich Drogen, ins Gefängnis gewandert.

Dan habe dann zu Taylor gesagt, so etwas brauche er wohl auch, allerdings ›muß ich Betty für immer loswerden‹, gab Pasas Taylors Worte wieder.

Taylor sagte zu Dan, er glaube, das könne arrangiert werden. Dann besprachen die beiden detailliert, was es kosten würde – Taylor dachte an 500 000 Dollar. Doch Dan verlangte Sicherheiten, erzählte Taylor gegenüber Pasas, daß der Mord nicht zu ihm zurückverfolgt werden konnte. Dan selbst wollte nichts Illegales tun – »Er wollte die Sache ohne Risiko machen«, sagte Taylor. Als Taylor zu Dan sagte, nichts im Leben sei ohne Risiko, endete das Gespräch, so Pasas, mit Dans Worten »er werde es sich überlegen«. Taylor sagte, er habe nie wieder von Dan gehört.

Und das war noch nicht alles. Dank der ausführlichen Fernsehübertragungen meldeten sich zwei weitere Zeugen, die aussagten, auch sie hätten vor einigen Jahren einen Mann, den sie für Dan Broderick hielten, drohen gehört, er werde seine Frau umbringen lassen – und zumindest einer dieser Zeugen würde für Wells weit schwieriger zu diskreditieren sein als Paul Taylor, denn er war, genau wie Wells, ein stellvertretender Bezirksanwalt aus dem San Mateo County.

Charles B. Smith, heute zweiunddreißig Jahre alt, trat in diesem erbärmlichen Drama auf, weil seine ehemalige Freundin Teresa Naquishbendi Jack Earley angerufen hatte. Teresa Naquishbendi, neunundzwanzig Jahre alt, heute Hausfrau in einem Vorort von San Francisco, und Mutter von drei Kindern, hatte eines Tages zu Hause Wäsche gefaltet, als sie das Broderick-Verfahren im Fernsehen verfolgte. Wie sie später dem Reporter des *San Diego Union* Jeff Rose erzählte, hatte sie nur mit halbem Ohr hingehört, bis sie hörte, wie Betty davon erzählte, daß sie mit Dan Anfang der achtziger Jahre am Lake Tahoe Skiurlaub gemacht hatte. Naquishbendi hatte auch einmal dort Urlaub gemacht, zusammen mit Smith, ihrem damaligen Verlobten. Damals war sie zwanzig gewesen, und Smith war ein dreiundzwanzigjähriger Polizeibeamter, der auf die Law School gehen wollte.

Naquishbendi hörte auf, ihre Wäsche zu falten, und betrachtete die übergewichtige, weinende blonde Frau auf dem Fernsehschirm. Und die Erinnerungen kamen zurück. Sie kannte diese Frau. Sie erinnerte sich, Betty Broderick und ihren Mann 1983 im Harrah's Casino gesehen zu haben. »Sie war sehr hübsch gekleidet ... in ein langes Kleid, jedes Haar war an seinem Platz ... Sie bewegte sich wie eine Königin. Im Fernsehen sah sie natürlich ganz anders aus, aber was die Augen und die Nase angeht, ja, es war sicher [dieselbe Frau]«, sagte sie.

Naquishbendi erinnerte sich außerdem lebhaft an den grauenvollen Bericht ihres Freundes über ein Gespräch, das er eines Abends in der Bar mit einem gutaussehenden, gut gekleideten jungen Anwalt aus San Diego geführt hatte, der Smith frei heraus erzählt hatte, er werde seine Frau entweder verrückt machen oder umbringen.

Jetzt erschien sowohl Pasas als auch Earley diese ganze Geschichte zu bizarr, um wahr zu sein. Pasas griff zum Telefon.

Der stellvertretende Bezirksanwalt Charles Smith erinnerte sich sofort genauso deutlich an den Zwischenfall wie seine ehemalige Freundin. Und er sprach offen darüber sowohl mit Pasas als auch mit dem Reporter Rose – und er war bereit, vor Gericht auszusagen.

Es folgten die Aussagen von Smith und Naquishbendi sowie Roses Interview nach der Verurteilung:

Smith hatte allein in der Bar gesessen, als er mit einem Fremden ins Gespräch kam, der sagte, er sei Anwalt in San Diego. Als das Gespräch auf Smiths Verlobung kam, warnte ihn der Anwalt – dessen Name Smith niemals erfuhr – vor der Ehe und beschrieb daraufhin mit bitterem Unterton seine eigene schlechte Beziehung. Dann sagte er zu Smith, er werde ›seine Frau entweder wahnsinnig machen‹ oder ›wenn das nicht funktionierte, wollte er einen Killer anheuern‹, sagte Smith.

Das ganze Gespräch erschien Smith als wesentlich mehr als nur eine wütende Hetztirade eines Mannes in einer Bar, der mit seiner Frau Streit hatte, deshalb erzählte er später auch seiner Freundin davon. »Es war so surreal ... Es war wie in einem Film, in dem man zufällig hört, daß jemand einen anderen umbringen will«, sagte Smith zu Jeff Rose. »Mir quollen praktisch die Augen über, so schrecklich war das.«

Naquishbendi erinnerte sich an Einzelheiten, die Smith vergessen hatte. Laut ihrer Aussage hatte Smith ihr auch erzählt, der Mann habe sogar über Einzelheiten seines Planes gesprochen und gesagt, er beabsichtige, seine Frau wahnsinnig zu machen, indem er ihr das Geld und die Kinder auf legalem Wege wegnahm. Sollte das nicht funktionieren, wolle er sie töten ›und es wie einen Unfall aussehen lassen‹.

Naquishbendi hatte sofort die Polizei oder die Sicherheitskräfte des Hotels benachrichtigen wollen, doch Smith ließ das nicht zu, weil der Mann in der Bar zwar viel geredet, jedoch nichts getan habe. Sie hätten wie Dummköpfe dagestanden.

»Ich sagte, [reden] ist kein Verbrechen«, sagte Smith zu Rose. Außerdem, so betonte er, sei er sich der Identität des Mannes nicht einmal sicher.

Naquishbendi erinnerte sich jedoch, daß sie das Paar später auf dem Weg zu einer Show gesehen und versucht hatte, der Frau zu erzählen, was ihr Mann gesagt hatte. Doch als der Mann sie und Smith sah, habe er sich abrupt abgewendet und seine Frau mit sich gezogen.

Smith gab zu, er habe keine Schwierigkeiten verursachen,

keine Szene machen wollen. Aber, so sagte er zu Rose, er erinnerte sich immer noch an Teresa Naquishbendis letzte Worte, nachdem das Paar zwischen den Menschen im Harrah's Casino verschwunden war: »Sie sagte zu mir: ›Das wirst du noch bereuen ... Das wird dich noch mal verfolgen.‹«

Zur selben Zeit, als Taylor, Smith und Naquishbendi ihre Erinnerungen ans Tageslicht brachten, tauchte ein örtlicher Hotelmanager namens Steven Griffin auf, der der Verteidigung helfen wollte. Er schrieb Betty während des zweiten Prozesses einen Brief.

Er war ein Freund von Linda gewesen, seit sie 1982 nach San Diego gezogen war und als Empfangsdame in einem Bürogebäude in der Nähe seines Hotels arbeitete – und er hatte an Dan und Linda seit 1983 immer dasselbe Hotelzimmer vermietet. Außerdem, erzählte er, habe er irgendwann im Jahr 1987 gehört, wie Linda darüber sprach, anonym etwas mit der Post an Betty zu schicken. Linda habe ihn sogar einmal gebeten, einen weißen Umschlag ohne Absender an Betty zu schicken, und zwar aus El Cajon, einer Stadt in der Nähe von San Diego. Er sagte, er habe es nicht getan. Und bei seinem letzten Mittagessen mit seiner Freundin im Mai 1989, so Griffin zu Pasas, habe Linda ihm außerdem gesagt, sie und Dan beabsichtigten, Betty über kurz oder lang fertigzumachen, und zwar durch legale Taktiken.

Die Gründe für Griffins Aussage wurden nie klar. Er hatte anscheinend selbst eine schlimme Scheidung durchgemacht und wie es schien auch eine Art religiöse Wandlung erlebt. Entweder ließ ihm sein Gewissen keine Ruhe oder seine Bitterkeit über die eigene Scheidung.

Wie auch immer, hier sind Auszüge aus seinem Brief, den er Mitte November 1991 an Betty schrieb:

›Liebe Mrs. Broderick ... Ich schreibe Ihnen aus verschiedenen Gründen: Ich möchte mich entschuldigen, daß ich es zugelassen habe, Räume im Hotel für die Treffen zur Verfügung gestellt zu haben. Ich erkenne, daß das, was ich getan habe, ganz falsch war. Zweitens wollte ich Sie wissen lassen, daß ich versucht habe, die Wahrheit zu sagen, daß ich Teil der ganzen Sache war von Januar 1983 bis Mai 1989 ...

... Es tut mir leid, Ihnen und Ihrer Familie weh getan zu haben ... Mir wurde gesagt, Sie und Ihr Mann seien sich einig, daß beide sich mit anderen Partnern treffen konnten; außerdem wurde mir gesagt, Sie wüßten von dieser Beziehung. Jetzt erkenne ich, daß das eine Lüge war und wie sehr es Ihnen und Ihren Kindern weh getan hat.‹

Griffin sagte, er habe das alles aussagen wollen, es sei ihm jedoch nicht gestattet worden. »Mir ist ganz klar, daß man diese Seite Ihrer Geschichte nicht öffentlich werden lassen will. Ich hatte keinen Grund, irgend jemandem etwas vorzuwerfen. Ich wollte nur die Wahrheit sagen. Ich glaube, meine Aussage hätte den Heiligenschein, den man über ihre [Dans und Lindas] Köpfe hält, sicher verblassen lassen ...«

Schließlich flehte er Betty an, seine verspätete Entschuldigung anzunehmen. ›Möge Gottes Liebe mit Ihnen sein.‹

Zu diesem Zeitpunkt hatte Earley dank eines weiteren Aufmachers in der Zeitung Linda Kolkenas Akte von Delta Airlines beschlagnahmt. Man kann sich seine Freude kaum vorstellen, als er entdeckte, daß Linda gefeuert worden war, und zwar nicht nur wegen unzulässiger sexueller Begünstigung eines männlichen Passagiers, sondern auch wegen *›anstößiger Ausdrucksweise!‹*, berichtete er, beinahe ungläubig, als er eines Abends in seinem Büro saß. »Und zu ihrer Verteidigung hatte sie gesagt, sie habe *sich einfach nichts dabei gedacht!* Sie habe *immer* so geredet!«

Earley wußte, daß der Richter nichts davon als Beweis zulassen würde. Er versuchte nicht einmal, Lindas Akte von Delta zum Beweis vorzulegen. Er wußte, Whelan würde ihn nie so weit in der Zeit zurückgehen lassen, um ihren Charakter zu unterminieren. Aber er argumentierte erhitzt, daß Taylor, Smith und Griffin als Zeugen zugelassen werden müßten.

Wells hielt dagegen alle drei für irrelevant – dennoch war sie gezwungen, weit mehr zuzugestehen, als für ihre Beweisführung gut gewesen wäre. Sie gestand zum Beispiel zu, daß Dan mit Paul Taylor ein Gespräch über das Anheuern eines Killers geführt hatte – doch, so führte sie aus, laut Taylors Befragung durch Green hatte er schließlich gesagt, er würde so etwas nicht tun, ›weil es illegal ist‹.

Die Aussage des stellvertretenden Bezirksanwalts Smith tat Wells als bloßes ›Hörensagen‹ ohne ›positive Identifikation‹ ab. Und alles, was mit Linda Kolkena zu tun hatte, einschließlich ihrer angeblichen Äußerungen gegenüber Griffin, sie wolle Betty Anzeigen über Übergewicht und Falten zuschicken, seien ›offener Rufmord‹, führte Wells empört aus. Die Verteidigung versuche, ›einen Hinterhalt zu legen‹.

Whelan pflichtete ihr bei. Da Betty nichts von diesen Plänen und Verschwörungen wisse, könnten sie auch kein Motiv für die Morde bieten. Damit durfte keiner der drei Zeugen in seinem Gerichtssaal aussagen.

Später schwor Earley wütend vor Reportern, er werde jedes negative Urteil wegen unzulässiger Abweisung von Beweismitteln anfechten.

»Die Geschworenen haben ein Recht, beide Seiten zu hören, ob sie nun beiden Glauben schenken oder nicht«, erklärte er. »Ein Problem der Geschworenen ist, daß sie sich Bettys Aussage ansehen und sagen: ›Hey, diese Frau hier ist ja ein wenig verrückt‹«, sagte er gegenüber dem *San Diego Union*. »Aber wenn man sich mal ansieht, was in all diesen Jahren geschehen ist, wenn man sich die Beweise ansieht, siehe da! Dan hat zumindest anderen Leuten gegenüber zugegeben – ebenso wie Linda –, daß sie genau das taten, was Betty *behauptet!*« Und war es denn logisch, daß sowohl Taylor als auch Smith – zwei Menschen aus völlig unterschiedlichen Lebensbereichen – beide dieselbe Geschichte erfinden würden?

Wells ignorierte alle Fragen über Dans angebliche Mordpläne. »Viele Menschen haben keine Ahnung, wieviel Informationen man von den Verrückten da draußen bekommen kann«, fauchte sie im Vorbeigehen.

In den Schlagzeilen am nächsten Tag hieß es unter anderem: ›Broderick Zielscheibe von Mordverschwörung?‹ Gerade, als die Bewohner San Diegos sich bei Betty Brodericks Geschichte zu langweilen begannen, kochte sie von neuem auf.

Am Dienstag hatte Whelan genug von dem Klatsch, den Andeutungen und den Spekulationen in den Medien. Ganz besonders war er es müde, Jack Earley zu sehen, wie er sich über seine Anordnungen beklagte.

Und so erließ er eine gerichtliche Verfügung, die es beiden Anwälten und ihren Ermittlern unter Androhung einer Gefängnisstrafe untersagte, öffentlich über Beweise oder mögliche Beweise zu sprechen. Gleichzeitig erlegte er, entgegen seinem Versprechen, der Broderick-Prozeß würde öffentlich verlaufen, einen Bann auf gewisse Nebenbesprechungen, deren Wortlaut normalerweise in Mitschrift den Medien zugänglich gemacht wurde, und verfügte, daß bestimmte Zeugenanhörungen jetzt ebenfalls unter Ausschluß der Presse stattfinden würden.

Von da an ging es für die Verteidigung nur noch bergab.

Nach stundenlangen Diskussionen gelang es Wells und Burakoff, die Aussage von Daniel Sonkin beschränken zu lassen, so daß er schließlich voller Wut den Saal verließ.

So verlor die Verteidigung ihren einzigen Experten für geschlagene Frauen. Earley versuchte nicht, Sonkin in letzter Minute zu ersetzen.

Wells rief Dr. Park Elliot Dietz in den Zeugenstand, Fachmann für forensische Psychiatrie mit nationalem Ruf und 300 Dollar Stundenhonorar.

Dietz erklärte prompt, Betty sei eine brüchige Persönlichkeit, eine extreme Narzißtin mit theatralischen Zügen, die an einer gemischten Persönlichkeitsstörung leide. Doch sei sie absolut zurechnungsfähig und für ihre Taten verantwortlich.

»Der Mensch beherrscht seinen Zustand, nicht umgekehrt«, sagte Dietz.

Dietz hatte natürlich nicht mit Betty gesprochen. Er hatte es nicht einmal versucht. Das brauchte er nicht. Alles, was er wissen müsse, könne er den Prozeßmitschriften, medizinischen Berichten und ihren eigenen Aufzeichnungen entnehmen, sagte er, die er stundenlang studiert hatte.

Und dieses Material habe ihm die Charakterzüge einer Frau offenbart, die in jeder Hinsicht auf die medizinische Definition einer Narzißtin passe. Wo nur fünf von neun Kriterien erfüllt sein müßten, fand Dietz neun von neun bei Betty, von Schwülstigkeit und einem aufgeblasenen Ego über einen Mangel an Einfühlungsvermögen in andere Menschen bis zu ›einem Gefühl‹, bestimmte Ansprüche zu haben – daß die Welt ihr Respekt, Geld und Ruhm schulde. Sie war, kurz gesagt, nach Park Dietz' Meinung ein extrem verdrehter Mensch, schon lange bevor Dan sie wegen Linda verlassen hatte.

Er unterstützte seine Ansicht, indem er ausführlich, aber selektiv, aus Bettys Tagebüchern und ihren Briefen vom Eheberatungswochenende zitierte – womit er Earley noch mehr in Wut versetzte, der sich geradezu damit verausgabte, die Ungerechtigkeit dieser selektiven Zitate aus Dokumenten anzuprangern, die er niemals im Ganzen als Beweis vorlegen durfte.

Earleys Kreuzverhör nahm kein Ende. Und es führte zu nichts. Hinterher entließ Wells Dietz ganz rasch. Es war vier Uhr am Nachmittag vor einer viertägigen Thanksgiving-Pause, und sie hatte noch etwas viel Wirkungsvolleres für die Geschworenen auf Lager als Paul Dietz, das sie mit in die Ferien nehmen sollten.

Sie schritt wieder hinüber zu ihrem Kassettenrekorder, der jetzt beinahe wie eine Waffe wirkte, die direkt auf Betty Brodericks Kopf gerichtet war.

Earley wurde steif, bat um eine Beratung am Richtertisch, verlor, kehrte zu seinem Tisch zurück und hörte sich mit versteinertem Gesicht das Band an.

Dieses Band hatte Wells anscheinend gerade erst entdeckt, denn sie hatte es noch nie zuvor vorgespielt. Es war ein Gespräch zwischen Betty und Rhett – kurz vor Thanksgiving 1987. Rhett schluchzte von Anfang an. Dan hatte gesagt, sie könnten nicht zu Betty fahren, und Betty verlangte zu wissen, warum nicht.

Hier einige Auszüge:

Rhett:	»Weiß nicht. Er hat nein gesagt.« [Weinen]
Betty:	»Was werdet ihr dort machen?«
Rhett:	»Ich weiß es nicht.« [Weinen]
Betty:	»Was ist los?«
Rhett:	»Mein Bauch . . .« [Weinen]
Betty:	»Nun, ich werde ein wunderbares, wunderbares Essen für Thanksgiving machen, mit all meinen wunderbaren Sachen, und die Forbes kommen, und die Michaelsons kommen, und die Sarises kommen. [heiter] Wir werden alle viel Spaß haben . . . und ihr Jungs müßt dabei sein. Ihr gehört nicht in die Slums mit der Fotze und eurem Vater und seinen betrunkenen Arschlöchern von Freunden wie letztes Jahr. Erinnere dich an letztes Jahr – die Fotze sagte: ›Dein Vater ist ein Arschloch?‹«
Rhett:	»Ja.« [zieht die Nase hoch]
Betty:	»Sie hatte recht. [lacht] Aber er ist ein *reiches* Arschloch, und sie ist zu gerissen, um ihn sitzenzulassen . . .«

Dann:

Betty: »Arme kleine Muffy [Rhetts Hund]. Ich setze sie nach draußen, damit sie Bewegung und Sonne kriegt, und sie heult. Sie will ihre Babys zurück.«

Gab sie die Welpen fort? Rhett weinte, es klang, als bräche sein Herz.

Betty »Wir geben *drei* weg. Ich kann sie nicht behalten. Hier ist ja niemand, der mit ihnen spielt.«

Rhett: »Neiiin! [Weinen] Können wir sie nicht behalten?«

Nein, antwortete Betty. Dann erzählte sie ihm, wem sie die Welpen schenken wollte.

Rhett: »Aber ich will ein *Baby!*«

Betty: »Du *hattest* ein Baby. Muffy. Aber du hast sie nicht aufgezogen ... weil dein Daddy solch ein Wichser ist. Richtig?«

Rhett: »Richtig.«

Betty: »Warum soll ich dir also noch ein Baby geben, und du ziehst es wieder nicht auf ...«

Der Junge schwieg, zog nur die Nase hoch.
»Rhett, ich sage es dir nur ungern«, fuhr seine Mutter mit dem Ton erschöpfter Geduld fort, »aber du mußt lernen, für dich selbst einzustehen. Du mußt Daddy und der Fotze Widerstand bieten. Er bringt euch alle um. Er ruiniert euer Leben, und ihr müßt euch dagegen wehren.«

Rhett: »Ich bin nicht tot.« [Weinen]

Betty: »Nun, vielleicht bist du nicht körperlich tot, aber emotional bist du tot. Dort drüben hast du niemanden, der dich liebt oder sich um dich kümmert, und er behandelt dich schlecht... behandelt dich wie ein kleines Stück Mist, und er ist ein kaltherziger Bastard, der seine Bürofotze vögelt... was ist das für ein Vater?«

Rhett: »Ein kalter?«

Betty: »Ein schlechter. Ein sehr, sehr, sehr, sehr schlechter. Und du solltest dir das nicht länger gefallen lassen. Du solltest ihm sagen, er soll sich verpissen. Du und Lee, Lee und Danny solltet sagen: ›Verpiß dich, Arschloch‹. und hierherkommen. Sagt ihm, er soll tot umfallen, und geht fort. Und dann werdet ihr hier glücklich sein. Richtig?«

Rhett: »Richtig.«

Betty: »Ihr müßt euch wehren... er ist verrückt. Er ist ein Irrer im Delirium.«

Rhett: [murmelt eine Antwort]

Betty: »Haut einfach ab, kommt einfach her. Ich werde die Polizei rufen, die werden es ihm schon zeigen.«

Weiter erzählte sie Rhett, sie werde vielleicht ›vorbeikommen und das Fernsehen mitbringen‹. Das wäre dann eine Rettungsaktion, spöttelte sie, ›wie damals, als die Geiseln aus dem Libanon geholt wurden... die iranischen Geiseln, ein Überraschungsangriff... Ihr seid kleine Kriegsgefangene. Arme Babys‹.

Dann verschwand jede Leichtigkeit. »Rhett, *wann* werdet ihr hierherkommen?«

Rhett: »Ich weiß es nicht.« [traurig]

Betty: »Wenn er zu euch sagt, ihr könnt zu Thanksgiving nicht herkommen, sagt ihr dann gar nichts dazu? Oder sagt ihr einfach ›Oh‹?«

Rhett: [keine Antwort]

Betty: »Also, kämpft. Zeigt's eurem Daddy. Bye.«
Rhett: »Oh, *warte!* Mom?«

Der Summton klang durch den Gerichtssaal, unterbrochen vom schrillen, bettelnden Weinen des Jungen.

»Mom?«

»*Mom . . .?*«

Aber Mom hatte aufgelegt.

Damit wünschte Wells den Geschworenen munter schöne Ferien. Earley sah aus, als würde er sich gleich übergeben.

Die Schlußplädoyers verliefen vorhersehbar. Wells kam schnell auf den Punkt: Sie forderte erneut Verurteilung wegen Mordes in zwei Fällen. Sie wies auf die Widersprüche in Bettys Zeugenaussagen zwischen den Prozessen hin. Dieses Jahr hatte Betty gesagt, sie sei durch Lindas Ruf nach der Polizei zu den Schüssen provoziert worden; doch im ersten Prozeß hatte sie nichts davon erwähnt, daß Linda etwas gesagt hatte. Welche Version, fragte Wells, glaubten sie nun?

Dieses Jahr spielte sie auch auf feministischen Saiten – jedoch eine andere Melodie. Sicher, sagte sie, Dan hätte vielleicht von 1983 an ehrlicher zu Betty sein können. Aber ihm die Mitschuld an seinem Tod zu geben – wie es die Verteidigung versuche –, sei genauso, als würde man einem Vergewaltigungsopfer seine Kleidung, Ausdrucksweise oder seinen Gang vorwerfen.

Schließlich endete sie mit den Worten: »Wenn *dies hier* kein Mord ist, dann weiß ich es nicht!« Beinahe überdrüssig flehte sie die Geschworenen an, dieses Mal mit einem Urteil zurückzukommen – mit irgendeinem Urteil. »Setzen Sie ein *Signal*«, drängte sie und setzte sich.

Als Earley sich erhob, kam hörbar Bewegung in die Zuschauer, sie lehnten sich zurück und richteten sich auf eine lange Rede ein.

Während sein Metronom dramatisch tickte, argumentierte er erneut, es sei die Anhäufung von seelischen Mißhandlungen gewesen, die Betty dazu gebracht hätten auszurasten. Er hielt inne und gestattete es den Geschworenen, einige Sekunden lang dem Tick-Tack des Metronoms zu lauschen. »Es geht immer weiter... das Geräusch kann Sie wahnsinnig machen, wenn Sie es immer wieder hören...«

Bettys Verbrechen sei im Affekt geschehen – es war nicht geplant, sagte er. In der Nacht des 5. November 1989 war sie bereits »so erledigt, daß sie keinen klaren Gedanken mehr fassen konnte«. Sie reagierte nur unter Druck. Betty Broderick sei Opfer uralter, sexistischer Normen. Jeder Mann, der auf ähnliche Weise seiner Arbeit, seiner Kinder, seiner Träume und seiner Ziele beraubt worden wäre, hätte vielleicht noch drastischer reagiert als Betty Broderick, und schon viel früher. Aber das Rechtssystem hätte ihn mit wesentlich mehr Nachsicht behandelt. Welcher Mann wäre beispielsweise nur wegen des Gebrauchs schmutziger Ausdrücke ins Gefängnis gekommen?

Earley führte weiter aus, Dan habe niemals Angst vor Betty gehabt, und das Drama um ihr loses Mundwerk und ihre Morddrohungen habe er nur inszeniert, um sein eigenes Image zu schützen, um sich selbst zu entlasten, genau wie Betty immer gesagt hatte. Warum sonst, so fragte Earley und erhob sich zu voller Größe, warum sonst hatte Dan Broderick, ein Multimillionär, unter großem Trara Sicherheitskräfte für seine Hochzeit engagiert, jedoch die Ausgabe von einigen hundert Dollar gescheut für eine Alarmanlage, die ihn sofort gewarnt hätte, wenn am Morgen des 5. November jemand seine Treppen hinaufgeschlichen wäre?

Weil er, donnerte Earley, »alle wissen lassen wollte ›*Welt! Ich habe eine verrückte Frau!*‹ Und ein Alarmsystem steht nicht an der Straßenecke und trägt einen Stern. Die Welt kann es nicht *sehen!*«

Zum Abschluß bat er die Geschworenen um eine Verurteilung wegen Totschlags im Affekt. Dieses Mal blieb Jack Earley unzweideutig. Bettys Verbrechen seien nach Jahren der Marter im Affekt geschehen. »Sie war zu jenem Zeitpunkt völlig durchgedreht«, sagte er leise, mit dem Ton echten Bedauerns. Sie verdiene Mitgefühl, nicht Verdammnis. Sie verdiene Totschlag – kein Leben hinter Gittern ohne Aussicht auf vorzeitige Entlassung.

Mit dem Metronom an seiner Seite war Earley wirklich gut. Später gab das sogar Betty zu – das einzige Kompliment, das sie ihm je gemacht hat.

Whelans Bar

Nach vier Tagen, am Nachmittag des Dienstags, kehrten die Geschworenen zurück. Einige sahen aufgewühlt aus, doch niemand weinte.

Sie befanden Elisabeth Anne Broderick für schuldig des Mordes zweiten Grades in zwei Fällen.

Wells hörte mit grimmigem Gesicht zu, Earley senkte den Kopf; Marion Pasas legte einen Arm um Betty.

Aber Betty brauchte keinen Trost – zumindest nicht zu jenem Zeitpunkt. Nicht in der Öffentlichkeit. Niemals in der Öffentlichkeit. Statt dessen tätschelte sie Earleys Hand und lächelte die Geschworenen an, als diese einzeln befragt wurden. Genausogut hätte sie gerade die Nachricht erhalten haben können, daß sie die Wahl zur Klassensprecherin verloren hatte.

»Als sie ›zweiten Grades‹ sagten, wandte sie sich zu mir um und flüsterte: ›Wie viele Jahre sind das?‹« erinnerte sich Pasas später.

Hinten im vollgestopften Gerichtssaal weinte Kim, und Larry Broderick zischte laut genug ›Jesus Christus‹, um Aufmerksamkeit zu erheischen. Lee war nicht anwesend.

Whelan setzte die Urteilsverkündung auf den 7. Februar fest.

Wells gelang es gut, ihre Enttäuschung zu verbergen. Zwar hatte sie keine Verurteilung wegen Mordes ersten Grades erreicht, doch hatte sie auch nicht total verloren. Zumindest war es nicht Totschlag geworden.

»Ich glaube, daß sie diese Morde *geplant* hatte«, erklärte sie ruhig gegenüber dem Schwarm von Reportern auf dem Korridor. »Doch die Geschworenen sind verpflichtet, im Zweifel für die Angeklagte zu entscheiden, und das haben sie hier getan.«

Doch wieder einmal war am Tag der Verurteilung niemand glücklicher als Jack Earley.

Er verließ den Gerichtssaal mit feierlichem Gesicht, doch mit schwungvollem Schritt und einem Leuchten in den Augen. Er kündigte sofort an, das Urteil anzufechten, weil Whelan Beweise nicht zugelassen habe, doch gleichzeitig nannte er das Urteil einen Sieg für Betty. Im Prinzip hätten sich die Geschworenen wieder nicht einigen können, es sei ein Kompromiß. Wichtiger noch, sagte er, er sei sicher, es wäre zu einer Verurteilung wegen Totschlags gekommen, wenn die Verteidigung nicht behindert worden wäre.

Als ein Reporter höhnisch fragte, warum Betty gelächelt habe, als das Urteil vorgelesen wurde, zeigte sich Earley ausnahmsweise einmal ungeduldig mit der Presse. Ein wichtiger Punkt in diesem Fall sei, so antwortete er scharf, Betty Brodericks unendliche Fähigkeit, ein fröhliches Gesicht zu machen, ganz gleich, wie schlecht sie sich fühlte. »Betty war eine gesellige Frau, die es allen recht machte. Selbst unter den schlimmsten Umständen lächelte sie. Wenn ihre Kinder sie über das Gefängnis fragen, erzählt sie ihnen, daß sie Spaß hat und sie sich keine Sorgen zu machen brauchen.«

In den nächsten Wochen, in denen Betty auf ihr Strafmaß wartete, verhielt sie sich mehr wie eine Frau, die einer aufregenden Reise in einen noch größeren und besseren Kurort entgegensah, und nicht wie eine verurteilte Mörderin, die bald viele, viele Jahre im Staatsgefängnis sitzen würde.

»Nun, alles ist relativ«, bemerkte sie einmal heiter – und von einigen ihrer früheren Zellengenossinnen, die jetzt im Staatsgefängnis saßen, hatte sie erfahren, »daß der *Service* dort viel besser ist als im Bezirksgefängnis. Wir bekommen echten Kaffee und zahnärztliche Versorgung. Gott, ich habe so viel Zahnbelag.«

Sie machte außerdem launige Scherze darüber, wie wichtig es sei, daß Brad ihre Kreditkarten auf dem neuesten Stand hielt. »Ich *will* diese Kreditkarten haben. Ich kann immer noch aus dem Gefängnis einkaufen, wissen Sie. Ich kann immer noch aus Katalogen bestellen.«

Unterdessen hielten die Medien sie in Schwung. Reporter umschwärmten sie weiterhin und wollten jetzt ihre Reaktion auf das Urteil wissen. ›Was würde diese Stadt bloß ohne Betty Broderick anfangen?‹ spöttelte sie.

Sie hatte außerdem gehört, daß die *Maury Povich Show* eine Sendung mit Sharon Blanchet, Larry Broderick, Maggie Seats und ihrer Tochter Kim plante. »Können Sie das glauben?« Betty war nicht einmal wütend. »Ich gehe ins Gefängnis, und sie versucht *immer noch*, mich fertigzumachen!«

Doch Betty sollte das letzte Wort haben. Die aufregendste Nachricht des Jahres war, daß Oprah Winfrey Ende des Monats, kurz vor der Verkündung des Strafmaßes, eine ganze Sendung ihrem Fall widmen wollte. Earley würde für einen Live-Auftritt nach Chicago fliegen, gemeinsam mit Dr. Lusterman, und Betty würde über Satellit im Gefängnis interviewt. »Und Jack hat gesagt, sie haben versprochen, daß nur unsere Seite zu Wort kommt, sonst niemand . . .«

Auch der Fernsehfilm über ihren Fall stand kurz bevor. Zwar war sie immer noch entrüstet, daß sie nicht konsultiert worden war, dennoch war sie aufgeregt. Gut oder schlecht, es war auf jeden Fall ein Film über *sie*.

Schließlich beschäftigte sie sich mit der Frage, was aus ihren zwei Söhnen werden sollte. Keiner der Jungen wollte bei Kathy Broderick und ihren drei Kindern in Denver bleiben. Betty wollte, daß Danny bei ihrem Bruder Frank in Nashville lebte, Rhett bei ihrem Bruder Girard in St. Louis. Beide Brüder hatten sich dazu bereit erklärt, die Jungen aufzunehmen. Girard hatte sogar einen Anwalt mit der Sache beauftragt. Dans acht Geschwister hingegen schwiegen beredt über das Schicksal ihrer Neffen. Nur einer seiner Cousins versuchte schließlich, für Kathy Broderick als Vormund einzuspringen.

Dann aber stellte sich heraus, daß die *Oprah-Show* nicht so einseitig sein würde, wie Jack Earley angenommen hatte. Statt dessen sollte es auch Interviews mit Larry Broderick geben, Auszüge aus dem berüchtigten Danny-Band und Anmerkungen von Kerry Wells. Earley bekam kaum sechzig Sekunden Sendezeit, und, schlimmer noch, Winfrey selbst schien so besorgt, ihr Publikum könne glauben, sie unterstütze einen Mord, daß sie sich bei ihrem Interview mit Betty beinahe feindselig verhielt. »Sie klang wie die stellvertretende Bezirksstaatsanwältin!« klagte Betty später, den Tränen nahe. »Sie kam wieder mit demselben Mist – die verschmähte Frau.«

Diese Folge bekam die zweithöchste Einschaltquote in der Geschichte der Sendereihe. Was bedeutete, daß Winfrey acht Monate später nicht nur erneut auf sie zukommen, sondern diesmal auch wesentlich netter sein würde – und Betty würde natürlich wieder unterwürfig mitspielen.

Ungefähr zur selben Zeit wurde die Anhörung über das Sorgerecht für die beiden Broderick-Jungen auf Antrag der Anwälte der Brodericks in letzter Minute auf unbestimmte Zeit vertagt – bis Betty schon lange im Staatsgefängnis saß, weit weg von San Diego. Sie war außer sich. Ihr Haß zeigte sich so deutlich wie lange nicht, seit sie ins Gefängnis gegangen war.

»Wie kann ich immer noch in Scheidung liegen mit diesem Wichser, der seit zweieinhalb Jahren tot ist?!« kreischte sie am Telefon. »Es ist *nie* vorbei! Es ist immer dasselbe! Ich kann immer noch *nicht mit meinen eigenen Kindern reden!* Man sollte Dan Broderick dafür seine *Eier abschneiden!*«

Und dann kam die Stunde der Urteilsverkündung.

Am 7. Februar 1992 würde Richter Thomas Whelan endlich das tun, was zwei Geschworenengerichte nicht geschafft hatte: Er würde bei Betty Broderick so hart durchgreifen, wie es das Gesetz zuließ.

Der kleine Gerichtssaal füllte sich schnell, diesmal hauptsächlich mit Verwandten, engen Freunden und Gerichtsbediensteten. Zum ersten Mal waren auch Mitglieder von Linda Kolkenas Familie – Maggie und ein Bruder, Ray – im Gerichtssaal anwesend.

Endlich einmal lächelte Betty ihre Freunde nicht an. Sie sah beinahe schmuddelig aus in einer zerknitterten blauen Hose, orangefarbener Bluse und karierter Escada-Jacke. Ihr Haar war glatt, sie trug kein Make-up. Sie sah blaß und müde aus. Selbst als Lee den Saal betrat, konnte sie nicht lächeln. Sie wandte nur ihr blasses Gesicht ihrer Tochter zu und hob die Finger der Hand, die auf dem Tisch lag, in einer kleinen Willkommensgeste.

Earley trug seinen nachlässigen Antrag auf ein neues Verfahren vor, von dem er wußte, daß er abgewiesen würde, denn wohl kein Richter würde sein eigenes Urteil aufheben. Und damit hatte er recht. Der freundliche Richter Thomas Whelan, der jetzt aller Welt kundtun konnte, was er die ganze Zeit gedacht hatte, war nicht mehr so freundlich.

Zeugen der Verteidigung seien nicht ungerechtfertigt ausgeschlossen worden, erklärte Whelan – und ganz besonders nicht Daniel Sonkin, da es Whelans Ansicht nach keinen Beweis gab, daß Betty Broderick von ihrem früheren Ehemann körperlich oder sexuell mißhandelt worden war.

Kerry Wells faßte sich wie immer kurz. Wenn Betty Broderick nicht für zwei, sondern nur für einen Mord bestraft würde, bedeutete dies für alle potentiellen Mörder: »Wenn du einen umbringen willst, kannst du auch gleich ein paar umbringen.« Außerdem sei Betty ›ungeachtet ihrer cleveren Selbstvermarktung‹ eine ›sehr gestörte Frau‹, die vielleicht erneut töten würde, ›wenn sie sich mißverstanden fühlt‹.

Die Geschichte der Betty Broderick hatte damit eine Drehung um dreihundertsechzig Grad gemacht: von der verrückten Frau, die Dan Broderick einst vor dem Scheidungsrichter so erfolgreich bekämpft hatte, daß ihr sogar das Besuchsrecht für ihre eigenen Kinder verwehrt wurde, über die kaltblütige Frau, wie sie die Staatsanwältin gezeichnet hatte, eine Frau, die vorsätzlich gemordet hatte und nur unter einer Persönlichkeitsstörung litt und deshalb lebenslänglich ins Gefängnis gehen sollte, war Betty Broderick jetzt einmal mehr zu einer potentiellen Wahnsinnigen geworden, die, wenn sie jemals freikäme, vielleicht erneut einen mörderischen Wutanfall bekommen könnte.

Ihre letzte wütende Salve sparte sich Wells für die Medien auf, die ihrer Meinung nach eine gnadenlose Mörderin ungerechtfertigt zum Star gemacht hatte: »Ich glaube, es ist für *alle* Zeit – einschließlich der Presse –«, sie starrte mit eiskaltem Blick in die Pressereihen, »Betty Broderick das zu geben, was sie verdient: Ignorieren Sie sie! ... Sie ist *keine* Märtyrerin, sie ist eine *Mörderin!*«

Dann war Earley an der Reihe. Jack Earley paßte nicht in die Rolle des Bettlers. Aber er versuchte es. Mit angespannter Miene flehte er Tom Whelan inständig an, seiner Klientin nebeneinander bestehende Strafen zu gewähren, Gnade zu zeigen, damit »sie die Möglichkeit bekommt, außerhalb des Gefängnisses zu sterben ... Elisabeth Broderick wird vermutlich praktisch ihr ganzes Leben im Staatsgefängnis verbringen ... Ich bitte das Gericht nur darum, daran zu denken, wer sie vorher war ... sie *ist* ein Opfer, genauso wie Dan und Linda Broderick und die Kinder und die Familien ...«

Dann fuhr er fort, den Richter zu beleidigen. Earley war an jenem Tag ein wütender Mann. Er erinnerte Whelan erneut daran, daß Bettys Verbrechen, hätte sie ›einen Klempner, einen Bankangestellten oder einen Zeitungsjournalisten‹ getötet, niemals so viel Aufsehen erregt hätte. Als nächstes drängte er Whelan dreist, ›der Versuchung zu widerstehen‹, entweder in den Augen der juristischen Szene San Diegos ›wie ein Held dazustehen‹ oder sich über die potentielle Verachtung Gedanken zu machen, der er sich aussetzen könnte, wenn er ein mildes Urteil fällte.

Whelan verurteilte Elisabeth Anne Broderick zu zweimal fünfzehn Jahren bis lebenslänglich, nacheinander zu verbüßen. Seiner Meinung nach handelte es sich um zwei verschiedene Gewalttaten. Sie hatte absichtlich mit ihrer Waffe auf die beiden Opfer gezielt. Whelan war besonders entsetzt über das ›hohe Maß an Grausamkeit‹, die sie dadurch bewiesen habe, daß sie das Telefon aus der Wand riß und das Haus verließ, während noch mindestens eines ihrer Opfer am Leben war.

Unter Berücksichtigung von 1236 Tagen, die sie bereits abgesessen hatte, konnte sie frühestens in neunzehn Jahren Bewährung beantragen.

Betty zuckte nicht einmal mit der Wimper. Aber dieses Mal lächelte sie auch nicht.

Und so war es endlich vorbei. Earley erhob sich und bat mit ausdrucksloser Stimme, Betty zumindest in das California Women's Institute in Frontera einzuweisen, ungefähr eine Stunde nördlich von San Diego, weil sie dort eine hervorragende psychologische Behandlung bekommen konnte. Whelan gab der Bitte statt. Das Gericht zog sich zurück.

Bettys Familie durfte noch einige Minuten im leeren Gerichtssaal bleiben, um Betty ein letztes Mal zu sehen. Lee warf sich schluchzend in die Arme ihrer Mutter. Es war das erste Mal seit dem 5. November 1989, daß das System ein Auge zudrückte, als die beiden Frauen sich berührten.

Kim Broderick wartete draußen auf dem Flur. »Ich glaube nicht, daß ich drinnen willkommen wäre«, sagte sie zu einem Reporter mit einem fahlen kleinen Lächeln.

Später gingen sie und Lee, die immer noch weinte, gemeinsam fort.

Die Familien Broderick und Kolkena gingen unterdessen zu Reidy O'Neil's, wo sie noch Stunden später feierten. Kerry Wells und Bill Green kamen kurz vorbei, auf ein paar Glückwünsche und freie Getränke. Schließlich stieß auch Kim zu ihnen, ohne Lee.

Tom Whelan war der Held der Stunde. »Alle waren so glücklich über ihn«, erzählte Helen Pickard später, »daß man zu witzeln begann, man könne die Bar ja in Whelan's Bar umbenennen.«

Häftling W 42477

Sie wurde nicht nach Frontera, sondern in das Central California Women's Facility geschickt, ein neues Gefängnis mit ungefähr zweitausend Insassinnen in der kleinen kalifornischen Stadt Chowchilla – ungefähr acht Fahrtstunden von San Diego entfernt. Zu weit für Wochenendbesuche von Brad oder ihren Freundinnen aus La Jolla.

Sie hatte gehofft, einen Job in der Bibliothek zu bekommen oder als Lehrerin, um ungebildeten Häftlingen Lesen, Schreiben und Englischsprechen beizubringen. Statt dessen wurde sie zuerst der Wäscherei zugeteilt, wo sie Wäsche sortieren und austeilen mußte. Dann wurde sie in den Hof abkommandiert ›Steine harken‹, wie sie es nannte. Sie weigerte sich mit der Begründung, anders als ›diese schwarzen und mexikanischen Mädchen kann ich die Sonne nicht vertragen, und es gibt nicht einmal Sonnenbrillen oder Sonnenschutz‹. Die Beamten drohten, sie würden sie wegen Insubordination belangen. Sie sagten, das sähe in ihrem Antrag auf Bewährung nicht sehr gut aus. »Im Jahr zweitausendelf?« fragte sie höhnisch. »Scheiß drauf!«

Also wurden ihr statt dessen Hausmeisteraufgaben übertragen, das tägliche Reinigen der Toiletten und Zellen. »Jetzt bin ich wieder Hausfrau«, berichtete sie heiter. »Die anderen Mädchen gehen zur Arbeit, ich stehe auf und trinke meinen Kaffee mit Schokolade, und dann mache ich jeden Tag das Haus sauber. Genau wie früher. Das ist *perfekt* für mich.«

Als die Tore hinter der Gefangenen Nr. W 42477 ins Schloß fielen, geschah, kurz gesagt, kein Wunder. Betty Broderick sah nicht plötzlich ein Licht, brach zusammen und rief aus: »Oh, Gott, was habe ich *getan?* Was bin ich geworden?« Keine Klarheit verscheuchte ihre Wut, erweichte ihr Herz und lenkte ihr

Denken in eine neue Richtung. Und kein Mensch kam ihr zur Hilfe, ebensowenig wie in Las Colinas. Also mahlten in ihrem Kopf dieselben Räder weiter, eine fortdauernde, erbarmungslose Diavorführung all der Ungerechtigkeiten, die ihr widerfahren waren, echte und eingebildete. Ihr Niedergang setzte sich fort, unbeachtet, unbehandelt und unaufhörlich.

Sie wurde mit jedem Tag besessener, paranoider, härter. Ihr Verstand richtete sich immer mehr nach innen und verzehrte die Reste seiner ehemaligen Brillanz. Innerhalb von sechs Monaten war ihre persönliche Welt voller Feinde. Ihre Wut breitete sich stetig aus, wie ein Krebs, der sogar ihrem schwarzen Humor den Garaus machte. Innerhalb weniger Wochen war Betty nicht mehr lustig.

Als erstes verschlimmerte sich ihre ohnehin bildhafte Ausdrucksweise noch. Und immer öfter war ihr Publikum ihr gleichgültig. Die alte Betty, die sich zumindest dann gerissen und anständig verhielt, wenn es ihren Zwecken diente – zum Beispiel bei ihrer Scheidung –, war verschwunden.

Mit der Zeit richtete sie ihre Wut sogar gegen Brad, den einzigen Freund, der sie während ihres ersten Jahres im Gefängnis besuchte. Aus heiterem Himmel beschloß sie, er solle aus der Wohnung ausziehen, die sie ihm zwei Jahre zuvor geschenkt hatte, und sie an Lee überschreiben, die damals in einem Restaurant in La Jolla arbeitete. »Das ist nur fair«, sagte sie verdrießlich. »Er kann genauso leicht ausziehen, wie er eingezogen ist. Anderswo hätte er Miete zahlen müssen.« Als er sich weigerte, beschuldigte sie ihn, er sei wie all die anderen, bestehle sie und nutze sie aus.

Auch ihre Eltern taten ihr, wie immer, unrecht. Als die Bisceglias, nachdem sie fünfzig Jahre lang in Eastchester gelebt hatten, plötzlich ihr Habe zusammenpackten und nach Nashville in einen Seniorenkomplex in der Nähe ihres ältesten Sohnes zogen, konnte Betty keinerlei Mitgefühl für sie aufbringen – sie sah das vielmehr als weiteren Schlag in ihr Gesicht. »Das ist nur ihre Art zu sagen: ›Siehst du, was du uns *angetan* hast? Jetzt müssen wir *wegen dir* sogar unser Haus verlassen, weil du uns soviel *Schande* gemacht hast.‹«

Ansonsten machte sie sich täglich um dieselben Dinge Gedanken, die sie schon vom ersten Tage im Gefängnis an beschäftigt hatten. Sie machte sich Sorgen um ihre Zeitschriftenabos, und wenige Tage nach ihrer Ankunft in Chowchilla schickte sie Dian Black eine Einkaufsliste, in der sie unter anderem ›nach Wichtigkeit geordnet‹ um diese Dinge bat: Sonnenbrille; Make-up von Estée Lauder; Pinzette und Nagelschere (Revlon); Chanel Nr. 5 Lotion und Spray; Sonnenmilch von Coppertone oder Bain de Soleil. Und so weiter. Und natürlich Haarfarbe. Außerdem bat sie darum, den Karton mit Lebensmitteln und Briefpapier aufzufüllen (vier Payday-Schokoladenriegel, eine Tüte Pfefferminz, Kokosnuß in Dosen, Sardinen ohne Haut und Gräten, Triscuits). Brad, so sagte sie zu Dian, würde alles bezahlen.

Dann war da noch ihr schwebender Rechtsstreit. Sie weigerte sich, ihre Anfechtung der Scheidungsvereinbarung von 1989 fallenzulassen, solange Lee nicht in das Testament ihres Vaters aufgenommen wurde. – Kim, die sich kurz an der University of San Diego eingeschrieben hatte, dann jedoch als Bedienung bei Reidy O'Neil's arbeitete, bekam immer noch Unterstützung aus dem Vermögen des Vaters – wie verlautet, ungefähr 3000 Dollar pro Monat. Kathy Broderick erhielt unterdessen so um die 2000 Dollar pro Monat pro Broderick-Junge, solange sie ihr gesetzlicher Vormund blieb. Lee hingegen bekam nichts. »Das ist einfach nicht fair«, weinte die alte Betty.

Danny, damals sechzehn, trug noch zur Verschlimmerung ihres Zustandes bei, weil er den Sommer in einem Camp verbrachte, wo er ausgerechnet bei Helen Pickard wohnte, im Herzen des Feindeslagers, wo er, auf Kathy Brodericks Anweisung hin, arbeiten mußte – als Hilfskellner bei Reidy O'Neil's. Laut Pickard betrug sein Taschengeld, so war von Kathy Broderick verfügt worden, nur 10 Dollar pro Woche.

Bettys Reaktion war vorhersehbar. 10 Dollar Taschengeld für ihren Sohn, Erbe eines Millionärs? Während Kathy Broderick jeden Monat Tausende für das Babysitting einsteckte? »Wenn diese Blutsauger mit dieser Geschwindigkeit weitermachen«, schäumte sie, »werden meine Söhne pleite sein, wenn sie auf das College gehen. Warum macht damit niemand *Schluß?* Das ist Diebstahl!«

Und es versetzte sich noch mehr in Wut, daß Danny als nächstes beschloß, nicht bei Bettys Bruder Frank in Nashville leben zu wollen. Er wollte lieber bei Pickard wohnen und in La Jolla zur Schule gehen. »Ich bin *seine Mutter*«, wütete sie ohne das geringste Gefühl für die Realitäten, »aber er *gehorcht* mir nicht!«

Nur der kleine Rhett machte ihr Freude, als er einwilligte, nach St. Louis zu ihrem Bruder Girard zu ziehen.

In jenem Herbst willigte Kathy Broderick ein, die Vormundschaft für die beiden Jungen aufzugeben. Girard Bisceglia nahm Rhett mit, und Danny wurde es schließlich gestattet, bei seiner Schwester Kim einzuziehen – die sich zu jener Zeit in La Jolla mit mehreren jungen Leuten eine Wohnung teilte. »Um Himmels willen«, zischte Betty. »Mir wäre es lieber, wenn er weiter bei der dickärschigen Putzfrau [Pickard] wohnen würde. Ich hasse sie, aber zumindest sorgt sie dafür, daß ihre Kinder zur Schule gehen und ihre Hausaufgaben machen! Mein Sohn wird niemals auch nur die High-School beenden, wenn er bei Kim wohnt! Kann mir mal jemand sagen, warum die Behörden jetzt jegliche Verantwortung für meine Kinder ablehnen, während sie so verdammt erpicht darauf waren, sich um sie zu kümmern, als Dan Broderick noch lebte?« Das war natürlich nur eine von Bettys vielen guten Fragen inmitten des ganzen Wahnsinns.

Doch noch vor Ende ihres ersten Jahres im Gefängnis errang sie ihre womöglich größte juristische Genugtuung: Anwälte der Bank ihrer Söhne reichten Klage gegen Larry Broderick ein, der sie angeblich um 295 000 Dollar betrogen hatte, indem er ihnen ihren Anteil an seinen unbezahlten Schulden in Höhe von 450 000 Dollar vorenthalten hatte. Der Fall ist noch in der Schwebe. Aus Gründen, die nur sie allein kennt, beteiligte sich Kim nicht an dieser Klage.

Derweil setzte sich der Medienzirkus fort. Der erste Fernsehfilm über Betty Broderick wurde Anfang 1992 gesendet – mit derart hohen Einschaltquoten, daß sofort eine Folgesendung über ihre Prozesse geplant wurde. Obwohl der erste Film gegen sie Stimmung machte und Betty ihn sich nie ansah, schrieb sie einen schmeichlerischen Fanbrief an Meredith Baxter.

›Wir haben manches gemeinsam. Wir sind beide vierundvierzig. Unsere Töchter Eva und Kim sind im selben Alter ... Sie waren schon immer eine meiner Lieblingsschauspielerinnen. Sie sind schön und reizend UND stark. Sie sind kleiner und dünner ... Erst '87 habe ich zugenommen, zwei Jahre NACHDEM Dan mich verlassen hatte. [lachendes Gesicht] ...‹ zu allem, was sie über den Film gehört hatte: › ... Sie haben völlig übersehen, was Dan und Linda mir antaten, daß ich so reagiert habe ... Wenn Sie es sich nicht zu eigen machen wollten, was wirklich mit Dan und Linda vor sich ging, den Aggressoren, und mit mir und den Kindern, ihren Opfern, dann haben Sie Ihr Thema verfehlt [unglückliches Gesicht].‹

Sie schloß mit einer Einladung an Baxter, um ihr ihre ganze Geschichte zu erzählen. Baxter nahm die Einladung nicht an. Statt dessen lud sie Kerry Wells zum Tee ein, um weitere Einsichten in Betty Brodericks Persönlichkeit zu erhalten – und Wells kam gerannt, als die Sirenen aus Hollywood erklangen. Sie übernahm im zweiten Film sogar eine kleine Nebenrolle als Prozeßbeobachterin.

Jack Earley war unterdessen so frustriert wie immer. Warum wurde ein Fernsehfilm gedreht, in dem sein Name verwendet und seine Verteidigung nachgezeichnet wurde, obwohl niemand ihn oder seine Klientin nach ihrem Standpunkt befragt hatte? Das war seiner Meinung nach lausiger, unfairer Journalismus. Er hatte natürlich recht – doch wären die Karten anders verteilt gewesen, hätte er kein Wort über Integrität verloren. In der Tat rief Earley als Nachspiel zu dem Fall zumindest einmal bei einem Produzenten in Hollywood an, in der Hoffnung, seine Seite der Geschichte verkaufen zu können. Doch niemand im Fernsehland war bereit, einer laufenden CBS-Produktion den Kampf anzusagen. Dieses Mal hatte Kerry Wells definitiv gewonnen.

Die Anwältin aus San Diego, die Bettys Berufung vor einem dreiköpfigen Richterteam vertreten sollte, war die neununddreißigjährige Roberta Thyfault. Sie hatte in ganz San Diego verbreiten lassen, sie könne nicht über den Fall sprechen und habe außerdem ›Mrs. Broderick angewiesen, nicht mit Reportern zu reden‹.

»Ich frage mich, unter welchem Stein sie die letzten zwei Jahre verbracht hat«, meinte ein Journalist. Zur selben Zeit wies Thyfault Betty an, nicht an einem zweiten *Oprah-Winfrey-Special* teilzunehmen, das zeitgleich mit dem zweiten Fernsehfilm im Herbst ausgestrahlt werden sollte. Thyfault hätte Betty Broderick genausogut auffordern können, sich die Zunge herauszureißen – denn dieses Mal kam, wie schmeichelhaft, der Berg zum Propheten: Oprah kam höchstpersönlich nach Chowchilla, um die Frau zu interviewen, die nur wenige Monate zuvor ihre Einschaltquoten hatte in den Himmel steigen lassen. Die Behörden, offensichtlich genauso hingerissen vom Starrummel wie einst Thomas Whelan, gaben sofort ihre Einwilligung.

Betty machte ihre Sache in der *Oprah-Show* nicht gut. Was hätte es auch ausgemacht. Sie wurde allein dadurch legitimiert, daß Oprah Winfrey, die Königin der amerikanischen Talkshows, durch das Gefängnis streifte und sie diesmal beinahe plump-freundlich umgarnte. Sie hätten zwei Schwestern einer Studentinnenverbindung sein können, wie Oprah Betty so sanft und ernst nach ihren Motiven dafür befragte, warum sie zwei Menschen erschossen hatte.

Am schlimmsten versagte sie, als Winfrey sie fragte, welche Lehre Bettys Meinung nach andere Frauen in mittleren Jahren aus ihrer Geschichte ziehen konnten, und Betty nicht schnell genug reagierte. Nachdem sie ihren Fall jahrelang buchstäblich

Hunderte von Malen mit wütender Eloquenz erzählt hatte, fand sie jetzt keine Worte und dachte nicht daran, Epstein-Kredite zu erwähnen, die Abtrennungsverfügung, Scheidung ohne Schuldfrage, geschweige denn das ewige Ungleichgewicht der Macht zwischen Männern und Frauen in dem von weißen Männern dominierten Rechtssystem.

Anders als Betty erwartet hatte, widmete Winfrey die Sendung am nächsten Tag ›einer absolut anderen Perspektive‹ der Geschichte, einer anderen Version dessen, ›was *wirklich* geschah‹ – wie es die Broderick-Kinder selbst erzählten.

Diesmal tauchte nicht nur Kim auf, um unter anderem zu sagen, sie glaube, ihre Mutter habe die Morde vorsätzlich begangen, auch Daniel T. Broderick IV., sechzehn, zeigte sich zum ersten Mal in der Öffentlichkeit, um über seine Mutter zu sprechen. Der Junge war entspannt und cool, so wie Freunde immer seinen Vater beschrieben. Groß und schlaksig, ähnelte er Dan Broderick auch äußerlich. Vor allem applaudierte er zur Vorstellung seiner Mutter am Tag zuvor, weil ›sie sich, anders als üblich, in der Gewalt gehabt‹ habe. Und er erzählte der ganzen Welt, daß er jahrelang mit angehört habe, wie seine Mutter damit drohte, Dan und Linda zu töten – doch besonders Linda. »Aber ich hätte nie gedacht, daß sie den Mumm dazu hätte.« Er glaubte, ihr Motiv sei Eifersucht. Und er sagte, ja, er und sein Bruder hatten bei Betty leben wollen und gaben damals ihrem Vater die Schuld. Aber jetzt verstehe er, daß es nicht Dans Fehler gewesen sei. Es waren die Gerichte, die sie nicht bei ihrer Mutter leben ließen.

Zum Abschluß der Sendung sprach Winfrey mit Maggie Seats, der Haushälterin Robin Tu'ua und der Anwältin Kathleen Cuffaro, die Betty alle als eine total lieblose, gefährliche Lügnerin darstellten.

Doch Betty lernte nichts aus ihrem jüngsten Ausflug in die Medien. Statt dessen versuchte sie wieder einmal nur, jemand anderen für das Desaster verantwortlich zu machen – in diesem Fall Helen Pickard und Kim, die, wie sie beharrte, Danny dazu gedrängt hätten, in der *Oprah-Show* aufzutreten. Das war natürlich Unsinn. Doch es war ohnehin gleichgültig. Betty konnte neue Informationen gar nicht mehr verarbeiten.

In derselben Woche unterhielt sie im Gefängnis ein Team von *Hard Copy* – wobei sie mehr als je zuvor Linda Kolkena unbewiesener Grausamkeiten beschuldigte. Selbst bei Oprah Winfrey sprach Betty von Linda als ›billigem Büromädchen‹, das keinen High-School-Abschluß hatte, obwohl Betty wußte, daß Linda sehr wohl einen Abschluß hatte.

Doch Betty war beleidigt, wenn man ihr sagte, sie habe sich bei *Oprah* nicht gut geschlagen – denn wie üblich hatte sie ihre Fanpost, in der ihr versichert wurde, sie sei im Recht und habe Charisma. Und tatsächlich überschwemmten dank des Fernsehfilms und der *Oprah-Shows* weitere Sympathiebekundungen das Gefängnis, von Frauen, die Betty als Heldin sahen. Sie erhielt soviel Post, daß sie einen Teil davon auf der hinteren Kante ihrer Pritsche stapeln mußte. Jetzt schlief sie buchstäblich mit ihrer Fanpost. Doch wie üblich war sie am meisten fasziniert von dem Geschreibsel ihrer Möchtegern-Liebhaber. Es ist erstaunlich, wieviel amerikanische Männer offensichtlich den dringenden Wunsch haben, durch die Hand einer starken Frau zu sterben. Mehrere Männer planten einen Besuch bei ihr. Einer, so berichtete sie, flog extra von Philadelphia zu ihr.

Weihnachten kam näher – das vierte Mal, seit sie im Gefängnis saß. Ihre Kinder besuchten sie nicht. Sie schickte an Freunde Briefe, die mit grünem und rotem Lametta verziert waren. »Ich sollte nicht im Gefängnis sein« schrieb sie. »Ich bin keine Mörderin.« Dann äußerte sie sich munter über einen Artikel, den sie gerade in *Vanity Fair* über den Tod von Petra Kelly, der Gründerin der Grünen in Deutschland, gelesen hatte. Wie immer hielt Betty Schritt mit den Nachrichten der Welt.

Jetzt schläft sie jede Nacht mit fünf Frauen in einem Zimmer – zumeist jungen Frauen, zumeist Minderheiten. Sie hört ihnen zu, wie sie schnarchen, im Schlaf stöhnen, mit den Zähnen knirschen, weinen und husten. Sie kennt ihre Geschichten nicht, weil sie in so schneller Folge kommen und gehen; nicht viele sitzen dort für mindesten neunzehn Jahre – und, so sagt sie lachend, es sei auch ›Gefängnisetikette, die Leute nicht zu fragen, warum sie sitzen‹. Außerdem ist es ihr egal. Keine von ihnen hat das erlebt, was sie durchgemacht hat. Keine von ihnen hatte eine Kraftprobe mit Daniel T. Broderick III. durchzustehen.

In der Nacht streckt sie ihre Hand aus und berührt ihre Post. Gleichgültig, daß sie gar nicht wirklich aus dem Gefängnis heraus möchte, jedenfalls nicht jetzt. Wie können sie sie noch hier festhalten, wo doch die ganze Welt auf ihrer Seite ist, wo Oprah immer noch in ihrer Show über sie berichtet – sogar ins Gefängnis kommt, verdammt! Wo Filme und Bücher über sie gemacht werden. Über *sie.*

Ihr Verstand dreht durch. Ihr Gnadengesuch wird scheitern, das weiß sie, denn es ist immer noch Dans Stadt. Aber vielleicht wird Gouverneur Pete Wilson sie begnadigen. Sie hat einmal mit ihm getanzt, auf dem Blackstone-Ball.

Und: ›Ich möchte, daß Barbara Bush den Klappentext für Ihr Buch schreibt‹, sagte sie eines Tages. »Weil sie und ich uns ähnlich sind. Ich *liebe* sie! Wir haben dieselben *Wertvorstellungen in bezug auf die Familie!*«

Nachts läuft sie nicht mehr herum. Sie ist zu müde nach einem Tag ›als Hausfrau‹. Sie schläft fest durch, bis die Aufseher losbellen, bis ihre Zimmergenossinnen wach werden. zumindest jetzt haben sie private Toiletten. Doch bevor sie in den Schlaf gleitet, denkt sie über viele, viele unzusammenhängende Dinge nach.

Danny. Wie erwachsen er wird. Zeit für seinen ersten Elektrorasierer. Sie erinnert sich an Kim, wie sie ihre erste Periode bekam. »Dan sagte, es sei der deprimierendste Tag für ihn. Er wollte nicht so alt sein, daß er eine Tochter haben konnte, die schon die Periode hatte.« Selbst im Gefängnis versucht sie noch, die perfekte Mutter zu sein. Gerade an jenem Tag schrieb sie einen Brief an Danny und riet ihm, einen Norelco-Rasierer zu kaufen, genau wie sein Dad. Sie fragte sich auch, wo Dans Sachen waren. Warum konnte Danny nicht Dans Rasierer benutzen? ›Daddy hatte von allem immer nur das Beste‹. schrieb sie.

Ihre Gedanken wandern, immer, jede Nacht, in viele verschiedene Richtungen.

Ihr Hochzeitsporzellan . . . Was hatte die Fotze mit ihrem Porzellan gemacht?

»Ich will wissen, wo es *ist*«, sagte sie einmal am Telefon. »Welche Schlampe unter ihren Freundinnen ißt jetzt von meinem Hochzeitsporzellan? Ich hoffe, sie kriegen Botulismus und sterben. Finden Sie heraus, wo das Hochzeitsporzellan ist, weil ich es wissen will. Ich will es *zurück*. Es hat ein böses Karma, und sie werden sterben. Wirklich. Das werden sie. Sie werden sich verschlucken und sterben.«

Sie betet jede Nacht, sagte sie. »Ich und Gott sind alte Freunde. Er hat diese Kugeln geführt. Jawohl. Glauben Sie wirklich, ich hätte Dan Broderick allein töten können, ohne Gottes Hilfe?« Wie gewöhnlich erwähnte sie Linda nicht. Dann, nach einer respektvollen Pause, kicherte sie. »Wissen Sie, ich kann *immer noch nicht* glauben, daß nur eine kleine Kugel Dan Broderick töten konnte.«

ENDE

Band 13 613

Paula Kaihla & Ross Laver

Der Mann, der sich Moses nannte

Deutsche Erstveröffentlichung

Gordon Manktelow, ein engagierter Sozialarbeiter, hat Tag für Tag mit den Gescheiterten und Erniedrigten unserer Gesellschaft zu tun. Aber als ihn die junge Gisele im August 1989 um Hilfe bittet, spürt er gleich, daß sie ein besonderes Schicksal erlitten hat.
Gisele wuchs in einem kanadischen Dorf auf und wurde von den Eltern oft vernachlässigt. Ihr erster Freund und Liebespartner erwies sich als ein Aufschneider und Trunkenbold, der sich ständig in schlechter Gesellschaft aufhielt. War Gisele deshalb so anfällig für die wohlgesetzten Worte, das geschliffene Benehmen, mit denen ein Fremder namens Rock Thériault sie auf einem Tanzabend betörte?
Nachdem er ihre Liebe gewonnen hatte, führte er sie in seine Sekte ein, deren Mitglieder ihm blind ergeben waren. Wie die sieben anderen ›Ehefrauen‹, die Thèriault sich hielt, ließ auch Gisele sich ungeheure Demütigungen gefallen. Der Mann, der sich selbst Moses nannte und seinen Jüngern biblische Namen gab, berief sich mit seiner Unterdrückung der Frauen auf das Alte Testament. Kultische Exzesse und Trinkorgien gehörten zum Alltag dieser Sekte.

BASTEI LÜBBE

Sie erhalten diesen Band im Buchhandel, bei Ihrem Zeitschriftenhändler sowie im Bahnhofsbuchhandel.

Band 13 599

Carlton Stowers

Offene Geheimnisse

Deutsche Erstveröffentlichung

Im Frühjahr 1983 wurde Rozanne Gailiunas im Schlafzimmer ihres Hauses in Dallas ermordet, während ihr vierjähriger Sohn nebenan schlief. Rozanne hatte vor kurzem ihren Mann, einen erfolgreichen Augenarzt, verlassen und war eine stürmische Affäre mit Larry Aylor eingegangen, dem Hausarchitekten ihres bausüchtigen Ex-Mannes. Natürlich fällt der Verdacht sofort auf den einsamen Arzt. Detective Sergeant Morris McGowan glaubt es mit einer klassischen Dreiecksgeschichte zu tun zu haben. Aber er muß bald feststellen, daß der Fall viel komplizierter liegt. Auch der Architekt war bis vor kurzem verheiratet, und seine Ex-Frau, Joy Arlor, ist eine schillernde Persönlichkeit: heute hysterisch überdreht, morgen schüchtern wie ein Teenager. Als zwei Jahre nach dem Mord an Rozanne Gailiunas ein Mordanschlag auf den Architekten fehlschlägt, ist Joy die Hauptverdächtige.

BASTEI LÜBBE

Sie erhalten diesen Band im Buchhandel, bei Ihrem Zeitschriftenhändler sowie im Bahnhofsbuchhandel.

Band 13 626

Edna Buchanan

Laß sie niemals deine Tränen sehen

Deutsche Erstveröffentlichung

›Dieses Buch der *Pulitzer-Preisträgerin* markiert einen neuen Meilenstein in der Verbrechensreportage!‹ *(New York Times)*

Eine Frau öffnet die Haustür, an der sie ein Klopfen hört, und sieht sich ihrem toten Vater gegenüber. Ein Obdachloser wird zum Mörder, weil er seine streunenden Katzen retten will. Der Hund Fred rettet seine Familie vor dem sicheren Tod. Ein aufgewecktes dreijähriges Kind wird Zeuge des Mordes an einem Millionär.

Geschichten, die das Leben schrieb, die sich aber nur dem neugierigen Blick einer literarischen Reporterin öffnen. EDNA BUCHANAN spürt im mörderischen Miami das Groteske und Skurrile auf und entdeckt im Wirklichen das Romanhafte.

BASTEI LÜBBE

Sie erhalten diesen Band im Buchhandel, bei Ihrem Zeitschriftenhändler sowie im Bahnhofsbuchhandel.